Los **JET** de Plaza & Janés

Biblioteca de Autor de:

STEPHEN KING

El umbral de la noche
Stephen King

Plaza & Janés Editores, S.A.

Título original:

NIGHT SHIFT

Traducción de

GREGORIO VLASTILICA
EDUARDO GOLIGORSKY

Portada de

VICTOR VIANO

Octava edición en esta colección: Junio, 1991

© 1976, 1977, 1978, Stephen King
© 1985, PLAZA & JANES EDITORES, S. A.
Virgen de Guadalupe, 21-33
Esplugues de Llobregat (Barcelona)

Printed in Spain — Impreso en España

ISBN: 84-01-49102-9 (Col. Jet)
ISBN: 84-01-49883-X (Vol. 102/3)
Depósito Legal: B. 23.207 - 1991

(ISBN: 84-286-0357-X. Publicado anteriormente por
Editorial Pomaire. Barcelona.)

Impreso en Litografía Rosés, S. A. — Cobalto, 7-9 — Barcelona

INTRODUCCIÓN

A menudo, en las fiestas (a las que evito concurrir siempre que puedo) alguien me da un fuerte apretón de manos, sonriendo, y después me dice, con aire de jubilosa conspiración: «Sabe, siempre he deseado escribir.»

Antes, yo trataba de ser amable.

Ahora contesto con la misma regocijada excitación: «Sabe, siempre he deseado ser neurocirujano.»

Me miran con perplejidad. No importa. Últimamente circula por el mundo mucha gente perpleja.

Si quieres escribir, escribes.

Sólo escribiendo se aprende a escribir. Y ése, en cambio, no es un buen sistema para enfrentarse a la neurocirugía.

Stephen King siempre ha deseado escribir, y escribe.

Así escribió *Carrie* y *La hora del vampiro* e *Insólito esplendor* y los buenos cuentos que leeréis en este libro, y una cantidad fabulosa de otros cuentos y libros y fragmentos y ensayos y otros materiales inclasificables, la mayoría de los cuales son tan espantosos que nunca se publicarán.

Porque así es como se hace. No hay otro sistema.

La diligencia compulsiva es casi suficiente. Pero no

es todo. Debes tener apetito de palabras. Glotonería. Deseos de revolcarte en ellas. Debes leer millones de palabras escritas por otros.

Debes leerlo todo con envidia devoradora o con hastiado desdén.

Casi todo el desdén hay que reservarlo para quienes disimulan la ineptitud detrás de largas palabras, de la sintaxis germánica, de los símbolos obstructores, sin ningún sentido de la narración, del ritmo y de los personajes.

Después debes empezar a conocerte muy bien a ti mismo, tanto como para empezar a conocer a los demás. En cada persona con la que tropezamos en la vida hay algo de nosotros.

Pues bien. Una diligencia estupenda, más amor por las palabras, más empatía, y el resultado puede ser, penosamente, un poco de objetividad.

Nunca la objetividad total.

En este momento perecedero mecanografío estas palabras en mi máquina de escribir azul, en el séptimo renglón de la segunda página de esta introducción, y sé muy bien cuáles son el tono y el significado que quiero aportar pero no tengo la certeza de estar lográndolos.

Puesto que llevo el doble de tiempo que Stephen King practicando el oficio, soy un poco más objetivo respecto de mi obra que él respecto de la suya.

La gestación es muy dificultosa y lenta.

Lanzas libros al mundo y es muy difícil quitártelos de la mente. Son criaturas intrincadas, que tratan de progresar no obstante todos los lastres que les has puesto. Me gustaría llevármelos a todos a casa y encarnizarme con ellos por última vez. Página por página. Hurgando y limpiando, cepillando y puliendo. Poniendo orden.

A los treinta años, Stephen King escribe mucho, mucho mejor de lo que yo escribía a esa misma edad, o a los cuarenta.

Tengo derecho a odiarle un poco por esto.

Y creo saber que hay una docena de demonios ocultos entre los matorrales a los que conduce su sendero, y aunque tuviera cómo advertírselo, sería inútil. Él los doblegará o serán ellos quienes le dobleguen a él.

Es así de sencillo.

¿Me seguís?

Diligencia, pasión por las palabras y empatía equivalen a una creciente objetividad... ¿y después qué?

El relato. El relato. ¡El relato, maldición!

El relato es algo que le ocurre a alguien por quien te preocupas, porque te han inducido a ello.

Puede sucederle en cualquier dimensión —física, mental, espiritual— y en combinaciones de esas dimensiones.

Sin la intromisión del autor.

La intromisión del autor es: «¡Por Dios, mamá, mira qué *bien* escribo!»

Otra forma de intromisión es grotesca. He aquí uno de mis ejemplos favoritos, extraído de un Gran Best Seller de antaño: «Sus ojos se deslizaron por el peto del vestido.»

La intromisión del autor consiste en una frase tan inepta que le recuerda súbitamente al lector que está leyendo y lo ahuyenta. La conmoción le hace abandonar el relato.

Otra intromisión del autor es la minidisertación incrustada en el relato. Éste es uno de mis defectos más lamentables.

Es posible que una imagen esté pulcramente elaborada, que sea sorpresiva y que no rompa el hechizo. En un cuento de este libro, titulado «Camiones», Stephen King narra una tensa espera en una parada de camiones, y describe un personaje: «Era un viajante y apretaba la maleta de muestras contra el cuerpo, como si se tratara de su perro favorito que se había echado a dormir.»

Me parece muy pulido.

En otro cuento demuestra que tiene buen oído y es capaz de construir un diálogo fiel y veraz. Un hombre y su esposa están realizando un largo viaje. Transitan por una carretera poco frecuentada. Ella dice: «Sí, Burt. Sé que estamos en Nebraska, Burt. Pero, ¿dónde demonios *estamos*?» Él responde: «Tú tienes el mapa de carreteras. Míralo. ¿O acaso no sabes leer?»

Muy bien. Parece tan simple. Como la neurocirugía. El escalpelo tiene un borde filoso. Lo coges así. Y cortas.

Ahora, a riesgo de ser iconoclasta, diré que me importa un bledo la temática que Stephen King elige para sus obras. Lo menos significativo y útil que se puede decir acerca de él es que actualmente le divierte escribir sobre espectros y hechizos y cosas que se deslizan viscosamente por el sótano.

Aquí hay muchos deslizamientos viscosos, y hay una máquina de planchar enloquecida que me quita el sueño, como os lo quitará a vosotros, y hay niños convincentemente perversos, en número suficiente como para llenar Disneylandia en cualquier domingo de febrero, pero lo más importante es el relato.

Te induce a preocuparte.

Recordad esto. Dos de los géneros literarios más difíciles son el humorístico y el sobrenatural. Cuando son tratados por incompetentes, el humor resulta lúgubre y lo macabro produce risa.

Pero una vez que aprendes a escribir, puedes abordar cualquier género.

Stephen King no se circunscribirá al género que actualmente tanto le interesa.

Uno de los cuentos más llamativos e impresionantes de este libro es «El último peldaño de la escalera.» Una joya. Sin un susurro ni un hálito de otros mundos.

Una última palabra.

No escribe para complaceros. Escribe para su propia satisfacción. Igual que yo. En esas condiciones, a vosotros también os gustará la obra. Estos cuentos complacieron a Stephen King y me complacieron a mí.

Por una extraña coincidencia, mientras escribo estas líneas la novela de Stephen King *Insólito esplendor* y mi novela *Condominio* figuran en la lista de best sellers. No nos disputamos vuestra atención. Competimos, supongo, con los libros mal escritos, pretenciosos y sensacionales publicados por autores muy conocidos que nunca se preocuparon realmente por aprender su oficio.

Desde el punto de vista del relato y del placer que este produce, no hay suficientes Stephen King para satisfacer a todos.

Si habéis leído esta introducción íntegra, espero que os sobre el tiempo. Podríais haber estado leyendo los cuentos.

JOHN D. MACDONALD

PREFACIO

Hablemos, usted y yo. Hablemos del miedo.

La casa está vacía mientras escribo. Fuera, cae una fría lluvia de febrero. Es de noche. A veces, cuando el viento sopla como hoy, se corta la electricidad. Pero por ahora tenemos corriente, así que hablemos muy sinceramente del miedo. Hablemos de forma muy racional de la aproximación al filo de la locura... y quizá del salto al otro lado de ese filo.

Me llamo Stephen King. Soy un hombre adulto, con esposa y tres hijos. Los amo y creo que este sentimiento es correspondido. Soy escritor y mi oficio me gusta mucho. Mis ficciones —*Carrie*, *La hora del vampiro* y *El resplandor*— han tenido tanto éxito que me permiten dedicarme exclusivamente a escribir, de lo cual estoy muy complacido. A esta altura de la vida parezco estar bastante sano. Durante el último año he podido cambiar los cigarrillos sin filtro que fumaba desde los dieciocho años por otra marca con un bajo contenido de nicotina y alquitrán, y todavía alimento la esperanza de poder librarme por completo de este hábito. Mi familia y yo vivimos en una linda casa a orillas de un lago de Maine relativamente libre de contaminación. El otoño

9

pasado me desperté una mañana y vi un ciervo en el jardín que se abre detrás de la casa, junto a la mesa para picnics. Es una buena vida.

Pero..., hablemos del miedo. No levantaremos la voz ni gritaremos. Conversaremos racionalmente, usted y yo. Hablaremos de la forma en que a veces la sólida trama de las cosas se deshace con alarmante brusquedad.

Por la noche, cuando me acuesto, todavía tengo cuidado en asegurarme de que mis piernas están debajo de las sábanas después de que se apagan las luces. Ya no soy un niño pero..., no me gusta dormir con una pierna fuera. Porque si alguna vez saliera de debajo de la cama una mano helada y me cogiera el tobillo, podría lanzar un alarido. Sí, un alarido que despertaría a los muertos. Claro que esas cosas no suceden, y todos lo sabemos. En los cuentos que siguen usted encontrará toda clase de criaturas nocturnas: vampiros, amantes demoníacos, algo que habita en un armario, otros múltiples terrores. Ninguno de ellos existe. Lo que espera debajo de mi cama para pillarme el tobillo no existe. Lo sé. Y también sé que si tengo la precaución de conservar el pie bajo las sábanas nunca podrá pillarme el tobillo.

A veces hablo ante grupos de personas interesadas en el oficio de escribir o en la literatura, y antes de que termine el tiempo reservado para las preguntas y respuestas siempre se levanta alguien e inquiere: ¿Por qué ha elegido usted escribir sobre temas tan macabros?

Casi siempre contesto con otra pregunta: *¿Qué le hace suponer que puedo elegir?*

Escribir es una ocupación en la que cada cual manotea lo que puede. Parece que todos nacemos equipados con un filtro en la base del cerebro, y todos los filtros son de distintas dimensiones y calibres. Es posible que lo que se atasca en mi filtro pase de largo por el suyo. Y no se preocupe, es posible que lo que se atasca en el suyo pase de largo por el mío. Aparentemente todos tenemos la obligación innata de tamizar el sedimento que se atasca en nuestros respectivos filtros mentales, y por lo general lo que encontramos se transforma en algún tipo de actividad subsidiaria. Es posible que el contable también sea fotógrafo. Que el astrónomo coleccione monedas. Que el maestro copie lápidas mediante frotes con carbonilla. A menudo el sedimento depositado en el filtro mental, el material que se resiste a pasar de largo, se convierte en la obsesión particular de cada uno. Por acuerdo tácito, en la sociedad civilizada llamamos «hobbies» a nuestras obsesiones.

A veces el hobby se transforma en una ocupación permanente. El contable puede descubrir que con las fotos ganará lo suficiente para mantener a su familia; el maestro puede adquirir tanta experiencia en los frotes de lápidas como para dedicarse a pronunciar conferencias sobre el tema. Y hay algunas profesiones que empiezan como hobbies y que continúan siendo hobbies aun después de que quienes los practican consiguen ganarse la vida con ellos. Como «hobby» es una palabreja muy manida y vulgar, también hemos adoptado el acuerdo tácito de llamar «artes» a nuestros hobbies profesionales.

Pintura. Escultura. Composición musical. Canto. Actuación dramática. Interpretación musical. Literatura. Sobre estos siete temas se han escrito suficientes libros como para hundir con su peso una flota de transatlánticos de lujo. Y en lo único en lo que al parecer nos ponemos de acuerdo respecto de ellos es en lo siguiente: quienes se dedican sinceramente a estas artes seguirían consagrándose a ellas aunque no les pagaran por sus esfuerzos, aunque sus esfuerzos fueran criticados o incluso denigrados, aunque los castigaran con la cárcel o la muerte. A mi juicio, ésta es una definición bastante buena de la conducta obsesiva. Se aplica tanto a los hobbies simples como a los más refinados que denominamos «artes». Los coleccionistas de armas ostentan en sus automóviles adhesivos con la leyenda SÓLO ME QUITARÁ MI ARMA CUANDO ME LA ARRANQUE DE MIS FRÍOS DEDOS CADAVÉRICOS; y en los suburbios de Boston, las amas de casa que descubrieron la militancia política durante el conflicto del transporte de escolares fuera de sus distritos, exhibían a menudo en los parachoques traseros de sus automóviles adhesivos análogos con la inscripción IRÉ A LA CÁRCEL ANTES DE PERMITIR QUE SAQUEN A MIS HIJOS DEL BARRIO. De igual modo, si mañana prohibieran la numismática, sospecho que el astrónomo no entregaría sus viejas monedas de acero y níquel: las envolvería cuidadosamente en plástico, las sumergería en el depósito del retrete y disfrutaría contemplándolas por la noche.

Puede parecer que nos hemos apartado del tema del miedo, pero en realidad no nos hemos alejado demasiado. El sedimento que se atasca en la rejilla de mi sumidero es a menudo el del miedo. Me obsesiona lo macabro. Ninguno de los cuentos que figuran a continuación fue escrito por dinero, aunque algunos los vendí a revistas antes de reunirlos aquí y nunca devolví un cheque sin cobrarlo. Quizá soy obsesivo, pero no *loco*. Repito, sin embargo, que no los escribí por dinero. Los escribí porque se me antojó. Tengo una obsesión con la que se puede comerciar. En celdas acolchadas de todo el mundo hay maniáticos y maniáticas que no han tenido tanta suerte.

No soy un gran artista, pero siempre me he sentido impulsado a escribir. De modo que cada día vuelvo a tamizar el sedimento, revisando los detritos de observación, de recuerdos, de especulación, tratando de sacar algo en limpio del material que no pasó por el filtro y no se perdió por el sumidero del inconsciente.

Es posible que Louis L'Amour, el autor de novelas del Oeste, y yo, nos detengamos a orillas de una laguna de Colorado, y que ambos concibamos una idea en el mismo instante. Es posible, también, que los dos sintamos la necesidad apremiante de sentarnos a verterla en palabras. Tal vez el tema de su relato serán los derechos de riego en época de sequía, y es más probable que el mío se ocupe de algo espantoso y desorbitado que emerge de las aguas mansas para llevarse ovejas... y caballos... y finalmente seres humanos. La «obsesión» de Louis L'Amour gira alrededor de la historia del Oeste americano. Yo prefiero lo que se arrastra a la luz de las estrellas. Él escribe novelas del Oeste; yo escribo relatos de terror. Los dos estamos un poco chalados.

Las artes son obsesivas y la obsesión es peligrosa. Se parece a un cuchillo hincado en el cerebro. En algunos casos —pienso en Dylan Thomas, en Ross Lockridge, en Hart Crane y en Sylvia Plath— el cuchillo puede volverse ferozmente contra quien lo empuña. El arte es una enfermedad localizada, por lo general benigna —los creadores tienden a vivir mucho tiempo— y a veces atrozmente maligna. Hay que manejar el cuchillo con cuidado, porque se sabe que corta sin mirar a quién. Y las personas prudentes tamizan el sedimento con cautela..., porque es muy posible que no toda esa sustancia esté muerta.

Y una vez aclarado por qué uno escribe esas cosas, surge la pregunta complementaria: *¿Por qué la gente lee esas cosas? ¿Por qué se venden?* Esta pregunta lleva implícita una hipótesis, a saber, que el relato de miedo, de horror, refleja un gusto malsano. La gente que me escribe empieza diciendo, a menudo: «Supongo que le pareceré raro, pero realmente me gustó *La hora del vampiro*», o «Probablemente soy morboso, pero disfruté *Insólito esplendor* de príncipio a fin...»

Creo que la clave de esto podemos encontrarla en un fragmento de una crítica de cine de la revista *Newsweek*. Se trataba de un comentario sobre una película de terror, no muy buena, y decía más o menos lo siguiente: «...una película estupenda para las personas a las que les gusta aminorar la marcha y contemplar los accidentes de carretera». Es un buen juicio cáustico, pero cuando uno se detiene a analizarlo comprende que se puede aplicar a todas las películas y relatos de terror. Ciertamente *La noche de los muertos vivientes*, con sus truculentas escenas de canibalismo y matricidio, era una película para personas a las que les gusta aminorar la marcha y contemplar los accidentes de carretera. ¿Y qué decir de la chica que vomitaba sopa de guisantes sobre el sacerdote en *El exorcista*? *Drácula*, de Stoker, que a menudo sirve como punto de referencia para los relatos modernos de horror (y así debe ser, porque se trata del primero con matices francamente psicofreudianos), describe a un maníaco llamado Renfield que engulle moscas, arañas y finalmente un pájaro. Regurgita el pájaro, después de haberlo comido con plumas y todo. La novela también narra el empalamiento —la penetración ritual, se podría decir— de una joven y bella vampira, y el asesinato de un bebé y su madre.

La gran literatura de lo sobrenatural contiene a menudo el mismo síndrome del «aminoremos la marcha y contemplemos el accidente»: Beowulf que mata a la madre de Grendel; el narrador de *El corazón delator* que descuartiza a su benefactor enfermo de cataratas y esconde los trozos bajo las tablas del piso; la tétrica batalla del Hobbit Sam con la araña Shelob en el último libro de la trilogía de los *Anillos*, de Tolkien.

Algunos lectores rechazarán vehementemente esta argumentación y dirán que Henry James no nos muestra un accidente de carretera en *La vuelta de tuerca;* afirmarán que las historias macabras de Nathaniel Hawthorne, como *El joven Goodman Brown* y *El velo negro del clérigo,* también son de mejor gusto que *Drácula.* Es una idea absurda. También nos muestran el accidente de carretera: han retirado los cuerpos pero todavía vemos la chatarra retorcida y la sangre que mancha la tapicería. En cierto sentido la delicadeza, la ausencia de melodrama, el tono apagado y estudiado de racionalidad que impregna un cuento como *El velo negro del clérigo* son aún más sobrecogedores que las monstruosidades batracias de Lovecraft o el auto de fe de *El pozo y el péndulo,* de Poe.

Lo cierto es —y la mayoría de nosotros lo sabemos, en el fondo— que muy pocos podemos dejar de echar una mirada nerviosa, por la noche, a los restos que jalonan la autopista, rodeados por coches patrulla y balizas. Los ciudadanos maduros cogen el periódico, por la mañana, y buscan inmediatamente las notas necrológicas, para saber a quiénes han sobrevivido. Todos experimentamos una breve fascinación nerviosa cuando nos enteramos de que ha muerto un Dan Blocker, o un Freddy Prinze, o una Janis Joplin. Nos embarga el terror mezclado con una extraña forma de gozo cuando Paul Harvey nos cuenta por la radio que una mujer embistió el filo de una hélice en un pequeño aeropuerto de campaña, durante una borrasca, o que un hombre metido en una gigantesca mezcladora industrial se evaporó instantáneamente cuando un compañero de trabajo tropezó con los controles. No hace falta explayarse sobre lo que es obvio: la vida está poblada de horrores pequeños y grandes, pero como los pequeños son los que entendemos, son también los que nos sacuden con toda la fuerza de la mortalidad.

Nuestro interés por estos horrores de bolsillo es innegable, pero también lo es nuestra repulsa. El uno y la otra se combinan de manera inquietante, y el producto de esta combinación parece ser la culpa..., una culpa quizá no muy distinta de la que acompañaba habitualmente al despertar sexual.

No tengo por qué decirle que no se sienta culpable, así como tampoco tengo por qué justificar mis novelas ni los cuentos que encontrará a continuación. Pero se puede observar una analogía interesante entre el sexo y el miedo. A medida que adquirimos la capacidad de en-

14

tablar relaciones sexuales, se aviva nuestro interés por dichas relaciones. Ese interés, si no se pervierte, se encauza naturalmente hacia la copulación y la perpetuación de la especie. A medida que tomamos conciencia de nuestra muerte inevitable, descubrimos la emoción llamada miedo. Y pienso que, así como la copulación tiende a la autoconservación, todo temor tiende a la comprensión del desenlace final.

Existe una vieja fábula acerca de siete ciegos que tocaron siete partes distintas de un elefante. Uno de ellos pensó que había cogido una serpiente, otro que se trataba de una hoja gigantesca de palmera, otro que estaba palpando una columna de piedra. Cuando intercambiaron impresiones, llegaron a la conclusión de que lo que tenían entre manos era un elefante.

El miedo es la emoción que nos ciega. ¿A cuántas cosas tememos? Tenemos miedo de apagar la luz con las manos húmedas. Tenemos miedo de meter un cuchillo en la tostadora para desatascar un bollo sin desenchufarla antes. Tenemos miedo de lo que nos dirá el médico cuando haya terminado de examinarnos. Nos asustamos cuando el avión se convulsiona bruscamente en pleno vuelo. Tenemos miedo de que se agoten el petróleo, el aire puro, el agua potable, la buena vida. Cuando nuestra hija ha prometido llegar a casa a las once y ya son las doce y cuarto y la nieve azota la ventana como arena seca, nos sentamos y fingimos contemplar el programa de Johnny Carson y miramos de vez en cuando el teléfono silencioso y experimentamos la emoción que nos ciega, la emoción que reduce el proceso intelectual a una piltrafa.

El lactante es una criatura impávida hasta la primera oportunidad en que la madre no está cerca para introducirle el pezón en la boca cuando llora. El bebé no tarda en descubrir las duras y dolorosas verdades de la puerta que se cierra violentamente, de la estufa caliente, de la fiebre que sube con el crup o el sarampión. El niño aprende enseguida lo que es el miedo: lo descubre en el rostro de la madre o el padre cuando uno de estos entra en el baño y lo ve con el frasco de píldoras o la cuchilla de afeitar en la mano.

El miedo nos ciega y palpamos cada temor con la ávida curiosidad que emana de nuestro instinto de conservación, procurando compaginar un todo con cien elementos distintos, como en la fábula de los ciegos y el elefante.

Intuimos la forma. Los niños la captan rápidamente, la olvidan y vuelven a aprenderla en la etapa adulta. La forma está allí, y tarde o temprano la mayoría entiende de qué se trata: es la silueta de un cuerpo bajo una sábana. Todos nuestros temores se condensan en un gran temor: un brazo, una pierna, un dedo, una oreja. Le tenemos miedo al cuerpo que está bajo la sábana. Es nuestro cuerpo. Y el gran atractivo de la ficción de horror, a través de los tiempos, consiste en que sirve de ensayo para nuestras propias muertes.

El género nunca ha sido muy respetado. Durante mucho tiempo los únicos amigos de Poe y Lovecraft fueron los franceses, que de alguna manera han podido llegar a un entendimiento con el sexo y la muerte, entendimiento que ciertamente los compatriotas norteamericanos de Poe y Lovecraft no pudieron alcanzar por falta de paciencia. Los norteamericanos estaban ocupados construyendo ferrocarriles, y Poe y Lovecraft murieron pobres. La fantasía de la *Tierra Intermedia* de Tolkien anduvo dando vueltas durante veinte años antes de convertirse en un éxito fuera del *underground*, y Kurt Vonnegut, cuyos libros abordan tan a menudo la idea de la preparación para la muerte, ha recibido críticas constantes, muchas de las cuales alcanzaron una estridencia histérica.

Quizá la explicación consiste en que el autor de narraciones de terror siempre trae malas noticias: usted va a morir, dice. Olvídese del predicador evangélico Oral Roberts y de su «algo *bueno* le va a suceder a *usted*», dice, porque algo *malo* le va a suceder a *usted*, y quizá sea un cáncer, o un infarto, o un accidente de coche, pero lo cierto es que le sucederá. Y le coge por la mano y le guía a la habitación y le hace palpar la forma que yace bajo la sábana... y le dice que toque aquí... aquí... y *aquí*...

Por supuesto, el autor de narraciones de terror no tiene el patrimonio exclusivo de los temas vinculados con la muerte y el miedo. Muchos escritores considerados «de primera línea» los han abordado con diversos matices que van desde *Crimen y castigo* de Fedor Dostoievski hasta *¿Quién le teme a Virginia Woolf?* de Edward Albee, pasando por las novelas de Ross MacDonald que tienen por protagonista a Lew Archer. El miedo siempre ha sido espectacular. La muerte siempre ha sido espectacular. Son dos de las constantes humanas. Pero sólo el autor de relatos de horror y sobrenaturales le abre al lector las compuertas de la identificación y la catarsis. Quienes abordan el género con una pequeña noción de lo que hacen, saben que todo el campo del horror y lo sobrenatural es una especie de pantalla de filtración tendida entre el consciente y el inconsciente: la ficción de horror se parece a una estación central de Metro implantada en la psique humana entre la raya azul de lo que podemos internalizar sin peligro y la raya roja de aquello que debemos expulsar de una manera u otra.

Cuando usted lee una obra de horror, no cree realmente lo que lee. No cree en vampiros, hombres lobos, camiones que arrancan repentinamente y que se conducen solos. Los horrores en los que todos creemos son aquéllos sobre los que escriben Dostoievski y Albee y MacDonald: el odio, la alienación, el envejecimiento a espaldas del amor, el ingreso tambaleante en un mundo hostil sobre las piernas inseguras de la adolescencia. En nuestro auténtico mundo cotidiano somos a menudo como las máscaras de la Comedia y la Tragedia, sonriendo por fuera, haciendo muecas por dentro. En algún recoveco interior hay un interruptor central, tal vez un transformador, donde se conectan los cables que conducen a esas dos máscaras. Y es en ese lugar donde el relato de horror da tan a menudo en el blanco.

El autor de narraciones de terror no es muy distinto del devorador de pecados galés, que presuntamente cargaba sobre sí las trasgresiones de los queridos difuntos al compartir sus alimentos. El relato de abyecciones y terror es una cesta llena de fobias. Cuando el autor pasa de largo, usted saca de la cesta uno de los horrores imaginarios y coloca dentro uno de los suyos propios, auténtico..., por lo menos durante un tiempo.

En la década del 50 hubo una extraordinaria proliferación de películas de insectos gigantes: *Them!*, *The Beginning of the End*, *The Deadly Mantis*, y así sucesivamente. Casi siempre, a medida que avanzaba la película, descubríamos que estos mutantes espantosos y descomunales eran producto de las pruebas atómicas realizadas en Nuevo México o en atolones desiertos del Pacífico (y en la más reciente *Horror of Party Beach*, que podría haberse subtitulado *Armagedón sobre la manta de playa*, los culpables eran los residuos de los reactores nucleares). En conjunto, las películas de grandes insectos forman una configuración innegable, una nerviosa *gestalt* del terror de todo un país frente a la nueva era que había inaugurado el Proyecto Manhattan. En una etapa posterior de la misma década hubo un ciclo de películas de terror con adolescentes, que se inició con *I Was a Teen-Age Werewolf*, historia de un hombre lobo adolescente, y que culminó con epopeyas como *Teen-Agers from Outer Space* y *The Blob*, donde un Steve McQueen imberbe, ayudado por sus amigos adolescentes, se batía contra una especie de mutante de gelatina. En una época en que cada revista semanal contenía por lo menos un artículo sobre la ola creciente de delincuencia juvenil, las películas de terror con adolescentes expresaban la incertidumbre de todo un país respecto de la revolución juvenil que ya entonces estaba fermentando. Cuando usted veía cómo Michael Landon se transformaba en un hombre lobo con la chaqueta adornada por las iniciales de una escuela secundaria, aparecía un nexo entre la fantasía de la pantalla y sus propias ansiedades latentes respecto del golfo motorizado con el que salía su hija. A los mismos adolescentes (yo era uno de ellos y hablo por experiencia propia), los monstruos que nacían en los estudios arrendados de American-International les daban una oportunidad de ver a alguien aún más feo de lo que ellos mismos creían ser. ¿Qué eran unos pocos granos de acné comparados con esa *cosa* bamboleante que había sido un estudiante de la escuela secundaria en *I Was a Teen-Age Frankenstein*? Este ciclo también expresaba otro sentimiento que alimentaban los jóvenes, a saber, que sus mayores les oprimían y menospreciaban injustamente, que sus padres sencillamente «no les entendían». Las películas se ceñían a fórmulas (como tantas obras de ficción terrorífica, escritas o filmadas), y lo que la fórmula reflejaba con más nitidez era la paranoia de toda una generación, una paranoia que era producto, en parte, de todos los artículos que leían sus padres. En las películas, un espantoso monstruo cubierto de verrugas amenaza Elmville. Los chicos lo saben, porque el platillo volante aterrizó cerca del rincón de los enamorados. En la primera parte, el monstruo verrugoso mata a un anciano que viaja en una camioneta (el papel del anciano era interpretado infaliblemente por Elisha Cook, Jr.). En las tres escenas siguientes, los chicos tratan de convencer a sus mayores de que el monstruo verrugoso anda realmente por allí. «¡Largaos de aquí antes de que os encierre a todos por salir tan tarde de vuestras casas!», gruñe el jefe de Policía de Elmville un momento antes de que el monstruo se deslice por la calle Mayor, sembrando la desolación a diestra y siniestra. Al fin son los chicos espabilados los que terminan con el monstruo verrugoso, y después se van a la cafetería a sorber malteados de chocolate y a menearse al son de una melodía inolvidable mientras los títulos de crédito desfilan por la pantalla.

He aquí tres posibilidades distintas de catarsis en un solo ciclo de películas, lo cual no está mal si se piensa que aquéllas eran epopeyas baratas que generalmente se filmaban en menos de diez días. Y no era que los guionistas, productores y directores de aquellas películas quisieran lograr ese objetivo. Ocurre, sencillamente, que el relato de horror se desarrolla con la mayor naturalidad en ese punto de contacto entre el consciente y el inconsciente, en el lugar donde la imagen y la alegoría prosperan espontáneamente y con los efectos más devastadores. Existe una línea directa de evolución entre *I Was a Teen-Age Werewolf*, por un lado, y *La naranja mecánica*, de Stanley Kubrick, por otro, y entre *Teen-Age Monster*, por un lado, y la película *Carrie*, de Brian De Palma, por otro.

La gran ficción de horror es casi siempre alegórica. A veces la alegoría es premeditada, como en *Rebelión en la granja* y *1984*, y en otras ocasiones es casual: J. R. R. Tolkien juró vehementemente que el Oscuro Amo de Mordor no era Hitler disfrazado, pero las tesis y los ensayos que sostienen precisamente eso se suceden sin parar..., quizá porque, como dice Bob Dylan, cuando uno tiene muchos cuchillos y tenedores es inevitable que corte algo.

Las obras de Edward Albee, de Steinbeck, de Camus, de Faulkner, giran alrededor del miedo y la muerte, y a veces del horror, pero generalmente estos escritores de primera línea los abordan en términos más normales y realistas. Sus obras están encuadradas en el marco de un mundo racional: son historias que «podrían suceder». Viajan por la línea de Metro que atraviesa el mundo exterior. Hay otros autores —James Joyce, nuevamente Faulkner, poetas como T. S. Eliot, Sylvia Plath y Anne Sexton— cuya obra se sitúa en el territorio del inconsciente simbólico. Viajan en la línea de Metro que se introduce en el panorama interior. Pero el autor de narraciones de terror está casi siempre en la terminal que une estas dos líneas, por lo menos cuando da en el blanco. En sus mejores momentos nos produce a menudo la extraña sensación de que no estamos totalmente dormidos ni despiertos, de que el tiempo se estira y se ladea, de que oímos voces pero no captamos las palabras ni la intención, de que el ensueño parece real y la realidad onírica.

Se trata de una terminal extraña y maravillosa. La Casa de la Colina se levanta allí, en ese lugar donde los trenes corren en ambas direcciones, con sus puertas que se cierran prudentemente; allí está la mujer de la habitación con el empapelado amarillo, arrastrándose por el piso con la cabeza apoyada contra esa tenue mancha de grasa; allí están los vendedores ambulantes que amenazaron a Frodo y Sam; y el modelo de Pickman; el *wendigo*; Norman Bates y su madre terrible. En esta terminal no hay vigilia ni sueños, sino sólo la voz del escritor, baja y racional, disertando sobre la forma en que a veces la sólida trama de las cosas se deshace con alarmante brusquedad. Le dice que usted quiere contemplar el accidente de carretera, y sí, tiene razón, eso es lo que usted quiere. Hay una voz muerta en el teléfono..., algo detrás de los muros de la vieja casona que suena como si fuera más grande que una rata..., movimientos al pie de la escalera del sótano. El escritor quiere que usted contemple todas estas cosas y muchas más. Quiere que apoye las manos sobre la forma que se oculta debajo de la sábana. Y usted quiere apoyar las manos allí. Sí.

Éstos son, a mi juicio, algunos de los efectos del relato de horror. Pero estoy firmemente convencido de que debe surtir otro efecto, y éste sobre todos los otros: Debe narrar un argumento capaz de mantener hechizado al lector o al escucha durante un rato, perdido en un mundo que nunca ha existido, que nunca ha podido existir. Debe ser como el invitado a la boda que detiene a uno de cada tres. Durante toda mi vida de escritor me he mantenido fiel a la idea de que, en la ficción, el mérito del argumento tiene prioridad sobre todas las otras facetas del oficio de escritor: ni la descripción de los personajes, ni el tema, ni la atmósfera valen nada si el argumento es aburrido. Y si el argumento se apodera del lector o el escucha, todo lo demás se puede perdonar. Mi cita preferida, en este contexto, proviene de la pluma de Earl Rice Burroughs, a quien nadie postularía como Gran Escritor Mundial, pero que conocía a fondo los méritos de un buen argumento. En la primera página de *The Land That Time Forgot*, el narrador encuentra un manuscrito en una botella. El resto de la novela es la transcripción de ese manuscrito. El narrador dice: «Leed una página, y os olvidaréis de mí.» Es un compromiso que Burroughs hace valer. Muchos autores de mayor talento que él no lo han conseguido.

En resumen, amable lector, he aquí una verdad que hace rechinar los dientes al escritor más fuerte: nadie lee el prefacio del autor, excepto tres grupos de personas. Las excepciones son: primero, los parientes próximos del escritor (generalmente su esposa y su madre); segundo, el representante acreditado del escritor (y los diversos correctores y supervisores), cuyo interés principal consiste en verificar si alguien ha sido difamado en el curso de las divagaciones del autor; y tercero, aquellas personas que han ayudado al autor a salirse con la suya. Éstas son las personas que desean comprobar si la egolatría del autor se ha inflado hasta el extremo de permitirle olvidar que no lo ha hecho todo por sí solo.

Otros lectores suelen pensar justificadamente, que el prefacio del autor es una imposición grosera, un anuncio de varias páginas de extensión destinado al autobombo, aún más agravante que la publicidad de cigarrillos que ha proliferado en las páginas centrales de los libros de bolsillo. La mayoría de los lectores vienen a ver el espectáculo, no a mirar cómo el director de escena saluda delante de las candilejas. Una vez más, justificadamente.

Ahora me retiro. El espectáculo no tardará en empezar. Entraremos en esa habitación y tocaremos la forma oculta bajo la sábana. Pero antes de irme, quiero distraer sólo dos o tres minutos más de su tiempo para dar las gracias a algunas de las personas de los tres grupos arriba citados... y de un cuarto. Tengan paciencia mientras doy algunos testimonios de gratitud:

A mi esposa, Tabitha, mi mejor crítica y la más implacable. Cuando mi obra le parece buena, lo dice; cuando piensa que he metido la pata, me sienta de culo con la mayor amabilidad y ternura posibles. A mis hijos, Naomi, Joe y Owen, que han sido muy tolerantes con las extrañas actividades que su padre ha desarrollado en la habitación de abajo. Y a mi madre, que falleció en 1973, y a la que está dedicado este libro. Me alentó sistemáticamente y sin flaquear, siempre supo encontrar cuarenta o cincuenta céntimos para el sobre de retorno, obligadamente provisto de sellos y completado con sus propias señas, y nadie —ni siquiera yo mismo— se sentía más satisfecho cuando yo «rompía la barrera».

Dentro del segundo grupo, le estoy particularmente agradecido a mi supervisor, William G. Thompson de «Doubleday and Company», que ha trabajado pacientemente conmigo, que ha soportado diariamente mis llamadas telefónicas con permanente buen humor, que hace algunos años fue amable con un escritor carente de antecedentes, y que desde entonces no ha descuidado a dicho escritor.

El tercer grupo incluye a las personas que compraron por primera vez mis obras: Robert A. W. Lowndes, que adquirió los dos primeros cuentos que vendí en mi vida; Douglas Allen y Nye Willden de la «Dugent Publishing Corporation», que compraron muchos de los otros que los siguieron para *Cavalier* y *Gent*, en aquellos días difíciles cuando a veces los cheques llegaban justo a tiempo para evitar lo que las compañías de electricidad designan con el eufemismo de «interrupción de servicio»; Elaine Geiger y Herbert Schnall y Carolyn Stromberg de New American Library; Gerard Van der Leun de *Penthouse* y Harry Deinstfrey de *Cosmopolitan*. A todos vosotros, gracias.

Hay un último grupo al que me gustaría transmitir mi agradecimiento, y lo componen todos y cada uno de los lectores que alguna vez aligeraron su billetera para comprar algo que yo había escrito. En muchos sentidos este libro les pertenece, porque indudablemente no se podría haber escrito sin ustedes. Gracias, pues.

El lugar donde me encuentro aún está oscuro y lluvioso. Es una excelente noche para esto. Hay algo que les quiero mostrar, algo que quiero que toquen. Está en una habitación no lejos de aquí..., en verdad, está casi a la misma distancia que la próxima página.

¿Vamos allá?

Bridgton, Maine
27 de febrero de 1977

LOS MISTERIOS DEL GUSANO

2 de octubre de 1850

Querido Bones:

Fue estupendo entrar en el frío vestíbulo de Chapelwaite, poblado de corrientes de aire, con todos los huesos doloridos a causa del viaje en ese abominable carruaje, ansioso por desahogar inmediatamente mi vejiga distendida... Y ver sobre la obscena mesita de madera de guindo vecina a la puerta una carta en la que aparecían escritas mis señas con tus inimitables garabatos. Te aseguro que me dediqué a descifrarla apenas me hube ocupado de las necesidades de mi cuerpo (en un frío y decorado cuarto de baño de la planta baja donde veía cómo el aliento se remontaba delante de mis ojos).

Me alegra la noticia de que te has recuperado de las *miasmas* que te habían atacado hace tanto tiempo los pulmones, aunque te aseguro que comprendo el dilema moral que te ha creado el tratamiento. ¡Un abolicionista enfermo, que se cura en el clima soleado del territorio esclavista de Florida! Pese a ello, Bones, este amigo que también ha marchado por el valle de las sombras, te pide que *te cuides* y que no vuelvas a Massachusetts hasta que el organismo te lo autorice. Tu inteligencia sutil y tu pluma incisiva no nos servirán si te reduces a arcilla, y si el Sur es el lugar ideal para tu curación, ¿no te parece que hay en ello un elemento de justicia poética?

Sí, la casa es tan bella como me habían dicho los albaceas de mi primo, pero bastante más siniestra. Se levanta sobre un colosal promontorio situado unos cuatro o cinco kilómetros al norte de Falmouth y unos trece kilómetros al norte de Portland. Detrás de ella se extiende un parque de alrededor de hectárea y media, donde la Naturaleza ha vuelto a imponerse con increíble ferocidad: enebros, malezas, arbustos y muchas variedades de enredaderas que trepan, exuberantes, por los pintorescos muros de piedra que separan la propiedad del territorio municipal. Unas espantosas imitaciones de estatuas griegas espían ciegamente entre el follaje, desde lo alto de varias lomas, y en la mayoría de los casos parecen a punto de abalanzarse sobre el caminante. Los gustos de mi primo Stephen parecían recorrer toda la gama que va desde lo inaceptable hasta lo francamente horroroso. Hay una extraña glorieta casi sepultada en zumaques escarlatas y un grotesco reloj de sol en medio de lo que antaño debió de ser un jardín. Éste constituye el último toque lunático.

Pero el paisaje que se divisa desde la sala compensa con creces todo lo demás. Se domina un vertiginoso panorama de las rocas que se levantan al pie de Chapelwaite Head, y también del Atlántico. Un inmenso ventanal combado se abre sobre este espectáculo y junto a él descansa un enorme escritorio inflado como un escuerzo. Será un buen lugar para dar comienzo a esa novela de la que te he hablado durante tanto tiempo (sin duda hasta hartarte).

Hoy tenemos un día gris, con lluvia intermitente. Cuando miro hacia fuera, todo parece un estudio en color pizarra: las rocas, viejas y desgastadas como el Tiempo mismo; el cielo; y, por supuesto, el mar, que se estrella contra las fauces graníticas de abajo con un ruido que más que ruido es como una vibración. Mientras escribo, las olas repercuten bajo mis pies. La sensación no es totalmente desagradable.

Sé que desapruebas mis hábitos de hombre solitario, querido Bones, pero te aseguro que me siento bien y dichoso. Calvin me acompaña, tan práctico, silencioso y confiable como siempre, y estoy seguro de que a mitad de semana, entre ambos habremos puesto las cosas en orden y habremos concertado un acuerdo para que nos envíen desde el pueblo todo lo que necesitamos. Además, habremos contratado una legión de criadas que se encargarán de quitar el polvo de esta casa.

Es hora de poner punto final. Todavía tengo que ver muchas cosas, tengo que explorar muchas habitaciones, y sin duda estos delicados ojos deberán posarse aún sobre un millar de muebles execrables. Nuevamente te agradezco el toque familiar que me trajo tu carta, y tu permanente afecto.

Cariños a tu esposa de quien os quiere a ambos.

Charles

6 de octubre de 1850

Querido Bones:

¡Qué lugar tan extraño es éste!

Continúa maravillándome, lo mismo que la reacción de los habitantes de la aldea vecina ante mi presencia en la casa. Dicha aldea es un lugar insólito, que ostenta el pintoresco nombre de Preacher's Corners, o sea, esquinas de los predicadores. Fue allí donde Calvin se aseguró el envío de las provisiones semanales. También hizo otra diligencia, que consistió en comprar una cantidad de leña que creo nos bastará para todo el invierno. Pero Cal volvió con un talante lúgubre, cuando le pregunté qué le sucedía respondió hoscamente:

—¡Piensan que usted está loco, señor Boone!

Me reí y dije que quizás habían oído hablar del acceso de fiebre encefálica que había sufrido después de la muerte de mi Sarah... Claro que entonces divagaba como un demente, como tú bien puedes atestiguarlo.

Pero Cal replicó que lo único que sabían acerca de mi persona era lo que había contado mi primo Stephen, quien había utilizado los mismos servicios que yo acabo de contratar.

—Lo que dijeron, señor, es que en Chapelwaite sólo puede vivir un lunático o alguien que se arriesga a enloquecer.

Esto me dejó muy perplejo, como te imaginarás, y le pregunté quién le había dado esa asombrosa información. Me contestó que le habían puesto en contacto con un huraño y bastante embrutecido plantador llamado Thompson, que posee cien hectáreas pobladas de pinos, abedules y abetos, y que los corta con la ayuda de sus cinco hijos para venderlos a los aserraderos de Portland y a las familias de la comarca.

Cuando Cal, que desconocía su raro prejuicio, le informó a dónde debía transportar la leña, Thompson le miró boquiabierto y dijo que enviaría a sus hijos con la madera, en pleno día, y por el camino que bordea el mar.

Calvin, que aparentemente confundió mi desconcierto con aflicción, se apresuró a aclarar que el hombre apestaba a whisky barato y que luego se había explayado en una serie de desvaríos acerca de una aldea abandonada y las relaciones del primo Stephen... ¡con los gusanos! Calvin cerró el trato con uno de los hijos de Thompson que, según parece, se mostró bastante insolente y tampoco estaba demasiado sobrio ni olía muy bien. Creo que en la misma aldea de Preacher's Corners se produjeron algunas reacciones análogas, por ejemplo en el almacén donde Cal habló con el propietario, aunque allí el tono fue más confidencial.

Nada de esto me ha inquietado mucho. Ya sabemos que a los rústicos les encanta enriquecer sus vidas con los aires del escándalo y el mito, y supongo que el pobre Stephen y su rama de la familia fueron un blanco adecuado. Como le dije a Cal, un hombre que encontró la muerte al caer prácticamente desde el porche de su casa es un excelente candidato para inspirar habladurías.

La casa no cesa de despertar mi asombro. ¡Veintitrés habitaciones, Bones! Los paneles de madera que recubren las plantas superiores y la galería de cuadros están un poco mohosos pero conservan su grosor. Mientras me hallaba en el dormitorio de mi difunto primo, arriba, oí las ratas que correteaban detrás de esos paneles, y deben de ser muy grandes, a juzgar por el ruido que hacen..., casi como si se tratara de pisadas de seres humanos. No me gustaría toparme con una de ellas en la oscuridad. Ni, a decir verdad, en plena luz. De todas formas, no he visto cuevas ni excrementos. Es curioso.

A lo largo de la galería superior se alinean unos feos retratos cuyos marcos deben de valer una fortuna. Algunos de esos rostros tienen un aire de semejanza con Stephen, tal como yo lo recuerdo. Creo haber identificado a mi tío Henry Boone y a su esposa Judith, pero los otros no despiertan en mí ninguna evocación. Supongo que uno de ellos puede ser el de mi famoso abuelo,

Robert. Pero la rama de la familia de la que forma parte Stephen me resulta prácticamente desconocida, cosa que lamento de todo corazón. Estos retratos, a pesar de su escasa calidad, reflejan el mismo buen humor que chispeaba en las cartas que Stephen nos escribía a Sarah y a mí, la misma irradiación de refinada inteligencia. ¡Qué estúpidas son las razones por las cuales riñen las familias! Un escritorio desvalijado, unas injurias intercambiadas entre hermanos que han muerto tres generaciones atrás, y se produce un distanciamiento injustificado entre descendientes inocentes. No puedo dejar de alegrarme de que tú y John Petty consiguiérais comunicaros con Stephen cuando todo parecía indicar que yo seguiría a mi Sarah al otro mundo..., al mismo tiempo que me apena que el azar nos haya privado de un encuentro personal. ¡Cómo me habría gustado oírle defender las estatuas y los muebles ancestrales!

Pero no me dejes denigrar exageradamente esta casa. Es cierto que el gusto de Stephen no coincide con el mío, mas debajo de sus agregados superpuestos hay auténticas obras maestras (algunas de ellas cubiertas por fundas en las habitaciones superiores). Hay camas, mesas, y pesadas tallas oscuras en teca y caoba, y muchos de los dormitorios y antecámaras, el estudio de arriba y una salita, tienen un austero encanto. Los pisos son de sólido pino y lucen con un resplandor íntimo y secreto. Aquí encuentro dignidad, dignidad y el peso de los años. Aún no puedo decir que me gusta, pero sí me inspira respeto. Y estoy ansioso por ver cómo el lugar se transforma a medida que pasamos por los cambios de este clima septentrional.

¡Qué prisa, Señor! Escribe pronto, Bones. Háblame de tus progresos y cuéntame qué noticias tienes de Petty y los demás. Y por favor no cometas el error de inculcar tus ideas en forma *demasiado compulsiva* a tus nuevas amistades sureñas... Entiendo que allí no todos se conforman con responder sólo con la boca, como lo hace nuestro locuaz *amigo*, el señor Calhoun.

Afectuosamente,
Charles

16 de octubre de 1850
Querido Richard:

Hola, ¿cómo estás? He pensado muchas veces en ti

desde que me instalé aquí, en Chapelwaite, y no perdía la esperanza de recibir noticias tuyas... ¡pero ahora Bones me comunica por carta que olvidé dejar mis señas en el club! Puedes estar seguro de que de todas maneras te habría escrito, porque a veces me parece que mis auténticos y leales amigos son lo único seguro y absolutamente normal que me queda en el mundo. ¡Y, ay Dios, cómo nos hemos dispersado! Tú estás en Boston, y escribes consecuentemente en *The Liberator* (al que, te advierto, también le he enviado mi dirección). Hanson está en Inglaterra, en una de sus condenadas correrías, y el pobre viejo Bones está en la mismísima *guarida del león*, curando sus pulmones.

Aquí todo marcha bien, dentro de los límites de lo previsible, y no dudes que te suministraré una reseña completa cuando no esté tan apremiado por lo que ocurre a mi alrededor. En verdad creo que algunos hechos que se han sucedido en Chapelwaite y en la comarca circundante estimularían tu sensibilidad jurídica.

Pero entretanto debo pedirte un favor, si es que puedes dedicarme un poco de tiempo. ¿Recuerdas al historiador que me presentaste en la cena que organizó Clary para recaudar fondos para la causa? Creo que se llama Bigelow. Sea como fuere, comentó que su hobby consistía en reunir leyendas históricas sobre la región donde estoy viviendo. El favor que te pido, pues, es el siguiente: ¿Puedes ponerte en contacto con él y preguntarle qué datos, testimonios folklóricos o *rumores generales* ha recogido, si es que ha recogido alguno, acerca de una pequeña aldea abandonada cuyo nombre es JERUSALEM'S LOT, próxima al pueblo denominado Preacher's Corners, sobre el Royal River? Este río es tributario del Androscoggin, y vierte sus aguas en él aproximadamente dieciocho kilómetros antes de su desembocadura en las cercanías de Chapelwaite. Me complacería mucho recibir esta información que, sobre todo, podría tener bastante importancia.

Al releer esta carta siento que he sido un poco parco contigo, Dick, y lo lamento sinceramente. Pero puedes estar seguro de que pronto seré más explícito, y hasta que llegue ese momento os envío mis saludos más cordiales a tu esposa, a tus dos maravillosos hijos y, por supuesto, a ti.

Afectuosamente,
Charles

Querido Bones:

Debo contarte una historia que nos parece un poco extraña (e incluso inquietante) a Cal y a mí... Veremos qué opinas tú. ¡En el peor de los casos, te servirá para distraerte mientras lidias con los mosquitos!

Dos días después de que te hube enviado mi última carta, llegó aquí un grupo de cuatro jovencitas de Corners, supervisadas por una dama madura, de aspecto intimidatoriamente idóneo: la señora Cloris. Venían a poner la casa en orden y a eliminar el polvo que me hacía estornudar constantemente. Todas parecían un poco nerviosas mientras realizaban sus faenas. Incluso, una damisela arisca lanzó un gritito cuando entré en la salita de arriba mientras ella limpiaba.

Le pedí una explicación a la señora Cloris (que quitaba el polvo del vestíbulo con una implacable tenacidad que te habría asombrado, con el cabello protegido por un pañuelo desteñido) y ella se volvió hacia mí con aire resuelto.

—No les gusta la casa, señor, y a mí tampoco, porque siempre ha sido un lugar *siniestro*.

Cuando oí tan inesperado aserto se me desencajó la mandíbula, y la mujer prosiguió con tono más amable:

—No quiero decir que Stephen Boone no fuese una excelente persona, porque lo era. Mientras vivió aquí le limpiaba la casa cada dos jueves, así como antes había estado al servicio de su padre, el señor Randolph Boone, hasta que él y su esposa fallecieron en 1816. El señor Stephen era un hombre bueno y afable, como parece serlo usted, señor (y le ruego que disculpe mi tono tan directo, pero no sé hablar de otro modo), mas la casa es *siniestra* y siempre *lo ha sido*, y ningún Boone ha sido dichoso en ella desde que su abuelo Robert y el hermano de éste, Philip, riñeron en 1789 [al decir esto hizo una pausa casi culpable] por un robo.

¡Qué memoria tiene la gente, Bones!

La señora Cloris continuó:

—La casa fue construida en una atmósfera de desdicha, ha sido habitada en una atmósfera de desdicha [no sé si sabes o no, Bones, que mi tío Randolph estuvo complicado en un accidente, en la escalera del sótano, que le costó la vida a su hija Marcella, y después él se suicidó en un acceso de remordimiento. Stephen me contó el episodio en una de sus cartas, en la triste circunstancia del cumpleaños de su difunta hermana], y en ella se han producido desapariciones y accidentes.

»He trabajado aquí, señor Boone, y no soy ciega ni sorda. He oído ruidos espantosos en las paredes, señor, ruidos espantosos: golpes y crujidos y una vez un extraño aullido que era mitad risa. Aquello me congeló la sangre. Éste es un lugar sórdido, señor.

Al decir esto calló, quizá tenía miedo de haberse excedido.

En cuanto a mí, no sabía si sentirme ofendido o divertido, curioso o sencillamente indiferente. Temo que la socarronería se impuso sobre mis otros sentimientos.

—¿Y qué sospecha, señora Cloris? ¿Que los fantasmas hacen rechinar las cadenas?

Pero ella se limitó a dirigirme una mirada enigmática.

—Es posible que haya fantasmas. Pero no en las paredes. No son fantasmas los que aúllan y sollozan como condenados y chocan y tropiezan en la oscuridad. Son...

—Vamos, señora Cloris —la azucé—. Si ha llegado hasta este punto, ¿por qué no completa lo que empezó?

En su rostro asomó la expresión más rara de terror, resentimiento y, lo juraría, respeto religioso.

—Algunos no mueren —susurró—. Algunos viven en las sombras crepusculares, entre los dos mundos, para servirlo... ¡a Él!

Y eso fue todo. Seguí acosándola con mis preguntas durante unos minutos, pero ella se empecinó aún más y se resistió a agregar una palabra. Por fin desistí, temiendo que recogiera sus trastos y abandonara la casa.

Éste fue el fin de un incidente, pero a la noche siguiente se suscitó otro. Calvin había encendido la chimenea, en la planta baja, y yo estaba sentado en la sala, aletargado sobre un ejemplar de *The Intelligencer* y oyendo el ruido que producían las trombas de lluvia al azotar el amplio ventanal. Me sentía tan a gusto como sólo puedes sentirte en una noche como ésa, cuando fuera reina la inclemencia y dentro todo es tibieza y comodidad. Pero Cal apareció un momento después en la puerta, excitado y un poco nervioso.

—¿Está despierto, señor? —preguntó.

—Apenas —respondí—. ¿Qué sucede?

—Arriba he descubierto algo que creo que usted debería ver —explicó, con el mismo aire de excitación reprimida.

Me puse en pie y le seguí. Mientras subíamos por la ancha escalera, Calvin dijo:

—Estaba leyendo un libro en el estudio de arriba, un lugar bastante extravagante, cuando oí un ruido en la pared.

—Ratas —comenté—. ¿Eso es todo?

Se detuvo en el rellano y me miró solemnemente. La lámpara que tenía en la mano proyectaba sombras estrafalarias y acechantes sobre las cortinas oscuras y sobre fragmentos de retratos que ahora parecían hacer muecas en lugar de sonreír. Fuera, el viento aumentó de intensidad hasta trocarse en un breve alarido y después amainó renuentemente.

—No son ratas —dictaminó Cal—. De detrás de los anaqueles brotaba una especie de ruido torpe y sordo, seguido por un gorgoteo. Horrible, señor. Y algo arañaba la pared, como si tratara de salir..., ¡de echarse sobre mí!

Te imaginarás mi sorpresa, Bones. Calvin no es propenso a las fantasías histéricas. Empecé a pensar que aquí hay un misterio, al fin y al cabo..., y quizás un misterio realmente pasmoso.

—¿Qué ocurrió, después? —le pregunté.

Habíamos reanudado la marcha por el pasillo, y vi que la luz del estudio se derramaba sobre el piso de la galería. Lo miré con cierto sobresalto: la noche ya no me parecía confortable.

—Los arañazos cesaron. Al cabo de un momento se repitieron los ruidos sordos, deslizantes, esta vez alejándose de mí. Hicieron un alto, ¡y juro que escuché una risa extraña, casi inaudible! Me acerqué a la biblioteca y empecé a empujar y tirar, pensando que quizás había un tabique, o una puerta secreta.

—¿Encontraste alguna?

Cal se detuvo en el umbral del estudio.

—No... ¡Pero hallé esto!

Entramos y vi un agujero negro y cuadrangular en el anaquel de la izquierda. Allí los libros no eran tales sino imitaciones, y lo que Cal había descubierto era un pequeño escondite. Alumbré su interior con la lámpara y no vi más que una espesa capa de polvo, que debía de haberse acumulado durante décadas.

—Sólo contenía esto —dijo Cal parsimoniosamente, y me entregó un folio amarillento.

Era un mapa, dibujado con trazos aracnoideos de tinta negra, el mapa de un pueblo o una aldea. Había quizá siete edificios, y uno, nítidamente marcado con un campanario, ostentaba esta leyenda al pie: *El Gusano Que Corrompe.*

En el ángulo superior izquierdo, una flecha señalaba hacia lo que debería haber sido el noroeste de la aldehuela. Debajo de ella estaba escrito: *Chapelwaite.*

—En el pueblo, señor —dijo Calvin—, alguien mencionó con aire bastante supersticioso una aldea abandonada que se llama Jerusalem's Lot. Es un lugar que todo el mundo elude.

—¿Y esto? —pregunté, mostrando la extraña leyenda que figuraba al pie del campanario.

—Lo ignoro.

Por mi mente cruzó el recuerdo de la señora Cloris, inflexible pero asustada.

—El Gusano... —murmuré.

—¿Sabe algo, señor Boone?

—Quizá... Sería divertido salir mañana hacia esta aldea, ¿no te parece, Cal?

Hizo un ademán afirmativo, con los ojos brillantes. Después pasamos casi una hora buscando una abertura en la pared, detrás del compartimiento que había descubierto Cal, pero fue en vano. Tampoco se repitieron los ruidos de los que había hablado Cal.

Esa noche nos acostamos sin más incidentes.

A la mañana siguiente Calvin y yo iniciamos nuestra expedición por el bosque. La lluvia de la noche había cesado, pero el cielo estaba oscuro y encapotado. Vi que Cal me miraba dubitativamente, y me apresuré a asegurarle que si me cansaba, o si la caminata se prolongaba demasiado, no vacilaría en desistir. Llevábamos con nosotros los víveres adecuados para un picnic, una excelente brújula «Buckwhite» y, por supuesto, el singular y antiguo mapa de Jerusalem's Lot.

Era un día raro y melancólico. Mientras avanzábamos hacia el Sur y el Este por el espeso y tenebroso bosque de pinos no oímos el gorjeo de ningún pájaro ni observamos el movimiento de ningún animal. El único ruido era el de nuestras pisadas y el rítmico romper de las olas contra los acantilados. El olor del mar, de una intensidad casi sobrenatural, nos acompañó constantemente.

No habíamos recorrido más de tres kilómetros cuando encontramos un camino cubierto de vegetación, de esos que según creo reciben la denominación de «estriberones». Seguía más o menos el mismo rumbo que nosotros y nos internamos por él, acelerando el paso. Hablábamos poco. La jornada, estática y ominosa, pesaba sobre nuestro espíritu.

Aproximadamente a las once oímos el ruido de un torrente. Los vestigios del camino torcieron de repente hacia la izquierda, y del otro lado del arroyuelo turbulento, gris, surgió, como una aparición, Jerusalem's Lot.

El arroyo tenía quizá dos metros y medio de ancho y era atravesado por un puente para peatones cubierto de musgo. Del otro lado, Bones, se levantaba la aldehuela más perfecta que puedas imaginar, lógicamente deslucida por la intemperie, pero asombrosamente conservada. Varias casas, construidas en el estilo austero pero imponente por el que los puritanos conquistaron justa fama, se apiñaban junto al escarpado barranco. Más allá, flanqueando una calle poblada de malezas, se levantaban tres o cuatro edificios que quizá correspondían a las primitivas tiendas, y más lejos aún, se alzaba hacia el cielo gris el campanario marcado en el mapa, indescriptiblemente tétrico con su pintura descascarada y su cruz herrumbrada, ladeada.

—Jerusalem's Lot. El destino de Jerusalén —comentó Cal en voz baja—. Han elegido bien el nombre.

Nos encaminamos hacia la aldea y empezamos a explorarla... ¡Y aquí es donde mi relato se torna un poco extravagante, Bones, de modo que prepárate!

Cuando marchamos entre los edificios la atmósfera nos pareció pesada. O cargada, si te parece mejor. Las construcciones estaban decrépitas, con los postigos desquiciados y los techos vencidos bajo el peso de las copiosas nevadas que habían debido soportar. Las ventanas polvorientas remedaban muecas maliciosas. Las sombras de las esquinas irregulares y los ángulos combados parecían agazaparse en charcas siniestras.

Primeramente visitamos una antigua taberna descalabrada, porque por algún motivo no nos pareció correcto invadir una de las casas donde la gente se había refugiado en busca de intimidad. Un viejo cartel emborronado por los elementos y atravesado sobre la puerta astillada, anunciaba que ésa había sido la BOAR'S HEAD INN AND TAVERN. La puerta chirrió con gran estridencia sobre la única bisagra que le quedaba, y entramos en el recinto sombrío. El olor de descomposición y moho estaba volatilizado y era casi insoportable. Y debajo de él parecía flotar otro aún más concentrado, un hedor viscoso y pestilente, una fetidez que era producto de los siglos y de su corrupción. Era un tufo semejante al que podría desprenderse de ataúdes putrefactos o tumbas profanadas. Me llevé el pañuelo a la nariz y Cal hizo otro tanto. Inspeccionamos el local.

—Válgame Dios, señor... —musitó Cal.

—No ha sido tocado jamás —dije, completando su frase.

Y en verdad no lo había sido. Las mesas y las sillas estaban apostadas como centinelas espectrales, polvorientas, combadas por los cambios de temperatura que han hecho célebre el clima de Nueva Inglaterra, pero por lo demás en perfectas condiciones..., como si hubieran esperado durante décadas silenciosas y reiteradas que quienes se habían ido hacía mucho tiempo volvieran a entrar, pidiendo a gritos una jarra de cerveza o un vaso de aguardiente, para luego tomar los naipes y encender una pipa de arcilla. Junto al reglamento de la taberna había un espejito, *intacto*. ¿Entiendes lo que quiero decir, Bones? Los niños son famosos por sus exploraciones y sus actos de vandalismo. No hay una sola casa «embrujada» que tenga las ventanas intactas, aunque corra el rumor de que está ocupada por seres macabros y feroces. No hay un sólo cementerio tenebroso donde los jóvenes bromistas no hayan derribado por lo menos una lápida. Ciertamente debía de haber una veintena de gamberros de Preacher's Corners, que estaba a menos de tres kilómetros de Jerusalem's Lot. Y sin embargo el espejo del tabernero (que debía de haber costado bastante) seguía intacto..., lo mismo que otros elementos frágiles que exhumamos durante nuestros huroneos. Los únicos deterioros que se observaban en Jerusalem's Lot habían sido causados por la Naturaleza impersonal. La connotación era obvia: Jerusalem's Lot ahuyentaba a la gente. ¿Pero por qué? Tengo una hipótesis, pero antes de atreverme siquiera a insinuarla, debo llegar a la inquietante conclusión de nuestra visita.

Subimos a los aposentos y encontramos las camas tendidas, con las jofainas de peltre pulcramente depositadas junto a ellas. La cocina también estaba indemne, únicamente alterada por el polvo de los años y por ese horrible y ubicuo hedor de putrefacción. La taberna habría sido un paraíso para cualquier anticuario: el artefacto fabulosamente estrafalario de la cocina habría alcanzado, por sí sólo, un precio exorbitante en una subasta de Boston.

—¿Qué opinas, Cal? —pregunté, cuando volvimos a salir a la incierta luz del día.

—Creo que éste es un mal asunto, señor Boone —respondió con su tono melancólico—, y pienso que tendremos que ver más para saber más.

Prestamos poca atención a los otros locales: había una fonda con mohosos artículos de cuero colgados de ganchos herrumbrados, una mercería, un almacén donde todavía se apilaban las tablas de roble y pino, una herrería.

Mientras nos dirigíamos hacia la iglesia situada en el centro de la aldea, entramos en dos casas. Ambas, de perfecto estilo puritano, estaban llenas de objetos por los que un coleccionista habría dado su brazo, y además ambas estaban abandonadas e impregnadas de la misma pestilencia putrefacta.

Allí nada parecía vivir o moverse, excepto nosotros dos. No vimos insectos ni pájaros. Ni siquiera una telaraña tejida en el ángulo de una ventana. Sólo polvo.

Por fin llegamos a la iglesia. Se alzaba sobre nosotros, hosca, hostil, fría. Sus ventanales estaban ennegrecidos por las sombras interiores, y hacía mucho tiempo que habían perdido todo vestigio de divinidad o santidad. De ello estoy seguro. Subimos por la escalinata y apoyé la mano sobre el gran tirador de hierro. Calvin y yo intercambiamos una mirada decidida, lúgubre. Abrí la puerta. ¿Cuánto tiempo hacía que no la tocaban? Me atrevería a afirmar que yo era el primero que lo hacía en cincuenta años, o quizá más. Los goznes endurecidos por la herrumbre chirriaron cuando la abrí. El olor de podredumbre y descomposición que nos ahogó era casi palpable. Cal tuvo arcadas y volvió involuntariamente la cabeza para respirar aire fresco.

—Señor —dijo—, ¿está seguro de que...?

—Me siento bien —respondí con tono tranquilo.

Pero mi serenidad era fingida, Bones. No estaba tranquilo, como no lo estoy ahora. Creo, igual que Moisés, que Jeroboam, que Increase Mather, y que nuestro propio Hanson (cuando está de humor filosófico) que hay lugares espiritualmente aviesos, edificios donde la leche del cosmos se ha puesto agria y rancia. Esta iglesia es uno de esos lugares. Podría jurarlo.

Entramos en un largo vestíbulo equipado con un perchero polvoriento y con anaqueles llenos de libros de oraciones. No había ventanas. De trecho en trecho había lámparas de aceite empotradas en nichos. Un recinto vulgar, pensé, hasta que oí la exclamación ahogada de Calvin y vi lo que él ya había visto.

Era una obscenidad.

Me resisto a describir ese cuadro primorosamente enmarcado, y sólo diré que estaba pintado en el estilo opulento de Rubens, que se trataba de una grotesca parodia de la Madona y el niño, y que unas criaturas extrañas, parcialmente envueltas en sombras, retozaban y se arrastraban por el fondo.

—Dios mío —susurré.

—Aquí no está Dios —contestó Calvin, y sus palabras parecieron quedar flotando en el aire.

Abrí la puerta que conducía a la iglesia propiamente dicha, y el olor se convirtió en una miasma casi asfixiante.

Bajo la media luz reverberante de la tarde, los bancos se extendían, fantasmales, hasta el altar. Sobre ellos se elevaba un alto púlpito de roble y un retablo penumbroso en el que refulgía el oro.

Calvin, ese devoto protestante, se persignó con un débil sollozo, y yo le imité. Porque el elemento de oro era una gran cruz, bellamente labrada..., pero que colgaba invertida, simbolizando la Misa de Satán.

—Debemos conservar la calma —me oí decir—. Debemos conservar la calma, Calvin. Debemos conservar la calma.

Sin embargo, una sombra había aleteado sobre mi corazón, y estaba más asustado que nunca lo había estado antes en mi vida. He marchado bajo el palio de la muerte y pensaba que no había ningún otro más negro. Pero lo hay. Sí que lo hay.

Avanzamos por la nave, oyendo el eco de las pisadas sobre nuestras cabezas y alrededor de nosotros. Las huellas de nuestro calzado quedaban marcadas sobre el polvo. Y en el altar encontramos otros tenebrosos *objets d'art*. Pero no quiero volver a pensar en ellos.

Empecé a subir al púlpito.

—¡No, señor Boone! —exclamó súbitamente Cal—. Tengo miedo...

Mas ya había llegado. Un libro inmenso descansaba abierto sobre el atril. Estaba escrito en latín y en un jeroglífico rúnico que mi ojo inexperto catalogó como druídico o precéltico. Te adjunto una tarjeta con varios de estos símbolos, dibujados de memoria.

Cerré el libro y leí las palabras estampadas sobre el cuero: *De Vermis Mysteriis*. Mis conocimientos de latín casi se han desvanecido pero me bastan para traducir: *Los misterios del gusano*.

Cuando toqué el volumen, la iglesia maldita y las facciones de Calvin, blancas y levantadas hacia mí, parecieron fluctuar ante mis ojos. Tuve la impresión de oír voces apagadas, que entonaban un cántico impregnado de miedo y al mismo tiempo abyecto y ansioso... Y debajo de este sonido otro, que llenaba las entrañas de la Tierra. Una alucinación, sin duda..., pero en ese mismo momento la iglesia se pobló con un ruido muy concreto, que sólo puedo describir como una colosal y macabra *convulsión* bajo mis pies. El púlpito tembló bajo mis dedos; la cruz profanada se estremeció en la pared.

Cal y yo salimos juntos, dejando la iglesia librada a su propia oscuridad, y ninguno de los dos se atrevió a mirar atrás hasta después de haber cruzado los toscos maderos que unían las dos márgenes del arroyo. No diré que echamos a correr, mancillando los mil novecientos años que el hombre ha pasado tratando de superar su condición de salvaje intimidado y supersticioso, pero mentiría si dijera que caminamos plácidamente.

Ésta es mi historia. No ensombrezcas tu recuperación pensando que ha vuelto a atacarme la fiebre. Cal ha sido testigo de todo lo que narro en estas páginas, incluyendo el pavoroso *ruido*.

Pongo fin a esta carta, agregando sólo que anhelo verte (seguro de que si te viera gran parte de mi perplejidad se disiparía inmediatamente) y que sigo siendo tu amigo y admirador,

Charles

17 de octubre de 1850

De mi mayor consideración:

En la última edición de vuestro catálogo de artículos para el hogar (o sea, el que corresponde al verano de 1850), figura una sustancia llamada Veneno para Ratas. Deseo comprar una lata de un kilogramo de este producto al precio estipulado de treinta céntimos. Adjunto franqueo de retorno. Enviar a: Calvin McCann, Chapelwaite, Preacher's Corners, Cumberland County, Maine.

Agradezco vuestra atención, y os saludo muy atentamente,

Calvin McCann

19 de octubre de 1850

Querido Bones:

Novedades inquietantes.

Los ruidos de la casa se han intensificado, y estoy cada vez más convencido de que las ratas no son las únicas que se mueven dentro de nuestras paredes. Calvin y yo practicamos otra búsqueda infructuosa de recovecos o pasadizos ocultos. No encontramos ninguno. ¡Qué mal encajaríamos en una de las novelas de la señora Radcliffe! Cal alega, sin embargo, que buena parte de los ruidos proceden del sótano, y esa parte de la casa es la que pensamos explorar mañana. No me tranquiliza el saber que allí es donde encontró su trágico final la hermana del primo Stephen.

Entre paréntesis, su retrato cuelga de la galería de arriba. Marcella Boone era una joven de triste belleza, si el artista supo captar sus rasgos con fidelidad, y sé que nunca se casó. A veces pienso que la señora Cloris tenía razón, y que ésta *es* una casa siniestra. Ciertamente, no ha traído más que desventuras a sus anteriores ocupantes.

Pero debo agregar algo más acerca de la formidable señora Cloris, porque hoy estuve hablando otra vez con ella. Puesto que la considero la persona más sensata de Corners de cuantas he conocido hasta ahora, la busqué esta tarde, después de una desagradable entrevista que describiré a continuación.

Esta mañana deberían haber traído la leña, y cuando llegó y pasó el mediodía sin que apareciese la madera, resolví encaminarme hacia el pueblo en mi paseo cotidiano. Mi propósito era visitar a Thompson, el hombre con quien Cal había cerrado el trato.

Éste ha sido un hermoso día, impregnado por la incisiva frescura del otoño radiante, y cuando llegué a la propiedad de los Thompson (Cal, que se quedó en casa para seguir hurgando en la biblioteca del primo Stephen, me había descrito el itinerario preciso) me sentía de mejor humor que en todos los días pasados, y estaba predispuesto para disculpar la tardanza del proveedor.

Me encontré ante una multitud de malezas enmarañadas y construcciones destartaladas que necesitaban una mano de pintura. A la izquierda del establo, una puerca descomunal, lista para la matanza de noviembre, gruñía y se revolcaba en una pocilga lodosa, y en el patio lleno de basura que separaba la casa de las dependencias anexas, una mujer que usaba un astroso vestido de algodón alimentaba a las gallinas con el maíz acumulado en el hueco de su delantal. Cuando la saludé, volvió hacia mí un rostro pálido y desvaído.

Fue asombroso ver cómo su expresión absolutamente estólida se transformaba en otra de frenético terror. Sólo se me ocurre pensar que me confundió con Stephen, porque hizo el ademán típico para ahuyentar el mal de ojo y lanzó un alarido. Los granos de maíz se desparramaron a sus pies y las gallinas se alejaron aleteando y cacareando.

Antes de que yo pudiera articular una palabra, un hombre gigantesco y encorvado, cuya única vestimenta eran unos calzoncillos largos, salió tambaleándose de la casa con un rifle para cazar ardillas en una mano y un porrón en la otra. Al ver sus ojos inyectados en sangre y su porte inseguro, llegué a la conclusión de que era el leñador Thompson en persona.

—¡Un Boone! —bramó—. ¡Maldito sea! —Dejó caer el porrón y él también hizo la señal.

—He venido —dije, con la mayor ecuanimidad posible, dadas las circunstancias—, porque no recibí la madera. Según lo convenido con mi acompañante...

—¡Maldito sea también su acompañante, es lo que digo! —Y por primera vez me di cuenta de que pese a su actitud fanfarrona tenía un miedo atroz. Empecé a preguntarme seriamente si su ofuscación no lo induciría a dispararme con el rifle.

—Como testimonio de cortesía... —empecé a decir cautelosamente.

—¡Maldita sea su cortesía!

—Muy bien, pues —manifesté, con la mayor dignidad posible—. Me despido hasta que recupere el control de sus actos.

Di media vuelta y eché a caminar hacia la aldea.

—¡No vuelva! —chilló a mis espaldas—. ¡Quédese allí con su maldición! ¡Maldito! ¡Maldito! ¡Maldito!

Me arrojó una piedra que me golpeó en el hombro, porque no quise darle la satisfacción de agacharme.

De modo que fui en busca de la señora Cloris, resuelto a elucidar por lo menos el misterio de la hostilidad de Thompson. Es viuda (y olvida tus condenados instintos de *casamentero*, Bones; me lleva quince años y yo no volveré a ver los cuarenta) y vive sola en una encantadora casita a orillas del mar. La encontré tendiendo su colada, y pareció sinceramente complacida al verme. Esto me produjo un gran alivio: es muy irritante que te traten como un paria sin ninguna justificación.

—Señor Boone —dijo, con una mínima reverencia—, si ha venido a pedirme que le lave la ropa, debo comunicarle que no hago ese trabajo después de setiembre. El reumatismo me hace sufrir tanto que a duras penas puedo lavar la mía.

—Ojalá fuera ése el motivo de mi visita. He venido a pedirle ayuda, señora Cloris. Quiero que me cuente todo lo que sabe acerca de Chapelwaite y Jerusalem's Lot y que me explique por qué la gente del lugar me mira con tanta desconfianza y miedo.

—¡Jerusalem's Lot! De modo que también sabe *eso*.

—Sí —contesté—. Visité el pueblo con mi acompañante hace una semana.

—¡Válgame Dios! —Se puso pálida como la leche, y trastabilló. Extendí la mano para sostenerla. Sus ojos giraron espantosamente en las órbitas y por un momento me sentí seguro de que se iba a desmayar.

—Señora Cloris, discúlpeme si he dicho algo que...

—Entre —me interrumpió—. Tiene que saberlo. ¡Jesús, han vuelto los malos tiempos!

No quiso pronunciar una palabra más hasta que terminó de preparar un té cargado en su cocina luminosa. Cuando la taza estuvo frente a mí, se quedó mirando el océano un rato, con expresión pensativa. Inevitablemente sus ojos y los míos se dirigieron hacia el promontorio de Chapelwaite Head, donde la casa se alza sobre el mar. El amplio ventanal refulgía como un diamante al reflejar los rayos del sol poniente. El espectáculo era hermoso pero producía una enigmática inquietud. Se volvió de pronto hacia mí y exclamó vehementemente:

—¡Debe irse en seguida de Chapelwaite, señor Boone! Quedé perplejo.

—Desde que se instaló allí flota un hálito siniestro en el aire. Durante la última semana, a partir del momento en que pisó aquel lugar maldito, se han sucedido los presagios y portentos. Un velo sobre la faz de la Luna; bandadas de chotacabras que anidan en los cementerios; un parto anómalo. ¡Debe irse!

Cuando recuperé el uso de la palabra, hablé con la mayor afabilidad posible:

—Señora Cloris, todo esto son fantasías. Usted debe saberlo.

—¿Es una fantasía que Bárbara Brown haya dado a luz un niño sin ojos? ¿O que Clifton Brocken haya encontrado una huella lisa, aplastada, de un metro y medio de ancho, más allá de Chapelwaite, *donde todo se había marchitado y blanqueado*? Y usted, dice que ha visitado Jerusalem's Lot, ¿puede afirmar sinceramente que no hay algo que sigue viviendo allí?

No atiné a contestar. Lo que había visto en esa iglesia inicua reapareció ante mis ojos.

La mujer juntó sus manos nudosas, en un esfuerzo por calmarse.

—Sólo me he enterado de estas cosas porque se las oí contar a mi madre, y, antes, a la madre de ella. ¿Usted conoce la historia de su familia, en lo que concierne a Chapelwaite?

—Vagamente —respondí—. La casa ha sido la morada del linaje de Philip Boone desde la década de 1780. Su hermano Robert, mi abuelo, se instaló en Massachusetts después de una reyerta por papeles robados. Sé poco acerca del linaje de Philip, excepto que lo cubrió una sombra infausta, transmitida de generación en generación: Marcella murió en un accidente trágico y Stephen se mató en una caída. Stephen quiso que Chapelwaite se convirtiera en mi hogar, y en el de los míos, y que así se enmendara la división de la familia.

—Nunca se enmendará —musitó ella—. ¿Sabe algo acerca del altercado originario?

—A Robert Boone le sorprendieron en el momento en que registraba el escritorio de su hermano.

—Philip Boone estaba loco —afirmó la señora Cloris—. Se dedicaba a un tráfico impío. Robert Boone *intentó* despojarle de una Biblia profana escrita en las lenguas antiguas: latín, druídico, y otras. Un libro infernal.

—*De Vermis Mysteriis*.

Respingó como si la hubieran golpeado.

—¿Lo conoce?

—Lo he visto... lo he tocado. —Nuevamente me pareció que estaba a punto de desmayarse. Se llevó una mano a la boca como si quisiera ahogar un grito—. Sí, en Jerusalem's Lot. Sobre el púlpito de una iglesia corrompida y profanada.

—De modo que está aún allí, aún allí. —Se meció en su silla—. Confiaba en que Dios, con Su sabiduría, lo habría arrojado al foso del infierno.

—¿Qué relación tuvo Philip Boone con Jerusalem's Lot?

—Una relación de sangre —dijo la señora Cloris con tono lúgubre—. Llevaba la Marca de la Bestia, aunque lucía las vestiduras del Cordero. Y el 31 de octubre de 1789, Philip Boone desapareció..., junto con toda la población de esa condenada aldea.

No agregó mucho más. En verdad, no parecía saber mucho más. Sólo atinó a reiterar sus súplicas de que me fuera, argumentando algo sobre «la sangre que llama a la sangre» y murmurando acerca de «los que *vigilan* y los que *montan guardia*». A medida que se acercaba el crepúsculo pareció más agitada, y no menos, y para aplacarla le prometí que prestaría seria atención a sus deseos.

Marché de regreso a la casa entre sombras cada vez más largas y tétricas. Mi buen humor se había disipado por completo y la cabeza me daba vueltas, poblada de dudas que aún me atormentan. Cal me recibió con la noticia de que los ruidos de las paredes se han intensificado..., como yo mismo puedo atestiguarlo en este momento. Procuro convencerme de que sólo oigo ratas, pero enseguida veo el rostro aterrorizado y grave de la señora Cloris.

La luna se ha levantado sobre el mar, tumefacta, redonda, roja como la sangre, y salpica el océano con un reflejo repulsivo. Mi pensamiento vuelve hacia aquella iglesia y

(aquí hay un renglón tachado)

Pero tú no verás eso, Bones. Es demasiado demencial. Creo que es hora de que me vaya a dormir. No me olvido de ti.

Saludos,
Charles

(El texto que sigue ha sido extraído del Diario de bolsillo de Calvin McCann.)

20 de octubre de 1850

Esta mañana me tomé la libertad de forzar la cerradura que impide abrir el libro. Lo hice antes de que el señor Boone se levantara. Es inútil. Está todo él escrito en clave. Una clave sencilla, me parece. Quizá me resultará tan fácil descifrarla como forzar la cerradura. Estoy seguro de que se trata de un Diario. La escritura tiene un asombroso parecido con la del señor Boone. ¿A quién puede pertenecer este volumen, arrumbado en el rincón más oscuro de la biblioteca y con sus páginas herméticamente cerradas? Parece antiguo, ¿pero quién podría afirmarlo con certeza? El papel ha estado bastante bien protegido de la influencia corruptora del aire. Más tarde me ocuparé de él, si tengo tiempo. El señor Boone está empeñado en explorar el sótano. Temo que estos fenómenos macabros sean nefastos para su salud aún inestable. Debo tratar de persuadirle...

Pero aquí viene...

20 de octubre de 1850

Bones:

Todavía *(sic)* no puedo escribirte yo yo yo

(El texto que sigue ha sido extraído del Diario de bolsillo de Calvin McCann.)

20 de octubre de 1850

Tal como temía su salud se ha quebrantado...

¡Dios mío, Padre Nuestro que estás en el Cielo!

No soporto ese recuerdo. Sin embargo está implantado, grabado en mi cerebro como un ferrotipo. ¡El horror del sótano...!

Ahora estoy solo. Son las ocho y media. La casa está silenciosa pero...

Lo encontré desvanecido sobre su escritorio. Aún duerme. Sin embargo, durante esos breves momentos, ¡con cuánta gallardía se comportó mientras yo estaba paralizado y descalabrado!

Su piel está cérea, fría. Gracias a Dios no ha vuelto a tener fiebre. No me atrevo a moverlo ni a dejarlo ir a la aldea. Y si fuera yo, ¿quién volvería conmigo para ayudarle? ¿Quién vendría a esta casa maldita?

¡Oh, el sótano! ¡Los monstruos del sótano que han invadido nuestras paredes!

22 de octubre de 1850

Querido Bones:

Me he recuperado, aunque todavía estoy débil, después de pasar treinta y seis horas sin conocimiento. Me he recuperado... ¡Qué broma tan amarga y macabra! Nunca volveré a recuperarme. Jamás. Me he enfrentado con una locura y un horror indescriptibles. Y el fin aún no está a la vista.

Si no fuera por Cal, creo que terminaría con mi vida ahora mismo. Cal es una isla de cordura en este mar de demencia.

Lo sabrás todo.

Nos habíamos equipado con velas para la exploración del sótano, y sus llamas proyectaban un fuerte resplandor que era harto suficiente..., ¡diabólicamente suficiente! Calvin intentó disuadirme con el argumento de mi reciente enfermedad, y dijo que lo más que encontraríamos, probablemente, serían unas grandes ratas a las que luego habría que envenenar.

Sin embargo, me empeciné. Calvin lanzó un suspiro y dijo:

—Hágase entonces su voluntad, señor Boone.

Al sótano se entra por un escotillón implantado en el piso de la cocina (que Cal jura haber tapiado sólidamente) que sólo conseguimos levantar después de muchos forcejeos y tirones.

De la oscuridad brotó un olor fétido, asfixiante, no muy distinto del que saturaba la aldea abandonada allende el Royal River. La vela que yo sostenía arrojaba su fulgor sobre una escalera empinada que conducía a las tinieblas. La escalera estaba en pésimas condiciones de conservación —faltaba incluso un escalón íntegro, sustituido por un boquete negro— y en seguida comprendí cómo la desventurada Marcella había encontrado allí la muerte.

—¡Tenga cuidado, señor Boone! —exclamó Cal.

Le contesté que eso era lo que más tendría, y bajamos.

El piso era de tierra, y las paredes de sólido granito apenas estaban húmedas. Eso no parecía en absoluto un refugio de ratas, porque no se veía ninguno de los materiales que éstas utilizan para construir sus nidos, tales como cajas viejas, muebles abandonados, pilas de papel y cosas por el estilo. Levantamos las velas, ganando así un pequeño círculo de luz, pero pese a ello nuestro radio visual seguía siendo muy reducido. El piso tenía un declive gradual que parecía pasar debajo de la sala y el comedor principal, o sea que se extendía hacia el Oeste. Ése fue el rumbo que tomamos. Todo estaba sumido en un silencio absoluto. La pestilencia del aire era cada vez más intensa y la oscuridad circundante parecía comprimirse como una envoltura de lana, como si estuviera celosa de la luz que la desbancaba momentáneamente después de tantos años de hegemonía indiscutida.

En el extremo final, los muros de granito eran remplazados por una madera pulida que parecía totalmente negra y desprovista de propiedades reflectoras. Allí terminaba el sótano, aislando lo que parecía ser un compartimiento separado del recinto principal. Estaba sesgado de manera tal que era imposible inspeccionarlo sin contornear el recodo.

Eso fue lo que hicimos Calvin y yo.

Fue como si un corroído espectro del pasado siniestro de la mansión se hubiera alzado delante de nosotros. En ese compartimiento había una silla solitaria y, sobre ésta, sujeto a una de las gruesas vigas del techo, colgaba un podrido lazo de cáñamo.

—Entonces fue aquí donde se ahorcó —murmuró Cal—. ¡Dios mío!

—Sí..., con el cadáver de su hija postrado al pie de la escalera, detrás de él.

Cal empezó a hablar. Pero sus ojos se desviaron hacia un punto situado a mis espaldas. Entonces sus palabras se trocaron en un alarido.

¿Cómo narrar, Bones, el cuadro que contemplaron nuestros ojos? ¿Cómo describir a los abominables inquilinos que tenemos entre nuestras paredes?

El muro más lejano giró sobre sí mismo, y desde aquellas tinieblas nos sonrió un rostro..., un rostro de ojos tan negros como el mismo Estigia. En su boca desmesuradamente abierta se formó una mueca desdentada, atormentada. Una mano amarilla, descompuesta, se estiró hacia nosotros. Emitió un sonido repulsivo, como un maullido, y avanzó un paso, tambaleándose. La luz de mi vela cayó sobre él...

¡Y vi la laceración amoratada de la cuerda en su cuello!

Algo más se movió, detrás de él, algo con lo que soñaré hasta el día en que se extingan todos los sueños: una chica de facciones pálidas, agusanadas, y sonrisa cadavérica; una chica cuya cabeza se ladeaba en un ángulo lunático.

Nos deseaban, lo sé. Y sé que si no hubiera arrojado la vela directamente contra lo que se alzaba en la abertura, y si no le hubiera lanzado inmediatamente después la silla que descansaba debajo del nudo corredizo, nos habrían arrastrado a la oscuridad y se habrían apoderado de nosotros.

Después de eso, todo se condensa en una oscuridad confusa. Mi mente ha corrido la cortina. Me desperté, como he dicho, en compañía de Cal.

Si pudiera partir, huiría de esta casa de horror con el camisón flameando sobre mis tobillos. Pero no puedo. Me he convertido en el instrumento de un drama más profundo, más tenebroso. No me preguntes cómo lo sé. Lo sé, y eso es todo. La señora Cloris tenía razón cuando habló de los que *vigilan* y los que *montan guardia*. Temo haber despertado una Fuerza que pasó medio siglo aletargada en la siniestra aldea de Jerusalem's Lot, una Fuerza que ha asesinado a mis antepasados y los ha subyugado diabólicamente, convirtiéndolos en *nosferatu*: muertos vivientes. Y alimento temores aún peores que éstos, Bones, pero sólo tengo vislumbres. Si supiera..., ¡si por lo menos lo supiera todo!

Charles

Posdata — Y por supuesto esto lo escribo sólo para mí. Estamos aislados de Preacher's Corners. No me atrevo a llevar allí mi corrupción, y Calvin no quiere dejarme solo. Quizá, si Dios es misericordioso, esta carta te llegará de alguna manera.

C.

(El texto que sigue ha sido extraído del Diario de bolsillo de Calvin McCann.)

23 de octubre de 1850

Hoy está más vigoroso. Hablamos brevemente sobre

las *apariciones* del sótano. Convinimos que no eran alucinaciones ni entes de origen *ectoplásmico*, sino *reales*. ¿Pero el señor Boone sospecha, como yo, que se han ido? Quizá. Los ruidos se han acallado. Sin embargo, todo sigue siendo ominoso, y pesa sobre nosotros un palio oscuro. Parece como si estuviéramos esperando en el engañoso Ojo de la Tempestad...

En una alcoba de la planta alta he hallado una pila de papeles, guardados en el último cajón de un viejo escritorio con tapa de corredera. Algunas cartas y facturas pagadas me inducen a pensar que ésta era la habitación de Robert Boone. Sin embargo, el documento más interesante consiste en unas pocas anotaciones al dorso de un anuncio de sombreros de copa para caballeros. Arriba está escrito:

Benditos sean los mansos.

Abajo, el siguiente texto aparentemente absurdo:

b k n d i h o e s m a h l s s a a f s g s
e e m d o t r s r e s n a o d m d n r o h

Creo que ésta es la clave del libro cerrado y cifrado que encontré en la biblioteca. La clave de arriba, muy simple, es la que se empleó en la Guerra de la Independencia. Cuando se eliminan las «letras neutras» que componen la segunda parte de la escritura, queda lo siguiente:

b n i o s a l s a s s
e d t s e n o m n o

Leyendo de arriba abajo, en lugar de hacerlo transversalmente, se obtiene la cita originaria de las Bienaventuranzas.

Antes de atreverme a mostrárselo al señor Boone, debo verificar el contenido del libro...

24 de octubre de 1850

Querido Bones:

Ha ocurrido algo prodigioso. Cal, que siempre mantiene un silencio hermético hasta que está seguro de sí mismo (¡singular y admirable rasgo humano!) ha encontrado el Diario de mi abuelo Robert. El documento estaba escrito en una clave que el mismo Cal ha descifrado. Él afirma modestamente que el hallazgo fue casual, pero pienso que en realidad fue producto de su perseverancia y su afán.

Sea como fuere, ¡qué tétrica es la luz que arroja sobre nuestros misterios!

La primera anotación corresponde al 1.º de junio de 1789, y la última, al 27 de octubre de 1789: cuatro días antes de la desaparición cataclísmica de la que habló la señora Cloris. Narra la historia de una obsesión creciente, o mejor dicho, de una locura, y da una imagen repulsiva de la relación que existía entre el tío abuelo Philip, la aldea de Jerusalem's Lot, y el libro que descansa en la iglesia profanada.

Según Robert Boone, la aldea misma es anterior a Chapelwaite (construida en 1782) y a Preacher's Corners (conocida en aquella época por el nombre de Preacher's Rest y fundada en 1741). Fue erigida por una secta que se escindió de la fe puritana en 1710 y cuyo jefe era un adusto fanático religioso llamado James Boon. ¡Qué sobresalto me produjo su nombre! Me parece difícil poner en duda que este Boon perteneció a mi estirpe. La señora Cloris no se equivocó al enunciar su convicción supersticiosa de que en este asunto tiene una importancia crucial el linaje de sangre, y recuerdo despavorido la respuesta que dio a mi pregunta sobre la relación que existió entre Philip y Jerusalem's Lot. «Una relación de sangre», dijo, y mucho me temo que sea así.

La aldea se convirtió en una comunidad estable construida alrededor de la iglesia donde Boon predicaba..., o recibía a sus feligreses. Mi abuelo insinúa que también tenía comercio carnal con muchas damas de la localidad, a las que aseguraba que ésa era la ley y la voluntad de Dios. En razón de ello la aldea se transformó en una anomalía que sólo pudo existir en aquellos tiempos de aislamiento y extravagancia en que era posible creer simultáneamente en las brujas y en la Inmaculada Concepción: una aldea religiosa de ayuntamientos consanguíneos, bastante degenerada, controlada por un predicador medio loco cuyos evangelios gemelos eran la Biblia y el siniestro *Demon Dwellings* de De Gouge; una comunidad donde se celebraban regularmente los ritos del exorcismo, y donde proliferaban el incesto y la locura y los defectos físicos que acompañan tan a menudo a este pecado. Sospecho (y creo que Robert Boone debió de pensar lo mismo) que uno de los hijos bastardos de Boon huyó de Jerusalem's Lot (o fue sacado de allí) para buscar fortuna en el Sur... Y así fundo nuestro actual linaje. Sé, porque mi propia familia lo ha confesado, que nuestro clan se originó en aquella región de Massachusetts que posteriormente se transformó en este Estado soberano de Maine. Mi bisabuelo, Kenneth Boone, se enriqueció gracias al entonces floreciente tráfico de pieles. Fue su fortuna, acrecentada por el tiempo y las buenas inversiones, la que levantó esta mansión ancestral mucho después de que él muriera en 1763. Sus hijos, Philip y Robert, edificaron Chapelwaite. *La sangre llama a la sangre,* como dijo la señora Cloris. ¿Acaso Kenneth, hijo de James Boon, huyó de la locura de su padre y de la aldea de éste, sólo para que después sus hijos, totalmente ajenos a lo sucedido, construyeran la mansión de los Boone *a menos de tres kilómetros del lugar donde Boon había iniciado su carrera*? Y si fue así, ¿no hay motivos para pensar que nos ha guiado una Mano gigantesca e invisible?

Según el Diario de Robert, en 1789 James Boon era anciano... y así debió de ser. Si contaba veinticinco años cuando se fundó la aldea, en 1789 debía de tener ciento cuatro, una edad prodigiosa. Lo que sigue lo copio textualmente del Diario de Robert Boone:

4 de agosto de 1789

Hoy he visto por primera vez a este Hombre por el que mi Hermano siente una admiración tan malsana. Debo admitir que este Boon posee un extraño Magnetismo que me alteró inmensamente. Es un verdadero Anciano, de barba blanca, y viste una Sotana negra que por alguna razón me pareció obscena. Era más inquietante aún el Hecho de que estuviese rodeado de Mujeres, como un Sultán lo estaría por su Harén, y P. me asegura que todavía está activo, aunque es por lo menos Octagenario...

En cuanto a la Aldea propiamente dicha, yo sólo la había visitado una vez, anteriormente, y no volveré a ella. Sus Calles son silenciosas y están pobladas por el Miedo que el Anciano inspira desde su Púlpito. También temo que se hayan multiplicado los Acoplamientos incestuosos, porque hay demasiadas Caras parecidas. Tenía la impresión de que no importaba hacia donde mirara, me encontraba con el rostro del Anciano..., todos están muy pálidos; parecen Desvaídos, como si les hubieran succionado toda la Vitalidad, y vi Niños sin Ojos ni Narices, Mujeres que lloraban y farfullaban y señalaban el Cielo sin ningún Motivo, y que mezclaban las citas de las Escrituras con discursos sobre Demonios..., P. me pidió que asistiera a los Servicios, pero la idea de ver a este siniestro Anciano en el Púlpito frente a un Auditorio compuesto por la Población incestuosa de esta Aldea me repugnó y di una Excusa...

Las anotaciones anteriores y posteriores a ésta describen el comportamiento de Philip, cada vez más fascinado por James Boon. El 1.º de setiembre de 1789, Philip fue bautizado en el seno de la iglesia de Boon. Su hermano dice: «Estoy atónito y horrorizado..., mi Hermano ha cambiado delante de mis propios Ojos..., ahora creo que incluso se parece cada Día más a ese Hombre nefasto.»

La primera mención del libro aparece el 23 de julio. El Diario de Robert sólo lo cita brevemente: «P. ha vuelto esta noche de la Aldea menor con un Talante que me pareció bastante alterado. Se negó a hablar hasta la Hora de acostarse, cuando dijo que Boon había preguntado por un libro que se titula *Misterios del gusano*. Para complacer a P. le prometí que consultaría por carta a Johns and Goodfellow. P. mostró un agradecimiento casi servil.»

El 12 de agosto escribió esta anotación: «Hoy he recibido dos cartas... una de ellas de Johns and Goodfellow, de Boston. Tienen Noticia del Volumen por el cual P. ha manifestado Interés. Sólo hay cinco Ejemplares en este País. La Carta es bastante fría, lo cual me extraña bastante. Hace Años que conozco a Henry Goodfellow.»

13 de agosto:
P. Muestra una excitación anormal por la carta de Goodfellow; se niega a explicar por qué. Sólo dice que Boon está *desmedidamente ansioso* por conseguir un Ejemplar. No entiendo la Razón, pues

el Título sólo parece ser el de un inofensivo Tratado de jardinería...

Estoy preocupado por Philip. Cada Día le encuentro más extraño. Ahora lamento que hayamos regresado a Chapelwaite. El Verano es caluroso, asfixiante, y está lleno de Presagios...

En el Diario de Robert sólo hay otras dos menciones del libro infame (aparentemente no comprendió su verdadera importancia, ni siquiera al final). De sus anotaciones del 4 de setiembre:

Le he pedido a Goodfellow que actúe como Agente de P. en la cuestión de la Compra, aunque mi prudencia clama contra esta Operación. ¿Qué Pretexto puedo emplear para resistirme? ¿Acaso no podría comprarlo con su propio Dinero, si yo me negara a ayudarlo? Y a cambio de ello le he arrancado a Philip la Promesa de abjurar de este infame Bautismo... Y sin embargo está tan Ofuscado, casi Afiebrado, que no confío en él. Respecto de esta cuestión estoy totalmente en Ayunas...

Por fin, el 16 de setiembre:

Hoy ha llegado el Libro, junto con una Nota de Goodfellow en la que dice que no quiere seguir interviniendo en mis Transacciones... P. se mostró anormalmente excitado y casi me arrancó el Libro de las Manos. Está escrito en Latín y con Caracteres Rúnicos que no sé descifrar. Parece casi caliente al Tacto y tuve la impresión de que vibraba en mis Manos, como si contuviera una inmensa Energía... Le recordé a P. su Promesa de Abjurar y se limitó a lanzar una Risa desagradable, demencial, mientras blandía el Libro delante de mi Cara y gritaba una y otra vez: «¡Lo tenemos! ¡Lo tenemos! ¡El Gusano! ¡El Secreto del Gusano!»

Ahora se ha ido corriendo, supongo que al encuentro de su Benefactor loco, y no he vuelto a verle en el resto del Día...

No vuelve a hablar del libro, pero he hecho ciertas deducciones que parecen por lo menos plausibles. En primer término, y tal como ha dicho la señora Cloris, este libro fue el motivo de la ruptura entre Robert y Philip; en segundo término, es un compendio de hechizos impíos, posiblemente de origen druida (los conquistadores romanos de Gran Bretaña conservaron por escrito muchos de los ritos de sangre druidas, en nombre de la erudición, y muchos de estos recetarios infernales forman parte de la literatura prohibida del mundo); en tercer término, Boon y Philip se proponían utilizar el libro para sus propios fines. Quizá, por alguna vía tortuosa, tenían buenas intenciones, pero lo dudo. Lo que sí creo es que mucho antes se habían asociado con las potencias misteriosas que existen más allá del confín del Universo, con las potencias que existen más allá de la urdimbre misma del Tiempo. Las últimas anotaciones del Diario de Robert Boone confirman ambiguamente estas especulaciones, y los dejo hablar por sí mismos:

26 de octubre de 1789

Hoy reina una terrible Conmoción en Preacher's Corners. Frawley, el Herrero, me ha cogido por el Brazo y me ha preguntado: «¿Qué traman su Hermano y ese Anticristo loco allá arriba.» Goody Randall afirma que en el Cielo ha habido *Presagios* de un *gran Desastre inminente*. Ha nacido una Vaca con dos Cabezas.

En cuanto a Mí, ignoro qué nos amenaza. Quizá la Demencia de mi Hermano. Su Cabello ha encanecido casi de un Día a otro, sus Ojos son grandes Círculos inyectados en Sangre de los cuales parece haberse desvanecido la atractiva luz de la Cordura. Sonríe y susurra y, por alguna Razón Particular, ha empezado a frecuentar nuestro Sótano cuando no está en Jerusalem's Lot.

Las Chotacabras se congregan alrededor de la Casa y sobre la Hierba. Su Clamor conjunto desde la Bruma se mezcla con el del Mar hasta modular un Chillido sobrenatural que quita el Sueño.

27 de octubre de 1789

Esta Noche seguí a P. cuando partió rumbo a Jerusalem's Lot, manteniéndome a una Distancia razonable para evitar que me descubriera. Las condenadas Chotacabras vuelan en bandada por el Bosque, llenándolo todo con una Melopea fatal, de ultratumba. No me atreví a cruzar el Puente. Toda la Aldea estaba a oscuras, excepto la Iglesia, que se hallaba iluminada por un tétrico Resplandor rojo que parecía transformar las altas ventanas ojivales en los Ojos del Infierno. Las Voces fluctuaban entonando la Letanía del Diablo, riendo a ratos, sollozando luego. La Tierra misma pareció hincharse y gemir bajo mis pies, como si soportara un Peso atroz, y yo huí, asombrado y despavorido, oyendo cómo los Graznidos demoníacos y estridentes de las Chotacabras reverberaban dentro de mi Cabeza mientras corría por ese Bosque sombrío.

Todo apunta hacia un Clímax aún imprevisto. No me atrevo a dormir porque me asustan los posibles Sueños, y tampoco a permanecer despierto porque no sé qué Terrores lunáticos me aguardan. La Noche está poblada de Ruidos sobrecogedores y temo...

Y sin embargo siento la necesidad de volver allí, de mirar, de *ver*. Tengo la impresión de que Philip en persona me llama, y el Anciano.

Los Pájaros.

Malditos malditos malditos.

Aquí termina el Diario de Robert Boone.

Observa, Bones, que cerca del final alega que el mismo Philip parecía llamarlo. Estas líneas, las palabras de la señora Cloris y los demás, pero sobre todo las espantosas figuras del sótano, muertas y sin embargo vivas, son las que me llevan a deducir una última conclusión. Nuestra estirpe sigue siendo infortunada, Bones. Sobre nosotros pesa una maldición que se resiste a dejarse sepultar: vive en un avieso mundo de sombras, dentro de esta casa y aquella aldea. Y se aproxima nuevamente la culminación del ciclo. Soy el último de los Boone. Temo que haya algo que lo sabe, y que yo sea el nexo de una abyecta empresa que nadie que esté en sus cabales podría entender. Dentro de una semana se cumple el aniversario, en la Víspera de Todos los Santos.

¿Qué debo hacer? ¡Si por lo menos tú estuvieras aquí para aconsejarme, para ayudarme!

Necesito saberlo todo, debo volver a la aldea que todos rehúyen. ¡Que Dios me dé fuerzas para ello!

Charles

(El texto que sigue ha sido extraído del Diario de bolsillo de Calvin McCann.)

25 de octubre de 1850

El señor Boone ha dormido durante casi todo el día de hoy. Su rostro está pálido y mucho más demacrado. Temo que la repetición de la fiebre sea inevitable.

Mientras refrescaba su botellón de agua vi dos cartas dirigidas al señor Granson de Florida, que no han sido despachadas. Se propone volver a Jerusalem's Lot. Si se lo permitiera, eso le costaría la vida. ¿Me atreveré a escabullirme hasta Preacher's Corners para alquilar un carruaje? Debo hacerlo, ¿pero qué sucederá si se despierta? ¿Si al volver descubro que se ha ido?

Han reaparecido los ruidos en las paredes. ¡Gracias a Dios él aún duerme! Mi mente tiembla al pensar en lo que significa todo esto.

Más tarde

Le llevé la comida en una bandeja. Se propone levantarse dentro de un rato, y a pesar de sus evasivas sé qué es lo que planea. Sin embargo, iré a Preacher's Corners. Conservo en mi equipaje varios de los polvos somníferos que le recetaron durante su enfermedad. Bebió uno de ellos con su té, sin saberlo. Duerme nuevamente.

Me espanta dejarle con las Cosas que se deslizan detrás de nuestras paredes, pero me espanta aún más que permanezca otro día entre estos muros. Le he encerrado bajo llave.

¡Dios quiera que esté todavía aquí, a salvo y durmiendo, cuando yo vuelva con el carruaje!

Más tarde aún

¡Me apedrearon! ¡Me apedrearon como si fuera un perro salvaje y rabioso! ¡Monstruos depravados! ¡Estos, que se dicen *hombres*! Estamos prisioneros aquí...

54

Los pájaros, las chotacabras, han empezado a congregarse.

26 de octubre de 1850

Querido Bones:

Está casi oscuro y acabo de despertarme, después de haber dormido casi veinticuatro horas seguidas. Aunque Cal no ha dicho nada, sospecho que echó en mi té unos polvos somníferos cuando descubrió mis intenciones. Es un buen y fiel amigo, que sólo desea lo mejor, de modo que no le reprenderé.

Sin embargo estoy resuelto. Mañana es el día. Estoy sereno, decidido, pero también me parece sentir el sutil retorno de la fiebre. En ese caso, *tendrá* que ser mañana. Quizá sería aún mejor esta noche, pero ni siquiera los fuegos del mismo Infierno podrían inducirme a pisar esa aldea en la oscuridad.

Si no volviera a escribirte, que Dios te bendiga y te dé muchos años de vida, Bones.

Charles

Posdata — Los pájaros han empezado a graznar y se reanudaron los horribles deslizamientos. Cal cree que no los oigo, pero se equivoca.

C.

(El texto que sigue ha sido extraído del Diario de bolsillo de Calvin McCann.)

27 de octubre de 1850
5 de la mañana

Se ha empecinado. Muy bien. Iré con él.

4 de noviembre de 1850

Querido Bones:

Débil, pero lúcido. No estoy seguro de la fecha, pero mi calendario me asegura que debe ser la correcta, por el horario de la marea y la puesta del sol. Estoy sentado frente a mi escritorio, en el mismo lugar desde donde te escribí mi primera carta de Chapelwaite, y contemplo el mar oscuro del que se borran rápidamente los últimos vestigios de luz. Nunca volveré a verlo. Esta noche es mi noche. La cambiaré por las sombras que me aguardan, cualesquiera sean éstas.

¡Cómo rompe contra las rocas, este mar! Despide nubes de espuma hacia el cielo tenebroso, sacudiendo el suelo bajo mis pies. En el cristal de la ventana veo reflejada mi imagen, pálida como la de un vampiro. No como desde el 27 de octubre, y tampoco habría bebido si ese día Calvin no hubiera dejado un botellón de agua junto a mi lecho.

¡Oh, Cal! Le he perdido, Bones. Ha sucumbido en mi lugar, en lugar de esta ruina con brazos esqueléticos y rostro cadavérico que veo reflejarse en el cristal oscurecido. Y sin embargo es posible que él sea el más afortunado de los dos, porque no le atormentan sueños como los que me han atormentado a mí durante estos días: formas contorsionadas que acechan en los corredores de la pesadilla delirante. Mis manos tiemblan todavía, he manchado el papel con tinta.

Calvin salió a mi encuentro aquella mañana, precisamente cuando me disponía a escabullirme... Y yo que creía haber sido tan astuto. Le dije que había resuelto irme con él de aquí, y le pedí que fuera a alquilar un carruaje en Tandrell, situado a unos quince kilómetros, donde éramos menos conocidos. Accedió a hacer la larga caminata y le vi partir por el sendero de la costa. Cuando le perdí de vista me equipé rápidamente con un abrigo y una bufanda (porque hacía mucho frío, y los prolegómenos del invierno inminente se manifestaban en la brisa cortante de la mañana). Lamenté por un momento no tener una pistola, y después me reí de mi propia idea. ¿Para qué sirve un arma en estas circunstancias?

Salí por la puerta de la despensa y me detuvo un momento para echar una última mirada al mar y el cielo; para inhalar el aire fresco y acorazarme con él contra el hedor pútrido que, lo sabía muy bien, no tardaría en respirar; para disfrutar del espectáculo que brindaba una gaviota voraz al revolotear bajo las nubes.

Me volví... y allí estaba Calvin McCann.

—No irá solo —dijo, con una expresión implacable que no le había visto nunca.

—Pero, Calvin... —empecé a protestar.

—¡No, ni una palabra! Iremos juntos y haremos lo que sea necesario, o le arrastraré por la fuerza a la casa. Usted no se encuentra bien. No irá solo.

Es imposible describir las emociones encontradas que se apoderaron de mí: confusión, irritación, gratitud..., pero la más intensa de todas fue el afecto.

Pasamos en silencio delante de la glorieta y del reloj de sol, recorrimos el sendero cubierto de malezas y nos internamos en el bosque. Reinaba una paz absoluta: no se oía el gorjeo de un pájaro ni el chirrido de un grillo. El mundo parecía cubierto por un manto de silencio. Sólo flotaba el olor ubicuo de la sal y, desde lejos, llegaba el tenue aroma del humo de leña. El bosque era una inflamada sinfonía de colores, pero, a mi juicio, parecía predominar el escarlata.

El olor de la sal no tardó en disiparse y lo sustituyó otro, más siniestro: el de la descomposición a la que ya he hecho referencia. Cuando llegamos al puente para peatones que unía las dos márgenes del Royal, pensé que Cal volvería a pedirme que desistiera, pero no lo hizo. Se detuvo, miró el torvo campanario que parecía burlarse de la bóveda celeste, y después me miró a mí. Seguimos adelante.

Nos encaminamos con paso rápido pero temeroso hacia la iglesia de James Boon. La puerta seguía entreabierta, tal como la habíamos dejado después de nuestra última salida, y la oscuridad interior parecía hacernos muecas. Mientras subíamos por la escalinata sentí que mi corazón se trocaba en bronce y mi mano tembló cuando entró en contacto con el picaporte y tiró de él. Dentro, el olor era más intenso y más mefítico que antes.

Entramos en el vestíbulo envuelto en penumbras y, sin detenernos, pasamos al recinto principal.

Estaba en ruinas.

Algo descomunal se había desenfrenado allí, produciendo una terrible destrucción. Los bancos estaban volcados y apilados como briznas de paja. La cruz nefasta descansaba contra la pared oriental, y un agujero mellado que se veía en el revoque, encima de ella, atestiguaba con cuánta violencia la habían arrojado. Las lámparas habían sido arrancadas de sus soportes, y la pestilencia del aceite de ballena se mezclaba con la fetidez que impregnaba la ciudad. Y a lo largo de la nave central se extendía un rastro de jugo negro, mezclado con fibras sanguinolentas, de modo que el conjunto remedaba una macabra alfombra nupcial. Nuestros ojos siguieron ese rastro hasta el púlpito, que era lo único que permanecía intacto dentro de nuestro radio visual. Desde lo alto de aquel, un cordero inmolado nos miraba con ojos vidriosos por encima del Libro blasfemo.

—Dios —susurró Calvin.

Nos acercamos, evitando pisar la franja viscosa. Nuestros pasos reverberaban en el recinto, que parecía transmutarlos en el estruendo de una risa gigantesca.

Subimos juntos al púlpito. El cordero no había sido descuartizado ni comido. Más bien, tuvimos la impresión de que lo habían *estrujado* hasta reventarle los vasos sanguíneos. La sangre formaba charcos espesos y malolientes sobre el mismo atril, y alrededor de su base…, *¡pero era transparente donde cubría el libro, y a través de ella se podían leer los jeroglíficos rúnicos, como si se tratara de un cristal coloreado!*

—¿Es necesario que lo toquemos? —preguntó Cal, con tono resuelto.

—Sí, es mi deber.

—¿Qué hará?

—Lo que tendrían que haber hecho hace sesenta años. Lo destruiré.

Apartamos el cadáver del cordero de encima del libro y cayó al suelo con un abominable y fluctuante ruido sordo. Ahora las páginas manchadas de sangre parecieron cobrar vida con su propio fulgor escarlata.

Mis oídos empezaron a resonar y zumbar. Un cántico apagado parecía brotar de las mismas paredes. Al ver el rostro convulsionado de Cal comprendí que oía lo mismo que yo. El piso se estremeció debajo de nosotros, como si aquello que embrujaba esa iglesia se estuviera acercando para proteger lo suyo. La urdimbre del espacio y el tiempo lógicos pareció retorcerse y desgarrarse; la iglesia pareció llenarse de espectros e iluminarse con el resplandor infernal del eterno fuego frío. Creí ver a James Boon, repulsivo y deforme, retozando alrededor del cuerpo supino de una mujer, y a mi tío abuelo Philip detrás de él, transformado en un acólito enfundado en una capucha negra, con un cuchillo y un cuenco en la mano.

«Deum vobiscum magna vermis…»

Las palabras tremolaron y se enroscaron sobre la página que tenía frente a mí, empapadas en la sangre del sacrificio, en aras de una criatura que se arrastra más allá de las estrellas…

Una congregación ciega, incestuosa, meciéndose al son de una alabanza absurda, demoníaca; rostros deformes en los que se leía una expectación anhelante, innombrable...

Y el latín fue remplazado por una lengua más antigua, que ya era arcaica cuando Egipto estaba en sus albores y las pirámides aún no habían sido construidas, que ya eran arcaicas cuando la Tierra aún flotaba en un firmamento informe y bullente de gas vacío:

—*¡Gyyagin vardar Yogsoggoth! ¡Verminis! ¡Gyyagin! ¡Gyyagin! ¡Gyyagin!*

El púlpito empezó a partirse y seccionarse, pujando hacia arriba...

Calvin lanzó un alarido y alzó un brazo para cubrirse el rostro. La bóveda osciló con un movimiento descomunal, tenebroso, semejante al de un barco zarandeado por la borrasca. Manoteé el libro y lo mantuve alejado de mí: parecía impregnado por el calor del Sol y pensé que me calcinaría, que me cegaría.

—¡Corra! —gritó Calvin—. ¡Corra!

Pero yo estaba paralizado y la emanación sobrenatural me llenó como si mi cuerpo fuera un cáliz antiguo que había esperado durante años..., ¡durante generaciones!

—*¡Gyyagin vardar!* —aullé—. ¡Siervo de Yogsoggoth, el Innombrable! ¡El Gusano de allende el Espacio! ¡Devorador de Estrellas! ¡Cegador del Tiempo! ¡Verminis! ¡Llega la Hora de Colmar, la Hora de Tributar! ¡Verminis! ¡Alyah! ¡Alyah! ¡Gyyagin!

Calvin me empujó y trastabillé. La iglesia giraba a mi alrededor y caí al suelo. Mi cabeza se estrelló contra el borde de un banco volcado, se llenó de un fuego rojo..., que sin embargo pareció despejarla.

Manoteé las cerillas de azufre que había traído conmigo.

Un trueno subterráneo pobló el recinto. Cayó el revoque. La campana herrumbrada de la torre hizo repicar un ahogado carrillón diabólico por vibración simpática.

Mi cerilla chisporroteó. La acerqué al libro en el mismo momento en que el púlpito se desintegraba en medio de un desquiciante estallido de madera. Debajo de él quedó al descubierto un inmenso boquete negro. Cal se tambaleó hasta el borde con las manos extendidas y con el rostro desfigurado por un clamor incoherente que resonará eternamente en mis oídos.

Entonces emergió una mole de carne gris y vibrante. La pestilencia se convirtió en una marea de pesadilla. Fue una erupción formidable de gelatina viscosa y supurante, una masa enorme y atroz me pareció alzarse desde las entrañas mismas de la tierra. Y sin embargo, con una súbita y espantosa lucidez que ningún ser humano puede haber experimentado, ¡me di cuenta de que *eso no era más que un anillo, un segmento, de un gusano monstruoso que había vivido a ciegas durante años en la oscuridad encapsulada que reinaba debajo de la iglesia maldita!*

El libro se inflamó en mis manos, y Eso pareció lanzar un alarido mudo sobre mi cabeza. Calvin recibió un golpe rasante y fue despedido al otro extremo de la iglesia como un muñeco con el cuello roto.

Se replegó... Eso se replegó y dejó sólo un boquete descomunal y mellado, rodeado de baba negra, y un portentoso chillido ululante que pareció disiparse a través de distancias colosales y que al fin se acalló.

Bajé la vista. El libro había quedado reducido a cenizas.

Comencé a reír y, después, a aullar como una bestia herida.

Perdí hasta el último vestigio de cordura y me senté en el suelo, sangrando por la sien, gritando y farfullando en esas sombras blasfemas, mientras Calvin, despatarrado en un rincón, me miraba con ojos vidriosos, despavoridos.

No sé cuánto tiempo pasé en ese estado. No podría determinarlo. Pero cuando recuperé mis facultades, las sombras habían trazado largos senderos alrededor de mí y me envolvía el crepúsculo. Un movimiento atrajo mi atención, un movimiento en el boquete abierto al pie del púlpito.

Una mano se deslizó a tientas sobre las tablas claveteadas del suelo.

Una carcajada demencial se me atascó en la garganta. Toda la histeria se fundió en un aturdimiento exangüe.

Una carroña se alzó de las tinieblas con escalofriante y vengativa lentitud y vi que me espiaba la mitad de una calavera. Los escarabajos se arrastraban sobre su frente descarnada. Una sotana podrida se adhería a los huecos sesgados de sus clavículas mohosas. Sólo los ojos estaban vivos: cavidades enrojecidas y vesánicas que me escudriñaban con algo más que demencia. En ellas brillaba la vida vacía de los páramos sin rumbo que se extienden más allá de los confines del Universo.

Venía a arrastrarme a la oscuridad.

Fue entonces cuando huí, chillando, dejando desamparado el cuerpo de mi viejo amigo en ese antro de iniquidad. Corrí hasta que el aire pareció estallar como magma en mis pulmones y mi cerebro. Corrí hasta llegar de nuevo a esta casa poseída y contaminada, y a mi habitación, donde me dejé caer y donde he permanecido postrado como un muerto hasta hoy. Corrí porque a pesar de mi enajenación había visto *un aire de familia* en los pingajos de esa figura muerta pero animada. Mas no se trataba de Philip ni de Robert, cuyas imágenes cuelgan en la galería de arriba. *¡Ese rostro putrefacto era el de James Boon, Guardián del Gusano!*

Él vive todavía en algún lugar de los tortuosos y oscuros recovecos que se enroscan debajo de Jerusalem's Lot y Chapelwaite... y *Eso* todavía vive. Al quemar el libro se frustraron los planes de *Eso*, pero hay otros ejemplares.

Sin embargo yo soy el portal, y soy el último de los linajes de los Boone. Por el bien de toda la Humanidad debo morir..., cortando definitivamente la cadena.

Ahora me voy al mar, Bones. Mi viaje concluye, como mi relato. Que Dios te proteja y te conceda la paz.

Charles

Este extraño cúmulo de papeles llegó por fin a manos del señor Everett Granson, a quien habían sido dirigidos. Se supone que una recidiva de la infortunada fiebre encefálica que le había atacado originariamente después de la muerte de su esposa, en 1848, desencadenó la locura de Charles Boone y le indujo a asesinar a su acompañante y amigo de muchos años, el señor Calvin McCann.

Las anotaciones del Diario del señor McCann son un fascinante modelo de falsificación, y es indudable que Charles Boone los escribió él mismo para reforzar sus propios delirios paranoides.

Sin embargo, se ha comprobado que Charles Boone se equivocó respecto de dos cuestiones. En primer término, cuando «redescubrieron» (empleo el término en el sentido histórico, por supuesto) la aldea de Jerusalem's Lot, el piso del púlpito, aunque carcomido, no mostraba huellas de una explosión o de grandes daños. Y si bien los antiguos bancos *estaban* volcados y había varias ventanas rotas, es lícito suponer que estos actos de vandalismo fueron perpetrados por gamberros de las poblaciones vecinas, a lo largo de los años. Los habitantes más viejos de Preacher's Corners y Tandrell siguen repitiendo algunos rumores ociosos acerca de Jerusalem's Lot (quizás, antaño, fue una de aquellas inofensivas leyendas tradicionales la que obnubiló la mente de Boone y la llevó por la senda fatal), pero esto no parece pertinente.

En segundo término, Charles Boone no era el último de su linaje. Su abuelo, Robert Boone, engendró por lo menos dos bastardos. Uno murió en la infancia. El segundo asumió el apellido Boone y se instaló en la ciudad de Central Falls, Rhode Island. Yo soy el último vástago de esta rama del tronco de los Boone, primo segundo de Charles Boone en tercera generación. He sido depositario de estos documentos durante diez años, y ahora los hago publicar aprovechando la circunstancia de que me he instalado en el hogar ancestral de los Boone, Chapelwaite. Espero que el lector se compadezca de la pobre alma descarriada de Charles Boone. Por lo que veo, sólo acertó en una cuestión: esta casa necesita urgentemente los servicios de un exterminador.

A juzgar por el ruido, en las paredes hay unas ratas enormes.

Firmado:
James Robert Boone
2 de octubre de 1971

EL ÚLTIMO TURNO

Viernes, dos de la mañana.

Cuando Warwick subió, Hall estaba sentado en el banco contiguo al ascensor, el único lugar del tercer piso donde un pobre trabajador podía fumarse un pitillo. No le alegró ver a Warwick. Teóricamente, el capataz no debía asomar las narices en el terreno durante el último turno. Teóricamente, debía quedarse en su despacho del sótano, bebiendo café de la jarra que descansaba sobre el ángulo de su escritorio. Además, hacía calor.

Era el mes de junio más caluroso que se recordaba en Gates Falls, y el termómetro de la Orange Crush que también colgaba junto al ascensor había alcanzado en una oportunidad los treinta y cuatro grados a las tres de la mañana. Sólo Dios sabía qué clase de infierno era la tejeduría en el turno de tres a once.

Hall manejaba la carda: un armatoste fabricado en 1934 por una desaparecida firma de Cleveland. Sólo trabajaba en la tejeduría desde abril, de modo que todavía ganaba el salario mínimo de un dólar con setenta y ocho céntimos por hora, a pesar de lo cual estaba satisfecho. No tenía esposa, ni una chica estable, ni debía pagar alimentos por divorcio. Le gustaba vagabundear, y durante los últimos tres años había viajado, haciendo auto-stop, de Berkeley (estudiante universitario) a Lake Tahoe (botones) a Galveston (estibador) a Miami (cocinero de minutas) a Wheeling (taxista y lavaplatos) a Gates Falls, Maine (cardador). No planeaba volver a partir hasta que comenzara a nevar. Era un individuo solitario y prefería el turno de once a siete, cuando la sangre de la tejeduría circulaba en su punto más bajo, para no hablar de la temperatura ambiente.

Lo único que no le gustaba eran las ratas.

El tercer piso era largo y estaba desierto, y sólo lo iluminaba el titilante resplandor de los tubos fluorescentes. A diferencia de otros pisos permanecía relativamente silencioso y desocupado..., por lo menos en lo que a seres humanos se refería. Las ratas eran harina de otro costal. La única máquina que funcionaba en el terreno era la carda. El resto de la planta estaba ocupado por los sacos de cuarenta y cinco kilos de fibra que aún debía ser peinada por los largos dientes de las máquinas de Hall. Estaban apilados en largas hileras, como ristras de salchichas, y algunos de ellos (sobre todo los de aquellos materiales para los que no había demanda) tenían años de antigüedad y estaban cubiertos por una sucia capa gris de desechos industriales. Eran excelentes nidos para las ratas, unos animales inmensos, panzones, con ojos feroces y en cuyos cuerpos bullían los piojos y las pulgas.

Hall había adquirido la costumbre de acumular un pequeño arsenal de latas de gaseosa que sacaba del cubo de la basura, durante la hora de descanso. Cuando había poco trabajo se las arrojaba a las ratas, y después las recuperaba parsimoniosamente. Sólo que esta vez le sorprendió el Señor Capataz, que había subido por la escalera y no por el ascensor, demostrando que todos tenían razón al afirmar que era un furtivo hijo de puta.

—¿Qué hace, Hall?

—Las ratas —respondió Hall, consciente de que su explicación debía de resultar muy poco convincente ahora que las ratas habían vuelto a acurrucarse en sus madrigueras—. Cuando las veo les arrojo latas.

Warwick hizo un breve ademán de asentimiento. Era un gigante rollizo con el pelo cortado al cepillo. Tenía la camisa arremangada y el nudo de la corbata estirado hacia abajo. Miró atentamente a Hall.

—No le pagamos para que arroje latas a las ratas, caballero. Ni siquiera aunque las vuelva a recoger.

—Hace veinte minutos que Harry no me envía material —arguyó Hall, pensando: *¿Por qué diablos no te quedaste donde estabas, bebiendo tu café?*—. No puedo pasar por la carda el material que no me ha llegado.

Warwick asintió como si el tema ya no le interesara.

—Quizá será mejor que suba a conversar con Wisconsky —dijo—. Apuesto cinco contra uno a que está leyendo una revista mientras la mierda se acumula en sus arcones.

Hall permaneció callado.

Warwick señaló súbitamente con el dedo.

—¡Ahí hay una! ¡Reviente a esa cerda!

Hall arrojó con un movimiento vertiginoso la lata de Nehi que tenía en la mano. La rata, que los había estado mirando con sus ojillos brillantes como municiones desde encima de uno de los sacos de tela, huyó con un débil chillido. Warwick echó la cabeza hacia atrás y lanzó una carcajada mientras Hall iba a buscar la lata.

—He venido a hablarle de otro asunto —dijo Warwick.

—¿De veras?

—La semana próxima es la del cuatro de julio —prosiguió el capataz. Hall hizo un ademán de asentimiento. La tejeduría estaría cerrada desde el lunes hasta el sábado: una semana de vacaciones para el personal con más de un año de antigüedad, y una semana de inactividad sin salario para el personal con menos de un año de antigüedad—. ¿Quiere trabajar?

Hall se encogió de hombros.

—¿Qué hay que hacer?

—Vamos a limpiar toda la planta del sótano. Hace dos años que nadie la toca. Es una pocilga. Usaremos mangueras.

—¿La comisión de sanidad del Ayuntamiento le ha dado un tirón de orejas al consejo de Administración?

Warwick lo miró fijamente.

—¿Le interesa o no? Dos dólares por hora, paga doble el cuatro. Trabajaremos en el último turno, porque es el más fresco.

Hall hizo un cálculo mental. Una vez descontados los impuestos, cobraría alrededor de setenta y cinco dólares. Mejor que cero, como había previsto.

—De acuerdo.

—Preséntese el lunes junto a la tintorería.

Hall lo siguió con la mirada cuando se encaminó nuevamente hacia la escalera. Warwick se detuvo a mitad de camino y se volvió hacia Hall.

—Usted ha sido estudiante universitario, ¿verdad?

Hall asintió con un movimiento de cabeza.

—Muy bien, mono sabio. Lo recordaré.

Se fue. Hall se sentó y encendió otro cigarrillo, con una lata de gaseosa en la mano y alerta a los desplazamientos de las ratas. Imaginó lo que encontrarían en el sótano, o mejor dicho en el segundo sótano, un piso por debajo de la tintorería. Húmedo, oscuro, lleno de arañas y paños podridos y filtraciones del río... y ratas. Quizás incluso murciélagos, los aviadores de la familia roedora. *Qué asco.*

Hall lanzó la lata con fuerza, y después sonrió cáusticamente para sus adentros mientras oía el vago rumor de la voz de Warwick que llegaba por los conductos de ventilación. Le estaba cantando las cuarenta a Harry Wisconsky.

Muy bien, mono sabio. Lo recordaré.

Dejó de sonreír bruscamente y aplastó la colilla. Poco después Wisconsky empezó a enviar nylon crudo por los tubos y Hall reanudó el trabajo. Y al cabo de unos minutos las ratas se asomaron y se apostaron sobre los sacos del fondo del largo recinto, escudriñándole con sus fijos ojillos negros. Parecían los miembros de un jurado.

Lunes, once de la noche.

Había aproximadamente treinta y seis hombres sentados en torno cuando Warwick entró vestido con unos viejos vaqueros insertados dentro de las altas botas de goma. Hall había estado escuchando a Harry Wisconsky, que era inmensamente gordo, inmensamente holgazán, e inmensamente pesimista.

—Será inmundo —decía Wisconsky cuando entró el Señor Capataz—. Esperad y veréis. Volveremos a casa más negros que una medianoche en Persia.

—¡Muy bien! —anunció Warwick—. Abajo conectamos sesenta bombillas, de modo que tendremos suficiente luz para ver lo que hacemos. Ustedes, muchachos —señaló a un grupo de hombres que estaban apoyados contra los carretes de secado—, quiero que empalmen las mangueras con la tubería principal de agua que pasa junto al hueco de la escalera. Disponemos de aproximadamente ochenta metros para cada hombre, de modo que bastarán. No se hagan los chistosos y no bañen a sus compañeros si no quieren que acaben en el hospital. Tienen mucha fuerza.

—Alguien saldrá malparado —profetizó Wisconsky agriamente—. Esperad y veréis.

—Y ustedes —prosiguió Warwick, señalando al grupo del que formaban parte Hall y Wisconsky—. Ustedes formarán esta noche la brigada de basureros. Irán en parejas, con una carretilla eléctrica para cada equipo. Hay viejos muebles de oficina, sacos de tela, fragmentos de máquinas rotas, lo que se les ocurra. Apilaremos todo junto al pozo de ventilación del extremo oeste. ¿Alguien no sabe manejar una carretilla?

Nadie levantó la mano. Las carretillas eléctricas eran unos vehículos alimentados a batería, semejantes a pequeños camiones de basura. Después de mucho uso despedían un olor nauseabundo que le recordaba a Hall el de los cables eléctricos chamuscados.

—Muy bien —dijo Warwick—. Hemos dividido el sótano en secciones, y terminaremos de limpiarlo el jueves. El viernes formaremos una cadena para sacar la basura. ¿Alguna pregunta?

Nadie preguntó nada. Hall observó atentamente el rostro del capataz, y tuvo la súbita premonición de que ocurriría algo extraño. La idea le gustó. Warwick no le caía muy simpático.

—Estupendo —exclamó Warwick—. Manos a la obra.

Martes, dos de la mañana.

Hall estaba fastidiado y harto de escuchar la sistemática andanada de blasfemias de Wisconsky. Se preguntó si serviría para algo pegarle un puñetazo. Probablemente no. Sólo le daría otro motivo a Wisconsky para protestar.

Hall se había dado cuenta de que lo pasarían mal, pero no hasta semejante extremo. Para empezar, no había previsto el olor. La fetidez contaminada del río, mezclada con la pestilencia de las telas descompuestas, de la mampostería podrida, de las materias vegetales. En el último rincón, donde empezaron el trabajo, Hall descubrió una colonia de enormes hongos blancos que asomaban por el cemento resquebrajado. Sus manos entraron en contacto con ellos mientras tironeaba de una herrumbrada rueda dentada, y le parecieron curiosamente tibios e hinchados, como la carne de un hombre enfermo de bocio.

Las lamparillas no bastaban para disipar doce años de oscuridad: sólo conseguían hacerla retroceder un poco y proyectaban un enfermizo resplandor amarillo sobre todo aquel caos. El recinto parecía la nave en ruinas de una iglesia profanada, con su techo alto y las descomunales máquinas abandonadas que nunca conseguirían mover, con sus paredes húmedas salpicadas por manchones de musgo amarillo que había crecido incontrolablemente, y con el coro atonal que producía el agua de las mangueras al correr por la red de cloacas casi obstruidas que desembocaban en el río, debajo de la cascada.

Y las ratas..., tan formidables que, comparadas con ellas, las del tercer piso parecían enanas. Dios sabía con qué se alimentaban allí abajo. El grupo de limpieza levantaba constantemente tablas y sacos y dejaba al descubierto inmensos nidos de papel desgarrado, y los hombres miraban con repulsión atávica cómo las crías de ojos abultados y cegados por la oscuridad perenne huían por grietas y huecos.

—Hagamos un alto para fumar un pitillo —dijo Wisconsky. Parecía sin resuello, pero Hall no entendía por qué, pues había holgazaneado durante toda la noche. De cualquier forma, ya era hora, y en ese momento no les veía nadie.

—Está bien. —Hall se recostó contra el borde de la carretilla eléctrica y encendió un cigarrillo.

—No debería haberme dejado convencer por Warwick —refunfuñó Wisconsky—. Éste no es un trabajo para *hombres*. Pero aquella noche se puso furioso cuando me encontró en la letrina del cuarto piso con los pantalones levantados. Caramba, cómo se enfadó.

Hall no contestó. Pensaba en Warwick y en las ratas. Entre el uno y las otras existía un vínculo extraño. Las ratas parecían haberse olvidado por completo de los hombres durante su larga estancia bajo la tejeduría: eran audaces y casi no tenían miedo. Una de ellas se había alzado sobre las patas traseras, como una ardilla, hasta que Hall se colocó a la distancia justa para asestarle un puntapié, y entonces la bestia se abalanzó sobre la bota, hincándole los dientes. Había centenares, quizá miles. Se preguntó cuántos tipos de enfermedades llevaban consigo en ese pozo negro. Y Warwick. Había algo en él...

—Necesito el dinero —dijo Wisconsky—. Pero por Dios, amigo, éste no es un trabajo para *hombres*. Esas ratas. —Miró temerosamente en torno—. Casi parecen pensar. Incluso me pregunto qué sucedería si nosotros fuéramos pequeños y ellas grandes...

—Oh, cállate —le interrumpió Hall.

Wisconsky lo miró, ofendido.

—Oye, lo siento, amigo. Sólo se trata de que... —Su voz se apagó gradualmente—. ¡Jesús, cómo apesta este sótano! —exclamó—. ¡Éste no es *un trabajo para hombres*!

Una araña se asomó sobre el borde de la carretilla y le trepó por el brazo. Wisconsky la apartó con un manotazo y lanzó un bufido de asco.

—Vamos —dijo Hall, aplastando el cigarrillo—. Cuanta más prisa nos demos, antes saldremos de aquí.

—Supongo que sí —asintió Wisconsky amargamente—. Supongo que sí.

Martes, cuatro de la mañana.

Hora de la merienda.

Hall y Wisconsky estaban sentados con otros tres o cuatro hombres, comiendo sus bocadillos con unas manos negras que ni siquiera el detergente industrial podía limpiar. Hall masticaba sin dejar de mirar el pequeño despacho del capataz, rodeado por paneles de vidrio. Warwick bebía café y comía con deleite unas hamburguesas frías.

—Ray Upson tuvo que irse a casa —anunció Charlie Brochu.

—¿Vomitó? —preguntó alguien—. Eso casi me sucedió a mí.

—No. Ray tendría que comer mierda de vaca para vomitar. Le mordió una rata.

Hall, caviloso, dejó de inspeccionar a Warwick.

—¿De veras? —preguntó.

—Sí. —Brochu meneó la cabeza—. Yo estaba en su equipo. Nunca he visto nada más inmundo. Saltó de un agujero de uno de esos viejos sacos de tela. Debía de tener el tamaño de un gato. Se le prendió a la mano y empezó a masticarla.

—*Jesús* —musitó uno de los hombres, poniéndose verde.

—Sí —continuó Brochu—. Ray chilló como una mujer,

y no se lo reprocho. Sangraba como un cerdo. ¿Y pensáis que esa fiera lo soltó? No señor. Tuve que pegarle tres o cuatro veces con una tabla para desprenderla. Ray parecía enloquecido. La pisoteó hasta reducirla a un pingajo de piel. Nunca he visto nada más espantoso. Warwick le vendó la mano y lo envió a casa. Le dijo que mañana se haga examinar por el médico.

—Fue muy generoso, el hijo de puta —comentó alguien.

Como si lo hubiera oído, Warwick se levantó en su despacho, se desperezó y se acercó a la puerta.

—Es hora de volver al trabajo.

Los hombres se pusieron lentamente en pie, y tardaron lo más posible en volver a armar sus cestas, y en sacar bebidas frescas y golosinas de las máquinas expendedoras. Después iniciaron el descenso, haciendo repicar con desgana los tacones sobre los peldaños de acero.

Warwick pasó junto a Hall y le palmeó el hombro.

—¿Cómo marcha eso, mono sabio? —No esperó la respuesta.

—Vamos —le dijo pacientemente Hall a Wisconsky, que se estaba atando el cordón del zapato. Bajaron.

Martes, siete de la mañana.

Hall y Wisconsky salieron juntos. Hall tuvo la impresión de que por algún motivo inexplicable había heredado al rechoncho polaco. Wisconsky ostentaba una mugre casi cómica, y su gorda cara de luna estaba manchada como la de un crío al que acabara de zurrarle el matón del barrio.

Ninguno de los otros hombres hacía bromas, como de costumbre, no se tiraban de los faldones de las camisas, nadie preguntaba chistosamente quién calentaba la cama de la mujer de Tony entre la una y las cuatro. Sólo el silencio, y un chasquido ocasional cuando alguien escupía sobre el piso roñoso.

—¿Quieres que te lleve? —preguntó Wisconsky indeciso.

—Gracias.

No hablaron mientras atravesaban Mill Street y cruzaban el puente. Cuando Wisconsky le dejó frente a su apartamento sólo intercambiaron un lacónico saludo.

Hall fue directamente a la ducha, sin dejar de pensar en Warwick, tratando de identificar qué era lo que le atraía en el Señor Capataz, qué era lo que le hacía sentir que estaban misteriosamente ligados el uno al otro.

Se durmió apenas apoyó la cabeza sobre la almohada, pero su sueño fue entrecortado y nervioso: soñó con ratas.

Miércoles, una de la mañana.

Era mejor manejar las mangueras.

No podían entrar hasta que el contingente de basureros hubiese limpiado una sección, y muy a menudo terminaban de lavar antes de que la sección siguiente estuviera despejada..., lo que significaba que disponían de tiempo para fumar un cigarrillo. Hall manejaba la boquilla de una de las largas mangueras y Wisconsky iba y venía desenredándola, abriendo y cerrando el grifo, apartando los obstáculos.

Warwick estaba de mal humor porque el trabajo se desarrollaba con gran lentitud. Tal como marchaban las cosas sería imposible terminar el jueves.

Ahora se ajetreaban entre un cúmulo caótico de equipos de oficina del siglo XIX que habían sido apilados en un rincón —escritorios con tapa de corredera, libros de contabilidad mohosos, montones de facturas, sillas con los asientos rotos— y ése era el paraíso de las ratas. Veintenas de ellas chillaban y corrían por los pasillos oscuros y demenciales que formaban un verdadero laberinto dentro de ese conglomerado, y después de que mordieron a dos hombres los restantes se negaron a trabajar hasta que Warwick envió a alguien arriba en busca de unos pesados guantes reforzados con caucho, que por lo general los utilizaba el personal de la tintorería que debía manipular ácidos.

Hall y Wisconsky esperaban el momento de entrar con sus mangueras, cuando un hombrón de pelo arenoso llamado Carmichael empezó a aullar maldiciones y a retroceder, golpeándose el pecho con las manos enguantadas, llenando la estancia con su retumbar.

Una rata colosal, con la pelambre surcada por vetas grises y con ojillos repulsivos y brillantes, había hincado los dientes en su camisa y colgaba de allí, chillando y tamborileando sobre la barriga de Carmichael con sus patas traseras. Finalmente Carmichael la derribó de un puñetazo, pero tenía un gran agujero en la camisa y un fino hilo de sangre le chorreaba desde encima de una tetilla. La cólera se disipó de sus facciones. Se volvió y vomitó.

Hall dirigió el chorro de la manguera hacia la rata, que era vieja y se movía lentamente, apretando aún entre las mandíbulas un jirón de la camisa de Carmichael. La presión rugiente del agua la despidió contra la pared, al pie de la cual cayó flácidamente.

Warwick se acercó, con una sonrisa extraña y tensa en los labios. Le palmeó el hombro a Hall.

—Es mucho mejor que arrojarles latas a estas pequeñas hijas de puta, ¿verdad, mono sabio?

—Vaya con la pequeña hija de puta —comentó Wisconsky—. Mide más de treinta centímetros de largo.

—Dirija la manguera hacia allí. —Warwick señaló la pila de muebles—. ¡Ustedes, muchachos, apártense!

—Con mucho gusto —murmuró uno de ellos.

Carmichael encaró a Warwick, con las facciones descompuestas y convulsionadas.

—¡Tendrá que pagarme una compensación por esto! Voy a...

—Claro que sí —respondió Warwick, sonriendo—. Le mordió una teta. Salga de en medio antes de que le aplaste el agua.

Hall apuntó con la boquilla y soltó el chorro. Éste hizo impacto con un estallido blanco de espuma, y derribó un escritorio y astilló dos sillas. Las ratas salieron disparadas por todas partes, ratas más grandes que cualquiera de las que Hall había visto antes. Oyó que los hombres lanzaban gritos de asco a medida que aquéllas corrían, con sus ojos enormes y sus cuerpos curvilíneos y gordos. Vislumbró una que parecía tan grande como un cachorro de perro de seis semanas, bien desarrollado. Siguió blandiendo la manguera hasta que no vio más ratas.

—¡Muy bien! ¡Muy bien! —exclamó Warwick—. ¡A recogerlo todo!

—¡Yo no me empleé como exterminador! —protestó Cy Ippeston, con tono de rebeldía. Hall había bebido unas copas con él la semana anterior. Era un chico joven, que usaba una gorra de béisbol manchada de hollín y una camiseta deportiva.

—¿Ha sido usted, Ippeston? —preguntó Warwick.

Ippeston parecía inseguro, pero se adelantó.

—Sí. Estoy harto de estas ratas. Me inscribí en la nómina para limpiar, no para correr el riesgo de pescar la rabia o el tifus o quién sabe qué. Quizá será mejor que me dé de baja.

Los otros dejaron escapar un murmullo de aprobación. Wisconsky miró de reojo a Hall, pero éste estudiaba la boquilla de su manguera. Tenía un orificio parecido al de una pistola calibre 45, y probablemente podría derribar a un hombre a una distancia de siete metros.

—¿Quiere marcar su tarjeta en el reloj, Cy?

—Me gusta la idea —respondió Ippeston.

Warwick hizo un ademán de asentimiento.

—Muy bien. Váyase. Junto con quienes quieran acompañarlo. Pero en esta empresa no rigen las normas del sindicato, ni han regido nunca. El que marque ahora la salida nunca volverá a marcar la entrada. Yo me ocuparé de que sea así.

—Qué miedo —murmuró Hall.

Warwick dio media vuelta.

—¿Ha dicho algo, mono sabio?

Hall le miró inocentemente.

—Me estaba aclarando la garganta, Señor Capataz.

Warwick sonrió.

—¿Tenía un mal sabor en la boca?

Hall no contestó.

—¡Muy bien, manos a la obra! —rugió Warwick.

Volvieron al trabajo.

Jueves, dos de la mañana.

Hall y Wisconsky trabajaban con las carretillas, recogiendo trastos. La pila contigua al pozo de ventilación del ala oeste había alcanzado dimensiones fabulosas, pero aún no habían completado la mitad del trabajo.

—Feliz Cuatro de julio —exclamó Wisconsky cuando hicieron un alto para fumar. Estaban trabajando cerca de la pared norte, lejos de la escalera. La luz era muy mortecina, y una ilusión acústica hacía que los otros hombres parecieran estar a muchos kilómetros de distancia.

—Gracias. —Hall dio una larga chupada a su cigarrillo—. Esta noche no he visto muchas ratas.

—Nadie las ha visto —respondió Wisconsky—. Quizá se han espabilado.

Estaban en el extremo de un pasillo estrafalario, zigzagueante, formado por pilas de viejos libros de contabilidad y facturas, sacos mohosos de tela, y dos enormes y obsoletos telares planos.

—Puaj —masculló Wisconsky, escupiendo—. Ese Warwick...

—¿A dónde supones que se han ido las ratas? —inquirió Hall, casi hablando consigo mismo—. No se han introducido en las paredes... —Miró la mampostería húmeda y desconchada que rodeaba los colosales bloques de los cimientos—. Se ahogarían. El río lo ha saturado todo.

De pronto algo negro y aleteante se lanzó en picado sobre ellos. Wisconsky lanzó un alarido y se llevó las manos a la cabeza.

—Un murciélago —comentó Hall, y lo siguió con la mirada mientras Wisconsky se erguía.

—¡Un murciélago! ¡Un murciélago! —aulló Wisconsky—. ¿Qué hace un murciélago en el sótano? Teóricamente viven en los árboles y bajo los aleros y...

—Éste era grande —musitó Hall—. ¿Y qué es al fin y al cabo un murciélago, sino una rata con alas?

—Jesús —gimió Wisconsky—. ¿Cómo...?

—¿Cómo entró? Quizá por donde salieron las ratas.

—¿Qué pasa ahí detrás? —gritó Warwick desde algún lugar situado a sus espaldas—. ¿Dónde están?

—No se acalore —dijo Hall en voz baja. Sus ojos refulgieron en la oscuridad.

—¿Ha sido usted, mono sabio? —gritó nuevamente Warwick. Parecía más próximo.

—¡No se preocupe! —exclamó Hall—. ¡Me he dado un golpe en la espinilla!

Warwick lanzó una risa breve, ronca.

—¿Quiere una condecoración?

Wisconsky miró a Hall.

—¿Por qué dijiste eso?

—Mira. —Hall se arrodilló y encendió una cerilla. En medio del cemento húmedo y resquebrajado había una superficie cuadrada—. Golpea esto.

Wisconsky golpeó.

—Es madera.

Hall hizo un ademán afirmativo.

—Es el remate de un soporte. He visto algunos otros aquí. Debajo de esta sección del sótano hay otra planta.

—Dios mío —suspiró Wisconsky, asqueado.

Jueves, tres y media de la mañana.

Ippeston y Brochu estaban detrás de ellos con una de las mangueras de alta presión, en el ángulo noreste, cuando Hall se detuvo y señaló el piso.

—Preví que lo encontraríamos aquí.

Era una gran escotilla de madera con un corroído anillo de hierro implantado cerca del centro.

Retrocedió hasta Ippeston y le dijo:

—Corta el chorro un minuto. —Y cuando sólo salió un hilo de agua, gritó—: ¡Eh! ¡Eh, Warwick! ¡Venga un momento!

Warwick se acercó chapoteando y miró a Hall con la misma sonrisa cruel de siempre en los ojos.

—¿Se le ha desatado el cordón del zapato, mono sabio?

—Mire —dijo Hall. Pateó la escotilla—. Un segundo sótano.

—¿Y qué? —preguntó Warwick—. Ésta no es la hora del recreo, mono...

—Ahí es donde están sus ratas —le interrumpió Hall—. Se están reproduciendo ahí abajo. Hace un rato Wisconsky y yo vimos incluso un murciélago.

Algunos de los otros hombres se habían congregado y miraban la escotilla.

—No me importa —insistió Warwick—. El trabajo consistía en limpiar el sótano, no...

—Necesitará por lo menos veinte exterminadores, bien adiestrados —prosiguió Hall—. Le costará una fortuna a la gerencia. Qué lástima.

Alguien se rió.

—Me parece difícil.

Warwick miró a Hall como si éste fuera un insecto colocado bajo una lupa.

—Usted sí que está chalado —comentó, con tono fascinado—. ¿Cree que me importa un rábano cuántas ratas hay ahí abajo?

—Esta tarde y ayer he estado en la biblioteca —explicó Hall—. Es una suerte que me haya recordado a cada rato que soy un mono sabio. Estudié las ordenanzas de sanidad del Ayuntamiento, Warwick..., fueron dictadas en 1911, antes de que esta tejeduría tuviera suficiente poder para sobornar a la junta. ¿Sabe lo que descubrí?

La mirada de Warwick era fría.

—Váyase de paseo, mono sabio. Está despedido.

—Descubrí —continuó Hall, como si no le hubiera oído—, descubrí que en Gates Falls hay una ordenanza sobre alimañas. Por si no lo sabe, se deletrea así: a-l-i-m-a-ñ-a-s. El término abarca a todos los animales portadores de enfermedades, como murciélagos, zorrinos, perros no matriculados... y ratas. Sobre todo ratas. Las ratas figuran catorce veces en dos párrafos, Señor Capataz. Convénzase, pues, de que apenas marque por última vez mi tarjeta iré directamente al despacho del encargado municipal y le contaré lo que sucede aquí.

Hizo una pausa, disfrutando al ver las facciones de Warwick congestionadas por el odio.

—Creo que entre yo, él y la comisión municipal podremos conseguir una orden de clausura para este edificio. Y el cierre no se limitará al sábado, Señor Capataz. Además, sospecho cómo reaccionará *su* patrón cuando se entere. Espero que haya pagado las cuotas de su seguro de desempleo, Warwick.

Las manos de Warwick se agarrotaron.

—Maldito mocoso, debería... —Miró la escotilla y súbitamente reapareció su sonrisa—. He decidido volver a emplearle, mono sabio.

—Sospechaba que se espabilaría.

Warwick hizo un ademán de asentimiento, con la misma sonrisa extraña en los labios.

—Usted es muy listo. Creo que será bueno que baje allí, Hall. Así contaremos con la opinión informada de una persona con estudios universitarios. Le acompañará Wisconsky.

—¡Yo no! —exclamó Wisconsky—. Yo no...

Warwick le miró.

—¿Usted qué?

Wisconsky se calló.

—Estupendo —dijo Hall jubilosamente—. Necesitaremos tres linternas. Creo que había una hilera de artefactos de seis pilas en la oficina principal, ¿no es cierto?

—¿Quiere llevar a alguien más? —preguntó Warwick con tono expansivo—. Con mucho gusto. Elija a su hombre.

—Usted —respondió Hall plácidamente. En su rostro había reaparecido la expresión enigmática—. Al fin y al cabo, es justo que esté representada la administración de la empresa, ¿no le parece? Para que Wisconsky y yo no veamos *demasiadas* ratas ahí abajo.

Alguien (pareció ser Ippeston) lanzó una risotada.

Warwick miró atentamente a sus hombres. Éstos escrudriñaban las puntas de sus zapatos. Por fin señaló a Brochu.

—Brochu, suba a la oficina y traiga tres linternas. Dígale al sereno que le abra la puerta.

—¿Por qué me has metido en este lío? —gimió Wisconsky, dirigiéndose a Hall—. Sabes que aborrezco esas...

—No he sido yo —contestó Hall, y miró a Warwick.

Warwick le devolvió la mirada y ninguno desvió la vista.

Jueves, cuatro de la mañana.

Brochu volvió con las linternas. Le entregó una a Hall, otra a Wisconsky y otra a Warwick.

—¡Ippeston! Pásele la manguera a Wisconsky.

Ippeston obedeció. La boquilla temblaba delicadamente entre las manos del polaco.

—Muy bien —le dijo Warwick a Wisconsky—. Usted marchará en el medio. Si ve ratas, duro con ellas.

«Claro —pensó Hall—. Y si hay ratas, Warwick no las verá. Y Wisconsky tampoco, después de encontrar un suplemento de diez dólares en el sobre del jornal.»

Warwick señaló a dos de sus hombres.

—Levántenla.

Uno de ellos se inclinó sobre el anillo de hierro y tiró. Al principio Hall pensó que no cedería, pero después se zafó con un chasquido extraño, crujiente. El otro hombre metió los dedos debajo del borde de la tapa para ayudar a levantarla, y en seguida los retiró con un grito. Sus manos se habían convertido en un hervidero de enormes escarabajos ciegos.

El hombre que aferraba el anillo volcó la escotilla hacia atrás con un gruñido convulsivo y la dejó caer. La cara inferior estaba ennegrecida por una fungosidad desconocida, que Hall nunca había visto antes. Los escarabajos se desplomaron entre las tinieblas de abajo y corrieron por el suelo, donde fueron triturados bajo los pies.

—Miren —dijo Hall.

En la cara inferior de la escotilla había una cerradura herrumbrada, con el pestillo echado por dentro, y ahora roto.

—Pero no debería estar abajo —murmuró Warwick—. Debería estar arriba. ¿Por qué...?

—Por muchos motivos —respondió Hall—. Quizá para que nadie pudiera abrirlo desde aquí, por lo menos cuando la cerradura era nueva. Quizá para que nada de lo que estaba de ese lado pudiera salir.

—¿Pero quién echó el pestillo? —inquirió Wisconsky.

—Ah... misterio —exclamó Hall irónicamente, mientras miraba a Warwick.

—Escuchad —susurró Brochu.

—¡Dios mío! —sollozó Wisconsky—. ¡Yo no bajaré!

Era un ruido suave, casi expectante. El roce y el golpeteo de miles de patas, el chillido de las ratas.

—Podrían ser ranas —comentó Warwick.

Hall lanzó una carcajada.

Warwick apuntó hacia abajo con su linterna. Una destartalada escalera de tablas conducía hacia las piedras negras del subsuelo. No se veía ni una rata.

—Estos peldaños no aguantarán nuestro peso —dictaminó Warwick categóricamente.

Brochu se adelantó dos pasos y saltó sobre el primer escalón. Éste crujió pero no dio señales de ceder.

—No le he dicho que hiciera eso —farfulló Warwick.

—Usted no estaba presente cuando la rata mordió a Ray —dijo Brochu en voz baja.

—En marcha —exclamó Hall.

Warwick paseó una última mirada sardónica sobre el círculo de hombres y después se acercó al borde en compañía de Hall. Wisconsky se colocó de mala gana entre los dos. Bajaron uno por uno: primero Hall, después Wisconsky y por último Warwick. Los rayos de sus linternas enfocaron el piso, que estaba ondulado y encrespado por un centenar de protuberancias y valles demenciales. La manguera se arrastraba a saltos detrás de Wisconsky como una serpiente torpe.

Cuando llegaron al fondo, Warwick paseó la luz en torno. Alumbró unas pocas cajas podridas, algunos toneles y casi nada más. La infiltración de agua del río había formado charcos que llegaban hasta los tobillos de sus botas.

—Ya no las oigo —susurró Wisconsky.

Se alejaron lentamente de la escotilla, arrastrando los pies por el limo. Hall se detuvo y dirigió la luz de la linterna hacia un enorme cajón de madera sobre el que estaban pintadas unas letras blancas.

—Elías Varney —leyó—. Mil ochocientos cuarenta y uno. ¿En ese año la tejeduría ya estaba aquí?

78

—No —contestó Warwick—. No la construyeron hasta 1897. ¿Pero eso qué importa?

Hall no dijo nada. Siguieron avanzando. El segundo sótano parecía más largo de lo que debería haber sido. La pestilencia era más fuerte: un olor de descomposición y putrefacción y cosas enterradas. Y el único ruido seguía siendo el débil y cavernoso goteo del agua.

—¿Qué es eso? —preguntó Hall, dirigiendo su rayo de luz hacia un resalto de hormigón que asomaba unos sesenta centímetros dentro del sótano. Del otro lado se prolongaba la oscuridad, y en ese momento Hall creyó oír allí unos ruidos furtivos.

Warwick miró el saliente.

—Es... no, no puede ser.

—La pared exterior de la tejeduría, ¿verdad? Y más adelante...

—Me vuelvo atrás —espetó Warwick, girando bruscamente.

Hall le cogió con gran fuerza por el cuello.

—No se irá a ninguna parte, Señor Capataz.

Warwick le miró, cortando la oscuridad con su sonrisa.

—Usted está loco, mono sabio. ¿No es cierto? Loco de remate.

—No debería ser tan despótico, amigo. Siga adelante.

Wisconsky gimió.

—Hall...

—Dame eso. —Cogió la manguera. Soltó el cuello de Warwick y le apuntó con la manguera a la cabeza. Wisconsky dio media vuelta y trepó estrepitosamente hasta la escotilla. Hall ni siquiera le miró—. Adelante, Señor Capataz.

Warwick encabezó la marcha y pasó debajo del punto donde la tejeduría terminaba sobre sus cabezas. Hall paseó la luz en torno y experimentó un frío regocijo: su premonición se había confirmado. Las ratas se habían congregado alrededor de ellos, silenciosas como la muerte. Apiñadas, unas contra otras. Miles de ojillos les miraban vorazmente. Alineadas hasta la pared, algunas llegaban, por su altura, a la espinilla de un hombre.

Warwick las vio un momento después y se detuvo en seco.

—Nos están rodeando, mono sabio. —Su tono seguía siendo sereno, controlado, pero tenía una vibración disonante.

—Sí —asintió Hall—. Siga.

Avanzaron, arrastrando la manguera tras ellos. Hall miró en una oportunidad hacia atrás y observó que las ratas habían cerrado filas detrás de ellos y estaban mordisqueando la dura funda de lona. Una alzó la cabeza y casi pareció sonreírle antes de volver a bajarla. Entonces también vio los murciélagos. Colgaban de los toscos travesaños, y algunos eran tan grandes como cuervos o cornejas.

—Mire —dijo Warwick, y enfocó el rayo de la linterna aproximadamente un metro y medio más adelante.

Una calavera, cubierta de moho verde, se reía de ellos. Más lejos vieron un cúbito, media pelvis, parte de una caja torácica.

—No se detenga —ordenó Hall. Sintió que algo estallaba dentro de él, algo alucinado y oscurecido por los colores. *Que Dios me ayude: usted va a ceder antes que yo, Señor Capataz.*

Pasaron de largo junto a los huesos. Las ratas no les acosaban y parecían mantenerse a una distancia constante. Hall vio que una de ellas cruzaba por el camino que ellos debían seguir. Las sombras la ocultaron, pero vislumbró una inquieta cola rosada, del grosor de un cable telefónico.

El piso se empinaba bruscamente al frente y después volvía a bajar. Hall oía un ruido intenso de deslizamientos sigilosos. Provenía de algo que quizá ningún hombre viviente había visto jamás. Pensó que tal vez había estado buscando algo como eso durante todos sus años de absurdas peregrinaciones.

Las ratas se aproximaban, deslizándose sobre sus panzas, obligándoles a avanzar.

—Mire —espetó Warwick fríamente.

Hall se dio cuenta. Algo les había ocurrido a las ratas que tenían atrás, una mutación repulsiva que jamás podría haber sobrevivido a la luz del sol. La Naturaleza no lo habría permitido. Pero ahí abajo, la Naturaleza había asumido otro rostro macabro.

Las ratas eran gigantescas, y algunas medían hasta noventa centímetros de altura. Pero habían perdido las patas traseras y eran ciegas como topos o como sus primos voladores. Se arrastraban hacia delante con sobrecogedora vehemencia.

Warwick se volvió y encaró a Hall, conservando su sonrisa merced a una brutal fuerza de voluntad. Hall sintió, sinceramente, admiración por él.

—No podemos seguir internándonos, Hall. Debe entenderlo.

—Creo que las ratas tienen una cuenta pendiente con usted —dijo Hall.

Warwick perdió el control de sí mismo.

—Por favor —rogó—. Por favor.

Hall sonrió.

—Siga adelante.

Warwick miraba por encima del hombro.

—Están royendo la manguera. Cuando la hayan agujereado no podremos volver.·

—Lo sé. Siga adelante.

—Está loco... —Una rata pasó corriendo sobre la bota de Warwick y éste gritó. Hall sonrió e hizo seña con la linterna. Les rodeaban por todas partes, y ahora las más próximas estaban a menos de treinta centímetros.

Warwick reanudó la marcha. Las ratas retrocedieron. Escalaron el minúsculo promontorio y miraron hacia abajo. Warwick llegó primero y Hall vio que su rostro se ponía blanco como el papel. Le chorreaba la baba por el mentón.

—Oh, mi Dios. Jesús bendito.

Y se volvió para correr.

Hall abrió la boquilla de la manguera y el chorro de alta presión alcanzó de lleno a Warwick en el pecho, derribándole y haciéndolo desaparecer. Se oyó un largo alarido más potente que el estruendo del agua. Un ruido de convulsiones.

—¡Hall! —Gemidos. Un colosal y tétrico chillido que pareció llenar la Tierra—. ¡HALL, POR EL AMOR DE DIOS...!

Un súbito desgarramiento viscoso. Otro grito, más débil. Algo enorme se meció y se volteó. Hall oyó claramente el crujido húmedo que producen los huesos al fracturarse.

Una rata desprovista de patas se abalanzó sobre él, mordiendo, guiada por una forma grosera de sonar. Su cuerpo era fláccido, tibio. Hall le apuntó casi distraídamente con la manguera, despidiéndola lejos. El chorro no tenía tanta presión como antes.

Hall caminó hasta el borde del promontorio mojado y miró hacia abajo.

La rata llenaba todo el hueco del otro extremo de esa tumba mefítica. Era una· descomunal masa gris, palpitante, ciega, totalmente desprovista de patas. Cuando la enfocó la linterna de Hall, emitió un chillido abominable. Ésa era, pues, su reina, la *magna mater*. Algo monstruoso e innominado a cuya progenie tal vez algún día le crecerían alas. Parecía eclipsar lo que quedaba de Warwick, pero probablemente ésta era una ilusión óptica. Era el efecto de ver una rata del tamaño de un ternero Holstein.

—Adiós, Warwick —dijo Hall. La rata estaba celosamente agazapada sobre el Señor Capataz, tironeando de un brazo fláccido.

Hall se volvió y empezó a caminar rápidamente en sentido inverso, ahuyentando a las ratas con la manguera cuyo chorro era cada vez menos potente. Algunas de ellas superaban la barrera y se abalanzaban sobre sus piernas, mordiéndolas por encima de la caña de las botas. Una se prendió obstinadamente de su muslo, desgarrando la tela de los pantalones de cordero. Hall la derribó de un puñetazo.

Había recorrido casi las tres cuartas partes del trayecto cuando un zumbido feroz pobló la oscuridad. Levantó la vista y la gigantesca silueta voladora se estrelló contra su rostro.

Los murciélagos mutantes aún no habían perdido la cola. Ésta se enroscó alrededor de la garganta de Hall formando un lazo inmundo que lo apretó mientras los dientes buscaban el punto blando de la base del cuello. Se retorcía y agitaba sus alas membranosas, aferrándose a la camisa en busca de apoyo.

Hall levantó a ciegas la boquilla de la manguera y golpeó una y otra vez el cuerpo fofo. El animal cayó y Hall lo pisoteó, vagamente consciente de sus propios gritos. Una avalancha de ratas se precipitó sobre sus pies, trepó por sus piernas.

Corrió con paso tambaleante, librándose de algunas de ellas. Las otras le mordían el vientre, el pecho. Una se montó sobre su hombro y le introdujo el hocico inquisitivo en la oreja.

Chocó con otro murciélago. Éste se posó un momento sobre su cabeza, chillando, y le arrancó una tira de cuero cabelludo.

Sintió que su cuerpo se entumecía. Sus orejas se llenaron con la algarabía de la legión de ratas. Tomó un último impulso, tropezó con los cuerpos peludos, cayó de rodillas. Se echó a reír, con una risa aguda, estridente.

Jueves, cinco de la mañana.

—Será mejor que alguien baje —dijo Brochu prudentemente.

—Yo no —susurró Wisconsky—. Yo no.

—No, tú no, cagón —exclamó Ippeston con tono despectivo.

—*Bueno, vamos* —dictaminó Brogan, trayendo otra manguera—. Yo, Ippeston, Dangerfield, Nedeau. Stevenson, ve a la oficina y trae más linternas.

Ippeston miró hacia la oscuridad con expresión pensativa.

—Quizá se han detenido a fumar un cigarrillo —comentó—. Qué diablos, no son más que unas pocas ratas.

Stevenson volvió con las linternas. Poco después iniciaron el descenso.

MAREJADA NOCTURNA

Cuando el tipo estuvo muerto y el olor de su carne quemada se hubo despejado del aire, volvimos todos a la playa. Corey tenía su radio, uno de esos aparatos de transistores del tamaño de una maleta que se cargan con cuarenta pilas y que también pueden grabar y reproducir cintas magnetofónicas. En verdad la calidad del sonido no era excepcional, pero, eso sí, era potente. Corey había sido rico antes de la A6, pero esos detalles ya no interesaban. Incluso esta enorme radio-magnetófono no era más que un hermoso trasto. En el aire sólo quedaban dos emisoras de radio que podíamos sintonizar. Una era la WKDM de Portsmouth, con un disco-jockey palurdo que padecía delirios religiosos. Ponía un disco de Perry Como, rezaba una oración, lloraba, ponía un disco de Johnny Ray, leía un pasaje de los Salmos (sin omitir ningún *Selah*, como James Dean en *Al este del Edén*), y después lloraba un poco más. Siempre la misma jarana. Un día cantó *Bringing in the Sheaves* con una voz quebrada y gangosa que nos puso histéricos a Needles y a mí.

La emisora de Massachusetts era mejor, pero sólo sintonizábamos por la noche. La controlaba una pandilla de chicos. Supongo que se apoderaron de los equipos de transmisión de la WRKO o la WBZ después de que todos partieron o murieron. Sólo empleaban siglas chistosas, como WDROGA o KOÑO o WA6 o cosas parecidas. Muy graciosos, de veras..., como para morirse de risa. Ésa era la que escuchábamos al volver a la playa. Yo le había cogido la mano a Susie; Kelly y Joan marchaban delante de nosotros, y Needles ya había pasado la cresta del promontorio y se había perdido de vista. Corey marchaba a retaguardia, balanceando la radio. Los Stones cantaban *Angie*.

—¿Me *amas*? —me preguntó Susie—. Eso es lo único que quiero saber, ¿me *amas*? —Susie necesitaba que la reconfortaran constantemente. Yo era su osito de juguete.

—No —respondí. Susie estaba engordando, y si vivía el tiempo suficiente se pondría realmente fofa. Ya era demasiado pomposa.

—Eres una basura —dijo, y se llevó la mano a la cara. Sus uñas laqueadas refulgieron fugazmente bajo la media luna que había asomado hacía media hora.

—¿Vas a llorar otra vez?

—¡Cierra el pico! —contestó ella. Sí, me pareció que iba a echarse a llorar de nuevo.

Llegamos a la cresta y nos detuvimos. Siempre tengo que detenerme. Antes de la A6 ésta había sido una playa pública. Turistas, grupos que organizaban picnics, chiquillos con los mocos colgando y abuelas gordas y fláccidas con los hombros quemados por el sol. Envoltorios de caramelos y palitos de pirulines en la arena, toda la bella gente magreándose sobre sus mantas de playa, más el olor de los tubos de escape del aparcamiento, de las algas marinas, del aceite «Coppertone».

Pero ahora la bazofia y la mierda habían desaparecido. El océano lo había devorado todo, absolutamente todo, con la misma indiferencia con que uno podría devorar un puñado de «Cracker Jacks». No había gente que pudiera volver a ensuciar la playa. Sólo nosotros, y no éramos tantos como para hacer demasiado estropicio. Y creo que además estábamos enamorados de la playa. ¿Acaso no acabábamos de tributarle una especie de sacrificio? Incluso Susie, la putilla Susie con su culo gordo y sus pantalones «Oxford».

La arena era blanca y ondulada, y sólo estaba alterada por el límite más alto de la pleamar: una franja sinuosa de algas, conchas marinas y resaca. La luna proyectaba negras sombras semicirculares y pliegues sobre todos los elementos. La torre abandonada del salvavidas se alzaba blanca y esquelética a unos cincuenta metros de las casetas de baño, apuntando al cielo como la falange de un dedo.

Y la marejada, la marejada nocturna, que despedía grandes trombas de espuma, y que estallaba contra los acantilados hasta donde alcanzaba la vista, con incesantes embates. Quizá la noche anterior esas mismas aguas habían estado a mitad de trayecto de Inglaterra.

«Angie por los Stones —anunció la voz quebrada de la radio de Corey—. Estoy seguro de que os agradará, un eco del pasado que suena como los dioses, directamente del surco, un disco que gusta. Os habla Bobby. Ésta debería haber sido la noche de Fred, pero Fred tiene la gripe. Está completamente hinchado.»

Susie eligió ese momento para reír, aunque las lágrimas todavía le colgaban de las pestañas. Apresuré la marcha hacia la playa para hacerla callar.

—¡Esperad! —gritó Corey—. ¿Bernie? ¡Eh, Bernie, aguarda!

El tipo de la radio leía unas coplillas obscenas, y se oyó en el fondo la voz de una chica que le preguntaba dónde había dejado la cerveza. Él contestó algo, pero nosotros ya habíamos llegado a la playa. Miré atrás para ver cómo se las ingeniaba Corey. Se deslizó sobre el culo, como de costumbre, y me pareció tan ridículo que lo compadecí un poco.

—Corre conmigo —le dije a Susie.

—¿Por qué?

Le di una palmada en las nalgas y chilló.

—Sólo porque se me antoja.

Corrimos. Ella se quedó rezagada, resollando como un caballo y pidiéndome a gritos que acortara el paso, pero yo me la quité de la cabeza. El viento zumbaba en mis oídos y me hacía flamear el pelo sobre la frente. Olía la sal de la atmósfera, penetrante y acre. Restallaba la marejada. Las olas parecían una espuma de cristal negro. Me quité las sandalias de goma, con sendos puntapiés, y corrí descalzo por la arena, sin que me inquietara el pinchazo ocasional de una concha. Me bullía la sangre.

Y entonces vi la tienda. Needles ya estaba dentro y Kelly y Joan estaban al lado, cogidos de la mano y mirando el agua. Hice una cabriola, sentí que la arena se colaba por el cuello de mi camisa y aterricé junto a las piernas de Kelly. Éste cayó encima de mí y me frotó la cara con arena mientras Joan reía.

Nos levantamos y nos sonreímos. Susie había dejado de correr y se acercaba pesadamente a nosotros. Corey casi la había alcanzado.

—Qué fogata —comentó Kelly.

—¿Crees que vino desde Nueva York, como dijo? —preguntó Joan.

—No lo sé.

Tampoco me parecía que importara. Cuando lo encontramos, semidesvanecido y delirando, estaba tras el volante de un gran «Lincoln». Su cabeza tumefacta tenía el tamaño de un balón de fútbol y su cuello parecía una salchicha. Estaba en las últimas y de todos modos no iría demasiado lejos. Así que lo llevamos al promontorio que se alza sobre la playa y lo quemamos. Dijo que se llamaba Alvin Sackheim. Llamaba constantemente a su abuela. Confundía a Susie con su abuela. Esto le pareció gracioso a Susie, quién sabe por qué. Las cosas más raras le parecen graciosas.

Fue a Corey a quien se le ocurrió la idea de quemarlo, pero todo empezó como un chiste. Él había leído en la Universidad muchos libros sobre brujería y magia negra, y no cesaba de hacernos muecas en la oscuridad, junto al «Lincoln» de Alvin Sackheim, diciendo que si ofrecíamos un holocausto a los dioses tenebrosos quizá los espíritus seguirían protegiéndonos de la A6.

Por supuesto, ninguno de nosotros creía en tal patraña, pero la conversación se tornó cada vez más seria. Era una nueva distracción, y finalmente nos pusimos de acuerdo y lo hicimos. Lo atamos al telescopio de observación que estaba montado allí, ése con el que puedes ver todo el paisaje hasta el faro de Portland, si echas una moneda en un día despejado. Lo atamos con nuestros cinturones y después fuimos a buscar ramas secas y trozos de resaca, como niños que jugaran a una nueva versión del escondite. Mientras tanto, Alvin Sackheim estaba recostado allí y le murmuraba a su abuela. Los ojos de Susie se pusieron muy brillantes y respiraba agitadamente. La escena la excitaba mucho. Cuando nos metimos en el cañón que está del otro lado del promontorio se apoyó contra mí y me besó. Llevaba demasiado carmín y fue como besar una chapa grasienta.

La aparté y fue entonces cuando empezó a hacer pu-

cheros. Volvimos, todos, y apilamos las ramas secas hasta la cintura de Alvin Sackheim. Needles encendió la
pira con su «Zippo» y se inflamó rápidamente. Por fin,
apenas un momento antes de que se le incendiara el
pelo, el tipo empezó a chillar. En el aire flotaba un olor
parecido al del cerdo dulce de las comidas chinas.

—¿Tienes un cigarrillo, Bernie? —preguntó Needles.

—Tienes unos cincuenta cartones a tus espaldas.

Sonrió y le dio un manotazo a un mosquito que le
estaba picando en el brazo.

—No tengo ganas de moverme.

Le di un cigarrillo y me senté. Susie y yo habíamos
conocido a Needles en Portland. Estaba sentado sobre
el bordillo de la acera frente al «State Theater», tocando
melodías de Leadbelly con una vieja y enorme guitarra
«Gibson» que había robado en alguna parte. El sonido
reverberaba de un extremo a otro de Congress Street
como si estuviera tocando en una sala de conciertos.

Susie se detuvo delante de nosotros, todavía jadeante.

—Eres un desgraciado, Bernie.

—Por favor, Susie. Da vuelta al disco. Esa cara apesta.

—Cerdo. Estúpido hijo de puta. Insensible. *¡Crápula!*

—Vete o te arrearé en un ojo, Susie —dije—. Te lo
juro.

Se echó a llorar de nuevo. Ésa era su especialidad.
Corey se acercó y trató de rodearla con el brazo. Susie
le pegó un codazo en la ingle y él le escupió en la cara.

—¡Te *mataré*! —le acometió, chillando y llorando, haciendo girar las manos como aspas. Corey retrocedió y
estuvo a punto de caer, y después dio media vuelta
y huyó. Susie lo siguió, profiriendo procacidades histéricas. Needles echó la cabeza hacia atrás y se rió. El
ruido de la radio de Corey nos llegó débilmente por encima del de la marejada.

Kelly y Joan se habían alejado. Los vi caminar junto
al borde del agua, ciñéndose recíprocamente la cintura
con los brazos. Parecían salidos de uno de esos anuncios
que hay en los escaparates de las agencias de viajes:
Volad a la paradisíaca St. Lorca. Estupendo. Disfruta-
ban mucho.

—¿Bernie?

—¿Qué quieres?

Me senté y fumé y pensé en Needles: levantando la
tapa de su «Zippo», accionando la ruedecilla, prendiendo
fuego con pedernal y acero como un troglodita.

—La he pescado —dijo Needles.

—¿De veras? —Lo miré—. ¿Estás seguro?

—Claro que sí. Me duele la cabeza. Me duele el estómago. Siento un ardor al orinar.

—Quizás es sólo la gripe de Hong Kong. Susie tuvo la gripe de Hong Kong. Ya pedía una Biblia. —Me reí. Eso había sucedido cuando aún estábamos en la Universidad, más o menos una semana antes de que la clausuraran definitivamente, un mes antes de que empezaran a cargar los cadáveres en camionetas de volquete y a enterrarlos en fosas comunes con palas mecánicas.

—Mira. —Encendió una cerilla y la colocó bajo el ángulo de su quijada. Vi las primeras manchas triangulares, la primera hinchazón. Sí, era la A6.

—De acuerdo —asentí.

—No me siento muy mal —comentó—. Psicológicamente, quiero decir. Tu caso es distinto. Tú piensas mucho en eso. Me doy cuenta.

—No, no pienso en ello —mentí.

—Claro que piensas. Y en el tipo de esta noche. También piensas en eso. Es probable que le hayamos hecho un favor, en última instancia. Creo que no se dio cuenta de lo que sucedía.

—Sí, se dio cuenta.

Needles se encogió de hombros y se volvió.

—No importa.

Fumamos y yo miraba cómo las olas iban y venían. Needles estaba en las últimas. Eso hacía que todo volviera a asumir contornos muy reales. Ya estábamos a fines de agosto y dentro de un par de semanas se insinuarían los primeros fríos de otoño. Sería hora de buscar abrigo en alguna parte. Invierno. Probablemente cuando llegara la Navidad estaríamos todos muertos. En una sala ajena, con el costoso radio-magnetófono de Corey colocado sobre una biblioteca de libros condensados del *Reader's Digest* mientras el débil sol de invierno proyectaba sobre la alfombra las absurdas formas de los marcos de las ventanas.

La imagen fue lo suficientemente nítida como para hacerme temblar. En agosto nadie debería pensar en el invierno. Es como sentir pisadas sobre la propia tumba.

Needles se rió.

—¿Has visto? Tú *sí* que piensas en eso.

¿Qué podía contestar? Me levanté.

—Iré a buscar a Susie.

—Quizá somos los últimos habitantes de la Tierra, Bernie. ¿Has pensado en ello alguna vez?

Bajo la tenue luz de la luna ya parecía medio muerto, con sus ojeras y sus dedos pálidos, inmóviles, semejantes a lápices.

Me acerqué al agua y paseé los ojos sobre ella. No había nada para ver, excepto los lomos inquietos y movedizos de las olas, rematados por delicados copetes de espuma. Allí el fragor de las rompientes era tremendo, más descomunal que el mundo. Como si estuvieras en medio de una tormenta eléctrica. Cerré los ojos y me mecí sobre los pies descalzos. La arena estaba fría y apelmazada. ¿Qué importaba si éramos los últimos habitantes del mundo? Eso continuaría mientras hubiera una Luna que ejerciera su atracción sobre el agua.

Susie y Corey estaban en la playa. Susie lo cabalgaba como si él fuera un semental brioso, y le metía la cabeza bajo el agua bullente. Corey manoteaba y chapoteaba. Ambos estaban empapados. Me acerqué a ellos y derribé a Susie con el pie. Corey se alejó a gatas, escupiendo y resollando.

—¡*Te odio!* —me gritó Susie. Su boca era una oscura media luna sonriente. Parecía la entrada del barracón de la risa de un parque de diversiones. Cuando yo era niño mi madre nos llevaba a mí y a mis hermanos al Harrison State Park y allí había un barracón de la risa con una enorme cara de payaso en el frente, y la gente entraba por la boca.

—Vamos, Susie. Arriba, perrilla. —Le tendí la mano. Ella la cogió dubitativa y se levantó. Tenía arena húmeda pegada a la blusa y la piel.

—No deberías haberme empujado, Bernie. No te permitiré...

—Vamos —repetí. No parecía un tocadiscos mecánico: no hacía falta echarle monedas y no se desconectaba nunca.

Caminamos por la playa hasta la concesión principal. El hombre que administraba el establecimiento tenía un pisito en la planta alta. Había una cama. Susie no se merecía realmente una cama, pero Needles tenía razón. No importaba. Ya nadie controlaba el juego.

La escalera estaba adosada a la pared lateral del edificio, pero me detuve un minuto para mirar por la ventana rota las mercancías polvorientas que había dentro y que ya nadie se molestaba en robar: pilas de camisetas deportivas (con la leyenda «Anson Beach» y una imagen de cielo y olas estampada en el pecho), pulseras resplandecientes que dejaban verde la muñeca al segundo día, brillantes pendientes de pacotilla, balones de playa, tarjetas de visita mugrientas, vírgenes de cerámica mal pintadas, vómito plástico *(¡Muy realista! ¡Pruébelo con su esposa!)*, fuegos artificiales para un Cuatro de Julio que nunca se celebró, toallas de playa con una chica voluptuosa en bikini rodeada por los nombres de un centenar de famosos centros turísticos, gallardetes *(Recuerdo de la playa y el parque Anson)*, globos, bañadores. En el frente había un snack bar especial con un gran cartel que decía: PRUEBE NUESTRO PASTEL ESPECIAL DE MARISCOS.

Yo frecuentaba mucho Anson Beach cuando aún era alumno de la escuela secundaria. Eso fue siete años antes de la A6 y cuando andaba con una chica llamada Maureen. Una chica fornida. Usaba un bañador rosado a cuadros. Acostumbraba a decirle que parecía un mantel. Caminábamos por la acera de tablas que pasaba frente a ese establecimiento, descalzos, con la madera caliente y arenosa bajo los talones. Nunca probamos el pastel especial de mariscos.

—¿Qué miras?

—Nada.

Tuve sueños feos y llenos de sudor en los que aparecía Alvin Sackheim. Estaba recostado tras el volante de su reluciente «Lincoln» amarillo, hablando de su abuela. No era nada más que una cabeza tumefacta, ennegrecida, y un esqueleto carbonizado. Olía a quemado. Hablaba sin cesar y después de un rato ya no pudo pronunciar ni una palabra. Me desperté jadeando.

Susie estaba despatarrada sobre mis muslos, pálida y abotargada. Mi reloj marcaba las 3.50, pero se había parado. Afuera aún estaba oscuro. La marejada golpeaba y estallaba. Pleamar. Aproximadamente las 4.15. Pronto amanecería. Me levanté de la cama y fui hasta la puerta. La brisa marina me produjo una sensación agradable al acariciar mi cuerpo caliente. A pesar de todo no quería dormir.

Me encaminé hacia un rincón y cogí una cerveza. Había tres o cuatro cajones de «Bud» apilados contra la pared. Estaba tibia porque no había electricidad. Pero no me disgustaba la cerveza tibia, como a otras personas. Sólo produce un poco más de espuma. La cerveza es cerveza. Salí al rellano y me senté y tiré de la anilla de la lata y bebí.

Ésa era, pues, la situación: toda la raza humana aniquilada, pero no por las armas atómicas ni por la guerra biológica ni por la contaminación ni por nada portentoso. *Sólo por la gripe.* Me habría gustado colocar una inmensa placa en alguna parte. Quizás en las salinas de Bonneville. La Plaza de Bronce. De cuatro kilómetros y medio de longitud por cada lado. Y diría en grandes letras en altorrelieve, para información de cualquier extraterrestre recién llegado: SÓLO LA GRIPE.

Arrojé la lata de cerveza por encima de la baranda. Se estrelló con un ruido metálico hueco contra la acera de cemento que rodeaba el edificio. La tienda era un triángulo oscuro sobre la arena. Me pregunté si Needles estaba despierto. Y yo lo estaría.

—¿Bernie?

Susie estaba en el umbral, y se había puesto una de mis camisas. Esto es algo que aborrezco. Suda como un cerdo.

—Ya no te gusto mucho, ¿verdad, Bernie?

No contesté. Había momentos en que todavía podía apiadarme de todo. Ella no me merecía a mí así como yo no la merecía a ella.

—¿Puedo sentarme contigo?

—Dudo que haya espacio suficiente para los dos.

Dejó escapar un hipo ahogado y se encaminó nuevamente hacia dentro.

—Needles tiene la A6 —anuncié.

Se detuvo y me miró. Sus facciones no reflejaban la menor expresión.

—No bromees, Bernie.

Encendí un cigarrillo.

—¡No es posible! Tuvo la...

—Sí, tuvo la A2. La gripe de Hong Kong. Como tú y yo y Corey y Kelly y Joan.

—Pero eso significaría que no es...

—Inmune.

—Sí. Entonces nosotros podríamos enfermar.

—Quizá mintió cuando juró que había tenido la A2. Para que lo dejáramos venir con nosotros —dije.

Su rostro se distendió.

—Claro, eso es. Yo también habría mentido, en esa

situación. A nadie le gusta estar solo, ¿verdad? —Vaciló—. ¿Quieres volver a la cama?

—Aún no.

Susie entró. No hacía falta que le dijera que la A2 no era una garantía contra la A6. Ella lo sabía. Se había limitado a bloquear la idea. Me quedé sentado, mirando la marejada. Era verdaderamente la pleamar. Hacía algunos años, Anson había sido el único lugar decente de todo el Estado para practicar *surf*. El promontorio era una jiba oscura y sobresaliente que se recortaba contra el cielo. Me pareció ver el saliente que hacía las veces de atalaya, pero probablemente eso sólo fue obra de mi imaginación. A veces Kelly llevaba a Joan al promontorio. No creía que esa noche estuvieran allí arriba.

Metí la cara entre las manos y palpé la piel, su textura. Todo se comprimía con tanta rapidez y era tan mezquino... sin ninguna dignidad.

La marejada subía, subía. Sin límites. Limpia y profunda. Maureen y yo habíamos ido allí en verano, después de salir de la escuela secundaria, en el verano que precedió a la Universidad y a la realidad y a la A6 que había llegado del sudeste de Asia y que había cubierto el mundo como un palio, y entonces comimos pizza, escuchamos la radio, yo le unté la espalda con aceite, ella untó la mía, el aire estaba caliente, la arena brillante, el sol como un espejo cóncavo capaz de incendiar el mundo.

SOY LA PUERTA

Richard y yo estábamos sentados en el porche de mi casa, mirando las dunas del Golfo. El humo de su cigarro se enroscaba mansamente en el aire, alejando a los mosquitos. El agua tenía un fresco color celeste y el cielo era de un color azul más profundo y auténtico. Era una combinación agradable.

—Tú eres la puerta —repitió Richard reflexivamente—. ¿Estás seguro de que mataste al chico... y de que no fue todo un sueño?

—No fue un sueño. Y tampoco lo maté... ya te lo he explicado. Ellos lo hicieron. Yo soy la puerta.

Richard suspiró.

—¿Lo enterraste?

—Sí.

—¿Recuerdas dónde?

—Sí. —Hurgué en el bolsillo de la pechera y extraje un cigarrillo. Mis manos estaban torpes, con sus vendajes. Me escocían espantosamente—. Si quieres verla, tendrás que traer el «buggy» de las dunas. No podrás empujar esto —señalé mi silla de ruedas—, por la arena.

El «buggy» de Richard era un «Volkswagen 1959» con neumáticos grandes como cojines. Lo usaba para reco-

94

ger los maderos que traía la marea. Desde que había dejado su actividad de agente inmobiliario en Maryland, vivía en Key Caroline y confeccionaba esculturas con los maderos de la playa, que luego vendía a los turistas de invierno a precios desorbitados.

Le dio una chupada a su cigarro y miró el Golfo.

—Aún no. ¿Quieres volver a contarme la historia?

Suspiré y traté de encender mi cigarrillo. Me quitó las cerillas y lo hizo él. Di dos chupadas, inhalando profundamente. El prurito de mis dedos era enloquecedor.

—Está bien —asentí—. Anoche a las siete estaba aquí afuera, contemplando el Golfo y fumando, igual que ahora, y...

—Remóntate más atrás —me exhortó.

—¿Más atrás?

—Háblame del vuelo.

Sacudí la cabeza.

—Richard, lo hemos repasado una y otra vez. No hay nada...

Su rostro arrugado y fisurado era tan enigmático como una de sus esculturas de madera pulida por el océano.

—Es posible que recuerdes —dijo—. Es posible que ahora recuerdes.

—¿Te parece?

—Quizá sí. Y cuando hayas terminado, podremos ir a buscar la tumba.

—La tumba —repetí. La palabra tenía un acento hueco, atroz, más tenebroso que todo lo demás, más tenebroso aún que aquel tétrico océano por donde Cory y yo habíamos navegado hacía cinco años. Tenebroso, tenebroso, tenebroso.

Bajo las vendas, mis nuevos ojos escrutaron ciegamente la oscuridad que las vendas les imponían. Escocían.

Cory y yo entramos en la órbita impulsados por el Saturno 16, aquel que los comentaristas denominaban el cohete Empire State Building. Era una mole, sí señor. Comparado con él, el viejo Saturno 1-B parecía un juguete, y para evitar que arrastrase consigo la mitad de Cabo Kennedy había que lanzarlo desde un silo de setenta metros de profundidad.

Sobrevolamos la Tierra, verificando todos nuestros

sistemas, y después nos disparamos. **Rumbo a Venus.** El Senado quedó atrás, debatiendo un proyecto de ley sobre nuevos presupuestos para la exploración del espacio profundo, mientras la camarilla de la NASA rogaba que descubriéramos algo, cualquier cosa.

—No importa qué —solía decir Don Lovinger, el niño prodigio del Proyecto Zeus, cada vez que tomaba unas copas de más—. Tenéis todos los artefactos, más cinco cámaras de TV reacondicionadas y un primoroso telescopio con un trillón de lentes y filtros. Encontrad oro o platino. Mejor aún, encontrad a unos bonitos y estúpidos hombrecillos azules, para que podamos estudiarlos y explotarlos y sentirnos superiores a ellos. Cualquier cosa. Para empezar, nos conformaríamos con el fantasma de Blancanieves.

Cory y yo estábamos ansiosos por complacerle, a poco que fuera posible. El programa de exploración del espacio profundo había sido siempre un fracaso. Desde Borman, Anders y Lovell que habían entrado en órbita alrededor de la Luna, en 1968, y habían encontrado un mundo vacío, hostil, semejante a una playa sucia, hasta Markhan y Jacks, que se posaron en Marte quince años más tarde y encontraron un páramo de arena helada y unos pocos líquenes maltrechos, el programa había sido un fiasco costoso. Y había habido bajas. Pedersen y Lederer, que girarían eternamente alrededor del Sol porque todo había fallado en el penúltimo vuelo Apolo. John Davis, cuyo pequeño observatorio en órbita había sido perforado por un meteorito a pesar de que sólo existía una posibilidad entre mil de que se produjera semejante accidente. No, el programa espacial no prosperaba. Tal como estaban las cosas, el vuelo orbital alrededor de Venus sería nuestra última oportunidad de cantar victoria.

Fue un viaje de dieciséis días —comimos un montón de concentrados, jugamos muchas partidas de naipes, y nos contagiamos mutuamente un resfriado— y desde el punto de vista técnico fue un paseo. Al tercer día perdimos un trasformador de humedad atmosférica, recurrimos al dispositivo auxiliar, y eso fue todo, con excepción de algunas nimiedades, hasta el regreso. Vimos cómo Venus crecía y pasaba del tamaño de una estrella al de una moneda de veinticinco céntimos y luego al de una bola de cristal lechoso, intercambiamos chistes con el control de Huntsville, escuchamos cintas magnetofónicas de Wagner y los Beatles, vigilamos los dispositivos automáticos que lo abarcaban todo, desde las mediciones del viento solar hasta la navegación del espacio profundo. Practicamos dos correcciones de rumbo a mitad de trayecto, ambas infinitesimales, y después de nueve días de vuelo Cory salió de la nave y martilleó la AEP retráctil hasta que ésta se decidió a funcionar. No pasó nada raro hasta que...

—La AEP —me interrumpió Richard—. ¿Qué es eso?

—Un experimento frustrado. La jerga de la NASA para designar la Antena de Espacio Profundo... Irradiábamos ondas pi en alta frecuencia para cualquiera que se dignara escucharnos. —Me froté los dedos contra los pantalones pero fue inútil. En todo caso empeoró el prurito—. El mismo principio del radiotelescopio de West Virginia..., tú sabes, el que escucha a las estrellas. Sólo que en lugar de escuchar transmitíamos, sobre todo a los planetas del espacio profundo: Júpiter, Saturno, Urano. Si hay vida inteligente en ellos, en ese momento se estaba echando una siesta.

—¿El único que salió fue Cory?

—Sí. Y si introdujo una peste interestelar, la telemetría no la detectó.

—Igualmente...

—No importa —proseguí, irritado—. Sólo interesa el aquí y el ahora. Anoche ellos asesinaron a ese chico, Richard. No fue agradable verlo... ni de sentirlo. Su cabeza... estalló. Como si alguien le hubiera ahuecado los sesos y le hubiera introducido una granada de mano en el cráneo.

—Termina el relato —dijo Richard.

Lancé una risa hueca.

—¿Qué quieres que te cuente?

Entramos en una órbita excéntrica alrededor del planeta. Una órbita radical, declinante, de noventa por ciento quince kilómetros. En la segunda pasada nuestro apogeo estuvo más alto y el perigeo más bajo. Disponíamos de un máximo de cuatro órbitas. Recorrimos las cuatro. Le echamos una buena mirada al planeta. Más de seiscientas fotos y Dios sabe cuántos metros de película.

La capa de nubes está formada en partes iguales por metano, amoníaco, polvo y mierda voladora. Todo el planeta se parece al Gran Cañón en un túnel de viento.

Cory calculó que el viento soplaba a unos novecientos kilómetros por hora cerca de la superficie. Nuestra sonda transmitió durante todo el descenso y después se apagó con un gemido. No vimos vegetación ni rastros de vida. El espectroscopio sólo detectó vestigios de minerales valiosos. Y eso era Venus. Nada de nada..., con una sola salvedad: me asustó. Era como girar alrededor de una casa embrujada en medio del espacio. Sé que ésta no es una definición muy científica, pero viví sobrecogido por el miedo hasta que nos alejamos de allí. Creo que si se nos hubieran parado los cohetes, me habría degollado en medio de la caída. No es como la Luna. La Luna es desolada pero relativamente antiséptica. El mundo que vimos era totalmente distinto de cuantos se habían visto antes. Quizá sea una suerte que esté cubierto por el manto de nubes. Parecía una calavera descarnada... Ésta es la única analogía que se me ocurre.

Durante el vuelo de regreso nos enteramos de que el Senado había resuelto reducir a la mitad el presupuesto para la exploración espacial. Cory dijo algo así como «parece que volvemos a la época de los satélites meteorológicos, Artie». Pero yo estaba casi contento. Quizás el espacio no es un buen lugar para nosotros.

Doce días más tarde Cory estaba muerto y yo había quedado lisiado para toda la vida. Todas las desgracias nos ocurrieron durante el descenso. Falló el paracaídas. ¿Qué te parece esta ironía? Habíamos pasado más de un mes en el espacio, habíamos llegado más lejos que cualquier otro ser humano, y todo terminó mal porque un tipo con prisa por tomarse un descanso dejó que se enredaran unos cordeles.

La caída fue violenta. Un tripulante de uno de los helicópteros dijo que nos precipitamos del cielo como un bebé gigantesco, con la placenta flameando atrás. Cuando nos estrellamos me desvanecí.

Recuperé el conocimiento mientras me transportaban por la cubierta del *Portland*. Ni siquiera habían tenido tiempo de enrollar la alfombra roja que teóricamente deberíamos haber recorrido. Yo sangraba. Sangraba y me llevaban a la enfermería sobre una alfombra roja que no estaba ni remotamente tan roja como yo...

—...Pasé dos años en el hospital de Bethesda. Me dieron la Medalla de Honor y una fortuna y esta silla de ruedas. Al año siguiente vine aquí. Me gusta vez cómo despegan los cohetes.

—Lo sé. —Richard hizo una pausa—. Muéstrame las manos.

—No. —La respuesta fue inmediata y vehemente—. No puedo permitir que ellos vean. Te lo he advertido.

—Han pasado cinco años —dijo Richard—. ¿Por qué ahora, Arthur? ¿Me lo puedes explicar?

—No lo sé. ¡No lo sé! Quizás eso, sea lo que fuere, tiene un largo período de gestación. ¿Y quién puede asegurar, además, que me contaminé en el espacio? Eso, lo que sea, pudo haberse implantado en Fort Lauderdale. O tal vez en este mismo porche. Qué se yo.

Richard suspiró y contempló el agua, ahora enrojecida por el sol del crepúsculo.

—Procuro creerte. Arthur, no quiero pensar que estás perdiendo la chaveta.

—Si es indispensable, te mostraré las manos —respondí. Me costó un esfuerzo decirlo—. Pero sólo si es indispensable.

Richard se levantó y cogió su bastón. Parecía viejo y frágil.

—Traeré el «buggy» de las dunas. Buscaremos al chico.

—Gracias, Richard.

Se encaminó hacia la huella accidentada que conducía a su cabaña: veía el tejado de ésta asomando sobre la Duna Mayor, la que atraviesa casi todo el ancho de Key Caroline. El cielo había adquirido un feo color ciruela, sobre el agua, en dirección al Cabo, y el fragor del trueno me llegó débilmente a los oídos.

No sabía cómo se llamaba el chico pero lo veía de vez en cuando, caminando por la playa al ponerse el sol, con la criba bajo el brazo. El sol le había bronceado y estaba moreno, casi negro, y siempre vestía unos vaqueros deshilachados, tijereteados a la altura del muslo. Del otro lado de Key Caroline hay una playa pública, y en una jornada propicia un joven emprendedor puede reunir hasta cinco dólares, tamizando pacientemente la arena en busca de monedas enterradas. A veces le saludaba agitando la mano y él contestaba de igual manera, ambos con displicencia, extraños pero hermanos, eternos habitantes de ese mundo de derroche, de «Cadillacs», de turistas alborotadores. Supongo que vivía en la pequeña aldea apiñada alrededor de la estafeta, a casi un kilómetro de mi casa.

Cuando pasó esa tarde ya hacía una hora que yo estaba en el porche, inmóvil, alerta. Hacía un rato que me había quitado las vendas. El prurito había sido intolerable, y siempre se aliviaba cuando podían ver con sus ojos.

Era una sensación que no tenía parangón en el mundo: como si yo fuera un portal entreabierto a través del cual espiaban un mundo que odiaban y temían. Pero lo peor era que yo también podía ver, hasta cierto punto. Imaginad que vuestra mente es transportada al cuerpo de una mosca común, una mosca que mira vuestra propia cara con un millar de ojos. Entonces quizás empezaréis a entender por qué tenía las manos vendadas incluso cuando no había nadie cerca, nadie que pudiera verlas.

Empezó en Miami. Yo tenía que tratar allí con un hombre llamado Cresswell, un investigador del Departamento de Marina. Me controla una vez al año, porque durante un tiempo tuvo todo el acceso que es posible tener a los materiales secretos de nuestro programa espacial. No sé qué es exactamente lo que busca. Tal vez un destello taimado en mis ojos, o una letra escarlata en mi frente. Dios sabe por qué. La pensión que cobro es tan generosa que se vuelve casi embarazosa.

Cresswell y yo estábamos sentados en la terraza de su habitación, en el hotel, discutiendo el futuro del programa espacial norteamericano. Eran aproximadamente las tres y cuarto. Empezaron a picarme los dedos. No fue algo gradual. Se activó como una corriente eléctrica. Se lo mencioné a Cresswell.

—De modo que tocó una hiedra venenosa en esa islita escrofulosa —comentó sonriendo.

—El único follaje que hay en Key Caroline es un arbusto de palmito —respondí—. Quizás es la comezón del séptimo año. —Me miré las manos. Manos absolutamente vulgares. Pero me picaban.

Más tarde firmé el mismo viejo documento de siempre («Juro solemnemente que no he recibido ni revelado ni divulgado ninguna información susceptible de...») y volví a Key Caroline. Tengo un antiguo «Ford», equipado con freno y acelerador de mano. Lo adoro..., me hace sentirme autosuficiente.

El trayecto de regreso es largo, por la Autopista 1, y cuando salí de la carretera y doblé por la rampa de salida de Key Caroline ya estaba casi enloquecido. Las manos me escocían espantosamente. Si alguna vez habéis tenido que soportar la cicatrización de un corte profundo o de una incisión quirúrgica, quizás entenderéis la clase de comezón a la que me refiero. Algo vivo parecía estar arrastrándose por mi carne y horadándola.

El sol casi se había ocultado y me estudié cuidadosamente las manos bajo el resplandor de las luces del tablero. Ahora en las puntas de los dedos había unas pequeñas manchas rojas, perfectamente circulares, un poco por encima de la yema donde están las impresiones digitales y donde se forman callos cuando uno toca la guitarra. También había círculos rojos de infección entre la primera y la segunda articulación de cada pulgar y de cada dedo, y en la piel que separaba la segunda articulación del nudillo. Me llevé los dedos de la mano derecha a los labios y los aparté rápidamente, con súbita repulsión. Dentro de mi garganta se había formado un nudo de horror, agodonoso y asfixiante. Los puntos donde habían aparecido las marcas rojas estaban calientes, afiebrados, y la carne estaba blanda y gelatinosa, como la pulpa de una manzana podrida.

Durante el resto del trayecto traté de convencerme de que en verdad había tocado una hiedra venenosa sin darme cuenta. Pero en el fondo de mi mente germinaba otra idea chocante. En mi infancia había tenido una tía que había pasado los últimos diez años de su vida encerrada en un desván, aislada del mundo. Mi madre le llevaba los alimentos y estaba prohibido pronunciar su nombre. Más tarde me enteré de que había padecido la enfermedad de Hansen, la lepra.

Cuando llegué a casa telefoneé al doctor Flanders, que vivía en tierra firme. Me atendió su servicio de recepción de llamadas. El doctor Flanders estaba participando de un crucero de pesca, pero si se trataba de algo urgente el doctor Ballanger...

—¿Cuándo regresará el doctor Flanders?

—A más tardar mañana por la tarde. ¿Le parece...?

—Sí.

Colgué lentamente el auricular y después marqué el número de Richard. Dejé que la campanilla sonara doce veces antes de colgar. Permanecí un rato indeciso. La comezón se había intensificado. Parecía emanar de la carne misma.

Conduje la silla de ruedas hasta la biblioteca y extraje la destartalada enciclopedia médica que había comprado hacía muchos años. El texto era exasperantemente vago. Podría haber sido cualquier cosa, o ninguna.

Me recosté contra el respaldo y cerré los ojos. Oí el tic tac del viejo reloj marino montado sobre la repisa, en el otro extremo de la habitación. También oí el zumbido fino y agudo de un reactor que volaba hacia Miami. Y el tenue susurro de mi propia respiración.

Seguía mirando el libro.

El descubrimiento se infiltró lentamente en mí y después se implantó con aterradora brusquedad. Tenía los ojos cerrados pero seguía mirando el libro. Lo que veía era algo desdibujado y monstruoso, una imagen deformada, cuatridimensional, pero igualmente inconfundible, de un libro.

Y yo no era el único que miraba.

Abrí los ojos y sentí la contracción de mi músculo cardíaco. La sensación se atenuó un poco, pero no por completo. Estaba mirando el libro, viendo con mis propios ojos las letras impresas y las ilustraciones, lo cual era una experiencia cotidiana perfectamente normal, y también lo veía desde un ángulo distinto, más bajo, y con otros ojos. No lo veía como un libro sino como algo anómalo, algo de configuración aberrante e intención ominosa.

Alcé las manos lentamente hasta mi rostro, y tuve una macabra imagen de mi sala transformada en una casa de horrores.

Lancé un alarido.

Unos ojos me espiaban entre las fisuras de la carne de mis dedos. Y en ese mismo instante vi cómo la carne se dilataba, se replegaba, a medida que esos ojos se asomaban insensatamente a la superficie.

Pero no fue eso lo que me hizo gritar. Había mirado mi propia cara y había visto un monstruo.

El «buggy» de las dunas bajó por la pendiente de la lona y Richard lo detuvo junto al porche. El motor ronroneaba intermitentemente. Hice rodar mi silla de ruedas por la rampa situada a la derecha de la escalinata común y Richard me ayudó a subir al vehículo.

—Muy bien, Arthur —dijo—. Tú mandas. ¿A dónde vamos?

Señalé en dirección al agua, donde la Duna Mayor finalmente empieza a menguar. Richard hizo un ademán de asentimiento. Las ruedas posteriores giraron en la arena y partimos. Yo solía burlarme de Richard por su manera de conducir, pero esa noche no lo hice. Tenía demasiadas cosas en las cuales pensar... Y demasiadas cosas para sentir. Ellos estaban disgustados con la oscuridad y me daba cuenta de que hacían esfuerzos por espiar entre las vendas, exigiéndome que se las quitara.

El «buggy» se zarandeaba y rugía entre la arena en dirección al agua, y casi parecía levantar vuelo desde la cresta de las dunas más bajas. A la izquierda, el sol se ponía con sanguinaria espectacularidad. Directamente enfrente y del otro lado del agua, las nubes oscuras avanzaban hacia nosotros. Los rayos zigzagueaban sobre el mar.

—A tu derecha —dije—. Junto a esa tienda.

Richard detuvo el «buggy» junto a los restos podridos de la tienda, despidiendo un surtidor de arena. Metió la mano en la parte posterior y extrajo una pala. Respingué cuando la vi.

—¿Dónde? —preguntó Richard inexpresivamente.

—Allí —respondí, señalando.

Se apeó y se adelantó despacio por la arena, vaciló un segundo, y después clavó la pala en el suelo. Me pareció que excavaba durante un largo rato. La arena que despedía por encima del hombro tenía un aspecto húmedo. Las nubes eran más negras y estaban más altas, y el agua parecía furiosa e implacable bajo su sombra y en el reflejo rutilante del crepúsculo.

Mucho antes de que dejara de excavar me di cuenta de que no encontraría al chico. Lo habían cambiado de lugar. La noche anterior no me había vendado las manos, de modo que habían podido ver... y actuar. Si habían conseguido servirse de mí para matar al chico también podían haberlo hecho para trasladarlo, incluso mientras dormía.

—No hay nada aquí, Arthur.

Arrojó la pala sucia en la parte posterior del «buggy» y se dejó caer, cansado, en el asiento. La tormenta en ciernes proyectaba sombras movedizas, semicirculares, sobre la playa. La brisa cada vez más fuerte hacía repicar la arena contra la carrocería herrumbrada del vehículo. Me picaban los dedos.

—Me usaron para transportarlo —dije con voz opaca—. Están asumiendo el control, Richard. Están forzando su puerta para abrirla, poco a poco. Cien veces por día me descubro en pie delante de un objeto que conozco como una espátula, un cuadro o una lata de guisantes, sin saber cómo he llegado allí, y tengo las manos alzadas, mostrándoselo, viéndolo como lo ven ellos, como algo obsceno, como algo contorsionado y grotesco...

—Arthur —murmuró—. No, Arthur. Eso no. —Bajo la luz menguante su rostro tenía una expresión compungida—. Has dicho que estabas *en pie* delante de algo. Has dicho que *transportaste* el cuerpo del chico. *Pero tú no puedes caminar, Arthur*. Estás muerto de la cintura para abajo.

Toqué el tablero de instrumento del «buggy» de las dunas.

—Esto también está muerto. Pero cuando lo montas puedes hacerlo marchar. Podrías hacerlo matar. No podría detenerse aunque quisiera. —Oí que mi voz aumentaba de volumen histéricamente—. ¿Acaso no entiendes que soy la puerta? ¡Ellos mataron al chico, Richard! ¡Ellos transportaron el cuerpo!

—Creo que será mejor que consultes a un médico —dijo con tono tranquilo—. Volvamos.

—¡Investiga! ¡Pregunta por el chico, entonces! Averigua...

—Dijiste que ni siquiera sabes cómo se llama.

—Debía de vivir en la aldea. Es un pueblo pequeño. Pregunta...

—Cuando fui a buscar el «buggy» telefoneé a Maud Harrington. No conozco a una persona más chismosa que ella, en todo el estado. Le pregunté si había oído el rumor de que un chico no había vuelto anoche a su casa. Contestó que no.

—¡Pero tenía que vivir en esta zona! ¡Tenía que vivir aquí!

Arthur se dispuso a hacer girar la llave del encendido, pero le detuve. Se volvió para mirarme y yo empecé a quitarme las vendas de las manos.

El trueno murmuraba y gruñía desde el Golfo.

No había consultado al médico ni había vuelto a llamar a Richard. Pasé tres semanas con las manos vendadas cada vez que salía. Tres semanas con la ciega esperanza de que desaparecieran. No era un comportamiento racional, lo confieso. Si yo hubiera sido un hombre sano que no necesitaba una silla de ruedas para sustituir sus piernas o que había vivido una vida normal consagrándose a una ocupación normal, quizás habría recurrido al doctor Flanders o a Richard. Aun en mis condiciones podría haberlo hecho si no hubiera sido por el recuerdo de mi tía, aislada, virtualmente convertida en una prisionera, devorada en vida por su propia carne enferma. De modo que guardé un silencio desesperado y le pedí al cielo que *me permitiera descubrir* un día, al despertarme, que todo había sido una pesadilla.

Y poco a poco los sentí. A ellos. Una inteligencia anónima. Nunca me pregunté qué aspecto tenían ni de dónde provenían. Habría sido inútil. Yo era su puerta, y su ventana abierta sobre el mundo. Recibía suficiente información de ellos para sentir su revulsión y su horror, para saber que nuestro mundo era muy distinto del suyo. La información también me bastaba para sentir su odio ciego. Pero igualmente seguían espiando. Su carne estaba implantada en la mía. Empecé a darme cuenta de que me usaban, de que en verdad me manipulaban.

Cuando pasó el chico, alzando la mano para saludarme con la displicencia de siempre, yo ya casi había resuelto llamar a Cresswell, a su número del Departamento de Marina. Había algo cierto en la teoría de Richard: estaba seguro de que lo que se había apoderado de mí me había atacado en el espacio profundo o en esa extraña órbita alrededor de Venus. La Marina me estudiaría pero no me convertiría en un monstruo de feria. No tendría que volver a ahogar un grito cuando me despertaba en la oscuridad crujiente y los sentía vigilar, vigilar, vigilar.

Mis manos se estiraron hacia el chico y me di cuenta de que no las había vendado. Vi los ojos que miraban en silencio, en la luz crepuscular. Eran grandes, dilatados, de iris dorados. Una vez había pinchado uno con la punta de un lápiz y había sentido que un dolor insoportable me recorría el brazo. El ojo pareció fulminarme con un odio impotente que fue peor que el dolor físico. No volví a pincharlo.

Y ahora estaban mirando al chico. Sentí que mi mente se disparaba. Un momento después perdí el control de mis actos. La puerta estaba abierta. Corrí hacia él por la arena, moviendo velozmente las piernas insensibles, como si éstas fueran maderos accionados por un mecanismo. Mis propios ojos parecieron cerrarse y sólo vi con aquellos ojos extraterrestres: vi un monstruoso paisaje marino de alabastro rematado por un cielo semejante a una gran franja purpúrea, y vi una cabaña ladeada y corroída que podría haber sido la carroña de una desconocida bestia carnívora, y vi un ser abominable que se movía y respiraba y llevaba debajo del brazo un artefacto de madera y alambre, un artefacto compuesto por ángulos rectos geométricamente imposibles.

Me pregunto qué pensó él, ese pobre chico anónimo con la criba bajo el brazo y los bolsillos hinchados por una insólita multitud de monedas arenosas perdidas por los turistas, qué pensó él cuando me vio correr hacia él como un director ciego tendiendo las manos sobre una orquesta lunática, qué pensó él cuando los rayos postreros del sol cayeron sobre mis manos, rojas y fisuradas y fulgurantes con su carga de ojos, qué pensó cuando las manos batieron súbitamente el aire un momento antes de que estallara su cabeza.

Sé qué fue lo que pensé yo.

Pensé que había atisbado por encima del borde del universo y había visto ni más ni menos que los fuegos del infierno.

El viento tironeó de las vendas y las transformó en pequeños gallardetes flameantes a medida que las desenrollaba. Las nubes habían ocultado los vestigios rojos del crepúsculo, y las dunas estaban oscuras y cubiertas de sombras. Las nubes desfilaban y bullían sobre nuestras cabezas.

—Debes hacerme una promesa, Richard —dije, levantando la voz por encima del viento cada vez más fuerte—. Si tienes la impresión de que intento..., hacerte daño, corre. ¿Me entiendes?

—Sí.

El viento agitaba y ondulaba su camisa de cuello abierto. Su rostro permanecía impasible, con los ojos reducidos a poco más que dos cavidades en la prematura oscuridad.

Cayeron las últimas vendas.

Yo miré a Richard y ellos miraron a Richard. Yo vi una cara que conocía desde hacía cinco años y que había aprendido a querer. Ellos vieron un monolito viviente, deforme.

—Los ves —dije roncamente—. Ahora los ves.

Se apartó involuntariamente. Sus facciones parecieron dominadas por un súbito pavor incrédulo. Un rayo hendió el cielo. Los truenos rodaban sobre las nubes y el agua se había ennegrecido como la del río Estigia.

—Arthur...

¡Qué inmundo era! ¿Cómo podía haber vivido cerca de él, cómo podía haberle hablado? No era un ser humano sino una pestilencia muda. Era...

—¡Corre! ¡Corre, Richard!

Y corrió. Corrió con grandes zancadas. Se convirtió en un patíbulo recortado contra el cielo imponente. Mis manos se alzaron, se alzaron sobre mi cabeza con un ademán aullante, aleteante, con los dedos estirados hacia el único elemento familiar de ese mundo de pesadilla: estirados hacia las nubes.

Y las nubes respondieron.

Brotó un rayo colosal, blanco azulado, que pareció marcar el fin del mundo. Alcanzó a Richard, lo envolvió. Lo último que recuerdo es la fetidez eléctrica del ozono y la carne quemada.

Me desperté en mi porche, plácidamente sentado, mirando hacia la Duna Mayor. La tormenta había pasado y la atmósfera estaba agradablemente fresca. Se veía una tajada de luna. La arena estaba virgen, sin rastros del «buggy» de Richard.

Me miré las manos. Los ojos estaban abiertos pero vidriosos. Se hallaban extenuados. Dormitaban.

Sabía bien qué era lo que debía hacer. Tenía que echar llave a la puerta antes de que pudieran terminar de abrirla. Tenía que clausurarla definitivamente. Ya empezaba a observar los primeros signos de un cambio estructural en las mismas manos. Los dedos empezaban a acortarse... y a modificarse.

En la sala había una pequeña chimenea, y en verano me había acostumbrado a encender una fogata para combatir el frío húmedo de Florida. Prendí otra ahora, moviéndome de prisa. Ignoraba cuánto tardarían en captar mis intenciones.

Cuando vi que ardía vorazmente me encaminé hacia la cuba de queroseno que había en la parte posterior de la casa y me empapé ambas manos. Se despertaron de inmediato, con un alarido de dolor. Casi no pude llegar de vuelta a la sala, y a la fogata. Pero lo conseguí.

Todo eso sucedió hace siete años.

Aún estoy aquí, contemplando el despegue de los cohetes. Últimamente se han multiplicado. Éste es un gobierno que da importancia a la exploración espacial. Incluso se habla en enviar otra serie de sondas tripuladas a Venus.

Averigüé el nombre del chico, aunque eso ya no importa. Tal como sospechaba, vivía en la aldea. Pero su madre creía que pasaría aquella noche en tierra firme, con un amigo, y no dio la alarma hasta el lunes siguiente. En cuanto a Richard..., bien, de todos modos la gente opinaba que Richard era un bicho raro. Piensan que tal vez volvió a Maryland o se fugó con una mujer.

A mí me toleran, aunque tengo fama de ser excéntrico. Al fin y al cabo, ¿cuántos exastronautas les escriben regularmente a los funcionarios electos de Washington para decirles que sería mejor invertir en otra cosa el dinero que se asigna a la exploración espacial?

Yo me apaño muy bien con estos garfios. Durante el primer año los dolores fueron atroces, pero el cuerpo humano se acostumbra a casi todo. Me puedo afeitar e incluso me ato los cordones de los zapatos. Y como véis, escribo bien a máquina. Creo que no tendré problemas para meterme la escopeta en la boca ni para apretar el gatillo. Veréis, esto empezó hace tres semanas.

Tengo sobre el pecho un círculo perfecto de doce ojos dorados.

LA TRITURADORA

El agente Hunton llegó a la lavandería en el mismo momento en que partía la ambulancia..., lentamente, sin hacer sonar la sirena ni centellear las luces. Ominosa. Dentro, la oficina estaba atestada de personas que se arremolinaban, silenciosas, algunas de ellas llorando. La planta propiamente dicha estaba vacía. Ni siquiera habían detenido las grandes lavadoras automáticas del fondo. Esto aumentó la desconfianza de Hunton. La multitud debería haber estado en la escena del accidente, no en la oficina. Así eran las cosas: el animal humano tenía la necesidad instintiva de ver los despojos. Por tanto, el cuadro debía ser espantoso. Hunton sintió que se le crispaba el estómago, como sucedía siempre que se encontraba con un accidente muy cruento. Los catorce años que había pasado limpiando restos humanos de las carreteras y las calles y las aceras al pie de edificios muy altos no habían bastado para aquietar la convulsión de su estómago, la sensación de que algo abyecto se le había apelmazado ahí dentro.

Un hombre vestido con una camisa blanca vio a Hunton y se le acercó renuentemente. Parecía un búfalo, con la cabeza inclinada hacia delante entre los hombros, con las venas de la nariz y las mejillas rotas ya fuera por obra de la alta tensión sanguínea o por un exceso de pláticas con la botella marrón. Se esforzaba por articular las palabras, pero después de dos ensayos frustrados, Hunton le interrumpió perentoriamente.

—¿Usted es el propietario? ¿El señor Gartley?

—No... no. Soy Stanner. El encargado. Dios, esto...

Hunton sacó su libreta.

—Por favor, muéstreme el lugar del accidente, señor Stanner, y cuénteme qué sucedió.

Stanner pareció palidecer aún más. Las manchas de su nariz y sus mejillas resaltaban como marcas de nacimiento.

—¿Es..., necesario?

Hunton arqueó las cejas.

—Me temo que sí. La llamada que recibí especificó que había sido un caso grave.

—Grave... —Stanner parecía estar pugnando con sus cuerdas vocales. Su nuez de Adán subió y bajó brevemente como un mono por una estaca—. La señora Frawley ha muerto. Jesús, cuánto lamento que Bill Gartley no esté aquí.

—¿Qué sucedió?

—Será mejor que venga conmigo —respondió Stanner.

Condujo a Hunton a lo largo de una hilera de planchas de mano, de una unidad de plegado de camisas y por fin se detuvo delante de una máquina marcadora de prendas. Se pasó una mano temblorosa por la frente.

—Tendrá que seguir solo, agente. No puedo volver a mirarla. Me pone... No puedo. Lo lamento.

Hunton contorneó la máquina marcadora con una vaga sensación de desdén por ese hombre. Montan una empresa desorganizada, recortan gastos, hacen circular vapor hirviente por tuberías mal soldadas, trabajan con limpiadores químicos sin la protección debida, y finalmente alguien se lastima. O muere. Después no quieren mirar. No pueden...

Hunton la vio.

La máquina seguía funcionando. Nadie la había desactivado. La máquina que más tarde llegó a conocer íntimamente: la «Máquina Ultraveloz Hadley-Watson de Planchar y Plegar Modelo 6». Un nombre largo y engorroso. La gente que trabajaba allí entre el vapor y la humedad la había bautizado con un nombre más apropiado. La trituradora.

Hunton le echó una larga mirada glacial, y después hizo algo por primera vez en sus catorce años de agente del orden: dio media vuelta, se llevó a la boca una mano convulsionada y vomitó.

—No has comido mucho —comentó Jackson.

Las mujeres estaban dentro, lavando los platos y hablando de los críos mientras John Hunton y Mark Jackson descansaban en las tumbonas, cerca del aromático asador. Hunton sonrió ligeramente mientras pensaba que su amigo se había quedado corto. No había comido nada.

—Hoy hubo un accidente atroz —dijo—. El peor.

—¿Automovilístico?

—No. Industrial.

—¿Sangriento?

Hunton no respondió inmediatamente, pero hizo una mueca involuntaria, convulsiva. Cogió una cerveza de la nevera que descansaba entre ellos dos, la abrió y bebió la mitad del contenido.

—¿Supongo que vosotros los profesores universitarios no sabéis nada de lavanderías industriales?

Jackson lanzó una risita.

—Aquí tienes uno que sí sabe algo. Cuando era estudiante pasé un verano trabajando en uno de esos establecimientos.

—¿Entonces conoces la máquina ultraveloz de planchar y plegar?

Jackson hizo un ademán afirmativo.

—Claro que sí. Pasan por ella la ropa húmeda, sobre todo sábanas y manteles. Una máquina grande y larga.

—Eso es —murmuró Hunton—. Una mujer llamada Adelle Frawley quedó atrapada en ella en la lavandería «Blue Ribbon», en el otro extremo de la ciudad. La máquina la succionó.

Jackson pareció súbitamente descompuesto.

—Pero..., eso es imposible, Johnny. Hay una barra de seguridad. Si una de las mujeres que alimentan la máquina mete accidentalmente la mano debajo de la barra, ésta se levanta y detiene el mecanismo. Por lo menos eso es lo que recuerdo.

Hunton asintió con un movimiento de cabeza.

—Así está estipulado que debe ser. Pero sucedió.

Hunton cerró los ojos y volvió a ver en la oscuridad la máquina de planchar ultraveloz «Hadley-Watson», tal como la había visto esa tarde. Tenía la forma de una larga caja rectangular, de diez metros por dos. En el alimentador, una correa móvil de lona se deslizaba debajo de la barra de seguridad, empinándose un poco hacia arriba y después hacia abajo. La correa transportaba las sábanas apenas húmedas, arrugadas, en un ciclo continuo que las hacía pasar por arriba y por abajo de dieciséis rodillos giratorios que componían el cuerpo principal de la máquina. Ocho arriba y ocho abajo, que las apretaban como si fueran delgadas lonchas de jamón entre varias capas de pan supercaliente. Para el secado máximo la temperatura del vapor de los rodillos se podía ajustar hasta los 300 grados. Para eliminar hasta la última arruga, la presión ejercida sobre las sábanas montadas en la cinta era de cuatrocientos kilos por decímetro cuadrado.

Y la señora Frawley había sido atrapada, quién sabe cómo, y arrastrada al interior del mecanismo. Los rodillos de acero recubiertos con amianto habían quedado tan rojos como la pintura de un granero, y la nube de vapor de la máquina había dispersado el nauseabundo hedor de la sangre caliente. Diez metros más adelante, el otro extremo de la máquina había escupido fragmentos de su blusa blanca y sus pantalones azules, e incluso jirones desgarrados de su sostén y sus bragas, con los trozos más grandes de tela plegados con grotesca y ensangrentada pulcritud por el dispositivo automático. Pero ni siquiera eso había sido lo peor.

—Trató de plegarlo todo —le explicó a Jackson, con sabor a bilis en la garganta—. Pero un ser humano no es una sábana, Mark. Lo que vi..., lo que quedaba de ella... —Igual que Stanner, el desventurado encargado, no pudo terminar la frase—. Se la llevaron en un cesto —murmuró.

Jackson lanzó un silbido.

—¿A quién se hará responsable? ¿A la lavandería o a los inspectores oficiales?

—Aún no lo sé —respondió Hunton. La imagen aviesa todavía flotaba sobre su retina, la imagen trituradora que bufaba y traqueteaba y siseaba, la imagen de la sangre que chorreaba por los costados verdes del largo gabinete, su *fetidez* quemante...—. Antes habrá que averiguar quién verificó la maldita barra de seguridad y en qué circunstancias lo hizo.

—Si fue la administración de la lavandería, ¿crees que podrán librarse?

La sonrisa de Hunton estuvo desprovista de humor.

—Ella ha muerto, Mark. Si Gartley y Stanner han escatimado en el mantenimiento de la máquina de planchar ultraveloz, irán a la cárcel. Aunque tengan influencia en el Ayuntamiento.

—¿Crees que eso fue lo que sucedió?

Hunton pensó en la lavandería «Blue Ribbon», mal iluminada, con los pisos húmedos y resbalosos, con algunas máquinas increíblemente antiguas y chirriantes.

—Es probable que sí —contestó en voz baja.

Se levantaron para entrar juntos en la casa.

—Cuando termine la investigación, Johnny, cuéntame a qué conclusión llegan —dijo Jackson—. El caso me interesa.

Hunton se había equivocado respecto de la trituradora. Estaba en condiciones impecables.

Seis inspectores oficiales la revisaron antes de la audiencia, pieza por pieza. El resultado fue totalmente negativo. El veredicto de la instrucción fue de muerte accidental.

Hunton, atónito, acorraló a Roger Martin, uno de los inspectores, después de la audiencia. Martin era un personaje alto con gafas tan gruesas como culos de vasos. Mientras Hunton le interrogaba, no cesó de juguetear con un bolígrafo.

—¿Nada? ¿No hay nada que decir de la máquina?

—Nada —ratificó Martin—. Por supuesto, la barra de seguridad fue el meollo de la investigación. Funciona perfectamente. Ya oyó el testimonio de la señora Gillian. La señora Frawley debió de adelantar demasiado la mano. Nadie vio cómo lo hacía, porque todos estaban atentos a sus respectivos trabajos. Ella empezó a gritar. Su mano ya había desaparecido y la máquina le estaba pillando el brazo. En lugar de desconectar la máquina, trataron de sacar a la víctima. Se dejaron dominar por el pánico. Otra mujer, la señora Keene, dijo que ella *sí* trató de desactivarla, pero es razonable suponer que, en medio de la confusión, pulsó el botón del arranque en lugar de pulsar el del freno. Para entonces ya era demasiado tarde.

—O sea que no funcionó la barra de seguridad —dictaminó Hunton categóricamente—. A menos que ella pasara la mano por encima de la barra en lugar de pasarla por debajo.

—Eso es imposible. Sobre la barra de seguridad hay una plancha de acero inoxidable. Y la barra no dejó de funcionar. Está unida por un circuito a la máquina propiamente dicha. Si la barra de seguridad salta, la máquina se detiene.

—¿Entonces cómo sucedió, por todos los diablos?

—No lo sabemos. Mis colegas y yo opinamos que la señora Frawley tuvo que caer en la máquina desde arriba, para que ésta pudiera matarla. Y cuando se produjo el accidente tenía ambos pies en el suelo. Lo han confirmado una docena de testigos.

—Está describiendo un accidente imposible —dijo Hunton.

—No. Sólo un accidente que no entendemos. —Martin hizo una pausa, vaciló y luego agregó—: Le diré algo, Hunton, puesto que parece haber tomado el caso tan a pecho. Si se lo repite a alguien, negaré haberlo dicho. Pero no me gustó la máquina. Casi..., parecía estar burlándose de nosotros. En los últimos cinco años he inspeccionado regularmente más de una docena de máquinas de planchar ultraveloces. Algunas de ellas están en tan malas condiciones que no dejaría un perro suelto cerca de ellas: la ley es lamentablemente indulgente. Pero al fin y al cabo eran sólo máquinas. En cambio esta otra... es una aberración. No sé por qué, pero lo es. Creo que si hubiera encontrado el mínimo pretexto, aunque sólo se tratara de una sutileza, habría ordenado inmovilizarla. ¿Absurdo, verdad?

—Yo sentí lo mismo —replicó Hunton.

—Le contaré algo que sucedió hace dos años en Milton —continuó el inspector. Se quitó las gafas y empezó a frotarlas con movimientos pausados contra el chaleco—. Un tipo había abandonado una vieja nevera en el patio trasero de su casa. La mujer que nos telefoneó dijo que su perro había quedado encerrado en ella y se había asfixiado. Le pedimos a la Policía del Estado que le informara a ese hombre que debía arrojar el artefacto en el basurero municipal. Era un tipo amable, que sintió lo que le había ocurrido al perro. Cargó la nevera en su

114

furgoneta y a la mañana siguiente la llevó al basurero. Esa tarde, una mujer del barrio denunció que había desaparecido su hijo.

—Cielos —murmuró Hunton.

—La nevera estaba en el basurero con el niño dentro, muerto. Un crío espabilado, según la madre. Dijo que era tan poco posible que se metiese en una nevera vacía como que subiese a un coche con un desconocido. Pues sin embargo lo hizo. Cerramos el expediente. ¿Cree que ahí terminó todo?

—Supongo que sí.

—No. Al día siguiente el encargado del basurero fue a quitarle la puerta al artefacto. Ordenanza Municipal número 58 sobre conservación de basureros públicos. —Martin le miró impasiblemente—. Encontró dentro seis pájaros muertos. Gaviotas, gorriones, un petirrojo. Y al parecer, mientras los estaba sacando la puerta se le cerró sobre el brazo. Dio un respingo tremendo. Ésa es la impresión que me produce la trituradora de «Blue Ribbon», Hunton. No me gusta.

Se miraron en silencio, dentro de la vacía sala de audiencias, a unas seis manzanas del lugar donde la «Máquina Ultraveloz Hadley-Watson de Planchar y Plegar Modelo 6» se alzaba en la lavandería bulliciosa, bufando y exhalando vapor sobre sus sábanas.

Al cabo de una semana los apremios de la labor policial más prosaica le hicieron olvidar el caso. Sólo volvió a evocarlo cuando él y su esposa visitaron la casa de Mark Jackson para pasar la velada jugando a las cartas y tomando cerveza.

Jackson le recibió diciendo:

—¿Alguna vez te has preguntado si la máquina de la que me hablaste está embrujada, Johnny?

Hunton parpadeó, desconcertado.

—¿Qué dices?

—La máquina de planchar ultraveloz de la lavandería «Blue Ribbon». Supongo que esta vez no recibiste la denuncia.

—¿Qué denuncia? —inquirió Hunton, interesado.

Jackson le pasó el periódico de la noche y le señaló una noticia que figuraba al pie de la segunda página. El artículo informaba que en la máquina de planchar ultraveloz de la lavandería «Blue Ribbon» había estallado un tubo de vapor, y que las emanaciones habían quemado a tres de las seis mujeres que trabajaban en la boca de alimentación. El accidente se había producido a las 15.45 y había sido atribuido a un aumento de presión en la caldera del establecimiento. Una de las mujeres, la señora Annette Gillian, había sido internada en el City Receiving Hospital con quemaduras de segundo grado.

—Qué extraña coincidencia —comentó, pero súbitamente recordó las palabras que el inspector Martin había pronunciado en la sala de audiencias vacía: *Es una aberración*... Y también la historia del perro y el niño y los pájaros atrapados en la nevera abandonada.

Esa noche jugó muy mal a las cartas.

Cuando Hunton entró en la habitación de cuatro camas, en el hospital, la señora Gillian estaba recostada en su lecho, leyendo *Screen Secrets*. Un gran vendaje le cubría un brazo y una parte del cuello. La otra ocupante del cuarto, una mujer joven de facciones pálidas, dormía.

La señora Gillian parpadeó al ver el uniforme azul y después sonrió tímidamente.

—Si es por la señora Cherinikov tendrá que volver más tarde. Acaban de darle su medicación.

—No, vengo por usted, señora Gillian —respondió Hunton. La sonrisa de la mujer se diluyó un poco—. Es una visita extraoficial, lo cual significa que el accidente de la lavandería ha despertado mi curiosidad. John Hunton —se presentó, tendiendo la mano.

Ésa fue la táctica correcta. La sonrisa de la señora Gillian se iluminó y le dio un apretón desmañado con la mano sana.

—Le contaré todo lo que sé, señor Hunton. Válgame Dios, pensé que mi Andy había vuelto a tener jaleo en la escuela.

—¿Qué sucedió?

—Estábamos pasando las sábanas y la máquina de planchar estalló..., o ésa fue la impresión. Yo estaba pensando en volver a casa y sacar a pasear los perros cuando se produjo ese fuerte estallido, como el de una bomba. Vapor por todas partes, y ese siseo... espantoso. —Su sonrisa fluctuó, al borde de la extinción—. Era como si la máquina de planchar respirase. Como un dragón, sí señor. Y Alberta, o sea Alberta Keene, gritó que algo estaba explotando y todos comenzaron a correr y a dar alaridos y Ginny Jason decía a gritos que se había quemado. Yo también quise correr pero me caí. Sólo entonces me di cuenta de que yo era la más afectada. Por suerte no fue peor. El vapor alcanza una temperatura de trescientos grados.

—El periódico dice que estalló un tubo. ¿Qué significa eso?

—El tubo superior se empalma con esta especie de tubo flexible que alimenta la máquina. George, o sea el señor Stanner, dijo que la caldera debió de despedir un chorro muy fuerte o algo parecido. El tubo se partió en dos.

A Hunton no se le ocurrió ninguna otra pregunta. Se disponía a irse cuando la señora Gillian comentó pensativa:

—Nunca tuvimos tantos contratiempos con esa máquina. Sólo recientemente. La rotura del tubo de vapor. El accidente atroz de la señora Frawley, que en paz descanse. Y los problemas menores. Como cuando a Essie se le enganchó el vestido en una de las cadenas de tracción. Podría haber sido peligroso si ella no lo hubiera desgarrado para zafarlo. Se caen las tuercas y otras piezas. Oh, Herb Diment, que es el mecánico de la lavandería, tiene muchos problemas con la máquina. Las sábanas se atascan en la plegadora. George dice que es porque usan demasiado apresto en las lavadoras, pero antes no sucedía nada. Ahora las chicas aborrecen trabajar allí. Essie incluso dice que han quedado atrapados pedacitos de Adelle Frawley y que es un sacrilegio o algo así. Como si sobre la máquina pesara una maldición. Todo empezó el día en que Sherry se cortó la mano con uno de los tornillos.

—¿Sherry? —preguntó Hunton.

—Sherry Oulette. Una chiquilla encantadora, que acababa de salir de la escuela secundaria. Una buena operaria. Pero un poco torpe, a veces. Usted sabe cómo son las jóvenes.

—¿Se cortó la mano?

—O, *eso* no fue nada extraño. Verá, hay tornillos para ajustar la correa de alimentación. Sherry los estaba apretando para poder introducir una carga más pesada y probablemente soñaba con un chico. Se cortó un dedo y lo salpicó todo con sangre. —La señora Gillian pareció intrigada—. Fue a partir de entonces cuando empezaron a caerse las tuercas. Adelle fue... usted sabe... aproximadamente una semana más tarde. Como si la máquina hubiera descubierto que le gustaba la sangre. ¿No cree que a veces a las mujeres se nos ocurren ideas raras, agente Hinton?

—Hunton —respondió él distraídamente, mirando al vacío por encima de la cabeza de la señora Gillian.

Paradójicamente, Hunton había conocido a Mark Jackson en una lavandería de la manzana que separaba sus casas, y era todavía allí donde el policía y el profesor de inglés mantenían sus conversaciones más interesantes.

Ahora estaban sentados el uno junto al otro en las flexibles sillas de plástico, mientras sus ropas giraban y giraban detrás de las ventanillas transparentes de las máquinas automáticas. El ejemplar en rústica de las obras completas de Milton que Jackson había llevado consigo descansaba olvidado mientras él escuchaba la historia de la señora Gillian, en la versión de Hunton.

Cuando éste hubo terminado, Jackson dijo:

—Un día te pregunté si habías pensado que la trituradora podía estar embrujada. Fue mitad en serio y mitad en broma. Ahora te repito la pregunta.

—No —respondió Hunton, ofuscado—. No seas estúpido.

Jackson contemplaba pensativo la rotación de las ropas.

—Embrujada es una palabra chocante. Digamos poseída. Hay casi tantos hechizos para embrujar como para exorcizar. *La rama dorada* de Frazier está repleta de ellos. Hay otros en las tradiciones druida y azteca. Y otros aún más antiguos, que se remontan al Egipto antiguo. Casi todos ellos se pueden reducir a unos asombrosos comunes denominadores. El más frecuente, por supuesto, es la sangre de virgen. —Miró a Hunton—. La señora Gillian dijo que los contratiempos empezaron después de que Sherry Oulette se cortó accidentalmente.

—Oh, por favor —protestó Hunton.

—Debes admitir que ella parece la persona indicada —comentó Jackson.

—Iré inmediatamente a su casa —asintió Hunton con una sonrisita—. Me imagino la escena. «Señorita Oulette, soy el agente John Hunton. Estoy investigando la posesión diabólica de una máquina de planchar y me gustaría saber si usted es virgen.» ¿Crees que me darán tiempo para despedirme de Sandra y los niños antes de llevarme al manicomio?

—Estoy dispuesto a apostar que terminarás diciendo algo por el estilo —respondió Jackson, sin sonreír—. Hablo en serio, Johnny. Esa máquina me pone los pelos de punta, a pesar de que no la he visto nunca.

—En aras de la conversación —murmuró Hunton—, ¿cuáles son algunos de los otros comunes denominadores, como dices tú?

Jackson se encogió de hombros.

—Es difícil enumerarlos sin un estudio previo. La mayoría de las fórmulas de embrujos anglosajones especifican la tierra de una tumba o el ojo de un escuerzo. Los ensalmos europeos mencionan a menudo la mano de gloria, que puede interpretarse como la mano de un muerto o como uno de los alucinógenos empleados en el contexto del aquelarre de las brujas..., generalmente la belladona o un derivado de la psilocibina. Podría haber otros ingredientes.

—¿Y tú piensas que todos estos elementos se hallaban en el interior de la máquina de planchar de la lavandería «Blue Ribbon»? Dios mío, Mark, apuesto a que no hay belladona en un radio de ochocientos kilómetros. ¿O acaso imaginas que alguien amputó la mano de su tío Fred y la dejó caer en la plegadora?

—Si setecientos monos escribieran a máquina durante setecientos años...

—Uno de ellos escribiría las obras de Shakespeare —completó Hunton cáusticamente—. Vete al infierno. Te toca a ti ir a la farmacia a buscar monedas para las secadoras.

La forma en que George Stanner perdió el brazo en la trituradora fue muy curiosa.

El lunes a las siete de la mañana la lavandería estaba desierta, exceptuando a Stanner y a Herb Diment, el mecánico. Se hallaban lubricando los cojinetes de la trituradora, como lo hacían dos veces por año, antes del comienzo de la jornada regular de trabajo, a las siete y media. Diment estaba en el extremo de salida, engrasando las cuatro terminales secundarias y pensando en la impresión desagradable que últimamente le producía la máquina, cuando ésta arrancó súbitamente con un rugido.

Diment había levantado cuatro de las correas de salida para poder llegar al motor de abajo y repentinamente éstas se pusieron en movimiento entre sus manos, desollándole las palmas, arrastrándolo.

Se zafó con un tirón espasmódico pocos segundos antes de que las correas le metieran las manos en la plegadora.

—¡Santo cielo, George! —gritó—. ¡Frena este maldito aparato!

George Stanner empezó a lanzar alaridos.

El suyo fue un chillido agudo, ululante, demencial, que pobló la lavandería, reverberando en las planchas de acero de las lavadoras, en las bocas sonrientes de las prensas de vapor, en los ojos vacíos de las secadoras industriales. Stanner inhaló otra sibilante bocanada de aire y volvió a gritar:

—¡Oh, Dios mío, Dios mío, estoy atrapado ESTOY ATRAPADO...!

Los rodillos empezaron a generar vapor. La plegadora mordía y chasqueaba. Los cojinetes y los motores parecían chillar con vida propia.

Diment corrió hasta el otro extremo de la máquina.

El primer rodillo ya se estaba tiñendo de un siniestro color rojo. Diment dejó escapar un gemido gutural. La trituradora bramaba y traqueteaba y siseaba.

Un observador sordo habría pensado al principio que Stanner se limitaba a agacharse sobre la máquina en un ángulo extraño. Pero luego habría visto el rictus de su rostro pálido, sus ojos desorbitados, la boca convulsionada por un grito ininterrumpido. El brazo estaba desapareciendo bajo la barra de seguridad y bajo el primer rodillo. La tela de su camisa se había desgarrado en la costura del hombro y la parte superior del brazo se hinchaba grotescamente a medida que la presión hacía retroceder sistemáticamente la sangre.

—¡Frénala! —chilló Stanner. Su hombro se quebró con un crujido.

Diment pulsó el interruptor.

La trituradora siguió ronroneando, gruñendo y girando.

Incrédulo, volvió a apretar el botón una y otra vez... sin ningún resultado. La piel del brazo se había puesto brillante y tensa. No tardaría en rajarse con la presión que le aplicaba el rodillo, pero a pesar de todo Stanner conservaba el conocimiento y gritaba. Diment vislumbró una imagen caricaturesca, de pesadilla, que mostraba a un hombre aplastado por una apisonadora, un hombre del que sólo quedaba una sombra.

—Fusibles... —chilló Stanner. Su cabeza descendía, descendía, a medida que la máquina le succionaba.

Diment dio media vuelta y corrió hacia la sala de calderas, en tanto los alaridos de Stanner le perseguían como fantasmas lunáticos. El olor mezclado de la sangre y el vapor impregnaba la atmósfera.

Sobre la pared de la izquierda había tres pesadas cajas que contenían todos los fusibles de la lavandería. Diment las abrió y empezó a arrancar los largos dispositivos cilíndricos como un loco, arrojándolos por encima del hombro. Se apagaron las luces del techo, después el compresor de aire, y por fin la caldera misma, con un fuerte lamento agonizante.

Pero la trituradora siguió girando. Los gritos de Stanner se habían reducido a gemidos gorgoteantes.

Los ojos de Diment se posaron sobre un hacha de bombero encerrada en una caja de vidrio. La cogió con un débil gimoteo gutural y volvió atrás. El brazo de Stanner había desaparecido casi hasta el hombro. Al cabo de pocos segundos su cuello doblado y tirante se quebraría contra la barra de seguridad.

—No puedo —balbuceó Diment, empuñando el hacha—. Jesús, George, no puedo, no puedo, no...

Ahora la máquina era un desolladero. La plegadora escupió jirones de camisa, pingajos de piel, un dedo. Stanner lanzó un feroz alarido espasmódico y Diment alzó el hacha y la descargó en medio de la penumbra del lavadero. Dos veces. Una vez más.

Stanner se desplomó hacia atrás, desmayado y violáceo, despidiendo un surtidor de sangre por el muñón de su hombro. La trituradora absorbió en sus entrañas lo que quedaba... y se detuvo sola.

Diment extrajo su cinturón de las presillas, sollozando, y empezó a armar un torniquete.

Hunton hablaba por teléfono con Roger Martin, el inspector. Jackson le miraba mientras hacía rodar pacientemente un balón de un lado a otro para que lo corriera la pequeña Patty Hunton, de tres años.

—¿Arrancó *todos* los fusibles? —preguntaba Hunton—. ¿Y el interruptor del freno no funcionó, eh...?

¿Han clausurado la máquina de planchar...? Estupendo. Magnífico. ¿Eh...? No, nada oficial. —Hunton frunció el ceño y después miró de soslayo a Jackson—. ¿Todavía le trae recuerdos de la nevera, Roger...? Sí. A mí también. Adiós.

Colgó el auricular y miró a Jackson.

—Vamos a ver a la chica, Mark.

Ella vivía en su propio apartamento (la actitud titubeante pero orgullosa con que les hizo entrar después de que Hunton hubo mostrado su credencial le hizo sospechar que no lo ocupaba desde hacía mucho tiempo), y se sentó en una posición incómoda, frente a ellos, en la sala puntillosamente decorada y pequeña como un sello de correos.

—Soy el agente Hunton y éste es mi colaborador, el señor Jackson. Se trata del accidente de la lavandería. —Hunton se sentía muy turbado en presencia de esa chica morena, de apocada belleza.

—Qué espantoso —murmuró Sherry Oulette—. Es el único lugar donde he trabajado. El señor Gartley es mi tío. Me gustó porque gracias a la lavandería me fue posible tener este apartamento y mis propios amigos. Pero ahora... es tan *macabro.*

—La Junta de Seguridad del Estado ha clausurado la máquina de planchar hasta que se complete la investigación —explicó Hunton—. ¿Lo sabía?

—Sí. —Sherry suspiró, inquieta—. No sé qué haré...

—Señorita Oulette —la interrumpió Jackson—, usted sufrió un accidente con la máquina, ¿no es cierto? Creo que se hirió la mano con un tornillo.

—Sí, me corté el dedo. —De pronto sus facciones se velaron—. Ése fue el primer accidente. —Lo miró con expresión afligida—. A veces tengo la impresión de que las chicas no me quieren tanto como antes..., como si me consideraran culpable.

—Debo formularle una pregunta indiscreta —dijo Jackson lentamente—. Una pregunta que no le gustará. Le parecerá absurdamente personal e improcedente, pero lo único que puedo advertirle es que no lo es. Sus respuestas no figurarán en ningún expediente.

La joven pareció asustada.

—¿He... he hecho algo malo?

Jackson sonrió y negó con la cabeza. Sherry se relajó. *Gracias a Dios que tengo a Mark*, pensó Hunton.

—Sin embargo, agregaré algo más. Es posible que la respuesta la ayude a conservar este hermoso pisito, a recuperar su empleo, y a devolver la normalidad a la lavandería.

—Contestaré cualquier pregunta, para que eso ocurra.

—Sherry, ¿usted es virgen?

La chica pareció totalmente pasmada, totalmente espantada, como si un sacerdote la hubiera abofeteado después de darle la comunión. Luego alzó la cabeza y señaló con un ademán su pulcro apartamento, como preguntándoles si creían que ésa podía ser una casa de citas.

—Me reservo para mi esposo —respondió sencillamente.

Hunton y Jackson intercambiaron una mirada serena, y en esa fracción de segundo Hunton comprendió que era verdad: un demonio se había apoderado del acero y los engranajes de la trituradora y la había convertido en algo dotado de vida propia.

—Gracias —dijo Jackson con solemnidad.

—¿Y ahora qué? —preguntó Hunton con tono lúgubre durante el viaje de regreso—. ¿Buscaremos un cura para exorcizarla?

Jackson resolló.

—Tendrías que afanarte mucho para encontrar uno que no te distraiga con algunos folletos mientras telefonea al manicomio. Esto corre por nuestra cuenta, Johnny.

—¿Podremos hacerlo solos?

—Quizá sí. El problema es el siguiente: Sabemos que en la trituradora hay algo, pero no sabemos qué. —Hunton sintió un escalofrío, como si lo hubiera tocado un dedo descarnado—. Hay muchísimos demonios. ¿El que nos preocupa pertenece al círculo de Bubastis o al de Pan? ¿O al de Baal? ¿O al de la deidad cristiana que llamamos Satán? Lo ignoramos. Si nos encontráramos frente a un hechizo deliberado, el remedio sería más fácil. Pero éste parece ser un caso de posesión fortuita. —Jackson se pasó la mano por el cabello—. Sí, se trata de la sangre de una virgen. Pero esto no reduce las posibilidades. Tenemos que estar seguros, absolutamente seguros.

—¿Por qué? —inquirió Hunton bruscamente—. ¿Por qué no reunimos un montón de fórmulas de exorcismo y las probamos todas?

La expresión de Jackson se enfrió.

—Éste no es un juego de policías y ladrones, Johnny. Por Dios, ni lo pienses. El rito del exorcismo entraña un gravísimo peligro. En cierta manera se parece a la fisión nuclear controlada. Podríamos cometer un error y autodestruirnos. El demonio está atrapado en esa máquina. Pero si le das una oportunidad podría...

—¿Podría salir?

—Le encantaría salir —asintió Jackson amargamente—. Y le gusta matar.

Cuando Jackson le visitó al día siguiente, por la noche, Hunton había enviado a su esposa y a su hija al cine. Tenían la sala para ellos solos y Hunton se alegró de ello. Aún le resultaba difícil aceptar que era verdad lo que sucedía.

—Suspendí mis clases —anunció Jackson—, y pasé el día estudiando algunos de los libros más abominables que puedas imaginar. Esta tarde alimenté la computadora con más de treinta fórmulas para invocar demonios. Compilé una serie de elementos comunes. Son asombrosamente pocos.

Le mostró la lista a Hunton: sangre de virgen, polvo de tumba, mano de gloria, sangre de murciélago, musgo nocturno, casco de caballo, ojo de escuerzo.

Había otros, todos secundarios.

—Casco de caballo —murmuró Hunton con tono pensativo—. Qué curioso...

—Es muy común. En verdad...

—¿Estos elementos, cualquiera de ellos, se podrían interpretar libremente? —le interrumpió Hunton.

—¿Lo que quieres saber es si el musgo nocturno se puede sustituir por un líquen recogido de noche, por ejemplo?

—Sí.

—Es muy probable que sí —respondió Jackson—. A menudo las fórmulas mágicas son ambiguas y elásticas. Las artes diabólicas han dejado siempre un amplio margen para la creatividad.

124

—El casco de caballo se puede remp̃azar por un postre de gelatina —comentó Hunton—. Abunda en las bolsas de merienda. El día en que murió la señora Frawley vi una caja de ese producto debajo de la plataforma para sábanas de la máquina de planchar. La gelatina se fabrica con cascos de caballo.

Jackson hizo un ademán afirmativo.

—¿Algo más?

—La sangre de murciélago..., bien, ése es un local grande. Hay muchos rincones y recovecos oscuros. Es probable que haya murciélagos, aunque dudo que la empresa lo admita. Uno de ellos podría haber quedado atrapado en la trituradora.

Jackson echó la cabeza hacia atrás y se frotó con los nudillos sus ojos inyectados en sangre.

—Coincide... todo coincide.

—¿De veras?

—Sí. Creo que podemos descartar tranquilamente la mano de gloria. Ciertamente, nadie dejó caer una mano en la máquina *antes* de la muerte de la señora Frawley. Y estoy seguro de que la belladona no es una planta que se dé en esta zona.

—¿El polvo de tumba?

—¿Qué te parece?

—Tendría que haber sido una endemoniada coincidencia —manifestó Hunton—. El cementerio más próximo está en Pleasant Hill, o sea a casi ocho kilómetros de la lavandería «Blue Ribbon».

—Muy bien —dijo Jackson—. Le pedí al operador de la computadora (el cual creyó que me estaba preparando para una fantochada de la noche de brujas) que recompusiera todos los elementos primarios y secundarios de la lista. Todas las combinaciones posibles. Eliminé doce que eran completamente absurdas. Las otras encajan en categorías bastante específicas. Los elementos que hemos aislado figuran en una de ellas.

—¿Cuál es?

Jackson sonrió.

—Una muy sencilla. El mito proviene de Sudamérica, con ramificaciones en el Caribe. Está emparentado con el vudú. Los libros que consulté sostienen que las divinidades participantes son de menor cuantía, cuando se las compara con algunos de los auténticos colosos, como Saddath o El Innombrable. El ocupante de la máquina saldrá disparado como un matón de barrio.

—¿Cómo lo conseguiremos?

—Bastarán un poco de agua bendita y una pizca de hostia consagrada. Y podremos leerle un pasaje del Levítico. Magia blanca cristiana, y nada más.

—¿Estás seguro de que no es algo peor?

—No entiendo cómo podría serlo —contestó Jackson con tono pensativo—. Te confieso que me preocupó la mano de gloria. Ése es un embrujo muy negro. Una magia muy potente.

—¿El agua bendita no la neutralizaría?

—Un demonio invocado con la ayuda de la mano de gloria podría devorarse una pila de Biblias como desayuno. Correríamos un gran peligro si nos enfrentáramos con algo así. Sería mejor desmontar el maldito artefacto.

—Bien, no estás totalmente seguro...

—No, pero sí estoy bastante seguro. Todo encaja muy bien.

—¿Cuándo?

—Cuanto antes, mejor —dictaminó Jackson—. ¿Cómo entraremos? ¿Romperemos una ventana?

Hunton sonrió, metió la mano en el bolsillo y agitó una llave delante de la nariz de Jackson.

—¿Quién te la dio? ¿Gartley?

—No —respondió Hunton—. Un inspector oficial llamado Martin.

—¿Sabe lo que planeamos hacer?

—Creo que lo sospecha. Hace un par de semanas me contó una extraña historia.

—¿Acerca de la trituradora?

—No —dijo Hunton—. Acerca de una nevera. Ven.

Adelle Frawley estaba muerta. Yacía en su ataúd, cosida por el paciente empleado de una funeraria. Pero quizás una parte de su espíritu perduraba en la máquina, y si era así, esa parte debió lanzar un grito. Ella debería haberlo sabido, podría haberles alertado. Adelle Frawley hacía mal la digestión, y para combatir este malestar común tomaba una vulgar tableta digestiva llamada E-Z Gel, que se podía comprar en cualquier farmacia, sin receta, por setenta y nueve céntimos. La caja ostenta una advertencia impresa: Los enfermos de glaucoma no deben consumir E-Z Gel, porque su ingrediente activo agrava esta dolencia. Lamentablemente, Adelle

Frawley no padecía esta dolencia. Podría haber recordado el día en que, poco antes de que Sherry Oulette se cortara la mano, ella había dejado caer por descuido en la trituradora a una caja llena de tabletas de E-Z Gel. Pero estaba muerta, ajena al hecho de que el ingrediente activo que aliviaba su gastritis era un derivado químico de la belladona, a la que en algunos países europeos se la conocía, curiosamente, por el nombre de mano de gloria.

En el espectral silencio de la lavandería «Blue Ribbon» se produjo un súbito chasquido lúgubre: un murciélago revoloteó demencialmente hacia el agujero donde había instalado su nido, en la capa aislante que recubría las secadoras, cubriéndose la facha ciega con sus alas plegadas.

El ruido sonó casi como una risita.

La trituradora empezó a funcionar con un chirrido súbito, trepidante: las correas se aceleraron en medio de la oscuridad, los dientes se engranaron e intercalaron y crepitaron, y los pesados rodillos pulverizadores giraron sin cesar.

Estaba lista para recibirlos.

Cuando Hunton entró en el aparcamiento era poco después de medianoche y la luna estaba oculta detrás de las nubes que desfilaban por el ciclo. Aplicó los frenos y apagó los faros con el mismo movimiento. La frente de Jackson casi se golpeó contra el tablero acolchado.

Cortó el contacto del motor y el rítmico golpeteo-siseo-golpeteo se oyó con más nitidez.

—Es la trituradora —murmuró en voz baja—. Es la trituradora. Funciona sola. En mitad de la noche.

Permanecieron un momento callados, sintiendo que el miedo les trepaba por las piernas.

—Está bien —dijo Hunton—. Adelante.

Se apearon y caminaron hasta el edificio, mientras el ruido de la trituradora se intensificaba. Cuando Hunton introdujo la llave en la cerradura de la puerta de servicio, tuvo la impresión de que la máquina *parecía* viva, como si estuviera respirando con fuertes resuellos calientes y hablando consigo misma con siseantes susurros sardónicos.

—De pronto me siento feliz de que me acompañe un

policía —comentó Jackson. Pasó al otro lado el bolso marrón que sostenía debajo del brazo. Dentro había un frasquito de jalea envuelto en papel encerado, lleno de agua bendita, y una Biblia.

Entraron y Hunton accionó los interruptores de luz próximos a la puerta. Los tubos fluorescentes parpadearon y cobraron una fría vida. Simultáneamente se detuvo la trituradora.

Un velo de vapor flotaba sobre sus rodillos. Los esperaba en medio de su flamante y ominoso silencio.

—Dios, qué fea es —susurró Jackson.

—Vamos —dijo Hunton—. Antes de que nos acobardemos.

Se acercaron al artefacto. La barra de seguridad estaba baja, sobre la correa que alimentaba a la máquina. Hunton estiró la mano.

—Ya estamos bastante cerca, Mark. Dame el material y dime qué debo hacer.

—Pero...

—No discutas.

Jackson le entregó el bolso y Hunton lo depositó sobre la mesa para sábanas. Le dio la Biblia a Jackson.

—Voy a leer —anunció Jackson—. Cuando te haga una seña, rocía el agua bendita sobre la máquina con los dedos. Di: «En nombre del Padre, y del Hijo, y del Espíritu Santo, te expulso de aquí, impuro.» ¿Has entendido?

—Sí.

—Cuando repita la seña, rompe la hostia y repite el ensalmo.

—¿Cómo sabremos si da resultado?

—Lo sabrás. Es posible que el demonio rompa todas las ventanas del edificio al salir. Si fracasamos la primera vez, repitiremos la operación hasta que resulte.

—Estoy muerto de miedo —dijo Hunton.

—En verdad, yo también.

—Si nos hemos equivocado respecto de la mano de gloria...

—No nos hemos equivocado. Adelante.

Jackson empezó a recitar. Su voz llenó de ecos espectrales la lavandería vacía.

—No tomes ídolos, ni te fabriques dioses de metal fundido. Soy el Señor tu Dios... —Las palabras cayeron como piedras en el silencio que había impregnado súbitamente de un frío sepulcral. La trituradora permanecía quieta y muda bajo las luces fluorescentes, y a Hunton le pareció que seguía sonriendo—. ...Y la tierra te vomitará por haberla profanado, como vomitó naciones delante de ti. —Jackson levantó la vista, con el rostro tenso, e hizo una seña.

Hunton roció agua bendita sobre la correa de alimentación.

Se produjo un súbito alarido rechinante de metal torturado. De los lugares donde había caído el agua bendita sobre la correa se desprendió una nube de humo que se enroscó y tiñó de rojo. De pronto la trituradora cobró vida.

—¡Lo tenemos! —gritó Jackson por encima del creciente clamor—. ¡Lo hemos puesto en fuga!

Empezó a leer de nuevo, cubriendo con su voz el estrépito de la maquinaria. Le hizo otra seña a Hunton, y éste espolvoreó un trozo de hostia. En ese momento le acometió repentinamente un pánico paralizante, una súbita y vívida sensación de que habían fracasado, de que la máquina había descubierto la trampa... y era más fuerte.

La voz de Jackson se seguía elevando, acercándose al clímax.

Empezaron a saltar chispas por el arco que separaba el motor principal del secundario. El olor de ozono saturó el aire, recordando el tufo de la sangre caliente. Ahora el motor principal echaba humo y la trituradora funcionaba con una velocidad demencial, vertiginosa: el contacto de un dedo con la correa central habría bastado para que el cuerpo íntegro fuese succionado y reducido a un pingajo sanguinolento en sólo unos segundos. El hormigón vibraba y temblaba bajo sus pies.

Un cojinete reventó con un centelleo fulminante de luz purpúrea, poblando el aire con un olor de tempestades, pero la trituradora siguió funcionando, más y más de prisa, de modo que las correas y los rodillos y los engranajes giraban con una rapidez que parecía unirlos, amalgamarlos, modificarlos, fundirlos, transmutarlos...

Hunton, que estaba como hipnotizado, retrocedió súbitamente un paso.

—¡Aléjate! —gritó por encima de la estridencia.

—¡Ya casi lo tenemos! —aulló a su vez Jackson—. Por qué...

De pronto se oyó un indescriptible estruendo desgarrante y una fisura abierta en el piso corrió hacia ellos y los dejó atrás, ensanchándose. Se produjo una erupción de cascotes de hormigón antiguo.

Jackson miró la trituradora y lanzó un alarido.

Trataba de desprenderse del hormigón, debatiéndose como un dinosaurio atrapado en un pozo de brea. Y ya no era precisamente una máquina de planchar. Seguía transformándose, fundiéndose. El cable de 550 voltios cayó dentro de los rodillos, escupiendo llamaradas azules, y fue devorado. Por un momento les miraron dos bolas de fuego semejantes a ojos centelleantes, ojos cargados de un apetito colosal y frío.

Se abrió otra grieta en el piso. La trituradora se inclinó hacia ellos, a punto de librarse de sus amarras de hormigón. Les hacía muecas: la barra de seguridad se había levantado y lo que vio Hunton fue una boca descomunal, voraz, llena de vapor.

Se volvieron para huir, y otra fisura zigzagueó a sus pies. Detrás de ellos la mole se zafó con un rugido ululante. Hunton sorteó la brecha pero Jackson tropezó y cayó despatarrado.

Hunton se volvió para ayudarle y una sombra gigantesca, amorfa, bloqueó los tubos fluorescentes.

Se erguía sobre Jackson, que yacía de espaldas, mirándola con un silencioso rictus de terror: la perfecta víctima propiciatoria. Hunton sólo tuvo una confusa visión de algo negro y movedizo que se alzaba sobre ellos hasta una altura portentosa, de algo con rutilantes ojos eléctricos del tamaño de balones de fútbol, de una boca abierta con una lengua reptante de lona.

Huyó, seguido por el grito agonizante de Jackson.

Cuando Roger Martin se levantó por fin de la cama para responder a los timbrazos, apenas empezaba a despertarse. Pero cuando Hunton entró tambaleándose, la conmoción lo devolvió brutalmente a la realidad.

Los ojos de Hunton estaban desorbitados como los de un loco, y sus manos agarrotadas arañaron la pechera de la bata de Martin. Tenía un pequeño corte sangrante en la mejilla y sus facciones estaban salpicadas de motas grises de cemento pulverizado.

Sus cabellos habían encanecido y tenían una blancura cadavérica.

—Ayúdeme... por el amor de Dios, ayúdeme. Mark ha muerto. Jackson ha muerto.

—Cálmese —dijo Martin—. Venga a la sala.

Hunton le siguió, gimiendo guturalmente como un perro.

Martin le escanció una ración generosa de «Jim Beam» y Hunton sostuvo el vaso entre ambas manos, tragando con dificultad el licor puro. El vaso cayó al suelo, olvidado, y sus manos volvieron a buscar las solapas de Martin, como fantasmas errantes.

—La trituradora mató a Mark Jackson. ¡Puede... puede... oh Dios, puede salir! ¡No debemos permitir que escape! No podemos... no... oh...

Empezó a gritar, y el suyo fue un grito alucinante, convulsivo, que fluctuaba en ciclos entrecortados.

Martin intentó servirle otro trago, pero Hunton lo apartó con un manotazo.

—Tenemos que incendiarla —dijo—. Tenemos que incendiarla antes de que pueda salir. ¿Qué sucederá si escapa? Oh, Jesús, qué...

De pronto sus ojos titilaron, se pusieron vidriosos, giraron hacia arriba hasta dejar al descubierto las escleróticas, y se desplomó desmayado.

La señora Martin estaba en el umbral, estrujando la bata sobre su cuello.

—¿Quién es, Rog? ¿Está chalado? Me pareció... —Tiritó.

—No creo que esté chalado —respondió Martin. La sombra de miedo enfermizo que cruzó por el rostro de su marido la asustó bruscamente—. Dios, ojalá haya llegado a tiempo.

Se volvió hacia el teléfono, cogió el auricular, se inmovilizó.

Un ruido vago, creciente, llegaba desde el este de la casa, siguiendo el mismo trayecto que Hunton. Un sistemático traqueteo rechinante, cada vez más fuerte. La ventana de la sala estaba entreabierta y entonces Martin captó un olor macabro en la brisa. Un olor de ozono... o de sangre.

Permaneció con la mano apoyada sobre el teléfono inútil mientras el estruendo aumentaba más y más de volumen, crujiendo y bufando. Algo caliente, humeante, marchaba por las calles. El tufo de sangre llenó la habitación.

Soltó el teléfono.

Ya no funcionaba.

EL COCO

—Recurro a usted porque quiero contarle mi historia —dijo el hombre acostado sobre el diván del doctor Harper.

El hombre era Lester Billings, de Waterbury, Connecticut. Según la ficha de la enfermera Vickers, tenía veintiocho años, trabajaba para una empresa industrial de Nueva York, estaba divorciado, y había tenido tres hijos. Todos muertos.

—No puedo recurrir a un cura porque no soy católico. No puedo recurrir a un abogado porque no he hecho nada que deba consultar con él. Lo único que hice fue matar a mis hijos. De uno en uno. Los maté a todos.

El doctor Harper puso en marcha el magnetófono.

Billings estaba duro como una estaca sobre el diván, sin darle un ápice de sí. Sus pies sobresalían, rígidos, por el extremo. Era la imagen de un hombre que se sometía a una humillación necesaria. Tenía las manos cruzadas sobre el pecho, como un cadáver. Sus facciones se mantenían escrupulosamente compuestas. Miraba el simple cielo raso, blanco, de paneles, como si por su superficie desfilaran escenas e imágenes.

—Quiere decir que los mató realmente, o...

—No. —Un movimiento impaciente de la mano—. Pero fui el responsable. Denny en 1967. Shirl en 1971. Y Andy este año. Quiero contárselo.

El doctor Harper no dijo nada. Le pareció que Billings tenía un aspecto demacrado y envejecido. Su cabello raleaba, su tez estaba pálida. Sus ojos encerraban todos los secretos miserables del whisky.

—Fueron asesinados, ¿entiende? Pero nadie lo cree. Si lo creyeran, todo se arreglaría.

—¿Por qué?

—Porque...

Billings se interrumpió y se irguió bruscamente sobre los codos, mirando hacia el otro extremo de la habitación.

—¿Qué es eso? —bramó. Sus ojos se habían entrecerrado, reduciéndose a dos tajos oscuros.

—¿Qué es qué?

—Esa puerta.

—El armario empotrado —respondió el doctor Harper—. Donde cuelgo mi abrigo y dejo mis chanclos.

—Ábralo. Quiero ver lo que hay dentro.

El doctor Harper se levantó en silencio, atravesó la habitación y abrió la puerta. Dentro, una gabardina marrón colgaba de una de las cuatro o cinco perchas. Abajo había un par de chanclos relucientes. Dentro de uno de ellos había un ejemplar cuidadosamente doblado del *New York Times*. Eso era todo.

—¿Conforme? —preguntó el doctor Harper.

—Sí. —Billings dejó de apoyarse sobre los codos y volvió a la posición anterior.

—Decía —manifestó el doctor Harper mientras volvía a su silla—, que si se pudiera probar el asesinato de sus tres hijos, todos sus problemas se solucionarían. ¿Por qué?

—Me mandarían a la cárcel —explicó Billings inmediatamente—. Para toda la vida. Y en una cárcel uno puede ver lo que hay dentro de todas las habitaciones. Todas las habitaciones. —Sonrió a la nada.

—¿Cómo fueron asesinados sus hijos?

—¡No trate de arrancármelo por la fuerza!

Billings se volvió y miró a Harper con expresión aviesa.

—Se lo diré, no se preocupe. No soy uno de sus chalados que se pasean por el mundo y pretenden ser Napoleón o que justifican haberse aficionado a la heroína porque la madre no los quería. Sé que no me creerá. No me interesa. No importa. Me bastará con contárselo.

—Muy bien. —El doctor Harper extrajo su pipa.

—Me casé con Rita en 1965... Yo tenía veintiún años y ella dieciocho. Estaba embarazada. Ese hijo fue Denny. —Sus labios se contorsionaron para formar una sonrisa gomosa, grotesca, que desapareció en un abrir y cerrar de ojos—. Tuve que dejar la Universidad y buscar empleo, pero no me importó. Los amaba a los dos. Éramos muy felices. Rita volvió a quedar embarazada poco después del nacimiento de Denny, y Shirl vino al mundo en diciembre de 1966. Andy nació en el verano de 1969, cuando Denny ya había muerto. Andy fue un accidente. Eso dijo Rita. Aseguró que a veces los métodos anticonceptivos fallan. Yo sospecho que fue más que un accidente. Los hijos atan al hombre, usted sabe. Eso les gusta a las mujeres, sobre todo cuando el hombre es más inteligente que ellas. ¿No le parece?

Harper emitió un gruñido neutro.

—Pero no importa. A pesar de todo los quería. —Lo dijo con tono casi vengativo, como si hubiera amado a los niños para castigar a su esposa.

—¿Quién mató a los niños? —preguntó Harper.

—El coco —respondió inmediatamente Lester Billings—. El coco los mató a todos. Sencillamente, salió del armario y los mató. —Se volvió y sonrió—. Claro, usted cree que estoy loco. Lo leo en su cara. Pero no me importa. Lo único que deseo es desahogarme e irme.

—Le escucho —dijo Harper.

—Todo comenzó cuando Denny tenía casi dos años y Shirl era apenas un bebé. Denny empezó a llorar cuando Rita lo metía en la cama. Verá, teníamos un apartamento de dos dormitorios. Shirl dormía en una cuna, en nuestra habitación. Al principio pensé que Denny lloraba porque ya no podía llevarse el biberón a la cama. Rita dijo que no nos obstináramos, que tuviéramos paciencia, que le diéramos el biberón y que él ya lo dejaría solo. Pero así es como los chicos se echan a perder. Si eres tolerante con ellos los malcrías. Después te hacen sufrir. Se dedican a violar chicas, sabe, o empiezan a drogarse. O se hacen maricas. ¿Se imagina lo horrible que es despertar una mañana y descubrir que su chico, su *hijo varón*, es marica?

»Sin embargo, después de un tiempo, cuando vimos

que no se acostumbraba, empecé a acostarle yo mismo. Y si no dejaba de llorar le daba una palmada. Entonces Rita dijo que repetía a cada rato "luz, luz". Bueno, no sé. ¿Quién entiende lo que dicen los niños tan pequeños? Sólo las madres lo saben.

»Rita quiso instalarle una lámpara de noche. Uno de esos artefactos que se adosan a la pared con la figura del Ratón Mickey o de Huckleberry Hound o de lo que sea. No se lo permití. Si un niño no le pierde el miedo a la oscuridad cuando es pequeño, nunca se acostumbra a ella.

»De todos modos, murió el verano que siguió al nacimiento de Shirl. Esa noche lo metí en la cama y empezó a llorar en seguida. Esta vez entendí lo que decía. Señaló directamente el armario cuando lo dijo. "El coco —gritó—. El coco, papá."

»Apagué la luz y salí de la habitación y le pregunté a Rita por qué le había enseñado esa palabra al niño. Sentí deseos de pegarle un par de bofetadas, pero me contuve. Juró que nunca se la había enseñado. La acusé de ser una condenada embustera.

»Verá, ése fue un mal verano para mí. Sólo conseguí que me emplearan para cargar camiones de «Pepsi-Cola» en un almacén, y estaba siempre cansado. Shirl se despertaba y lloraba todas las noches y Rita la tomaba en brazos y gimoteaba. Le aseguro que a veces tenía ganas de arrojarlas a las dos por la ventana. Jesús, a veces los mocosos te hacen perder la chaveta. Podrías matarlos.

»Bien, el niño me despertó a las tres de la mañana, puntualmente. Fui al baño, medio dormido, sabe, y Rita me preguntó si había ido a ver a Denny. Le contesté que lo hiciera ella y volví a acostarme. Estaba casi dormido cuando Rita empezó a gritar.

»Me levanté y entré en la habitación. El crío estaba acostado boca arriba, muerto. Blanco como la harina excepto donde la sangre se había..., se había acumulado, por efecto de la gravedad. La parte posterior de las piernas, la cabeza, las... eh... las nalgas. Tenía los ojos abiertos. Eso era lo peor, sabe. Muy dilatados y vidriosos, como los de las cabezas de alce que algunos tipos cuelgan sobre la repisa. Como en las fotos de esos chinitos de Vietnam. Pero un crío norteamericano no debería tener esa expresión. Muerto boca arriba. Con pañales y pantaloncitos de goma porque durante las últimas dos semanas había vuelto a orinarse encima. Qué espanto. Yo amaba a ese niño.

Billings meneó la cabeza lentamente y después volvió a ostentar la misma sonrisa gomosa, grotesca.

—Rita chillaba hasta desgañitarse. Trató de alzar a Denny y mecerlo, pero no se lo permití. A la poli no le gusta que uno toque las evidencias. Lo sé...

—¿Supo entonces que había sido el coco? —preguntó Harper apaciblemente.

—Oh, no. Entonces no. Pero vi algo. En ese momento no le di importancia, pero mi mente lo archivó.

—¿Qué fue?

—La puerta del armario estaba abierta. No mucho. Apenas una rendija. Pero verá, yo sabía que la había dejado cerrada. Dentro había bolsas de plástico. Un crío se pone a jugar con una de ellas y adiós. Se asfixia. ¿Lo sabía?

—Sí. ¿Qué sucedió después?

Billings se encogió de hombros.

—Lo enterramos. —Miró con morbosidad sus manos, que habían arrojado tierra sobre tres pequeños ataúdes.

—¿Hubo una investigación?

—Claro que sí. —Los ojos de Billings centellearon con un brillo sardónico—. Vino un jodido matasanos con un estetoscopio y un maletín negro lleno de chicles y una zamarra robada de alguna escuela de veterinaria. ¡Colapso en la cuna, fue el diagnóstico! ¿Ha oído alguna vez semejante disparate? ¡El crío tenía tres años!

—El colapso en la cuna es muy común durante el primer año de vida —explicó Harper puntillosamente—, pero el diagnóstico ha aparecido en los certificados de defunción de niños de hasta cinco años, a falta de otro mejor...

—¡Mierda! —espetó Billings violentamente.

Harper volvió a encender su pipa.

—Un mes después del funeral instalamos a Shirl en la antigua habitación de Denny. Rita se resistió con uñas y dientes, pero yo dije la última palabra. Me dolió, por supuesto. Jesús, me encantaba tener a la mocosa con nosotros. Pero no hay que sobreproteger a los niños, pues en tal caso se convierten en lisiados. Cuando yo era niño mi madre me llevaba a la playa y después se ponía ronca gritando: «¡No te internes tanto! ¡No te metas allí! ¡Hay corrientes submarinas! ¡Has comido hace una hora! ¡No te zambullas de cabeza!» Le juro por Dios que incluso me decía que me cuidara de los tiburones. ¿Y cuál fue el resultado? Que ahora ni siquiera soy capaz de acercarme al agua. Es verdad. Si me arrimo a una playa me atacan los calambres. Cuando Denny vivía, Rita consiguió que la llevase una vez con los niños a Savin Rock. Se me descompuso el estómago. Lo sé, ¿entiende? No hay que sobreproteger a los niños. Y uno tampoco debe ser complaciente consigo mismo. La vida continúa. Shirl pasó directamente a la cuna de Denny. Claro que arrojamos el colchón viejo a la basura. No quería que mi pequeña se llenara de microbios.

»Así transcurrió un año. Y una noche, cuando estoy metiendo a Shirl en su cuna, empieza a aullar y chillar y llorar. "¡El coco, papá, el coco, el coco!"

»Eso me sobresaltó. Decía lo mismo que Denny. Y empecé a recordar la puerta del armario, apenas entreabierta cuando lo encontramos. Quise llevarla por esa noche a nuestra habitación.

—¿Y la llevó?

—No. —Billings se miró las manos y sus facciones se convulsionaron—. ¿Cómo podía confesarle a Rita que me había equivocado? *Tenía* que ser fuerte. Ella había sido siempre una marioneta..., recuerde con cuánta facilidad se acostó conmigo cuando aún no estábamos casados.

—Por otro lado —dijo Harper—, recuerde con cuánta facilidad *usted* se acostó con *ella*.

Billings, que estaba cambiando la posición de sus manos, se puso rígido y volvió lentamente la cabeza para mirar a Harper.

—¿Pretende tomarme el pelo?

—Claro que no —respondió Harper.

—Entonces deje que lo cuente a mi manera —espetó Billings—. Estoy aquí para desahogarme. Para contar mi historia. No hablaré de mi vida sexual, si es eso lo que usted espera. Rita y yo hemos tenido una vida sexual muy normal, sin perversiones. Sé que a algunas personas les excita hablar de eso, pero no soy una de ellas.

—De acuerdo —asintió Harper.

—De acuerdo —repitió Billings, con ofuscada arrogancia. Parecía haber perdido el hilo de sus pensamientos, y sus ojos se desviaron, inquietos, hacia la puerta del armario, que estaba herméticamente cerrada.

—¿Prefiere que la abra? —preguntó Harper.

—¡No! —se apresuró a exclamar Billings. Lanzó una

risita nerviosa—. ¿Qué interés podría tener en ver sus chanclos?

Y después de una pausa, dijo:

—El coco la mató también a ella. —Se frotó la frente, como si estuviera ordenando sus recuerdos—. Un mes más tarde. Pero antes sucedió algo más. Una noche oí un ruido ahí dentro. Y después Shirl gritó. Abrí muy rápidamente la puerta... la luz del pasillo estaba encendida... y... ella estaba sentada en la cuna, llorando, y... algo se *movió*. En las sombras, junto al armario. Algo se *deslizó*.

—¿La puerta del armario estaba abierta?

—Un poco. Sólo una rendija. —Billings se humedeció los labios—. Shirl hablaba a gritos del coco. Y dijo algo más que sonó como «garras». Sólo que ella dijo «galas», sabe. A los niños les resulta difícil pronunciar la «erre». Rita vino corriendo y preguntó qué sucedía. Le contesté que la habían asustado las sombras de las ramas que se movían en el techo.

—¿Galochas? —preguntó Harper.

—¿Eh?

—Galas... galochas. Son una especie de chanclos. Quizás había visto las galochas en el armario y se refería a eso.

—Quizá —murmuró Billings—. Quizá se refería a eso. Pero yo no lo creo. Me pareció que decía «garras». —Sus ojos empezaron a buscar otra vez la puerta del armario—. Garras, largas garras —su voz se había reducido a un susurro.

—¿Miró dentro del armario?

—S-sí. —Las manos de Billings estaban fuertemente entrelazadas sobre su pecho, tan fuertemente que se veía una luna blanca en cada nudillo.

—¿Había algo dentro? ¿Vio al...?

—¡No vi nada! —chilló Billings de súbito. Y las palabras brotaron atropelladamente, como si hubieran arrancado un corcho negro del fondo de su alma—. Cuando murió la encontré yo, verá. Y estaba negra. Completamente negra. Se había tragado la lengua y estaba negra como una negra de un espectáculo de negros, y me miraba fijamente. Sus ojos parecían los de un animal embalsamado: muy brillantes y espantosos, como canicas vivas, como si estuvieran diciendo «me pilló, papá, tú dejaste que me pillara, tú me mataste, tú le ayudaste a matarme».

138

Su voz se apagó gradualmente. Un solo lagrimón silencioso se deslizó por su mejilla.

—Fue una convulsión cerebral, ¿sabe? A veces les sucede a los niños. Una mala señal del cerebro. Le practicaron la autopsia en Harford y nos dijeron que se había asfixiado al tragarse la lengua durante una convulsión. Y yo tuve que volver solo a casa porque Rita se quedó allí, bajo el efecto de los sedantes. Estaba fuera de sí. Tuve que volver solo a casa, y sé que a un crío no le atacan las convulsiones por una alteración cerebral. Las convulsiones pueden ser el producto de un susto. Y yo tuve que volver solo a la casa donde estaba *eso*. Dormí en el sofá —susurró—. Con la luz encendida.

—¿Sucedió algo?

—Tuve un sueño —contestó Billings—. Estaba en una habitación oscura y había algo que yo no podía..., no podía ver bien. Estaba en el armario. Hacía un ruido..., un ruido viscoso. Me recordaba un *comic* que había leído en mi infancia. *Cuentos de la cripta*, ¿lo conoce? ¡Jesús! Había un personaje llamado Graham Ingles, capaz de invocar a los monstruos más abominables del mundo... y a algunos de otros mundos. De todos modos, en este relato una mujer ahogaba a su marido, ¿entiende? Le ataba unos bloques de cemento a los pies y lo arrojaba a una cantera inundada. Pero él volvía. Estaba totalmente podrido y de color negro verdoso y los peces le habían devorado un ojo y tenía algas enredadas en el pelo. Volvía y la mataba. Y cuando me desperté en mitad de la noche, pensé que lo encontraría inclinándose sobre mí. Con garras... largas garras...

El doctor Harper consultó el reloj digital embutido en su mesa. Lester Billings estaba hablando desde hacía casi media hora.

—Cuando su esposa volvió a casa —dijo—, ¿cuál fue su actitud respecto a usted?

—Aún me amaba —respondió Billings orgullosamente—. Seguía siendo una mujer sumisa. Ése es el deber de la esposa, ¿no le parece? La liberación femenina sólo sirve para aumentar el número de chalados. Lo más importante es que cada cual sepa ocupar su lugar... Su... su... eh...

—¿Su sitio en la vida?

—¡Eso es! —Billings hizo chasquear los dedos—. Y la mujer debe seguir al marido. Oh, durante los primeros cuatro o cinco meses que siguieron a la desgracia estuvo bastante mustia..., arrastraba los pies por la casa, no cantaba, no veía la TV, no reía. Yo sabía que se sobrepondría. Cuando los niños son tan pequeños, uno no llega a encariñarse tanto. Después de un tiempo hay que mirar su foto para recordar cómo eran, exactamente.

»Quería otro bebé —agregó, con tono lúgubre—. Le dije que era una mala idea. Oh, no de forma definitiva, sino por un tiempo. Le dije que era hora de que nos conformáramos y empezáramos a disfrutar el uno del otro. Antes nunca habíamos tenido la oportunidad de hacerlo. Si queríamos ir al cine, teníamos que buscar una *baby-sitter*. No podíamos ir a la ciudad a ver un partido de fútbol si los padres de ella no aceptaban cuidar a los críos, porque mi madre no quería tener tratos con nosotros. Denny había nacido demasiado poco tiempo después de que nos casamos, ¿entiende? Mi madre dijo que Rita era una zorra, una vulgar trotacalles. Así era como la llamaba siempre: trotacalles. ¿Qué le parece? Una vez me hizo sentar y me recitó la lista de las enfermedades que podía pescarme si me acostaba con una tro..., con una prostituta. Me explicó cómo un día aparecía una llaguita en la ver... en el pene, y al día siguiente se estaba pudriendo. Ni siquiera aceptó venir a la boda.

Billings tamborileó con los dedos sobre su pecho.

—El ginecólogo de Rita le vendió un chisme llamado DIU... dispositivo intrauterino. Absolutamente seguro, dijo el médico. Bastaba insertarlo en el..., en el aparato femenino, y listo. Si hay algo allí, el óvulo no se fecunda. Ni siquiera se nota. —Dirigió la mirada al techo y sonrió con lúgubre dulzura—. Ni siquiera sabes si está allí. Y al año siguiente volvió a quedar embarazada. Vaya seguridad absoluta.

—Ningún método anticonceptivo es perfecto —explicó Harper—. La píldora sólo lo es en el noventa y ocho por ciento de los casos. El DIU puede ser expulsado por contracciones musculares, por un fuerte flujo menstrual y, en casos excepcionales, durante la evacuación.

—Sí. O la mujer se lo puede quitar.

—Es posible.

—¿Y entonces qué? Empieza a tejer prendas de bebé, canta bajo la ducha, y come encurtidos como una loca. Se sienta sobre mis rodillas y dice que debe ser la voluntad de Dios. *Mierda*.

—¿El bebé nació al finalizar el año que siguió a la muerte de Shirl?

—Exactamente. Un varón. Le llamó Andrew Lester Billings. Yo no quise tener nada que ver con él, por lo menos al principio. Decidí que puesto que ella había armado el jaleo, tenía que apañárselas sola. Sé que esto puede parecer brutal, pero no olvide cuánto había sufrido yo.

»Sin embargo terminé por cobrarle cariño, sabe. Para empezar, era el único de la camada que se parecía a mí. Denny guardaba parecido con su madre, y Shirley no se había parecido a nadie, excepto tal vez a la abuela Ann. Pero Andy era idéntico a mí.

»Cuando volvía de trabajar iba a jugar con él. Me cogía sólo el dedo y sonreía y gorgoteaba. A las nueve semanas ya sonreía como su papá. ¿Cree lo que le estoy contando?

»Y una noche, hete aquí que salgo de una tienda con un móvil para colgar sobre la cuna del crío. ¡Yo! Yo siempre he pensado que los críos no valoran los regalos hasta que tienen edad suficiente para dar las gracias. Pero ahí estaba yo, comprándole un chisme ridículo, y de pronto me di cuenta de que lo quería más que a nadie. Ya había conseguido un nuevo empleo, muy bueno: vendía taladros de la firma «Cluett and Sons». Había prosperado mucho y cuando Andy cumplió un año nos mudamos a Waterbury. La vieja casa tenía demasiados malos recuerdos.

»Y demasiados armarios.

»El año siguiente fue el mejor para nosotros. Daría todos los dedos de la mano derecha por poder vivirlo de nuevo. Oh, aún había guerra en Vietnam, y los hippies seguían paseándose desnudos, y los negros vociferaban mucho, pero nada de eso nos afectaba. Vivíamos en una calle tranquila, con buenos vecinos. Éramos felices —resumió sencillamente—. Un día le pregunté a Rita si no estaba preocupada. Usted sabe, dicen que no hay dos sin tres. Contestó que eso no se aplicaba a nosotros. Que Andy era distinto, que Dios lo había rodeado con un círculo mágico.

Billings miró al techo con expresión morbosa.

—El año pasado no fue tan bueno. Algo cambió en la casa. Empecé a dejar los chanclos en el vestíbulo porque ya no me gustaba abrir la puerta del armario. Pensaba constantemente: ¿Y qué harás si está ahí dentro, agazapado y listo para abalanzarse apenas abras la puerta? Y empecé a imaginar que oía ruidos extraños, como si algo negro y verde y húmedo se estuviera moviendo apenas, ahí dentro.

»Rita me preguntaba si no trabajaba demasiado, y empecé a insultarla como antes. Me revolvía el estómago dejarlos solos para ir a trabajar, pero al mismo tiempo me alegraba salir. Que Dios me ayude, me alegraba salir. Verá, empecé a pensar que nos había perdido durante un tiempo cuando nos mudamos. Había tenido que buscarnos, deslizándose por las calles durante la noche y quizá reptando por las alcantarillas. Olfateando nuestro rastro. Necesitó un año, pero nos encontró. Ha vuelto, me dije. Le apetece Andy y le apetezco yo. Empecé a sospechar que quizá si piensas mucho tiempo en algo, y crees que existe, termina por corporizarse. Quizá todos los monstruos con los que nos asustaban cuando éramos niños, Frankenstein y el Hombre Lobo y la Momia, existían realmente. Existían en la medida suficiente para matar a los niños que aparentemente habían caído en un abismo o se habían ahogado en un lago o tan sólo habían desaparecido. Quizá...

—¿Se está evadiendo de algo, señor Billings?

Billings permaneció un largo rato callado. En el reloj digital pasaron dos minutos. Por fin dijo bruscamente:

—Andy murió en febrero. Rita no estaba en casa. Había recibido una llamada de su padre. Su madre había sufrido un accidente de coche un día después de Año Nuevo y creían que no se salvaría. Esa misma noche Rita cogió el autobús.

»Su madre no murió, pero estuvo mucho tiempo, dos meses, en la lista de pacientes graves. Yo tenía una niñera excelente que estaba con Andy durante el día. Pero por la noche nos quedábamos solos. Y las puertas de los armarios porfiaban en abrirse.

Billings se humedeció los labios.

—El niño dormía en la misma habitación que yo. Es curioso, además. Una vez, cuando cumplió dos años, Rita me preguntó si quería instalarlo en otro dormitorio. Spock u otro de esos charlatanes sostiene que es malo que los niños duerman con los padres, ¿entiende? Se supone que eso les produce traumas sexuales o algo parecido. Pero nosotros sólo lo hacíamos cuando el crío dormía. Y no quería mudarlo. Tenía miedo, después de lo que les había pasado a Denny y a Shirl.

—¿Pero lo mudó, verdad? —preguntó el doctor Harper.

—Sí —respondió Billings. En sus facciones apareció una sonrisa enfermiza y amarilla—. Lo mudé.

Otra pausa. Billings hizo un esfuerzo para proseguir.

—¡Tuve que hacerlo! —espetó por fin—. ¡Tuve que hacerlo! Todo había andado bien mientras Rita estaba en la casa, pero cuando ella se fue, eso empezó a envalentonarse. Empezó a... —Giró los ojos hacia Harper y mostró los dientes con una sonrisa feroz—. Oh, no me creerá. Sé qué es lo que piensa. No soy más que otro loco de su fichero. Lo sé. Pero usted no estaba allí, maldito fisgón.

»Una noche todas las puertas de la casa se abrieron de par en par. Una mañana, al levantarme, encontré un rastro de cieno e inmundicia en el vestíbulo, entre el armario de los abrigos y la puerta principal. ¿Eso salía? ¿O entraba? ¡No lo sé! ¡Juro ante Dios que no lo sé! Los discos aparecían totalmente rayados y cubiertos de limo, los espejos se rompían... y los ruidos... los ruidos...

Se pasó la mano por el cabello.

—Me despertaba a las tres de la mañana y miraba la oscuridad y al principio me decía: «Es sólo el reloj.» Pero por debajo del tic-tac oía que algo se movía sigilosamente. Pero no con demasiado sigilo, porque quería que yo lo oyera. Era un deslizamiento pegajoso, como el de algo salido del fregadero de la cocina. O un chasquido seco, como el de garras que se arrastraran suavemente sobre la baranda de la escalera. Y cerraba los ojos, pensando que si oírlo era espantoso, *verlo* sería...

»Y siempre temía que los ruidos se interrumpieran fugazmente, y que luego estallara una risa sobre mi cara, y una bocanada de aire con olor a coles rancias. Y que unas manos se cerraran sobre mi cuello.

Billings estaba pálido y tembloroso.

—De modo que lo mudé. Verá, sabía que primero iría a buscarle a él. Porque era más débil. Y así fue. La primera vez chilló en mitad de la noche y finalmente, cuando reuní los *cojones* * suficientes para entrar, lo encontré de pie en la cama y gritando: «El coco, papá... el coco..., quiero ir con papá, quiero ir con papá.»

La voz de Billings sonaba atiplada, como la de un niño. Sus ojos parecían llenar toda su cara. Casi dio la impresión de haberse encogido en el diván.

—Pero no pude. —El tono atiplado infantil perduró—.

* En castellano en el original. (*N. del T.*)

No pude. Y una hora más tarde oí un alarido. Un alarido sobrecogedor, gorgoteante. Y me di cuenta de que le amaba mucho porque entré corriendo, sin siquiera encender la luz. Corrí, corrí, *corrí*, oh, Jesús María y José, le había atrapado. Le sacudía, le sacudía como un perro sacude un trapo y vi algo con unos repulsivos hombros encorvados y una cabeza de espantapájaros y sentí un olor parecido al que despide un ratón muerto en una botella de gaseosa y oí... —Su voz se apagó y después recobró el timbre adulto—. Oí cómo se quebraba el cuello de Andy. —La voz de Billings sonó fría y muerta—. Fue un ruido semejante al del hielo que se quiebra cuando uno patina sobre un estanque en invierno.

—¿Qué sucedió después?

—Oh, eché a correr —respondió Billings con la misma voz fría, muerta—. Fui a una cafetería que estaba abierta durante toda la noche. ¿Qué le parece esto, como prueba de cobardía? Me metí en una cafetería y bebí seis tazas de café. Después volví a casa. Ya amanecía. Llamé a la Policía aun antes de subir al primer piso. Estaba tumbado en el suelo mirándome. Acusándome. Había perdido un poco de sangre por una oreja. Pero sólo una rendija.

Se calló. Harper miró el reloj digital. Habían pasado cincuenta minutos.

—Pídale una hora a la enfermera —dijo—. ¿Los martes y jueves?

—Sólo he venido a contarle mi historia —respondió Billings—. Para desahogarme. Le mentí a la Policía, ¿sabe? Dije que probablemente el crío había tratado de bajar de la cuna por la noche y..., se lo tragaron. Claro que sí. Eso era lo que parecía. Un accidente, como los otros. Pero Rita comprendió la verdad. Rita... comprendió... finalmente.

Se cubrió los ojos con el antebrazo derecho y empezó a sollozar.

—Señor Billings, tenemos que conversar mucho —manifestó el doctor Harper después de una pausa—. Creo que podremos eliminar parte de sus sentimientos de culpa, pero antes tendrá que desear realmente librarse de ellos.

—¿Acaso piensa que no lo deseo? —exclamó Billings, apartando el antebrazo de sus ojos. Estaban rojos, irritados, doloridos.

—Aún no —prosiguió Harper afablemente—. ¿Los martes y jueves?

—Maldito curandero —masculló Billings después de un largo silencio—. Está bien. Está bien.

—Pídale hora a la enfermera, señor Billings. Adiós.

Billings soltó una risa hueca y salió rápidamente de la consulta, sin mirar atrás.

La silla de la enfermera estaba vacía. Sobre el secante del escritorio había un cartelito que decía «Vuelvo enseguida».

Billings se volvió y entró nuevamente en la consulta.

—Doctor, su enfermera ha...

No había nadie en la habitación.

Pero la puerta del armario estaba abierta. Sólo una pequeña rendija.

—Qué lindo —dijo la voz desde el interior del armario—. Qué lindo.

Las palabras sonaron como si hubieran sido articuladas por una boca llena de algas descompuestas.

Billings se quedó paralizado donde estaba mientras la puerta del armario se abría. Tuvo una vaga sensación de tibieza en el bajo vientre cuando se orinó encima.

—Qué lindo —dijo el coco mientras salía arrastrando los pies.

Aún sostenía su máscara del doctor Harper en una mano podrida, de garras espatuladas.

MATERIA GRIS

Hacía una semana que pronosticaban el vendaval del Norte que se materializó el jueves, y a las cuatro de la tarde ya se habían amontonado veinte centímetros de nieve y no daba señales de amainar. Los cinco o seis de siempre estábamos congregados alrededor de la estufa en el «Nite-Owl» de Henry, el único bar pequeño de este lado de Bangor que permanece abierto durante las veinticuatro horas del día.

Henry no tiene mucha clientela —generalmente se limita a despachar cerveza y vino a los chicos de la Universidad— pero se las apaña y no hay un local mejor que el suyo para que los jubilados inservibles como nosotros nos reunamos e intercambiemos información acerca de los que han muerto últimamente y de cómo el mundo se va al diablo.

Esa tarde Henry estaba en la barra, y Bill Pelham, Bertie Connors, Carl Littelfield y yo estábamos encorvados alrededor de la estufa. Fuera, ni un coche se movía por Ohio Street, y los quitanieves tenían mucho trabajo. El viento arrastraba montículos que parecían la columna vertebral de un dinosaurio.

Durante toda la tarde Henry sólo había tenido tres

parroquianos, y esto si contamos al ciego Eddie. Eddie tenía alrededor de setenta años y no es completamente ciego. En general, tropieza con las cosas. Viene una o dos veces por semana y se mete un pan bajo la chaqueta y se va con una expresión que parece decir: *he vuelto a engañaros, estúpidos hijos de puta.*

Una vez Bertie le preguntó a Henry por qué no le ponía coto a eso.

—Te lo diré —respondió Henry—. Hace algunos años la Fuerza Aérea pidió veinte millones de dólares para producir el modelo de un avión que habían diseñado. Bien, les costó setenta y cinco millones y el maldito trasto no despegó jamás. Eso sucedió hace diez años, cuando Eddie y yo éramos bastante más jóvenes, y yo voté a favor de la mujer que patrocinó aquel proyecto. El ciego Eddie votó contra ella. Y desde entonces le pago el pan.

Bertie no parecía haber entendido muy bien la historia, pero se quedó rumiándola.

En ese momento volvió a abrirse la puerta que dejó pasar una ráfaga de aire gris y frío, y entró un chico que golpeó las botas contra el piso para desprender la nieve. Lo identifiqué en seguida. Era el hijo de Richie Grenadine, y al ver su cara tuve la impresión de que acababa de pasar por un mal trance. Su nuez de Adán subía y bajaba convulsivamente y sus facciones tenían el color de un encerado viejo.

—Señor Parmalee —le dijo a Henry, mientras los ojos le giraban en las órbitas como cojinetes—, tiene que ir a casa. Tiene que llevarle la cerveza e ir a casa. Yo no me atrevo a volver. Tengo miedo.

—Calma, calma —respondió Henry, quitándose su delantal blanco de carnicero y contorneando la barra—. ¿Qué sucede? ¿Tu padre ha agarrado una mona?

Cuando dijo esto recordé que hacía bastante tiempo que Richie no visitaba el bar. Generalmente venía una vez por día para llevarse una caja de la cerveza más barata. Era un hombre alto y gordo, con carrillos que parecían lomos de cerdo y brazos como jamones. Richie siempre había sido un bebedor empedernido de cerveza pero mientras trabajaba en el aserradero de Clifton la asimilaba bien. Entonces ocurrió algo —una trozadora apiló mal la madera, o el mismo Richie preparó el accidente— y Richie abandonó el trabajo, libre y despreocupado, mientras el aserradero le pagaba la indemnización. Una lesión en la espalda. Sea como fuere, se puso espantosamente obeso. En los últimos tiempos no asomaba las narices por allí, aunque de vez en cuando veía a su hijo que venía a comprar la caja de todas las noches. Un chico simpático. Henry le vendía la cerveza, porque sabía que el muchacho se limitaba a obedecer las órdenes de su padre.

—Sí, ha agarrado una mona —asintió entonces el chico—, pero ése no es el problema. Es... es... Dios mío, qué *horror*.

Henry se dio cuenta de que iba a llorar, de modo que se apresuró a decir:

—Carl, ¿puedes atender un rato el negocio?

—Por supuesto.

—Ahora, Timmy, ven conmigo a la trastienda y cuéntame qué sucede.

Se fue con el chico y Carl se colocó detrás de la barra y se sentó en el taburete de Henry. Durante un tiempo nadie dijo nada. Los oíamos conversar en la trastienda: la voz profunda, pausada, de Henry, y después la atiplada de Timmy Grenadine que hablaba atropelladamente. Por fin el chico se echó a llorar y Bill Pelham se aclaró la garganta y empezó a cargar su pipa.

—Hace un par de meses que no veo a Richie —comenté.

—No has perdido nada —gruñó Bill.

—Vino... oh, a finales de octubre —manifestó Carl—. Unos días antes de Todos los Santos. Compró una caja de cerveza «Schlitz». Estaba engordando pavorosamente

No había mucho más que agregar. El chico seguía llorando, pero al mismo tiempo hablaba. Fuera, el viento seguía aullando y ululando y la radio anunció que por la mañana tendríamos más o menos otros veinte centímetros de nieve. Estábamos a mediados de enero y me preguntó si alguien había visto a Richie desde octubre..., sin contar a su hijo, claro está.

La conversación continuó durante un largo rato, pero finalmente Henry volvió a salir con el chico. Éste se había quitado el abrigo, y en cambio Henry se había puesto el suyo. El chico comprimía un poco el pecho, como acostumbra a hacerlo la gente cuando ya ha pasado lo peor, pero tenía los ojos enrojecidos y cuando se volvía hacia alguien bajaba la vista.

Henry parecía preocupado.

—Creo que haré subir a Timmy para que mi esposa le prepare un bocadillo de queso caliente o algo parecido. Quizás a un par de vosotros no os importaría acompañarme hasta la casa de Richie. Timmy dice que su padre quiere cerveza. Me dio el dinero. —Trató de sonreír, pero sólo consiguió esbozar una mueca enfermiza y desistió del esfuerzo.

—Claro que sí —dijo Bertie—. ¿Qué marca de cerveza? Yo iré a buscarla.

—Trae la «Harrow's Supreme» —contestó Henry—. En la trastienda tenemos algunas cajas a precio rebajado.

Yo también me levanté. Tendríamos que ir Bertie y yo. Con este tiempo la artritis de Carl se pone insoportable, y Billy Pelham ya no maneja bien el brazo derecho.

Bertie trajo las latas de «Harrow's» embaladas en grupos de seis, y yo metí dos docenas en una caja mientras Henry llevaba al chico arriba, al apartamento del primer piso.

Bien, se puso de acuerdo con su señora y volvió a bajar, echando una mirada por encima del hombro para asegurarse de que la puerta de arriba estaba cerrada.

—¿Qué sucede? —preguntó Billy, ansiosamente—. ¿Richie le pegó una paliza al chico?

—No —respondió Henry—. Prefiero no decir nada, por ahora. Os parecería absurdo. Sin embargo, os mostraré algo. El dinero que trajo Timmy para pagar la cerveza.

Sacó del bolsillo cuatro billetes de un dólar, cogiéndolos por un ángulo, y en seguida justifiqué esta precaución. Se hallaban totalmente cubiertos por una sustancia gris, viscosa, parecida a la baba que se forma en la superficie de las conservas descompuestas. Los depositó sobre la barra con una sonrisa rara y le ordenó a Carl:

—¡No permitas que los toquen! ¡No si la mitad de lo que dice el chico es cierto!

Y se encaminó hacia el fregadero contiguo al mostrador y se lavó las manos.

Me levanté, me puse el chaquetón y la bufanda, abroché la prenda hasta arriba. Habría sido una tontería coger el coche: Richie vivía en un edificio de apartamentos situado en el extremo de Curve Street, muy cerca de allí y en el último punto que tocaba el quitanieves.

Cuando salíamos, Bill Pelham gritó a nuestras espaldas:

—No os descuidéis.

Henry hizo un gesto de asentimiento, depositó la caja de «Harrow's» sobre la carretilla que deja junto a la puerta, y nos dispusimos a salir.

El viento era cortante como una sierra, y levanté inmediatamente la bufanda para cubrirme las orejas. Nos detuvimos un segundo en el portal mientras Bertie se calzaba los guantes. Tenía una mueca de dolor en la cara y comprendía lo que sentía. Estaba bien que los jóvenes esquiaran durante el día y pasaran la mitad de la noche corriendo carreras con esos malditos trineos aerodinámicos, pero cuando apenas pasas los setenta sin un cambio de aceite el cierzo te llega al corazón.

—No quiero asustaros, muchachos —manifestó Henry, sin perder esa sonrisa extraña, que parecía expresar asco—, pero de todas maneras os mostraré algo. Y mientras caminamos hasta allí os contaré lo que me dijo el chico..., porque quiero que lo sepáis.

Al decir esto, extrajo del bolsillo de la chaqueta una pistola calibre 45, la misma que guardaba cargada y a punto debajo de la barra desde 1958, cuando había resuelto mantener abierto el establecimiento durante las veinticuatro horas del día. No sé de dónde sacó esa pieza de artillería, pero sí sé que la única vez que la blandió delante de un asaltante, éste dio media vuelta y salió corriendo. Henry era un tipo impasible, sí señor. Un día lo vi echar a un estudiante que quiso obligarlo a canjear un cheque. El chico salió como alma que lleva el diablo.

Bien, sólo cuento esto porque Henry quería que Bertie y yo supiéramos que hablaba en serio, y vaya si lo sabíamos.

De modo que nos pusimos en marcha, encorvados como lavanderas para luchar contra el vendaval. Henry empujaba la carretilla y repetía lo que le había narrado el chico. El viento trataba de arrancarle las palabras antes de que llegaran a nosotros, pero oímos casi todo..., más de lo que nos habría gustado oír. Me alegré inmensamente de que Henry llevara su bazooka en el bolsillo de la chaqueta.

El chico pensaba que la culpable había sido la cerveza: ya sabéis cómo de vez en cuando puede haber una lata en mal estado. Insípida o maloliente o verde como las manchas de orina del calzoncillo de un irlandés. Un tipo me dijo una vez que basta un orificio insignificante para que se infiltren bacterias capaces de hacer cosas muy raras. El agujero puede ser tan minúsculo que la cerveza casi no se escurre, pero las bacterias entran igualmente. Y la cerveza es muy nutritiva para algunos de esos bichos.

Sea como fuere, el chico contó que aquella noche de octubre Richie trajo un cajón de «Golden Light», como siempre, y que se sentó a consumirla mientras Timmy hacía sus deberes.

Timmy se disponía a irse a la cama cuando le oyó decir a Richie:

—Jesús, qué asco.

Y Timmy le preguntó:

—¿Qué sucede, papá?

—La cerveza —respondió Richie—. Cielos, nunca había notado un sabor tan *espantoso* en la boca.

La mayoría de la gente se preguntará por qué demonios la bebió si tenía tan mal sabor, pero eso es porque la mayoría de la gente no ha visto cómo traga la cerveza Richie Grenadine. Una tarde yo estaba en la taberna de Wally y le vi ganar la apuesta más estrafalaria. Le apostó a un tipo que era capaz de beber veinte vasos de cerveza en un minuto. Ninguno de los parroquianos habituales aceptó la apuesta, pero un viajante de Montpellier puso veinte dólares sobre la barra y Richie lo copó. Bebió los veinte vasos en un minuto y aún le sobraron siete segundos..., aunque cuando salió tenía una curda fenomenal. De modo que supongo que Richie vació casi todo el contenido de la lata antes de que el cerebro le diera la alarma.

—Voy a vomitar —exclamó Richie—. ¡Cuidado!

Pero cuando llegó al inodoro ya se le había asentado en el estómago, y eso fue todo. El chico dijo que la lata olía como si algo se hubiera arrastrado dentro de ella y hubiera muerto allí. Además tenía un poco de espuma gris alrededor de la tapa.

Dos días más tarde, cuando el chico volvió de la escuela encontró a Richie sentado frente al televisor, mirando los seriales lacrimógenos de la tarde con todas las persianas bajas.

—¿Qué pasa? —preguntó Timmy, porque Richie casi nunca regresaba a casa antes de las nueve.

—Estoy viendo la TV —contestó Richie—. Hoy no tenía ganas de salir.

Timmy encendió la bombilla del fregadero, y Richie le gritó:

—¡Apaga esa maldita luz!

Timmy obedeció, sin preguntar cómo se las arreglaría para hacer sus deberes en la oscuridad.

Cuando Richie está de mal humor, nadie le pregunta nada.

—Y vete a buscarme una caja de cerveza —agregó Richie—. El dinero está sobre la mesa.

Cuando el chico volvió, su padre todavía estaba sentado en las tinieblas, aunque ahora también estaba oscuro afuera. Y había apagado el televisor. El chico empezó a asustarse..., bueno, ¿a quién no le pasaría lo mismo? Nada más que un apartamento en sombras y tu padre sentado en un rincón como un bulto.

De modo que depositó la cerveza sobre la mesa, porque sabía que a Richie no le gustaba muy fría, y cuando se acercó a su padre empezó a sentir una especie de olor a podrido, como el de un queso olvidado sobre el mostrador durante el fin de semana. Pero no hizo ningún comentario ni se sorprendió, porque el viejo nunca había sido lo que se llama una persona higiénica. En cambio se encerró en su habitación y cerró la puerta e hizo sus deberes, y al cabo de un rato oyó el ruido del televisor y el chasquido de la primera lata de la noche.

Todo siguió igual durante una o dos semanas. El chico se levantaba por la mañana e iba a la escuela y cuando volvía a casa Richie estaba frente al televisor y el dinero para la cerveza descansaba sobre la mesa.

Además, en el apartamento reinaba un olor cada vez más pestilente. Richie no levantaba nunca las persianas, y hacia mediados de noviembre le prohibió a Timmy que estudiara en su habitación. Argumentó que no soportaba la luz que se colaba por debajo de la puerta. De modo que Timmy empezó a ir a estudiar a la casa de un amigo, cerca de allí, después de comprarle la cerveza a su padre.

Hasta que un día, cuando Timmy volvió de la escuela —eran las cuatro y casi era de noche— Richie le dijo:

—Enciende la luz.

El chico encendió la bombilla del fregadero, y se

quedó atónito al ver que Richie estaba envuelto en una manta.

—Mira —murmuró Richie, y asomó una mano de debajo de la manta. Pero no era en absoluto una mano. *Algo gris*, fue lo único que el chico atinó a decirle a Henry. *No parecía en absoluto una mano. Sólo un muñón gris.*

Bien, Timmy Grenadine se asustó.

—¿Qué te sucede, papá? —preguntó.

Y Richie contestó:

—No lo sé. Pero no duele. Es... casi agradable.

Entonces Timmy exclamó:

—Voy a llamar al doctor Westphail.

Y la manta empezó a temblar de un extremo a otro, como si algo abominable se estuviera estremeciendo —*íntegramente*— allí debajo. Y Richie siseó:

—Ni en sueños. Si lo haces te tocaré y terminarás así. —Y apartó fugazmente la manta de su rostro.

Ya estábamos en la intersección de Harlow y Curve Street, y yo tenía más frío que el que marcaba, cuando salimos, el termómetro de la Orange Crush adosado a la pared de Henry. Nadie quiere creer este tipo de cosas, y sin embargo hay fenómenos muy extraños en el mundo.

Una vez conocí a un tipo llamado George Kelson, que trabajaba en el Departamento de Obras Públicas de Bangor. Había pasado quince años reparando tuberías de agua y cables de electricidad y cosas parecidas, hasta que un día renunció, sencillamente, dos años antes de jubilarse. Frankie Haldeman, que era amigo suyo, contó que un día George bajó a una alcantarilla de Essex, bromeando y riendo como de costumbre, y que quince minutos después volvió a salir con el cabello blanco como la nieve y con los ojos desorbitados como si hubiera espiado por una ventana que comunicaba con el infierno. Fue directamente al garaje del Departamento de Obras Públicas y marcó su tarjeta en el reloj y se marchó a la taberna de Wally y empezó a beber. El alcohol había acabado con él dos años más tarde. Frankie intentó sonsacarle algo, pero George sólo habló una vez, un día en que estaba excepcionalmente borracho. Giró sobre su taburete, y le preguntó a Frankie Haldeman si alguna vez había visto una araña grande como un perro de buen tamaño, sentada en una tela llena de gatitos y otros animales parecidos envueltos en hilo de seda. Bien, ¿qué podía contestarle? No digo que eso es cierto, pero lo que sí digo es que en los recovecos del mundo hay cosas que podrían enloquecer a cualquiera que se encontrase cara a cara con ellas.

De modo que nos detuvimos un minuto en la esquina, a pesar del viento que soplaba calle arriba.

—¿Qué vio? —inquirió Bertie.

—Dijo que siguió viendo a su padre —respondió Henry—, pero que parecía sepultado en gelatina gris... y que estaba como apelmazado. Agregó que sus ropas asomaban fuera de la piel y desaparecían dentro de ella, como si se hubieran fusionado a su cuerpo.

—Dios bendito —exclamó Bertie.

—Después volvió a cubrirse inmediatamente y le gritó al chico que apagara la luz.

—Como si fuera un hongo —comenté.

—Sí —asintió Henry—. Más o menos así.

—Conserva la pistola al alcance de la mano —murmuró Bertie.

—Sí, eso es lo que haré. —Dicho lo cual empezamos a caminar por Curve Street.

El edificio donde Richie Grenadine tenía su apartamento estaba casi en la cresta de la colina, y era uno de esos grandes monstruos victorianos que los magnates de la madera y el papel construyeron a principios de siglo. Ahora casi todos ellos han sido reformados y los han dividido en apartamentos. Cuando Bertie recuperó el aliento, nos informó que Richie vivía en el segundo piso, bajo aquel gablete que sobresalía como una ceja. Me arriesgué a preguntarle a Henry qué le había sucedido al chico después de aquel episodio.

Aproximadamente en la tercera semana de noviembre, el chico volvió una tarde y descubrió que Richie ya no se conformaba con bajar las persianas. Había clavado mantas sobre todas las ventanas del apartamento. Además olía cada vez peor..., con una especie de fetidez pegajosa, como la que despide la fruta cuando la hace fermentar la levadura.

Más o menos una semana después, Richie le ordenó al chico que empezara a calentarle la cerveza sobre la estufa. ¿Te imaginas la situación? El chico a solas en ese apartamento mientras su padre se convertía en... bueno, en algo... y calentándole la cerveza y escuchando después como él... o eso... la bebía con un atroz gorgoteo, como cuando un viejo sorbe su papilla. ¿Puedes imaginártelo?

Y todo había continuado así hasta ese día, cuando las clases terminaron más temprano a causa de la tormenta.

—El chico volvió directamente a casa —explicó Henry—. En el rellano de arriba no había luz (el chico sostiene que su padre debió de escurrirse afuera una noche para romper la bombilla) de modo que tuvo que ir a tientas hasta la puerta. Bueno, oyó que algo se movía adentro, y de pronto se le ocurrió pensar que no sabía a qué se dedicaba su padre durante el día, en la semana. Hacía casi un mes que no le veía moverse de la silla, pero en algún momento debía abandonarla para dormir e ir al baño.

»En el centro de la puerta hay una mirilla, que teóricamente debería tener una traba por dentro, para cerrarla, pero que está rota desde que ellos viven allí. De modo que el chico se deslizó hasta la puerta con mucho sigilo, y empujó la mirilla un poco con el pulgar, y pegó el ojo a la abertura.

Ya estábamos al pie de la escalinata de entrada y la casa se alzaba sobre nosotros como una cara alta, repulsiva, cuyos ojos eran las ventanas del segundo piso. Miré hacia arriba y ciertamente las dos ventanas estaban negras como boca de lobo. Como si alguien las hubiera cubierto con mantas o las hubiera pintado.

—Tuvo que dejar pasar un minuto para que su ojo se acostumbrara a la penumbra. Hasta que por fin vio un gran bulto gris, que no tenía ninguna semejanza con un hombre, y que se arrastraba por el suelo, dejando atrás un rastro de una sustancia gris y pegajosa. Y después estiró un brazo, o algo que hacía las veces de brazo, y desprendió una tabla de la pared. Y extrajo un gato. —Henry se interrumpió brevemente. Bertie se golpeaba las manos, una contra otra, y en la calle hacía un frío de mil demonios, pero todavía ninguno de nosotros estaba preparado para subir—. Un gato muerto —prosiguió Henry—, que se había podrido. El chico dijo que parecía hinchado y rígido... infestado de diminutas formas blancas reptantes...

—Basta —susurró Bertie—. Por el amor de Dios.

—Y después su padre se lo comió.

Intenté tragar y sentí un sabor grasiento en la garganta.

—Fue entonces cuando Timmy echó la mirilla —concluyó Henry en voz baja—. Y echó a correr.

—No creo que pueda ir allí —balbució Bertie.

Henry permaneció callado. Se limitó a mirarnos alternativamente a Bertie y a mí.

—Creo que lo mejor será que subamos —manifesté—. Tenemos la cerveza de Richie.

Bertie no contestó, así que subimos por la escalinata y entramos en el zaguán. Lo olí en seguida.

¿Sabéis cómo huele una fábrica de sidra en verano? Es imposible hacer desaparecer el olor de las manzanas, pero en otoño dicho olor es agradable, porque tiene un dejo ácido e intenso que hace cosquillear la nariz. Pero en verano resulta repugnante, y este olor era idéntico a aquel otro, aunque un poco peor.

En el zaguán de entrada estaba encendida una bombilla, amarilla, mortecina y encerrada en una tulipa de vidrio esmerilado, que proyectaba un resplandor tan difuso como el suero de manteca. Y la escalera subía envuelta en un manto de sombras.

Henry detuvo la carretilla, y mientras él levantaba la caja de cerveza yo pulsé el interruptor situado al pie de la escalera que controlaba la luz del primer rellano. Pero tal como había dicho el chico, no funcionaba.

Bertie balbuceó:

—Yo cargaré la cerveza. Tú te harás cargo de la pistola.

Henry no discutió. Entregó la caja y empezamos a subir: Henry a la cabeza, después yo, y Bertie en la retaguardia con la caja en brazos. Cuando llegamos al rellano del primer piso, la pestilencia era mucho más fuerte. Manzanas podridas, todas fermentadas, y acompañándolas, insidiosamente, un hedor aún más mefítico.

Cuando vivía en Levant hubo una época en la que tuve un perro llamado *Rex*, un buen chucho pero muy torpe para esquivar los coches. Una tarde, mientras yo estaba en el trabajo, lo atropelló un coche y se arrastró debajo de la casa y murió allí. Dios mío, qué fetidez. Tuve que acabar metiéndome yo también abajo para sacarlo con una estaca. El segundo hedor se parecía a ése: infestado de moscas y pútrido y tan inmundo como una mazorca de maíz descompuesta.

Hasta ese momento había seguido pensando que

tal vez se trataba de una broma extravagante, pero entonces me di cuenta de que no lo era.

—Santo cielo, ¿por qué los vecinos no echan a Richie? —exclamé.

—¿Qué vecinos? —preguntó Henry, y volvió a esbozar esa sonrisa extraña.

Miré en torno y vi que el pasillo tenía un aspecto polvoriento y abandonado, y que las puertas de los tres apartamentos del primer piso estaban cerradas y clausuradas.

—Me pregunto quién es el casero —murmuró Bertie—, apoyando la caja sobre el poste de la baranda mientras recuperaba el aliento—. ¿Gaiteau? Me sorprende que no le desaloje.

—¿Quién crees que se atrevería a subir allí para expulsarlo? —preguntó Henry—. ¿Tú?

Bertie no contestó.

Finalmente empezamos a subir el último tramo de escalera, que era aún más angosto y empinado que el anterior. También hacía más calor. A juzgar por el ruido, todos los radiadores de la casa estaban crujiendo y siseando. El olor era nauseabundo y empecé a tener la impresión de que alguien me revolvía las tripas con una vara.

Arriba nos encontramos con un corto pasillo y con una puerta en cuyo centro había una pequeña mirilla. Bertie lanzó una exclamación ahogada y susurró:

—¡Mirad por dónde estamos caminando!

Miré hacia abajo y vi la sustancia pegajosa que cubría el suelo del corredor. Aparentemente allí había habido una alfombra, pero la baba gris la había corroído.

Henry se acercó a la puerta y nosotros le seguimos. Ignoro lo que sentía Bertie, pero yo temblaba como una hoja. Sin embargo, Henry no vaciló en ningún momento. Levantó la pistola y golpeó la puerta con la culata.

—¿Richie? —exclamó, y su voz no dejó traslucir ni una pizca de miedo, a pesar de que sus facciones tenían una palidez mortal—. Soy Henry Parmalee del «Nite-Owl». Te he traído tu cerveza.

Nadie contestó nada durante más o menos un minuto, y por fin una voz dijo:

—¿Dónde está Timmy? ¿Dónde está mi hijo?

Casi eché a correr en ese mismo momento. La voz no era ni remotamente humana. Tenía un timbre raro y bajo y gorgoteante, como si quien la producía estuviera hablando con la boca llena de sebo.

—Está en mi tienda, alimentándose decorosamente —respondió Henry—. Está flaco como un gato vagabundo, Richie.

Durante un rato no se oyó nada, y luego nos llegaron unos horribles chasquidos húmedos, como los que podría producir un hombre calzado con botas de goma al caminar por el limo. Después la misma voz deteriorada habló desde el otro lado de la puerta.

—Abre la puerta y empuja la cerveza por la rendija —ordenó—. Pero antes arranca las anillas de las latas. Yo no puedo hacerlo.

—En seguida —asintió Henry—. ¿Cómo te encuentras, Richie?

—¡Eso no te interesa! —respondió la voz, con sobrecogedora vehemencia—. ¡Lo único que tienes que hacer es empujar la cerveza e irte!

—Ya no te conformas con los gatos muertos, ¿verdad? —prosiguió Henry, con tono compungido. Ahora no sostenía la pistola por el cañón, sino por la culata.

Y de pronto, con un chispazo de lucidez, asocié los datos como ya lo había hecho Henry, quizá desde el momento mismo en que Timmy le había contado su historia. Cuando lo recordé, las miasmas de descomposición y podredumbre parecieron atacar con redoblada intensidad mis fosas nasales. Durante las últimas tres semanas habían desaparecido en la ciudad dos chicas y un viejo borracho que acostumbraba a asilarse en el albergue del Ejército de Salvación. Las tres desapariciones se habían producido por la noche.

—Empuja la cerveza o saldré a buscarla —dijo la voz.

Henry hizo una seña para que nos replegáramos, y obedecimos.

—Creo que eso será lo mejor, Richie. —Amartilló la pistola.

No pasó nada, por lo menos durante un largo rato. En verdad, empecé a pensar que todo había concluido. Entonces la puerta se abrió tan repentinamente y con tanta violencia que realmente se *combó* antes de chocar contra la pared. Y salió Richie.

Transcurrió un segundo, sólo un segundo antes de que Bertie y yo echáramos a correr escaleras abajo como chiquillos, saltando de cuatro en cuatro los escalones, para salir por fin a la acera cubierta de nieve, resbalando y patinando.

Mientras bajábamos oímos que Henry disparaba tres veces, y los estampidos retumbaron como granadas de mano en los pasillos cerrados de esa casa vacía y maldita.

Lo que vimos en ese lapso de uno o dos segundos me acompañará durante toda una vida..., o durante lo que me quede de ella. Fue una descomunal onda de gelatina gris, de gelatina con forma de hombre, que dejaba un rastro viscoso tras de sí.

Pero eso no fue lo peor. Sus ojos eran chatos y amarillos y alucinados, sin el menor atisbo de alma humana. Y no eran sólo dos. Había cuatro, y a lo largo del centro de la mole, entre los dos pares de ojos, se extendía una línea blanca, fibrosa, a través de la cual asomaba una especie de carne rosada palpitante, como cuando se abre un tajo en la barriga de un cerdo.

Se estaba dividiendo, ¿entendéis? Se estaba dividiendo en dos.

Bertie y yo no cambiamos una palabra mientras volvíamos a la tienda. Ignoro qué ideas cruzaban por su mente, pero sé muy bien en qué pensaba yo: en la tabla de multiplicar. Dos por dos son cuatro, cuatro por dos son ocho, ocho por dos son dieciséis, dieciséis por dos son...

Llegamos de vuelta. Carl y Bill Pelham se levantaron como impulsados por un muelle y en seguida nos acosaron con sus preguntas. Los dos nos negamos a contestar. Nos limitamos a dar media vuelta y a esperar, por si Henry salía de la nieve. Yo había llegado a la conclusión de que 32.768 por dos equivale al final de la raza humana y allí estábamos los dos reconfortados por toda esa cerveza y esperando, para comprobar qué era lo que volvía al fin. Y aquí estamos todavía.

Ojalá sea Henry. Ojalá.

CAMPO DE BATALLA

—¿Señor Renshaw?

La voz del conserje le alcanzó cuando estaba a mitad de camino en su marcha hacia el ascensor, y Renshaw se volvió impacientemente, pasando el bolso de avión de una mano a la otra. El sobre que llevaba en el bolsillo de la americana, lleno de billetes de veinte y cincuenta dólares, crujió ruidosamente. Había sido un trabajo bien ejecutado y la remuneración había sido excelente..., incluso después de descontar la comisión del 15 por ciento que retenía la Organización, como intermediaria. Ahora lo único que deseaba era una ducha caliente, un gin tonic y un buen descanso.

—¿Qué pasa?

—Un paquete, señor. ¿Quiere firmar el resguardo?

Renshaw firmó, y miró pensativamente el paquete rectangular. Su nombre y la dirección del edificio estaban escritos, sobre el rótulo engomado, con una grafía puntiaguda y sesgada a la izquierda que le pareció conocida. Meció el envoltorio sobre la superficie del mostrador, de falso mármol, y algo tintineó ligeramente dentro.

—¿Quiere que lo haga enviar arriba, señor Renshaw?

—No, lo llevaré yo.

Medía unos cuarenta y cinco centímetros de largo y encajaba dificultosamente bajo su brazo. Lo depositó sobre la alfombra de felpa que cubría el suelo del ascensor e hizo girar la llave en la hendidura que correspondía al ático, sobre la hilera regular de botones. La cabina subió veloz y silenciosamente. Cerró los ojos y dejó que el trabajo volviera a proyectarse sobre la pantalla de su mente.

Todo había empezado, como siempre, con la llamada de Cal Bates:

—¿Estás disponible, Johnny?

Estaba disponible dos veces al año, y su tarifa mínima era de 10.000 dólares. Era muy competente, muy confiable, pero lo que sus clientes compraban realmente era su infalible talento de cazador. John Renshaw era un halcón humano, que la genética y el entorno habían programado para hacer dos cosas admirablemente: matar y sobrevivir.

Después de recibir la llamada de Bates, Renshaw encontró en su apartado postal un sobre de color castaño. Un nombre, una dirección, una foto. Lo grabó todo en su memoria y las cenizas del sobre y su contenido desaparecieron por el sumidero.

Esta vez el rostro había sido el de un pálido industrial de Miami que se llamaba Hans Morris, fundador y propietario de la empresa de «Juguetes Morris». Alguien había querido librarse de Morris y había recurrido a la Organización. Ésta, por intermedio de Calvin Bates, había hablado con John Renshaw. *Pam*. Se ruega no enviar flores al sepelio.

Las puertas se abrieron, Renshaw tomó el paquete y salió de la cabina. Abrió la puerta del apartamento y entró. A esa hora del día, las tres de la tarde, el sol de abril bañaba a raudales la sala. Se detuvo un momento, disfrutando de su tibieza, y después depositó el paquete sobre la mesa contigua a la puerta y aflojó el nudo de la corbata. Dejó caer el sobre encima del envoltorio y se encaminó hacia la terraza.

Abrió la puerta de cristal, de corredera, y salió. Hacía frío y el viento lo taladró a través del delgado abrigo. No obstante, se detuvo un momento, contemplando la ciudad con el mismo talante con que un general podría escudriñar el territorio conquistado. Los vehículos se deslizaban por las calles como escarabajos. Muy lejos, casi sepultado por la bruma dorada del atardecer, el puente de la bahía brillaba como el espejismo de un loco. Hacia el Este, prácticamente perdidas detrás de los rascacielos céntricos, se extendían las promiscuas y mugrientas casas de vecindad con su jungla de antenas de televisión de acero inoxidable. Allí arriba se estaba mejor. Mejor que en las alcantarillas.

Entró nuevamente, cerró la puerta de corredera, y se dirigió al baño para darse una larga ducha caliente.

Cuando se sentó cuarenta minutos más tarde para contemplar el paquete, con un vaso en la mano, las sombras habían avanzado sobre la mitad de la alfombra de color purpúreo, y la parte más agradable de la tarde había quedado atrás.

Era una bomba.

Claro que no lo era, pero él procedía como si lo fuera. Gracias a ello seguía vivo y alimentándose cuando tantos otros habían subido a la enorme oficina de desocupados que había en el cielo.

Si era una bomba, no tenía un mecanismo de relojería. Descansaba totalmente muda, inexpresiva y enigmática. De todos modos, en los últimos tiempos estaba más de moda el plástico. Su comportamiento era menos temperamental que el de los relojes que fabricaban Westclox y Big Ben.

Renshaw miró el matasellos. Miami, 15 de abril. Cinco días atrás. De modo que la bomba no estaba montada para detonar a una hora determinada. Si ese hubiera sido el caso, habría estallado en la caja de caudales del hotel.

Miami. Sí. Y esa grafía puntiaguda y sesgada a la izquierda. Había visto una fotografía enmarcada sobre el escritorio del pálido fabricante de juguetes. La foto de una vieja bruja aún más pálida, con la cabeza envuelta en un pañuelo, una *babushka*, al estilo ruso. La leyenda estampada al pie decía: «Cariños de tu mejor diseñadora. Mamá.»

¿Qué magnífico diseño es éste, mamá? ¿Un sistema de exterminación de fabricación casera?

Estudió el envoltorio con implacable concentración, inmóvil, con las manos cruzadas. No se hizo demasiadas preguntas, por ejemplo, cómo había averiguado su domicilio la mejor diseñadora de Morris. Las dejaba para más tarde, para cuando hablara con Cal Bates. Por el momento carecían de importancia.

Con un movimiento súbito, casi distraído, extrajo de su billetera un pequeño calendario de celuloide y lo introdujo diestramente bajo el cordel que ceñía el papel marrón en todas las direcciones. Lo deslizó bajo la cinta «Scotch» que retenía una solapa. La solapa se zafó, aflojándose contra el cordel.

Hizo una pausa, observando, y después se inclinó sobre el paquete y lo olfateó. Cartón, papel, cordel. Nada más. Caminó alrededor de la mesa, se acuclilló con un movimiento ágil, y repitió la operación. El crepúsculo invadía el apartamento con dedos grises y penumbrosos.

Una de las solapas se zafó del cordel que la retenía y apareció una opaca caja verde. De metal. Con bisagras. Extrajo un cortaplumas y cortó el cordel. Éste cayó a un costado, y bastó hurgar un poco con el cortaplumas para que la caja quedara a la vista.

Era verde, con manchas negras de camuflaje, y sobre la parte delantera estaba estampada, en letras blancas, la leyenda: COFRE DEL SOLDADO JOE DE VIETNAM. Más abajo: 20 Infantes, 10 Helicópteros, 2 Tiradores con Fusiles Automáticos Browning, 2 Tiradores con Bazookas, 2 Médicos, 4 Jeeps. Más abajo: la calcomanía de una bandera. Y al pie: «Compañía de Juguetes Morris», Miami, Florida.

Estiró la mano para tocar el estuche, y en seguida la retiró. Algo se había movido dentro.

Renshaw se puso en pie, sin prisa, y retrocedió por la habitación hacia la cocina y el pasillo. Encendió las luces.

El Cofre de Vietnam se meció e hizo vibrar el papel marrón de abajo. Súbitamente se inclinó y cayó sobre la alfombra con un ruido sordo, volcado sobre un extremo. En la tapa articulada se abrió una rendija de unos cinco centímetros.

Empezaron a salir, arrastrándose, unos soldaditos de aproximadamente dos centímetros y medio de altura. Renshaw los miró sin parpadear. Su mente no se esforzó por medir la naturaleza real o irreal de lo que veía: sólo le interesaban las consecuencias posibles para su supervivencia.

Los soldados usaban minúsculos uniformes de campaña, cascos y mochilas. Llevaban diminutas carabinas cruzadas sobre los hombros. Dos de ellos miraron fugazmente a Renshaw desde el otro extremo de la habitación. Sus ojos, no mayores que puntas de lápiz, refulgían.

Cinco, diez, doce, y por fin los veinte. Uno de ellos hacía ademanes e impartía órdenes a los demás. Se alinearon a lo largo de la rendija que había abierto la caída y empujaron. La abertura empezó a ensancharse.

Renshaw levantó uno de los grandes cojines del sofá y se encaminó hacia ellos. El jefe del pelotón se volvió e hizo otros ademanes. Los restantes soldados giraron y descolgaron sus carabinas. Se oyeron unos estampidos insignificantes, casi delicados, y Renshaw sintió algo parecido a picaduras de abejas.

Arrojó el cojín. Éste los golpeó y los derribó, y después alcanzó la caja y terminó de abrirla. Una nube de helicópteros en miniatura, pintados de verde para camuflarse en la jungla, levantaron vuelo del interior del cofre, como si fueran insectos, y al alzarse produjeron un zumbido tenue y agudo, semejante al de los mosquitos.

A los oídos de Renshaw llegó un ruido débil, un *¡fut! ¡fut!*, y vio que de las portezuelas abiertas de los helicópteros brotaban unos fogonazos pequeños como alfileres. Sintió pinchazos en el abdomen, el brazo derecho y el cuello. Dio un manotazo y cogió uno... y experimentó un dolor súbito en los dedos. Brotó la sangre. Las paletas giratorias los habían cortado hasta el hueso con tajos transversales. Los restantes volaron para colocarse fuera de su alcance, rondándole como tábanos. El helicóptero averiado cayó pesadamente al suelo y quedó inmóvil.

Un súbito dolor atroz en el pie le hizo gritar. Uno de los infantes estaba montado sobre su zapato y le había clavado la bayoneta en el tobillo. La carita miró hacia arriba, resollando y sonriendo.

Renshaw lo despidió de un puntapié y el cuerpecito voló a través de la habitación y se estampó contra la pared. No dejó sangre sino una mancha viscosa y purpúrea.

Se oyó una ínfima explosión restallante y esta vez el dolor espantoso le acometió en el muslo. Uno de los tiradores de bazooka había salido de la caja y de su arma se desprendía perezosamente una pequeña espiral de humo. Renshaw se miró la pierna y vio en su pantalón un agujero ennegrecido, humeante, del tamaño de una moneda de veinticinco céntimos. Por debajo, la carne se veía chamuscada.

¡El minúsculo hijo de puta me disparó!

Dio media vuelta y corrió al pasillo y después se metió en su dormitorio. Uno de los helicópteros pasó zumbando junto a su mejilla, con un afanoso batir de paletas. El débil tartajeo de un Fusil Automático Browning. Después se alejó velozmente.

El revólver que guardaba debajo de la almohada era un «Magnum» calibre 44, de dimensiones suficientes para abrir un boquete del tamaño de dos puños allí donde metiera la bala. Renshaw se volvió, sosteniendo el arma con las dos manos. Se dio cuenta, impasiblemente, de que tendría que disparar a un blanco móvil no mucho mayor que una bombilla.

Dos de los helicópteros entraron zumbando. Renshaw disparó una vez, sentado sobre la cama. Uno de los helicópteros se pulverizó. «Con éste son dos», pensó. Le apuntó al segundo... apretó el disparador...

¡Se desvió! ¡Se desvió, maldito sea!

El helicóptero le acometió describiendo un súbito arco mortal, mientras las hélices superiores de adelante y atrás giraban vertiginosamente. Renshaw entrevió a uno de los tiradores de Fusiles Automáticos Browning agazapado junto a la tronera abierta, disparando con ráfagas breves y letales. Después se arrojó al suelo y se echó a rodar.

¡Mis ojos, el hijo de puta me disparaba a los ojos!

Se levantó a medias, con la espalda apoyada contra la pared de enfrente y el revólver a la altura del pecho. Pero el helicóptero se replegaba. Pareció detenerse un momento y balancearse para demostrar que reconocía la superior potencia de fuego de Renshaw. Después desapareció en dirección a la sala.

Renshaw se puso en pie, y dio un respingo al apoyar el peso sobre la pierna herida. Sangraba profusamente. «¿Y por qué no? —pensó con amargura—. Pocas personas a las que les disparan a bocajarro con un bazooka sobreviven para contarlo.»

¿De modo que mamá había sido su mejor diseñadora, eh? Había sido eso y mucho más.

Vació la funda de una almohada y la desgarró para vendarse la pierna, y a continuación cogió de la cómoda el espejo que usaba para afeitarse y se acercó a la puerta que comunicaba con el pasillo. Arrodillado, lo apoyó oblicuamente sobre la alfombra y espió hacia afuera.

Estaban instalando el campamento al pie del cofre,

los muy malditos. Los soldados diminutos corrían de un lado a otro, levantando tiendas. Los jeeps de cinco centímetros de altura circulaban con aires de importancia. Un médico atendía al soldado que Renshaw había pateado. Los ocho helicópteros restantes sobrevolaban el campamento, a la altura de la mesita rodante, formando un enjambre protector.

De pronto descubrieron el espejo y tres de los infantes hincaron la rodilla en tierra y empezaron a disparar. Pocos segundos después el espejo se rompió por cuatro lugares. *Vaya, vaya.*

Renshaw volvió a la cómoda y cogió el gran joyero de caoba que Linda le había regalado para Navidad. Lo sopesó una vez, hizo un ademán afirmativo, y corrió hasta la puerta y salió al pasillo. Tomó impulso y lanzó la caja como si fuese una pelota de béisbol. El proyectil siguió una veloz trayectoria y derribó a los hombrecillos como en un juego de bolos. Uno de los jeeps describió dos vueltas de campana. Renshaw avanzó hasta la puerta de la sala, le apuntó a uno de los soldados caídos y lo reventó.

Otros varios se habían recuperado. Algunos estaban arrodillados y disparaban sin cesar. Otros se habían parapetado. Los restantes se habían replegado al cofre.

Las picaduras de abeja empezaron a martirizarle las piernas y el torso, pero ninguna llegaba más arriba de la caja torácica. Quizá se hallaba fuera de su radio de alcance. No importaba, porque estaba resuelto a no dejarse intimidar. Había llegado el momento decisivo.

Erró el otro disparo —eran endemoniadamente pequeños— pero el siguiente despatarró a un soldado.

Los helicópteros zumbaban ferozmente en dirección a él. Los minúsculos proyectiles se hincaban en su rostro, por encima y debajo de los ojos. Pulverizó al primer helicóptero, y después al segundo. Rayos de dolor le velaban la visión.

Los seis restantes se dividieron en dos formaciones para la retirada. Tenía la cara humedecida por la sangre y se la enjugó con el antebrazo. Ya se disponía a disparar nuevamente cuando hizo una pausa. Los soldados que se habían refugiado en el cofre salían arrastrando algo. Algo que parecía...

Hubo un chisporroteo cegador de fuego amarillo y en la pared, a su izquierda, estalló súbitamente un surtidor de madera y revoque.

¡...un lanzacohetes!

Le descerrajó un tiro, erró, dio media vuelta y corrió hacia el baño situado en el extremo del pasillo. Cerró la puerta violentamente y le echó llave. Desde el espejo del baño le miraba un indio de ojos turbios y aterrorizados, un indio alucinado por la batalla, con finos hilos de pintura roja que brotaban de agujeros del tamaño de granos de pimienta. De una de sus mejillas pendía un colgajo mellado de piel. Tenía un surco abierto en el cuello.

¡Estoy perdiendo!

Se pasó una mano trémula por el cabello. El camino que llevaba a la puerta del apartamento estaba bloqueado. Tampoco podía llegar al teléfono ni a la extensión de la cocina. Contaban con un condenado lanzacohetes, y un impacto certero le reventaría la cabeza.

¡El maldito ni siquiera figuraba en el inventario de la caja!

Empezó a inhalar una profunda bocanada de aire y la soltó con un repentino gruñido cuando un trozo de puerta, del tamaño de un puño, saltó en medio de una deflagración de astillas carbonizadas. Unas llamas pequeñas refulgieron brevemente alrededor de los bordes dentados del boquete, y vio el fogonazo brillante del disparo siguiente. Una nueva avalancha de madera cayó hacia dentro, dispensando astillas incandescentes sobre la alfombra del baño. Las aplastó con el pie y dos helicópteros entraron bordoneando furiosamente por el agujero. Unas minúsculas balas de Rifles Automáticos Browning le acribillaron el pecho.

Con un alarido de cólera cerró la mano desnuda sobre uno de ellos, que le abrió una serie de tajos escalonados sobre la palma. Y obedeciendo a un súbito arranque de imaginación, nacida de la desesperación, arrojó sobre el otro una pesada toalla de baño. El aparato cayó, convulsionado, al suelo, y lo trituró con el pie. Su respiración brotaba ronca y entrecortada. La sangre se le introdujo dentro de un ojo, tibia y cáustica, y se la enjugó.

Así me gusta, malditos sean. Así me gusta. Esto los hará pensar.

En verdad, pareció hacerles pensar. No hubo más movimientos durante un cuarto de hora. Renshaw se sentó sobre el borde de la bañera, pensando frenéticamente. Tenía que haber una forma de salir de ese callejón. *Tenía* que haberla. Si por lo menos consiguiera flanquearlos...

Se volvió bruscamente y miró la pequeña ventana encuadrada sobre la bañera. Había un medio. Claro que lo había.

Sus ojos se posaron sobre la lata de gas para encendedor que descansaba sobre el botiquín. Estaba estirando la mano hacia ella cuando oyó un crujido.

Dio media vuelta, levantando el «Magnum»... pero sólo era una hojita de papel que se deslizaba bajo la puerta. «La ranura era demasiado angosta», pensó Renshaw lúgubremente, tanto que ni siquiera *ellos* podían sortearla.

Sobre el papel estaba escrita una sola palabra:

Ríndase

Renshaw sonrió ferozmente y guardó la lata de gas en el bolsillo de su pechera. Allí también encontró el cabo mordisqueado de un lápiz. Garabateó una palabra sobre el papel y volvió a pasarlo bajo la puerta. La palabra era:

MIERDA

Hubo una súbita andanada enfurecida de cohetes y Renshaw retrocedió. Los proyectiles atravesaron el boquete de la puerta y estallaron contra los azulejos de color celeste de encima del toallero, convirtiendo la elegante pared en un acribillado paisaje lunar. Renshaw se cubrió los ojos con la mano cuando el revoque voló convertido en una lluvia de esquirlas incandescentes. En su camisa aparecieron agujeros chamuscados y su espalda se cubrió de heridas.

Cuando cesó la descarga, Renshaw se puso en movimiento. Trepó sobre el borde de la bañera y abrió la ventana. Se encontró con la mirada glacial de las estrellas. Era una ventana angosta, con una estrecha cornisa al otro lado. Pero no tenía tiempo de pensar en eso.

Se izó a través de la abertura, y el aire frío le azotó como una mano abierta el rostro y el cuello lacerados. Estaba inclinado sobre el punto de apoyo de sus manos, mirando hacia abajo. Doce metros le separaban de la calle. Desde esa altura, la calzada no parecía más ancha que la vía de un ferrocarril de juguete. Las luces refulgentes y titilantes de la ciudad brillaban locamente abajo, como joyas dispersas.

Con la engañosa agilidad de un atleta entrenado, Renshaw apoyó las rodillas sobre el borde inferior de la ventana. Si uno de los helicópteros-avispas atravesaba en ese momento el boquete de la puerta, le habría bastado con lanzarle un proyectil contra el culo para hacerlo caer al vacío, aullando hasta el fin.

No apareció ninguno.

Se dio la vuelta, sacó una pierna, y se cogió del saliente superior con la mano estirada. Un momento después estaba en pie sobre la cornisa, fuera de la ventana.

Renshaw arrastró los pies hacia la esquina del edificio, esforzándose en no pensar en el alucinante abismo que se abría detrás de sus talones ni en lo que sucedería si uno de los helicópteros salía zumbando en pos de él.

Cinco metros... tres... Por fin llegó. Se detuvo, con el pecho apretado contra la pared y las manos abiertas sobre la superficie áspera. Sentía la presión de la lata de gas para encendedores dentro del bolsillo delantero y el peso reconfortante del «Magnum» insertado debajo del cinturón.

Ahora debía rodear la maldita esquina.

Deslizó parsimoniosamente un pie hasta el otro lado y depositó su peso sobre él. El filoso ángulo recto se le clavaba como una navaja en el pecho y las tripas. Frente a sus ojos, sobre la piedra rugosa, había una mancha de excremento de aves. «Jesús —pensó absurdamente—, nunca había pensado que podían volar hasta tanta altura.»

Su pie izquierdo resbaló.

Durante un lapso extravagante, intemporal, vaciló sobre el borde, agitando locamente el brazo derecho para recuperar el equilibrio, y después ciñó ambas caras del edificio en un tierno abrazo, con la cara apretada contra la dura arista, mientras el aire entraba y salía espasmódicamente de sus pulmones.

Deslizó poco a poco el otro pie.

Diez metros más adelante asomaba el balcón de su sala.

Enfiló hacia allí, aspirando y expirando extenuadamente el aire. Dos veces se vio obligado a detenerse cuando unas ráfagas muy fuertes estuvieron a punto de arrancarle de la cornisa.

Hasta que al fin estuvo allí, con las manos crispadas sobre la baranda de hierro forjado.

Pasó en silencio al otro lado. Había dejado las cortinas entreabiertas sobre la puerta de corredera, de cristal, y ahora espió con cautela. Estaban tal como quería encontrarlos: dándole la espalda.

Cuatro soldados y un helicóptero habían quedado custodiando el cofre. El resto del contingente debía de estar al pie de la puerta de baño, con el lanzacohetes.

Muy bien. Pasaría como una tromba por esa puerta. Aniquilaría a los que montaban guardia junto al cofre y saldría por la puerta del apartamento. Después cogería un taxi que lo llevaría a toda velocidad al aeropuerto. Rumbo a Miami para buscar a la mejor diseñadora de Morris. Pensó que quizá se limitaría a achicharrarle la cara con un lanzallamas. Sería un acto de justicia poética.

Se quitó la camisa y arrancó un largo girón de la manga. Dejó que el resto de la prenda cayera flotando a sus pies, y arrancó con los dientes el pico de plástico de la lata de gas para encendedores. Metió dentro un extremo de la mecha improvisada, lo retiró, e insertó el otro extremo hasta que sólo quedaron fuera quince centímetros de tela embebida.

Sacó el encendedor, inhaló profundamente y accionó la ruedecilla. Acercó la llama a la mecha y cuando ésta se inflamó él terminó de abrir la puerta e irrumpió en la habitación.

El helicóptero reaccionó instantáneamente, atacándole al estilo *kamikaze* mientras él arremetía a lo largo de la alfombra, dejando caer goterones de fuego líquido. Renshaw lo apartó de un revés, casi insensible a la descarga de dolor que le corrió por el brazo cuando las paletas giratorias le cortaron la carne.

Los minúsculos infantes se desbandaron dentro del cofre.

A partir de ese momento todo ocurrió con mucha rapidez.

Renshaw arrojó la lata de gas. El envase se inflamó, transformándose en una bola de fuego. Un segundo después dio marcha atrás, corriendo hacia la puerta.

Nunca supo qué fue lo que le descalabró.

El ruido fue igual al que habría producido una caja

de caudales al caer desde una altura respetable. Sólo que esta vez el estruendo recorrió todo el edificio, haciendo vibrar su estructura de acero como si fuera un diapasón.

La puerta del ático se desprendió de sus goznes y se estrelló contra la pared de enfrente.

Una pareja que paseaba por la calle, cogida de la mano, levantó la vista a tiempo para ver un radiante fulgor blanco, como si un centenar de luces de bengala hubieran estallado al mismo tiempo.

—Alguien ha hecho saltar un fusible —comentó el hombre—. Supongo que...

—¿Qué es eso? —preguntó la chica.

El hombre atrapó con la mano estirada algo que flotaba plácidamente hacia ellos.

—Jesús, es una camisa. Y está llena de agujeritos. Y ensangrentada, además.

—Esto no me gusta nada —murmuró la chica con voz nerviosa—. ¿Quieres hacer el favor de llamar un taxi, Ralph? Si ha sucedido algo la poli me tomará declaración, y nadie sabe que estoy aquí contigo.

—Sí, claro.

El hombre miró en torno, vio un taxi y silbó. Las luces de freno se encendieron y la pareja corrió para alcanzarlo.

Detrás de ellos, sin que nadie lo viera, un papelito cayó revoloteando y fue a posarse junto a los restos de la camisa de John Renshaw. Una leyenda escrita con grafía puntiaguda y sesgada hacia la izquierda decía:

¡Eh, niños! ¡De regalo en este Cofre de Vietnam!

(Sólo por un lapso limitado)

1 Lanzacohetes
20 Misiles tierra-aire
1 Arma termonuclear de escala reducida

CAMIONES

El tipo se llamaba Snodgrass y me di cuenta de que se disponía a cometer una locura. Sus ojos estaban desorbitados y mostraban buena parte de la esclerótica, como los de un perro dispuesto a la pelea. Los dos chicos que habían entrado en el aparcamiento con el viejo Fury, patinando, trataban de disuadirlo, pero Snodgrass ladeaba la cabeza como si escuchara otras voces. Tenía un abdomen ligeramente abultado, ceñido por un buen traje que empezaba a ponerse lustroso en los fondillos. Era viajante y apretaba la maleta de muestras contra el cuerpo, como si se tratara de su perro favorito que se había echado a dormir.

—Vuelve a probar la radio —dijo el camionero sentado en la barra.

El cocinero se encogió de hombros y la encendió. Recorrió toda la banda y sólo encontró estática.

—Pasaste demasiado de prisa —protestó el camionero—. Tal vez se te escapó algo.

—Diablos —masculló el cocinero. Era un negro ya maduro, con una sonrisa de oro, y no miraba a su interlocutor. Miraba el aparcamiento por el ventanal que ocupaba toda la fachada de la cantina.

En el exterior había siete u ocho camiones pesados, y sus motores roncaban apagada y acompasadamente, con un ronroneo de grandes felinos. Había un par de Macks, un Hemingway y cuatro o cinco Reos. Camiones con remolques, para transportar cargas de un Estado a otro, con un montón de matrículas y antenas en la parte trasera.

El Fury de los chicos descansaba sobre su techo al final de la huella larga y curva que los neumáticos habían dejado, al patinar, sobre la grava del aparcamiento. Había sido machacado y reducido a una chatarra absurda. En la entrada a la rotonda de los camiones había un Cadillac destrozado. Su propietario miraba por el parabrisas hecho trizas como una merluza destripada. Las gafas con armazón de carey le colgaban de una oreja.

En la mitad de la explanada yacía el cuerpo de una chica con un vestido de color rosa. Había saltado del Cadillac al ver que éste nunca llegaría a destino. Había echado a correr pero sin ninguna probabilidad de salvarse. Era la más horripilante, a pesar de que estaba tumbada boca abajo. La rodeaban nubes de moscas.

Del otro lado de la carretera, un viejo Ford había atravesado el parapeto. Eso había sucedido hacía una hora. Desde entonces no había pasado nadie más. Desde la ventana no se veía la garita de peaje y el teléfono no funcionaba.

—Has pasado las emisoras con demasiada prisa —seguía protestando el camionero—. Deberías...

Ése fue el momento que Snodgrass eligió para echar a correr. Al levantarse derribó la mesa, rompiendo las tazas de café y despidiendo un loco surtidor de azúcar. Tenía los ojos más desorbitados que nunca y su maxilar colgaba fláccidamente y balbuceaba:

—Tenemos que salir de aquí tenemos que salirdeaquí tenemosquesalirdeaquí...

El chico gritó y su amiga lanzó un alarido.

Yo estaba sentado en el taburete más próximo a la puerta y le agarré la camisa, pero se zafó. Estaba totalmente chalado. Habría sido capaz de atravesar la puerta blindada de un banco.

Se disparó y corrió por la explanada de grava hacia la zanja de desagüe de la izquierda. Dos de los camiones lo persiguieron, escupiendo humo pardo hacia el cielo por las chimeneas de sus motores diesel, en tanto sus gigantescas ruedas traseras despedían andanadas de piedras.

No habría dado más de cinco o seis zancadas desde el borde del aparcamiento cuando se volvió para mirar, con el pánico reflejado en el rostro. Se le enredaron las piernas y trastabilló y estuvo a punto de caer. Recuperó el equilibrio pero ya era demasiado tarde.

Uno de los camiones se apartó y el otro arremetió, lanzando destellos feroces de sol con la parrilla del radiador. Snodgrass aulló, con un timbre alto y agudo, casi eclipsado por el fuerte rugido del Reo.

No lo arrastró bajo sus ruedas. Tal como comprobamos después, eso habría sido lo mejor. En cambio lo arrojó hacia arriba y afuera, como si fuera un balón. Se recortó brevemente contra el cielo caluroso de la tarde como un espantapájaros lisiado, y después desapareció en la zanja de desagüe.

Los frenos del camión sisearon como el aliento de un dragón, sus ruedas delanteras se trabaron, abriendo surcos en la epidermis de grava de la explanada, y se detuvo pocos centímetros antes de precipitarse dentro de la zanja. El muy hijo de puta.

La chica del reservado chilló. Tenía ambas manos crispadas sobre las mejillas, y tiraba de la carne hacia abajo, convirtiéndola en la máscara de una bruja.

Hubo un ruido de vidrios rotos. Giré la cabeza y vi que el camionero había apretado su vaso con tanta fuerza que lo había quebrado. Me pareció que aún no se había dado cuenta. La leche y unas gotas de sangre salpicaron la barra.

El cocinero negro estaba petrificado junto a la radio, con un trapo en la mano y expresión alelada. Sus dientes centelleaban. Durante un rato no se oyó nada más que el zumbido del reloj «Westclox» y el ronquido del motor del Reo que iba a reunirse con sus compañeros. Entonces la chica se echó a llorar y eso me pareció bien, o por lo menos me pareció mejor.

Mi propio coche estaba volcado, también reducido a chatarra. Era un Camaro 1971 y yo aún lo estaba pagando, aunque pensé que ahora eso ya no importaba.

En los camiones no había nadie.

El sol refulgía y reverberaba sobre las cabinas vacías. Las ruedas giraban solas. Era mejor no pensar demasiado en eso, para no enloquecer. Como había enloquecido Snodgrass.

Pasaron dos horas. El sol empezó a bajar. Fuera, los camiones patrullaban en círculos y trazando ochos. Sus luces de posición se habían encendido.

Recorrí dos veces todo el largo de la barra para desentumecerme las piernas y después me senté en un reservado, junto al amplio ventanal del frente. Ésa era una parada habitual de camiones, próxima a la gran autopista, con una estación de servicio completa en el fondo y surtidores de gasolina y gasóleo. Los camioneros se detenían allí para tomar café y comer tarta de manzanas.

—¿Señor? —La voz sonaba vacilante.

Volví la cabeza. Eran los dos chicos del Fury. El muchacho parecía tener alrededor de diecinueve años. Llevaba el cabello largo y una barba que apenas empezaba a espesarse. La chica parecía más joven.

—¿Sí?

—¿Qué le pasó a usted?

Me encogí de hombros.

—Viajaba por la carretera que va a Pelson —dije—. Un camión se me acercó por atrás. Hacía un largo rato que lo veía en el espejo retrovisor... Venía con mucho ímpetu. Aún estaba a más de un kilómetro cuando empecé a oírlo. Contorneó un «Volkswagen» y lo arrojó fuera de la carretera con un coletazo del remolque, tal como se despide una bola de papel de la mesa con un papirotazo. Pensé que el camión también saltaría de la carretera. Ningún conductor podría haberlo retenido con el remolque coleando de semejante manera. Pero no saltó. El «Volkswagen» dio seis o siete vueltas de campana y estalló. Y el camión destrozó al siguiente empleando el mismo sistema. Se acercaba a mí y me apresuré a salir por el primer desvío que encontré. —Me reí, pero sin entusiasmo—. Para desembocar justamente en una parada de camiones. De Guatemala a Guatepeor.

La chica tragó saliva.

—Nosotros vimos un autobús Greyhound que iba hacia el Norte por el carril que lleva al Sur. Barría... los... coches. Explotó y ardió, pero antes... había sembrado la muerte.

Un autobús Greyhound. Eso era algo nuevo. Y malo.

Fuera, todos los faros se encendieron súbitamente al unísono, bañando la explanada con un resplandor macabro, insondable. Iban y venían, gruñendo. Los faros parecían dotarlos de ojos, y en la penumbra creciente los remolques oscuros hacían pensar en los lomos encorvados, angulosos, de extraños gigantes prehistóricos.

El cocinero preguntó:

—¿Será peligroso encender las luces?

—Hazlo y lo sabremos —respondí.

Accionó los interruptores y se encendieron los globos que colgaban del techo, manchados por las moscas. Al mismo tiempo se iluminó, en el frente, un letrero crepitante de neón: «Conant's Truck Stop & Dinner - Buenas comidas.» No pasó nada. Los camiones siguieron su incesante patrullar.

—No lo entiendo —comentó el camionero. Había bajado del taburete y se paseaba por el salón, con la mano envuelta en un pañuelo rojo—. Yo no tenía problemas con el mío. Era bueno y obediente. Me detuve aquí un poco después de la una para comer unos spaghettis, y sucedió esto. —Agitó los brazos y el pañuelo aleteó en el aire—. Ahora mi propio camión está ahí fuera, es aquel cuya luz trasera izquierda apenas luce. Hace seis años que soy el conductor. Pero si yo saliera por esa puerta...

—Esto no es más que el comienzo —dijo el cocinero. Sus ojos de obsidiana estaban velados por los párpados—. Ha de ser grave, cuando no funciona la radio. Esto no es más que el comienzo.

La chica estaba exangüe, blanca como la leche.

—No pienses en eso —le contesté al cocinero—. Todavía no.

—¿Cuál será la causa? —El camionero estaba preocupado—. ¿Las tormentas eléctricas de la atmósfera? ¿Las pruebas nucleares? ¿Qué?

—Quizá se han vuelto locos —murmuré.

Aproximadamente a las siete me acerqué al cocinero.

—¿De qué recursos disponemos? —le pregunté—. Quiero decir, para el caso de que tuviéramos que quedarnos aquí durante un tiempo.

Frunció la frente.

—La situación no es tan mala. Ayer hubo reparto. Tenemos doscientas o trescientas hamburguesas, frutas y verduras envasadas, cereales desecados..., no hay más leche que la de la nevera, pero el agua procede del pozo.

Si fuera necesario, nosotros cinco podríamos resistir un mes o más.

El camionero se acercó y nos miró parpadeando.

—Me he quedado sin cigarrillos. Esa maquinita expendedora...

—No es mía —dijo el cocinero—. No señor.

El camionero tenía una barra de acero que había encontrado en el almacén de suministros del fondo. Empezó a forzar el artefacto.

El chico se encaminó hacia el tocadiscos automático y echó una moneda de veinticinco céntimos en la ranura. John Fogarty cantó que había nacido en un delta del Sur.

Me senté y miré por el ventanal. Vi algo que en seguida me chocó. Una camioneta «Chevrolet» ligera se había sumado a la patrulla, como una jaca de Shetland entre percherones. La observé hasta que pasó imparcialmente sobre el cadáver de la chica del «Cadillac» y entonces desvié la mirada.

—¡Nosotros los hemos *fabricado*! —exclamó la chica con repentina indignación—. ¡No pueden hacernos esto!

Su amigo le pidió que se callara. El camionero terminó de forzar la máquina expendedora de cigarrillos y sacó seis u ocho paquetes de «Viceroy». Los guardó en distintos bolsillos y finalmente abrió uno de los paquetes. Al ver la expresión fanática de su rostro me pregunté si se proponía fumárselos o comérselos.

Otro disco cayó sobre el plato del tocadiscos automático. Eran las ocho.

A las ocho y media se cortó la corriente eléctrica.

Cuando se apagaron las luces la chica gritó, y su alarido se interrumpió bruscamente, como si su amigo le hubiera puesto la mano sobre la boca. El tocadiscos enmudeció con un ruido cada vez más profundo de mecanismos agonizantes.

—¡*Cristo*! —exclamó el camionero.

—¡Eh, tú! —le grité al cocinero—. ¿Tienes velas?

—Creo que sí. Espere... sí. Aquí hay unas pocas.

Me levanté y las cogí. Las encendimos y empezamos a distribuirlas por el salón.

—Tened cuidado —exclamé—. Si se incendia este local lo pagaremos caro.

El cocinero lanzó una risita amarga.

—Y que lo diga.

Cuando terminamos de repartir las velas, el chico

y la chica se acurrucaron juntos en un rincón y el camionero se colocó junto a la puerta trasera, mirando cómo otros seis camiones pesados circulaban entre las islas de hormigón donde estaban montados los surtidores.

—Esto lo modifica todo, ¿verdad? —comenté.

—Claro que sí, si la electricidad se ha cortado definitivamente.

—¿Es muy grave?

—Las hamburguesas se descompondrán dentro de tres días. Lo mismo sucederá con el resto de la carne. Las latas se conservarán, lo mismo que los alimentos secos. Pero esto no es lo peor. Sin la bomba, no podremos conseguir agua.

—¿Cuánto durará?

—Una semana.

—Llena todos los cacharros vacíos que tengas. Llénalos hasta que no salga nada más que aire. ¿Dónde están los servicios? En los depósitos hay agua potable.

—El baño del personal está en el fondo. Pero para llegar a los de damas y caballeros hay que salir del edificio.

—¿Hay que pasar a la estación de servicio? —Aún no estaba preparado para eso.

—No, hay que salir por la puerta lateral y caminar un poco hacia arriba.

—Dame un par de cubos.

Encontró dos cubos galvanizados. El chico se acercó.

—¿Qué hace?

—Necesitamos agua. Toda la que podamos conseguir.

—Entonces, deme un cubo.

Le pasé uno.

—¡Jerry! —gritó la chica—. Tú...

La miró y ella se calló, pero cogió una servilleta y empezó a tirar de las puntas. El camionero fumaba otro cigarrillo y le sonreía al suelo. No habló.

Nos encaminamos hacia la puerta lateral por donde yo había entrado esa tarde y me detuve un segundo allí, mirando cómo las sombras fluctuaban y se disolvían a medida que los camiones iban y venían.

—¿Ahora? —preguntó el chico. Su brazo rozó el mío y sentí que sus músculos vibraban y zumbaban como cables. Si alguien tropezaba con él volaría directamente al cielo.

—Relájate —le dije.

Me sonrió. Una sonrisa enfermiza, pero era mejor que nada.

—De acuerdo.

Salimos furtivamente.

El aire de la noche era más fresco. Los grillos chirriaban en la hierba y las ranas brincaban y croaban en la zanja de desagüe. Fuera, el ronroneo de los camiones era más potente, más amenazador, como un rumor de fieras. Desde dentro había parecido una película. Allí fuera era algo real, que podía desembocar en la muerte.

Nos deslizamos a lo largo de la pared exterior cubierta de azulejos. Un pequeño alero nos suministraba un poco de sombra. Mi Camaro estaba recostado contra el muro de enfrente, y el reflejo de los faros de los camiones lejanos arrancaba destellos del metal abollado y de los charcos de gasolina y aceite.

—Métete en el de damas —susurré—. Llena tu cubo con el agua del depósito del inodoro y espera.

Se oían los ronquidos sistemáticos de los motores diesel. Eran engañosos: parecía que se acercaban pero en verdad eran sólo los ecos que rebotaban en las aristas del edificio. Sólo siete metros nos separaban de los servicios, pero la distancia parecía mucho mayor.

El chico abrió la puerta del baño de damas y entró. Yo pasé de largo y entré en el de caballeros. Sentí que mis músculos se relajaban y dejé escapar una bocanada de aire sibilante. Me vi en el espejo: un rostro blanco y tenso con ojos oscuros.

Quité la tapa de porcelana del depósito y llené el cubo. Volví a volcar un poco dentro para que no se derramara con el movimiento y fui hasta la puerta.

—¿Eh?

—Sí —susurró.

—¿Listo?

—Sí.

Salimos nuevamente. Habíamos dado quizá seis pasos cuando los faros nos enfocaron. Se había acercado sigilosamente, haciendo girar apenas sus grandes ruedas sobre la grava. Nos había estado acechando y en ese momento se abalanzó sobre nosotros, proyectando círculos feroces con sus faros eléctricos, mientras la colosal parrilla cromada parecía hacer una mueca cruel.

El chico se petrificó, con el horror reflejado en el

rostro, la mirada perdida, las pupilas reducidas a puntas de alfiler. Le di un fuerte empujón que le hizo derramar la mitad del agua de su cubo.

—¡Corre!

El trueno del motor diesel se intensificó hasta transformarse en un alarido. Estiré la mano sobre el hombro del chico para tirar de la puerta, pero antes de que pudiera completar el movimiento la empujaron violentamente desde dentro. El chico se precipitó en el local y yo le seguí. Miré hacia atrás y vi que el camión —un Peterbilt de gran cabina— rozaba la pared exterior de azulejos, arrancando enormes fragmentos mellados de revestimiento. A continuación el guardabarros derecho y los ángulos de la parrilla embistieron la puerta todavía abierta, despidiendo una lluvia de vidrio pulverizado y desgarrando las bisagras de acero como si en realidad fueran de papel de seda. La puerta se perdió en la noche como en una escena surrealista y el camión aceleró hacia la explanada del frente, mientras su tubo de escape tableteaba como una ametralladora. Tenía un timbre frustrado, colérico.

El chico depositó su cubo en el suelo y se desplomó entre los brazos de su amiga, tiritando.

El corazón me palpitaba violentamente y me pareció que las pantorrillas se me habían licuado. Hablando de líquido, entre los dos habíamos traído aproximadamente un cubo y cuarto de agua. Casi no había valido la pena correr tantos riesgos.

—Quiero cubrir ese hueco —le dije al cocinero, señalando el lugar donde había estado la puerta—. ¿Qué podríamos usar?

—Bien...

El camionero le interrumpió:

—¿Por qué? Uno de esos camiones enormes no podría meter una rueda por ahí.

—Los que me preocupan no son los grandes camiones.

El camionero buscó otro cigarrillo.

—En el almacén de suministros tenemos algunos paneles metálicos —dijo el cocinero—. El patrón pensaba levantar un cobertizo para almacenar el butano.

—Los atravesaremos y los apuntalaremos con un par de cabinas de los reservados.

—Para algo servirán —murmuró el camionero.

Tardamos aproximadamente una hora y al fin todos

habíamos colaborado, incluso la chica. La barrera era bastante sólida. Por supuesto, si algo embestía a toda velocidad de nada serviría que fuera bastante sólida. Eso era algo que todos sabíamos.

Aún quedaban tres cabinas alineadas a lo largo del ventanal, y me senté en una de ellas. El reloj de detrás del mostrador se había parado a las 8.32, y a mí me parecía que debían de ser las diez. Fuera, los camiones roncaban y gruñían. Algunos partieron para cumplir misiones desconocidas y otros llegaron. Ahora había tres camionetas que se paseaban con aires de importancia entre los hermanos mayores.

Empecé a adormecerme, y en lugar de contar borregos conté camiones. ¿Cuántos había en el Estado, cuántos había en todo el país? Camiones con remolque, camionetas, camiones de plataforma, furgones de mudanzas, camiones de tres cuartos de tonelada, decenas de miles de camiones de convoyes del ejército, y autobuses. La pesadilla de un autobús urbano, con dos ruedas en la cuneta y las otras dos sobre el pavimento, lanzado a toda velocidad y puestos a barrer peatones aullantes que caían como en un juego de bolos.

Me libré de la pesadilla y caí en un sopor ligero, sobresaltado.

Debían de ser las primeras horas de la madrugada cuando Snodgrass empezó a gritar. Se había levantado una delgada luna nueva que brillaba, glacial, entre un alto manto de nubes. Se había sumado un nuevo traqueteo que producía un contrapunto con el rugido gangoso, cansino, de las moles mecánicas. Miré para comprobar de qué se trataba y vi una enfardadora de heno que daba vueltas alrededor del cartel oscurecido. La luz de la luna se reflejaba sobre las agudas púas giratorias de su prensador.

Volvió a oírse el grito que llegaba indudablemente de la zanja de desagüe.

—Auxiliooo...

—¿Qué ha sido eso? —preguntó la chica. En la penumbra tenía los ojos muy dilatados y parecía horriblemente asustada.

—Nada —respondí.

—Auxiliooo...

—Está vivo —susurró la chica—. Dios mío. *Está vivo.*

No necesitaba verlo. Lo imaginaba demasiado bien. Snodgrass tumbado con la mitad del cuerpo dentro de la zanja y la otra mitad fuera, con la espalda y las piernas fracturadas, con el traje bien planchado cubierto de grandes pegotes de barro, con el rostro blanco, resollante, vuelto hacia la luna indiferente...

—No oigo nada —insistí—. ¿Y tú?

Me miró.

—¿Cómo puede decir eso? ¿Cómo?

—Bueno, si lo despierto —dije, señalando a su amigo con el pulgar—, tal vez *él* oirá algo. Tal vez saldrá a ver de qué se trata. ¿Eso te gustaría?

El rostro de la chica empezó a convulsionarse y tensarse como si lo estuvieran hilvanando unas agujas invisibles.

—Nada —susurró—. No hay nada afuera.

Volvió junto a su amigo y apretó la cabeza contra su pecho. Él la abrazó en sueños.

Nadie más se despertó. Snodgrass gritó, lloró y chilló durante un largo rato y después se calló.

El amanecer.

Había llegado otro camión, dotado de una gigantesca plataforma para transportar automóviles. Se le sumó una niveladora. Ésta me asustó.

El camionero se acercó y me tiró del brazo.

—Venga a la parte de detrás —murmuró excitado. Los otros seguían durmiendo—. Venga a ver esto.

Le seguí hasta el almacén de suministros. Unos diez camiones patrullaban fuera. Al principio no vi nada nuevo.

—¿Ve? —preguntó, señalando—. Allí.

Entonces me di cuenta. Una de las camionetas se había detenido. Descansaba como un peso muerto, y había perdido todo su aire amenazante.

—¿Se le ha agotado la gasolina?

—Eso es, amigo. *Y no pueden llenar sus depósitos sin ayuda.* Ésa es la solución. Bastará con esperar. —Sonrió y buscó un cigarrillo.

Eran aproximadamente las nueve y yo me estaba desayunando con un trozo de la tarta del día anterior, cuando empezó a sonar el claxon: largos toques estentóreos que hacían temblar el cráneo. Nos acercamos a los ventanales y miramos hacia fuera. Los camiones estaban inmóviles, con los motores en marcha. Un camión con remolque, un Reo con cabina roja de grandes dimensiones, se había detenido casi encima de la angosta franja de hierba que separaba el restaurante del aparcamiento. A esa distancia la parrilla cuadrada del radiador parecía descomunal y tenía un aire asesino. Los neumáticos llegaban a la altura de la caja torácica de un hombre.

El claxon empezó a sonar nuevamente: toques enérgicos, voraces, que partían en línea recta, y eran devueltos por el eco. Se ceñían a una pauta. Cortos y largos con una especie de ritmo.

—¡Es el alfabeto Morse! —exclamó súbitamente Jerry, el chico.

El camionero lo miró.

—¿Cómo lo sabes?

El chico se sonrojó un poco.

—Lo aprendí cuando era *boy scout*.

—¿Tú? —exclamó el camionero—. ¿*Tú*? Caray. —Meneó la cabeza.

—Eso no importa —dije—. ¿Recuerdas lo suficiente para...?

—Claro que sí. Déjeme escuchar. ¿Tiene un lápiz?

El cocinero le dio uno y el chico empezó a garabatear letras sobre una servilleta de papel. Después de un rato dejó de escribir.

—Sólo dice «Atención» una y otra vez. Esperemos.

Eso fue lo que hicimos. El claxon continuaba con sus toques largos y breves en el aire apacible de la mañana. Después cambió el ritmo y el chico empezó a escribir de nuevo. Nos inclinamos sobre sus hombros y vimos cómo el mensaje cobraba forma. «Alguien debe bombear combustible. Alguien no será dañado. Todo el combustible debe ser bombeado. Esto debe hacerse ahora. Ahora alguien bombeará combustible.»

Los toques de claxon continuaron, pero el chico dejó caer el lápiz.

—Se limita a repetir nuevamente «Atención» —dijo.

El camión reiteró su mensaje incontables veces. No me gustaba el aspecto de las palabras, trazadas sobre la servilleta en letras de imprenta. Parecían mecánicas, desalmadas. Sería imposible negociar con esas palabras. La única alternativa era obedecer o desobedecer.

—Bien —murmuró el chico—, ¿qué haremos ahora?

—Nada —respondió el camionero. Estaba excitado y

tenía las facciones convulsionadas—. Bastará con esperar. Todos deben de tener poco combustible. Uno de los más pequeños ya se ha detenido en la parte de detrás. Bastará con...

El claxon enmudeció. El camión dio marcha atrás y se reunió con sus camaradas. Esperaban en semicírculo, con los faros dirigidos hacia nosotros.

—Allí fuera hay una niveladora —dije.

Jerry me miró.

—¿Cree que demolerán el edificio?

—Sí.

Luego miró al cocinero.

—¿Eso no es posible, verdad?

El cocinero se encogió de hombros.

—Propongo que votemos —manifestó el camionero—. Nada de chantajes, caramba. Bastará con esperar. —Ya había repetido esta frase tres veces, como si fuera un ensalmo.

—Muy bien —asentí—. Votemos.

—Espere —exclamó inmediatamente el camionero.

—Creo que debemos suministrarles combustible —dictaminé—. Esperaremos una oportunidad mejor para escapar. ¿Cocinero?

—Quedémonos aquí —respondió—. ¿Queréis ser sus esclavos? Al final eso es lo que seremos. ¿Queréis pasar el resto de vuestras vidas cambiando filtros de aceite cada vez que uno de esos... *monstruos* haga sonar el claxon? Yo no. —Miró lúgubremente por el ventanal—. Quedémonos aquí y se morirán de hambre.

Miré al chico y a la chica.

—Creo que tiene razón —dijo él—. Es el único medio de detenerlos. Si alguien hubiera podido ayudarnos, ya lo habría hecho. Dios sabe qué es lo que está sucediendo en otras partes.

Y la chica, pensando en Snodgrass, asintió con la cabeza y se acercó a su compañero.

—Ya está resuelto, entonces —murmuré.

Me acerqué a la máquina expendedora de cigarrillos y cogí un paquete sin mirar la marca. Había dejado de fumar un año atrás, pero ése me parecía el mejor momento para volver a hacerlo. El humo me raspó los pulmones.

Transcurrieron veinte minutos, que parecieron arrastrarse. Los camiones congregados delante del edificio esperaban. Atrás, se alineaban en los surtidores.

—Creo que todo fue un truco —comentó el camionero—. Sólo...

Entonces se oyó un ruido más potente, más destemplado, más entrecortado, el ruido de un motor que arrancaba y se ahogaba y volvía a arrancar. La niveladora.

Refulgía como una avispa amarilla bajo el sol: era una Caterpillar con traqueteantes orugas de acero. Su corta chimenea escupió humo negro cuando viró para volverse hacia nosotros.

—Va a arremeter —balbuceó el camionero. Tenía una expresión atónita—. ¡Va a cargar!

—Repleguémonos —dije—. Detrás de la barra.

La niveladora seguía calentando el motor. Las palancas de cambios se movieron solas. La reverberación del calor flotaba sobre la chimenea humeante. De pronto levantó la reja, una pesada medialuna de acero cubierta de grumos de tierra seca. A continuación, con un potente rugido, enfiló hacia nosotros.

—¡La *barra*! —Le di un empujón al camionero y eso les hizo moverse a todos.

Había un pequeño bordillo de hormigón entre el aparcamiento y la hierba. La niveladora cargó por encima de él, levantando fugazmente la reja, y después embistió de lleno la pared del frente. Los vidrios estallaron hacia dentro con un fuerte estrépito y el marco de madera se deshizo en astillas. Una de las tulipas de la luz se desprendió del techo y se desplomó con una nueva dispersión de vidrio. La vajilla cayó de los estantes. La chica chillaba pero sus alaridos quedaban ahogados por el bramido sistemático y palpitante del motor de la Caterpillar.

Dio marcha atrás, se zarandeó sobre la franja de hierba arrasada, y arremetió nuevamente, con un topetazo que hizo saltar y rodar las cabinas restantes. El recipiente de tartas cayó del mostrador, y los trozos de pastel resbalaron por el suelo.

El cocinero estaba agazapado, con los ojos cerrados, y el chico abrazaba a su amiga. El camionero tenía los ojos desorbitados por el miedo.

—Tenemos que pararlo —gimoteó—. Decidles que obedeceremos, decidles que obedeceremos...

—Es un poco tarde para eso, ¿no cree?

La Caterpillar dio marcha atrás y se preparó para otra acometida. Las nuevas muescas de su reja refulgían y titilaban bajo el sol. Se disparó hacia delante con un rugido ensordecedor y esta vez demolió el soporte principal situado a la izquierda de lo que había sido la ventana. Esa sección del techo se derrumbó estrepitosamente. Nos envolvió una nube de yeso.

La niveladora se zafó de los escombros. Vi que el grupo de camiones esperaba detrás.

Cogí al cocinero por los brazos.

—¿Dónde están los tanques de petróleo?

La cocina se alimentaba con butano, pero yo había visto los pasos de aire para una caldera de calefacción.

—En el almacén de materiales —respondió.

—Ven —le ordené al chico.

Nos levantamos y corrimos al almacén. La niveladora embistió nuevamente y el edificio se estremeció. Dos o tres topetazos como ése y podría acercarse a la barra para tomar un café.

En el almacén había dos grandes tanques de doscientos litros con tubos de alimentación para la caldera y espitas con sus respectivas llaves de paso. Cerca de la pared posterior había una caja llena de botellas de ketchup vacías.

—Tráelas, Jerry.

Mientras él cargaba las botellas, me quité la camisa y la hice jirones. La niveladora embistió una y otra vez, y cada arremetida era acompañada por el ruido de nuevos desmoronamientos.

Llené cuatro botellas bajo las espitas, y él introdujo los trapos en los cuellos.

—¿Has jugado al béisbol? —le pregunté.

—En la escuela secundaria.

—Imagina que eres el lanzador.

Volvimos al restaurante. Toda la pared de delante dejaba ver el cielo. Los vidrios pulverizados brillaban como diamantes. Una viga maciza había caído atravesada sobre la abertura. La niveladora retrocedía para acometerla nuevamente, y pensé que esta vez seguiría adelante, triturando las cabinas para luego demoler la barra.

Nos arrodillamos y colocamos las botellas en el suelo.

—Encienda las mechas —le dije al camionero.

Sacó sus cerillas, pero las manos le temblaban espantosamente y las dejó caer. El cocinero las recogió, raspó una y los jirones de camisa se inflamaron con una llama grasienta.

—De prisa —exclamé.

Corrimos, el chico un poco por delante. Los vidrios crujían y rechinaban bajo nuestros pies. En el aire flotaba un olor pesado, aceitoso. Todo era muy estridente, muy rutilante.

La niveladora arremetió.

El chico se agachó bajo la viga y su silueta se recortó contra la parte delantera de la templada reja de acero. Yo me desvié hacia la derecha. La primera botella del chico cayó antes de dar en el blanco. La segunda se estrelló contra la reja y ardió de forma inofensiva.

Intentó volverse y entonces tuvo encima la mole de cuatro toneladas de acero. Alzó los brazos y desapareció, triturado.

Di media vuelta y arrojé la primera botella al interior de la cabina abierta, y la segunda en pleno motor. Explotaron juntas proyectando un surtidor de llamas.

La trompa de la niveladora se alzó fugazmente con un aullido casi humano de cólera y dolor. Describió un semicírculo enloquecido, arrancando el ángulo izquierdo de la cantina, y enfiló bamboleándose hacia la zanja de desagüe.

La oruga de acero estaba surcada y salpicada de sangre, y en el lugar donde había estado el chico sólo quedaba una masa similar a una toalla arrugada.

La niveladora casi llegó a la zanja. Las llamas crepitaban bajo el capó y en la cabina, y después estallaron como un géyser.

Retrocedí trastabillando y casi caí sobre una pila de escombros. Flotaba un olor caliente que no era sólo de petróleo. Era de pelo quemado. Yo me estaba incendiando.

Cogí un mantel, me lo eché sobre la cabeza, corrí detrás de la barra y metí la cabeza en el fregadero con tanta fuerza que estuve a punto de rompérmela contra el fondo. La chica gritaba una y otra vez el nombre de Jerry. La suya era una demencial letanía ululante.

Me volví y vi que el inmenso transporte de coches avanzaba lentamente hacia el frente indefenso de la cantina.

El camionero aulló y corrió hacia la puerta lateral.

—¡No! —le gritó el cocinero—. ¡No hagas eso...!

Pero ya había salido y corría rumbo a la zanja de

desagüe y al campo abierto que se extendía del otro lado de ésta.

El camión debía estar oculto, montando guardia cerca de esa puerta lateral. En realidad era una furgoneta sobre cuyo panel lateral estaba escrito «Wong's Cash-and-Carry Laundry». Le atropelló casi antes de que atináramos a ver lo que acontecía. Después desapareció y el camionero quedó descoyuntado sobre la grava. Había perdido los zapatos.

El transporte de coches pasó lentamente sobre el bordillo de hormigón, sobre la hierba, sobre los despojos del chico, y se detuvo con la trompa asomada dentro del local.

Su claxon emitió un bocinazo súbito, ensordecedor, seguido por otro, y otro.

—¡Basta! —gimoteó la chica—. Oh, basta, basta, por favor...

Pero los toques de claxon se repitieron durante un largo rato. Me bastó un minuto para descifrar el ritmo. Era el mismo de antes. Quería que alguien los alimentara a él y a sus camaradas.

—Iré yo —dije—. ¿Los surtidores están abiertos?

El cocinero hizo un ademán afirmativo. Había envejecido cincuenta años.

—¡No! —chilló la chica. Se arrojó sobre mí—. ¡Tiene que detenerlos! Abóllelos, incéndielos, destrócelos... —Su voz se apagó y se quebró en un destemplado graznido de angustia y soledad.

El cocinero la sostuvo. Contorneé el extremo de la barra, abriéndome paso entre los escombros, y atravesé el almacén de suministros. Cuando salí al encuentro del sol caluroso sentí que mi corazón palpitaba frenéticamente. Necesitaba otro cigarrillo, pero no hay que fumar cerca de los surtidores.

Los camiones seguían alineados. La furgoneta de la lavandería de Wong estaba agazapada frente a mí como un mastín, jadeando y gruñendo. Si hacía un movimiento sospechoso me aplastaría. El sol refulgió sobre su parabrisas vacío y me estremecí. Era como mirar la cara de un cretino.

Puse en marcha el surtidor, descolgué la manguera, quité la tapa del primer depósito de gasolina y empecé a bombear el combustible.

Tardé media hora en agotar el contenido del primer surtidor y entonces pasé al segundo. Alternaba entre la gasolina y el gasóleo. Los camiones desfilaban incesantemente. Ahora empezaba a comprender. Por fin veía. Los seres humanos repetían la misma operación en todo el mundo o yacían muertos como el camionero, desnucados y con el relieve de las cubiertas estampado sobre las tripas.

Por fin se agotó el segundo surtidor y pasé al tercero. El sol me castigaba como un martillo y los vapores empezaban a producirme dolor de cabeza. Tenía ampollas en el tejido blando que separaba el pulgar del índice. Pero a ellos no les importaba. Entendían de colectores de escape perforados y obturadores defectuosos y juntas universales congeladas, pero no de ampollas ni de insolaciones ni de ansias de gritar. Les bastaba saber una sola cosa acerca de sus antiguos amos, y la sabían: sangramos.

El último surtidor se secó y dejé caer la manguera al suelo. Aún había más camiones, y la cola rodeaba el ángulo del edificio. Giré la cabeza para aliviar el entumecimiento de mi cuello y miré atónito. La fila salía del aparcamiento y se prolongaba por la carretera hasta perderse de vista, ocupando dos o tres carriles. Era como una pesadilla de la autopista de Los Ángeles en la hora punta. El gas de los tubos de escape hacía rielar y danzar el horizonte, y el aire apestaba a carburante.

—No —dije—. Se ha agotado la gasolina. Cierro el negocio, chicos.

Y entonces se oyó un rumor más potente, con un timbre bajo que hacía rechinar los dientes. Se acercaba un descomunal camión plateado, un camión cisterna. Sobre el flanco se leía: «Cargue Phillips 66 - ¡El combustible de los reactores!»

De la culata colgaba una pesada manguera.

Me acerqué, la cogí, levanté el cerrojo del primer surtidor y acoplé la manguera. El camión empezó a bombear. Me impregnó el olor del petróleo, el mismo tufo que debieron de aspirar los dinosaurios moribundos al hundirse en los yacimientos de brea. Cargué los otros dos surtidores y volví al trabajo.

Mis sentidos se embotaron hasta el punto de que perdí la cuenta de la hora y de los camiones. Desatornillaba la tapa, introducía la boquilla de la manguera en el orificio, bombeaba hasta que desbordaba el líquido tibio y pesado, y volvía a atornillar la tapa. Mis ampollas reventaron y la pus comenzó a chorrearme por las muñecas. La cabeza me palpitaba como un diente cariado y el hedor de los hidrocarburos hacía que mi estómago se revolviera impotentemente.

Me iba a desmayar. Me iba a desmayar y ése sería el fin de todo. Bombearía hasta caer.

Entonces unas manos se apoyaron sobre mis hombros, las manos oscuras del cocinero.

—Vaya a descansar —dijo—. Yo le remplazaré hasta la noche. Procure dormir.

Le cedí la manguera.

Pero no puedo conciliar el sueño.

La chica duerme. Está despatarrada en el rincón, con la cabeza apoyada sobre el mantel, y su rostro no se distiende ni siquiera en sueños. Es el rostro intemporal, sin edad, de una walkiria. Pronto la despertaré. Anochece y hace cinco horas que el cocinero trabaja allí afuera.

Siguen viniendo. Espío por la ventana destrozada y sus faros se extienden a lo largo de casi dos kilómetros, parpadeando como zafiros amarillos en la creciente oscuridad. La cola debe de llegar hasta las casillas del peaje, y aún más lejos.

La chica tendrá que cumplir su turno. Yo le enseñaré a hacerlo. Dirá que no puede, pero lo hará. Quiere vivir.

¿Queréis ser sus esclavos? —había preguntado el cocinero—. Al final eso es lo que seremos. ¿Queréis pasar el resto de vuestras vidas cambiando filtros de aceite cada vez que uno de esos monstruos haga sonar el claxon?

Quizá podamos echar a correr. Ahora que están tan apretujados sería fácil llegar a la zanja de desagüe. Correríamos por los campos, por las marismas donde los camiones se atascarían como mastodontes y...

...volveríamos a las cavernas.

Dibujaríamos figuras con carbón. Ésta es la diosa Luna. Éste es un árbol. Éste es un semirremolque Mack aplastando a un cazador.

Ni siquiera eso. Ahora gran parte del mundo está pavimentado. Incluso los terrenos de juego lo están. Y para los campos y las marismas y los bosques hay carros de combate, semiorugas, vehículos anfibios equipados con lasers, con masers y con dispositivos de radar térmico. Y poco a poco podrán hacer del mundo lo que se les antoje.

Imagino grandes convoyes de camiones rellenando con arena la marisma de Okefenokee, niveladoras arrasando los parques nacionales y las junglas, aplanando la tierra, apisonándola. Y después llegarán las asfaltadoras.

Pero son máquinas. Independientemente de lo que les haya ocurrido, de la conciencia colectiva que les hemos impartido, no se pueden *reproducir*. Dentro de cincuenta o sesenta años serán moles herrumbradas desprovistas de todo poder, cadáveres inmóviles que los hombres podrán apedrear y escupir.

Y si cierro los ojos veo las líneas de montaje de Detroit y Dearborn y Youngstown y Mackinac, y los nuevos camiones fabricados por obreros que ya no tienen que marcar el reloj. Caen agotados y los sustituyen.

Ahora el cocinero se bambolea un poco. Para colmo es un viejo bastardo. Tengo que despertar a la chica.

Dos aviones dejan estelas plateadas sobre el horizonte oscurecido del Este.

Ojalá pudiera creer que están tripulados.

A VECES VUELVEN

La esposa de Jim Norman le esperaba desde las dos, y cuando vio que el coche se detenía frente a la casa de apartamentos salió para recibirlo. Había ido a la tienda y había comprado los ingredientes para una comida de celebración: un par de filetes, una botella de Lancer's, una lechuga, y un aderezo Thousand Island. Ahora, al verle apearse del coche deseó desesperadamente (y no por primera vez en el día) que hubiera algo que festejar.

Jim avanzó por el camino particular, sosteniendo su portafolios nuevo en una mano y cuatro textos en la otra. Ella vio el título del primero: *Introducción a la gramática*. Le colocó las manos sobre los hombros y preguntó:

—¿Cómo te fue?

Y él sonrió.

Pero esa noche volvió a tener el viejo sueño por primera vez en mucho tiempo y se despertó sudando, con un grito a flor de labios.

Su entrevista había estado a cargo del director de la Harold Davis High School y por el supervisor del Departamento de Inglés. Había aflorado el tema de su crisis. Él había previsto que sucedería.

El director, un hombre calvo y cadavérico llamado Fenton, se repantigó y miró el cielo raso. Simmons, el supervisor de inglés, encendió su pipa.

—En esa época estaba sometido a una fuerte presión —explicó Jim Norman. Sus dedos ansiaban retorcerse sobre sus rodillas, pero él no permitió que lo hicieran.

—Creo que lo entendemos —asintió Fenton, sonriendo—. Y si bien no queremos entrometernos, estoy seguro de que todos estaremos de acuerdo en que la enseñanza es una actividad en la que son constantes las presiones, sobre todo en la escuela secundaria. Usted sale a escena en cinco de las siete horas y tiene el público más intolerante del mundo. Por eso —concluyó, con cierto orgullo—, las úlceras son más frecuentes entre los educadores que en cualquier otro grupo profesional, exceptuando los controladores de tráfico aéreo.

—Las presiones que influyeron sobre mi crisis fueron... excepcionales —dijo Jim.

Fenton y Simmons hicieron un ademán de asentimiento, sin comprometerse, y el segundo accionó el encendedor para volver a prender su pipa. De pronto la habitación pareció muy compacta, muy cerrada. Jim tuvo la curiosa sensación de que alguien acababa de enfocar su nuca con una lámpara térmica. Los dedos se retorcían sobre sus rodillas y él los obligó a inmovilizarse.

—Era mi último año de estudios y realizaba prácticas de enseñanza. Mi madre había fallecido el verano anterior, de cáncer, y en nuestra última conversación me pidió que completara mis estudios. Mi hermano, mi hermano mayor, había muerto cuando ambos éramos aún muy jóvenes. Él proyectaba seguir la carrera docente y mi madre opinaba que...

Los ojos de Fenton y Simmons le advirtieron que divagaba, y pensó: *Cristo, lo estoy embrollando todo.*

—Hice lo que me pedía —explicó, dejando atrás la compleja relación entre su madre y su hermano Wayne (el pobre asesinado Wayne) y él mismo—. Durante la segunda semana de mi internado docente, mi novia fue víctima de un accidente automovilístico, y el culpable desapareció. Un chico la atropelló con un coche deportivo... Y nunca lo encontraron.

Simmons lanzó un murmullo alentador.

—Seguí mi carrera. No parecía haber otra alternativa. Mi novia sufrió mucho, con una pierna espantosamente rota y cuatro costillas fracturadas, pero en ningún momento estuvo en peligro. Creo que ni siquiera yo conocía la magnitud de la presión a la que estaba sometido.

Ahora cuidado. Éste es el punto donde el terreno se pone escabroso.

—Yo era profesor interno en la Escuela Vocacional de Oficios de Center Street —agregó Jim.

—Un barrio ideal —comentó Fenton—. Navajas de resorte, botas de motociclistas, pistolas de fabricación casera en los armarios, bandas que roban el dinero del almuerzo, y uno de cada tres chicos vende drogas a los otros dos. Conozco la escuela.

—Había un chico llamado Mack Zimmerman —dijo Jim—. Un chico sensible. Tocaba la guitarra. Yo lo tenía en mi clase de redacción y era inteligente. Una mañana, cuando entré, otros dos chicos le tenían inmovilizado mientras un tercero le rompía la guitarra «Yamaha» contra el radiador. Zimmerman gritaba. Yo les ordené que lo dejaran en paz y me entregaran la guitarra. Me abalancé sobre ellos y alguien me golpeó. —Jim se encogió de hombros—. Eso fue todo. Sufrí un colapso. Sin sufrir ataques de histeria ni acurrucarme en un rincón. Sencillamente no pude volver. Cuando me acercaba a la escuela se me comprimía el pecho. No podía respirar bien, me corría un sudor frío...

—A mí también me sucede —lo interrumpió Fenton amablemente.

—Empecé a psicoanalizarme. En un centro de terapia de grupo. No podía pagarme un tratamiento individual. Me hizo mucho bien. Sally y yo nos hemos casado. Ella cojea un poco y tiene una cicatriz, pero por lo demás está como nueva. —Los miró con aplomo—. Creo que se puede decir lo mismo de mí.

—Creo que completó su entrenamiento docente en la Cortez High School —manifestó Fenton.

—Tampoco es un lecho de rosas —murmuró Simmons.

194

—Quería ir a una escuela difícil —explicó Jim—. Hice un cambio con otro colega para poder ingresar en Cortez.

—Las mejores calificaciones de su supervisor y su evaluador —comentó Fenton.

—Sí.

—Un promedio de 3,88 en cuatro años. O sea casi todos sobresalientes.

—Me gustaba mi trabajo docente.

Fenton y Simmons intercambiaron una mirada y se pusieron en pie. Jim les imitó.

—Nos comunicaremos con usted, señor Norman —dijo Fenton—. Tenemos que entrevistar a algunos otros aspirantes...

—Sí, por supuesto.

—...pero debo confesarle que sus antecedentes profesionales y su sinceridad personal me han impresionado.

—Le agradezco que me lo diga.

—Sim, quizás el señor Norman querrá tomar una taza de café antes de irse.

Cambiaron un apretón de manos.

En el pasillo, Simmons manifestó:

—Creo que si le interesa el puesto, será suyo. Esto se lo digo de forma extraoficial, desde luego.

Jim hizo un ademán de asentimiento. Él también había ocultado mucho, extraoficialmente.

Davis High era una formidable mole de piedra que albergaba una escuela asombrosamente moderna. Sólo el pabellón de ciencias había recibido una asignación de un millón y medio de dólares en el presupuesto del año anterior. Las aulas, por donde aún se paseaban los fantasmas de los trabajadores subvencionados que las habían construido en la época de desocupación y de los chicos de posguerra que las habían utilizado por primera vez, estaban amuebladas con pupitres modernos y pizarras de tenue resplandor. Los alumnos estaban aseados y correctamente vestidos, y eran vivaces y ricos. Seis de cada diez alumnos de los cursos superiores tenían su propio coche. En términos generales, una buena escuela. Un excelente lugar para dictar clases en los Enfermos Años Setenta. Comparada con ella, la Escuela Vocacional de Center Street parecía el lugar más tétrico de África.

Pero después de que los chicos se iban, algo antiguo y lúgubre parecía posarse sobre los pasillos y susurrar en las aulas vacías. Una bestia negra y abyecta que nunca se mostraba totalmente. A veces, mientras caminaba por el corredor del Pabellón 4 hacia el aparcamiento, con su portafolios nuevo en una mano, Jim Norman tenía la impresión de que casi la oía respirar.

El sueño reapareció hacia finales de octubre, y esta vez sí gritó. Se abrió paso a manotazos hasta la realidad de la vigilia y encontró a Sally sentada en el lecho junto a él, cogiéndole por el hombro. Su corazón palpitaba violentamente.

—Dios mío —dijo, y se pasó la mano por la cara.

—¿Estás bien?

—Claro que sí. ¿Grité, verdad?

—Vaya si gritaste. ¿Tuviste una pesadilla?

—Sí.

—¿Algo relacionado con el día en que aquellos chicos rompieron la guitarra de tu alumno?

—No —respondió—. Algo mucho más antiguo. A veces vuelve, eso es todo. No es grave.

—¿Estás seguro?

—Sí.

—¿Quieres un vaso de leche? —Sus ojos estaban velados por la preocupación.

Él le besó el hombro.

—No. Sigue durmiendo.

Sally apagó la luz y él se quedó tal como estaba, con los ojos fijos en la oscuridad.

Tenía un buen horario, para ser el profesor nuevo del cuerpo docente. La primera hora la tenía libre. En la segunda y tercera enseñaba redacción a los alumnos de primer año: un grupo era aburrido y el otro era bastante entretenido. Su mejor curso era el de la cuarta hora: literatura norteamericana para alumnos de último año que planeaban ingresar en la Universidad. La quinta hora estaba reservada para un «período de consulta» durante el cual debía atender, teóricamente, a alumnos con problemas personales o académicos. Parecían ser pocos los que tenían los unos o los otros (o los que querían discutirlos con él), y pasaba la mayor parte de ese tiempo leyendo una buena novela. La sexta hora correspondía a un curso de gramática, árido como el desierto.

Su única cruz era la séptima hora. El curso se denominaba «Viviendo con la Literatura», y se desarrollaba en una pequeña aula encajonada del tercer piso. El recinto era caluroso a comienzos de otoño y frío cuando se aproximaba el invierno. El curso en sí mismo era optativo para los que los programas escolares llaman tímidamente «alumnos difíciles».

En el curso de Jim había veintisiete «alumnos difíciles», casi todos ellos atletas escolares. En el mejor de los casos se les podía acusar de indiferencia, y algunos de ellos tenían una veta de franca perversidad. Un día, al entrar en clase, encontró dibujada en la pizarra su caricatura, obscena y cruelmente fiel, con la innecesaria aclaración «Señor Norman» escrita con tiza al pie. La borró sin hacer ningún comentario y comenzó la lección a pesar de las risitas.

Ideó planes de enseñanza interesantes y seleccionó varios textos atractivos, de fácil comprensión..., pero todos sus esfuerzos fueron infructuosos. El estado de ánimo de la clase oscilaba entre la hilaridad incontrolable y el silencio hosco. A comienzos de noviembre estalló una reyerta entre dos chicos durante un debate sobre *Of Mice and Men*, de Steinbeck. Jim la cortó y envió a los dos contendientes al despacho del jefe de estudios. Cuando abrió su libro en la página donde había interrumpido la lectura, la palabra «Muérdelo» le saltó a los ojos.

Consultó el problema con Simmons, quien se encogió de hombros y encendió la pipa.

—No tengo la verdadera solución, Jim. La última hora es siempre la peor. Y para uno de ellos, un «cero» en su curso implicaría la pérdida del derecho a jugar en el equipo de fútbol o de baloncesto. Y han pasado por los otros cursos claves de inglés, de modo que no tienen más remedio que pasar por este suplicio.

—Lo mismo se puede decir de mí —murmuró Jim, amargamente.

Simmons hizo un ademán afirmativo.

—Demuéstreles que tiene carácter y ellos bajarán sus humos, aunque sólo sea para conservar sus privilegios deportivos.

Pero la séptima hora siguió siendo una espina clavada en su flanco.

Uno de los mayores problemas de Viviendo con la Literatura era un mastodonte inmenso y lerdo llamado Chip Osway. A comienzos de diciembre, durante un breve paréntesis entre el fútbol y el balonmano (Osway practicaba ambos deportes), Jim le sorprendió copiando en un examen y lo echó del aula.

—¡Si me suspende se lo haremos pagar, hijo de puta! —le gritó Osway por el corredor penumbroso del tercer piso—. ¿Me oye?

—Vete —le ordenó Jim—. No derroches saliva.

—¡Se lo haremos pagar, cretino!

Jim volvió a entrar en el aula. Sus alumnos le miraron con indiferencia sin dejar traslucir ninguna emoción. Experimentó una sensación de irrealidad, la misma que había experimentado antes... antes...

Se lo haremos pagar, cretino.

Cogió la libreta de calificaciones que descansaba sobre su escritorio, la abrió en la página titulada «Viviendo con la Literatura» y trazó pulcramente un «0» en la casilla de exámenes que figuraba junto al nombre de Chip Osway.

Esa noche se repitió el sueño.

El sueño siempre ocurría con cruel lentitud. Tenía tiempo para verlo y sentirlo todo. Y a ello se sumaba el horror de revivir hechos que se encauzaban hacia un desenlace conocido, con la misma impotencia que puede experimentar un hombre maniatado dentro de un coche que se precipita a un abismo.

En el sueño él tenía nueve años y su hermano Wayne tenía doce. Marchaban por Broad Street, en Bradford, Connecticut, rumbo a la biblioteca local. Jim tenía que haber devuelto sus libros hacía dos días, y había birlado cuatro céntimos de la fuente del aparador para pagar la multa. Eran las vacaciones de verano. Se olía la hierba recientemente cortada. Desde la ventana de un apartamento de un segundo piso llegaban los ecos de un partido de béisbol: los «Yankees» derrotaban a «Red Sox» por seis a cero en la octava vuelta, bateaba

Ted Williams, y las sombras de la «Burrets Building Company» se estiraban lentamente a través de la calzada a medida que el crepúsculo cedía paso a la noche.

Más allá de Teddy's Market y Burrets había un viaducto del ferrocarril y del otro lado varios gamberros locales merodeaban alrededor de una gasolinera cerrada: cinco o seis chicos con cazadoras de cuero y vaqueros tachonados. Jim aborrecía pasar frente a ellos. Les gritaban adiós cuatro ojos y adiós mariquitas y eh os sobran unos céntimos y en una oportunidad los habían perseguido corriendo durante más de cincuenta metros. Pero Wayne no se resignaba a dar un rodeo. Habría sido una cobardía.

En el sueño, el viaducto aparecía cada vez más cerca, y él sentía que el miedo desplegaba las alas en su garganta como un pajarraco negro. Lo veía todo: el cartel de neón de «Burrets», que apenas empezaba a parpadear; las escamas de herrumbre del viaducto verde; el destello de los vidrios rotos entre el balasto de la vía de ferrocarril; la llanta rota de una bicicleta en el arroyo.

Él intenta decirle a Wayne que ya ha pasado antes por todo eso, un centenar de veces. Esta vez los gamberros no merodean por la gasolinera: están escondidos en las sombras, bajo el puente. Él está inerme.

Entonces pasa por debajo del puente y algunas sombras se desprenden de las paredes y un chico alto con el cabello cortado en cepillo y la nariz quebrada empuja a Wayne contra los bloques cubiertos de hollín y dice: *Danos un poco de dinero.*

Dejadme en paz.

Él trata de echar a correr, pero un tipo gordo, de pelo negro y grasiento, lo pilla y lo arroja contra la pared, junto a su hermano. Su párpado izquierdo tiene un tic convulsivo y dice: *Vamos, chico, ¿cuánto dinero llevas?*

Cua-cuatro céntimos.

Mentiroso de mierda.

Wayne intenta zafarse y un tipo con una estrafalaria cabellera anaranjada ayuda al rubio a retenerlo. De pronto, el tipo del párpado convulsionado le pega un puñetazo en la boca a Jim. Éste experimenta una súbita pesadez en el bajo vientre y en sus vaqueros aparece una mancha.

¡Mira, Vinnie, se ha meado encima!

Los forcejeos de Wayne se vuelven frenéticos y se libra a medias, pero no totalmente. Otro tipo, que usa sandalias negras y una camiseta blanca, lo despide hacia atrás. Tiene una pequeña marca de nacimiento semejante a una fresa en la barbilla. La garganta de piedra del viaducto empieza a temblar. Las vigas se estremecen con una vibración musical. Se acerca un tren.

Alguien le hace saltar los libros de las manos y el chico con la marca de nacimiento en la barbilla les pega un puntapié y los arroja al arroyo. De pronto Wayne proyecta el pie derecho hacia delante y hace impacto en el bajo vientre del chico de los tics. Éste aúlla.

¡Se escapa, Vinnie!

El chico de los tics grita que le duelen las pelotas, pero el creciente y reverberante rugido del tren que se aproxima ahoga incluso sus alaridos. Por fin el tren está sobre sus cabezas y su estrépito llena el mundo.

La luz centellea sobre las navajas. El chico del pelo rubio cortado en cepillo empuña una, y Marca de Nacimiento empuña otra. Es imposible oír a Wayne, pero sus labios dibujan las palabras:

Corre Jimmy corre.

Él se deja caer de rodillas y las manos que lo aprisionan desaparecen y brinca como una rana entre un par de piernas. Una mano le golpea la espalda, buscando algo por donde cogerlo, pero no encuentra nada. Entonces él corre por donde había venido, con esa tremenda lentitud pegajosa de los sueños. Mira por encima del hombro y ve...

Se despertó en la oscuridad. Sally dormía plácidamente junto a él. Ahogó el grito, y después de acallarlo volvió a tumbarse.

Al mirar hacia atrás, hacia el bostezo oscuro del viaducto, había visto cómo el chico rubio y el de la marca de nacimiento apuñalaban a su hermano... el Rubio debajo del esternón y Marca de Nacimiento en el bajo vientre.

Se quedó acostado en la oscuridad, respirando agitadamente, esperando que se disipara ese fantasma de nueve años, esperando que el sueño puro lo borrase todo.

Después de un tiempo indeterminado, eso fue lo que sucedió.

En ese distrito escolar las vacaciones de Navidad se empalmaban con el fin del semestre, de modo que duraban casi un mes. El sueño se repitió dos veces, al comienzo, y después no volvió. Él y Sally fueron a visitar a la hermana de ella, en Vermont, y se dedicaron a esquiar. Eran felices.

Al aire libre, en la atmósfera cristalina, el problema de Jim con su curso parecía intrascendente y un poco tonto. Volvió a la escuela con la piel morena gracias al sol invernal, sintiéndose sereno y recompuesto.

Simmons le detuvo cuando se encaminaba hacia el aula para dictar su curso de la segunda hora, y le entregó un expediente.

—Un nuevo alumno para la séptima hora. Se llama Robert Lawson. Viene trasladado.

—Eh, actualmente tengo veintisiete, Sim. Son muchos ya.

—Sigues teniendo veintisiete. Bill Stearns murió el martes después de Navidad. En un accidente de coche. El conductor lo embistió y huyó.

—¿Billy?

La imagen apareció en blanco y negro, como una foto de fin de curso. William Stearns, Key Club 1, Fútbol, 1, 2, *Pen and Lance*, 2. Había sido uno de los pocos buenos de Viviendo con la Literatura. Callado, con una sucesión de 10 y de 9 en sus exámenes. A menudo se ofrecía voluntariamente para contestar las preguntas, y generalmente daba las respuestas correctas (condimentadas con un agradable humor corrosivo) cuando le interrogaban. ¿Muerto? Tenía quince años. De pronto su propia mortalidad susurró entre sus huesos como una corriente de aire frío filtrada por debajo de una puerta.

—Jesús, qué barbaridad. ¿Sabes qué ocurrió?

—La Policía está investigando. Había ido al centro, a cambiar un regalo de Navidad. Empezó a cruzar Rampart Street y le atropelló un viejo sedán «Ford». Nadie vio el número de la matrícula, pero sobre la puerta lateral estaban escritas las palabras «Los Dos Ases»... tal como acostumbran a pintarlas los chicos.

—Jesús —repitió Jim.

—Va a sonar el timbre —dijo Simmons.

Se alejó de prisa, deteniéndose para dispersar a un grupo de chicos congregados alrededor de una fuente de agua. Jim siguió hacia su aula, con una sensación de vacío.

Durante su hora libre abrió el expediente de Robert Lawson. La primera página consistía en una carátula de Milford High, una escuela de la que Jim nunca había oído hablar. La segunda contenía un perfil psicológico del alumno. Coeficiente intelectual corregido: 78. Algunas aptitudes manuales, pero no muchas. Respuestas antisociales al test de personalidad Barnett-Hudson. Baja puntuación de capacidad. Jim pensó agriamente que era un candidato ideal para Viviendo con la Literatura.

La página siguiente contenía los antecedentes disciplinarios. Su texto apretado era deprimente. Lawson había estado complicado en toda clase de líos.

Volvió la página, echó una mirada fugaz a la foto escolar de Robert Lawson y después la estudió con más atención. El terror se infiltró de pronto en la boca de su estómago y se enroscó allí, tibio y siseante.

Lawson miraba la cámara con hostilidad, como si estuviera posando para el expediente policial y no para el fotógrafo de la escuela. Tenía una pequeña marca de nacimiento parecida a una fresa en la barbilla.

En el lapso que transcurrió hasta la séptima hora intentó todas las explicaciones racionales. Se dijo que debía de haber miles de chicos con marcas de nacimiento rojas en la barbilla. Se dijo que el asesino que había apuñalado a su hermano hacía dieciséis años, que se cumplían precisamente ese día, ya debía de tener por lo menos treinta y dos años.

Pero la aprensión siguió acompañándole mientras subía al tercer piso. Y a ella se sumó otro temor: *Esto era lo que sentías antes de tus crisis.* Paladeó el fuerte sabor acerado del pánico.

El grupo habitual de chicos holgazaneaba frente a la puerta del Aula 33, y algunos de ellos entraron cuando vieron que se acercaba Jim. Unos pocos se quedaron donde estaban, hablando en voz baja y sonriendo. Vio al nuevo alumno junto a Chip Osway. Robert Lawson usaba vaqueros y unas pesadas botas amarillas... la última moda del año.

—Entra, Chip.

—¿Es una orden? —Sonrió distraídamente por encima de la cabeza de Jim.

—Sí.

—¿Me suspendió en aquel examen?

—Sí.

—Claro, ese... —El resto se perdió en un murmullo.

Jim se volvió hacia Robert Lawson.

—Tú eres nuevo —le dijo—. Sólo quiero que sepas cuáles son las reglas que rigen aquí.

—Por supuesto, señor Norman. —Su ceja derecha estaba partida por una pequeña cicatriz, una cicatriz que Jim conocía. No podía equivocarse. Era absurdo, era demencial, pero también era un hecho. Dieciséis años atrás, ese chico había apuñalado a su hermano.

Aturdido, como si su voz proviniera de muy lejos, se oyó enumerar las normas del curso. Robert Lawson enganchó los pulgares en su cinturón militar, escuchó, sonrió, y empezó a asentir con la cabeza, como si fueran viejos amigos.

—¿Jim?

—¿Hmmm?

—¿Pasa algo malo?

—No.

—¿Los chicos de Viviendo con la Literatura te siguen dando disgustos?

Silencio.

—¿Jim?

—No.

—¿Por qué no te acuestas temprano esta noche?

Pero no se acostó temprano.

Esa noche el sueño fue peor que otras veces. Cuando el chico de la marca de nacimiento le clavó la navaja a su hermano, le gritó a Jim, que escapaba: «El próximo serás tú, muchacho. En la panza.»

Se despertó gritando.

Esa semana estaba disertando sobre *Lord of the Flies*, y hablaba del simbolismo, cuando Lawson levantó la mano.

—¿Robert? —dijo serenamente.

—¿Por qué me mira constantemente?

Jim parpadeó y sintió que se le secaba la boca.

—¿Ve algo verde? ¿O tengo la bragueta desabrochada?

Una risita nerviosa de la clase.

—No le estaba mirando, señor Lawson —respondió Jim, sin perder el aplomo—. ¿Puede explicarme por qué Ralph y Jack no se ponían de acuerdo sobre...?

—*Sí* me miraba.

—¿Quiere quejarse al señor Fenton?

Lawson pareció reflexionar.

—No.

—Estupendo. ¿Ahora puede explicarnos por qué Ralph y Jack...?

—No lo he leído. Me parece un libro idiota.

Jim sonrió tensamente.

—¿De veras? Procure recordar que mientras usted juzga el libro, el libro también le juzga a usted. ¿Alguien puede decirnos por qué discrepaban sobre la existencia de la bestia?

Kathy Slavin levantó la mano tímidamente y Lawson le echó una mirada cínica y le murmuró algo a Chip Osway. Las palabras que brotaron de sus labios parecieron ser «lindas tetas». Chip hizo un ademán de asentimiento.

—¿Kathy?

—¿No es porque Jack quería cazar a la bestia?

—Muy bien. —Giró y empezó a escribir sobre la pizarra. Apenas hubo vuelto la espalda, un pomelo se estrelló contra el encerado junto a su cabeza.

Saltó hacia atrás y giró sobre los talones. Algunos alumnos se rieron, pero Osway y Lawson se limitaron a mirarle inocentemente.

Jim se agachó y levantó el fruto.

—Debería hacérselo tragar a algún hijo de puta —manifestó, mirando hacia el fondo del aula.

Kathy Slavin lanzó una exclamación ahogada.

Arrojó el pomelo a la papelera y se volvió a la pizarra.

Abrió el periódico de la mañana, mientras sorbía su café, y vio el titular en la parte inferior de la página.

—¡Dios mío! —exclamó, interrumpiendo la despreocupada cháchara matutina de su esposa. Su estómago se llenó repentinamente de astillas...

«Caída mortal de una adolescente: Ayer, a primera hora de la noche, Katherine Slavin, de diecisiete años, alumna de la Harold Davis High School, cayó o fue arrojada de la azotea del edificio de apartamentos donde vivía. La chica, que tenía un palomar en el tejado, había subido con un saco de alimento para pájaros, según explicó su madre. La Policía informó que una mujer no identificada, del vecindario, había visto a tres jóvenes que corrían por el tejado a las 18.45, pocos minutos antes de que el cuerpo de la chica (continúa en la página 3)...»

—¿Era una de tus alumnas, Jim?

Pero él sólo atinó a mirarla en silencio.

Dos semanas más tarde, Simmons salió a su encuentro en el pasillo, después de que sonara el timbre del almuerzo. Tenía una carpeta en la mano y Jim sintió un vacío en el estómago.

—Un nuevo alumno —le dijo monótonamente a Simmons—. Para Viviendo con la Literatura.

Simmons arqueó las cejas.

—¿Cómo lo sabes?

Jim se encogió de hombros y cogió el expediente.

—Debo darme prisa —manifestó Simmons—. Los jefes del Departamento se reúnen para analizar los cursos. Pareces un poco decaído. ¿Te sientes bien?

Eso es, un poco decaído. Como Billy Stearns, caído bajo las ruedas de un coche.

—Sí —respondió.

—Así me gusta —exclamó Simmons, y le palmeó la espalda.

Cuando Simmons se hubo ido, Jim abrió el expediente en la página que correspondía a la foto, crispándose por anticipado como si se preparara para recibir un golpe.

Pero la cara no le resultó familiar en el primer momento. Sólo el rostro de un joven. Quizá lo había visto antes, y quizá no. David García era un chico corpulento, de cabello negro, de labios ligeramente negroides y ojos oscuros, adormilados. El informe disciplinario revelaba que él también había estudiado en Milford

High y que había pasado dos años en el reformatorio Granville. Por robar un coche.

Jim cerró la carpeta con manos un poco trémulas.

—¿Sally?

Ella levantó la vista de la tabla de planchar. Jim había estado mirando un partido de baloncesto en la TV sin verlo realmente.

—Nada —murmuró Jim—. Olvidé lo que iba a decir.

—Debía de ser un embuste.

Él sonrió mecánicamente y volvió a fijar los ojos en la pantalla. Había estado a punto de contarlo todo. ¿Pero cómo podría haberlo hecho? Era peor que una locura. ¿Por dónde empezar? ¿Por el sueño? ¿Por el colapso? ¿Por la aparición de Robert Lawson?

No. Por Wayne... tu hermano.

Pero él nunca le había contado eso a nadie, ni siquiera durante las sesiones de psicoanálisis. Sus pensamientos volvieron hacia David García, y hacia el terror de pesadilla que le había envuelto en sus redes cuando se habían encontrado frente a frente en el pasillo. Era lógico que sólo le hubiera parecido vagamente familiar en la foto. Las fotos no se mueven... ni tienen tics.

García estaba junto a Lawson y a Chip Osway, y cuando levantó la cabeza y vio a Jim Norman sonrió y su párpado empezó a aletear convulsivamente y unas voces hablaron con claridad sobrenatural dentro de la cabeza de Jim.

Vamos, chico, ¿cuánto dinero llevas?

Cua-cuatro céntimos.

Mentiroso de mierda... ¡Mira, Vinnie, se ha meado encima!

—¿Has dicho algo, Jim?

—No. —Pero no estaba seguro. Tenía mucho miedo.

Un día de comienzos de febrero, después del horario de clases, alguien golpeó la puerta de la sala de profesores, y cuando Jim la abrió se encontró con Chip Osway. Parecía asustado. Jim estaba solo. Eran las cuatro y diez y ya hacía una hora que el último de los profesores se había marchado a casa. Él estaba corrigiendo una pila de deberes de Literatura Norteamericana.

—¿Chip? —dijo con tono apacible.

Chip movió nerviosamente los pies.

—¿Puedo hablar un minuto con usted, señor Norman?

—Por supuesto. Pero si se trata de aquel examen, te advierto que pierdes el...

—No es por eso. Eh... ¿Puedo fumar aquí?

—Adelante.

Encendió el cigarrillo con mano ligeramente temblorosa. Permaneció casi un minuto callado. Al parecer no podía hablar. Sus labios se estremecieron, juntó las manos y entrecerró los ojos, como si una personalidad interior estuviera pugnando por expresarse.

De pronto estalló:

—Si lo hacen, quiero que sepa que yo soy totalmente ajeno. ¡Esos tipos no me gustan! ¡Son unos crápulas!

—¿Qué tipos, Chip?

—Lawson y García.

—¿Planean hacerme algo malo? —El antiguo terror de pesadilla se apoderó de él y supo cuál sería la respuesta.

—Al principio me resultaron simpáticos —continuó Chip—. Salimos juntos y tomamos algunas cervezas. Empecé a quejarme de usted y de aquel examen. Dije que me vengaría. ¡Pero eran sólo palabras! ¡Lo juro!

—¿Qué sucedió?

—Tomaron mis palabras al pie de la letra. Me preguntaron a qué hora sale de la escuela, cuál es la marca y el modelo de su coche, cosas por el estilo. Les pregunté qué tenían contra usted y García contestó que le conocían desde hace mucho tiempo... ¿Eh, se siente mal?

—El cigarrillo —murmuró con voz pastosa—. Nunca he podido acostumbrarme al humo.

Chip aplastó la colilla.

—Les pregunté cuándo lo habían conocido, y Bob Lawson dijo que en aquella época yo todavía me meaba en los pañales. Pero tienen diecisiete años, como yo.

—¿Qué pasó después?

—Bien, García se inclinó sobre la mesa y dijo: «No debes de tener muchas ganas de reventarlo ni siquiera sabes a qué hora sale de la escuela. ¿Qué planeabas hacerle?» Entonces contesté que pensaba pincharle los cuatro neumáticos. —Miró a Jim con expresión implorante—. Ni siquiera pensaba hacer eso. Sólo lo dije porque...

—¿Porque estabas asustado? —preguntó Jim en voz baja.

—Sí, y todavía lo estoy.

—¿Qué les pareció tu idea?

Chip se estremeció.

—Bob Lawson dijo: «¿Eso es lo que pensabas hacer renacuajo?» Y yo le contesté, fingiéndome bravo: «¿Y tú qué pensabas hacer? ¿Matarlo?» Y García, con un tic frenético en los párpados, sacó algo del bolsillo y lo abrió y era una navaja de resorte. Fue entonces cuando me largué.

—¿Cuándo sucedió esto?

—Ayer. Ahora tengo miedo de acercarme a esos tipos, señor Norman.

—Está bien —murmuró Jim—. Está bien. —Miró los deberes que había estado corrigiendo, pero no los vio.

—¿Qué hará?

—No lo sé —respondió Jim—. Sinceramente no lo sé.

El lunes por la mañana aún no lo sabía. Primero pensó que debía contarle todo a Sally, empezando por el asesinato de su hermano, perpetrado dieciséis años atrás. Pero eso era imposible. Le compadecería pero se asustaría y no le creería.

¿Simmons? También era imposible. Simmons pensaría que estaba loco. Y quizá lo estaba. Durante una de las sesiones de grupo a las que había concurrido, un hombre había dicho que sufrir un colapso era como romper un jarrón y pegar luego los fragmentos. Uno nunca podía volver a manipularlo con tranquilidad. No podía colocar una flor en él porque las flores necesitan agua y el agua puede disolver la cola.

¿Entonces estoy loco?

Si lo estaba, lo mismo se podía decir de Chip Osway. La idea se le ocurrió mientras subía al coche, y una oleada de excitación le corrió por el cuerpo.

¡Por supuesto! Lawson y García le habían amenazado en presencia de Chip Osway. Tal vez ese testimonio no sería válido en un tribunal de justicia, pero si conseguía que Chip repitiera la historia en el despacho de Fenton los expulsaría a ambos. Y estaba casi seguro de que podría convencer a Chip. Éste tenía sus propios motivos para querer alejarlos.

Estaba entrando en el aparcamiento cuando recordó lo que les había sucedido a Billy Stearns y Kathy Slavin.

Durante su hora libre subió al despacho y se inclinó sobre el escritorio de la secretaria de asistencia. Ésta confeccionaba la lista de ausentes.

—¿Ha venido Chip Osway? —preguntó Jim con la mayor naturalidad.

—¿Chip...? —Ella le miró dubitativamente.

—Charles Osway —corrigió Jim—. Chip es un apodo.

La mujer hojeó una pila de papeles, miró uno y lo separó.

—Ha faltado a clase, señor Norman.

—¿Puede conseguirme su número de teléfono?

La secretaria se insertó el lápiz en el pelo y respondió:

—Claro que sí. —Extrajo el fichero de la «O» y se lo entregó.

Jim marcó el número en un teléfono del despacho.

La campanilla sonó una docena de veces y él ya se disponía a colgar cuando una voz ronca, somnolienta, murmuró:

—¿Sí?

—¿Señor Osway?

—Barry Osway murió hace seis años. Soy Gary Denkinger.

—¿Usted es el padrastro de Chip Osway?

—¿Qué ha hecho Chip?

—¿Cómo dice?

—Se ha fugado. Quiero saber qué ha hecho.

—Que yo sepa, nada. Sólo quería hablar con él. ¿No sabe a dónde pudo haber ido?

—No. Yo trabajo por la noche. No conozco a ninguno de sus amigos.

—¿Se le ocurre alguna idea...?

—No. Cogió la vieja maleta y cincuenta dólares que ganó vendiendo repuestos de automóviles robados o droga o lo que vendan los chicos de hoy para conseguir dinero. Tal vez se haya ido a San Francisco a vivir como los hippies.

—Si tiene noticias de él, ¿me hará el favor de telefonearme a la escuela? Jim Norman, del Departamento de Inglés.

—Claro que sí.

Jim colgó el auricular. La secretaria le miró y esbozó una sonrisa enigmática. Jim no la devolvió.

Dos días más tarde, las palabras «abandonó la escuela» aparecieron junto al nombre de Chip Osway en la hoja de asistencia. Jim empezó a esperar que Simmons apareciera con un nuevo expediente. La espera sólo duró una semana.

Miró cansadamente la foto. Ésta no dejaba dudas. El corte en cepillo había sido remplazado por una melena larga, pero igualmente rubia. Y la cara era la misma: Vincent Corey. Vinnie, para sus amigos y sus íntimos. Miraba a Jim desde la foto, con una sonrisa insolente en los labios.

Cuando se encaminó hacia el aula donde dictaba el curso de la séptima hora, el corazón le latía lúgubremente en el pecho. Lawson, García y Vinnie Corey estaban reunidos frente a la cartelera de informaciones contigua a la puerta, y los tres se irguieron al verle acercarse.

Vinnie lució su sonrisa insolente, pero sus ojos estaban tan fríos y muertos como témpanos de hielo.

—Usted debe de ser el señor Norman. Hola, Norm.

Lawson y García lanzaron unas risitas.

—Soy el señor Norman —dijo Jim, sin hacer caso de la mano que le tendía Vinnie—. ¿Lo recordará?

—Claro que lo recordaré. ¿Cómo está su hermano?

Jim quedó paralizado. Sintió que se le distendía la vejiga, y oyó una voz espectral que parecía llegar de muy lejos, del extremo de un largo corredor alojado en algún lugar de su cráneo: *¡Mira, Vinnie, se ha meado encima!*

—¿Qué sabe acerca de mi hermano? —preguntó con voz pastosa.

—Nada —contestó Vinnie—. No mucho. —Le sonrieron con sus peligrosas muecas vacías.

Sonó el timbre y entraron en el aula.

La cabina telefónica de un *drugstore*, a las diez de esa noche.

—Señorita, deseo hablar con la Comisaría de Policía de Stratford, Connecticut. No, no sé el número.

Tintineos en la línea. Conferencias.

El policía era el señor Nell. En aquella época canoso, quizá tenía entre cincuenta y sesenta años. Había sido difícil adivinarlo, a esa edad temprana. El padre de ellos dos había muerto, y por alguna razón el señor Nell lo sabía.

Llamadme señor Nell, chicos.

Jim y su hermano se reunían todos los días a la hora del almuerzo y entraban en el Stratford Diner para comer el contenido de sus bolsos. Su madre les daba una moneda para comprar leche..., porque entonces aún no la suministraban gratuitamente en las escuelas. Y a veces aparecía el señor Nell, y su cinturón de cuero crujía bajo el peso de su abdomen y de su revólver calibre 38, y les compraba sendos trozos de pastel del día.

¿Dónde estaba usted cuando apuñalaron a mi hermano, señor Nell?

Se cerró un circuito. El teléfono llamó una vez.

—Policía de Stratford.

—Buenas noches. Me llamo James Norman, agente. Ésta es una llamada de larga distancia. —Enunció el nombre de la ciudad—. ¿Puede darme información acerca de un hombre que perteneció a esa comisaría alrededor de 1957?

—Espere un momento, señor Norman.

Una pausa, y después, otra voz.

—Soy el sargento Morton Livingston, señor Norman. ¿A quién desea localizar?

—Bien —respondió Jim—, los chicos le llamábamos señor Nell. ¿Eso...?

—¡Demonios, claro que sí! Don Nell ya se ha retirado. Tiene setenta y tres o setenta y cuatro años.

—¿Aún vive en Stratford?

—Sí, en Barnum Avenue. ¿Quiere su dirección?

—Y el número de teléfono, si lo tiene.

—Muy bien. ¿Usted conoció a Don?

—Acostumbraba a convidarnos a un pastel del día a mi hermano y a mí, en el «Stratford Diner».

—Caray, eso desapareció hace diez años. Aguarde un momento.

Cuando volvió le dictó una dirección y un número de teléfono. Jim los anotó, le dio las gracias a Livingston y luego colgó.

Marcó nuevamente el «0», dio el número y esperó. Cuando empezó a sonar la campanilla le invadió una súbita tensión acalorada, y se inclinó hacia delante, volviendo instintivamente la espalda a la barra de los refrescos, a pesar de que allí sólo había una adolescente rolliza leyendo una revista.

Levantaron el auricular y una voz fuerte, masculina, que no parecía en absoluto avejentada, dijo:

—¿Sí?

Esta sola palabra estimuló una polvorienta reacción en cadena de recuerdos y emociones, tan asombrosa como el reflejo pavloviano que puede ponerse en marcha al escuchar un viejo disco en la radio.

—¿El señor Nell? ¿Donald Nell?

—Sí.

—Me llamo James Norman, señor Nell. ¿Me recuerda, por casualidad?

—Sí —respondió inmediatamente la voz—. Pastel del día. Su hermano murió... fue apuñalado. Un episodio lamentable. Era un chico encantador.

Jim se dejó caer contra uno de los paneles de cristal de la cabina. La súbita descarga de la tensión le dejó tan débil como un muñeco de trapo. Se sintió a punto de contarlo todo y reprimió con vehemencia esa necesidad.

—Señor Nell, nunca atraparon a esos chicos.

—No —contestó Nell—. Pero recuerdo que hubo un desfile de sospechosos en una comisaría de Bridgeport.

—¿Le dieron los nombres de los participantes?

—No. Cuando la Policía organiza un desfile de sospechosos, sólo los identifica por números. ¿A qué se debe su interés actual, señor Norman?

—Le daré algunos nombres —dijo Jim—. Quiero saber si los asocia con el caso.

—Hijo, yo no me atrevería a...

—Es posible que sí —le interrumpió Jim, que empezaba a sentirse un poco desesperado—. Robert Lawson, David García, Vincent Corey. ¿Alguno de ellos...?

—Corey —dictaminó Nell secamente—. Lo recuerdo. Vinnie *la Víbora.* Sí, lo detuvimos en relación con aquel caso. Su madre le proporcionó una coartada. El nombre de Robert Lawson no me trae ningún recuerdo. Podría pertenecer a cualquiera. Pero García... lo asocio con algo. No sé bien por qué. Diablos. Estoy viejo. —Parecía indignado.

—Señor Nell, ¿hay alguna manera de averiguar qué se hizo de aquellos chicos?

—Bien, por supuesto ya no son chicos.

¿De veras?

—Escuche, Jimmy. ¿Alguno de esos chicos ha reaparecido y le está fastidiando?

—No sé. Han sucedido algunas cosas extrañas. Cosas relacionadas con el asesinato de mi hermano.

—¿Qué cosas?

—No puedo decírselo, señor Nell. Pensará que estoy loco.

Su respuesta fue inmediata, contundente, interesada:

—¿Lo está?

Jim hizo una pausa.

—No —contestó.

—Muy bien, puedo rastrear esos nombres recurriendo a la Brigada de Búsquedas e Investigación de Stratford. ¿Dónde podré comunicarme con usted?

Jim le dio su número de teléfono.

—Me encontrará con toda seguridad los martes por la noche.

Estaba en su casa todas las noches, pero los martes Sally concurría a su clase de cerámica.

—¿A qué se dedica ahora, Jimmy?

—Soy profesor en una escuela secundaria.

—Bien. Es posible que tarde unos días, ¿sabe? Ahora estoy retirado.

—Por la voz parece el mismo de antes.

—¡Ah, pero si pudiera verme! —Se rió—. ¿Le sigue gustando un buen trozo de pastel del día, Jimmy?

—Claro que sí —dijo Jim. Era mentira. Aborrecía el pastel del día.

—Me alegra saberlo. Bien, si esto es todo, yo...

—Falta algo más. ¿En Stratford hay una escuela llamada Milford High?

—No, que yo sepa.

—Es lo que yo...

—Aquí hay una sola cosa que se llama Milford: el cementerio Milford, en Ash Heigth Roads. Y nadie se diploma en él. —Lanzó una risita seca, que a Jim le sonó como un súbito castañeteo de huesos en una fosa.

—Gracias —se oyó decir—. Adiós.

La voz del señor Nell se extinguió. La telefonista le pidió que echara sesenta céntimos en la ranura y él obedeció mecánicamente. Giró y vio una cara horrible, achatada, apretada contra el cristal, encuadrada por dos manos abiertas, con los dedos y la punta de la nariz blancos y aplastados.

Era Vinnie, que le sonreía.

Jim gritó.

Otra vez a clase.

Viviendo con la Literatura preparaba una composición y la mayoría de los alumnos estaban inclinados sobre sus cuartillas, sudando, volcando trabajosamente al papel sus pensamientos como si talaran árboles. Todos menos tres. Robert Lawson, que ocupaba el asiento de Billy Stearn, David García que ocupaba el de Kathy Slavin, y Vinnie Corey, que ocupaba el de Chip Osway. Estaban sentados con sus hojas en blanco frente a ellos, mirándole.

Un momento antes de que sonara el timbre, Jim dijo en voz baja:

—Después de clase quiero hablar un minuto con usted, señor Corey.

—Con mucho gusto, Norm.

Lawson y García lanzaron unas risitas estridentes, pero el resto de la clase no les imitó. Cuando sonó el timbre, todos entregaron sus papeles y salieron atropelladamente al pasillo. Lawson y García se rezagaron, y Jim sintió que se le crispaba el estómago.

¿Será ahora?

Entonces Lawson se despidió de Vinnie con una inclinación de cabeza.

—Te veré luego.

—Sí.

Se fueron. Lawson cerró la puerta, y desde el otro lado del vidrio esmerilado David García gritó de pronto, roncamente:

—*¡Norman la chupa!*

Vinnie miró hacia la puerta, y luego nuevamente a Jim. Sonrió.

—Me preguntaba cuándo iríamos al grano —comentó.

—¿De veras? —dijo Jim.

—La otra noche te asusté en la cabina telefónica, ¿eh, papito?

—Ya nadie dice papito, Vinnie. No está de moda. Es una palabra que está tan muerta como Buddy Holly.

—Hablo como me place —respondió Vinnie.

—¿Dónde está el otro? ¿El del pelo rojo?

—Nos separamos, amigo. —Pero detrás de la estudiada indiferencia, Jim captó una actitud cautelosa.

—¿Está vivo, verdad? Por eso no está aquí. Está vivo y tiene treinta y dos o treinta y tres años, como deberíais tener vosotros si...

—Bleach fue siempre un pesado. No es nadie. —Vinnie se sentó detrás del pupitre y apoyó las palmas de las manos sobre los viejos grafiti. Sus ojos relampagueaban—. Amigo, recuerdo haberte visto el día de la identificación de detenidos. Parecías a punto de mearte en tus viejos pantaloncitos de pana. Vi que nos mirabas a mí y a Dave. Te eché el mal de ojo.

—Supongo que sí —murmuró Jim—. Me condenaste a dieciséis años de pesadillas. ¿No era eso suficiente? ¿Por qué más? ¿Por qué yo?

Vinnie pareció intrigado y después volvió a sonreír.

—Porque tú eres un negocio inconcluso, amigo. Hay que limpiarte.

—¿Dónde estuvisteis? —preguntó Jim—. Antes.

Vinnie apretó los labios.

—No hablaremos de eso. ¿Entiendes?

—¿Te cavaron una fosa, verdad, Vinnie? De dos metros de profundidad. En pleno cementerio de Milford. Dos metros de...

—¡Cállate!

Se puso en pie. El pupitre se tumbó sobre el pasillo.

—No será fácil —continuó Jim—. Procuraré que no os resulte fácil.

—Vamos a matarte, papito. Ya verás cómo es la fosa.

—Lárgate de aquí.

—Quizá tu mujercita también la verá.

—Maldito hijo de puta, si la tocáis... —Arremetió ciegamente, sintiéndose violado y aterrorizado por la mención de Sally.

Vinnie sonrió y se encaminó hacia la puerta.

—No hagas olas. No hagas olas, bolas. —Se rió.

—Si tocas a mi esposa, te mataré.

La sonrisa de Vinnie se ensanchó.

—¿Me matarás? Amigo, pensé que lo sabías. Ya estoy muerto.

Se fue. Sus pisadas resonaron en el corredor un largo rato.

—¿Qué lees, cariño?

Jim mostró la cubierta del libro para que ella viera el título. *Invocación de demonios*.

—¡Ufff! —Sally se volvió hacia el espejo para verificar su peinado.

—¿Cogerás un taxi para volver a casa? —preguntó Jim.

—Son sólo cuatrocientos metros. Además, caminar es bueno para mi silueta.

—Alguien se metió con una de mis alumnas en Summer Street —mintió Jim—. Ella cree que querían violarla.

—¿De veras? ¿A quién?

—Dianne Snow —respondió él, inventando un nombre al azar—. Es una chica decente. Coge un taxi, ¿quieres?

—Está bien —asintió Sally. Se detuvo junto a la silla de él, se arrodilló, le colocó las manos sobre las mejillas y le miró a los ojos—. ¿Qué sucede, Jim?

—Nada.

—Sí, ocurre algo.

—Nada que pueda controlar.

—¿Se trata de algo relacionado... con tu hermano?

Le recorrió un escalofrío de pánico, como si se hubiera abierto una puerta interior.

—¿Por qué preguntas eso?

—Anoche susurrabas su nombre en sueños. *Wayne, Wayne*, decías. *Corre, Wayne*.

—No es nada.

Pero mentía. Ambos lo sabían. La miró partir.

El señor Nell le telefoneó a las ocho y cuarto.

—No debe preocuparse por esos tipos —anunció—. Están todos muertos.

—¿De veras? —Mientras hablaba, él seguía marcando con el índice el lugar al que había llegado en *Invocación de demonios*.

—Un accidente de coche. Seis meses después del asesinato de su hermano. Los perseguía un policía. Frank Simon, precisamente. Ahora trabaja en Sikorsky. Probablemente gana mucho más.

—Y chocaron.

—El coche saltó de la carretera a más de ciento cincuenta kilómetros por hora y se estrelló contra un pos-

216

te de alta tensión. Cuando por fin cortaron la corriente y los sacaron de allí estaban semiachicharrados.

Jim cerró los ojos.

—¿Usted vio el informe?

—Lo busqué personalmente.

—¿Decía algo acerca del coche?

—Era un automóvil deportivo.

—¿Y la descripción?

—Un sedán «Ford» negro modelo 1954. Sobre la parte lateral de la carrocería ostentaba la leyenda «Los Dos Ases».

—Tenían un compinche, señor Nell. No sé cómo se llamaba, pero su apodo era Bleach.

—Ese debía de ser Charlie Sponder —dictaminó Nell sin titubear—. Un día se blanqueó el pelo con Clorox. Lo recuerdo bien. Quedó veteado y trató de teñirlo nuevamente. Las vetas se tiñeron de anaranjado.

—¿Sabe a qué se dedica ahora?

—Está en el Ejército. Se alistó en el 58 ó 59, después de dejar embarazada a una chica del pueblo.

—¿Podría comunicarme con él?

—Su madre vive en Stratford. Ella debe saber dónde está.

—¿Puede darme la dirección de la madre?

—No, Jimmy. Sólo se la daré cuando me diga qué es lo que le preocupa.

—No puedo, señor Nell. Me creerá loco.

—Póngame a prueba.

—No puedo.

—Muy bien, hijo.

—¿Me dará...?

Pero la comunicación se había cortado.

—Hijo de puta —masculló Jim, y depositó el auricular sobre la horquilla. El teléfono sonó bajo su mano y él la retiró como si lo hubiera quemado súbitamente. Lo miró, respirando con dificultad. Sonó tres veces, cuatro. Lo cogió. Escuchó. Cerró los ojos.

Un policía le puso en camino al hospital y después tomó la delantera, haciendo ulular la sirena. En la sala de urgencias había un médico joven con un bigote en cepillo. Miró a Jim con ojos oscuros, impasibles.

—Disculpe, soy James Norman y...

—Lo siento, señor Norman. Su esposa falleció a las 21.04.

Se iba a desmayar. El mundo se alejó y fluctuó y tenía un agudo zumbido en los oídos. Sus ojos vagaron sin rumbo fijo, abarcando las paredes de azulejos verdes, una camilla rodante que refulgía bajo los tubos fluorescentes del techo, una enfermera con la cofia ladeada. *Es hora de refrescarse, querida.* Un bedel estaba recostado contra la pared junto a la Sala de Urgencias Número 1. Usaba un uniforme blanco, mugriento, con la pechera salpicada de sangre. Se limpiaba las uñas con una navaja. El bedel levantó la vista y sonrió ante los ojos de Jim. El bedel era David García.

Jim se desmayó.

El funeral. Como un ballet en tres actos. La casa. El velatorio. El cementerio. Rostros que salían de la nada, que revoloteaban cerca de él, que volvían a perderse en el torbellino de la oscuridad. La madre de Sally, llorando desconsoladamente detrás de un velo negro. El padre de Sally, abrumado y viejo. Simmons. Otros. Se presentaban y le estrechaban la mano. Él saludaba con inclinaciones de cabeza, sin recordar los nombres. Una de las mujeres trajo la merienda, y una señora trajo un pastel de manzana, y alguien comió un trozo y cuando él entró en la cocina lo vio sobre el aparador, cortado y chorreando jugo en la fuente para pasteles, como si fuera sangre ambarina, y pensó: *Debería estar rematado por una abundante cucharada de helado de vainilla.*

Sintió que le temblaban las manos y las piernas, con ganas de encaminarse hacia el aparador y arrojar el pastel contra la pared.

Y entonces empezaron a irse y él se observó a sí mismo, tal como podría haberse mirado en una película casera, mientras estrechaba las manos y saludaba con inclinaciones de cabeza y decía: Gracias... Sí, lo haré... Gracias... Seguro que sí... Gracias...

Cuando se fueron, la casa volvió a ser suya. Se acercó a la repisa de la chimenea. Estaba atestada de recuerdos de su matrimonio. Un perro de felpa con ojos de lentejuelas que ella había ganado en el parque de atracciones de Coney Island, durante su luna de miel. Dos carpetas de cuero: el diploma de él, de la Universidad de Boston, y el de ella, de la Universidad de Massachusetts. Un par de dados gigantescos de espuma de goma que ella le había regalado, en son de broma, después de que él perdió dieciséis dólares en el garito de Pinky Silverstein, más o menos un año atrás. Una taza de porcelana que ella había comprado en una tienda de antigüedades de Cleveland el año pasado. En el centro de la repisa, la fotografía del día de la boda. Él la volvió hacia la pared y después se sentó en su sillón y miró la pantalla oscura del televisor. Una idea empezó a gestarse en su cabeza.

Una hora más tarde llamó el teléfono, y el timbrazo lo arrancó de su sopor. Buscó el auricular a tientas.

—Tú serás el próximo, Norm.

—¿Vinnie?

—Amigo, fue como una de esas palomas de arcilla que hay en las galerías de tiro. Apenas las tocas se pulverizan.

—Esta noche estaré en la escuela, Vinnie. En el Aula 33. Dejaré las luces apagadas. Será como aquel día bajo el viaducto. Creo que incluso podré suministrar el tren.

—¿Quieres acabar con todo, verdad?

—Eso es —asintió Jim—. Os espero.

—Es posible que vayamos.

—Iréis —dijo Jim, y colgó.

Cuando llegó a la escuela ya era casi completamente de noche. Aparcó en el lugar habitual, abrió la puerta trasera con su llave, y fue primeramente al despacho del Departamento de Inglés, situado en el segundo piso. Entró, abrió el armario de discos y empezó a revisar el contenido. Al llegar más o menos a la mitad de la pila se detuvo y extrajo uno rotulado *Efectos especiales en alta fidelidad*. Miró la cubierta posterior. La tercera grabación de la cara A era: «Tren de carga. 3,04.» Depositó el álbum sobre el tocadiscos estereofónico portátil del Departamento y sacó *Invocación de demonios* del bolsillo de su abrigo. Buscó el pasaje marcado, leyó algo y asintió. Apagó las luces.

Aula 33.

Montó el aparato estereofónico, separando los altavoces todo lo posible, y después colocó el disco del tren de carga. El estruendo brotó de la nada y aumentó de intensidad hasta poblar toda la habitación con el desapacible traqueteo de las máquinas diesel y del acero sobre el acero.

Con los ojos cerrados casi no podía convencerse de que estaba bajo el viaducto de Broad Street, caído de rodillas, observando cómo el pequeño drama feroz se encauzaba hacia su desenlace inevitable...

Abrió los ojos, detuvo el disco y volvió a depositar la aguja sobre el comienzo del surco. Se sentó detrás de su escritorio y abrió *Invocación de demonios* en el capítulo titulado «Espíritus maléficos y cómo invocarlos». Sus labios se movían a medida que leía, y de cuando en cuando hacía una pausa para extraer de su bolsillo determinados elementos que depositaba sobre el escritorio.

En primer término una vieja y ajada foto Kodak de él y su hermano, en el césped del frente de la casa de apartamentos de Broad Street donde habían vivido. Ambos tenían cortes de pelo en cepillo idénticos, y sonreían tímidamente en dirección a la cámara. En segundo término, un frasquito con sangre. Había cazado un gato vagabundo y lo había degollado con su cortaplumas. En tercer término, el cortaplumas mismo. Por último, la badana de una vieja gorra del equipo infantil de béisbol: la gorra de Wayne. Jim había alimentado la secreta esperanza de que algún día él y Sally tendrín un hijo que podría usarla.

Se levantó, se acercó a la ventana y miró hacia fuera. El aparcamiento estaba desierto.

Empezó a empujar los pupitres hacia la pared, y dejó libre un círculo en el centro de la habitación. Una vez hecho esto, extrajo una tiza del cajón de su escritorio y dibujó un pentagrama en el suelo, copiando fielmente el diseño del libro con una regla.

Ahora su respiración era más jadeante. Apagó las luces, reunió sus elementos en una mano, y empezó a recitar.

—Padre de las Tinieblas, escúchame por mi alma. Soy el que te promete un sacrificio. Soy el que te implora una oscura recompensa por el sacrificio. Soy el que busca la venganza de la mano izquierda. Te traigo sangre como compromiso de sacrificio.

Desenroscó la tapa del frasco, que había contenido originariamente manteca de cacahuete, y derramó la sangre sobre el pentagrama.

Algo sucedió en la oscura aula. No habría sido posible definir lo que había ocurrido, pero la atmósfera se tornó más pesada. En ella flotaba una densidad que parecía llenar de acero gris la garganta y el estómago. El profundo silencio se dilató, se preñó con algo invisible.

Hizo lo que estipulaban los antiguos ritos.

En la atmósfera flotaba una sensación que le recordó a Jim aquella vez que había llevado a sus alumnos a visitar una inmensa planta de electricidad: la sensación de que el aire mismo estaba impregnado de energía y vibraciones. Y entonces una voz, curiosamente baja y desagradable, le habló:

—¿Qué pides?

No habría podido decir si la oía realmente o si sólo creía oírla. Pronunció dos frases.

—Es un pequeño favor. ¿Qué ofreces?

Jim pronunció dos palabras.

—Ambos —susurró la voz—. El derecho y el izquierdo. ¿De acuerdo?

—Sí.

—Entonces dame lo que me pertenece.

Jim abrió el cortaplumas, se volvió hacia el escritorio, apoyó la mano derecha, abierta, sobre su superficie, y se amputó el índice derecho con cuatro vigorosos cortes. La sangre corrió sobre el secante formando oscuras configuraciones. No sintió ningún dolor. Hizo el dedo a un lado y pasó el cortaplumas a la mano derecha. Le resultó más difícil cercenarse el índice izquierdo. Sentía la mano derecha torpe y ajena, en razón de la pérdida del dedo, y el cortaplumas resbalaba continuamente. Por fin, arrojó el cortaplumas con un gruñido impaciente, quebró el hueso y se arrancó el dedo. Los levantó ambos como si fueran palillos y los lanzó dentro del pentagrama. Estalló un fogonazo fulgurante, como el de una anticuada lámpara de magnesio para fotografía. Observó que no había humo. Ni olor de azufre.

—¿Qué elementos has traído?

—Una fotografía. Una badana que se impregnó con su sudor.

—El sudor es muy valioso —dictaminó la voz, y su tono reflejó una fría avidez que hizo tiritar a Jim—. Dámelo todo.

John arrojó los elementos dentro del pentagrama. Estalló otro fogonazo.

—Excelente —dijo la voz.

—Si vienen —manifestó Jim.

No hubo respuesta. La voz había desaparecido... si es que había existido. Se acercó al pentagrama. La foto seguía en el mismo lugar, pero ennegrecida y chamuscada. La badana había desaparecido.

Desde la calle llegó un ruido, al principio débil, después más potente. Un coche, equipado con silenciadores de fibra de vidrio, que había virado primeramente por Davis Street y que ahora se aproximaba. Jim se sentó, alerta para saber si pasaba de largo o entraba en el aparcamiento.

Entró.

Pisadas en la escalera. Ecos.

La risita atiplada de Robert Lawson y después alguien que decía «¡Shhh!» y a continuación otra vez la risita de Lawson. Las pisadas se acercaron, perdieron el eco, y por fin se abrió violentamente la puerta de vidrio situada en el rellano de la escalera.

—¡Iujuuu, Normie! —gritó David García, en falsete.

—¿Estás ahí, Normie? —susurró Lawson, y después rió—. ¿Eshtásh ahí, Chally?

Vinnie no habló, pero cuando avanzaron por el corredor Jim vio sus sombras. Vinnie era el más alto y sostenía en una mano un objeto largo. Se oyó un ligero chasquido metálico y el objeto largo se alargó aún más.

Estaban junto a la puerta, con Vinnie en el medio. Todos empuñaban navajas.

—Hemos venido, amigo —dijo Vinnie en voz baja—. Hemos venido a buscar tu pellejo.

Jim puso en marcha el tocadiscos.

—¡Jesús! —exclamó García, respingando—. ¿Qué es eso?

El tren de carga se acercaba. Casi se sentía la vibración que arrancaba de las paredes.

El ruido ya no parecía brotar de los altavoces sino del extremo del pasillo, de unos rieles situados en un punto lejano del tiempo y el espacio.

—Esto no me gusta, amigo —dijo Lawson.

—Ya es demasiado tarde —manifestó Vinnie. Se adelantó y blandió la navaja—. Danos tu dinero, papá.

...*vámonos*...

García retrocedió.

—Qué diablos...

Pero Vinnie no titubeó. Les hizo señas a los otros para que formaran un semicírculo, y tal vez la expresión que brilló en sus ojos fue de alivio.

—Vamos, chico, ¿cuánto dinero tienes? —preguntó García súbitamente.

—Cuatro céntimos —respondió Jim. Era cierto. Los había cogido de la hucha del dormitorio. El más nuevo era del año 1956.

—Embustero de mierda.

...dejadlo en paz...

Lawson miró por encima del hombro y sus ojos se dilataron. Las paredes se habían tornado brumosas. El tren de carga ululaba. La luz del farol del aparcamiento se había enrojecido, como la del cartel de neón del edificio «Burrets», y titilaba contra el cielo crepuscular.

Algo salía caminando del pentagrama, algo que tenía las facciones de un niño de aproximadamente doce años. Un niño con el pelo cortado en cepillo.

García arremetió y le pegó un puñetazo a Jim, en la boca. Jim olió en su aliento una mezcla de ajo y pimientos. Todo era muy lento e indoloro.

Jim experimentó una súbita pesadez, como de plomo, en el bajo vientre, y su vejiga se distendió. Miró hacia abajo y vio que una mancha oscura se expandía sobre sus pantalones.

—¡Mira, Vinnie, se ha meado encima! —exclamó Lawson. El tono era el correcto, pero su expresión era de horror... la expresión de una marioneta que ha cobrado vida sólo para descubrir que cuelga de los hilos.

—Dejadlo en paz —dijo eso que se parecía a Wayne, pero su voz no era la de Wayne... sino la voz glacial, ávida, del ocupante del pentagrama—. ¡Corre, Jimmy! ¡Corre! ¡Corre! ¡Corre!

Jim cayó de rodillas y una mano le golpeó la espalda, buscando algo por donde cogerlo, pero no encontró nada.

Alzó la mirada y vio cómo Vinnie, con las facciones estiradas en una caricatura del odio, clavaba su navaja en eso que se parecía a Wayne, justamente debajo del esternón... y luego gritaba, mientras su cara se replegaba sobre sí misma, carbonizándose, ennegreciéndose, transformada en algo repulsivo.

Después desapareció.

García y Lawson atacaron un momento después, se

arrugaron, se carbonizaron y desaparecieron.

Jim estaba tumbado en el suelo, respirando agitadamente. El ruido del tren de carga se perdió a lo lejos.

Su hermano le estaba mirando.

—¿Wayne? —jadeó.

Y el rostro se transformó. Pareció derretirse y fundirse. Los ojos se tornaron amarillos, y le miró una horrible perversidad sonriente.

—Volveré, Jim —susurró la voz glacial.

Y desapareció.

Se levantó lentamente y detuvo el tocadiscos con la mano mutilada. Se tocó la boca. El puñetazo de García le había hecho sangrar. Atravesó el aula y encendió las luces. El recinto estaba vacío. Miró hacia el aparcamiento y vio que también estaba vacío, con excepción de un tapacubos que reflejaba la luna en una pantomima idiota. El aire del aula tenía un olor viejo y rancio: la atmósfera de las tumbas. Borró el pentagrama del suelo y empezó a alinear los pupitres para que al día siguiente su sustituto los encontrara en orden. Los dedos le dolían mucho... *¿qué dedos?* Tendría que visitar a un médico. Cerró la puerta y bajó despacio por la escalera, con las manos apretadas contra el pecho. A mitad de camino, algo —una sombra, o quizá sólo una intuición— le hizo girar sobre los talones.

Algo invisible pareció retroceder bruscamente.

Jim recordó la advertencia de *Invocación de demonios*, el peligro implícito. Quizás uno podía conseguir que se materializaran, que hicieran el trabajo que se les encomendaba. Incluso era posible librarse de ellos.

Pero a veces volvían.

Reanudó la marcha por la escalera, preguntándose si la pesadilla había concluido, después de todo.

LA PRIMAVERA DE FRESA

Jack Piesligeros...

Esta mañana vi las dos palabras en el periódico y, Dios mío, cómo me hacen remontar al pasado. Todo eso ocurrió hace casi exactamente ocho años. Una vez, mientras sucedía, me vi en un programa nacional de TV: el Informe de Walter Cronkite. Sólo un rostro en segundo plano, detrás del periodista, pero mi familia me identificó en seguida. Me telefonearon desde el otro extremo del país. Mi padre me preguntó qué opinaba de la situación. Pura pomposidad y cordialidad y camadería. Mi madre sólo me pidió que volviera a casa. Pero yo no quería volver. Estaba entusiasmado.

Entusiasmado por esa oscura y brumosa primavera de fresa, y por la sombra de muerte violenta que la recorría en aquellas noches de hace ocho años. La sombra de Jack *Piesligeros*.

En Nueva Inglaterra la llaman primavera de fresa. Nadie sabe por qué. Es sólo una frase que emplean los veteranos. Dicen que se presenta cada ocho o diez años. Lo que sucedió en el New Sharon Teacher's College en aquella primavera de fresa específica..., es posible que eso también se ajuste a un ciclo, pero si alguien lo ha descubierto nunca lo ha dicho.

En New Sharon, la primavera de fresa comenzó el 16 de marzo de 1968. Ese día se interrumpió el invierno más frío de los últimos veinte años. Llovió y se podía oler el mar a treinta kilómetros al oeste de las playas. La nieve, que en algunos lugares alcanzaba casi un metro de profundidad, empezó a derretirse, y los senderos del campus se llenaron de lodo. Los muñecos de nieve de la Feria de Invierno, que se habían mantenido nítidos y estilizados durante dos meses gracias a las temperaturas bajo cero, por fin empezaron a ablandarse y encorvarse. La caricatura de Lyndon Johnson que se alzaba frente a la fraternidad Tep lloró lágrimas derretidas. La paloma esculpida frente a Prashner Hall perdió sus plumas heladas, y en algunos lugares dejaba entrever penosamente su esqueleto de madera.

Y junto con la noche llegaba la bruma, que se deslizaba, callada y blanca, por las angostas avenidas y arterias de la Universidad. Los pinos del paseo asomaban entre ella como dedos, y flotaba, lerda como el humo de un cigarrillo, bajo el puentecito contiguo a los cañones de la Guerra Civil. Hacía que las cosas parecieran desquiciadas, extravagantes, mágicas. El viajero inadvertido salía de la confusión brillantemente iluminada del Grinder, donde retumbaba la música del tocadiscos automático, y esperaba zambullirse en el crudo brillo de las estrellas invernales..., pero en cambio se encontraba sumergido en un mundo silencioso y embozado de blanca niebla movediza, y sólo oía sus propias pisadas y el quedo goteo del agua de los viejos canalones. Uno casi esperaba ver pasar un duende a la carrera, o descubrir, al volverse, que el Grinder había desaparecido, se había esfumado, y que lo había remplazado un brumoso panorama de brezales y tejos y quizás un círculo druida o una rutilante ronda de hadas.

Ese año el tocadiscos automático tocava *Love Is Blue*. Tocaba *Hey, Jude,* una y otra vez. Tocaba *Scarborough Fair.*

Y esa noche, a las once y diez, un alumno de primer año llamado John Dancey que se encaminaba hacia su residencia empezó a gritar en la niebla, y dejó caer sus libros sobre y entre las piernas abiertas de la chica muerta que yacía en el ángulo sombrío del aparcamiento de Ciencias Zoológicas, con un tajo que le cercenaba el cuello de oreja a oreja pero con los ojos abiertos y casi centelleantes como si ella acabara de hacer el chiste más gracioso de su vida. Y Dancey gritó y gritó y gritó.

El día siguiente amaneció encapotado y lúgubre, y concurrimos a clase repitiendo una avalancha de preguntas ansiosas: ¿Quién? ¿Por qué? ¿Cuándo crees que lo atraparán? Y siempre la misma pregunta final, emocionada: ¿La conocías? ¿La conocías?

Sí, seguía un curso de arte con ella.

Sí, uno de los amigos de mi compañero de habitación salió con ella el año pasado.

Sí, una vez me pidió fuego en el Grinder. *Estaba en la mesa vecina.*

Sí.

Sí, yo...

Sí... sí... oh, sí, yo...

Todos la conocíamos. Se llamaba Gale Cerman (pronunciado Kerr-man) y estudiaba arte. Usaba gafas de armazón metálica, como las de una abuelita, y tenía un lindo cuerpo. Todos la querían pero sus compañeras de habitación la odiaban. Nunca salía mucho aunque era una de las chicas más promiscuas del campus. Era fea pero atractiva. Se trataba de una chica vivaz que hablaba poco y casi nunca sonreía. Estaba embarazada y tenía leucemia. Era lesbiana y la había asesinado el chico con el que estaba liada. Era una primavera de fresa y el 17 de marzo por la mañana todos conocíamos a Gale Cerman.

Media docena de coches patrulla de la Policía del Estado entraron lentamente en el campus y la mayoría de ellos aparcaron frente al Judith Franklin Hall, donde había vivido la muchacha. Cuando pasé por allí, rumbo a la clase de las diez me pidieron que mostrara mi carnet de estudiante. Fui astuto. Exhibí aquel en el que no aparezco con colmillos de fiera.

—¿Lleva un cuchillo encima? —me preguntó el policía inteligentemente.

—¿Se trata de Gale Cerman? —inquirí, después de haber explicado que lo más letal que llevaba encima era mi llavero con la pata de conejo.

—¿Por qué lo pregunta? —quiso saber.

Llegué a clase con cinco minutos de retraso.

Era la primavera de fresa y esa noche nadie caminó

solo por el campus mitad académico, mitad fantástico. De nuevo flotaba la bruma impregnada de olor a mar, silenciosa y espesa.

Aproximadamente a las nueve irrumpió en el cuarto mi compañero de habitación. Yo estaba allí desde las siete, devanándome los sesos con un ensayo sobre Milton.

—Lo han cogido —exclamó—. Lo he oído en el «Grinder».

—¿Quién te lo ha dicho?

—No lo sé. Un tipo. La mató su amiguito. Se llama Carl Amalara.

Me arrellané en la silla, aliviado y desilusionado. Con semejante nombre tenía que ser verdad. Un crimen pasional, letal y sórdido.

—Está bien —asentí—. Me alegro.

Salió del cuarto para divulgar la noticia por el pasillo. Releí el ensayo sobre Milton, no entendí lo que había querido decir, lo rompí y empecé a redactarlo de nuevo.

Al día siguiente apareció en los periódicos. Éstos reproducían una foto incongruentemente nítida de Amalara —quizá la de su graduación en la escuela secundaria— y la imagen era la de un chico de talante un poco triste, de cutis de color oliváceo, ojos oscuros y marcas de viruela en la nariz. El muchacho aún no había confesado, pero las pruebas eran contundentes. Él y Gale Cerman habían discutido mucho durante el último mes y habían roto sus relaciones la semana anterior. El compañero de habitación de Amalara dijo que lo había visto «abatido». En un cofre que había bajo su cama, la Policía encontró un cuchillo con una hoja de dieciocho centímetros, y una foto de la chica que aparentemente había sido cortada con unas cizallas.

Junto a la foto de Amalara se reproducía otra de Gale Cerman, en la que aparecían un perro borroso, un flamenco de jardín despeluchado, y una rubia bastante vulgar con gafas. Una sonrisa nerviosa le había levantado las comisuras de los labios y tenía los ojos estrábicos. Una de sus manos descansaba sobre la cabeza del perro. De modo que era verdad. Tenía que ser verdad.

Esa noche volvió la niebla, que se desplegó con insolente sigilo. Yo salí a caminar. Me dolía la cabeza y caminé para respirar, inhalando el aroma húmedo y brumoso de la primavera que barría lentamente la nieve que se resistía a desaparecer, dejando al descubierto manchones muertos de la hierba del año pasado, parecidos a la cabeza de una vieja abuela suspirando.

Ésa fue para mí una de las noches más bellas que recuerdo. Las personas con las que me cruzaba bajo los faroles aureolados eran sombras susurrantes, y todas parecían estar enamoradas y caminar cogiéndose con las manos y los ojos. La nieve derretida goteaba y corría, goteaba y corría, y de todas las bocas de alcantarillas brotaba el rumor del mar, de un oscuro mar invernal que ahora refluía vigorosamente.

Estuve caminando casi hasta la medianoche, hasta que me empapó el rocío, y me crucé con muchas sombras, oí muchas pisadas que repicaban como en sueños por los senderos sinuosos. ¿Quién podría decir que una de esas sombras no pertenecía al hombre o el ente que se hizo famoso con el apodo de Jack *Piesligeros*? Yo no, porque me crucé con muchas sombras pero en medio de la niebla no vi ninguna cara.

A la mañana siguiente me despertó el clamor que venía del pasillo. Salí con paso inseguro para preguntar a quién le había llegado la cédula de reclutamiento, mientras me alisaba el cabello con ambas manos y ahuyentaba a la oruga peluda que había remplazado taimadamente a la lengua sobre mi paladar seco.

—Volvió a suceder —me dijo alguien, pálido por la excitación—. Tuvieron que soltarlo.

—¿A quién soltaron?

—¡A Amalara! —exclamó algún otro alegremente—. Estaba sentado en su celda cuando ocurrió.

—¿Cuándo ocurrió qué? —pregunté pacientemente. Tarde o temprano me lo dirían. Estaba seguro de eso.

—El tipo mató a otra chica anoche. Y ahora la están buscando por todas partes.

—¿Qué buscan?

El rostro pálido volvió a fluctuar frente a mí.

—Su cabeza. El que la mató se llevó la cabeza consigo.

En la actualidad New Sharon no es una Universidad grande, y entonces era aún más pequeña: una de esas instituciones que los agentes de relaciones públicas se complacen en llamar «Universidades comunitarias». Y parecía realmente una minúscula comunidad, por lo menos en aquellos tiempos. Uno y sus amigos conocía por lo menos de vista a todos los demás y sus amigos. Gale Cerman era una de esas chicas a las que saludabas con una inclinación de cabeza, mientras pensabas que la habías visto en alguna parte.

Todos conocíamos a Ann Bray. El año anterior había sido la primera animadora en la fiesta de Miss Nueva Inglaterra y su talento consistía en hacer girar por el aire un bastón encendido al son de *Hey Look Me Over*. También tenía talento: hasta el momento de su muerte había sido directora del periódico universitario (un pasquín semanal con muchas caricaturas políticas y cartas ampulosas), miembro de la Sociedad Estudiantil de Arte Dramático, y presidente de la sección local de la Fraternidad Femenina de Servicios Nacionales. Empujado por los vehementes arrebatos de mi temprana juventud había propuesto escribir una columna para el periódico y le había pedido una cita a ella..., en ambos casos sin éxito.

Y ahora estaba muerta... peor que muerta.

Fui a mis clases vespertinas como todo el mundo, saludando a las personas que conocía y diciendo «hola» con un poco más de fervor que de costumbre, como si esto pudiera justificar la atención con que estudiaba los rostros. La misma atención con que los demás estudiaban el mío. Entre nosotros había alguien siniestro, tan siniestro como los senderos que zigzagueaban por el paseo o se enroscaban entre los robles centenarios en el cuadrilátero de detrás del gimnasio. Nos mirábamos los unos a los otros en el intento de descifrar las tinieblas que se ocultaban detrás de cada semblante.

Esta vez la Policía no arrestó a nadie. Los coches azules patrullaron el campus incesantemente en las caliginosas noches primaverales del 18, el 19 y el 20 y los focos escudriñaban los rincones y recovecos oscuros con errática avidez. La administración impuso un toque de queda obligatorio a las nueve. Una temeraria pareja que se estaba magreando entre los bien cuidados arbustos que se extendían al norte del Tate Alumni Building fue conducida a la comisaría de New Sharon donde la interrogaron despiadadamente durante tres horas.

El día 20 hubo una falsa alarma histérica cuando un chico apareció desvanecido en el mismo aparcamiento donde habían encontrado el cuerpo de Gale Cerman. Un balbuceante policía del campus lo cargó en el asiento posterior de su coche patrulla y le cubrió la cara con un mapa del condado sin molestarse en tomarle el pulso y enfiló hacia el hospital local, haciendo ulular la sirena a través del campus desierto con la estridencia de un seminario de almas en pena.

A mitad de trayecto el «cadáver» del asiento posterior se incorporó y preguntó con voz cavernosa: «¿Dónde diablos estoy?» El policía lanzó un alarido y tras detener el automóvil echó a correr por la carretera. El «muerto» resultó ser un estudiante llamado Donald Morris que había pasado los últimos dos días en cama, con una fuerte gripe. ¿Aquel año era asiática? No lo recuerdo. Sea como fuere, se desmayó en el aparcamiento cuando se encaminaba hacia el «Grinder» para comer un plato de sopa y unas tostadas.

Los días siguieron siendo calurosos, con el cielo encapotado. La gente se congregaba en pequeños grupos que se disolvían y se recomponían con asombrosa rapidez. Si mirabas las mismas caras durante mucho tiempo empezabas a concebir ideas raras acerca de alguna de ellas. Y pronto los rumores comenzaron a circular de un extremo a otro del campus a la velocidad de la luz. Habían oído que un simpático profesor de historia reía y lloraba alternadamente junto al puentecito; Gale Cerman había escrito con su propia sangre un críptico mensaje de dos palabras sobre el asfalto del aparcamiento de Ciencias Zoológicas; ambos asesinatos habían sido en realidad crímenes políticos, rituales, perpetrados por una fracción de la Sociedad de Estudiantes Democráticos como protesta contra la guerra. Esto era realmente absurdo. La SED de New Sharon contaba con siete miembros. Si se hubiera escindido una fracción importante, la organización habría desaparecido simplemente. Este detalle avivó aún más la imaginación de los sectores reaccionarios del campus: agitadores externos. De modo que durante esos extraños días de calor todos estuvimos alertas para descubrirlos.

La Prensa, siempre veleidosa, hizo caso omiso de la marcada semejanza que existía entre nuestro asesino y Jack *el Destripador*, y se remontó aún más lejos, hasta 1819. A Ann Bray la habían encontrado en un terreno lodoso a unos cuatro metros de la acera más próxima, y sin embargo no había ninguna pisada. Ni siquiera las de ella. Un fantasioso periodista de New Hampshire apasionado por lo arcano bautizó al asesino con el apodo de Jack *Piesligeros,* en homenaje al infame doctor John Hawkins de Bristol, que había matado a cinco de sus esposas con extraños ingredientes farmacéuticos. Y el nombre perduró, probablemente en razón de aquel terreno fangoso pero desprovisto de huellas.

El 21 volvió a llover, y el paseo y el cuadrilátero se convirtieron en ciénagas. La Policía anunció que infiltraría detectives vestidos de paisano, hombres y mujeres, y retiró la mitad de sus coches patrulla.

El periódico del campus publicó un editorial de protesta muy indignado, aunque un poco incoherente, contra estas medidas. Su argumento parecía consistir en que, con toda clase de policías disfrazados de estudiantes, sería imposible distinguir a un auténtico agitador externo de otro falso.

Llegó el crepúsculo, y junto con él la bruma, que se levantó lenta, casi reflexivamente, en las avenidas bordeadas de árboles, ocultando uno tras otro a todos los edificios. Era tenue e insustancial, pero al mismo tiempo implacable y amenazadora. Nadie parecía dudar de que Jack *Piesligeros* era un hombre, pero la bruma era su cómplice y era de sexo femenino..., o por lo menos eso me parecía. Era como si nuestra pequeña Universidad estuviera atrapada entre el uno y la otra, estrujada por un abrazo de amantes locos, comprometida en una boda que se había consumado con sangre. Me quedé fumando y mirando cómo las luces se encendían en la creciente oscuridad, y me pregunté si todo había terminado. Mi compañero de habitación entró y cerró la puerta quedamente a sus espaldas.

—Pronto comenzará a nevar —anunció.

Me volví y lo miré.

—¿Lo han dicho por la radio?

—No —respondió—. ¿Quién necesita un meteorólogo? ¿Nunca has oído hablar de la primavera de fresa?

—Quizá sí —asentí—. Hace mucho tiempo. Es un tema de conversación de las abuelas, ¿verdad?

Se detuvo junto a mí, mirando la noche cada vez más oscura.

—La primavera de fresa es como el veranillo de San

Martín —explicó—, pero mucho más esporádica. En esta comarca un buen veranillo de San Martín cada dos o tres años. Pero un cambio de temperatura como el que está ocurriendo ahora sólo se produce cada ocho o diez. Es una falsa primavera, una primavera engañosa, así como el veranillo de San Martín es un falso verano. Mi propia abuela acostumbraba a decir que la primavera de fresa significa que aún no ha pasado la peor borrasca, y que cuanto más dura tanto más fuerte es la tempestad.

—Son leyendas —comenté—. No creo una palabra.

—Lo miré—. Pero estoy nervioso. ¿Y tú?

Sonrió con expresión benévola y sacó uno de mis cigarrillos del paquete que descansaba sobre el antepecho de la ventana.

—Sospecho de todos menos de mí y de ti —dijo, y después su sonrisa se diluyó un poco—. Y a veces dudo de ti. ¿Quieres que vayamos a la sala de juegos a jugar una partida de billar?

—La semana próxima tengo un preliminar de trigonometría. Me quedaré aquí con un rotulador y un montón de notas.

Ya hacía un largo rato que se había ido y yo sólo atinaba a mirar por la ventana. Incluso después de abrir el libro y de enfrascarme en el tema, una parte de mi ser continuaba fuera, caminando por las sombras donde ahora imperaba algo tenebroso.

Esa noche fue asesinada Adelle Parkins. Seis coches patrulla y diecisiete detectives con aspecto de estudiantes universitarios (incluidas ocho mujeres que habían llegado desde Boston) vigilaban el campus. Pero Jack *Piesligeros* la mató de todos modos, eligiendo certeramente a una de las nuestras. La falsa primavera engañosa, lo ayudó y lo instigó: la asesinó y la dejó apuntalada por el volante de su «Dodge 1964» donde la encontraron a la mañana siguiente, y una parte de ella apareció en el asiento posterior y otra parte apareció en el maletero. Y sobre el parabrisas había dos palabras escritas con sangre: ¡JA! ¡JA! Esta vez fue un hecho real, no un rumor.

A partir de entonces el campus enloqueció un poco: todos habíamos conocido a Adelle Parkins, y nadie la había conocido. Era una de esas mujeres anónimas, ajetreadas, que se deslomaban trabajando en el Grinder de seis a once de la noche, enfrentándose con hordas de estudiantes ávidos de hamburguesas que interrumpían brevemente sus estudios en la biblioteca de enfrente. Esas tres últimas noches caliginosas de su vida debió de pasarlas bastante descansada: todos respetaban estrictamente el toque de queda, y después de las nueve de la noche los únicos clientes del Grinder eran los polis hambrientos y los bedeles felices..., cuyo mal humor habitual se había atemperado considerablemente ahora que los edificios estaban vacíos.

Es poco lo que queda por contar. La Policía, tan proclive a la histeria como cualquier ser humano que se siente acorralado, arrestó a un inocuo homosexual llamado Hanson Gray, estudiante graduado de sociología, quien arguyó que «no podía recordar» dónde había pasado varias de las noches letales. Lo inculparon, lo procesaron y lo dejaron partir de prisa a su ciudad natal de New Hampshire después de la última noche nefasta de la primavera de fresa, cuando Marsha Curran fue descuartizada en el paseo.

Nadie sabrá nunca por qué estaba fuera y sola. Era una muchacha regordeta, de melancólica belleza, que vivía en un apartamento de la ciudad con tres compañeras. Se había introducido en el campus tan silenciosa y distraidamente como el mismo Jack *Piesligeros*. ¿Qué la había empujado? Quizá su anhelo era tan profundo e incontrolable como el de su asesino, e igualmente incomprensible. Quizás había sentido la necesidad de entablar un único romance vehemente y apasionado con la noche cálida, la bruma tibia, el olor del mar y el cuchillo glacial.

Eso ocurrió el 23. El 24, el rector de la Universidad anunció que esa primavera las vacaciones se adelantarían una semana, y nos dispersamos, no jubilosamente sino como ovejas temerosas en vísperas de una tormenta, y dejamos el campus vacío y acechado por la Policía y por un tenebroso espectro.

Yo tenía mi propio coche en el campus y llevé conmigo a seis personas hasta el otro extremo del Estado, con su equipaje caóticamente comprimido. No fue un viaje agradable. Nadie estaba seguro de que Jack *Piesligeros* no se hallaba en el coche con nosotros.

Esa noche el termómetro bajó quince grados y todo el norte de Nueva Inglaterra fue azotado por un cierzo ululante que empezó con escarcha y terminó con treinta centímetros de nieve. Hubo tantos viejos inservibles como siempre que sufrieron ataques cardíacos mientras la despejaban con sus palas... Y entonces, como por arte de magia, llegó abril. Limpios chaparrones y noches estrelladas.

La llaman primavera de fresa, Dios sabe por qué, y es un período nefasto, engañoso, que sólo tiene lugar una vez cada ocho o diez años. Jack *Piesligeros* partió junto con la bruma, y a comienzos de junio las conversaciones del campus se habían desviado hacia una serie de protestas contra el reclutamiento militar y hacia una sentada en el edificio donde un conocido fabricante de napalm seleccionaba a su personal.

En junio casi todos evitaban abordar el tema de Jack *Piesligeros*..., por lo menos en voz alta. Sospecho que había muchos que le daban vueltas y vueltas en privado, buscando la única fisura del huevo compacto de la demencia, la única fisura que permitiría encontrar una explicación racional.

Ése fue el año en que me gradué, y el siguiente fue el año en que me casé. Conseguí un buen empleo en una empresa editora local. En 1971 tuvimos un hijo que ya casi ha alcanzado la edad escolar. Un niño simpático y curioso con mis ojos y la boca de mi esposa.

Por fin, el periódico de hoy.

Claro que sabía que estaba allí. Lo supe ayer por la mañana cuando me levanté y oí el murmullo misterioso de la nieve derretida que corría por los canalones, y olí el aroma del mar desde nuestro porche, situado a catorce kilómetros de la playa más próxima. Anoche me di cuenta de que había vuelto la primavera de fresa cuando salí del trabajo y emprendí el regreso a casa y tuve que encender los faros para penetrar la bruma que ya había empezado a desprenderse de los campos y los huecos, desdibujando los edificios y circundando los faroles con aureolas mágicas.

El periódico de esta mañana dice que han asesinado a una chica en el campus de New Sharon, cerca de los cañones de la Guerra Civil. La asesinaron anoche y la encontraron en un montículo de nieve derretida. No estaba... no estaba toda allí.

Mi esposa está alterada. Quiere saber dónde estuve anoche. No puedo decírselo porque no lo recuerdo. Recuerdo que salí del trabajo y emprendí el regreso a casa, y recuerdo que encendí los faros para encontrar el rumbo entre la maravillosa niebla incipiente, pero eso es lo único que recuerdo.

He estado pensando en aquella noche brumosa en que me dolía la cabeza y salí a respirar y me crucé con todas las bellas sombras sin rostro ni sustancias. Y he estado pensando en el maletero de mi coche, preguntándome por qué demonios tengo miedo de abrirlo.

Mientras escribo estas líneas oigo que mi esposa llora en la habitación vecina. Sospecha que anoche estuve con otra mujer.

Ay, Dios mío, yo sospecho lo mismo.

LA CORNISA

—Vamos —repitió Cressner—. Mire lo que hay en la bolsa.

Estábamos en su ático, en el piso 43. La alfombra era muy mullida, de color naranja quemado. En el centro, entre el sillón que ocupaba Cressner y el sofá de cuero antiguo que estaba vacío, descansaba una bolsa de la compra, marrón.

—Si quiere sobornarme, olvídelo —dije—. La amo.

—Es dinero, pero no para sobornarlo. Vaya. Mire.

Cressner fumaba un cigarrillo turco insertado en una boquilla de ónix. El sistema de circulación de aire me permitía aspirar brevemente las secas vaharadas de tabaco antes de llevárselas. Vestía una bata de seda con un dragón bordado. Sus ojos inteligentes estaban serenos detrás de las gafas. Parecía precisamente lo que era: un hijo de puta de primera, de 500 quilates, acérrimo. Yo amaba a su esposa y ella me amaba a mí. Había previsto que él nos pondría obstáculos, y sabía que eso era lo que estaba haciendo, pero aún no entendía de qué naturaleza eran.

Me acerqué a la bolsa de la compra y la volqué. Unos fajos de billetes precintados cayeron sobre la alfombra.

Todos de veinte dólares. Cogí uno de los fajos y conté. Diez billetes en cada uno. Había muchos fajos.

—Veinte mil dólares —anunció, y le dio una chupada al cigarrillo.

Me levanté.

—Muy bien.

—Para usted.

—No los quiero.

—Mi esposa está incluida en la transacción.

No dije nada. Marcia me había advertido lo que sucedería. Es como un gato, había dicho. Un viejo gato perverso. Tratará de convertirte en su ratón.

—De modo que es tenista profesional —comentó—. No creo haberle visto nunca.

—¿Quiere decir que sus detectives no nos fotografiaron?

—Oh, sí. —Hizo un ademán negligente con la boquilla—. Incluso los filmaron a los dos en el «Bayside Motel». Detrás del espejo había una cámara. Pero personalmente es distinto, ¿no le parece?

—Si usted lo dice.

Cambiaría constantemente de estrategia, me había prevenido Marcia. Es así como pone a la defensiva a sus adversarios. Pronto te hará arremeter contra el lugar donde tú crees que está, y él atacará desde otro flanco. Dile lo menos posible, Stan. Y recuerda que te amo.

—Lo invité porque quería tener una conversación de hombre a hombre con usted, señor Norris. Sólo una agradable conversación entre dos seres humanos civilizados, uno de los cuales ha seducido a la esposa del otro.

Me disponía a contestar, pero opté por callarme.

—¿Disfrutó de su estancia en el presidio de San Quintín? —preguntó Cressner, mientras expulsaba el humo perezosamente.

—No mucho.

—Creo que pasó tres años allí. Si no me equivoco, lo condenaron por robo.

—Marcia lo sabe —dije, e inmediatamente lamenté haber hablado. Le estaba siguiendo el juego, y eso era precisamente lo que Marcia me había recomendado que no hiciera. Debía evitar los saques débiles que él podía devolver con fuerza.

—Me he tomado la libertad de hacer desplazar su coche —anunció, mirando por el ventanal: toda la pared era de cristal. En el medio había una puerta corredera de cristal. Del otro lado, un balcón del tamaño de un sello de correos. Y más allá, un profundo abismo. Había algo extraño en la puerta. No podía localizar con exactitud de qué se trataba—. Éste es un edificio muy confortable —prosiguió Cressner—. Un buen sistema de seguridad. Un circuito cerrado de televisión y todo lo demás. Cuando me enteré de que usted estaba en el vestíbulo hice una llamada telefónica. Entonces un empleado mío hizo un cruce con los cables de su coche y lo trasladó del garaje de este edificio a un aparcamiento público situado a varias manzanas de aquí. —Miró el reloj de líneas ultramodernas que estaba adosado a la pared, sobre el sofá. Eran las 8.05—. A las 8.20 el mismo empleado telefoneará a la Policía desde una cabina pública, en relación con su coche. A las 8.30, a más tardar, los servidores de la ley habrán descubierto más de cien gramos de heroína ocultos en la rueda de repuesto de su maletero. Lo buscarán ansiosamente, señor Norris.

Me había tendido una trampa. Yo había tratado de protegerme lo mejor posible, pero todo había sido un juego de niños para él.

—Esto sucederá si no me comunico antes con mi empleado para decirle que olvide la llamada telefónica.

—Y lo que yo debo hacer para ello es informarle dónde está Marcia —murmuré—. Es inútil, Cressner. No lo sé. Así fue como lo organizamos, precisamente pensando en usted.

—Mis hombres la han seguido.

—No lo creo. Sospecho que los despistamos en el aeropuerto.

Cressner suspiró, quitó la boquilla recalentada y dejó caer el cigarrillo en un cenicero de cromo con tapa deslizable. Todo con la mayor parsimonia. Se había librado con igual desenvoltura de la colilla y de Stan Norris.

—En verdad —dijo—, tiene razón. Empleó la vieja treta de escabullirse del tocador de señoras. Mis hombres se pusieron furiosos al descubrir que los habían burlado con un ardid tan antiguo. Está tan gastado que a ellos ni siquiera se les ocurrió pensar que lo utilizaría.

No contesté. Después de librarse de los sabuesos de Cressner en el aeropuerto, Marcia había vuelto a la ciudad en el autocar de la compañía y se había ido a la estación de autobuses. Llevaba encima doscientos dólares: todo el dinero que yo tenía en mi libreta de ahorros. Doscientos dólares y un autobús «Greyhound» podían llevarla a cualquier punto del país.

—¿Usted es siempre tan poco comunicativo? —preguntó Cressner. Parecía sinceramente interesado.

—Marcia me lo aconsejó.

Con tono un poco más cáustico, dijo:

—Entonces supongo que cuando le detenga la Policía usted invocará sus derechos. Y tal vez cuando vuelva a ver a mi esposa se encontrará con una abuelita sentada en una mecedora. ¿Se le ha ocurrido pensar en ello? Creo que por estar en posesión de más de cien gramos de heroína pueden sentenciarle a cuarenta años de cárcel.

—Eso no le ayudará a recuperar a Marcia.

Sonrió cínicamente.

—¿Y ésa es la clave del asunto, verdad? ¿Quiere que concretemos la situación? Usted y mi esposa se han enamorado el uno del otro. Tienen relaciones..., si es así como quieren llamar a una serie de encuentros fugaces en moteles baratos. Mi esposa me ha abandonado. Sin embargo, lo he pescado a usted. ¿La síntesis le parece correcta?

—Ahora entiendo por qué se hartó de usted.

Con gran sorpresa mía, echó la cabeza hacia atrás y lanzó una carcajada.

—Le confieso que casi me resulta simpático, señor Norris. Es vulgar y tramposo, pero parece tener agallas. Eso fue lo que dijo Marcia. Yo me resistí a creerla, porque sus juicios psicológicos no suelen ser muy exactos. Pero usted tiene una cierta... energía. Por eso organicé las cosas así. Sin duda Marcia le ha dicho que me gustan los envites.

—Sí.

Ya sabía qué era lo que faltaba en la puerta de la pared de cristal. Estábamos en pleno invierno y a nadie se le ocurriría tomar el té en un balcón del piso 43. Habían retirado los muebles del balcón. Y le habían quitado los visillos a la puerta. ¿Por qué?

—No le tengo mucha estima a mi esposa —continuó Cressner, mientras insertaba cuidadosamente otro cigarrillo en la boquilla—. Eso no es ningún secreto. Estoy seguro de que ella se lo habrá contado. Y también estoy seguro de que un hombre tan..., experimentado como usted sabe que las esposas satisfechas no se abren de piernas delante del profesor de tenis de su club ante el simple balanceo de una raqueta. A mi juicio Marcia es una presumida, una mojigata de cara agria, una llorona, una gruñona, una chismosa...

—Ya basta —dije.

Sonrió fríamente.

—Lo siento. Olvidé que hablábamos de su amada. Son las 8.16. ¿Está nervioso?

Me encogí de hombros.

—Duro hasta el fin —comentó, y encendió el cigarrillo—. De todos modos, se preguntará por qué no le devuelvo sencillamente la libertad a Marcia, si la aborrezco tanto...

—No, no me lo pregunto.

Frunció el ceño.

—No se la devuelve —le espeté— porque es un hijo de puta egoísta, ambicioso y egocéntrico. Nadie puede quitarle lo que es suyo. Aunque usted ya no lo quiera.

Enrojeció y después se rió.

—Un tanto a su favor, señor Norris. Muy bien.

Me encogí nuevamente de hombros.

—Voy a proponerle un envite. Si gana, se irá de aquí con el dinero, con la mujer y con su libertad. En cambio, si pierde, perderá la vida.

Consulté el reloj. No pude evitarlo. Las 8.19.

—Muy bien —asentí. ¿Qué otra cosa podía decir? Por lo menos ganaría tiempo. Tiempo para encontrar la forma de salir de allí, con o sin el dinero.

Cressner cogió el teléfono y marcó un número.

—¿Tony? El plan número dos. Sí. —Colgó el auricular.

—¿Cuál es el plan número dos? —pregunté.

—Le telefonearé a Tony dentro de quince minutos y él retirará de su coche la..., sustancia incriminatoria y lo traerá nuevamente aquí. Si no le telefoneo, llamará a la Policía.

—¿No es muy confiado, verdad?

—Sea razonable, señor Norris. Hay veinte mil dólares sobre la alfombra, entre nosotros dos. En esta ciudad se han cometido asesinatos por veinte céntimos.

—¿Cuál es la apuesta?

Pareció sinceramente afligido.

—El envite, señor Norris, el envite. Los caballeros hacen envites. La chusma hace apuestas.

—Como usted diga.

—Excelente. Veo que ha estado mirando al balcón.

—Ha quitado los visillos de la puerta.

—Sí, los hice retirar esta tarde. Lo que le propongo es lo siguiente: que usted dé la vuelta a este edificio por la cornisa que sobresale por debajo del nivel del ático. Si consigue dar la vuelta al edificio, gana usted.

—Está loco.

—Todo lo contrario. Hace doce años que vivo en este apartamento, y durante ese lapso he propuesto el envite a seis personas en otras tantas ocasiones. Tres de las seis eran atletas profesionales, como usted: un conocido jugador de fútbol más famoso por sus anuncios de TV que por su buen juego, un jugador de béisbol, y un jockey bastante célebre que ganaba un salario anual extraordinario y que también vivía afligido por graves problemas para pagar alimentos a su exesposa. Los otros tres eran ciudadanos más vulgares que tenían distintas profesiones pero dos elementos en común: necesitaban dinero y eran relativamente ágiles. —Inhaló pensativamente el humo de su cigarrillo y continuó—: En cinco oportunidades el envite fue rechazado ipso facto. En la otra fue aceptado. Los términos fueron veinte mil dólares contra seis meses a mi servicio. Yo gané. El tipo echó una mirada por la baranda del balcón y casi se desmayó. —Cressner tenía una expresión divertida y desdeñosa—. Dijo que abajo todo parecía muy pequeño. Eso fue lo que le acobardó.

—¿Qué le hace pensar...?

Me interrumpió con un ademán fastidiado.

—No me aburra, señor Norris. Pienso que lo hará porque no puede elegir. La alternativa es mi envite o cuarenta años en San Quintín. El dinero y mi esposa son sólo estímulos adicionales, testimonios de mi generosidad.

—¿Qué garantía tengo de que no me defraudará? Es posible que lo haga y descubra que usted le ha telefoneado a Tony y le ha dicho que me denuncie igualmente.

Suspiró.

—Usted es un caso ambulante de paranoia, señor Norris. No amo a mi esposa. Su presencia ofende mi legendario egotismo. Para mí, veinte mil dólares son una nadería. Todas las semanas pago una suma cuatro veces mayor a los enviados de la Policía, para sobornarlos. Sin embargo, en cuanto al envite... —Sus ojos centellearon—. Eso no tiene precio.

Reflexioné y Cressner no me interrumpió. Supongo que sabía que el verdadero incauto siempre se convence a sí mismo. Yo era un infeliz tenista de treinta y seis años, y el club ya planeaba despedirme cuando Marcia aplicó un poco de presión sutil. El tenis era la única profesión que conocía y, sin él, incluso me resultaría difícil conseguir trabajo como portero..., sobre todo porque era un ex presidiario. No era nada grave, pero los empleadores son inflexibles.

Y lo curioso es que estaba realmente enamorado de Marcia Cressner. Me había prendado de ella después de darle dos clases de tenis a las nueve de la mañana, y el sentimiento había sido recíproco. Así era la suerte de Stan Norris. Después de treinta y seis años de dichosa soltería me había enamorado como un adolescente de la esposa de un padrino de la Organización.

Por supuesto, el viejo felino que me miraba fumando su cigarrillo turco importado sabía todo eso. Y también algo más. Nada me garantizaba que no me entregaría a la Policía si aceptaba el envite y ganaba, y en cambio sabía muy bien que, si no lo aceptaba, a las diez estaría en chirona. Y no recuperaría la libertad hasta el fin del siglo.

—Quiero saber algo —murmuré.

—¿De qué se trata, señor Norris?

—Míreme a los ojos y dígame si hace trampa o no.

Me miró fijamente.

—Nunca hago trampas, señor Norris —respondió en voz baja.

—Muy bien —asentí. ¿Qué otra alternativa me quedaba?

Se levantó, sonriendo.

—¡Estupendo! ¡Realmente estupendo! Acompáñame hasta la puerta del balcón, señor Norris.

Fuimos juntos. Su talante era el de un hombre que había imaginado esa escena centenares de veces y que disfrutaba al máximo ahora que se materializaba.

—La cornisa tiene doce centímetros y medio de ancho —explicó con tono soñador—. Yo mismo la he medido. En verdad, me he apoyado sobre ella, cogiéndome del balcón, claro está. Le bastará con pasar sobre la baranda de hierro forjado. Ésta le llegará a la altura del pecho. Pero, por supuesto, más allá de la baranda no hay puntos de dónde cogerse. Tendrá que desplazarse paso a paso, tomando muchas precauciones para no perder el equilibrio.

Mis ojos se posaron sobre algo más que había fuera de la ventana..., algo que hizo que la temperatura de mi sangre bajara varios grados. Era un anemómetro. El apartamento de Cressner se hallaba bastante cerca del lago, y no había edificios más altos para resguardarlo del viento. Éste sería frío y cortaría como un cuchillo. La aguja estaba bastante estable en el diez, pero una ráfaga fuerte la haría saltar casi hasta veinticinco durante unos segundos antes de volver a bajar.

—Ah, veo que ha reparado en mi anemómetro —comentó Cressner jovialmente—. En realidad es la otra fachada la que recibe casi todo el viento, de modo que es posible que ahí la brisa sea un poco más fuerte. Pero ésta es una noche bastante serena. He visto otras en que el viento soplaba a ochenta y cinco..., incluso se siente una ligera vibración en el edificio. Como si uno estuviera en la torre de vigía de un barco. Para tratarse de esta época del año, hoy el clima es bastante benigno.

Señaló, y vi los números luminosos en lo alto del rascacielos de un Banco, a la izquierda. Marcaban ocho grados, pero teniendo en cuenta el viento el factor de congelación estaría por debajo del cero.

—¿Tiene un abrigo? —le pregunté. Yo iba vestido con una americana liviana.

—No, lo siento. —Los números luminosos del Banco se modificaron para indicar la hora. Eran las 8.32—. Y creo que será mejor que se decida de una vez, señor Norris. Así podré telefonearle a Tony y decirle que ponga en ejecución el plan número tres. Es un buen chico pero tiene tendencia a ser impulsivo. Usted entiende.

Claro que entendía. Demasiado bien.

Sin embargo, la perspectiva de estar con Marcia, libre de los tentáculos de Cressner y con suficiente dinero para iniciar una nueva vida me impulsó a abrir la puerta de cristal y a salir al balcón. El aire era frío y húmedo, y el viento me alborotó el pelo y me lo volcó sobre los ojos.

—*Bon soir* —dijo Cressner a mis espaldas, pero no me molesté en volver la cabeza. Me acerqué a la baranda, sin mirar hacia abajo. Todavía no. Empecé a respirar profundamente.

En realidad no es un ejercicio sino una forma de autohipnosis. Con cada inhalación-expiración se expulsa una distracción del cerebro, hasta que no queda nada más que el desafío que uno tiene ante sí. Me olvidé del dinero con un movimiento respiratorio y de Cressner con dos. Necesité más tiempo para librarme de

Marcia: su rostro afloraba constantemente en mi mente, diciéndome que no fuera estúpido, que no aceptara sus condiciones de juego, que quizá Cressner nunca hacía trampas pero que siempre se aseguraba las posibilidades de triunfo. No la escuché. No podía permitirme ese lujo. Si perdía la apuesta no me bastaría con pagar la ronda de cervezas y soportar las pullas: me convertiría en una pringosidad escarlata salpicada a lo largo de Deakman Street, en un tramo de cien metros.

Cuando pensé en eso, miré hacia abajo.

El edificio bajaba en pendiente como un acantilado liso de tiza hasta la calle situada mucho más abajo. Los coches aparcados parecían esos modelos de juguete que venden en las tiendas de baratijas. Los que transitaban por la calzada parecían puntitos de luz. Si caía desde tan alto tendría tiempo suficiente para tomar conciencia de lo que sucedía, para ver cómo el viento tiraba de mis ropas a medida que la tierra me atraía a una velocidad cada vez mayor. Tendría tiempo para lanzar un alarido muy, muy largo. Y el ruido que haría al estrellarme contra el pavimento sería igual al de una sandía que cae cuando ya está madura.

Entendí muy bien por qué el otro tipo se había acobardado. Pero él sólo había tenido que pensar en una servidumbre de seis meses. A mí me aguardaban cuarenta negros años sin Marcia.

Observé la cornisa: Parecía angosta: nunca había visto doce centímetros y medio más semejantes a seis. Por lo menos el edificio era bastante nuevo. No se desmoronaría bajo mis pies.

Eso esperaba.

Sorteé la baranda y me descolgué cuidadosamente hasta apoyarme sobre la cornisa. Mis talones se asomaban sobre el vacío. Tenía el piso del balcón más o menos a la altura del pecho, y miré el ático de Cressner entre los barrotes ornamentales de hierro forjado. Él estaba del otro lado de la puerta, fumando, contemplándome con la misma expresión con que un científico observaría a un cobayo para estudiar los efectos de la última inyección.

—Telefonee —dije, sosteniéndome de la baranda.

—¿Cómo?

—Telefonee a Tony. No me moveré hasta que lo haga.

Se alejó por la sala —que parecía excepcionalmente cálida, segura y confortable— y cogió el teléfono. En verdad era un acto inútil. El viento no me permitía oír sus palabras. Colgó nuevamente el auricular y volvió.

—Todo arreglado, señor Norris.

—Ojalá sea cierto.

—Adiós, señor Norris. Le veré dentro de un rato... quizás.

Era hora de hacerlo. Basta de palabras. Pensé por última vez en Marcia, en su cabellera castaña, en sus grandes ojos grises, en su cuerpo cautivante, y después la expulsé definitivamente de mi cabeza. Basta de mirar hacia abajo, también. Sería demasiado fácil que me paralizara, si miraba ese abismo. Demasiado fácil que me congelara hasta perder el equilibrio, o que me desmayara de miedo. Era hora de comprimir el ángulo visual. De concentrarme exclusivamente en el pie izquierdo, en el pie derecho.

Empecé a desplazarme hacia la derecha, aferrándome mientras podía a la baranda del balcón. No tardé en darme cuenta de que necesitaría la fuerza de todos los músculos que la práctica del tenis había desarrollado en mis tobillos. Con los talones fuera de la cornisa, esos tendones sostendrían todo mi peso.

Llegué hasta donde alcanzaba mi brazo, y por un momento me pareció que no podría soltar mi punto de apoyo en el balcón. Me impuse la obligación de soltarlo. Caray, doce centímetros y medio eran un espacio más que suficiente. Si la cornisa estuviera a sólo treinta centímetros del suelo, y no a ciento treinta metros, podrías contornear el edificio en cuatro minutos justos, me dije. Imagínate entonces que ésa es la distancia.

Sí, y si te caes desde una cornisa que dista treinta centímetros del suelo dices «paciencia» y repites la tentativa. Allí arriba tendría una sola oportunidad.

Deslicé un poco más mi pie derecho y después acerqué el izquierdo. Solté la baranda. Levanté las manos abiertas, apoyando las palmas contra la superficie áspera de la fachada. Acaricié la piedra. Podría haberla besado.

Una ráfaga de viento hizo que la solapa de la americana me azotara el rostro, y mi cuerpo osciló sobre la cornisa. El corazón se me atravesó en la garganta y me quedé parado hasta que amainó el viento. Una ráfaga más violenta me habría arrancado de la cornisa y me habría lanzado a volar en medio de la noche. Del otro lado el viento soplaría con más fuerza.

Volví la cabeza hacia la izquierda, apretando la mejilla contra la piedra. Cressner me contemplaba, inclinado sobre la baranda.

—¿Se divierte? —me preguntó afablemente.

Se había puesto un abrigo de pelo de camello marrón.

—Pensé que no tenía un abrigo —comenté.

—Mentí —respondió con tono ecuánime—. Digo muchas mentiras.

—¿Qué significa eso?

—Nada... absolutamente nada. O quizá sí significa algo. Una pequeña guerra psicológica, ¿eh, señor Norris? Podría aconsejarle que no se distraiga demasiado. Los tobillos se cansan, y si se aflojaran...

Extrajo una manzana del bolsillo, la mordió y después la arrojó al vacío. Durante un largo rato no oí nada. Por fin, un chasquido débil y repelente. Cressner soltó una risita.

Había roto mi concentración y sentí que el pavor roía el perímetro de mi mente con dientes de acero. Un torrente de pánico pugnaba por desbordarse y ahogarme. Giré la cabeza para no verlo y respiré profundamente, para ahuyentar el terror. Miré el cartel luminoso del Banco, que ahora decía: 8.46, Hora de Ahorrar en Mutual.

Cuando los números luminosos marcaron las 8.49, me pareció que ya había recuperado el control de mis nervios. Creo que Cressner estaba convencido de que me había petrificado, y cuando empecé a deslizarme nuevamente hacia el ángulo del edificio oí un aplauso sardónico.

Ahora sentía el frío. El lago había aguzado el filo del viento y su humedad pegajosa me penetraba en la piel como un taladro. A medida que me deslizaba, la delgada tela de la americana se inflaba detrás de mí. A pesar del frío, me movía con lentitud. Si quería llegar, tendría que maniobrar pausada y deliberadamente. Si me apresuraba, caería.

Cuando llegué a la esquina, el reloj luminoso del Banco marcaba las 8.52. Aparentemente no había ningún problema: la cornisa daba la vuelta formando un ángulo recto..., pero la mano derecha me advirtió que soplaba un viento cruzado. Si me pillaba inclinado en un mal ángulo, saldría despedido en seguida.

Esperé que el viento amainara pero no hubo ningún cambio durante un largo rato, casi como si fuera el aliado voluntario de Cressner. Me castigaba con dedos crueles e invisibles, tirando y empujando y cosquilleando. Por fin, después de que una ráfaga muy violenta me hizo bambolear sobre las puntas de los pies, comprendí que no podría esperar indefinidamente y que el viento nunca amainaría por completo.

De modo que cuando volvió a declinar un poco, pasé el pie derecho al otro lado y, cogiéndome de ambas paredes con las manos, di la vuelta. Los vientos cruzados me zarandearon en dos direcciones al mismo tiempo, y vacilé. Durante un segundo estuve espantosamente seguro de que Cressner había ganado su envite. Después me deslicé un poco más y me adosé a la pared, exhalando por la garganta seca mi respiración contenida.

Fue entonces cuando la crepitación restalló casi en mi oído.

Sobresaltado, respingué casi hasta el límite de la estabilidad. Mis manos perdieron contacto con la pared y se agitaron demencialmente en busca del equilibrio. Creo que si una de ellas hubiera golpeado la fachada de piedra del edificio, ése habría sido el fin. Pero después de lo que pareció una eternidad, la gravitación resolvió dejarme volver a la pared en lugar de dispararme contra el pavimento que me aguardaba cuarenta y tres pisos más abajo.

El aliento entrecortado escapó de mis pulmones con un torturante silbido. Mis piernas parecían de goma. Los tendones de mis tobillos zumbaban como cables de alto voltaje. Nunca me había sentido tan mortal. El hombre de la guadaña estaba tan cerca que podía leer por encima de mi hombro.

Giré el cuello, miré hacia arriba, y allí estaba Cressner, asomado a la ventana de su dormitorio, a poco más de un metro de mi cabeza. Sonreía, con una matraca de Año Nuevo en la mano.

—Para mantenerle despierto —dijo.

No derroché aliento. De todas maneras, no podría haber articulado más que un graznido. El corazón me palpitaba furiosamente en el pecho. Me desplacé un metro y medio, más o menos, por si alimentaba el propósito de inclinarse hacia fuera y empujarme. Después me detuve, cerré los ojos y respiré profundamente hasta recuperarme.

Ahora estaba en la parte más angosta del edificio. A la derecha sólo se alzaban sobre mí las torres más altas de la ciudad. A la izquierda sólo se veía el círculo oscuro del lago, con unos pocos alfilerazos de luz que flotaban sobre sus aguas. El viento aullaba y gemía.

El viento cruzado de la segunda esquina no fue tan traicionero, y contorneé la arista sin problemas. Y entonces algo me mordió.

Lancé una exclamación ahogada y respingué. El cambio de posición me asustó y volví a adosarme fuertemente a la pared. Otro mordisco. No... no eran mordiscos sino picotazos. Miré hacia abajo.

Un palomo estaba posado sobre la cornisa, y me escudriñaba con ojos brillantes, llenos de odio.

Uno se acostumbra a las palomas en la ciudad. Son tan comunes como los taxistas que no pueden cambiar un billete de diez dólares. No les gusta volar y ceden terreno de mala gana, como si las aceras fueran suyas por derecho de ocupación precoz. Oh, sí, y frecuentemente dejan sus tarjetas de visita sobre el capó del automóvil. Pero nadie les presta mucha atención. A veces pueden ser irritantes, pero no son más que intrusas en nuestro mundo.

Pero yo estaba en *su* mundo, casi indefenso, y el palomo parecía saberlo. Volvió a picotear mi tobillo cansado, haciendo subir una corriente de dolor a lo largo de mi pierna.

—Fuera —rugí—. Fuera de aquí.

El palomo se limitó a picotearme de nuevo. Obviamente yo estaba en lo que él consideraba su terreno. Ese tramo de la cornisa estaba cubierto de excrementos, viejos y nuevos.

Desde arriba llegó un débil zureo.

Doblé el cuello hacia atrás tanto como pude y levanté la vista. Un pico se desplazó velozmente hacia mi rostro y estuve a punto de retroceder. Si lo hubiera hecho, me habría convertido en la primera víctima mortal de las palomas, en esa ciudad. Era Mamá Paloma, que protegía a una nidada de pichones congregados bajo el angosto alero. Gracias a Dios estaba demasiado lejos para picarme la cabeza.

Su macho me picó nuevamente y empezó a fluir la

sangre. La sentí. Reanudé el deslizamiento a lo largo de la cornisa, con la esperanza de espantar al pájaro. Fue inútil. Las palomas no se asustan. Por lo menos las palomas de la ciudad. Si un furgón de mudanzas sólo consigue obligarlas a apresurar un poco el paso, un hombre atrapado en la cornisa de un cuadragésimo tercer piso no es posible que las inquiete lo más mínimo.

El palomo retrocedía a medida que yo me adelantaba, y sus ojos refulgentes sólo se apartaban de mi cara cuando bajaba el pico aguzado para hincármelo en el tobillo. Y el dolor era cada vez más intenso. El pájaro picaba la carne viva... Y tal vez la comía.

Le lancé una patada con el pie derecho. Una patada débil, porque no podía permitirme nada mejor. El palomo se limitó a aletear un poco y en seguida volvió al ataque. Yo, en cambio, casi me precipité al vacío.

El palomo me picó otra vez, y otra, y otra. Me azotó una ráfaga de viento frío, que me curvó hasta el límite de mi estabilidad. Las yemas de mis dedos frotaron la piedra porosa y apoyé la mejilla izquierda contra la pared, respirando dificultosamente.

Cressner no podría haber concebido una tortura peor si la hubiera planeado durante diez años. Un picotazo no era grave. Dos o tres eran poco más. Pero el condenado pájaro debió de picarme sesenta veces hasta que llegué a la baranda de hierro forjado del ático situado frente al de Cressner.

Llegar a la baranda fue como llegar a las puertas del cielo. Mis manos se cerraron amorosamente alrededor de los barrotes fríos y los apretaron como si no quisieran soltarlos nunca.

Otro picotazo.

El palomo me miraba de forma casi petulante con sus ojos brillantes, seguro de mi impotencia y de su propia invulnerabilidad. Recordé la expresión con que me había estudiado Cressner al acompañarme hasta el balcón, del otro lado del edificio.

Cogiéndome con más fuerza de los barrotes de hierro, lancé un puntapié feroz que alcanzó de lleno al pajarraco. Éste emitió un graznido reconfortante y se elevó en el aire, aleteando. Unas pocas plumas grises se posaron sobre la cornisa o se perdieron lentamente en la oscuridad, meciéndose en el aire.

Me arrastré hasta el interior del balcón, resollando,

y me tumbé en el suelo. A pesar del frío mi cuerpo estaba empapado en sudor. Ignoro cuánto tiempo permanecí allí, recuperándome. El edificio me ocultaba la hora luminosa del Banco, y yo no uso reloj.

Me erguí antes de que se me entumecieran los músculos y me bajé cuidadosamente el calcetín. El tobillo derecho estaba lacerado y sangraba, pero la herida parecía superficial. De todas formas, si salía con bien tendría que hacerla curar. Sólo Dios sabe de qué gérmenes son portadoras las palomas. Pensé en la posibilidad de vendar la carne viva, pero desistí de hacerlo. Podría tropezar con el nudo de la venda. Ya tendría tiempo suficiente para eso. Más tarde podría comprarme veinte mil dólares de vendas.

Me levanté y miré con nostalgia el ático oscuro situado frente al de Cressner. Desierto, vacío, desocupado. Una fuerte mampara protegía la puerta. Podría haberme abierto paso, pero habría perdido la apuesta. Y lo que estaba en juego no era tan sólo dinero.

Cuando no pude dejar pasar más tiempo, me deslicé sobre la baranda y volví a la cornisa. El palomo, con unas plumas menos, estaba posado bajo el nido de su hembra, donde el cúmulo de excrementos era más espeso, y me miraba con ira. Pero no creía que me atacara, ahora que me veía alejarme.

Fue muy difícil comenzar..., mucho más difícil que cuando había tenido que abandonar el balcón de Cressner. Mi mente sabía que debía hacerlo, pero mi cuerpo, y sobre todo mis tobillos, clamaban que sería una locura abandonar un refugio tan seguro. Pero lo abandoné, estimulado por el rostro de Marcia que flotaba en la oscuridad.

Llegué a la segunda fachada corta, rodeé la arista, y me deslicé lentamente a lo largo de la parte transversal del edificio. Ahora que me aproximaba a la meta experimentaba una ansia casi incontrolable de apresurarme, de terminar con eso. Pero si me apresuraba, moriría. De modo que me obligué a avanzar lentamente.

En la cuarta arista nuevamente faltó poco para que el viento cruzado me derribara, y si pude sortear el obstáculo fue gracias a la suerte más que a la pericia. Descansé apoyado contra la pared, recuperando el aliento. Pero comprendí por primera vez que iba a salirme con la mía, que iba a triunfar. Sentía las manos como bistés semicongelados, me ardían los tobillos (sobre

251

todo el derecho, picoteado por el palomo), y el sudor se me infiltraba constantemente en los ojos, pero estaba seguro de que iba a triunfar. En la mitad de la fachada, una cálida luz amarilla bañaba el balcón de Cressner. Más allá vi el cartel del Banco que refulgía como un estandarte de bienvenida. Eran las 10.48, pero tuve la impresión de que había pasado toda mi vida sobre esos doce centímetros y medio de cornisa.

Y que Dios ayudara a Cressner si trataba de engañarme. Ya no tenía prisa. Casi remoloneé. Eran las 11.09 cuando apoyé la mano derecha sobre la baranda de hierro forjado del balcón, seguida por la izquierda. Me icé, sorteé el obstáculo, me dejé caer gozosamente en el suelo... Y sentí el frío cañón de una 45 contra la sien.

Miré hacia arriba y vi a un forajido tan feo que con su sola presencia podría haber parado el mecanismo del Big Ben. Me sonreía.

—¡Excelente! —proclamó la voz de Cressner desde adentro—. ¡Le aplaudo, señor Norris! —Eso fue lo que hizo—. Tráelo aquí, Tony.

Tony me alzó y me depositó tan bruscamente sobre los pies que mis débiles tobillos casi se doblaron. Al entrar, trastabillé contra la puerta del balcón.

Cressner estaba junto a la chimenea de la sala, bebiendo coñac de una copa grande como una pecera. Había vuelto a guardar el dinero en la bolsa de la compra, que descansaba en medio de la alfombra anaranjada.

Me vi fugazmente en un espejo que colgaba en el otro extremo de la habitación. Tenía el pelo alborotado y la cara pálida, con excepción de dos fuertes manchas de color en las mejillas. Mis ojos parecían los de un alucinado.

Sólo tuve una visión, porque un instante después salí despedido a través de la habitación. Me estrellé contra el sillón que antes había ocupado Cressner y lo arrastré en mi caída, perdiendo el aliento.

Cuando recuperé en parte la respiración, me senté y masculló:

—Maldito tramposo. Lo tenía todo planeado.

—Claro que sí —respondió Cressner, depositando cuidadosamente la copa sobre la repisa—. Pero no soy un tramposo, señor Norris. Le aseguro que no. Sólo soy un pésimo perdedor. Tony está aquí sólo para evitar que usted cometa una... imprudencia. —Se colocó los dedos bajo la barbilla y lanzó una risita. No parecía un mal perdedor. Parecía un gato con las plumas del canario pegadas al morro.

Me levanté, más asustado de lo que lo había estado en la cornisa.

—Usted me ha engañado —dije lentamente.

—Se equivoca. Han retirado la heroína de su coche, que ahora está en el garaje del edificio. El dinero está ahí, en la bolsa. Puede cogerlo e irse.

—Estupendo —murmuré.

Tony montaba guardia junto a la puerta del balcón, con el mismo aspecto de detrito de una noche de Walpurgis. Empuñaba la 45. Me encaminé hacia la bolsa de la compra, la recogí, y enderecé rumbo a la puerta, apenas sostenido por los tobillos temblorosos, casi seguro de que me pegarían un tiro en el trayecto. Pero cuando abrí la puerta empecé a experimentar la misma sensación que había experimentado al rodear la cuarta esquina: me saldría con la mía.

La voz de Cressner, parsimoniosa y divertida, me detuvo.

—¿No creerá realmente que la vieja treta del tocador de señoras despistó a alguien, verdad?

Me volví lentamente, con la bolsa en los brazos.

—¿A qué se refiere?

—Le he dicho que nunca hago trampa, y es cierto. Usted ganó tres trofeos, señor Norris. El dinero, su libertad y mi esposa. Ya tiene los dos primeros. El tercero puede pasar a recogerlo por el depósito de cadáveres.

Lo miré fijamente, sin poder moverme, presa de un horror que se había desplomado sobre mí como un rayo silencioso.

—Supongo que no habrá pensado que se la cedería, ¿verdad? —me preguntó con tono compasivo—. Oh, no. El dinero, sí. Su libertad, sí. Pero a Marcia, no. Mas, desde luego, no hago trampa. Y cuando la haya enterrado...

No me acerqué a él. No entonces. Lo dejaría para más tarde. Avancé hacia Tony, que se quedó un poco sorprendido hasta que Cressner le ordenó con tono hastiado:

—Mátalo, por favor.

Le arrojé la bolsa con el dinero. Le golpeó de lleno

en la mano que sostenía el arma, y fue un golpe fuerte. Ahí fuera yo no había empleado los brazos y las muñecas, que son lo mejor de un jugador de tenis. La bala atravesó la alfombra anaranjada y después yo caí sobre él.

Lo que tenía más duro era la cara. Le arranqué la pistola de la mano y le golpeé la nariz con el cañón. Se desplomó con un único gruñido.

Cressner casi había cruzado el umbral cuando disparé un tiro sobre su hombro y exclamé:

—Deténgase o es hombre muerto.

Lo pensó y se detuvo. Cuando se volvió, su porte de cosmopolita harto de todo se había ajado un poco. Se ajó un poco más cuando vio a Tony tumbado en el suelo, atragantándose con su propia sangre.

—No está muerta —dijo atropelladamente—. Tenía que salvar algo, ¿no le parece? —Me dirigió una sonrisa enferma, agriada.

—Soy idiota, pero no tanto —respondí. Mi voz tenía un tono exánime, de ultratumba. ¿Por qué no? Marcia había sido mi vida, y ese hombre la había tendido sobre una losa.

Cressner señaló con un dedo trémulo el dinero desparramado a los pies de Tony.

—Eso —balbuceó—, eso es una bagatela. Puedo darle cien mil dólares. O quinientos mil. ¿O qué le parece un millón, todo en una cuenta suiza? ¿Qué le parece eso? ¿Qué le...?

—Le hago una apuesta —dije lentamente.

Miró el cañón de la pistola y luego me miró a mí.

—¿Una...?

—Una apuesta —repetí—. No un envite. Una vulgar apuesta. Le apuesto que no puede dar la vuelta al edificio caminando por la cornisa.

Sus facciones se pusieron mortalmente pálidas. Al principio pensé que se iba a desmayar.

—Usted... —susurró.

—Eso es lo que está en juego —continué con mi voz exánime—. Si da la vuelta le dejaré ir. ¿Qué le parece?

—No —susurró. Tenía los ojos desencajados.

—Muy bien —asentí, y amartillé el arma.

—¡No! —gritó, tendiendo las manos—. ¡No! ¡No haga eso! Yo... Está bien.

Se humedeció los labios.

Hice una seña con la pistola y salió al balcón delante de mí.

—Está temblando —comenté—. Eso lo hará más difícil.

—Dos millones —imploró, sin poder articular algo más que un gimoteo gangoso—. Dos millones en billetes sin marcas.

—No —contesté—. Ni por diez millones. Pero si lo consigue, le dejaré en libertad. Se lo juro.

Un minuto después estuvo sobre la cornisa. Era más bajo que yo. Apenas podía ver sus ojos por encima del borde, sus ojos desorbitados y suplicantes, y las manos hacia la derecha, lamentándose. Miré el reloj del Bancón como si fueran los de presidio.

—Por favor —lloriqueó—. Cualquier cosa.

—Está perdiendo el tiempo —dije—. Se le resentirán los tobillos.

Pero no se movió hasta que le apoyé el cañón de la pistola contra la frente. Entonces empezó a deslizarse hacia la derecha, lamentándose. Miré el reloj del banco. Eran las 11.29.

Pensé que no llegaría a la primera esquina. No quería dar un paso, y cuando por fin se desplazó lo hizo con movimientos bruscos, que pusieron en peligro su centro de gravedad, mientras su bata flameaba en la noche.

Contorneó la esquina y se perdió de vista a las 12.01, hace casi cuarenta minutos. Esperé oír el aullido decreciente cuando lo azotó el viento cruzado, pero no pasó nada.

Quizás el viento había amainado. Recuerdo que cuando yo caminaba por ahí afuera, pensaba que el viento era su aliado. O quizá sencillamente ha tenido suerte.

Quizás ahora está en el otro balcón, acurrucado y resollando, sin atreverse a seguir adelante.

Pero probablemente sabe que si lo sorprendo allí cuando irrumpa en el otro ático, lo mataré como a un perro. Y hablando del otro lado del edificio, me pregunto qué tal le va con el palomo.

¿Qué ha sido ese alarido? No lo sé. Tal vez fue el viento. No importa. El reloj del Banco marca las 12.44. Muy pronto forzaré la puerta del otro apartamento y controlaré el balcón, pero por ahora continúo sentado en el balcón de Cressner, con la 45 de Tony en la mano.

Por si quiere el azar que contornee esa última esquina con la bata flotando a sus espaldas.

Cressner dijo que nunca hacía trampas cuando apostaba.

Pero yo tengo fama de hacerlas.

bía tenido tiempo de cambiarse el vestido por unos vaqueros y uno de esos repulsivos jerseys ceñidos. Estaba chalada por el muchacho que cortaba el césped.

Después de escuchar durante una semana cómo su esposa gemía y sorbía mocos en la cama vecina, Harold resolvió desprenderse de la cortadora. De todos modos no la necesitaba *realmente*, pensó. Ese año había contratado un muchacho, el año próximo contrataría además una cortadora. Y quizá Carla dejaría de quejarse en sueños. Quizás incluso podrían reanudar su vida sexual.

De modo que llevó la «Lawnboy» plateada a la gasolinera de Phil Sunoco, y él y Phil regatearon un rato. Harold salió con un flamante neumático Kelly y el depósito cargado de súper, y Phil colocó la «Lawnboy» plateada junto a uno de los surtidores con un cartel que decía EN VENTA.

Y ese nuevo año Harold siguió dejando para más adelante la contratación indispensable. Cuando por fin se decidió a llamar al muchacho del año anterior la madre le informó que Frank se había ido a la Universidad. Harold meneó la cabeza, atónito, y se encaminó hacia la nevera en busca de una cerveza. ¡Cómo volaba el tiempo! Dios, cómo volaba.

Aplazó la contratación del nuevo muchacho y dejó que pasara mayo y después junio y los «Red Sox» continuaban atascados en el cuarto puesto. Los fines de semana se sentaba en el porche de la parte posterior de la casa y observaba con expresión taciturna cómo una sucesión interminable de jóvenes que nunca había visto antes lo saludaban fugazmente antes de llevarse a su pechugona hija al antro local de iniquidades. Y el césped prosperaba y crecía maravillosamente. Ése era un excelente verano para la hierba: tres días de sol seguidos, casi cronométricamente, por uno de llovizna.

A mediados de julio eso parecía más una dehesa que el jardín de una residencia, y Jack Castonmeyer empezó a hacer toda clase de bromas de pésimo gusto, algunas de las cuales giraban alrededor del precio del heno y la alfalfa. Y la hija de Don Smith, Jenny, de cuatro años, tomó la costumbre de esconderse allí cada vez que le servían harina de avena en el desayuno o espinacas en la cena.

Un día, a fines de julio, Harold salió del patio durante un intervalo del partido, y vio una marmota gallardamente instalada en el camino interior cubierto de malezas. Resolvió que había llegado la hora. Apagó la radio, cogió el periódico, y buscó la sección de anuncios clasificados. Y a mitad de la columna de Varios encontró esto: *Cortamos césped. Precio razonable. 776-2390.*

Harold marcó el número, esperando que lo atendiera una señora atareada con el aspirador, que a su vez llamaría a gritos a su hijo. En cambio, una voz eficientemente profesional dijo:

—Casa Pastoral de Servicios de Jardinería y Exteriores..., ¿en qué podemos servirlo?

Harold le explicó cautamente a la voz en qué podía servirlo la Casa Pastoral. ¿De modo que habían llegado a ese extremo? ¿Los cortadores de césped montaban su propia empresa y tomaban empleados de oficina? Preguntó la tarifa y la voz le indicó una suma razonable.

Harold colgó con una sensación latente de inquietud y volvió al porche. Se sentó, encendió la radio, y miró por encima de su césped exuberante cómo las nubes se desplazaban lentamente por el cielo del sábado. Carla y Alicia habían ido a visitar a sus suegros, y la casa estaba a su disposición. Recibirían una sorpresa agradable si el muchacho que venía a cortar el césped completaba su trabajo antes de que ellas volvieran.

Abrió una cerveza y suspiró mientras escuchaba la narración de los fallos de su equipo favorito. Una brisa tenue sopló por el porche abrigado. Los grillos chirriaban plácidamente entre las altas hierbas. Harold gruñó algo desagradable sobre los «Red Sox» y se adormeció.

Media hora más tarde, se despertó sobresaltado al oír el timbre de la puerta. Volcó la cerveza al levantarse para ir a abrir la puerta.

En la escalinata de entrada aguardaba un hombre vestido con un mono manchado de jugo vegetal. Masticaba un mondadientes y era gordo. La curva de su abdomen formaba una protuberancia tan grande, debajo del moño azul desteñido, que Harold casi sospechó que se había tragado una pelota de baloncesto.

—¿Sí? —preguntó Harold Parkette, aún medio amodorrado.

El hombre sonrió, hizo rodar el mondadientes de un extremo al otro de la boca, tiró de los fondillos de su mono, y después levantó un poco sobre su frente la gorra verde de béisbol. Sobre la visera de ésta había una mancha de aceite de máquina. Y siguió sonriendo a Harold Parkette, con su olor a césped, a tierra y a aceite.

—Me envía Pastoral, amigo —anunció jovialmente, mientras se rascaba la ingle—. Usted telefoneó, ¿no es cierto? ¿No es cierto, amigo? —No dejaba de sonreír.

—Oh. Por el césped. ¿Usted? —Harold lo miró boquiabierto.

—Sí, yo. —El hombre de la cortadora de césped lanzó una carcajada en la cara de Harold abotargada por el sueño.

Harold se apartó impotente y el hombre de la cortadora de césped irrumpió delante de él por el vestíbulo, atravesó la sala y la cocina, y salió al porche de la parte posterior. Ahora Harold sabía quién era el hombre y todo estaba en orden. Había visto antes a otros tipos de esa catadura, que trabajaban en los equipos de saneamiento y de reparación de carreteras, en la autopista. Siempre disponían de un minuto para apoyarse sobre sus palas y fumar un «Lucky Strike» o un «Camel», mirando a los demás como si ellos fueran los dueños del mundo, capaces de sacarte cinco dólares o de acostarse con tu esposa cuando se les antojaba. Harold siempre les había tenido un poco de miedo a esos hombres: siempre estaban tostados por el sol, siempre tenían un laberinto de arrugas alrededor de los ojos, y siempre sabían lo que había que hacer.

—El trabajo más pesado hay que hacerlo detrás —le informó al hombre, ahuecando inconscientemente la voz—. Es una zona cuadrada y no hay obstáculos, pero la hierba ha crecido mucho. —Su voz volvió al registro normal y de pronto se disculpó—: Temo que me descuidé.

—No se apure, amigo. No se preocupe. Bien, bien, bien. —El hombre de la cortadora de césped le sonrió con mil chistes de viajantes en la mirada—. Cuanto más alto, mejor. Ésta es una tierra sana, por Circe. Es lo que siempre digo.

¿Por Circe?

El hombre de la cortadora de césped inclinó la cabeza hacia la radio.

—¿Es hincha de los «Red Sox»? Mi equipo es el de los «Yankees».

Volvió a entrar en la casa pisando con fuerza y atravesó el vestíbulo. Harold lo miró hoscamente.

Se sentó de nuevo y observó un momento con expresión acusadora el charco de cerveza que había bajo la mesa. La lata volcada de «Coors» estaba en el centro. Pensó en la posibilidad de traer la bayeta de la cocina y decidió que no corría prisa.

No se apure. No se preocupe.

Abrió el periódico en la sección financiera y estudió circunspectamente las cotizaciones de cierre. Como buen republicano, consideraba que los ejecutivos de Wall Street ocultos detrás de la tipografía encolumnada eran por lo menos semidioses de segundo orden...

(¿Por Circe?)

...y muchas veces lamentó no entender mejor el Verbo, tal como lo proclamaban no desde la montaña ni sobre lápidas de piedra, sino mediante abreviaturas tan enigmáticas como % y Kdk y 3,28 2/3. En una oportunidad había comprado prudentemente tres acciones de una compañía llamada «Bisomburguesas S.A.», que quebró en 1968, y él perdió íntegra su inversión de setenta y cinco dólares. Sabía que ahora las hamburguesas de bisonte estaban en alza. Eran la mercancía del futuro. Esto lo había discutido muchas veces con Sonny, el barman del «Goldfish Bowl». Sonny le decía a Harold que su desgracia había consistido en adelantarse cinco años a su tiempo, y que debería...

Un súbito rugido ensordecedor lo arrancó del nuevo sopor en el que estaba cayendo.

Harold se levantó bruscamente, derribando su silla y mirando en torno con los ojos desorbitados.

—¿Eso es una cortadora de césped? —le preguntó a la cocina—. ¿Dios mío, *eso* no es una cortadora de césped?

Atravesó la casa corriendo y miró por la puerta de delante. Allí no había nada, excepto una destartalada furgoneta verde con las palabras JARDINERÍA PASTORAL S.A., pintadas sobre la carrocería. Ahora el rugido provenía de la parte de detrás. Harold volvió a correr por la casa, irrumpió en el porche posterior, y se quedó petrificado.

Era obsceno.

Era una parodia grotesca.

La vetusta cortadora roja, motorizada, que el gordo había traído en su furgoneta, funcionaba sola. Nadie la empujaba y, en verdad, no había nadie a un metro y medio de ella. Corría frenéticamente, arrasando la hierba infortunada del jardín posterior de Harold Parkette como un vengativo diablo rojo directamente salido del infierno. Aullaba y bramaba y expulsaba un aceitoso humo azul con una forma alucinada de demencia mecánica que enfermaba de terror a Harold. El olor pasado de maduro de la hierba cortada flotaba en el aire como los vahos de un pino agrio.

Pero la auténtica obscenidad la constituía el hombre de la cortadora.

El hombre de la cortadora se había desnudado, quitándose hasta la última prenda. Sus ropas estaban pulcramente dobladas en el baño para pájaros vacío que se levantaba en el centro del jardín posterior. Desnudo y manchado de savia, se arrastraba más o menos un metro y medio por detrás del armatoste, devorando el césped segado. El jugo verde le chorreaba por la barbilla y goteaba sobre su abdomen oscilante. Y cada vez que la cortadora viraba en una esquina, el hombre se levantaba y daba un extraño salto antes de volver a postrarse.

—¡Deténgase! —gritó Harold Parkette—. ¡No siga!

Pero el hombre de la cortadora no le hizo caso, y su ululante familiar escarlata ni siquiera disminuyó la velocidad. Incluso pareció acelerar. Su parrilla de acero mellado pareció hacer una mueca a Harold cuando pasó delirando junto a él.

Entonces Harold vio el topo. Debía de haber estado encogido por el terror delante de la cortadora, en medio de la maleza próxima a ser arrasada. Se disparó por la franja ya segada, como una despavorida centella marrón, para buscar refugio bajo el porche.

La cortadora modificó su rumbo.

Mugiendo y aullando, se precipitó sobre el topo y lo escupió reducido a una ristra de piel y entrañas. Harold recordó al gato de los Smith. Una vez aniquilado el topo, la cortadora volvió a centrarse en su trabajo.

El hombre de la cortadora pasó arrastrándose velozmente, comiendo el césped. Harold estaba paralizado por el espanto, y se había olvidado por completo de las acciones, los bonos y las hamburguesas de bisonte. Veía cómo el inmenso vientre oscilante se dilataba. *El hombre de la cortadora se desvió y devoró el topo.*

Fue entonces cuando Harold Parkette se inclinó sobre la cancela y vomitó entre las margaritas. El mundo se tornó gris y de pronto comprendió que se estaba desmayando, que *se había* desmayado. Se desplomó en el porche y cerró los ojos...

Alguien lo estaba sacudiendo. Carla lo estaba sacudiendo. No había lavado los platos o vaciado el cubo de la basura y Carla se pondría furiosa pero eso no importaba. Con tal de que lo despertara, lo arrancara de esa horrible pesadilla, lo devolviera al mundo normal, la estupenda y normal Carla con su faja «Playtex» y sus dientes salientes...

Dientes salientes, sí. Pero no los dientes salientes de Carla. Carla tenía unos dientes de ardilla que le daban un aspecto endeble. En cambio estos dientes eran...

Peludos.

En estos dientes salientes crecían pelos verdes. Casi parecía...

¿Hierba?

—Oh, Dios mío —murmuró Harold.

—Se desmayó, ¿verdad, amigo? —El hombre de la cortadora estaba encorvado sobre él, sonriendo con sus dientes peludos. Sus labios y su barbilla también eran peludos. Todo era peludo. Y verde. El jardín apestaba a hierba y a gasolina y reinaba un silencio demasiado súbito.

Harold se sentó bruscamente y miró la cortadora inactiva. Todo el césped había sido pulcramente cortado. Y no haría falta rastrillar, observó Harold con una sensación de náusea. Si el hombre de la cortadora había omitido devorar una sola brizna, él no la veía. Miró de soslayo al hombre de la cortadora y respingó. Seguía desnudo, gordo, terrorífico. De las comisuras de la boca le chorreaba una baba verde.

—¿Qué significa esto? —preguntó Harold con tono suplicante.

El hombre hizo un ademán con la mano abarcando el jardín.

—¿Esto? Bien, es un nuevo sistema que ha empezado a ensayar el patrón. Funciona muy bien. Muy, muy bien, amigo. Matamos dos pájaros de un tiro. Seguimos marchando hacia la etapa final, y al mismo tiempo recaudamos dinero para financiar nuestras otras operaciones. ¿Entiende a qué me refiero? Claro que de cuando en cuando tropezamos con un cliente que no entiende. Hay gente que no respeta la eficiencia, ¿sabe? Pero el patrón siempre está conforme con los sacrificios. Eso ayuda a mantener lubricados los engranajes.

Harold no contestó. Una palabra daba vueltas y vueltas en su cabeza, y esa palabra era «sacrificio». Interiormente veía al topo escupido de abajo de la destartalada cortadora roja.

Se levantó lentamente, como un viejo semiparalítico.

—Por supuesto —asintió, y sólo se le ocurrió repetir un verso de uno de los discos folk-rock de Alicia—. Dios bendiga la hierba.

El hombre de la cortadora se palmeó un muslo que tenía el color de una manzana madura.

—Eso está muy bien, amigo. En verdad, está endemoniadamente bien. Veo que usted es una persona comprensiva. ¿No le molestará que anote eso cuando vuelva a la oficina? Podría significarme un ascenso.

—Por supuesto —respondió Harold, mientras se retiraba hacia la puerta trasera y esforzándose por conservar su debilitada sonrisa—. Continúe hasta terminar. Yo iré a echarme una siestecita...

—Cómo no, amigo —dijo el hombre de la cortadora, levantándose de forma portentosa.

Harold observó un surco inusitadamente profundo entre el primer y el segundo dedo del pie... casi como si estuviera partido.

—Al principio la gente queda un poco desconcertada —prosiguió el hombre de la cortadora—. Pero se acostumbrará. —Estudió pensativamente la robusta figura de Harold—. En verdad, es posible que usted también quiera hacer la prueba. El patrón siempre anda en busca de nuevos talentos.

—El patrón —repitió débilmente Harold.

El hombre de la cortadora se detuvo al pie de la escalinata y miró a Harold Parkette con expresión tolerante.

—Escuche, amigo. Supuse que ya lo había adivinado... Cuando dijo Dios bendiga la hierba y todo lo demás.

Harold meneó cautelosamente la cabeza y el hombre de la cortadora se rió.

—Pan. El patrón es Pan. —Y ejecutó algo intermedio entre una voltereta y un paso de danza sobre el cés-

ped recién segado y la cortadora reaccionó estridente-
mente y empezó a traquetear alrededor de la casa.

—Los vecinos... —empezó a decir Harold, pero el
hombre de la cortadora se limitó a agitar la mano alegremente y desapareció.

La cortadora siguió mugiendo y aullando en el jardín de delante. Harold Parkette se resistió a mirar, como
si al resistirse pudiera exorcizar el grotesco espectáculo que probablemente los Castonmeyer y los Smith
—ambos malditos demócratas— estaban devorando con
ojos horrorizados al mismo tiempo que sentenciaban
con tono virtuoso «yo te lo había dicho».

En lugar de mirar, Harold se encaminó hacia el teléfono, levantó enérgicamente el auricular, y marcó el
número del Departamento de Policía que figuraba en
el adhesivo pegado al aparato para los casos de emer-
gencia.

—Sargento Hall —dijo la voz del otro extremo.

Harold insertó un dedo en su oreja libre y manifestó:

—Me llamo Harold Parkette. Mi dirección es 1421
East Endicott Street. Quiero denunciar... —¿Qué? ¿Qué
era lo que quería denunciar? ¿A un hombre que está
violando y asesinando mi césped y que trabaja para
un tipo llamado Pan y que tiene los pies partidos?

—¿Sí, señor Parkette?

Se sintió inspirado.

—Quiero denunciar un caso de exhibicionismo.

—Exhibicionismo —repitió el sargento Hall.

—Sí. Hay un hombre cortando el césped de mi casa.
Está, eh, totalmente...

—¿Quiere decir que está desnudo? —preguntó el sargento Hall, amablemente incrédulo.

—¡Desnudo! —asintió Harold, aferrándose con fuerza a los restos maltrechos de su cordura—. Desnudo.
En pelotas. Con el culo al aire. En el jardín del frente
de mi casa. ¿Quiere enviar a alguien con urgencia?

—¿Dijo que su dirección es 1421 West Endicott?
—inquirió el sargento Hall, atónito.

—¡East! —gritó Harold—. Por el amor de Dios...

—¿Y asegura que está totalmente desnudo? ¿Puede
ver sus, eh..., genitales y todo lo demás?

Harold quiso contestar pero sólo pudo emitir un sonido gutural. La estridencia de la cortadora parecía aumentar de volumen, ahogando todos los otros ruidos del

Universo. Sintió un nudo en la garganta.

—¿Puede levantar la voz? —exclamó el sargento Hall—. La línea tiene mucha estática...

La puerta del frente se abrió violentamente.

Harold giró la cabeza y vio que el pariente mecanizado del hombre de la cortadora irrumpía por la puerta. Detrás del armatoste avanzaba el hombre en persona, siempre totalmente desnudo. Con algo próximo a la locura total, Harold observó que el pelo púbico del hombre tenía un exuberante color verde. Hacía girar la gorra de béisbol en la punta de un dedo.

—Ha cometido un error, amigo —dictaminó el hombre de la cortadora con tono de reproche—. Debería haberse atenido al Dios bendiga la hierba.

—Hable. Hable, señor Parkette.

Harold dejó caer el teléfono de sus dedos insensibles cuando la cortadora de césped empezó a avanzar hacia él, afeitando la pelusa de la alfombra «Mohaw» nueva de Carla, y despidiendo mazacotes de fibra marrón a medida que se adelantaba.

Harold la miró con la misma fascinación con que un pajarillo mira a una serpiente, hasta que llegó a la mesita de servicio. Cuando la cortadora la despidió a un costado, reduciendo una pata a serrín y astillas, Harold pasó por encima del respaldo de su silla, arrastrándola delante de él a medida que retrocedía hacia la cocina.

—Eso no servirá para nada, amigo —dijo afablemente el hombre de la cortadora—. Además, complicaremos la operación. En cambio, si se limita a mostrarme dónde guarda su cuchillo de trinchar más afilado, podríamos liquidar el asunto del sacrificio sin ningún sufrimiento... Creo que el baño de los pájaros será un buen lugar, y después...

Harold le arrojó la silla a la cortadora de césped, que se le había aproximado astutamente por un costado mientras el hombre desnudo distraía su atención, y luego se disparó por el hueco de la puerta. La cortadora contorneó la silla, rugiendo, lanzando una nube de humo por el escape, y al abrir brutalmente la cancela y al saltar por la escalinata, la oyó, la olió, la sintió muy cerca.

La cortadora de césped sorteó el escalón superior como un esquiador en trance de saltar de la plataforma de salto. Harold corrió por el césped recién cortado, pero llevaba el lastre de demasiadas cervezas, de demasiadas siestas. Sintió que se aproximaba, que la tenía sobre los talones, y por fin miró por encima del hombro y se enredó en sus propios pies.

Lo último que vio Parkette fue la parrilla sonriente de la cortadora desbocada, que se empinaba para mostrar sus rejas centelleantes, manchadas de verde, y más arriba la cara gorda del hombre de la cortadora, que meneaba la cabeza con un ademán de benévolo reproche.

—Qué caso tan macabro —comentó el teniente Goodwin cuando terminaron de sacar las últimas fotos. Hizo una seña con la cabeza a los dos hombres vestidos de blanco y éstos se adelantaron por el césped transportando la cesta—. No hace dos horas denunció que había un tipo desnudo en su jardín.

—¿Era cierto? —preguntó el agente Cooley.

—Sí. También telefoneó uno de sus vecinos. Un tipo llamado Castonmeyer. Éste pensó que se trataba del mismo Parkette. Y quizás era Parkette, Cooley. Quizás era él.

—¿Usted cree, señor?

—Enloquecido por el calor —dictaminó el teniente Goodwin con tono grave, y se dio un golpecito con el dedo sobre la sien—. Esquizo-jodi-frenia.

—Sí, señor —respondió Cooley respetuosamente.

—¿Dónde está el resto del cuerpo? —preguntó uno de los hombres vestidos de blanco.

—En el baño de los pájaros —contestó Goodwin. Miró al cielo con aire pensativo.

—¿Ha dicho en el baño de los pájaros? —inquirió el hombre vestido de blanco.

—Eso mismo —asintió el teniente Goodwin.

El agente Cooley miró el baño de los pájaros y perdió casi todo su color moreno.

—Un maniático sexual —prosiguió Goodwin—. Eso debía de ser.

—¿Huellas? —preguntó Cooley con voz pastosa.

—Mejor sería preguntar por pisadas —dijo Goodwin. Señaló el césped recién cortado.

El agente Cooley lanzó un sonido estrangulado.

El teniente Goodwin se metió las manos en los bolsillos y se meció sobre los talones.

—El mundo —dictaminó con tono circunspecto—, está lleno de locos. No lo olvide nunca, Cooley. Esquizos. Los del laboratorio dicen que alguien persiguió a Parkette por su propia sala con una cortadora de césped. ¿Puede imaginar eso?

—No, señor —contestó Cooley.

Goodwin miró el césped pulcramente cortado de Harold Parkette.

—Bien, como dijo aquel hombre cuando vio a la sueca morena, ciertamente es una noruega de otro color.

Goodwin contorneó la casa y Cooley lo siguió. Detrás de ellos quedó flotando un agradable aroma de césped recién segado.

BASTA, S. A.

Morrison esperaba a alguien que había quedado retrasado por el atascamiento del tráfico aéreo sobre el aeropuerto Kennedy, cuando vio una cara conocida en el extremo de la barra y se encaminó a su encuentro.

—¿Jimmy? ¿Jimmy McCann?

Era él. Estaba un poco más gordo que cuando Morrison lo había visto el año anterior en la Exposición de Atlanta, pero por lo demás tenía muy buen aspecto. En la Universidad había sido un fumador empedernido, flaco y pálido, oculto detrás de unas gafas con armazón de carey. Aparentemente las había trocado por lentes de contacto.

—¿Dick Morrison?

—Sí. Tienes un aspecto estupendo. —Le tendió la mano e intercambiaron un apretón.

—Tú también —respondió McCann, pero Morrison sabía que era mentira. Últimamente trabajaba demasiado, comía demasiado y fumaba demasiado—. ¿Qué vas a beber?

—Whisky y bitter —dijo Morrison. Se sentó sobre un taburete, rodeándolo con las piernas, y encendió un cigarrillo—. ¿Esperas a alguien, Jimmy?

—No, voy a una conferencia en Miami. Un cliente importante. Nos compra seis millones. Se supone que debo tratarlo con cuidado porque perdimos una cuenta importante para la próxima primavera.

—¿Sigues con «Crager y Barton»?

—Ahora soy vicepresidente ejecutivo.

—¡Fantástico! ¡Te felicito! ¿Cuándo sucedió todo esto? —Intentó convencerme de que el gusanillo de la envidia que le carcomía el estómago no era más que un problema de acidez. Sacó un tubo de píldoras antiácidas y trituró una entre los dientes.

—En agosto pasado. Sucedió algo que transformó mi vida. —Miró a Morrison en forma inquisitiva y sorvió el contenido de su vaso—. Tal vez te interesará.

«Dios mío —pensó Morrison con un respingo interior—. Jimmy McCann se ha hecho religioso.»

—Claro que sí —asintió, y vació su vaso de un trago cuando se lo sirvieron.

—No me encontraba muy bien —explicó McCann—. Problemas personales con Sharon, mi padre murió de un infarto, y yo empecé a tener unos accesos de espasmódica. Un día Bobby Crager pasó por mi oficina y me endilgó un sermón paternal. ¿Recuerdas cómo son?

—Sí. —Morrison había trabajado dieciocho meses en «Crager y Barton» antes de pasar a la «Morton Agency»—. O entras en razón o te ponen de patitas en la calle.

McCann se rió.

—Eso es. Bien, para rematarlo, el médico me dijo que tenía un principio de úlcera. Me ordenó que dejara de fumar. —McCann hizo una mueca—. Me habría resultado más fácil dejar de respirar.

Morrison hizo un ademán de neto asentimiento. Los no fumadores podían permitirse el lujo de ser petulantes. Miró con disgusto su propio cigarrillo y lo aplastó, seguro de que encendería otro al cabo de cinco minutos.

—¿Lo dejaste? —preguntó.

—Sí, lo dejé. Al principio pensé que no podría... Hacía trampas como un loco. Hasta que conocí a un tipo que me aconsejó visitar un instituto de Forty-sixth Street. Especialistas. Me dijo que no tenía nada que perder y fui. Desde entonces no he vuelto a fumar.

A Morrison se le desencajaron los ojos.

—¿Qué hicieron? ¿Te inyectaron una droga?

—No. —Había sacado la billetera y hurgaba en su

interior—. Aquí está. Sabía que tenía una conmigo. —Depositó sobre la barra, entre ellos, una tarjeta comercial.

BASTA, S. A.

¡No se haga humo!
237 East 46th Street
Pida hora para su tratamiento

—Quédatela, si quieres —dijo McCann—. Te curarán. Te lo garantizo.

—¿Cómo?

—No puedo contártelo.

—¿Eh? ¿Por qué no?

—Eso forma parte del contrato que te hacen firmar. De todos modos, durante la entrevista te explican cómo es el sistema.

—¿Firmaste un *contrato*?

McCann hizo un ademán de asentimiento...

—Y sobre esa base...

—Sí. —Le sonrió a Morrison, que pensó: «Bien, ha sucedido. Jim McCann se ha sumado a las filas de los estúpidos petulantes».

—¿Por qué el secreto, si el instituto es tan fantástico? ¿Por qué nunca he visto publicidad en la TV, ni carteles, ni anuncios en las revistas...?

—Consiguen todos los clientes que necesitan por las referencias que se transmiten de forma personal.

—Tú trabajas en publicidad, Jimmy. No puedes creer eso.

—Lo creo —insistió McCann—. Tienen un promedio de curación del noventa y ocho por ciento.

—Espera un momento —exclamó Morrison. Pidió otra copa y encendió un cigarrillo—. ¿Estos individuos te atan y te obligan a fumar hasta que vomitas?

—No.

—¿Te hacen ingerir algo para que te descompongas cada vez que enciendes...?

—No, no se trata de nada de eso. Compruébalo por ti mismo. —Señaló el cigarrillo de Morrison—. No te gusta realmente, ¿verdad?

—Nooo, pero...

—Cuando dejé de fumar mi vida cambió radicalmente —prosiguió McCann—. Supongo que no les sucederá lo mismo a todos, pero en mi caso fue una reacción en cadena. Me sentí mejor y mi relación con Sharon se enmendó por completo. Tenía más energías y rendía más en el trabajo.

—Escucha, has despertado mi curiosidad. ¿No podrías...?

—Lo siento, Dick. Realmente no puedo hablar de eso. —Se mostró categórico.

—¿Aumentaste de peso?

Por un momento le pareció que Jimmy McCann tenía un talante casi lúgubre.

—Sí. En verdad me excedí. Pero volví a adelgazar. Ahora tengo el peso casi justo. Antes era enclenque.

«Los pasajeros del vuelo 206 deben embarcar por la Puerta 9», anunció el altavoz.

—Ése es mi avión —exclamó McCann, mientras se levantaba. Dejó caer un billete de cinco dólares sobre la barra—. Tómate otra copa, si quieres. Y piensa en lo que te he dicho. En serio.

Entonces desapareció, abriéndose paso entre la multitud hacia la escalera mecánica. Morrison cogió la tarjeta, la miró con expresión cavilosa, la guardó en su billetera y la olvidó.

Un mes más tarde la tarjeta cayó de su billetera sobre otra barra. Había salido temprano de la oficina y había entrado allí para pasar la tarde bebiendo. Las cosas no marchaban bien en la «Morton Agency». En realidad, marchaban terriblemente mal.

Le dio a Henry un billete de diez para pagar la bebida, y después levantó la tarjetita y volvió a leerla: 237 East Forty-sixth Street. Estaba a sólo doscientos metros. Era un día fresco y soleado de octubre, y quizá, para distraerse un poco...

Cuando Henry le trajo el cambio, terminó su bebida y salió a caminar.

Basta, S. A., se hallaba en un nuevo edificio donde el alquiler mensual de las oficinas debía ser equivalente al sueldo anual de Morrison. A juzgar por el tablero con la nómina de empresas que se exhibía en el vestíbulo, sus oficinas ocupaban toda una planta. Y esto era un testimonio de riqueza. Mucha riqueza.

Subió en el ascensor y desembocó en un recinto suntuosamente alfombrado, de donde pasó a una sala de recepción decorada con excelente gusto, y con un amplio ventanal desde donde se veían los insectos que se desplazaban velozmente por la calle. Tres hombres y una mujer ocupaban las sillas alineadas a lo largo de las paredes, y estaban leyendo revistas. Todos tenían porte de ejecutivos. Morrison se acercó al escritorio.

—Un amigo me dio esto —explicó, entregándole la tarjeta a la secretaria—. Supongo que se podría decir que fue un alumno del instituto.

La joven sonrió e introdujo un formulario en la máquina de escribir.

—¿Su nombre, señor?

—Richard Morrison.

Clak-clakety-clak. Pero un tecleo muy apagado. La máquina era una IBM.

—¿Su domicilio?

—29 Maple Lane, Clinton, Nueva York.

—¿Casado?

—Sí.

—¿Hijos?

—Uno.

Pensó en Alvin y frunció ligeramente el ceño. «Uno» no era el término preciso. Habría sido más correcto decir «Medio». Su hijo era retrasado mental y estaba internado en una escuela especial, en New Jersey.

—¿Quién lo ha recomendado, señor Morrison?

—Un viejo condiscípulo. James McCann.

—Muy bien. ¿Quiere sentarse y esperar un momento? Éste ha sido un día muy ajetreado.

—De acuerdo.

Se sentó entre la mujer, que usaba un severo traje sastre azul, y un joven ejecutivo de americana espigada y patillas a la moda. Extrajo un paquete de cigarrillos, miró en torno y vio que no había ceniceros.

Volvió a guardar los cigarrillos. Estupendo. Les seguiría la corriente y encendería uno al salir. Si lo hacían esperar mucho incluso dejaría caer la ceniza sobre la peluda alfombra marrón. Cogió un ejemplar del *Time* y empezó a hojearlo.

Lo llamaron un cuarto de hora más tarde, después de la mujer del traje azul. Su centro nicotínico ya estaba clamando a gritos. Un hombre que había entrado después que él había extraído una pitillera, la había abierto con un chasquido seco, había visto que no había ceniceros y la había guardado..., con expresión un poco culpable, según le pareció a Morrison. Eso lo hizo sentir algo mejor.

Por fin la secretaria lo miró con una sonrisa radiante y dijo:

—Puede pasar, señor Morrison.

Morrison pasó por la puerta situada detrás del escritorio y se encontró en un corredor iluminado con luces indirectas. Un hombre corpulento, de cabello blanco y aspecto taimado, le estrechó la mano, sonrió afablemente y dijo:

—Sígame, señor Morrison.

Guió a Morrison frente a una serie de puertas cerradas, desprovistas de identificación, y por último abrió una de ellas, situada más o menos en la mitad del pasillo, utilizando una llave. Se trataba de una austera habitación con dimensiones reducidas, cuyas paredes estaban forradas con paneles blancos de corcho perforado. El único mueble era un escritorio con una silla a cada lado. En la pared situada detrás del escritorio había algo que parecía ser una pequeña ventana alargada, pero estaba cubierta con una cortinilla verde. En la pared situada a la izquierda de Morrison colgaba la foto de un hombre alto, de cabello gris acerado. Sostenía una hoja de papel en la mano. Le pareció vagamente conocido.

—Soy Vic Donatti —se presentó el hombre fornido—. Si resuelve someterse a nuestro programa, yo seré su supervisor.

—Mucho gusto en conocerlo —dijo Morrison. Estaba ansioso por fumar un cigarrillo.

—Siéntese.

Donatti depositó el formulario de la secretaria sobre la mesa, y después extrajo otro del cajón. Clavó sus ojos en los de Morrison.

—¿Quiere dejar de fumar?

—Sí —murmuró.

—¿Quiere firmar esto? —Le entregó el impreso a Morrison. Éste lo leyó por encima. El firmante se compromete a no divulgar los métodos o técnicas, etcétera, etcétera.

—Por supuesto —asintió, y Donatti le colocó una estilográfica en la mano. Garabateó su nombre y Donatti firmó abajo. Un momento después el papel desapareció en el cajón de la mesa.

«Bien —pensó Morrison irónicamente—, he prestado juramento. No era el primero. Una vez había aguantado dos días íntegros.»

—Correcto —dijo Donatti—. Aquí no nos molestamos en hacer propaganda, señor Morrison. Ni en formular preguntas sobre su estado de salud, su presupuesto o su condición social. No nos interesa saber por qué desea dejar de fumar. Somos pragmáticos.

—Me alegro —respondió Morrison con tono apático.

—No empleamos drogas. No reclutamos a discípulos de Dale Carneggie para que lo sermoneen. No recomendamos ninguna dieta especial. Y no aceptamos dinero hasta que ha transcurrido un año de que ha abandonado el vicio.

—Dios mío —exclamó Morrison.

—¿El señor McCann no se lo informó?

—No.

—¿Cómo se encuentra el señor McCann, entre paréntesis? ¿Está bien?

—Sí.

—Magnífico. Excelente. Ahora..., sólo unas pocas preguntas, señor Morrison. Son un poco personales, pero le aseguro que esta información es estrictamente confidencial.

—¿Sí? —murmuró Morrison con indiferencia.

—¿Cómo se llama su esposa?

—Lucinda Morrison. Su apellido de soltera era Ramsey.

—¿La ama?

Morrison levantó bruscamente la vista, pero Donatti lo miraba con expresión plácida.

—Sí, desde luego.

—¿Ha tenido problemas conyugales? ¿Alguna separación, quizá?

—¿Qué relación tiene esto con el hecho de dejar de fumar? —preguntó Morrison. No había querido reaccionar con tanto enfado, pero deseaba, diablos, *necesitaba*, un cigarrillo.

—Tiene mucha relación —contestó Donatti—. Por favor, sea paciente.

—No. Nada por el estilo. —Aunque últimamente la convivencia había sido un poco difícil.

—¿Tiene un solo hijo?

—Sí. Alvin. Asiste a una escuela privada.

—¿Qué escuela?

—Eso no se lo diré —espetó Morrison con tono hosco.

—Está bien —asintió Donatti afablemente. Desarmó a Morrison con una sonrisa—. Todas sus preguntas las contestaré mañana durante la primera sesión del tratamiento.

—Me alegro —dijo Morrison, y se levantó.

—Una última pregunta —agregó Donatti—. Hace más de una hora que no fuma. ¿Cómo se siente?

—Bien —mintió Morrison—. Sencillamente bien.

—¡Lo felicito! —exclamó Donatti. Contorneó el escritorio y abrió la puerta—. Disfrute de sus cigarrillos esta noche. A partir de mañana jamás volverá a fumar.

—¿De veras?

—Se lo garantizamos, señor Morrison —afirmó Donatti solemnemente.

Al día siguiente, a las tres en punto, estaba sentado en la antesala de Basta, S. A. Había pasado la mayor parte del día preguntándose si faltaría a la cita que le había dado la secretaria al salir, o si concurriría con un espíritu de terca recuperación... *Endílgueme su mejor discurso, amigo.*

Al fin, algo que había dicho Jimmy McCann lo indujo a asistir a la entrevista... *Sucedió algo que transformó mi vida.* Dios sabía que a su vida le vendría bien un cambio. Y además sentía curiosidad. Antes de entrar en el ascensor fumó un cigarrillo hasta el filtro. «Si es el último, paciencia», pensó. Tenía un sabor horrible.

Esta vez no tuvo que esperar tanto tiempo. Cuando la secretaria lo invitó a entrar, Donatti lo estaba esperando. Le tendió la mano y sonrió, y Morrison tuvo la impresión de que esa sonrisa era casi rapaz. Empezó a sentirse un poco tenso y esto le hizo desear un cigarrillo.

—Acompáñeme —dijo Donatti, y lo guió hasta la pequeña habitación. Volvió a sentarse detrás del escritorio y Morrison ocupó la otra silla—. Me alegro mucho de que haya venido —continuó Donatti—. Muchos posibles clientes no vuelven después de la entrevista inicial. Descubren que no tienen tanto interés como creían en dejar de fumar. Será un placer cooperar con usted en esto.

—¿Cuándo empieza el tratamiento? «Hipnosis —pensaba—. Debe de ser hipnosis.»

—Oh, ya ha empezado. Empezó cuando nos dimos el

apretón de manos en el corredor. ¿Lleva cigarrillos encima, señor Morrison?

—Sí.

—¿Puede dármelos, por favor?

Morrison se encogió de hombros y le entregó el paquete a Donatti. De todos modos sólo quedaban dos o tres.

Donatti depositó el paquete sobre la mesa. Después, sonriendo, y sin dejar de mirar fijamente a Morrison, cerró el puño y empezó a descargarlo sobre el paquete de cigarrillos, que se arrugó y aplastó. La punta de un cigarrillo roto salió despedida. Se dispersaron las hebras de tabaco. Los puñetazos de Donatti retumbaron con fuerza en la habitación cerrada. A pesar de la violencia de sus golpes la sonrisa seguía estereotipada en su rostro, y le produjo un escalofrío a Morrison. «Quizás es sólo el estado de ánimo que quieren inspirar», pensó.

Por fin Donatti cesó de martillear. Cogió el paquete, triturado y maltrecho.

—No creerá cuánto placer me produce esta operación —dijo, y dejó caer el paquete en la papelera—. Incluso después de repetirla durante tres años, me sigue regocijando.

—Como tratamiento deja bastante que desear —comentó Morrison afablemente—. En el vestíbulo de este mismo edificio hay un quiosco de periódicos. Y allí venden todas las marcas.

—Como usted diga —respondió Donatti. Cruzó las manos—. Su hijo, Alvin Dawes Morrison, está en la Escuela Paterson para Niños Retardados. Nació con una lesión cerebral. Coeficiente intelectual 46. No entra en la categoría de los retardados reeducables. Su esposa...

—¿Cómo averiguó eso? —rugió Morrison. Estaba sobresaltado y furioso—. No tiene derecho a meter sus condenadas narices en mi...

—Sabemos mucho acerca de usted —prosiguió Donatti apaciblemente—. Pero, como dije, todo es estrictamente confidencial.

—Me iré de aquí —siseó Morrison. Se levantó.

—Quédese un poco más.

Morrison lo estudió atentamente. Donatti no estaba turbado. En verdad, parecía un poco divertido. Su semblante era el de un hombre que había presenciado la misma reacción docenas de veces..., centenares, quizá.

—Está bien. Pero espero que sepa lo que hace.

Oh, claro que lo sabemos. —Donatti se repantigó en su asiento—. Le expliqué que somos pragmáticos. En este contexto, tenemos que empezar por comprender hasta qué punto es difícil curar la adicción al tabaco. El índice de recidivas es de casi el ochenta y cinco por ciento. La tasa de recaídas de los adictos a la heroína es menor. Se trata de un problema extraordinario. *Extraordinario*.

Morrison miró hacia la papelera. Uno de sus cigarrillos, aunque torcido, aún parecía estar en condiciones de ser fumado. Donatti se rió jovialmente, metió la mano en la papelera y lo rompió entre los dedos.

—A veces alguien propone en las legislaturas de los estados que el sistema carcelario suprima la ración semanal de cigarrillos. Estas mociones son derrotadas invariablemente. En los pocos casos en que fueron aprobadas, se desencadenaron terribles motines. *Motines*, señor Morrison. ¿Qué le parece?

—No me sorprende —contestó Morrison.

—Pero piense en las connotaciones. Cuando usted manda a un hombre a la cárcel lo priva de su vida sexual normal, del alcohol, de la actividad política, de la libertad de movimiento. No se subleva..., o las sublevaciones son escasas, cuando se las compara con el número de prisiones. Pero basta que le quite los *cigarrillos* y... ¡zas! —Descargó el puño sobre la mesa, para dar mayor énfasis a sus palabras—. Durante la Primera Guerra Mundial, cuando en el frente interno alemán nadie conseguía cigarrillos, era común ver a los aristócratas alemanes recogiendo colillas del arroyo. Durante la Segunda Guerra Mundial, muchas mujeres norteamericanas recurrían a las pipas cuando escaseaban los cigarrillos. Éste es un problema fascinante para un auténtico pragmático, señor Morrison.

—¿Podemos pasar al tratamiento?

—En seguida. Acérquese aquí, por favor. —Donatti se había levantado y estaba junto a las cortinillas verdes que Morrison había visto el día anterior. Donatti las corrió y dejó al descubierto una ventana rectangular a través de la cual se veía una habitación vacía. No, totalmente vacía no. Sobre el suelo había un conejo, que comía gránulos de una escudilla.

—Lindo animalito —comentó Morrison.

—Es cierto. Obsérvelo. —Donatti pulsó un botón contiguo al marco de la ventana. El conejo dejó de comer y

278

empezó a brincar como enloquecido. Cada vez que sus patas tocaban el piso parecía saltar a mayor altura. Tenía la piel erizada en todas direcciones, y los ojos desencajados.

—¡Deténgase! ¡Lo está electrocutando!

Donatti soltó el botón.

—De ninguna manera. La corriente que circula por el suelo es muy débil. ¡Mire al conejo, señor Morrison!

El animal estaba agazapado a unos tres metros de la escudilla de alimento. Agitaba los morros. De pronto se fue saltando a un rincón.

—Si el conejo recibe una descarga con suficiente frecuencia mientras come —explicó Donatti—, asocia en seguida los dos hechos. El comer genera dolor. Por consiguiente, no come. Unas pocas descargas más y el conejo se morirá de hambre delante de su alimento. Esto se denomina terapia de aversión.

A Morrison se le iluminó la mente.

—No, gracias. —Se encaminó hacia la puerta.

—Espere, por favor, señor Morrison.

Morrison no se detuvo. Cogió el pomo de la puerta... y lo sintió resbalar bajo su mano.

—Traiga la llave y abra esto.

—Señor Morrison, tenga la gentileza de sentarse...

—Abra esta puerta o haré que la Policía les caiga encima antes de que tengan tiempo de decir «Hombre de Malboro».

—*Siéntese.* —La voz fue tan fría como el hielo.

Morrison miró a Donatti. Sus ojos marrones estaban turbios y eran sobrecogedores. «Dios mío —pensó—, estoy encerrado aquí con un psicópata.» Se humedeció los labios. Nunca en su vida había sentido tantos deseos de fumar un cigarrillo.

—Permita que le describa con mayor detalle el tratamiento —manifestó Donatti.

—No me entiende —respondió Morrison con fingida paciencia—. No quiero tratarme. He decidido renunciar.

—No, señor Morrison. *Usted* es el que no entiende. No tiene otra alternativa. Cuando le anuncié que el tratamiento ya había empezado, le estaba diciendo la pura verdad. Pensé que usted ya se había dado cuenta de ello.

—Está loco —dijo Morrison, pasmado.

—No. Sólo soy un pragmático. Le hablaré del tratamiento.

—Sí —contestó Morrison—. Siempre que usted entienda que apenas salga de aquí me compraré cinco paquetes de cigarrillos y los fumaré en el trayecto hasta la Comisaría. —De pronto se dio cuenta que se estaba mordiendo la uña del pulgar, que la estaba succionando, y se forzó por interrumpir ese acto.

—Como quiera. Pero creo que cambiará de idea cuando tenga una imagen más completa.

Morrison permaneció callado. Volvió a sentarse y cruzó las manos.

—Durante el primer mes de tratamiento, nuestros supervisores lo vigilarán constantemente —anunció Donatti—. Localizará a algunos. No a todos. Pero siempre lo seguirán. *Siempre*. Si ven que fuma un cigarrillo, me telefonearán.

—Y supongo que usted me traerá aquí y repetirá el viejo truco del conejo —dijo Morrison. Intentaba que su tono fuera frío y sarcástico, pero de pronto se sintió despavorido. Era una pesadilla.

—Oh, no —lo corrigió Donatti—. El truco del conejo se lo haremos a su esposa, no a usted.

Morrison lo miró estúpidamente.

Donatti sonrió.

—Usted —agregó—, mirará.

Después de que Donatti le abrió la puerta, Morrison caminó durante más de dos horas totalmente aturdido. Era otro día hermoso, pero no le prestó atención. La monstruosidad del rostro sonriente de Donatti eclipsaba todo lo demás.

—Verá —le había dicho—, un problema pragmático exige soluciones pragmáticas. Debe darse cuenta de que lo hacemos por su bien.

Según Donatti, Basta, S. A., era una especie de fundación, una organización sin fines de lucro creada por el hombre cuyo retrato colgaba de la pared. Ese caballero había acumulado una gran fortuna con varias empresas familiares..., que abarcaban, entre otras cosas, máquinas tragamonedas, salones de masajes, quinielas, y un comercio activo (aunque clandestino) entre Nueva York y Turquía. Mort *Tres Dedos* Minelli había sido un fumador empedernido..., de hasta tres paquetes por día. El papel que sostenía en la foto era un diagnóstico médico: cáncer de pulmón. Mort había fallecido en 1970, después de dotar a Basta, S. A., con fondos familiares.

—Procuramos equilibrar las salidas y las entradas, en la medida de lo posible —había agregado Donatti—. Pero lo que más nos interesa es ayudar al prójimo. Y, por supuesto, tenemos ventajas fiscales.

El tratamiento era de una sencillez escalofriante. A la primera transgresión, introducirían a Cindy en lo que Donatti llamaba «el cuarto del conejo». A la segunda, Morrison recibiría su dosis. A la tercera, los introducirían a los dos juntos. La cuarta transgresión demostraría que existían graves problemas de cooperación que se corregían con medidas mucho más drásticas. Enviarían un agente a la escuela de Alvin para darle una paliza al chico.

—Imagínese —manifestó Donatti, sonriendo—, qué horrible sería para el chico. No lo entendería aunque alguien se lo explicara. Sólo sabría que lo están castigando porque papá se ha portado mal. Se asustaría mucho.

—Cerdo asqueroso —exclamó Morrison, impotente. Se sentía al borde del llanto—. Sucio hijo de puta inmundo.

—No me interprete mal —prosiguió Donatti. Sonreía con expresión afable—. Estoy seguro de que eso nunca sucederá. El cuarenta por ciento de nuestros clientes no han sido castigados nunca... Y sólo un diez por ciento ha cometido más de tres infracciones. ¿No le parece que estas estadísticas son muy tranquilizadoras?

Morrison no las encontraba tranquilizadoras sino terroríficas.

—Claro que si incurre en una *quinta* transgresión...
—¿A qué se refiere?

Donatti sonrió de oreja a oreja.

—La habitación para usted y su esposa, una segunda paliza para su hijo y una paliza para su esposa.

Morrison, que se hallaba fuera de sí, se abalanzó soble Donatti, pasando por encima del escritorio. Donatti se movió con una rapidez que resultaba asombrosa en un hombre que parecía estar totalmente relajado. Deslizó la silla hacia atrás, levantó ambos pies sobre la mesa y los clavó en el estómago de Morrison. Éste retrocedió, haciendo arcadas y tosiendo.

—Siéntese, señor Morrison —lo exhortó Donatti amablemente—. Discutamos todo esto como seres racionales.

Cuando por fin recuperó el aliento, Morrison hizo lo que le ordenaban. Las pesadillas tenían que terminar alguna vez, ¿verdad?

Donatti siguió explicando que Basta, S. A., operaba con una escala de castigos de diez intensidades. La sexta, la séptima y la octava consistían en nuevas incursiones en el cuarto de los conejos (con mayor voltaje) y en palizas más violentas. La novena intensidad consistiría en fracturarle los brazos a su hijo.

—¿Y la décima? —preguntó Morrison, con la boca seca.

Donatti meneó la cabeza tristemente.

—Llegados a ese punto nos damos por vencidos, señor Morrison. Usted entra a formar parte del dos por ciento de incorregibles.

—¿Se dan realmente por vencidos?

—Es una manera de decir. —Abrió uno de los cajones del escritorio y depositó sobre la mesa una 45 con silenciador. Sonrió mirando a los ojos de Morrison—. Pero ni siquiera el dos por ciento de incorregibles vuelve a fumar. Se lo garantizamos.

La película del viernes por la noche era *Bullitt*, una de las favoritas de Cindy, pero después de aguantar durante una hora los movimientos impacientes y los refunfuños de Morrison, no pudo seguir concentrándose.

—¿Qué te sucede? —le preguntó, mientras pasaban la carta de ajuste del canal.

—Nada... todo —gruñó él—. He dejado de fumar.

Cindy rió.

—¿Desde cuándo? ¿Desde hace cinco minutos?

—Desde las tres de la tarde.

—¿Verdaderamente no has fumado desde entonces?

—No —respondió Morrison, y empezó a mordisquearse la uña del pulgar. Estaba mellada, roída hasta la cutícula.

—¡Es fantástico! ¿Qué fue lo que te hizo tomar semejante decisión?

—Lo hice por ti —contestó—. Por ti... y por Alvin.

Los ojos de Cindy se dilataron, y cuando se reanudó la proyección de la película no lo notó. Dick no mencionaba casi nunca a su hijo retrasado. Se acercó a él, observó el cenicero vacío junto a su mano derecha, y luego lo miró a los ojos.

—¿De veras estás tratando de dejarlo, Dick?

—De veras. —Y si recurriera a la Policía, agregó mentalmente, la pandilla local de gorilas vendría a cambiarte la cara, Cindy.

—Me alegro. Aunque no lo logres, los dos te agradecemos esta iniciativa, Dick.

—Oh, creo que lo lograré —afirmó él, pensando en la expresión velada, homicida, que había aparecido en los ojos de Donatti cuando le asestó el puntapié en el estómago.

Esa noche durmió mal, con un sueño intermitente y sobresaltado. Aproximadamente a las tres se despertó por completo. Las ansias de fumar un cigarrillo eran intensísimas. Bajó y entró en su estudio. La habitación estaba en el centro de la casa. No tenía ventanas. Abrió el cajón superior del escritorio y miró adentro, fascinado por la caja de cigarrillos. Miró en torno y se humedeció los labios.

Vigilancia permanente durante el primer mes, había dicho Donatti. Dieciocho horas por día durante los dos siguientes..., pero nunca sabría *cuáles* serían esas dieciocho. Durante el cuarto mes, que era el momento en que la mayoría de los clientes reincidían, el «servicio» volvería a abarcar las veinticuatro horas del día. Después, doce horas de vigilancia escalonada cada día, durante el resto del año. ¿Y después? Una cierta vigilancia durante el resto de la vida del cliente.

Durante el resto de su vida.

—Es posible que lo controlemos cada dos meses —había dicho Donatti—. O cada dos días. O durante toda una semana, dentro de dos años. Lo importante es que usted *no lo sabrá*. Si fuma, jugará con dados cargados. ¿Estarán vigilando? ¿Estarán llevándose a mi esposa en este mismo momento, o enviando un hombre en busca de mi hijo? Magnífico, ¿no le parece? Y si da una chupada a hurtadillas, tendrá un sabor inmundo. El sabor de la sangre de su hijo.

Pero no podían estar vigilándolo en ese instante, en mitad de la noche, en su propio estudio. En la casa reinaba un silencio sepulcral.

Miró durante casi dos minutos los cigarrillos de la caja, sin poder apartar la vista. Después fue hasta la puerta del estudio, espió el pasillo vacío, y volvió a contemplar los cigarrillos durante otro rato. Cobró forma una imagen macabra: toda su vida se extendía ante él y no encontraba ni un cigarrillo. En nombre de Dios, ¿cómo podría volver a proponerle una campaña difícil a un cliente desconfiado, sin un cigarrillo consumiéndose plácidamente entre sus dedos mientras él movilizaba los gráficos y los diseños? ¿Cómo podría soportar las interminables exposiciones de jardinería de Cindy, sin un cigarrillo? En fin, ¿cómo podría levantarse por la mañana y enfrentar el día sin fumar un cigarrillo mientras bebía el café y leía el periódico?

Se maldijo por haberse metido en ese embrollo. Maldijo a Donatti. Y maldijo, sobre todo, a Jimmy McCann. ¿Cómo podía haberle hecho eso? El muy hijo de puta lo *sabía*. El deseo de estrangular a Jimmy McCann hizo que le temblaran las manos.

Volvió a pasear la mirada por el estudio, sigilosamente. Metió la mano en el cajón y extrajo un cigarrillo. Lo acarició, lo sobó. ¿Cómo decía el viejo eslogan publicitario? *Tan redondeado, tan firme, tan compacto*. Nunca había oído una mayor verdad. Se llevó el cigarrillo a la boca y después se detuvo, con la cabeza inclinada.

¿Había oído un ruidito en el armario? ¿Un ligero desplazamiento? Claro que no. Pero...

Otra imagen mental: el conejo brincando demencialmente bajo los efectos de la electricidad. Figurarse a Cindy en ese cuarto.

Escuchó atentamente y no oyó nada. Se dijo que le bastaría con acercarse a la puerta del armario y abrirla de un tirón. Sin embargo, era demasiado terrorífico pensar en lo que podría hallar. Volvió a la cama, pero tardó mucho en dormirse.

Aunque esa mañana se sentía pésimamente, le encontró buen sabor al desayuno. Después de vacilar un momento, complementó su acostumbrado plato de copos de maíz con otro de huevos batidos. Estaba lavando la sartén, enfurruñado, cuando Cindy bajó vestida con su bata.

—¡Richard Morrison! No has comido un huevo con el desayuno desde los tiempos de Maricastaña.

Morrison lanzó un gruñido. A su juicio «desde los tiempos de Maricastaña» era una de las frases más estúpidas de Cindy, sólo comparable a «iría sonriendo al patíbulo».

—No.

—Reincidirás antes del mediodía —proclamó Cindy sarcásticamente.

—¡Gracias por la ayuda que me prestas! —bramó él, enardecido—. Tú y los demás que no fumáis, creéis todos... oh, no importa.

Pensó que Cindy se enfadaría, pero vio que lo miraba con una expresión próxima a la admiración.

—Lo dices realmente en serio —exclamó—. Realmente.

—Claro que sí.

Ojalá que nunca sepas hasta qué punto lo digo en serio.

—Pobrecillo —dijo Cindy, acercándose a él—. Pareces la imagen recalentada de la muerte. Pero estoy muy orgullosa de ti.

Morrison la abrazó con fuerza.

Escenas de la vida de Richard Morrison, octubre-noviembre:

Morrison y un colega de Larkin Studios en el bar de Jack Dempsey. El colega le ofrece un cigarrillo. Morrison aprieta su vaso con un poco más de fuerza y dice: *Lo he dejado*. El colega se ríe y contesta: *Te doy una semana*.

Morrison espera el tren de la mañana, y mira por encima del *Times* a un joven de traje azul. Ahora ve al joven casi todas las mañanas, y a veces en otros lugares. En Onde's, donde se reúne con un cliente. Mirando discos en San Goody's, donde Morrison ha ido a buscar un álbum de Sam Cooke. Una vez en un grupo de cuatro, detrás del de Morrison, en el club local de golf:

Morrison se embriaga en una fiesta, tiene ganas de fumar un cigarrillo..., pero no está tan borracho como para encenderlo.

Morrison visita a su hijo, le lleva un gran balón que chilla cuando lo aprieta. El beso baboso y complaciente de su hijo. Quién sabe por qué no tan repulsivo como antes. Abraza con fuerza a su hijo, y descubre lo que Donatti y sus colegas han comprendido con tanto cinismo antes que él: que al fin y al cabo la droga más perniciosa es el amor. Los románticos pueden seguir debatiendo su existencia. Los pragmáticos lo aceptan y lo utilizan.

Morrison pierde poco a poco la compulsión física de

fumar, pero no se libra por completo del anhelo psicológico, ni de la necesidad de tener algo en la boca: pastillas contra la tos, caramelos, un mondadientes. Sustitutos insuficientes, todos ellos.

Y, finalmente, Morrison detenido en el Midtown Tunnel en un atasco de tráfico de increíbles proporciones. Oscuridad. Estridencia de claxons. Atmósfera pestilente. El tráfico irremisiblemente embotellado. Y de pronto, abre la guantera y ve un paquete de cigarrillos parcialmente abierto.

Los miró un momento y luego cogió uno y lo prendió con el encendedor del tablero de instrumentos. Si sucede algo la culpa será de Cindy, se dijo con ánimo desafiante. Le había ordenado que se deshiciera de todos los malditos cigarrillos.

La primera chupada le hizo toser convulsivamente el humo. La segunda lo hizo lagrimear. La tercera lo hizo sentirse ligero y mareado. «Tiene un sabor inmundo», pensó.

E inmediatamente después: ¿qué estoy haciendo?

Los claxons sonaron impacientemente detrás de él. Delante, la columna de vehículos se había puesto nuevamente en marcha. Aplastó la colilla en el cenicero, abrió las dos ventanillas delanteras y las aletas de ventilación y después abanicó impotentemente el aire como un chico que acaba de hacer correr por el inodoro su primer cigarrillo.

Su coche siguió a los otros con una serie de sacudidas espasmódicas y condujo hasta su casa.

—Cindy —exclamó—. Ya he llegado.
Silencio.
—¿Cindy? ¿Dónde estás, cariño?
Sonó el teléfono y él se abalanzó sobre el aparato.
—¿Sí? ¿Cindy?
—Hola, señor Morrison —respondió Donatti. Su tono era placenteramente conciso y formal—. Creo que tenemos que dilucidar un pequeño asunto de negocios. ¿Le resultará cómodo venir a las cinco?
—¿Mi esposa está con usted?
—Claro que sí —rió Donatti de forma indulgente.
—Escuche, déjela salir —balbuceó Morrison—. No volverá a suceder. Fue un desliz, sólo un desliz, y nada más. ¡Sólo le di tres chupadas y le juro que *ni siquiera sabía bien*!

—Qué lástima. ¿Lo espero a las cinco, entonces?

—Por favor —suplicó Morrison, al borde del llanto—. Por favor...

Estaba hablándole a un teléfono incomunicado.

A las cinco de la tarde la antesala estaba desierta, con excepción de la secretaria que le dedicó a Morrison una sonrisa rutilante sin hacer caso de su palidez y su desaliño.

—¿Señor Donatti? —dijo la secretaria por el interfono—. El señor Morrison ha venido a verle. —le hizo un ademán con la cabeza a Morrison—. Puede pasar.

Donatti lo esperaba frente a la habitación no identificada, acompañado por un hombre que ostentaba la camiseta con la leyenda SONRÍA y empuñaba una 38. Tenía la complexión de un gorila.

—Escuche —le dijo Morrison a Donatti—. Podemos llegar a una transacción, ¿verdad? Le pagaré. Le...

—Cierre el pico —espetó el hombre de la camiseta con la leyenda SONRÍA.

—Me alegra verlo —manifestó Donatti—. Aunque lamento que sea en una circunstancia tan penosa. ¿Quiere acompañarme? Lo abreviaremos lo más posible. Le aseguro que a su esposa no le ocurrirá nada malo..., esta vez.

Morrison se preparó para abalanzarse sobre Donatti.

—Vamos, vamos —exclamó Donatti, con expresión fastidiada—. Si hace eso, mi amigo Junk le dará una paliza y su esposa recibirá igualmente las descargas. ¿Qué beneficio podría reportarle eso?

—Ojalá se pudra en el infierno —siseó Morrison.

Donatti suspiró.

—Si me hubieran dado cinco céntimos por cada vez que alguien ha enunciado ese mismo deseo, ya podría jubilarme. Que esto le sirva de lección, señor Morrison. Cuando un romántico trata de hacer una buena obra y fracasa, le dan una medalla. Cuando un pragmático tiene éxito, lo mandan al infierno. ¿Vamos?

Junk hizo una seña con la pistola.

Morrison entró en la habitación, delante de ellos. Se sentía aturdido. Habían corrido la cortinilla verde. Junk lo empujó con el cañón del arma. «Así debían de sentirse quienes presenciaban lo que ocurría en las cámaras de gas», pensó.

Miró hacia dentro. Cindy estaba allí, y miraba azorada en torno.

—¡Cindy! —gritó Morrison angustiado—. Cindy, ellos...

—No puede oírlo ni verlo —le informó Donatti—. El cristal es transparente en una sola dirección. Bien, terminemos con esto. En realidad sólo fue un desliz insignificante. Creo que bastarán treinta segundos. ¿Junk?

Junk pulsó el botón con una mano mientras con la otra seguía clavando implacablemente la pistola en la espalda de Morrison.

Fueron los treinta segundos más largos de su vida.

Cuando terminó la sesión, Donatti apoyó la mano sobre el hombro de Morrison y le preguntó:

—¿Va a vomitar?

—No —respondió Morrison débilmente. Tenía la frente apoyada contra el cristal. Sus piernas se habían trocado en gelatina—. No lo creo.

Dio media vuelta y vio que Junk se había ido.

—Venga conmigo —dijo Donatti.

—¿A dónde? —inquirió Morrison apáticamente.

—Creo que tendrá que explicar algunas cosas, ¿no le parece?

—¿Cómo podré enfrentarla? ¿Cómo podré decirle que yo... yo...?

—Sospecho que va a recibir una sorpresa, señor Morrison —comentó Donatti.

En la habitación sólo había un sofá. Cindy estaba sentada en él, sacudida por sollozos impotentes.

—Cindy —le dijo suavemente.

Ella levantó la vista, con los ojos dilatados por las lágrimas.

—¿Dick? Oh... Oh, Dios... —Morrison la abrazó con fuerza—. Dos hombres —balbuceó ella contra su pecho—. En la casa. Al principio pensé que eran ladrones y después pensé que me iban a violar y después me llevaron a un lugar con los ojos vendados y... y... oh, fue *horrible*...

—Shhh —dijo él—. Shhh.

—¿Pero por qué? —preguntó Cindy, alzando la vista—. ¿Por qué me...?

—Por mí —contestó él—. Debo contarte una historia, Cindy...

Cuando Morrison concluyó, permaneció un momento callado y después agregó:

—Supongo que me odias. No te culparé por ello.

Morrison tenía la mirada clavada en el piso y Cindy le cogió el rostro entre las manos y lo volvió hacia el de ella.

—No —murmuró—. No te odio.

—Vale la pena —prosiguió Cindy—. Bendita sea esta gente. Te han sacado de una prisión.

Él la miró, enmudecido por la sorpresa.

—¿Lo dices en serio?

—Sí —contestó Cindy, y lo besó—. ¿Ahora podemos volver a casa? Me siento mucho mejor. Mejor que nunca.

El teléfono sonó una tarde, una semana más tarde, y cuando Morrison reconoció la voz de Donatti, dijo:

—Sus hombres se equivocan. Ni siquiera me he acercado a un cigarrillo.

—Lo sabemos. Tenemos que conversar con usted sobre una última cuestión. Entre paréntesis, le felicito por su ascenso.

—¿Cómo se enteró?

—Nos mantenemos informados —respondió Donatti con tono indiferente, y cortó.

Cuando entraron en la pequeña habitación, Donatti dijo:

—No se ponga tan nervioso. Nadie va a morderlo. Suba ahí, por favor.

Morrison vio una balanza de baño.

—Escuche, he aumentado un poco de peso, pero...

—Sí, es lo que le sucede al setenta y tres por ciento de nuestros clientes. Suba, por favor.

Morrison subió, y la aguja de la balanza señaló ochenta y siete kilos.

—Correcto. Ya puede bajar. ¿Cuánto mide, señor Morrison?

—Un metro ochenta.

—Muy bien, veamos. —Extrajo de su bolsillo delantero una tarjetilla plastificada—. Oh, no está tan mal. Le daré una receta para unas píldoras dietéticas muy ilegales. Utilícelas con moderación y ciñéndose a las instrucciones. Y fijará su peso máximo en... veamos...

—Volvió a consultar la tarjeta—. Noventa y un kilos, ¿qué le parece? Y puesto que hoy es primero de diciembre, lo esperaré todos los primeros de mes, para controlar su peso. Si no puede venir no se preocupe. Bastará con que nos telefonee por anticipado.

—¿Y qué sucederá si me excedo de los noventa y uno? Donatti sonrió.

—Enviaremos a alguien a su casa para que le corte el dedo meñique a su esposa —sonrió—. Puede salir por esa puerta, señor Morrison. Le deseo un buen día.

Ocho meses más tarde:

Morrison se encuentra en el bar de Dempsey con su colega de los Larkin Studios. Morrison se mantiene en lo que Cindy llama orgullosamente su peso de batalla: ochenta y cinco kilos. Hace gimnasia tres veces por semana y está en perfectas condiciones físicas. En cambio, su colega de Larkin parece un despojo traído por el gato.

Colega: Jesús, ¿cómo conseguiste dejar de fumar? Yo estoy prisionero de este maldito vicio.

El colega aplasta el cigarrillo con auténtica repulsión y vacía su whisky.

Morrison lo mira pensativamente y luego extrae de la billetera una tarjetita comercial blanca. La deposita sobre la barra, entre ellos. Sabes, dice, estos tipos cambiaron mi vida.

Doce meses más tarde:

Morrison recibe una factura por correo. La factura dice:

BASTA, S. A.

237 East 46th Street
Nueva York, N.Y. 10017

1 Tratamiento	2.500,00 dólares
Asesor (Victor Donatti)	2.500,00 dólares
Electricidad	0,50 dólares
TOTAL (Rogamos abonar esta suma)	5.000,50 dólares

¡Hijos de puta!, ruge. Me cobraron la electricidad que usaron para... para...

Paga y cállate, dice ella, y lo besa.

Veinte meses más tarde:

Morrison y su esposa se encuentran por casualidad con Jimmy McCann y señora en el «Helen Hayes Theatre». Hacen las presentaciones. Jimmy está tan rozagante como aquel día, hace tanto tiempo, en la terminal del aeropuerto. O está aún mejor. Morrison no conocía a su esposa. Es muy bella, con ese encanto rutilante que a veces irradian las muchachas sencillas que son muy, muy felices.

Le tiende la mano a Morrison y éste se la estrecha. Nota algo raro y en la mitad del segundo acto descubre qué es lo que le ha llamado la atención. Le faltaba el dedo meñique de la mano derecha.

SÉ LO QUE NECESITAS

—Sé lo que necesitas.

Elizabeth levantó la mirada de su texto de sociología, sobresaltada, y vio a un joven de aspecto vulgar, vestido con una guerrera verde de campaña. Al principio le pareció vagamente familiar, como si lo hubiera visto antes. La sensación fue análoga a la del *déjà vu*. Después se extinguió. Era aproximadamente de su misma estatura, flaco y... convulsivo. Ésa era la palabra. No se movía, pero parecía estar convulsionado debajo de la piel, justo donde ella no lo veía. Su cabello era negro y desaliñado. Usaba unas gruesas gafas con armazón de hueso que le agrandaban los ojos marrones oscuros, y los cristales parecían sucios. No, estaba muy segura de no haberlo visto antes.

—Dudo que lo sepas —respondió ella.

—Necesitas un cucurucho doble de helado de fresa, ¿no es cierto?

Lo miró parpadeando, sinceramente azorada. En el fondo de su inconsciente *había* estado pensando en la posibilidad de descansar un rato para tomar un helado. Estudiaba para los exámenes finales en uno de los salones del tercer piso de la residencia de estudiantes, y todavía estaba muy retrasada.

—¿No es cierto? —repitió él, y sonrió. La sonrisa transformó su rostro de algo paroxístico y casi feo en algo distinto, curiosamente atractivo. Se le ocurrió la palabra «lindo», y no le pareció la más adecuada para definir a un muchacho, pero eso era cuando sonreía. Le devolvió la sonrisa antes de poder evitarla. Era el momento menos oportuno para lidiar con un chalado que pretendía impresionarla. Aún tenía que abrirse paso a lo largo de dieciséis capítulos de introducción a la sociología.

—No, gracias —dijo Elizabeth.

—Vamos, si continúas a este ritmo lo único que conseguirás será una jaqueca. Hace dos horas que estudias sin interrupción.

—¿Cómo lo sabes?

—Te he estado observando —se apresuró a contestar, pero esta vez su sonrisa ingenua ya no la impresionó. Efectivamente, tenía jaqueca.

—Pues puedes dejar de hacerlo —exclamó Elizabeth, con más vehemencia de la deseada—. No me gusta que la gente me mire.

—Lo siento.

Se apiadó un poco de él, como a veces se apiadaba de los perros vagabundos. Parecía flotar en su guerrera verde de campaña y... sí, sus calcetines eran de distintos colores. Uno negro, otro marrón. Estuvo a punto de sonreír otra vez, pero se contuvo.

—Se acercan los exámenes finales —dijo Elizabeth con tono afable.

—Sí —asintió él—. De acuerdo.

Lo siguió un momento con la mirada, pensativamente. Después bajó la vista hacia el libro, pero perduró la imagen del encuentro: *un cucurucho doble de fresa.*

Cuando volvió a la residencia eran las 11.15 de la noche y Alice estaba estirada sobre la cama, escuchando a Neil Diamond y leyendo *Historia de O.*

—No sabía que ésta era una de las lecturas del curso —comentó Elizabeth.

Alice se incorporó.

—Estoy ensanchando mis horizontes, cariño. Desplegando mis alas intelectuales. Elevando mi... ¿Liz?

—¿Hmmm?

—¿Me has oído?

—No, disculpa, yo...

—Pareces hipnotizada, nena.

—Esta noche he conocido a un tipo. Un tipo raro, en verdad.

—Oh. Debe de ser alguien especial si ha conseguido desconectar a la gran Rogan de sus amados libros de texto.

—Se llama Edward Jackson Hamner. *Junior*, nada menos. Bajo. Esmirriado. Da la impresión de que se lavó el pelo por última vez para el cumpleaños de Washington. Oh, y usa calcetines de distintos colores. Uno negro, otro marrón.

—Pensé que preferías a los chicos de las sociedades de alumnos.

—No se trata de eso, Alice. Yo estaba estudiando en el tercer piso de la residencia de estudiantes, en el Trust de Cerebros, y me invitó a comer un cucurucho de helado en el «Grinder». Le contesté que no y se fue medio abatido. Pero cuando me metió en la cabeza la idea del helado, ya no pude pensar en otra cosa. Había decidido darme por vencida y tomarme un descanso cuando él reapareció, con un gran cucurucho chorreante de fresa en cada mano.

—Estoy ansiosa por oír el desenlace.

Elizabeth bufó.

—Bien, sinceramente no pude decirle que no. De modo que se sentó junto a mí y resultó que había estudiado sociología con el profesor Branner, el año pasado.

—¿Es que nunca se agotarán los milagros, Dios bendito?

—Escucha, esto es realmente asombroso. Tú sabes cuánto me ha hecho sufrir este curso.

—Sí. Hablas de él incluso en sueños.

—Tengo setenta y ocho de promedio. Necesito sumar ochenta para conservar la beca, y eso significa que debo obtener por lo menos ochenta y cuatro puntos en el examen final. Bien, Ed Hamner dice que Branner repite prácticamente las mismas preguntas todos los años. Y Ed es eidético.

—¿Eso significa que tiene una... cómo es... una memoria fotográfica?

—Sí. Mira esto. —Abrió el libro de sociología y extrajo tres hojas arrancadas de una libreta y cubiertas de escritura.

Alice las cogió.

—Parece un cuestionario de alternativas múltiples.

—Lo es. Ed dice que es el cuestionario que Branner empleó en el examen final del año pasado, *palabra por palabra*.

—No lo creo —respondió Alice categóricamente.

—¡Pero abarca todo el programa!

—A pesar de ello no lo creo. —Le devolvió las hojas—. Sólo porque este mamarracho...

—No es un mamarracho. No lo llames así.

—Muy bien. ¿Este *tipejo* no te habrá inducido a aprender esto de memoria y a olvidarte del resto, verdad?

—No, claro que no —contestó Elizabeth, inquieta.

—Y aunque éste fuera el texto del examen, ¿te parece realmente ético?

La cólera la cogió por sorpresa y se le disparó de la lengua antes de que pudiera controlarla.

—Claro, para ti es muy fácil. Figuras todos los semestres en el Cuadro de Honor y tus padres te pagan los estudios. No eres... Eh, lo siento. No debería haber dicho esto.

Alice se encogió de hombros y volvió a abrir *Historia de O*, con expresión cuidadosamente neutral.

—No. Tienes razón. No es nada de mi incumbencia. ¿Pero por qué no estudias también el contenido del libro... para estar más segura?

—Por supuesto que lo haré.

Pero estudió sobre todo el cuestionario que le había suministrado Edward Jackson Hamner, Jr.

Cuando salió de la sala de conferencias después del examen, él la aguardaba sentado en el vestíbulo, flotando dentro de su guerrera verde de campaña. Le sonrió tímidamente y se levantó.

—¿Cómo te fue?

Elizabeth le besó impulsivamente la mejilla. No recordaba haber experimentado antes semejante sensación bienaventurada de alivio.

—Creo que obtendré un sobresaliente.

—¿De veras? Estupendo. ¿Quieres una hamburguesa?

—Me encantaría —respondió ella distraídamente. Aún pensaba en el examen. El cuestionario había sido el mismo que le había dado Ed, casi al pie de la letra, y lo había contestado sin errores.

Mientras comían sus hamburguesas, le preguntó cómo marchaban los exámenes de él.

—No tengo que hacer ninguno. Me he eximido, y no debo hacerlos a menos que quiera.

—¿Entonces por qué estás todavía aquí?

—Tenía que saber cómo te iba a ti, ¿no te parece?

—Ed, no es posible. Eres un encanto, pero... —La expresión desembozada de sus ojos la turbó. Ya la había visto antes. Era una chica guapa.

—Sí —dijo él en voz baja—. Es posible.

—Te lo agradezco, Ed. Creo que has salvado mi beca. Te lo agradezco de todo corazón. Pero tengo novio, ¿sabes?

—¿Es una relación seria? —preguntó él, esforzándose en vano por parecer despreocupado.

—Muy seria —contestó Elizabeth, con el mismo tono que él—. Estamos casi comprometidos.

—¿Sabe que es muy afortunado? ¿Lo sabe?

—Yo también soy afortunada —murmuró Elizabeth, pensando en Tony Lombard.

—Beth —dijo él de pronto.

—¿Cómo? —exclamó ella, sorprendida.

—¿Nadie te llama así, verdad?

—Oh... no. No, nadie.

—¿Ni siquiera ese individuo?

—No... —Tony la llamaba Liz. A veces Lizzie, lo que era aún peor.

Ed se inclinó hacia delante.

—Pero Beth te gusta más, ¿no es cierto?

Ella rió para disimular su turbación.

—Qué es lo que...

—No importa. —Él exhibió su sonrisa infantil—. Te llamaré Beth. Es mejor. Ahora come tu hamburguesa.

Entonces concluyó su penúltimo año de estudios y se despidió de Alice. Sus relaciones eran un poco frías y Elizabeth lo lamentaba. Presuntamente ella tenía la culpa: se *había* jactado más de lo tolerable cuando se hicieron públicas las calificaciones del examen de sociología. Había obtenido noventa y siete..., la puntuación más alta de su clase.

Bueno, se dijo mientras esperaba en el aeropuerto que anunciaran el número de su vuelo, eso no había sido menos ético que el aprendizaje de memoria al que se había resignado en la sala del tercer piso. Aprender de memoria no era en absoluto estudiar: sólo era un acto mecánico cuyos frutos se disipaban apenas terminaba el examen.

Acarició el sobre que asomaba en su bolso. Le comunicaban el monto de su beca para el último año de estudios: dos mil dólares. Ese verano ella y Tony trabajarían juntos en Boothbay, Maine, y el dinero que ganaría le serviría para cubrir todas sus necesidades. Y gracias a Ed Hamner, ése sería un verano maravilloso. A toda vela y sin contratiempos.

Pero fue el verano más desgraciado de su vida.

El mes de julio fue lluvioso, la escasez de gasolina perjudicó el turismo, y las propinas que recaudaba en la «Boothbay Inn» eran mediocres. Peor aún, Tony la urgía a casarse. Dijo que él podría conseguir un empleo en el campus o cerca de éste, y que ella podría graduarse sin problemas con su subvención. A Elizabeth la sorprendió descubrir que el proyecto le producía más miedo que placer.

Algo andaba *mal*.

Algo faltaba, algo estaba descentrado, descompaginado, aunque no sabía qué era. Una noche de julio se asustó cuando tuvo un acceso de llanto histérico en su apartamento. Lo único positivo fue que su compañera de habitación, una jovencita insignificante llamada Sandra Ackerman, había salido con un amigo.

A comienzos de agosto tuvo la pesadilla. Elizabeth descansaba en el fondo de una tumba abierta, sin poder moverse. La lluvia caía de un cielo blanco sobre su rostro vuelto hacia arriba. Entonces Tony apareció encima de ella, usando su sólido casco protector amarillo.

—Cásate conmigo, Liz —dijo, mientras la miraba impasiblemente—. Cásate conmigo o...

Ella intentó hablarle, acceder. Haría cualquier cosa a cambio de que la sacara de esa horrible fosa llena de lodo. Pero estaba paralizada.

—Muy bien —prosiguió él—. No me dejas otra alternativa.

Tony se alejó. Ella luchó para salir de la parálisis, pero fue inútil.

Entonces oyó el ruido de la niveladora.

Un momento después la vio: era un alto monstruo amarillo, que empujaba un montículo de tierra húmeda con la reja. El rostro implacable de Tony la miraba desde la cabina abierta.

Iba a enterrarla viva.

Atrapada en su cuerpo inmovilizado, mudo, sólo atinaba a mirar despavorida. La tierra empezó a caer por el borde de la fosa...

Una voz familiar gritó:

—¡Vete! ¡Déjala ya! *¡Vete!*

Tony bajó torpemente de la niveladora y echó a correr.

Se sintió inmensamente aliviada. Si hubiera podido, habría llorado. Y entonces apareció su salvador, erguido como un sepulturero al pie de la tumba abierta. Era Ed Hamner, que flotaba dentro de su guerrera verde de campaña, con el pelo alborotado y la armazón de hueso de las gafas sostenida por el abultamiento de la punta de su nariz, hasta donde había resbalado. Le tendió la mano.

—Levántate —dijo afablemente—. Sé lo que necesitas. Levántate, Beth.

Y ella pudo levantarse. Dejó escapar un sollozo de alivio. Intentó darle las gracias y las palabras se le atropellaron. Y Ed se limitó a sonreír plácidamente y a hacer ademanes de asentimiento con la cabeza. Ella le cogió la mano y bajó la vista para mirar dónde pisaba. Cuando volvió a levantarla, se encontró cogiendo la zarpa de un enorme lobo babeante con ojos rojos como fanales y fauces de gruesos dientes puntiagudos listos para morder.

Se despertó erguida en la cama, con el camisón empapado en sudor. Su cuerpo temblaba incontrolablemente. Y ni siquiera después de darse una ducha tibia y de beber un vaso de leche pudo soportar la oscuridad. Durmió con la luz encendida.

Una semana más tarde Tony estaba muerto.

Abrió la puerta con la bata puesta, esperando ver a Tony, pero era Danny Kilmer, uno de los compañeros de trabajo de Tony. Danny era un chico risueño, y ella y Tony habían salido con él y su amiga un par de veces. Pero allí, en la puerta de su apartamento del segundo piso, Danny tenía un talante no sólo serio sino también enfermo.

—¿Danny? —exclamó ella—. Qué...

—Liz —respondió él—. Liz, debes juntar fuerzas. Has... *¡Dios mío!* —Golpeó la jamba de la puerta con una mano sucia, de grandes nudillos, y Elizabeth vio que lloraba.

—¿Se trata de Tony? Algo...

—Tony ha muerto —dijo Danny—. Estaba... —Pero le hablaba al aire. Elizabeth se había desmayado.

La semana siguiente transcurrió en medio de una especie de sueño. La noticia penosamente breve que publicó el periódico y lo que Danny le contó frente a una cerveza en la «Harbor Inn» le permitieron recomponer la historia de lo que había sucedido.

Estaban reparando las alcantarillas de desagüe de la Carretera 16. Habían levantado una parte del pavimento y Tony desviaba el tráfico. Un muchacho que conducía un «Fiat» rojo bajó por la pendiente. Tony le hizo seña pero el muchacho ni siquiera disminuyó la marcha. Tony se hallaba junto al volquete, sin espacio para retroceder. El conductor del «Fiat» salió con laceraciones en la cabeza y un brazo roto: estaba histérico y al mismo tiempo absolutamente sereno. La Policía descubrió varias perforaciones en los frenos, como si éstos se hubieran recalentado y fundido. Sus antecedentes de conductor eran impecables; sencillamente no había podido frenar. Tony había sido la víctima de uno de los percances automovilísticos más raros: un accidente fortuito.

Los remordimientos aumentaron su conmoción y su depresión. El destino le había quitado de las manos la decisión de lo que debía hacer con Tony. Y una zona recóndita, enferma, de su ser, se alegró de que así fuera. Porque no quería casarse con Tony..., no desde la noche de la pesadilla.

Entró en crisis un día antes de volver a casa.

Estaba sentada en un promontorio rocoso, sola, y después de más o menos una hora prorrumpió en llanto. La sorprendió que éste fuera tan copioso y vehemente. Lloró hasta que le dolieron el estómago y la cabeza, y cuando se le agotaron las lágrimas no se sintió mejor pero sí, por lo menos, desahogada y vacía.

Y fue entonces cuando Ed Hamner dijo:

—¿Beth?

Se volvió sobresaltada, con la boca impregnada por el sabor cobrizo del miedo, casi esperando ver al lobo feroz de su sueño. Pero era sólo Ed Hamner, moreno y extrañamente indefenso sin su guerrera de campaña y sus vaqueros. Usaba unos shorts rojos que terminaban un poco por encima de sus rodillas huesudas, y una camiseta blanca que se ondulaba sobre su pecho esmirriado como una vela a merced del viento, y sandalias de goma. No sonreía, y el intenso reflejo del sol sobre sus gafas no permitía verle los ojos.

—¿Ed? —murmuró ella cautelosamente, casi convencida de que ésa era una alucinación engendrada por el dolor—. ¿Eres realmente...?

—Sí, soy yo.

—¿Cómo...?

—Estaba trabajando en el «Lakewood Theater» de Skowhegan. Me encontré con tu compañera de habitación... ¿se llama Alice, verdad?

—Sí.

—Ella me contó lo que había sucedido. He venido inmediatamente. Pobre Beth.

Movió la cabeza, sólo un centímetro, pero el reflejo desapareció de las gafas y ella no vio nada lobuno, nada voraz, sino sólo una expresión de serena y cálida compasión.

Se echó a llorar nuevamente y la inesperada impetuosidad de su reacción la azoró un poco. Entonces él la abrazó y todo volvió a la normalidad.

Comieron en el «Silent Woman» de Waterville, que estaba a casi cuarenta kilómetros de allí. Quizá la distancia exacta que ella necesitaba. Fueron en el coche de Ed, un «Corvette» nuevo, y él conducía bien..., ni con ostentación ni con miedo, como ella temía. Elizabeth no quería hablar ni que la reconfortaran. Él parecía saberlo y buscó una melodía suave en la radio del coche.

Y ordenó la comida sin consultarla: pescados y mariscos. Elizabeth creía haber perdido el apetito, pero al fin lo devoró todo.

Cuando levantó la vista del plato y lo vio vacío, lanzó una risa nerviosa. Ed fumaba un cigarrillo y la observaba.

—La desconsolada damisela se ha atiborrado —murmuró ella—. Debes pensar que soy abominable.

—No —respondió él—. Has sufrido mucho y necesitas recuperar fuerzas. Es como estar enfermo, ¿verdad?

—Sí, precisamente.

Él le cogió la mano, sobre la mesa, la apretó brevemente y después la soltó.

—Pero ha llegado el momento de recuperarse, Beth.

—¿De veras? ¿Ha llegado realmente?

—Sí. De modo que dime cuáles son tus planes.

—Mañana regresaré a casa. No sé qué haré después.

—Volverás a la Universidad, ¿no es cierto?

—No lo sé. Después de esto parece tan... tan trivial. Siento que se han perdido muchas de mis metas. Y toda la alegría.

—Eso volverá. Ahora es difícil admitirlo, pero es cierto. Inténtalo durante seis semanas y verás. No tienes nada mejor que hacer. —Esto último sonó como una pregunta.

—Supongo que tienes razón. Pero... ¿Me das un cigarrillo?

—Sí. Pero son mentolados. Lo siento.

Cogió uno.

—¿Cómo sabes que no me gustan los cigarrillos mentolados?

Ed se encogió de hombros.

—Supongo que se te refleja en la cara.

Elizabeth sonrió.

—Eres raro, ¿lo sabes?

Él también sonrió, de una forma un tanto neutra.

—Te lo digo en serio —insistió Elizabeth—. Pensar que tuviste que aparecer tú... Creía que no deseaba ver a nadie. Pero me alegra que hayas venido, Ed.

—A veces es reconfortante estar con alguien con quien no tienes compromisos sentimentales.

—Sí, supongo que sí. —Hizo una pausa—. ¿Quién eres, Ed, además de ser mi padrino mágico? ¿Quién eres en verdad? —Súbitamente le pareció importante averiguarlo.

Él volvió a encogerse de hombros.

—Nadie importante. Sólo uno de esos individuos de

aspecto extravagante que se ven rondando por el campus con un montón de libros bajo el brazo...

—Ed, tú no tienes aspecto extravagante.

—Claro que sí —respondió, y sonrió—. Nunca me libré totalmente del acné de la adolescencia, ninguna sociedad estudiantil famosa intentó reclutarme, nunca levanté olas en el torbellino de la vida social. Sólo soy una rata de biblioteca con notas sobresalientes. Cuando las grandes corporaciones organicen entrevistas en el campus la próxima primavera, probablemente me enrolaré en una de ellas y Ed Hamner desaparecerá para siempre.

—Eso sería muy lamentable —dijo Elizabeth con tono dulce.

La sonrisa de él fue muy peculiar. Casi amarga.

—¿Y tu familia? —insistió Elizabeth—. Dónde vives, qué te gusta hacer...

—Otro día —dijo él—. Ahora quiero llevarte de regreso. Mañana te espera un largo viaje en avión y mucho ajetreo.

Por la tarde se sintió relajada por primera vez desde la muerte de Tony, sin la sensación de que dentro de ella estaban tensando y tensando un muelle hasta el punto de ruptura. Pensó que se dormiría en seguida, pero no fue así.

La hostigaban pequeñas dudas.

Alice me dijo... pobre Beth.

Pero Alice estaba veraneando en Kittery, a ciento veinte kilómetros de Skowhegan. Tal vez había ido a ver una obra de teatro en el Lakewood.

El «Corvette» último modelo. Costoso. No habría podido comprárselo trabajando como tramoyista en el Lakewood. ¿Acaso sus padres eran ricos?

Había elegido el plato que habría pedido ella. Quizás el único del menú que ella habría comido hasta el punto de darse cuenta de que tenía apetito.

Los cigarrillos mentolados, el beso de despedida, que era exactamente el que ella deseaba. Y...

Mañana te espera un largo viaje en avión.

Sabía que ella volvía a su casa, porque se lo había dicho. ¿Pero cómo se había enterado de que viajaría en avión? ¿O de que el viaje era largo?

Eso la preocupaba. La preocupaba porque estaba a punto de enamorarse de Ed Hamner.

Sé lo que necesitas.

Las palabras con que él se había presentado la acompañaron mientras se dormía como la voz del capitán de un submarino al descontar brazas.

No fue a despedirla al pequeño aeródromo de Augusta, y mientras esperaba el avión Elizabeth se sintió sorprendida por su propio desencanto. Pensó que uno puede acostumbrarse a depender, insensiblemente, de otra persona, como el toxicómano de la droga. El adicto se engaña diciéndose que es libre de consumirla o no, cuando en realidad...

—Elizabeth Rogan —rugió el altavoz—. Por favor acuda al teléfono blanco de la compañía.

Se encaminó de prisa hacia el aparato.

—¿Beth? —dijo la voz de Ed.

—¡Ed! ¡Cuánto me alegra oírte! Pensé que tal vez...

—¿Que iría a despedirme de ti? —Se rió—. No me necesitas para eso. Eres una chica fuerte y robusta. Bella, además. Puedes apañarte sola. ¿Te veré en la Universidad?

—Sí... creo que sí.

—Estupendo. —Hubo una pausa. Entonces él dijo—: Porque te amo. Desde la primera vez que te vi.

Se le trabó la lengua. No pudo contestar. Mil ideas se arremolinaron en su cabeza.

Él volvió a reír, plácidamente.

—No, no digas nada. Ahora no. Cuando nos veamos tendremos tiempo. Todo el tiempo del mundo. Buen viaje, Beth. Adiós.

Y cortó, dejándola con el teléfono en la mano y con sus propios pensamientos e interrogantes caóticos.

Setiembre.

Elizabeth reanudó el antiguo ritmo de la Universidad y las clases como si la hubieran interrumpido mientras tejía. Por supuesto, compartía la habitación con Alice. Eran compañeras de cuarto desde el primer año, cuando la computadora de la residencia había dictaminado que eran compatibles. Siempre se habían llevado bien, no obstante sus diferencias de gusto y de personalidad. Alice era la estudiosa, y había llegado al último año de la carrera de química con un promedio de 3,6. Elizabeth era más sociable, menos amante de los libros y estudiaba simultáneamente educación y matemáticas.

Seguían llevándose bien, pero durante el verano se había gestado entre ellas una pizca de frialdad. Elizabeth la atribuyó a sus diferencias de criterio acerca del examen final, y no habló del asunto.

Los acontecimientos del verano empezaron a parecer nebulosos. Curiosamente, a veces recordaba a Tony como un chico al que había conocido en la escuela secundaria. Aún le dolía pensar en él, y eludía el tema con Alice, pero su dolor era la palpitación de una vieja magulladura y no el agudo tormento de una herida abierta.

Lo que más la hacía sufrir era la falta de noticias de Ed Hamner.

Pasó una semana, después pasaron dos, y por fin llegó octubre. Solicitó en la residencia de estudiantes una guía de alumnos y buscó su nombre. Fue inútil; después del nombre sólo figuraban las palabras «Mill Street». Y Mill era una calle muy larga, en verdad. De modo que decidió esperar, y cuando la invitaban a salir, cosa que sucedía a menudo, rechazaba las invitaciones. Alice arqueaba las cejas pero no hacía ningún comentario: estaba sepultada viva en un programa de bioquímica de seis semanas y pasaba casi todas las tardes en la biblioteca. Elizabeth veía los largos sobres blancos que su compañera de cuarto recibía por correo una o dos veces por semana, puesto que generalmente ella era la primera en volver de clase, pero no les prestaba atención. La agencia de detectives privados era discreta: no ponía las señas del remitente en su correspondencia.

Cuando sonó el interfono, Alice estaba estudiando.

—Atiende tú, Liz. De todos modos es probable que sea para ti.

Elizabeth cogió el aparato.

—¿Sí?

—Un visitante en la puerta, Liz.

Dios mío.

—¿Quién es? —preguntó fastidiada, y hurgó en su

trajinado archivo de excusas. Una jaqueca. No había recurrido a ella esa semana.

La chica de la recepción anunció, divertida:

—Se llama Edward Jackson Hamner. *Junior*, nada menos. —Bajó la voz—. Usa calcetines de distintos colores.

Elizabeth se llevó la mano al cuello de la bata.

—Oh, Dios. Dile que bajaré en seguida. No, dile que tardaré un minuto. No, un par de minutos, ¿de acuerdo?

—Claro que sí —respondió la voz con tono dubitativo—. No te desangres.

Elizabeth sacó unos pantalones deportivos del armario. Después sacó una falda corta de tela de vaqueros. Palpó los rizadores de su pelo y gimió. Empezó a arrancárselos.

Alice contempló la escena serenamente, sin hablar, pero cuando Elizabeth hubo salido miró la puerta durante un largo rato con expresión cavilosa.

Era el mismo de siempre. No había cambiado ni un ápice. Vestía su guerrera verde de campaña, que seguía pareciendo dos números más holgada de lo debido. Una de las patillas de sus gafas con montura de hueso había sido reparada con esparadrapo. Sus vaqueros parecían nuevos y tiesos, y estaban en las antípodas de aquel aspecto flexible y terso que Tony había logrado sin ningún esfuerzo. Uno de sus calcetines era verde y el otro marrón.

Y Elizabeth sabía que lo amaba.

—¿Por qué no me telefoneaste antes? —preguntó, acercándose a él.

Ed metió las manos en los bolsillos de la guerrera y sonrió tímidamente.

—Quise darte tiempo para que salieras con otros chicos. Para que conocieras a otros hombres. Para que pusieras en orden tus ideas.

—Creo que ya están en orden.

—Excelente. ¿Quieres ir al cine?

—A cualquier parte —dijo ella—. A cualquier parte.

A medida que transcurrían los días ella comenzó a pensar que nunca había conocido a nadie, varón o mujer, que pareciera entender tan bien, y sin palabras, sus estados de ánimo y sus necesidades. Sus gustos coincidían. En tanto que a Tony lo habían entusiasmado las películas violentas como *El padrino*, Ed parecía preferir la comedia o los dramas pacíficos. Una noche, cuando ella se sentía deprimida, la llevó al circo, y se divirtieron muchísimo. Cuando se ponían de acuerdo para estudiar juntos eso era lo que hacían, en lugar de utilizar el encuentro como una excusa para magrearse en el tercer piso de la residencia de estudiantes. Él la llevaba a bailar y parecía sobresalir en los viejos ritmos, que eran los que a ella le gustaban. Ganaron un trofeo de «stroll» de los años cincuenta en el «Homecoming Nostalgia Dance». Sobre todo, Ed parecía intuir cuándo ella deseaba mostrarse apasionada. No la obligaba ni la apremiaba. Con él nunca experimentaba la sensación que había experimentado con otros muchachos, o sea, que existía una especie de escala cronológica intrínseca para la vida sexual, que empezaba con un beso de despedida en la primera cita y terminaba con una noche en el apartamento de un amigo en la décima. Ed vivía solo en su apartamento de Mill Street, situado en un tercer piso sin ascensor. Se reunían allí a menudo y Elizabeth iba sin la sensación de que lo que visitaba era el antro de iniquidades de un Don Juan en pequeña escala. Él no la hostigaba. Parecía desear sinceramente lo mismo que ella, y junto con ella. Y sus relaciones progresaban.

Cuando se reanudaron las clases después del receso del primer semestre, le pareció que Alice estaba extrañamente preocupada. Esa tarde, antes de que Ed fuera a buscarla —saldrían a cenar juntos—, Elizabeth observó que su compañera de cuarto miraba con el ceño fruncido el gran sobre de papel marrón que descansaba sobre su mesa. Elizabeth estuvo a punto de preguntarle qué contenía, y después desistió. Probablemente, se trataba de un nuevo programa de estudios.

Nevaba copiosamente cuando Ed la llevó de vuelta a la residencia.

—¿Mañana? —preguntó él—. ¿En mi apartamento?

—Sí. Prepararé unas palomitas de maíz.

—Estupendo —asintió Ed, y la besó—. Te amo, Beth.

—Yo también te amo.

—¿Querrás quedarte? —inquirió Ed con tono afable—. ¿Mañana por la noche?

—De acuerdo, Ed. —Ella lo miró a los ojos—. Lo que tú quieras.

—Magnífico —dijo él plácidamente—. Que descanses bien, cariño.

—Y tú también.

Esperaba encontrar dormida a Alice y entró en silencio en la habitación, pero ella estaba instalada frente al escritorio.

—¿Te sientes bien, Alice?

—Tengo que hablar contigo, Liz. Sobre Ed.

—¿De qué se trata?

—Sospecho que cuando termine esta conversación habremos dejado de ser amigas —manifestó Alice—. Para mí, eso significa renunciar a algo muy valioso. De modo que quiero que me escuches con atención.

—Tal vez será mejor que no me digas nada.

—Debo intentarlo.

Elizabeth sintió que su curiosidad inicial se trocaba en cólera.

—¿Has estado entrometiéndote en la vida de Ed?

Alice se limitó a mirarla.

—¿Estás celosa de él?

—No. Si hubiera estado celosa de ti y de tus amigos me habría mudado hace dos años.

Elizabeth la estudió, perpleja. Sabía que Alice no mentía. Y de pronto sintió miedo.

—Dos cosas me hicieron desconfiar de Ed Hamner —prosiguió Alice—. Primero, me escribiste acerca de la muerte de Tony y me dijiste que había sido una circunstancia muy afortunada que yo hubiera visto a Ed en el «Lakewood Theater»..., porque él había ido inmediatamente a Boothbay y te había ayudado mucho. Pero yo no lo vi allí, Liz. Ese verano ni siquiera me acerqué al «Lakewood Theater».

—Pero...

—¿Pero entonces cómo se enteró de que Tony había muerto? No tengo ni la más remota idea. Sólo sé que no se lo dije yo. Lo segundo fue el asunto de la memoria eidética. Dios mío, Liz, ¡ni siquiera recuerda de qué color son los calcetines que lleva puestos!

—Eso es totalmente distinto —respondió Elizabeth secamente—. Es...

—El verano pasado Ed Hamner estuvo en Las Vegas —murmuró Alice con voz queda—. Volvió a mediados de julio y ocupó una habitación en un motel de Pemaquid. O sea del otro lado del límite urbano, en Boothbay Harbor. Fue casi como si estuviera esperando que lo necesitases.

—¡Qué disparate! ¿Y cómo sabes que Ed estuvo en Las Vegas?

—Poco antes de que empezaran las clases me encontré con Shirley D'Antonio. Trabajó en el «Pines Restaurant», que está justo enfrente del teatro. Dijo que nunca vio a nadie que se pareciera a Ed Hamner. Así me enteré de que te mentía sobre muchas cosas. De modo que fui a hablar con mi padre y le conté lo que pasaba y él me dio el visto bueno.

—¿Para qué? —inquirió Elizabeth, atónita.

—Para contratar los servicios de una agencia de detectives privados.

Elizabeth se levantó.

—Basta, Alice. Esto es el colmo. —Cogería el autobús para ir a la ciudad y pasaría la noche en el apartamento de Ed. Al fin y al cabo sólo había estado esperando que se le *pidiera*.

—Por lo menos debes *saberlo* —exclamó Alice—. Después decidirás lo que se te antoje.

—No tengo que saber nada, excepto que es dulce y bueno y...

—¿El amor es ciego, eh? —la interrumpió Alice, y sonrió con amargura—. Bien, quizá yo también te amo un poco, Liz. ¿Nunca se te ocurrió pensarlo?

Elizabeth se volvió y la miró durante largo rato.

—Si me amas, tienes una manera muy rara de demostrarlo —dictaminó—. Continúa, entonces. Quizá tienes razón. Quizás esto es lo menos que puedo hacer por ti. Continúa.

—Hace mucho tiempo que lo conoces —dijo Alice serenamente.

—Yo... ¿cómo?

—La escuela primaria 119, Bridgeport, Connecticut.

Elizabeth se quedó muda. Ella y sus padres habían vivido seis años en Bridgeport, y se habían mudado a su actual domicilio después de que ella terminara el segundo grado. *Había ido* a la escuela primaria 119, pero...

—¿Estás segura, Alice?

—¿Lo recuerdas?

—¡No, claro que no! —Pero *sí* recordaba la sensación que había experimentado al ver a Ed por primera vez... la sensación de *déjà vu*.

—Supongo que las niñas bonitas nunca recuerdan a los patitos feos. Quizá se enamoró de ti. Estuvisteis juntos en primer grado, Liz. Quizás él se sentaba en el fondo del aula y sólo..., te miraba. O en el campo de juegos. Un chiquillo insignificante que ya entonces usaba gafas y probablemente un aparato de ortodoncia y tú ni siquiera podías recordarlo. Pero apuesto a que él te recordó a ti.

—¿Qué más?

—La agencia lo rastreó utilizando las impresiones digitales de la escuela. Después sólo fue cuestión de encontrar testigos y hablar con ellos. El detective al que le asignaron el trabajo dijo que no entendía algunas de las informaciones que recogía. Yo tampoco las entiendo. Algunas son terroríficas.

—Ojalá lo sean —murmuró Elizabeth hoscamente.

—Ed Hamner, padre, era un jugador empedernido. Trabajaba para una agencia de publicidad de primera línea, de Nueva York, y después se mudó a Bridgeport, casi como un fugitivo. El investigador dice que casi todos los tahúres e intermediarios de juego importantes de la ciudad tenían pagarés suyos.

Elizabeth cerró los ojos.

—La agencia procuró darte la mayor cantidad posible de basura a cambio de tu dinero, ¿no es cierto?

—Quizá sí. Sea como fuere, el padre de Ed se metió en más aprietos en Bridgeport. Nuevamente por cuestiones de juego, pero esta vez contrajo compromisos con un prestamista de alto vuelo. De alguna manera terminó con una pierna y un brazo rotos. El detective no cree que se tratara de un accidente.

—¿Algo más? —preguntó Elizabeth—. ¿Malos tratos a niños? ¿Desfalcos?

—En 1961 consiguió trabajo en una agencia de publicidad de mala muerte, en Los Ángeles. Estaba demasiado cerca de Las Vegas. Pasaba sus fines de semana allí, jugando mucho... y perdiendo. Hasta que empezó a llevar al pequeño Ed consigo. Y empezó a ganar.

—Estás inventando esta historia. No hay otra explicación.

Alice dio unos golpecitos con el dedo sobre el informe que tenía frente a ella.

—Está todo aquí, Liz. Un tribunal no admitiría algunos de estos materiales como pruebas, pero el detective afirma que ninguna de las personas con las que habló tenía motivos para mentir. El padre de Ed decía que su hijo era su «amuleto». Al principio nadie objetó la presencia del niño, aunque era ilegal que entrara en los casinos. Su padre era un pez gordo. Pero entonces el padre empezó a circunscribirse a la ruleta, jugando sólo a pares e impares y a rojo y negro. A fin de año al niño se le había prohibido la entrada en todos los casinos de la comarca. Y su padre cambió de juego.

—¿Cómo dices?

—La Bolsa. Cuando los Hamner se mudaron a Los Ángeles a mediados de 1961, vivían en una ratonera de noventa dólares por mes y el señor Hamner conducía un «Chevrolet 52». A fines de 1962, dieciséis meses más tarde, él había renunciado a su empleo y vivían en su propia casa, en San José. El señor Hamner conducía un «Thunderbird» flamante y la señora Hamner tenía un «Volkswagen». Verás, la ley prohíbe que un niño entre en los casinos de Nevada, pero nadie puede quitarle la página de cotizaciones de Bolsa.

—¿Insinúas que Ed... que él podía...? ¡Alice, te has vuelto loca!

—Yo no insinúo nada. Sólo que tal vez sabía lo que necesitaba su padre.

Sé lo que necesitas.

—La señora Hamner pasó los seis años siguientes entrando y saliendo de varios institutos psiquiátricos. Presuntamente sufría alteraciones nerviosas, pero el detective habló con un enfermero que dijo que era casi psicótica. La mujer juraba que su hijo era el ayudante del diablo. En 1964 le clavó unas tijeras. Intentó matarlo. Ella... ¿Liz? ¿Qué te sucede, Liz?

—La cicatriz —murmuró—. Hace aproximadamente un mes fuimos a nadar una noche en la piscina de la Universidad. Tiene una herida profunda, con un hoyuelo, en el hombro... aquí. —Apoyó la mano sobre su pecho izquierdo—. Dijo... —Una náusea intentó trepar por su garganta y tuvo que esperar que desapareciera antes de poder continuar—. Dijo que cuando era pequeño se cayó sobre una verja puntiaguda.

—¿Quieres que prosiga?

—Termina, ¿por qué no? ¿Qué daño mayor me puedes producir ahora?

—En 1968 dieron de alta a su madre en un instituto psiquiátrico de mucha categoría, situado en San Joaquín Valley. Los tres salieron de vacaciones juntos. Se detuvieron en un camping situado cerca de la Carretera 101. El chico estaba recogiendo leña cuando ella condujo el coche hasta el borde del acantilado que hay allí y se precipitó al océano, junto con su marido. Tal vez fue un intento de arrollar a Ed. Entonces éste ya tenía casi dieciocho años. Su padre le dejó un millón de dólares en acciones. Al año siguiente Ed vino aquí y se inscribió en esta Universidad. Punto final.

—¿No hay más ropa sucia en el armario?

—¿No te parece bastante, Liz?

Elizabeth se levantó.

—Ahora comprendo por qué nunca quiere hablar de su familia. Pero tú tuviste que hurgar en la herida, ¿no es cierto?

—Eres ciega —murmuró Alice. Elizabeth se estaba poniendo el abrigo—. Supongo que ahora vas a reunirte con él.

—Exactamente.

—Porque lo amas.

—Exactamente.

Alice atravesó la habitación y la cogió por el brazo.

—¡Borra por un segundo de tu cara esa expresión hosca y petulante, y *piensa* un poco! Ed Hamner es capaz de hacer cosas con las que los demás sólo nos atrevemos a soñar. Logró que su padre acumulara capital en la ruleta y después lo enriqueció jugando a la Bolsa. Parece tener el don de ganar con su sola fuerza de voluntad. Quizás es un parapsicólogo de baja estofa. Quizá tiene poderes de precognición. No lo sé. Hay personas que parecen disfrutar de tales facultades. Liz, ¿nunca se te ha ocurrido pensar que tal vez te ha obligado a amarlo?

Liz se volvió lentamente hacia ella.

—Es la primera vez en mi vida que oigo algo tan ridículo.

—¿Te parece? ¡Te dio aquel cuestionario de sociología tal como le dio a su padre el lado ganador del tapete de la ruleta! Nunca estuvo inscrito en el curso de sociología. Lo sé porque lo he averiguado. ¡Te ayudó porque sólo así podría conseguir que lo tomases en serio!

—¡Basta! —aulló Liz. Se tapó los oídos con las manos.

—¡Conocía el cuestionario, y supo que había muerto Tony, y supo que volverías a casa en avión! Incluso supo cuál era el momento psicológico ideal para reaparecer en tu vida, en el pasado mes de octubre.

Elizabeth se zafó de ella y abrió la puerta.

—Por favor —dijo Alice—. Por favor, Liz, escucha. No sé cómo puede realizar estos portentos. No creo que *él mismo* lo sepa. Quizá no quiere hacerte daño, pero ya te lo ha hecho. Para obligarte a amarlo ha explorado todas tus necesidades y todos tus deseos secretos, y eso no es amor. Es una violación.

Elizabeth dio un portazo y se lanzó escaleras abajo.

Cogió el último autobús de la noche que iba a la ciudad. Nevaba más copiosamente que antes y el autobús se zarandeaba como un escarabajo cojo entre los montículos que el viento había atravesado sobre la carretera. Elizabeth viajaba sentada atrás, en compañía de sólo seis o siete pasajeros, y mil pensamientos bullían en su cabeza.

Los cigarrillos mentolados. La Bolsa. Había sabido que a la madre de ella la apodaban *Deedee*. Un chiquillo sentado en el fondo del aula del primer grado, haciéndole monerías a una niña vivaz que era demasiado pequeña para comprender que...

Sé lo que necesitas.

No. No. No. ¡Lo amo!

¿Lo amaba de veras? ¿O sólo la complacía estar con alguien que siempre pedía lo apropiado, que la llevaba a ver las películas que le gustaban, y que no quería ir a ninguna parte ni hacer nada que pudiera contrariarla a ella? ¿Él era sólo una especie de espejo psíquico, que sólo le mostraba lo que ella deseaba ver? Los regalos que le hacía eran siempre los adecuados. Cuando la temperatura había bajado súbitamente y ella anhelaba tener un secador de pelo, ¿quién se lo había comprado? Ed Hamner, por supuesto. Casualmente había visto que había uno rebajado en «Day's», le había dicho. Y ella, desde luego, había quedado muy complacida.

Eso no es amor. Es una violación.

El viento le arañó la cara cuando se apeó en la intersección de Main y Mill, y respingó al sentir su azote cuando el autobús arrancó con un gruñido de su motor diesel. Sus luces traseras titilaron brevemente en la noche nevada y desaparecieron.

Nunca se había sentido tan sola en su vida.

Ed no estaba en casa.

Esperó frente a su puerta, perpleja, después de golpear durante cinco minutos. Se dio cuenta de que ignoraba lo que hacía Ed y con quién se veía cuando no estaba con ella. Nunca habían abordado ese tema.

Quizás está ganando lo necesario para comprar otro secador de pelo, en un garito.

Con súbito ímpetu se alzó sobre las puntas de los pies y palpó el borde superior del dintel, donde sabía que él siempre dejaba una llave. Sus dedos tropezaron con ella y cayó con un ruido metálico sobre el piso del rellano.

La recogió y la hizo girar en la cerradura.

El apartamento tenía un aire distinto en ausencia de Ed: artificial, como el escenario de un teatro. A menudo la había divertido que alguien que se preocupaba tan poco por su aspecto personal tuviera un domicilio tan pulcro, que parecía sacado de la ilustración de un libro. Casi como si lo hubiera decorado para ella y no para él. Pero por supuesto eso era absurdo, ¿verdad?

Pensó de nuevo, como si ésa fuera la primera vez, que le gustaba mucho la silla donde se sentaba cuando estudiaban o veían la TV. Era perfecta, como la silla del osezno había sido perfecta para Ricillos de Oro. Ni demasiado dura ni demasiado blanda. Ideal. Como todo lo que estaba asociado a Ed.

En la sala había dos puertas. Una comunicaba con la cocina. La otra con el dormitorio de Ed.

El viento soplaba fuera y hacía crujir la vieja casa de apartamentos.

En el dormitorio, miró la cama de bronce. No parecía demasiado dura ni demasiado blanda. Justo como debía ser. Una voz insidiosa se burló: *¿Es casi demasiado perfecta, no te parece?*

Se acercó a la biblioteca y sus ojos recorrieron los títulos al azar. Uno de ellos le llamó la atención y cogió el volumen: *Bailes de moda en los años 50*. Las páginas se abrieron espontáneamente en un lugar situado una cuarta parte antes del final. Una sección titulada «El *stroll*» había sido circundada con el grueso trazo de un rotulador rojo, y la palabra BETH había sido escrita sobre el margen con letras grandes, casi acusatorias.

Ya debería irme, se dijo. Aún podría rescatar algo. Si él volviera ahora nunca podría volver a mirarlo a la cara y Alice habría triunfado. Entonces sí que ella habría hecho una buena inversión, al contratar la agencia de detectives.

Pero no podía detenerse, y lo sabía. Había llegado a un punto sin retorno.

Se acercó al armario e hizo girar el pomo de la puerta, pero no cedió. Cerrado con llave.

Por si acaso, volvió a alzarse sobre las puntas de los pies y palpó a lo largo del marco superior de la puerta. Y sus dedos tocaron una llave. La cogió y dentro de ella una voz dijo muy claramente: *No lo hagas.* Pensó en la esposa de Barba Azul y en lo que había encontrado al abrir la puerta prohibida. Pero en realidad ya era demasiado tarde: si no lo hacía ahora, la duda la corroería durante el resto de su vida.

Abrió el armario.

Y experimentó la extrañísima sensación de que era allí donde el auténtico Ed Hamner, Jr. había estado oculto siempre.

Dentro del armario reinaba el caos: un revoltijo de ropas, libros, una raqueta de tenis con las cuerdas flojas, un par de zapatillas de tenis estropeadas, viejos apuntes desparramados sin ton ni son, un saquito de tabaco «Borkum Riff» cuyo contenido se había derramado. La guerrera verde de campaña se hallaba arrumbada en un rincón.

Cogió uno de los libros y parpadeó al ver el título. *La rama dorada*. Otro. *Ritos antiguos, misterios modernos*. Otro más. *Vudú haitiano*. Y un último volumen, encuadernado en cuero viejo y resquebrajado, con el título casi borrado por el excesivo manoseo, un volumen, en fin, del cual se desprendía un vago olor a pescado podrido: el *Necronomicon*. Lo abrió al azar, resolló, y lo arrojó lejos, sin poder borrar esa obscenidad de su retina.

Para recuperar la compostura, más que por cualquier otro motivo, estiró la mano hacia la guerrera verde de campaña, sin confesarse que tenía la intención de registrar los bolsillos. Pero al levantarla vio algo más. Una pequeña caja de hojalata...

La alzó, con curiosidad, y la hizo girar entre las manos, oyendo que algo se zarandeaba en el interior. Era una de esas cajas donde los niños acostumbran a guardar sus tesoros. En el fondo de hojalata estaban estampadas, en altorrelieve, las palabras: «Bridgeport Candy Co.» La abrió.

La muñeca estaba arriba. La efigie de Elizabeth.

La miró y empezó a temblar.

La muñeca estaba vestida con un jirón de nylon rojo, parte de un pañuelo de cabeza que había perdido hacía dos o tres meses. Mientras estaba en el cine con Ed. Los brazos eran escobillas para limpiar pipas y estaban recubiertos con una sustancia que parecía moho azul. Moho de una tumba, quizá. La cabeza de la muñeca tenía pelo, pero ahí había un error. Eran delicadas hebras blancas como el lino, pegadas a la cabeza confeccionada con una goma de borrar rosada. Su propio cabello tenía un color rubio arenoso y era más áspero. Su cabello había sido así...

Cuando ella era pequeña.

Tragó saliva y su garganta produjo un chasquido. Acaso cuando estaban en primer grado no les habían facilitado unas tijeras de hojas romas, adecuadas para las manos infantiles? ¿Era posible que hacía tanto tiempo un chiquillo se hubiera aproximado a ella por atrás, quizá mientras dormía la siesta, y...?

Elizabeth dejó la muñeca a un lado y volvió a mirar en el interior de la caja. Vio una ficha azul de póquer sobre la que habían dibujado con tinta roja una extraña figura hexagonal. Una manoseada nota necrológica: Edward Hamner y señora. Los dos sonreían absurdamente desde la foto adjunta, y ella vio que esa misma figura hexagonal había sido trazada sobre sus rostros, esta vez con tinta negra, como si fuera un paño mortuorio. Otros dos muñecos, uno de sexo masculino y femenino. El parecido con las fotos de la nota necrológica era atroz, inconfundible.

Y algo más.

Lo sacó torpemente, y sus dedos temblaban tanto que casi lo dejó caer. Lanzó una exclamación ahogada.

Era un pequeño coche de juguete, de esos que los

niños compran en los *drugstores* y en las tiendas de hobbies para armar con cola de aviación. Éste era un «Fiat». Había sido pintado de rojo. Le habían pegado a la parrilla del radiador un trozo de algo que parecía ser una de las camisas de Tony.

Invirtió el cochecito. Alguien había abollado el chasis con un martillo.

—De modo que lo has encontrado, perra desagradecida.

Elizabeth lanzó un alarido y dejó caer la caja y el cochecito. Los tesoros abyectos se desaparramaron por el suelo.

Él estaba en la puerta, mirándola. Elizabeth nunca había visto semejante expresión de odio en un rostro humano.

—Tú mataste a Tony —dijo ella.

Ed sonrió aviesamente.

—¿Crees que podrías demostrarlo?

—No importa —respondió ella, sorprendida por la firmeza de su voz—. Yo lo sé. Y no quiero volver a verte. Y si le haces… algo… a alguien, lo sabré. Y te lo haré pagar. De alguna manera.

Las facciones de Ed se convulsionaron.

—Así es como me lo agradeces. Te he dado todo lo que deseabas. Lo que nadie más podría tener. Confiésalo. Te he hecho absolutamente feliz.

—¡Mataste a Tony! —le gritó ella.

Ed dio un paso firme hacia el interior de la habitación.

—Sí, y lo hice por ti. ¿Y tú qué eres, Beth? No sabes lo que es el amor. Yo te he amado desde la primera vez que te vi, hace más de diecisiete años. ¿Tony podría haber dicho lo mismo? Todo te ha resultado siempre fácil. Eres *hermosa*. Nunca has tenido que preocuparte por tus deseos o necesidades, ni porque estabas sola. Nunca has tenido que buscar…, otros medios para conseguir lo que te hacía falta. Siempre había un Tony que te lo daba. Te bastaba con sonreír y decir «por favor». —El timbre de su voz se hizo más agudo—. Yo nunca he podido obtener así lo que anhelaba. ¿No crees que lo intenté? No lo logré con mi padre. Él sólo quería más y más. Ni siquiera me dio un beso por la noche o un abrazo hasta que lo hice rico. Y mi madre era igual a él. Salvé su matrimonio, ¿pero acaso eso la conformó? ¡Me aborrecía! ¡No quería acercarse a mí!

316

¡Decía que yo era anormal! Le hacía regalos hermosos pero... ¡No hagas eso, Beth! No... *noooo*...

Pisó su propia efigie y la aplastó, pulverizándola con el tacón. Algo se retorció cruelmente dentro de ella, y después el dolor se disipó. Ahora no le temía. No era más que un chiquillo insignificante y esmirriado, con cuerpo de hombre. Y sus calcetines eran de colores distintos.

—No creo que puedas hacerme daño ahora, Ed —le dijo—. Ahora no. ¿Me equivoco?

Él le volvió la espalda.

—Vamos —murmuró débilmente—. Vete. Pero déjame la caja. Por lo menos déjame eso.

—Te dejaré la caja. Pero no su contenido.

Elizabeth pasó de largo junto a él. Los hombros de Ed se convulsionaron, como si se dispusiera a volverse y abalanzarse sobre ella, pero después se encorvaron nuevamente.

Cuando Elizabeth llegó al rellano del segundo piso, él se asomó por la baranda y le gritó con voz chillona:

—¡Vete, pues! ¡Pero después de haber estado conmigo no te sentirás satisfecha con ningún hombre! ¡Y cuando envejezcas y los hombres dejen de darte todo lo que deseas, me echarás de menos! ¡Pensarás en lo que despreciaste!

Elizabeth bajó por la escalera y salió a la calle nevada. El embate frío contra la cara le produjo una sensación agradable. Tendría que caminar tres kilómetros hasta el campus, pero no le importaba. Quería caminar, quería sentir frío. Quería que éste la limpiara.

Él le inspiraba una extraña y retorcida compasión: un niño con poderes extraordinarios comprimidos dentro de un espíritu enano. Un niño que pretendía lograr que los seres humanos se comportaran como soldaditos de juguete y que después los aplastaba en un acceso de ira cuando se resistían o cuando descubrían la verdad.

¿Y qué era ella? ¿Había sido agraciada con todas las virtudes de las que carecía Ed, pero no por culpa de éste ni por mérito de ella? Recordó cómo había reaccionado ante Alice, empeñándose ciega y celosamente en conservar algo que era más fácil que bueno, sin preocuparse por otra cosa, sin preocuparse.

¡Cuando envejezcas y los hombres dejen de darte

todo lo que deseas, me echarás de menos...! Sé lo que necesitas.

¿Pero ella era tan pequeña que necesitaba realmente tan poco?

Por favor, Dios mío, que no sea así.

Se detuvo en el puente que separaba el campus de la ciudad, y arrojó por encima del parapeto los amuletos mágicos de Ed Hamner, uno por uno. El último fue el «Fiat» de juguete, que dio una serie de volteretas entre las ráfagas de nieve hasta perderse de vista. Después siguió caminando.

LOS CHICOS DEL MAÍZ

Burt elevó demasiado el volumen de la radio y no volvió a bajarlo porque estaban al borde de otra discusión y no quería que eso ocurriera. Se resistía desesperadamente a que ocurriera.

Vicky dijo algo.

—¿Cómo? —gritó él.

—¡Baja el volumen! ¿Quieres romperme los tímpanos?

Mordió con fuerza lo que podría haber brotado de sus labios y bajó el volumen.

Vicky se abanicaba con el pañuelo de cabeza a pesar de que el «Thunderbird» tenía aire acondicionado.

—¿Dónde estamos, al fin y al cabo?

—En Nebraska.

Ella le clavó una mirada fría y neutral.

—Sí, Burt. Sé que estamos en Nebraska, Burt. ¿Pero dónde demonios *estamos*?

—Tú tienes el mapa de carreteras. Míralo. ¿O acaso no sabes leer?

—Muy ingenioso. Para esto abandonamos la autopista. Para poder contemplar quinientos kilómetros de plantaciones de maíz. Y para poder disfrutar de la chispa y la sabiduría de Burt Robeson.

Él apretaba el volante con tanta fuerza que los nudillos se le habían puesto blancos. Resolvió que lo apretaba así porque si aflojaba la presión, caray, era posible que una de esas manos saliera disparada y se estrellara contra los morros de la ex Reina de la Promoción. «Estamos salvando nuestro matrimonio —pensó—. Sí. Empleamos el mismo método que nuestros soldados utilizaban para salvar aldeas durante la guerra.»

—Vicky —dijo cautelosamente—. Desde que salimos de Boston he conducido más de dos mil kilómetros por autopistas. Durante todo ese trayecto tú te has negado a conducir. Después...

—¡Yo no me he negado! —exclamó Vicky vehementemente—. Sólo ocurre que me atacan las jaquecas cuando conduzco durante demasiado tiempo...

—Entonces, cuando te pedí que me orientaras por algunas de las carreteras comarcales tú dijiste claro que sí, Burt. Ésas fueron textualmente tus palabras. Claro que sí, Burt. Entonces...

—A veces me pregunto cómo llegué a casarme contigo.

—Lo que hiciste fue pronunciar dos palabritas.

Ella lo miró un momento, con los labios exangües, y después cogió el mapa de carreteras y pasó las páginas con gesto iracundo.

«Había sido *un error* dejar la autopista», pensó Burt morosamente. Y además era una lástima, porque hasta entonces se habían entendido bastante bien, y se habían tratado el uno al otro casi como seres humanos. A veces había tenido la impresión de que ese viaje a la costa, emprendido con el pretexto de visitar al hermano y el cuñado de Vicky, pero que en verdad era una tentativa desesperada de salvar su propio matrimonio, iba a culminar con éxito.

Pero desde el momento en que abandonaron la autopista todo había vuelto a empeorar. ¿Hasta qué punto? Bien, en verdad, hasta un punto límite.

—Dejamos la autopista en Hamburg, ¿no es cierto?

—Sí.

—No hay ninguna otra población hasta Gatlin —anunció ella—. Faltan treinta kilómetros. Un pueblo atravesado sobre la carretera. ¿Crees que podremos detenernos allí para comer algo? ¿O tu soberano programa estipula que hemos de seguir viajando hasta las dos, como ayer?

Apartó los ojos de la carretera para mirarla.

—Estoy harto, Vicky. Por lo que a mí concierne, podemos dar media vuelta aquí y volver a casa e ir a entrevistarnos con ese abogado con el que querías hablar. Porque esto ya no funciona...

Ella había vuelto a mirar hacia delante, impasiblemente. De pronto apareció en su rostro una expresión de sorpresa y de miedo.

—*Cuidado, Burt, vas a...*

Él dirigió nuevamente su atención hacia la carretera justo a tiempo para ver que algo desaparecía debajo del parachoques del «Thunderbird». Un instante después, cuando sólo estaba empezando a pasar la presión del acelerador al freno, sintió que algo se aplastaba tétricamente, primero bajo las ruedas delanteras y después bajo las traseras. Fueron despedidos hacia delante cuando el automóvil frenó sobre la línea de separación central, pasando de setenta y cinco a cero kilómetros por hora a lo largo de las huellas negras de los neumáticos.

—Un perro —exclamó él—. Dime que ha sido un perro.

Las facciones de ella estaban pálidas, del color del requesón.

—Un niño. Un crío pequeño. Salió corriendo del maizal y... te felicito, campeón.

Vicky abrió dificultosamente la portezuela, se encorvó hacia fuera y vomitó.

Burt estaba muy erguido detrás del volante del «T-Bird», sujetándolo sin fuerza. Durante un largo rato sólo tuvo conciencia del olor exuberante del abono.

Entonces descubrió que Vicky había desaparecido y cuando miró por el espejo exterior vio que se acercaba tambaleándose torpemente hacia un bulto que parecía un montón de harapos. Por lo general, era una mujer garbosa, pero ahora su apostura se había esfumado.

Es un caso de homicidio. Así es como lo llaman. Aparté los ojos de la carretera.

Cortó el contacto y se apeó. El viento susurraba suavemente entre el maíz que había alcanzado la estatura de un hombre y seguía creciendo, y al susurrar producía un soplo extraño, como el de una respiración. Ahora Vicky estaba junto al bulto de harapos, y él la oyó sollozar.

Se hallaba a mitad de trayecto entre el coche y el lugar donde se hallaba Vicky, cuando vislumbró algo a la izquierda, un manchón llamativo de color rojo, muy brillante, en medio del verde.

Se detuvo y miró fijamente hacia el maizal. Pensó (cualquier cosa con tal de desentenderse de esos harapos que no eran harapos) que ésa debía de haber sido una excelente temporada de cultivo para el maíz. Crecía muy apretado, casi a punto de dar fruto. Si uno se internaba entre esas pulcras hileras umbrías, podría pasar todo un día buscando nuevamente la salida. Pero ahí mismo se quebraba la pulcritud. Varios tallos altos estaban rotos y ladeados. ¿Y qué era eso que se ocultaba en el fondo de las sombras?

—¡Burt! —le gritó Vicky—. ¿No quieres venir a mirar? ¡Así puedes contarles a tus compañeros de póquer lo que cazaste en Nebraska! No... —Pero el resto de la frase se ahogó entre nuevos sollozos. Su sombra formaba un charco nítido alrededor de sus pies. Era casi mediodía.

La sombra se cerró sobre él cuando entró en el maizal. La pintura roja para paredes de granero era sangre. Se oía un zumbido bajo, somnoliento, a medida que las moscas se posaban, saboreaban, y volvían a remontarse bordoneando..., quizá para ir a alertar a sus compañeras. Más adentro, las hojas también estaban salpicadas de sangre. Seguramente no podía haber saltado tan lejos. Y entonces vio a sus pies el objeto que había divisado desde la carretera. Lo alzó.

Allí era donde se truncaba el orden de las hileras. Varios tallos se ladeaban como si estuvieran borrachos, y dos de ellos estaban netamente cercenados. La tierra había sido hendida. Había sangre. El maíz susurraba. Con un ligero estremecimiento, volvió a la carretera.

Vicky era presa de un ataque de histeria y le gritaba palabras ininteligibles, llorando, riendo. ¿A quién se le habría ocurrido pensar que el final sería tan melodramático? La miró y comprendió que él no tenía una crisis de identidad ni pasaba por una etapa difícil de transición. No se trataba de ninguna de esas contingencias que estaban tan de moda. La aborrecía. Le pegó una fuerte bofetada.

Ella se calló bruscamente y apoyó una mano sobre la marca cada vez más roja de sus dedos.

—Irás a la cárcel, Burt —dictaminó solemnemente.

—No lo creo —respondió él, y depositó a sus pies la maleta que había encontrado en el maizal.

—¿Qué...?

—No lo sé. Supongo que era de él. —Señaló el cuerpo despatarrado que yacía boca abajo sobre la carretera. A juzgar por su aspecto no tenía más de trece años.

La maleta era vieja. El cuero marrón estaba maltratado y desgastado. Dos trozos de cuerda para tender la ropa habían sido enroscados alrededor de ella y asegurados con grandes y grotescos nudos marineros. Vicky se inclinó para desatarlos, vio la sangre apelmazada y retrocedió.

Burt se arrodilló y volteó cuidadosamente el cuerpo.

—No quiero mirar —dijo Vicky, mirando a su pesar con expresión impotente. Y cuando el rostro de desorbitados ojos ciegos se torció hacia ellos, Vicky volvió a chillar. La cara del chico estaba sucia, convulsionada por una mueca de terror. Lo habían degollado.

Burt se levantó y rodeó a Vicky con los brazos cuando ella empezó a oscilar.

—No te desmayes —murmuró quedamente—. ¿Me oyes, Vicky? No te desmayes.

Lo repitió una y otra vez y por fin ella se recuperó un poco y lo abrazó con fuerza. Parecían estar bailando en la carretera bañada por el sol de mediodía, con el cadáver del niño a sus pies.

—¿Vicky?

—¿Qué? —Su voz estaba sofocada por la camisa de Burt.

—Vuelve al coche y métete las llaves en el bolsillo. Quita la manta del asiento posterior y coge mi escopeta. Tráelas aquí.

—¿La escopeta?

—Alguien lo degolló. Quizá nos está vigilando.

Ella alzó violentamente la cabeza y sus ojos desencajados escudriñaron el maizal. Éste se extendía hasta donde alcanzaba la vista, ondulando a lo largo de pequeñas depresiones y protuberancias del terreno.

—Sospecho que se ha ido. Pero no debemos arriesgarnos. Vete y haz lo que te digo.

Vicky caminó en silencio hasta el coche, seguida por su sombra, una mascota oscura que no se separaba de ella a esa hora del día. Cuando Vicky se inclinó sobre el asiento posterior, Burt se acuclilló junto al cadáver. Un varón de tez blanca, sin marcas distintivas. Arrollado, sí, pero el «T-Bird» no le había cercenado el cuello. El tajo era mellado e ineficiente —ningún sargento del Ejército le había enseñado al homicida los detalles más sutiles de la lucha cuerpo a cuerpo— pero el efecto había sido letal. Había corrido o lo habían empujado a través de los diez metros del maizal, muerto o mortalmente herido. Y Burt Robeson lo había embestido. Si el muchacho estaba vivo cuando le había atropellado el coche, el accidente le había restado, a lo sumo, treinta segundos de vida.

Respingó cuando Vicky le dio un golpecito en el hombro.

Ella tenía doblada sobre el brazo izquierdo la manta militar marrón, y sostenía con la mano derecha la escopeta enfundada. Miraba en otra dirección. Burt cogió la manta y la desplegó sobre la carretera. Hizo rodar el cuerpo hasta depositarlo sobre el rectángulo de tela. Vicky emitió un gemido de desesperación.

—¿Estás bien? —La observó—. ¿Vicky?

—Estoy bien —asintió con voz estrangulada.

Burt plegó los bordes de la manta sobre el cadáver y lo alzó, aborreciendo su peso muerto. El cuerpo intentó doblarse en U entre sus brazos y resbalar al suelo. Burt lo apretó con más fuerza y se encaminaron hacia el «Thunderbird».

—Abre el baúl —gruñó él.

El baúl estaba lleno de artículos de viaje: maletas y recuerdos. Vicky transportó casi todo al asiento posterior y Burt deslizó el cuerpo en el espacio desalojado y cerró enérgicamente. Dejó escapar un suspiro de alivio.

Vicky lo esperaba junto a la portezuela del lado del conductor, sin soltar el arma enfundada.

—Colócala atrás y sube.

Consultó su reloj y comprobó que sólo habían transcurrido quince minutos. Hubiera dicho que habían pasado varias horas.

—¿Y la maleta? —preguntó ella.

Burt trotó por la carretera hasta donde la maleta descansaba sobre la línea blanca de separación de la calzada, como el punto focal de un cuadro impresionista. La levantó por el asa destartalada y se detuvo un momento. Tenía la acuciante sensación de que los estaban vigilando. Era una sensación de la que se hablaba en los libros, sobre todo en las novelas baratas, y siempre había puesto en duda su existencia. Ahora no. Era como si en el maizal hubiera gente, quizá muchas personas, que se preguntaban fríamente si la mujer podría sacar el arma de la funda y utilizarla antes de que pudieran cagerlo a él, arrastrarlo hasta las hileras sombrías, degollarlo...

Corrió de vuelta, con el corazón palpitante, arrancó las llaves de la cerradura del maletero, y montó en el coche.

Vicky estaba llorando nuevamente. Burt arrancó, y antes de que hubiera pasado un minuto ya no pudo localizar en el espejo retrovisor el tramo donde había sucedido.

—¿Cómo dijiste que se llamaba la próxima ciudad? —preguntó.

—Oh. —Ella volvió a inclinarse sobre el mapa de carreteras—. Gatlin. Llegaremos dentro de diez minutos.

—¿Parece suficientemente grande para tener un destacamento de Policía?

—No. Es sólo un punto.

—Quizás hay un gendarme.

Viajaron un rato en silencio. Pasaron frente a un silo que se levantaba a la izquierda. Nada más que maíz. No se cruzaron con ningún vehículo que fuera en dirección contraria. Ni siquiera con el camión de una granja.

—¿Nos cruzamos con algo desde que salimos de la autopista, Vicky? —preguntó él.

Vicky reflexionó un momento.

—Con un coche y un tractor. En la intersección.

—No, digo desde que entramos en esta carretera. La carretera 17.

—No, creo que no.

Probablemente antes éste habría sido el prefacio de algún comentario cáustico. Ahora Vicky se limitó a mirar, por su mitad del parabrisas, la carretera que se desplegaba ante ellos y la interminable línea de separación de los dos carriles.

—Vicky, ¿puedes abrir la maleta?

—¿Crees que eso importa?

—No lo sé. Quizá sí.

Mientras ella aflojaba los nudos (con un talante especial, inexpresivo pero de labios apretados, tal como el que Burt recordaba que tenía su madre cuando vaciaba las vísceras del pollo de los domingos), él encendió la radio.

La emisora de música pop que habían estado escuchando quedó casi eclipsada por la estática y Burt hizo correr lentamente la aguja roja a lo largo de la banda. Informaciones agrícolas. Buck Owens. Tammy Wynette. Todo lejano, deformado y casi reducido a jerigonza.

Hasta que, cerca del final, el altavoz rugió una sola palabra, tan potente y clara como si los labios que la habían pronunciado se hallaran directamente detrás de la radio, en el tablero de instrumentos.

—¡EXPIACIÓN! —bramó la voz.

Burt lanzó un gruñido de sorpresa. Vicky respingó.

—¡SÓLO NOS SALVARÁ LA SANGRE DEL CORDERO! —tronó la voz, y Burt bajó apresuradamente el volumen. Sin duda la emisora se hallaba cerca. Tan cerca que... sí, ahí estaba. Un trípode aracnoideo rojo, asomando del maizal en el horizonte y recortándose contra el cielo azul. La torre de la radio.

—La palabra es expiación, hermanos y hermanas —proclamó la voz, con un tono más coloquial. En el fondo, fuera del alcance del micrófono, otras voces murmuraron amén—. Están aquellos que piensan que es honesto internarse en el mundo, como si pudieras trabajar en él y marchar por él sin que te contamine. ¿Pero es esto lo que nos enseña el verbo divino?

Lejos del micrófono, pero siempre con fuerza.

—¡No!

—¡JESÚS BENDITO! —vociferó el predicador, y ahora sus palabras adquirieron una poderosa cadencia acompasada, casi tan compulsiva como la de un ritmo frenético de rock-and-roll. ¿Cuándo aprenderán que ese camino conduce a la muerte? ¿Cuándo se convencerán de que el salario de este mundo se paga en el otro? ¿Eh? ¿Eh? El Señor ha dicho que hay muchas moradas en Su casa. Pero no hay lugar para el fornicador. No hay lugar para el codicioso. No hay lugar para el profanador del maíz. No hay lugar para el homosexual. No hay lugar...

Vicky apagó la radio.

—Esos desvaríos me enferman.

—¿Qué dijo? —le preguntó Burt—. ¿Qué dijo del maíz?

—No lo oí. —Vicky estaba tirando del nudo de la segunda cuerda para tender ropa.

—Dijo algo acerca del maíz. Lo sé.

—¡Ya está! —exclamó Vicky, y la maleta se abrió sobre su regazo.

Pasaban frente a un cartel que decía: GATLIN 7 KM. CONDUZCA CON CUIDADO. PROTEJA A NUESTROS NIÑOS. El cartel había sido colocado por el Rotary. Estaba agujereado por proyectiles calibre 22.

—Calcetines —dijo Vicky—. Dos pantalones... una

camisa... un cinturón... una corbata con un... —se interrumpió, mostrándole el sujetador de corbata de metal descascarado—. ¿Quién es éste?

Burt lo miró de reojo.

—Supongo que Hopalong Cassidy.

—Oh —murmuró ella. Volvió a guardar el chisme. Estaba llorando nuevamente.

Al cabo de un momento, Burt dijo:

—¿Hubo algo que te llamó la atención en ese sermón radiofónico?

—No. Con las filípicas de esa naturaleza que escuché cuando era niña ya tengo suficiente hasta el fin de mis días. Ya te he hablado de eso.

—¿No te pareció que parecía una persona muy joven? Me refiero al predicador.

Vicky lanzó una risita desprovista de humor.

—Quizás era un adolescente. ¿Y qué? Es lo que más me horroriza en toda esta pantomima. Les gusta pillarlos cuando todavía tienen el cerebro maleable. Saben cómo implantarles toda clase de controles emocionales. Deberías haber estado en algunas de las asambleas religiosas a las que me arrastraron mis padres..., esas mismas donde me «salvaban». Se celebraban en grandes tiendas. Deja que recuerde. Una de las estrellas era Baby Hortense, la Maravilla Cantora. Tenía ocho años. Aparecía en escena y cantaba *Leaning on the Everlasting Arms* mientras su padre pasaba el cepillo, diciéndoles a todos que fueran generosos, «para no decepcionar a esta criatura». Otra estrella era Norman Staunton. Éste prometía el fuego y el azufre del infierno vestido con su trajecito de pantalones cortos. Tenía apenas siete años.

Vicky hizo un ademán de asentimiento al ver que él la miraba con expresión incrédula.

—Y tampoco eran los únicos. Había muchos otros. Eran buenos *señuelos*. —Pronunció esta última palabra como si la hubiera escupido—. Ruby Stampnell. Era una curadora por la fe, de diez años de edad. Las hermanas Grace. Salían a escena con unos pequeños halos de papel de aluminio sobre las cabezas y... ¡oh!

—¿Qué sucede?

Él se volvió bruscamente para mirar a Vicky y lo que sostenía en la mano. Vicky contemplaba absorta el objeto. Sus manos lo habían palpado, al hurgar el fondo de la maleta, y lo habían extraído mientras hablaba. Burt detuvo el coche para inspeccionarlo mejor. Ella se lo entregó en silencio.

Era un crucifijo confeccionado con vainas de maíz retorcidas, en otra época verdes y ahora secas. Una mazorca de maíz enano estaba atado a ellas con barbas de maíz entretejidas. La mayoría de los granos habían sido cuidadosamente extirpados, probablemente de uno en uno, con un cortaplumas. Los granos restantes formaban una tosca figura cruciforme en un altorrelieve amarillento. Ojos de granos de maíz, con sendos cortes transversales que sugerían las pupilas. Brazos estirados de granos de maíz, las piernas juntas, terminando en un grosero simulacro de pies desnudos. Arriba, cuatro letras también talladas en el zuro blanco como un hueso: I.N.R.I.

—Es una fantástica obra de artesanía —comentó él.
—Es abominable —respondió Vicky, con voz apagada y tensa—. Tíralo.
—Vicky, es posible que la Policía quiera verlo.
—¿Por qué?
—Bien, no sé por qué. Quizá...
—Tíralo. ¿Quieres tener la gentileza de hacerme ese favor? No lo soporto en el coche.
—Lo dejaré atrás. Y apenas hayamos hablado con la Policía, nos libraremos de él, de una manera u otra. Te lo prometo. ¿De acuerdo?
—¡Oh, haz lo que se te antoje! —le gritó Vicky—. ¡Al fin y al cabo eso es lo que harás, de todas maneras!

Ofuscado, él arrojó el crucifijo al asiento trasero, donde aterrizó sobre una pila de ropa. Los ojos de granos de maíz miraban extáticamente la luz del techo del «Thunderbird». Él volvió a arrancar, y los neumáticos despidieron una andanada de grava.

—Entregaremos a la Policía el cadáver y todo lo que había en la maleta —prometió Burt—. Después nos desentenderemos de este asunto.

Vicky no contestó. Se miraba las manos.

Un kilómetro y medio más adelante, a los interminables maizales los sustituyeron una serie de granjas y cobertizos junto a la carretera. En un solar vieron unas gallinas sucias que picoteaban distraídamente la tierra. Sobre los techos de los graneros se veían desteñidos anuncios de gaseosas y de tabaco para mascar. Pasaron

frente a un alto cartel que decía: SÓLO JESÚS SALVA.
También pasaron frente a una cafetería con unos surtidores de gasolina «Conoco», pero Burt resolvió entrar en
el centro de la ciudad, si la había. En caso contrario,
podrían volver a la cafetería. Sólo después de dejarla
atrás se le ocurrió pensar que el aparcamiento estaba
vacío, exceptuando una vieja camioneta mugrienta que
parecía descansar sobre dos neumáticos pinchados.

De pronto Vicky se echó a reír, con una risa aguda y
sofocada que a Burt le pareció peligrosamente próxima a la histeria.

—¿Qué es lo que te parece tan gracioso?

—Los carteles —respondió ella, resollando e hipando—.
¿No los has leído? Verdaderamente, no bromeaban
cuando designaron a esta zona con el nombre de Cinturón Bíblico. Cielos, ahí hay más. —Tuvo un nuevo estallido de risa histérica, y se cubrió la boca con ambas
manos.

Cada cartel ostentaba una sola palabra. Descansaban
sobre estacas blanqueadas que habían sido implantadas
en la banquina arenosa. De eso hacía mucho tiempo, a
juzgar por su aspecto. Se acercaban a trechos de veinte
o treinta metros y Burt leyó:

UNA... NUBE... DE... DÍA... UNA... COLUMNA...
DE... FUEGO... POR... LA... NOCHE.

—Sólo se olvidaron un detalle —dijo Vicky, sin poder
contener su risita.

—¿Cuál? —preguntó Burt, frunciendo el ceño.

—La loción Burma. —Vicky apretó los nudillos contra la boca abierta para ahogar la risa, pero los sonidos
semihistéricos siguieron fluyendo como burbujas de
ginger-ale efervescente.

—¿Te sientes bien, Vicky?

—Se me pasará. Apenas estemos a mil quinientos
kilómetros de aquí, en la soleada y pecaminosa Califor-
nia, separados de Nebraska por las Montañas Rocosas.

Apareció otra serie de carteles y los leyeron en silencio.

TOMA... ESTO... Y... CÓMELO... DICE... EL...
SEÑOR.

«¿Por qué he de asociar inmediatamente ese pronom-
bre indefinido con el maíz?», pensó Burt. ¿No es lo que
dicen cuando te dan la comunión? Hacía tanto tiempo
que no iba a la iglesia que en verdad no lo recordaba.
No le sorprendería que en ese lugar usaran pan de maíz

a manera de hostias consagradas. Abrió la boca para comentarlo con Vicky, pero después lo pensó mejor.

Llegaron a la cresta de una ligera pendiente y Gatlin apareció a sus pies, con sus tres manzanas de casas, semejante al decorado de una película sobre la época de la depresión.

—Debe de haber un gendarme —dijo Burt, y se preguntó por qué la aparición de ese pueblo campesino que dormitaba al sol le había obturado la garganta con un mazacote de miedo.

Dejaron atrás un cartel que advertía ya prohibición de transitar a más de cuarenta y cinco kilómetros por hora, y otro letrero, carcomido por la herrumbre, que decía: ESTÁ ENTRANDO EN GATLIN; EL PUEBLO MÁS BELLO DE NEBRASKA... ¡Y DEL MUNDO! POBLACIÓN: 5.431 HABITANTES.

A ambos lados de la carretera se levantaban unos olmos polvorientos, secos en su mayor parte. Pasaron frente al aserradero Gatlin y frente a una gasolinera donde los carteles de los precios se mecían lentamente a merced de la tibia brisa del mediodía: NORMAL 35,9 SUPER 38,9, y otro que decía: GASÓLEO PARA CAMIONES AL FONDO.

Cruzaron Elm Street, y después Birch Street, y divisaron la plaza del pueblo. Las casas que flanqueaban las calles eran de madera común, y tenían galerías protegidas por mamparas. Angulosas y funcionales. El césped era amarillo y apático. Delante de ellos un perro mestizo se adelantó lentamente hasta la mitad de Maple Street, los miró un momento, y después se tumbó sobre la calzada con el hocico entre las patas.

—Detente —ordenó Vicky—. Detente aquí mismo.

Burt aparcó obedientemente junto a la acera.

—Da la vuelta. Vámonos a Grand Island. No está muy lejos, ¿verdad? Salgamos de aquí.

—¿Qué sucede, Vicky?

—¿Cómo me lo preguntas? —exclamó ella, elevando la voz atiplada—. Este pueblo está vacío, Burt. Aquí no hay nadie, excepto nosotros. ¿No te das cuenta?

Él había intuido algo, y seguía intuyéndolo. Pero...

—Eso es sólo lo que parece —respondió—. Claro que es una ciudad con una sola boca de riego. Probablemente están todos en una fiesta de beneficencia o jugando al bingo.

—*Aquí no hay nadie.* —Repitió las palabras con un

énfasis extraño, tenso—. ¿No te has fijado en la gasolinera que dejamos atrás?

—Sí, junto al aserradero.

Burt tenía la cabeza en otra parte, mientras escuchaba el monótono bordoneo de una cigarra que chirriaba en uno de los olmos próximos. Olía el maíz, las rosas polvorientas, y el abono..., por supuesto. Por primera vez estaban fuera de la autopista y en un pueblo. Un pueblo de un Estado que nunca había visitado (aunque lo había sobrevolado de cuando en cuando en los «747» de «United Airlines») y que le producía una sensación desagradable y cautivante a un tiempo. Más adelante encontrarían un *drugstore* con una fuente de gaseosas, un cine llamado «Bijou» y una escuela llamada John Fitzgerald Kennedy.

—Burt, los carteles indicaban que la gasolina normal costaba 35,9 céntimos y la super 38,9. ¿Cuánto tiempo hace que no se pagan esos precios en este país?

—Por lo menos cuatro años —confesó él—. Pero, Vicky...

—¡Estamos en el centro del pueblo, Burt, y no hay ni un coche! *¡Ni un coche!*

—Grand Island está a más de cien kilómetros de aquí. Llamaríamos la atención si lo lleváramos allí.

—No me importa.

—Escucha, iremos hasta el edificio de los tribunales y...

—¡No!

Eso es, maldita sea, eso es. Ahí está, bien sintetizada, la razón por la cual nuestro matrimonio se va al diablo. No quiero. No señor. Y además, si no me dejas hacer lo que se me antoja aguantaré la respiración hasta ponerme morada.

—Vicky —dijo él.

—Quiero irme de aquí, Burt.

—Escúchame, Vicky.

—Da la vuelta. Vámonos.

—Vicky, ¿quieres callarte un momento?

—Me callaré cuando enderecemos en la dirección contraria. Vámonos.

—*¡Llevamos un muchacho muerto en el maletero del coche!* —vociferó él, y se regocijó al ver cómo respingaba, cómo sus facciones se descomponían. Continuó con voz más baja—: Lo degollaron y lo arrojaron a la carretera y yo lo arrollé. Ahora iré hasta el edificio de los tribunales o lo que tengan aquí, y comunicaré lo que ha sucedido. Si quieres empezar a caminar hacia la autopista, hazlo. Te recogeré en el trayecto. Pero no me pidas que dé la vuelta y enderece hacia Grand Island, que está a más de cien kilómetros de aquí, como si sólo transportáramos un saco de basura y no un cadáver. Ese niño tiene madre, y denunciaré lo ocurrido antes de que quien lo mató se haya ocultado en las montañas.

—Hijo de puta —murmuró ella, llorando—. ¿Qué hago aquí contigo?

—No lo sé —dijo él—. Ya no lo sé. Pero la situación tiene remedio, Vicky.

Burt arrancó y se alejó de la acera. El perro levantó la cabeza al oír el breve chirrido de los neumáticos y después volvió a apoyarla sobre las patas.

Recorrieron la manzana que los separaba de la plaza. En la esquina de Main y Pleasant, la primera se bifurcaba. Había realmente una plaza urbana, una parcela de césped con un pabellón de música en el centro. En el otro extremo, donde Main Street constituía de nuevo una sola calle, se levantaban dos edificios de aspecto oficial. Burt alcanzó a distinguir el letrero de uno de ellos: AYUNTAMIENTO DE GATLIN.

—Ahí es —exclamó. Vicky no contestó.

Al llegar al medio de la plaza, Burt volvió a detener el coche. Estaban frente al «Gatlin Bar and Grill».

—¿A dónde vas? —le preguntó Vicky, alarmada, cuando él abrió la portezuela de su lado.

—A preguntar dónde está la gente. En el escaparate hay un cartel que dice «Abierto».

—No quiero quedarme sola.

—Pues entonces ven conmigo. ¿Quién te lo impide?

Vicky también abrió su portezuela y se apeó mientras Burt pasaba frente al coche. Él vio que estaba muy pálida y experimentó un fugaz sentimiento de compasión. De compasión irremediable.

—¿Lo oyes? —inquirió Vicky, al reunirse con él.

—¿Si oigo qué?

—El silencio. Ni coches, ni gente, ni tractores. Nada.

Y entonces, una manzana más adelante, estallaron unas fuertes y alegres risas infantiles.

—Oigo a los niños —manifestó él—. ¿Tú no?

Ella lo miró, inquieta.

Burt abrió la puerta del restaurante y se introdujo en un calor seco, antiséptico. El piso estaba cubierto de polvo. Las superficies cromadas estaban empañadas.

Las paletas de los ventiladores del techo estaban inmóviles. Mesas vacías. Taburetes vacíos. Pero el espejo de detrás de la barra había sido trizado y había algo más... Todos los grifos de la cerveza habían sido rotos. Descansaban sobre la barra como extravagantes ornamentos.

La voz de Vicky sonó burlona y próxima a quebrarse.

—Claro. Pregúntaselo a cualquiera. Disculpe, señor, ¿puede decirme...?

—Oh, cállate. —Pero habló en un tono opaco y débil. Estaban en medio de un rayo de sol polvoriento que entraba por el gran ventanal del restaurante y él volvió a experimentar la sensación de que los vigilaban y pensó en el chico que llevaban en el maletero y en las estridentes risas infantiles. Inexplicablemente se le ocurrió una frase, una frase de connotación legal, y empezó a repetirla místicamente para sus adentros: *Algo nunca visto. Algo nunca visto. Algo nunca visto.*

Sus ojos recorrieron las tarjetas clavadas con chinchetas detrás de la barra y amarilleadas por el paso del tiempo: HAMBURGUESA CON QUESO 35 céntimos — PASTEL DE FRESA Y RUIBARBO 25 céntimos — HOY ESPECIAL JAMÓN Y SALSA RED EYE CON PURÉ DE PATATAS 80 céntimos.

¿Cuánto tiempo hacía que no veía tales precios?

Vicky encontró la respuesta.

—Mira esto —exclamó con voz chillona. Señalaba un almanaque colgado de la pared—. Supongo que están en la fiesta de beneficencia desde hace doce años. —Lanzó una risa crepitante.

Burt se acercó. La ilustración mostraba a dos niños que nadaban en un estanque mientras un simpático perrito se llevaba sus ropas. Debajo de la ilustración se leía: GENTILEZA DE CARPINTERÍA Y FERRETERÍA GATLIN. *Usted lo rompe, nosotros lo reparamos.* El mes a la vista era el de agosto de 1964.

—No entiendo —balbuceó Burt—, pero estoy seguro...

—¡Estás seguro! —aulló Vicky histéricamente—. ¡Seguro que estás seguro! Eso forma parte de tu problema, Burt. ¡Has pasado toda tu vida estando *seguro*!

Él se volvió hacia la puerta y Vicky lo siguió.

—¿A dónde piensas ir?

—Al Ayuntamiento.

—¿Burt, por qué tienes que ser tan terco? Sabes

que aquí pasa algo malo. ¿No puedes admitirlo, sencillamente?

—No soy terco. Sólo quiero librarme de lo que llevo
en el maletero.

Pisaron la acera y Burt volvió a sentirse azotado por
el silencio del pueblo y por el olor del abono. Quién
sabe por qué, nunca pensabas en ese olor cuando un-
tabas el maíz con mantequilla y le echabas sal y le
hincabas el diente. Obsequio del sol, de la lluvia, de
toda clase de fosfatos de factura humana y de una
buena y saludable dosis de estiércol de vaca. Pero ese
olor era curiosamente distinto del que él se había
acostumbrado a respirar en la zona rural de Nueva
York. Podías despotricar cuanto quisieras contra el abono orgánico, pero tenía una cualidad casi fragrante
cuando el labriego lo esparcía por los campos. No era
uno de los más deliciosos perfumes, claro que no, pero
cuando la brisa primaveral de la tarde lo recogía y lo
diseminaba sobre la tierra recientemente roturada, se
convertía en un olor con asociaciones agradables. Significaba que el, invierno había terminado de una vez
por todas. Significaba que las puertas de la escuela se
cerrarían al cabo de seis semanas y que los críos se
zambullirían en el verano. Era un olor que estaba irre-
vocablemente unido en su sensibilidad a otros aromas
que *sí* eran perfumados: el de la hierba forrajera, el
del trébol, el del humus fresco, el de la malva, el del
cornejo.

«Pero allí debían de emplear otro sistema», pensó. El
olor era parecido, pero no el mismo. Tenía un substra-
to morbosamente dulzón. Casi cadavérico. Él había sido
enfermero en Vietnam y estaba muy familiarizado con
ese olor.

Vicky estaba callada en el coche, y miraba con
una expresión fascinada, que a Burt no le gustó, el crucifijo de maíz que sostenía sobre el regazo.

—Deja eso —ordenó.

—No —contestó ella, sin levantar la vista—. Tú ju-
garás tus juegos y yo jugaré los míos.

Arrancó y siguió hasta la esquina. Un semáforo apagado colgaba sobre sus cabezas, mecido por la suave
brisa. A la izquierda había una pulcra iglesia blanca.
El césped estaba recortado. Junto al camino de losas
que conducía hasta la puerta crecían flores bien cui-
dadas. Burt aparcó.

—¿Qué haces?

—Entraré y echaré una mirada —anunció Burt—. Es el único edificio del pueblo donde no parece haberse acumulado el polvo de los últimos diez años. Y mira la vitrina de los sermones.

Vicky miró. Las letras blancas, cuidadosamente insertadas debajo del cristal, anunciaban: EL PODER Y LA GRACIA DEL QUE MARCHA DETRÁS DE LAS HILERAS. La fecha era la del 24 de julio de 1976. Una semana atrás.

—«El que marcha detrás de las hileras» —dijo Burt, apagando el motor—. Uno de los nueve mil nombres de Dios que sólo se emplea en Nebraska, supongo. ¿Vienes?

Ella no sonrió.

—No entraré contigo.

—Excelente. Haz lo que quieras.

—No he pisado una iglesia desde que me fui de casa y no quiero estar en *esta* iglesia y no quiero estar en *esta* ciudad, Burt. Me siento aterrorizada. ¿Es que no podemos *irnos*, sencillamente?

—Sólo tardaré un minuto.

—Tengo mis llaves, Burt. Si no has vuelto dentro de cinco minutos, me iré y te dejaré aquí.

—¡Eh, un momento!

—Eso es lo que esperaré. Un momento. A menos que estés dispuesto a atacarme como un vulgar asaltante para quitarme las llaves. Supongo que podrías hacerlo.

—Pero no crees que lo haga.

—No.

El bolso de ella descansaba sobre el asiento, entre los dos. Él lo cogió. Vicky gritó y manoteó la correa. Burt lo puso fuera de su alcance. Sin molestarse en hurgar, se limitó a dar vuelta al bolso y a volcar todo su contenido. El llavero refulgió en medio de los Kleenex, los cosméticos, las monedas y las viejas listas de compras. Vicky se arrojó sobre las llaves pero él se le adelantó nuevamente y se las metió en el bolsillo.

—No debiste hacer eso —sollozó Vicky—. Devuélvelas.

—No —contestó Burt, y le sonrió cruel e inexpresivamente—. Ni en sueños.

—¡*Por favor, Burt! ¡Tengo miedo!* —Ella tendió la mano, suplicante.

—Esperarías dos minutos y resolverías que ya habías esperado lo suficiente.

—No podría...

—Y después te irías riéndote y diciendo para tus adentros: «Así Burt aprenderá a no contrariarme cuando deseo algo.» ¿No ha sido ése tu lema durante nuestra vida de casados? Así Burt aprenderá a no contrariarme.

Se apeó del coche.

—¡Por favor, Burt! —gritó ella, deslizándose por el asiento—. Escucha... lo sé... saldremos de la ciudad y telefonearemos desde una cabina pública, ¿te parece bien? Tengo montones de monedas. Sólo que... podemos... *¡no me dejes sola, Burt, no me dejes sola aquí!*

Él le cortó el grito con un portazo y se recostó un momento contra la carrocería del «T-Bird», apretándose los ojos cerrados con los pulgares. Ella aporreaba la ventanilla del lado del conductor y gritaba el nombre de él. Produciría una excelente impresión cuando finalmente encontrara una autoridad para entregarle el cadáver del chico. Oh, sí.

Se volvió y empezó a caminar por el camino de losas que conducía a la puerta de la iglesia. Dos o tres minutos, sólo una mirada en torno, y volvería a salir. Probablemente ni siquiera encontraría la puerta abierta.

Pero cuando la empujó, cedió silenciosamente sobre los goznes bien aceitados («reverentemente aceitados», pensó, y esto le pareció gracioso sin ningún motivo concreto) y entró en un vestíbulo tan fresco que casi resultaba glacial. Sus ojos tardaron un momento en acostumbrarse a la penumbra.

Lo primero que vio fue un montón de letras de madera acumuladas en el rincón más alejado, cubiertas de polvo y revueltas al azar. Se acercó a ellas, impulsado por la curiosidad. Parecían tan viejas y olvidadas como el almanaque del restaurante, a diferencia del resto del vestíbulo, que estaba barrido y ordenado. Las letras medían un poco más de medio metro de altura y obviamente formaban parte de una secuencia. Las desparramó sobre la alfombra —eran veintitrés— y las cambió de lugar como si estuviera armando un anagrama. AUTA GILES AIDE... No. TIA RATA LESBIA... Esto tampoco tenía ningún sentido. Luego construyó rápidamente la palabra IGLESIA. Eso era absurdo. Estaba acuclillado jugando como un idiota con un montón de letras mientras Vicky enloquecía en el coche. Empezó a levantarse, y entonces lo vio claramente. Compuso la palabra BAUTISTA y alterando el orden de las letras restantes resultó DE GRACIA. IGLESIA BAUTISTA DE GRACIA. Esas letras debían de haber estado en la fachada. Las habían quitado y las habían arrojado indiferentemente en el rincón, y entretanto habían pintado la iglesia de modo que ya no se veían sus marcas.

¿Por qué?

Porque ésa ya no era la Iglesia Bautista de Gracia. ¿Y entonces qué clase de iglesia era? Por algún motivo esta pregunta le produjo un cosquilleo de miedo y se levantó rápidamente, limpiándose el polvo de los dedos. ¿Qué importaba que hubieran desmontado un montón de letras? Quizás ésa se había convertido en la Iglesia Flip Wilson de lo Que Está Ocurriendo Ahora.

¿Pero qué había ocurrido antes?

Apartó impacientemente la idea y atravesó las puertas interiores. Ahora estaba en el fondo de la iglesia propiamente dicha, y cuando miró hacia la nave sintió que el terror se ceñía sobre su corazón y lo estrujaba fuertemente. Aspiró profunda y ruidosamente, en medio del silencio que impregnaba el recinto.

El espacio situado detrás del púlpito estaba dominado por un gigantesco retrato de Cristo, y Burt pensó: «Si el resto de la ciudad no hubiera impresionado a Vicky, esto le habría puesto sin duda los pelos de punta.»

Era un Cristo sonriente, vulpino. Sus ojos desorbitados, de mirada fija, le recordaron desagradablemente a los de Lon Chaney en *El fantasma de la Ópera*. Dentro de cada una de las grandes pupilas negras alguien (presumiblemente un pecador) se ahogaba en un lago de fuego. Pero lo más extraño era que ese Cristo tenía una cabellera verde..., que según revelaba un estudio más minucioso estaba confeccionada con una masa enroscada de maíz estival. El retrato era tosco pero impresionante. Parecía un *comic* mural dibujado por un niño talentoso..., un Cristo del Antiguo Testamento o un Cristo pagano capaz de masacrar a sus ovejas a manera de sacrificio en lugar de guiarlas.

Al pie de la hilera de bancos de la izquierda había un órgano, y al principio Burt no entendió qué era lo que hacía aparecer extraño al instrumento. Caminó por la nave de la izquierda y vio con creciente espanto que las teclas habían sido arrancadas, que los registros habían sido extirpados... Y que los tubos habían sido obturados con mazorcas de maíz. Sobre el órgano había un letrero cuidadosamente escrito que decía: NO HABRÁ MÁS MÚSICA QUE LA DE LA LENGUA HUMANA ORDENA EL SEÑOR.

Vicky tenía razón. Allí pasaba algo espantoso. Contempló la posibilidad de suspender la exploración y de volver junto a Vicky, montar en el coche y abandonar la ciudad inmediatamente, sin hacer caso del Ayuntamiento. Pero la idea lo irritó. «Sé sincero —pensó—. Quieres poner a prueba su Prohibición número 5.000 antes de volver y confesarle que ella estaba en lo cierto desde el principio.»

Se iría más o menos dentro de un minuto.

Se encaminó hacia el púlpito, pensando: Constantemente debe pasar gente por Gatlin. En los pueblos vecinos debe haber personas que tienen amigos y parientes aquí. La Policía del Estado de Nebraska debe patrullar de vez en cuando. ¿Y la compañía de electricidad? El semáforo estaba apagado. Si la corriente estaba cortada desde hacía doce largos años, seguramente lo sabían. Corolario: Lo que parecía haber sucedido en Gatlin era imposible.

Pese a todo, sentía escalofríos.

Subió los cuatro escalones alfombrados que conducían al púlpito y miró los bancos vacíos, que brillaban en la penumbra. Le pareció sentir el peso de esos ojos macabros y resueltamente paganos que le perforaban la espalda.

Sobre el atril descansaba una gran Biblia, abierta en el capítulo 38 de Job. Burt bajó la vista y leyó: «Entonces respondió el Señor a Job desde un torbellino, y dijo: ¿Quién es ese que oscurece el consejo con palabras sin sabiduría...? ¿Dónde estabas tú cuando yo fundaba la tierra?» El Señor. El Que Marcha Detrás De Las Hileras. Házmelo saber si tienes inteligencia. Y por favor pásame el maíz.

Volvió las páginas de la Biblia y éstas produjeron un seco susurro en medio del silencio: el ruido que probablemente harían los fantasmas si existieran de verdad. Y en semejante lugar casi podías creer en ellos. Algunos fragmentos de la Biblia habían sido cercenados. Sobre todo del Nuevo Testamento. Alguien había resuelto enmendarle la plana al buen rey Jacobo con un par de tijeras.

Pero el Antiguo Testamento estaba intacto.

Se disponía a abandonar el púlpito cuando vio otro libro sobre un estante más bajo y lo cogió, pensando que podía ser un registro de bodas y confirmaciones y entierros.

Hizo una mueca al leer palabras estampadas en la cubierta, torpemente recamadas con láminas de oro: ARRASAD A LOS INICUOS PARA QUE LA TIERRA VUELVA A SER FÉRTIL DICE EL SEÑOR DE LOS EJÉRCITOS.

Allí parecía imperar una idea obsesiva, y a Burt no le gustaban mucho sus connotaciones.

Abrió el libro en la primera página ancha, rayada. En seguida se dio cuenta de que eso había sido escrito por un niño. En algunos lugares había usado escrupulosamente una goma de borrar, y si bien no había errores de ortografía, las letras eran grandes y habían sido trazadas por una mano infantil que las había dibujado en lugar de escribirlas. La primera columna decía:

Amos Deigan (Richard),	n. 4-9-1945	4-9-1964
Isaac Renfrew (William),	n. 19-9-45	19-9-1964
Zepeniah Kirk (George),	n. 14-10-1945	14-10-1964
Mary Wells (Roberta),	n. 12-11-1945	12-11-1964
Yemen Hollis (Edward),	n. 5-1-1946	5-1-1965

Burt frunció el ceño y siguió volviendo las páginas. Cuando faltaba una cuarta parte de las hojas para completar el libro, las dobles columnas se interrumpían bruscamente:

Rachel Stigman (Donna),	n. 21-6-1957	21-6-1976
Moses Richardson (Henry),	n. 29-7-1957	
Malachi Boardman (Craig),	n. 15-8-1957	

El último asiento del libro correspondía a Ruth Clawson (Sandra), n. 30-4-1961. Burt inspeccionó el estante donde había encontrado ese libro y descubrió otros dos. El primero tenía la misma leyenda de ARRASAD A LOS INICUOS y continuaba la misma lista, registrando fechas de nacimiento y nombres en la única columna. A comienzos de setiembre de 1964 encontró a Job Gilman (Clayton), n. el 6 de setiembre, y el siguiente asiento correspondía a Eve Tobin, n. el 16 de junio de 1965. Sin un segundo nombre entre paréntesis.

El tercer libro estaba en blanco.

Detrás del púlpito, Burt reflexionó.

Algo había sucedido en 1964. Algo asociado con la religión, el maíz... y los niños.

Dios amado te suplicamos que bendigas el maíz. En nombre de Jesús, amén.

Y el cuchillo en alto para inmolar el cordero... *¿pero había sido un cordero?* Quizá se había apoderado de ellos una manía religiosa. Solos, aislados del mundo exterior por centenares de kilómetros cuadrados de secretos maizales susurrantes. Solos bajo treinta y cinco millones de hectáreas de cielo azul. Solos bajo el ojo vigilante de Dios, que ahora era un extraño Dios verde, un Dios de maíz, envejecido, extravagante y hambriento. El Que Marcha Detrás De Las Hileras.

Burt sintió que le recorría un escalofrío.

Vicky, deja que te cuente una historia. Es la historia de Amos Deigan, que nació el 4 de setiembre de 1945 y se llamaba Richard Deigan. En 1964 optó por el nombre de Amos, un bello nombre del Antiguo Testamento, Amos, uno de los profetas menores. Bien, Vicky, lo que sucedió —no te rías— es que Dick Deigan y sus amigos —Bill Renfrew, George Kirk, Roberta Wells y Eddie Hollis, entre otros— se hicieron religiosos y mataron a sus padres. A todos. ¿No te parece alucinante? Los acribillaron en la cama, los apuñalaron en la bañera, les envenenaron la comida, los ahorcaron o tal vez los destriparon.

¿Por qué? Por el maíz. Quizá se estaba secando. Quizá se les ocurrió la idea de que se secaba porque la gente pecaba demasiado. Porque no había suficientes sacrificios. Y los hubo. En el maizal, en las hileras.

Y de alguna manera, de esto estoy seguro, Vicky, de alguna manera decidieron que nadie debía vivir más de diecinueve años. Richard «Amos» Deigan, el protagonista de nuestra historia, cumplió diecinueve años el 4 de setiembre de 1964..., la fecha que figura en el libro. Pienso que tal vez lo mataron. Lo sacrificaron en el maizal. ¿No te parece una historia tonta?

Pero ahora veamos qué le sucedió a Rachel Stigman, que hasta 1964 se llamó Donna Stigman. Cumplió diecinueve años el 21 de junio, hace más o menos un mes. Moses Richardson nació el 29 de julio... y dentro de sólo tres días cumplirá diecinueve años. ¿Sospechas lo que le ocurrirá el 29 al viejo Mose?

Yo lo imagino.

Burt se humedeció los labios. Los sentía muy secos.

Hay algo más, Vicky. Observa esto. Tenemos a Job Gilman (Clayton) que nació el 6 de setiembre de 1964. No hubo más nacimientos hasta el 16 de junio de 1965. Un vacío de diez meses. ¿Sabes lo que pienso? Mataron a todos los padres, incluyendo las madres embarazadas. Eso es lo que pienso. Y una de *ellas* quedó embarazada en octubre de 1964 y alumbró a Eve. Una muchacha de dieciséis o diecisiete años. *Eve. La primera mujer.*

Hojeó febrilmente el libro en sentido inverso y encontró el asiento de Eve Tobin. Debajo: «Adam Greenlaw, n. 11 de julio de 1965.»

«Ahora sólo debían tener once años», pensó, y se le empezó a poner la carne de gallina. Y quizás están ahí fuera. En alguna parte.

¿Pero cómo podían haber ocultado eso? ¿Cómo era posible que continuara?

¿Cómo, a menos que el Dios implicado lo aprobara?

—Jesús —murmuró Burt en medio del silencio, y fue entonces cuando el claxon del «T-Bird» empezó a sonar en la tarde, con un largo toque continuo.

Burt saltó del púlpito y corrió por la nave central. Abrió la puerta exterior del vestíbulo, dejando que el sol caluroso, cegador, entrara a raudales. Vicky estaba erguida detrás del volante, con ambas manos apoyadas sobre el aro del claxon, sacudiendo frenéticamente la cabeza. Los niños se acercaban desde todas las direcciones. Algunos reían alegremente. Blandían cuchillos, hachas, tubos de hierro, piedras, martillos. Una niña, de unos ocho años, con una larga y hermosa cabellera rubia, empuñaba una manivela. Instrumentos rurales. Ni una sola arma de fuego. Burt sintió un incontenible deseo de gritar: *¿Cuáles de vosotros sois Adam y Eve? ¿Cuáles son las madres? ¿Cuáles las hijas? ¿Los padres? ¿Los hijos?*

Házmelo saber, si tienes inteligencia.

Salían de las calles laterales, de los jardines del pueblo, por el portón del cerco de cadenas que rodeaba el campo de juegos de la escuela, situado una manzana más al Este. Algunos de ellos miraron con aire indiferente a Burt, que estaba petrificado en la escalinata de la iglesia, y otros intercambiaron codazos y señalaron y sonrieron..., las dulces sonrisas de los niños.

Las niñas usaban largos vestidos de lana marrón y cofias desteñidas. Los niños vestían trajes totalmente negros, como los párrocos cuáqueros, y sombreros de copa redonda y ala lisa. Avanzaban hacia el coche por la plaza, por los canteros, y unos pocos atravesaron el césped de lo que había sido la Iglesia Bautista de Gracia hasta 1964. Uno o dos pasaron tan cerca que podría haberlos tocado.

—¡La escopeta! —vociferó Burt—. ¡Vicky, coge la escopeta!

Pero desde la escalinata vio que ella estaba paralizada por el pánico. Incluso dudaba que lo oyera a través de las ventanillas cerradas.

Convergieron sobre el «Thunderbird». Las hachas y hachuelas empezaron a subir y bajar rítmicamente. «¿Dios mío, es que veo realmente esto?», pensó, alelado. Una flecha de cromo se desprendió de la carrocería del coche. El ornamento del capó salió volando. Los cuchillos dibujaron espirales a través de las bandas laterales de los neumáticos y el coche se sentó sobre el pavimento. El claxon seguía sonando y sonando. El parabrisas y las ventanillas laterales quedaron hechos trizas por efecto de la embestida... y entonces el cristal de seguridad cayó pulverizado hacia dentro y pudo ver nuevamente. Vicky estaba acurrucada, con una sola mano sobre el aro del claxon, y la otra levantada para protegerse la cara. Unas ansiosas manos infantiles tantearon en el interior, buscando el dispositivo de seguridad de la portezuela. Ella las golpeó vehementemente. El toque de bocina se hizo intermitente y después enmudeció por completo.

La portezuela maltratada y abollada del lado del conductor se abrió bruscamente. Intentaban sacarla a rastras pero ella estaba aferrada al volante. Entonces uno de los niños se inclinó, empuñando un cuchillo, y...

Su parálisis se disipó y se precipitó escaleras abajo, a punto de caerse, y corrió hacia ellos por el camino de losas. Un muchacho de unos dieciséis años, cuyos largos cabellos rojos caían en cascada de debajo del sombrero, se volvió hacia él, casi displicentemente, y algo cruzó por el aire. El brazo izquierdo de Burt se convulsionó hacia atrás y por un momento se le ocurrió la absurda idea de que lo habían golpeado a larga distancia. Después sintió el dolor, tan agudo y súbito que el mundo se tornó gris.

Examinó su brazo con un asombro estúpido. Un cortaplumas «Pensy» de un dólar y medio asomaba de él como un raro tumor. La manga de su camisa deportiva «J. C. Penney» se estaba tiñendo de rojo. Miró el cortaplumas durante lo que pareció una eternidad, tratando de entender cómo podía estar allí..., ¿era posible?

Cuando levantó la vista, el muchacho pelirrojo estaba casi encima de él. Tenía una expresión sonriente, confiada.

—¡Cerdo! —le espetó Burt, con voz quebrada, atónita.

—Encomienda tu alma a Dios, porque en seguida comparecerás ante Su trono —dijo el pelirrojo, y estiró las garras hacia los ojos de Burt.

Burt retrocedió, arrancó el cortaplumas «Pensy» de su brazo, y lo clavó en el cuello del pelirrojo. La sangre saltó inmediatamente, a borbotones. Salpicó a Burt. El pelirrojo empezó a gorgotear y a caminar en círculo. Manoteó el cortaplumas, tratando de desprenderlo, pero no lo logró. Burt lo observaba, con la mandíbula desencajada. Nada de eso sucedía realmente. Era un sueño. El muchacho pelirrojo gorgoteaba y caminaba.

Ahora ese ruido era el único que se oía en la tarde calurosa. Los otros lo miraban pasmados.

«Esta parte no figuraba en el guión —pensó Burt, aturdido—. Vicky y yo sí figurábamos. Y el niño del maizal, que trataba de huir. Pero no uno de ellos.» Los miró ferozmente, con ganas de gritar: ¿Os gusta?

El muchacho pelirrojo lanzó un último y débil graznido y se desplomó sobre las rodillas. Miró un momento a Burt y después apartó las manos del mango del cortaplumas y se tumbó hacia delante.

Los niños congregados en torno del «Thunderbird» dejaron escapar un suspiro. Miraron a Burt. Éste les devolvió la mirada, fascinado... y fue entonces cuando se dio cuenta de que Vicky había desaparecido.

—¿Dónde está? —preguntó—. ¿A dónde la habéis llevado?

Uno de los muchachos alzó hasta su propio cuello un cuchillo de caza salpicado de sangre e hizo un rápido movimiento transversal. Sonrió. Ésa fue la única respuesta.

—A él —ordenó la voz de un chica mayor, desde atrás.

Los niños empezaron a avanzar. Burt retrocedió. Ellos avanzaron más de prisa. Burt retrocedió más de prisa. La escopeta, ¡la condenada escopeta! Fuera del alcance de sus manos. El sol recortó oscuramente sus sombras sobre el césped verde de la iglesia... y entonces él bajó a la acera. Se volvió y corrió.

—¡Matadlo! —rugió alguien, y emprendieron la persecución.

Corrió, pero no al azar. Rodeó el Ayuntamiento —allí no encontraría ayuda, y lo acorralarían como una rata— y enderezó por Main Street, que dos manzanas más adelante se ensanchaba y se convertía nuevamente en la carretera. Si hubiera hecho caso, él y Vicky se hallarían ahora en esa carretera y lejos.

Sus mocasines golpeaban rítmicamente la calzada. Delante de él vio algunos otros edificios comerciales, incluyendo la heladería «Gatlin» y, por supuesto, el «Bijou Theater». Las letras polvorientas de la marquesina anunciaban HOY STRENO OR POC S DÍAS ELI A TH TAYLOR CLEOPA RA. Después de la intersección siguiente existía una gasolinera que marcaba el límite del pueblo. Y más allá el maizal, que se cerraba a ambos lados de la carretera. Una marea verde de maíz.

Burt corría. Ya le faltaba el aliento y le dolía la herida del brazo. Y dejaba un rastro de sangre. Sin dejar de correr extrajo el pañuelo del bolsillo trasero y lo metió bajo la camisa.

Corría. Sus mocasines repiqueteaban sobre el cemento resquebrajado de la acera y el aliento cada vez más caliente le raspaba la garganta. El brazo empezaba a palpitarle fuertemente. Un tramo cáustico de su cerebro intentó preguntarle si pensaba que podía correr hasta la próxima ciudad, si podía resistir treinta kilómetros de carretera de dos carriles.

Corría. Los oía a sus espaldas, quince años más jóvenes y más veloces que él, ganando terreno. Sus pisadas restallaban sobre el pavimento. Intercambiaban alaridos y gritos. Burt pensó amargamente que se divertían más que con una alarma general de incendio. Hablarían de eso durante años.

Burt corría.

Pasó frente a la gasolinera que marcaba el límite del pueblo. El aire siseaba y rugía en su pecho. La acera desapareció bajo sus pies. Y ahora sólo le quedaba un recurso, una sola alternativa para librarse de ellos y escapar con vida. Ya no había casas ni ciudad. El maíz había vuelto a cerrarse como una plácida onda verde sobre los bordes de la carretera. Las hojas verdes, afiladas, susurraban suavemente. Allí el maizal debía de ser profundo, profundo y fresco, umbrío entre las hileras de tallos altos como hombres.

Pasó frente a un cartel que proclamaba: ESTÁ SALIENDO DE GATLIN, EL PUEBLO MÁS BELLO DE NEBRASKA... ¡Y DEL MUNDO! ¡VUELVA CUANDO QUIERA!

«No faltaba más», pensó Burt con la mente embotada.

Pasó frente al cartel como un corredor a punto de llegar a la meta, y después viró hacia la izquierda, cruzó la carretera y se desprendió de los mocasines. En seguida estuvo entre el maíz y éste se cerró detrás y encima de él como las olas de un mar verde, absorbiéndolo. Ocultándolo. Experimentó una inesperada sensación de alivio, y al mismo tiempo recuperó el aliento. Sus pulmones, que se habían estado comprimiendo, parecieron dilatarse y aumentar su capacidad respiratoria.

Puso rumbo hacia el fondo de la primera hilera por la que se había introducido, con la cabeza gacha, apartando las hojas con los hombros y haciéndolas temblar. Después de internarse veinte metros viró hacia la derecha, nuevamente en sentido paralelo a la carretera, y siguió corriendo, encorvado para que no vieran su cabellera negra asomando entre las mazorcas amarillas.

Por fin se dejó caer sobre las rodillas y apoyó la frente contra el suelo. Sólo oía su propia respiración jadeante, y el pensamiento que daba vueltas y vueltas por su cabeza era siempre el mismo: *Gracias a Dios que dejé de fumar, gracias a Dios que dejé de fumar, gracias a Dios...*

Entonces los oyó, intercambiando gritos, tropezando a veces entre sí («¡Eh, ésta es mi hilera!»), y el ruido lo estimuló. Estaban muy lejos, a su izquierda, y parecían estar muy mal organizados.

Sacó el pañuelo de debajo de la camisa, lo dobló y volvió a introducirlo en el bolsillo trasero después de examinar la herida. La hemorragia parecía haberse detenido a pesar de que él la había maltratado mucho.

Descansó un poco más, y se dio cuenta de que se sentía *bien*, mejor, físicamente, que en muchos años..., si se exceptuaban las palpitaciones de su brazo. Su cuerpo estaba bien ejercitado, y de pronto debía abordar un problema claro (aunque demencial) después de dos años en los que sólo había tenido que lidiar con los demonios que succionaban la savia vital de su matrimonio.

«No era correcto que se sintiera así», pensó. Corría peligro de muerte y habían secuestrado a su esposa. Era posible que ella ya estuviera muerta. Trató de recordar el rostro de Vicky y de disipar así, en parte, la estrafalaria sensación de placer que lo embargaba, pero no consiguió evocar sus facciones. En cambio, acudió a su mente la imagen del muchacho pelirrojo con el cortaplumas clavado en el cuello.

En ese momento tomó conciencia de la fragancia del maíz que lo rodeaba, impregnando su olfato. El viento que soplaba entre los penachos de las plantas sonaba como voces. Voces sedantes. Poco importaba lo que se hubiera hecho antes en nombre del maíz: ahora éste era su protector.

Pero se acercaban.

Corrió agazapado por la hilera donde se hallaba, cruzó a otra, retrocedió, y atravesó más hileras. Procuró que las voces quedaran siempre a su izquierda, pero a medida que avanzaba la tarde esto era cada vez más difícil de lograr. Las voces se habían debilitado, y a menudo el crujido de los tallos las eclipsaba por completo.

Corría, escuchaba, volvía a correr. La tierra era dura, y sus pies descalzos, tan sólo cubiertos por los calcetines, dejaban pocas huellas o ninguna.

Cuando se detuvo mucho más tarde el sol se cernía sobre los campos, a su derecha, rojo e inflamado, y cuando consultó el reloj vio que eran las siete y cuarto. El sol había salpicado los penachos del maíz con un dorado rojizo, pero allí las sombras eran oscuras y espesas. Inclinó la cabeza, y escuchó. Al caer el crepúsculo el viento había amainado totalmente y los tallos estaban inmóviles, exhalando el aroma de su maduración en la atmósfera cálida. Si estaban aún en el maizal se hallaban lejos o agazapados y con el oído alerta. Pero Burt no creía que una pandilla de chicos, aunque estuvieran locos como ésos, pudieran permanecer tanto tiempo callados. Sospechaban que habían optado por la conducta más infantil, sin pensar en las consecuencias que ésta podría tener para ellos: se habían dado por vencidos y habían regresado a casa.

Se volvió hacia el sol poniente, que se había sumergido entre las nubes alineadas sobre el horizonte, y echó a andar. Si avanzaba en diagonal entre las hileras, cuidando que el sol poniente permaneciera siempre delante de él, llegaría tarde o temprano a la Carretera 17.

El dolor de su brazo se había reducido a una palpitación sorda que era casi placentera, y aún lo acompañaba la sensación agradable. Resolvió que mientras estuviera allí podría disfrutar sin remordimientos de esa sensación agradable. Los remordimientos volverían a aflorar cuando tuviera que enfrentarse con las autoridades para comunicarles lo que había sucedido en Gatlin. Pero aún faltaba mucho para eso.

Avanzaba entre el maíz, pensando que nunca se había sentido tan alerta. Quince minutos más tarde el sol fue sólo un hemisferio que asomaba sobre el horizonte, y se detuvo otra vez, con su flamante sensibilidad encuadrada en un esquema que no le gustó. Era vagamente... bien, vagamente alarmante.

Inclinó la cabeza. El maíz susurraba.

Hacía un rato que Burt había tomado conciencia de esto, pero había asociado el hecho con alguna otra cosa. No corría viento. ¿Cómo era posible que el maíz susurrara?

Miró cautelosamente en torno, casi preparado para ver cómo los muchachos sonrientes vestidos con sus ropas de cuáqueros salían sigilosamente del maizal, empuñando cuchillos. Nada de eso. Sólo se oía el susurro. Hacia la izquierda.

Empezó a caminar en esa dirección, sin tener que abrirse paso ya entre los tallos. La hilera lo llevaba hacia donde él quería ir, con la mayor naturalidad. La hilera terminaba más adelante. ¿Terminaba? No, se vaciaba en una especie de claro. El susurro provenía de allí.

Se detuvo, súbitamente asustado.

El aroma del maíz era tan intenso que se hacía pegajoso. Las hileras conservaban el calor del sol y Burt descubrió de pronto que estaba embadurnado de sudor y paja y barbas de maíz finas como telas de araña. Los insectos tendrían que haber pululado sobre éll..., pero no había ninguno.

Se quedó inmóvil, mirando hacia el lugar donde el maizal se abría en lo que parecía ser un vasto círculo de tierra desnuda.

Allí no había jejenes ni mosquitos, ni moscardones ni niguas..., aquellos que, durante su noviazgo, él y Vicky llamaban «insectos de autocine», pensó con una súbita e inesperada nostalgia afligida. Y no había visto ni un cuervo. Qué cosa tan insólita: ¿un maizal sin cuervos?

Paseó los ojos atentamente sobre la hilera de maíz de su izquierda, iluminada por los rayos postreros del sol. Y tan sólo vio tallos y hojas perfectos, lo cual era sencillamente imposible. Ni añublo amarillo. Ni hojas roídas, ni huevos de oruga, ni madrigueras, ni...

Sus ojos se dilataron.

—*¡Dios mío, no hay malezas!*

Ni un solo rastrojo. Las plantas de maíz brotaban del suelo a intervalos regulares de cuarenta y cinco centímetros. Ni una mata salvaje. Nada.

Burt miró el terreno, con los ojos desencajados. La luminosidad del Oeste se disipaba. Las nubes se habían cohesionado. Debajo de ellas el resplandor dorado se había tornado en rosa y ocre. Muy pronto estaría oscuro.

Era hora de adelantarse hasta el claro del maizal para investigar lo que había en él. ¿Y no sería eso lo que ellos habían planeado desde el principio? Mientras él creía avanzar hacia la carretera, ¿no lo habrían estado impulsando hacia ese lugar?

Con el estómago crispado por el miedo, avanzó a lo largo de la hilera y se detuvo en el borde del claro. La escasa luz bastó para mostrarle lo que había allí. No pudo gritar. No parecía quedarle suficiente aire en los pulmones. Se tambaleó sobre unas piernas débiles como estacas de madera astillada. Sus ojos estaban desorbitados en la cara sudorosa.

—Vicky —susurró—. Oh, Vicky, Dios mío...

La habían colgado de una barra horizontal como si

fuera un vil trofeo, sujetándole los brazos a la altura de las muñecas y las piernas de los tobillos con alambre de espino, de ese que se compra a setenta céntimos el metro en cualquier ferretería de Nebraska. Le habían arrancado los ojos, y habían llenado las cavidades con barbas de maíz. Sus maxilares estaban desencajados en un alarido silencioso y tenía la boca llena de mazorcas.

A la izquierda de Vicky había un esqueleto vestido con una sobrepelliz cubierta de moho. La mandíbula desnuda sonreía. Las cuencas oculares parecían mirar jocosamente a Burt, como si el otrora pastor de la Iglesia Bautista de Gracia le estuviera diciendo: *No está tan mal, no está tan mal que unos demoníacos niños paganos te sacrifiquen en el maizal, no está tan mal que te arranquen los ojos del cráneo como lo estipulan las Leyes de Moisés...*

A la izquierda del esqueleto de la sobrepelliz había otro, vestido con un uniforme azul corroído por la podredumbre. Sobre su calavera descansaba una gorra que le ocultaba los ojos, en la parte superior de la gorra había una placa manchada de verde donde se leía JEFE DE POLICÍA.

Fue entonces cuando Burt oyó que se acercaba. No eran los niños sino algo mucho más grande, que se desplazaba entre el maíz en dirección al claro. No, no eran los niños. Los niños no se habrían aventurado en el maizal durante la noche. Ése era el lugar sagrado, la morada de El Que Marcha Detrás De Las Hileras.

Burt se volvió bruscamente para huir. La hilera por donde había entrado en el claro había desaparecido. Estaba cerrada. Todas las hileras se habían cerrado. Ahora estaba más cerca y Burt lo oía abrirse paso entre el maíz. Lo oía respirar. Un éxtasis de terror supersticioso se apoderó de él. Se acercaba. El maíz del otro extremo del calvero se había oscurecido, como si lo hubiera cubierto una sombra gigantesca.

Se acercaba.

El Que Marcha Detrás De Las Hileras.

Empezó a entrar en el claro. Burt vio algo descomunal, que se empinaba hacia el cielo..., algo verde con espantosos ojos rojos del tamaño de balones de fútbol.

Algo que olía como mazorcas de maíz secas conservadas durante años en un granero oscuro.

Empezó a gritar. Pero su grito no duró mucho.

Poco después, se levantó una tumefacta luna anaranjada de tiempos de cosecha.

Los niños del maíz estaban congregados en el claro a mediodía, contemplando los dos esqueletos crucificados y los dos cadáveres..., los dos cadáveres que aún no eran esqueletos pero que lo serían. A su tiempo. Y allí, en el corazón de Nebraska, en el maizal, no había más que tiempo.

—He aquí que un sueño se me apareció en la noche, y el Señor me enseñó todo esto.

Todos, incluso Malachi, se volvieron para mirar a Isaac, sobrecogidos y maravillados. Isaac tenía sólo nueve años, pero era su vidente desde que el maíz se había llevado a David hacía un año. David tenía diecinueve años y se había internado en el maizal en el día de su cumpleaños, en el momento justo en que la penumbra caía sobre las hileras estivales.

Ahora, con una expresión circunspecta en su pequeño rostro rematado por el sombrero de copa redonda, Isaac continuó:

—Y en mi sueño el Señor era una sombra que marchaba detrás de las hileras, y me habló con las palabras que empleó para dirigirse a nuestros hermanos mayores hace muchos años. Está muy disgustado con este sacrificio.

Todos dejaron escapar algo que era una mezcla de suspiro y sollozo, y pasearon la vista sobre la muralla verde que los circundaba.

—Y el Señor dijo en verdad: ¿Acaso no os he dado pruebas de benevolencia? Pero este hombre ha incurrido en blasfemia dentro de mí, y yo mismo he completado su sacrificio. Como los del Hombre Azul y el falso pastor que huyeron hace muchos años.

—El Hombre Azul... el falso pastor —susurraron todos, e intercambiaron miradas inquietas.

—De modo que ahora la Edad del Favor se reduce de diecinueve siembras y cosechas a dieciocho —continuó Isaac implacablemente—. Mas en verdad os digo que fructifiquéis y os multipliquéis como se multiplica el maíz, para que mi gracia os sea concedida y se derrame sobre vosotros.

Isaac calló.

Los ojos se volvieron hacia Malachi y Joseph, los dos únicos miembros del grupo que tenían dieciocho años. Los otros estaban en la ciudad, y quizás eran en total veinte.

Esperaban la respuesta de Malachi. Malachi, el mismo que había encabezado la cacería de Japheth, al que en el futuro conocerían por el nombre de Ahaz, el abominado de Dios. Malachi había degollado a Ahaz y había arrojado su cuerpo fuera del maizal para que sus carnes corrompidas no lo contaminaran ni lo apestaran.

—Obedezco la palabra de Dios —susurró Malachi.

El maizal pareció lanzar un suspiro de aprobación.

En las semanas por venir las niñas confeccionarían muchos crucifijos con mazorcas para alejar todo nuevo maleficio.

Y esa noche todos aquellos que ahora habían pasado la Edad del Favor se internaron silenciosamente en el maizal, para hacerse acreedores a la eterna benevolencia de El Que Marcha Detrás De Las Hileras.

—Adiós, Malachi —gritó Ruth.

La niña agitó la mano en un gesto de desconsuelo. Su vientre estaba dilatado por el hijo de Malachi y las lágrimas rodaban silenciosamente por sus mejillas. Malachi no se volvió. Marchaba con la espalda erguida. El maizal lo devoró.

Ruth dio media vuelta, sin dejar de llorar. Dentro de ella había germinado un odio secreto contra el maíz, y a veces soñaba que caminaba por las hileras con una antorcha en cada mano, cuando empezaba la sequía de setiembre y los tallos estaban muertos y eran más combustibles. Pero también le temía al maíz. Allí en el campo, algo marchaba por la noche y veía todo..., incluso los secretos ocultos en los corazones humanos.

La penumbra se espesó para transformarse en noche. El maíz crujía y susurraba furtivamente alrededor de Gatlin. Estaba muy satisfecho.

EL ÚLTIMO PELDAÑO
DE LA ESCALERA

Ayer recibí la carta de Katrina, cuando aún no hacía una semana que mi padre y yo habíamos regresado de Los Ángeles. Estaba dirigida a Wilmington, Delaware, y me había mudado dos veces después de vivir allí. Ahora la gente se muda mucho, y observé con curiosidad cómo las direcciones tachadas y los rótulos de cambio de domicilio podían asumir un aire acusador. Su carta estaba arrugada y manchada, con una esquina gastada por el manoseo. Leí su contenido y un momento después me encontré en la sala, con el teléfono en la mano, a punto de llamar a papá. Dejé el auricular con un sentimiento parecido al horror. Era anciano y había tenido dos infartos. ¿Estaba justificado que le telefoneara y le hablara de la carta de Katrina cuando acabábamos de volver de Los Ángeles? Eso podría haberlo matado.

De modo que no lo llamé. Y no tenía a quién contárselo... Una carta como ésa era demasiado personal, tanto que sólo podría haber hablado de ella con mi esposa o con un amigo muy íntimo. En los últimos años no he entablado grandes amistades, y mi esposa

Helen y yo nos divorciamos en 1971. Ahora sólo nos intercambiamos tarjetas de Navidad. ¿Cómo estás? ¿Cómo marcha el trabajo? Te deseo un feliz Año Nuevo.

Había pasado toda la noche en vela, con la carta de Katrina. Podría haber escrito lo mismo en una postal. Debajo del «Querido Larry» había una sola frase. Pero una frase puede decirlo todo. Puede hacerlo todo.

Recordé la imagen de mi padre en el avión, el aspecto avejentado y demacrado de su rostro bajo la implacable luz del sol, a 6.000 metros de altura, mientras volábamos hacia el Oeste desde Nueva York. Según el piloto acabábamos de sobrevolar Omaha, y papá dijo: «Está mucho más lejos de lo que parece, Larry.» Su voz destilaba una pena que me hizo sentir incómodo, porque no la entendía. La entendí mejor después de recibir la carta de Katrina.

Nos criamos en un pueblo llamado Hemingford Home, ciento veinte kilómetros al oeste de Omaha. Allí vivíamos mi padre, mi madre, mi hermana Katrina y yo. Yo era dos años mayor que Katrina, a quien todos llamaban Kitty. Ésta era una niña hermosa y luego se convirtió en una hermosa mujer..., e incluso cuando tenía ocho años, en la época en que ocurrió el episodio del granero, ya era evidente que su cabello rubio como las barbas del maíz no se oscurecería nunca, y que sus ojos siempre conservarían su color azul escandinavo. Bastaba que un hombre mirara esos ojos para que quedara cautivado.

Se podría decir que la nuestra fue una infancia campesina. Mi padre tenía ciento veinte hectáreas de pradera llana, fértil, donde cultivaba maíz y criaba ganado. Todos la llamaban sencillamente «la hacienda». En aquellos tiempos todos los caminos eran de tierra, exceptuando la carretera comarcal 80 y la carretera 96 de Nebraska, y un paseo a la ciudad era algo que esperabas durante tres días.

Actualmente soy, según dicen, uno de los mejores abogados independientes de los Estados Unidos, especializado en corporaciones, y debo confesar, para ser sincero, que estoy de acuerdo con quienes sustentan esa opinión. En una oportunidad el presidente de una gran compañía me presentó al consejo de administración como su pistolero a sueldo. Uso los mejores trajes y mis zapatos están confeccionados con el mejor cuero. Tengo tres asistentes que trabajan durante toda la jornada para mí, y podría contratar otros doce, si los necesitara. Pero en aquellos tiempos iba a pie por un camino de tierra hasta una escuela de una sola aula, con los libros ceñidos por un cinturón, sobre el hombro, y Katrina me acompañaba. A veces, en primavera, íbamos descalzos. Y ésa era la época en que no te atendían en una cafetería ni podías comprar en un mercado si no usabas zapatos.

Después murió mi madre —cuando Katrina y yo asistíamos a la escuela secundaria de Columbia City— y dos años más tarde mi padre perdió la hacienda y se dedicó a la venta de tractores. Ése fue el fin de la familia, aunque entonces no pareció tan malo. Mi padre prosperó en su trabajo, se compró una agencia de ventas, y hace aproximadamente nueve años lo eligieron para un cargo directivo. Yo gané una beca en la Universidad de Nebraska, jugando al fútbol, y aprendí algo más que a sacar el balón de un cerrojo suizo.

¿Y Katrina? Pero es de ella de quien quiero hablar.

El episodio del granero se produjo un sábado de comienzos de noviembre. En verdad, no recuerdo bien el año, pero Eisenhower todavía era presidente. Mamá estaba en una feria de beneficencia de Columbia City, y papá había ido a la casa de nuestro vecino más próximo (a diez kilómetros de distancia) para ayudarlo a reparar un rastrillo de heno. Teóricamente debería haber habido un peón en la hacienda, pero ese día no concurrió a trabajar y mi padre lo despidió antes de que transcurriera un mes.

Papá me dejó una lista de las faenas que debía realizar (y también había algunas para Kitty) y nos ordenó que no nos fuéramos a jugar hasta que estuviera todo terminado. Pero eso no nos ocupó mucho tiempo. Estábamos en noviembre, y a esa altura del año ya no había grandes apremios. Nuevamente habíamos salido a flote. No sería siempre así.

Recuerdo perfectamente aquel día. El cielo estaba encapotado, y si bien no hacía frío se sentía que *quería* hacer frío, que quería dejarse de rodeos y arremeter con la escarcha y la helada, la nieve y la cellisca. Los campos estaban desnudos. Los animales se mostraban lerdos y pesados. Por la casa parecían soplar raras corrientes de aire que antes nunca habíamos sentido.

En un día como ése, el lugar ideal era el granero.

Caluroso, poblado por un agradable aroma combinado de heno, pelo y estiércol, y por los misteriosos cloqueos y arrullos de las golondrinas congregadas en el tercer henil. Si echabas la cabeza hacia atrás veías la blanca luz de noviembre que se filtraba por las grietas del techo y trataba de deletrear tu nombre. Ése era un juego que en realidad sólo parecía atractivo en los días encapotados de otoño.

Había una escalera clavada a un travesaño de la parte más alta del tercer henil, una escalera que bajaba directamente al piso del granero. Nos habían prohibido trepar por ella porque estaba vieja y desvencijada. Papá le había prometido cien veces a mamá que la quitaría y la remplazaría por otra más sólida, pero cuando tenía tiempo para hacerlo siempre había algo que lo distraía. Por ejemplo, debía ayudar a reparar el rastrillo de un vecino. Y el peón no servía para nada.

Si subías por la enclenque escalera —había exactamente cuarenta y tres peldaños, que Kitty y yo habíamos contado hasta hartarnos— terminabas en una viga situada a más de veinte metros del piso sembrado de paja. Y si después te deslizabas unos cuatro metros por la viga, con las rodillas trémulas, las articulaciones de los tobillos que crujían y la boca seca e impregnada de sabor a mecha quemada, quedabas suspendido sobre el almiar. Y entonces podías saltar de la viga y caer veinte metros en línea recta, en una horrible e hilarante zambullida mortal, hasta hundirte en un inmenso y mullido lecho de heno exuberante. El heno tenía un olor dulzón, y al fin descansabas en medio de esa aroma de verano renacido, después de haber dejado el estómago atrás y en medio del aire, y te sentías..., bien, como debió de sentirse Lázaro. Habías saltado y habías sobrevivido para contarlo.

Claro que era un deporte prohibido. Si nos hubieran sorprendido, mi madre habría puesto el grito en el cielo y mi padre nos habría azotado, a pesar de que ya no éramos críos. Debido al estado de la escalera, y también porque si por casualidad perdías el equilibrio y caías de la viga antes de haber llegado al blando colchón de heno, era seguro que te descalabrarías contra las duras tablas del piso.

Pero la tentación era demasiado grande. Cuando no está el gato..., bien, ya conocéis el refrán.

Ese día empezó como todos los otros, con una deliciosa sensación de miedo mezclado con deseos anhelantes. Estábamos al pie de la escalera, mirándonos el uno al otro. Kitty estaba congestionada, con los ojos más oscuros y centelleantes que de costumbre.

—Te desafío —dije.

—El desafiante sube primero —respondió Kitty.

—Las chicas suben antes que los chicos —contraataqué en seguida.

—No si es peligroso —respondió ella bajando recatadamente los ojos, como si no fuera público y notorio que ella era la segunda machota de Hemingford. Mas ése era su comportamiento habitual. Subía, pero no antes que yo.

—Está bien —asentí—. Ya subo.

Ese año yo tenía diez años y era flaco como una estaca: pesaba aproximadamente cuarenta y cinco kilos. Kitty tenía ocho años y pesaba diez kilos menos. Pensábamos que si la escalera siempre nos había aguantado, seguiría aguantándonos indefinidamente, idea ésta que pone constantemente en apuros a hombres y naciones.

Ese día sentí que la escalera cimbreaba un poco en la atmósfera polvorienta del granero a medida que subía cada vez a mayor altura. Como siempre, aproximadamente a mitad de trayecto, imaginé lo que me sucedería si de pronto la escalera cedía y se desmoronaba. Pero seguí subiendo hasta que pude sujetarme de la viga e izarme y mirar hacia abajo.

El rostro de Kitty, vuelto hacia arriba para mirarme, era un pequeño óvalo blanco. Con su camisa a cuadros desteñida y sus vaqueros azules, parecía una muñeca. Sobre mi cabeza, en los polvorientos recovecos del alero, las golondrinas arrullaban dulcemente.

De nuevo, ajustándome al ritual:

—¡Qué tal, ahí abajo! —grité, y mi voz flotó hasta ella montada sobre motas de paja.

—¡Qué tal, ahí arriba!

Me puse en pie. Oscilé un poco hacia atrás y adelante. Como siempre, parecieron soplar súbitamente extrañas corrientes de aire que no habían existido abajo. Oí los latidos de mi propio corazón mientras empezaba a avanzar con los brazos estirados para conservar el equilibrio. Una vez, una golondrina había revoloteado cerca de mi cabeza en ese momento de la aventura, y al respingar había estado a punto de caerme. Vivía con el temor de que ese trance pudiera repetirse.

Pero no esta vez. Por fin estaba sobre el seguro colchón de heno. Ahora mirar hacia abajo era más sensual que terrorífico. Hubo un momento de expectación. Después salté al vacío, apretándome aparatosamente la nariz, como lo hacía siempre, y el súbito tirón de la gravedad me arrastró brutalmente, a plomo, y me hizo sentir deseos de gritar: *¡Oh, lo siento, me he equivocado, dejadme subir de nuevo!*

Entonces tomé contacto con el heno, me incrusté en él como un proyectil, y su olor dulzón y polvoriento me rodeó mientras seguía hundiéndome, como en un agua espesa, hasta quedar lentamente sepultado en la paja. Como siempre, sentí que un estornudo cobraba forma en mi nariz. Y oí que uno o dos ratones de campo huían asustados en busca de un sector más apacible del almiar. Y sentí, curiosamente, que había renacido. Recuerdo que en una oportunidad Kitty me había dicho que después de zambullirse en el heno se sentía fresca y flamante, como un bebé. En ese momento no le hice caso —porque entendía a medias lo que quería decir, y a medias no lo entendía— pero desde que recibí su carta yo también pienso en eso.

Bajé de la pila de heno, casi nadando en ella, hasta que mis pies tocaron el piso del granero. Tenía heno debajo de los pantalones y entre la espalda y la camisa. Se me había metido en las zapatillas y me asomaba por los codos. ¿Simientes de heno en el pelo? Claro que sí.

En ese momento Kitty ya había llegado a la mitad de la escalera. Sus trenzas doradas bailoteaban sobre sus omóplatos, y seguía trepando por un haz polvoriento de luz. En otras ocasiones esa luz podría haber sido tan brillante como su cabello, pero ese día sus trenzas no tenían competencia..., eran el elemento de mayor colorido que había allí arriba.

Pensé, bien lo recuerdo, que no me gustaba la forma en que se combaba la escalera. Parecía más destartalada que nunca.

Entonces llegó a la viga, muy arriba... Y ahora yo era el pequeño, mi cara era el minúsculo óvalo blanco vuelto hacia ella cuando su voz bajó flotando junto con las briznas de paja que había movilizado mi salto.

—¡Qué tal, ahí abajo!

—¡Qué tal, ahí arriba!

Avanzó por la viga y mi corazón se distendió un poco en el pecho cuando calculé que estaba a salvo sobre el heno. Siempre ocurría lo mismo, aunque ella siempre había sido más grácil que yo... Y más atlética, si no os parece demasiado raro que diga esto acerca de mi hermana menor.

Se empinó sobre las punteras de sus viejas zapatillas, con las manos estiradas al frente. Y después dio el salto del ángel. Hablad de lo inolvidable, de lo indescriptible. Bien, yo puedo describirlo... en parte. Pero no con la precisión suficiente para haceros entender hasta qué punto fue bello, perfecto, uno de los pocos trances de mi vida que parecen absolutamente reales y auténticos. No, no os lo puedo explicar con tanta fidelidad. Ni mi pluma ni mi lengua tienen la maestría que haría falta para ello.

Por un instante fugaz pareció flotar en el aire, como si la sostuviera una de esas misteriosas corrientes ascendentes que sólo existían en el tercer henil, transformada en una golondrina rutilante de plumaje dorado como Nebraska no ha vuelto a ver otra. Era Kitty, mi hermana, con los brazos doblados hacia atrás y la espalda arqueada, ¡y cuánto la amé durante esa fracción de segundo!

Y después cayó y se hundió en el heno y se perdió de vista. Del boquete que había abierto brotó una explosión de paja y de risas. Olvidé cuán débil me había parecido la escalera con ella encima, y cuando salió del almiar yo ya estaba nuevamente a mitad de trayecto.

Yo también intenté ejecutar el salto del ángel, pero el miedo me atenazó como siempre, y mi ángel se transformó en una bala de cañón. Creo que nunca terminé de convencerme, como Kitty, de que el heno estaba allí.

¿Cuánto duró el juego? Quién sabe. Pero después de diez o doce saltos levanté la vista y vi que la luz había cambiado. Mamá y papá no tardarían en volver y nosotros estábamos cubiertos de paja..., lo cual era una prueba tan contundente como una confesión firmada. Accedimos a pegar un salto más cada uno.

Yo subí antes que ella y sentí que la escalera se movía bajo mis pies y oí, muy débilmente, el chirrido de los clavos que se aflojaban en la madera. Y por primera vez me sentí auténtica, activamente asustado. Creo que si hubiera estado más cerca del pie de la escalera habría bajado y que ahí habría terminado todo, pero la viga estaba más próxima y parecía más segura. Cuando me faltaban tres peldaños para llegar arriba aumentó el chirrido de los clavos tirantes y el terror me congeló súbitamente, con la certeza de que me había excedido.

Hasta que mis manos cogieron la viga astillada y aligeraron a la escalera de mi peso. Un sudor frío, desagradable, pegoteaba las briznas de paja a mi frente. El juego ya había perdido su atractivo.

Enderecé de prisa hacia el almiar y me dejé caer. Ni siquiera saboreé la parte placentera del salto. Mientras descendía, me imaginé lo que habría sentido si hubiera sido el piso sólido del granero el que venía a mi encuentro en lugar de la blanda turgencia del heno.

Cuando asomé en el centro del granero vi que Kitty trepaba apresuradamente por la escalera.

—¡Eh, baja! —grité—. ¡No es segura!

—¡Me sostendrá! —respondió ella con tono confiado—. ¡Soy más ligera que tú!

—Kitty...

Pero no pude terminar la frase. Porque fue entonces cuando cedió la escalera.

Se partió con un chasquido de madera podrida, astillada. Yo grité y Kitty chilló. Estaba más o menos donde me hallaba yo cuando me convencí de que había puesto exageradamente a prueba mi suerte.

El peldaño sobre el que ella se apoyaba se desprendió, y después los dos largueros se separaron. Por un momento la escalera, que se había zafado totalmente, pareció, a los pies de Kitty, un insecto portentoso, una mantis religiosa, que acababa de tomar la decisión de alejarse.

A continuación la escalera se desplomó, estrellándose contra el piso del granero con un estampido seco que levantó una nube de polvo e hizo mugir, inquietas, a las vacas del establo vecino. Una de ellas pateó la puerta de su pesebre.

Kitty lanzó un alarido agudo, penetrante.

—¡Larry! ¡Larry! ¡Ayúdame!

Sabía lo que había que hacer, lo comprendí en seguida. Tenía un miedo espantoso, pero conservaba el uso de mis facultades. Estaba a más de veinte metros de altura, sus piernas enfundadas en los vaqueros se agitaban frenéticamente en el vacío, y las golondrinas arrullaban sobre su cabeza. Sí, yo estaba asustado. Y confieso que todavía no soy capaz de presenciar un espectáculo de acrobacia en el circo, ni siquiera en la TV. Me revuelve el estómago.

Pero sabía lo que había que hacer.

—¡Kitty! —le grité—. ¡Quédate quieta! *¡Quieta!*

Me obedeció al instante. Dejó de agitar las piernas y quedó colgada verticalmente, con las manecitas cerradas sobre el último peldaño del extremo astillado de la escalera, como una acróbata cuyo trapecio se hubiera inmovilizado.

Corrí hacia el almiar, cogí un manojo doble de heno, corrí de vuelta y lo solté. Volví al almiar. Otra vez. Y otra vez.

Sinceramente, no recuerdo lo que ocurrió después, excepto que el heno se me metió en la nariz y empecé a estornudar y no pude contenerme. Corría de un lado a otro, levantando una pila de heno allí donde había estado la base de la escalera. Era una pila muy pequeña. Al mirarla, y al mirarla luego a ella, que colgaba tan arriba, cualquiera habría pensado en una de esas caricaturas que muestran a un tipo saltando desde cien metros dentro de un vaso de agua.

Iba y venía. Iba y venía.

—¡Larry, no podré resistir más tiempo! —El timbre de su voz era atiplado y desesperado.

—¡Tienes que resistir, Kitty! ¡Tienes que resistir!

Iba y venía. El heno me caía dentro de la camisa. Iba y venía. Ahora la pila de heno me llegaba a la barbilla, pero el almiar en el que nos zambullíamos tenía ocho metros de profundidad. Pensé que si sólo se fracturaba las piernas debería darse por satisfecha. Y sabía que si caía fuera del heno se mataría. Iba y venía.

—¡Larry! ¡El peldaño! *¡Se está zafando!*

Oí el chirrido sistemático y crepitante del peldaño que cedía por efecto de su peso. Volvió a agitar las piernas, despavorida, pero si seguía moviéndolas así le erraría inevitablemente al heno.

—¡No! —vociferé—. ¡No! ¡No hagas eso! ¡Suéltate! ¡Suéltate, Kitty! —Porque ya no tenía tiempo para juntar más heno. No tenía tiempo para nada que no fuera alimentar un ciego optimismo.

Se soltó y se dejó caer apenas se lo ordené. Bajó recta como un cuchillo. Me pareció que su caída duraba una eternidad, con sus trenzas de oro fuertemente estiradas hacia arriba, con los ojos cerrados, con el rostro pálido como la porcelana. No gritó. Tenía las manos entrelazadas delante de los labios, como si rezara.

Y cayó justo en el centro de la pila de heno. Se hundió en ella hasta perderse de vista. La paja salió despedida en todas direcciones como si hubiera estallado una granada, y oí el ruido que produjo su cuerpo al chocar contra las tablas. El ruido, fuerte y sordo, hizo que me recorriera un escalofrío mortal. Había sido demasiado fuerte, demasiado fuerte. Pero tenía que ver lo que había ocurrido.

Llorando, me abalancé sobre la pila de heno y empecé a apartarlo, arrojando grandes manojos a mis espaldas. Salió a luz una pierna enfundada en un vaquero, después una camisa a cuadros... Y después el rostro de Kitty. Estaba mortalmente pálida y tenía los ojos cerrados. Al mirarla me di cuenta de que estaba muerta. El mundo se puso gris, con un gris de noviembre. El único toque de calor que había en él era el de sus trenzas, de oro rutilante.

Y después el azul profundo de sus iris cuando abrió los ojos.

—¿Kitty? —Mi voz sonaba ronca, gangosa, incrédula. Mi garganta estaba tapizada de polvillo de heno—. ¿Kitty?

—¿Larry? —preguntó ella, atónita—. ¿Estoy viva?

La levanté del heno y la estrujé y ella me echó los brazos al cuello y me devolvió el abrazo.

—Estás viva —dije—. Estás viva, estás viva.

Se había fracturado el tobillo izquierdo, y eso fue todo. Cuando el doctor Pedersen, el clínico general de Columbia City, entró en el granero con mi padre y conmigo, miró durante un largo rato las sombras del techo. El último peldaño de la escalera aún colgaba allí, sesgado, de un clavo.

Como digo, miró durante un largo rato.

—Un milagro —le dijo a mi padre, y después pateó desdeñosamente el heno que yo había apilado. Se encaminó hacia su «De Soto» polvoriento y se fue.

Mi padre me colocó la mano sobre el hombro.

—Iremos a la leñera, Larry —manifestó con voz muy serena—. Supongo que sabes qué es lo que pasará allí.

—Sí, señor —susurré.

—Quiero que cada vez que te zurre, Larry, le agradezcas a Dios que tu hermana sigue viva.

—Sí, señor.

Después nos fuimos. Me zurró muchas veces, tantas veces que durante una semana comí en pie, y durante las dos semanas siguientes con un cojín en mi silla. Y cada vez que me pegaba con su gran mano roja y callosa, yo le daba gracias a Dios.

Con voz potente, muy potente. Cuando recibí los dos o tres últimos golpes, no tenía duda de que Él me oía.

Me dejaron entrar a verla un poco antes de la hora de acostarse. Recuerdo que había un tordo del otro lado de su ventana. Su pie vendado descansaba sobre una tabla.

Me miró durante tanto tiempo y con tanta ternura que me sentí incómodo. Por fin dijo:

—Heno. Pusiste heno.

—Claro que sí —exclamé—. ¿Qué otra cosa podía hacer? Cuando se rompió la escalera no me quedó ningún medio para llegar arriba.

—No sabía lo que hacías —murmuró.

—¡Pero tenías que saberlo! ¡Estaba debajo de ti, por el amor de Dios!

—No me atreví a mirar —respondió—. Tenía demasiado miedo. No abrí en ningún momento los ojos.

La miré, alelado.

—¿No lo sabías? ¿No sabías lo que estaba haciendo?

Meneó la cabeza.

—Y cuando te dije que te soltaras..., ¿lo hiciste *sin mirar*?

Asintió con un movimiento de cabeza.

—Kitty, ¿cómo pudiste hacer eso?

Me miró con esos profundos ojos azules.

—Sabía que debías de haber hecho algo para solucionarlo —dijo—. Eres mi hermano mayor. Sabía que te ocuparías de mí.

—Oh, Kitty, no imaginas qué poco faltó.

Me había cubierto el rostro con las manos. Ella se irguió en la cama y las apartó. Me besó en la mejilla.

—No —murmuró—. Pero sabía que tú estabas ahí abajo. Caray, qué sueño. Hasta mañana, Larry. El doctor Pedersen dice que me pondrán una escayola.

Estuvo escayolada durante poco menos de un mes, y todos sus compañeros de escuela firmaron el yeso..., e incluso me lo hizo firmar a mí. Y cuando se lo quitaron, ahí terminó el episodio del granero. Mi padre remplazó la escalera que llevaba al tercer henil por otra nueva y fuerte, pero nunca volví a trepar a la viga para saltar sobre el heno. Por lo que sé, Kitty tampoco lo hizo.

Ése fue el fin, pero no lo fue. Quién sabe por qué, la historia no terminó hasta hace nueve días, cuando Kitty saltó desde el último piso del edificio de una compañía de seguros, en Los Ángeles. Tengo el recorte del *Los Angeles Times* en mi billetera. Supongo que lo llevaré siempre conmigo, no con la alegría con que llevas las instantáneas de las personas que deseas recordar o las entradas de un buen espectáculo o parte del programa de un partido del Campeonato Mundial. Llevo el recorte conmigo como llevas algo pesado, porque tienes el deber de llevarlo. El titular dice: PROSTITUTA DE LUJO SE SUICIDA CON EL SALTO DEL ÁNGEL.

Crecimos. Esto es todo lo que sé, dejando de lado los hechos sin importancia. Ella pensaba estudiar Administración de Empresas en Omaha, pero el verano después de terminar el bachillerato ganó un concurso de belleza y se casó con uno de los jueces. Parece un chiste obsceno, ¿verdad? Mi Kitty.

Mientras yo estudiaba Derecho ella se divorció y me escribió una larga carta, de diez o más páginas, en la que me contaba cómo había pasado todo, qué repugnante había sido, cómo todo habría sido mejor si ella hubiera podido tener un hijo. Me preguntaba si podía ir a verla. Pero perder una semana en la Facultad de Derecho es tan grave como perder un año en un curso inferior de artes liberales. Esos tipos son galgos. Si pierdes de vista el conejito mecánico, no lo encuentras nunca más.

Se mudó a Los Ángeles y volvió a casarse. Cuando

naufragó ese matrimonio, yo había regresado de la Facultad de Derecho. Me escribió otra carta, más breve, más amarga. Me decía que nunca se dejaría atrapar en *ese* tiovivo. Era una rutina inalterable. La única forma de coger la sortija consistía en caerse del caballito y romperse el cráneo. Si ése era el precio de una vuelta gratis, ella no estaba dispuesta a pagarlo. Postdata: ¿Puedes venir, Larry? Hace mucho que no te veo.

Le escribí diciéndole que me habría encantado ir a visitarla, pero que no era posible. Había conseguido trabajo en una firma con grandes tensiones internas, y yo estaba en la base de la pirámide: todo el trabajo recaía sobre mis espaldas y nadie reconocía mis méritos. Si quería subir al escalón siguiente, tendría que lograrlo ese mismo año. Ésa fue *mi larga carta*, en la que hablaba exclusivamente de mi carrera.

Contesté todas sus cartas. Pero nunca llegué a convencerme verdaderamente de que era Kitty quien las escribía, ¿entendéis?, así como antes no había podido convencerme de que el heno estaba realmente allí..., hasta que interrumpía mi caída por el vacío y me salvaba la vida. No podía persuadirme de que mi hermana y la mujer vencida que firmaba «Kitty», rodeando su nombre con un círculo, al pie de las cartas, eran en realidad la misma persona. Mi hermana era una muchacha con trenzas, cuyos pechos aún no se habían desarrollado.

Fue ella la que dejó de escribir. Me enviaba tarjetas de Navidad, me felicitaba para mi cumpleaños, y mi esposa le correspondía igualmente. Después nos divorciamos y yo me mudé y me olvidé de todo. La Navidad siguiente y, a continuación, el día de mi cumpleaños, las tarjetas me llegaron gracias a que había comunicado mi cambio de domicilio en la oficina de correos. El primer cambio. Y yo me decía constantemente: caray, tengo que escribirle a Kitty y comunicarle que me he mudado. Pero no lo hice.

Sin embargo, como ya he dicho, todos éstos son detalles que carecen de importancia. Lo único que interesa es que maduramos y que ella dio el salto del ángel desde el último piso del edificio de una compañía de seguros, y que ella creía que el heno estaría siempre abajo. Kitty era la que había dicho: «Sabía que debías estar haciendo algo para solucionarlo.» Ésas son las cosas que en verdad importan. Y la carta de Kitty.

Actualmente todos se mudan continuamente, y es curioso que esas direcciones tachadas y esos rótulos de cambio de domicilio puedan asumir la forma de acusaciones. Kitty había estampado el remite en el ángulo superior izquierdo del sobre, y esa dirección correspondía al apartamento donde había estado viviendo hasta que saltó. En un hermoso edificio de Van Nuys. Papá y yo fuimos allí a recoger sus cosas. La casera se mostró muy amable. Estimaba a Kitty.

El matasellos tenía fecha de dos semanas antes de su muerte. La carta debería haberme llegado mucho antes, si no hubiera sido por los cambios de domicilio. Ella debía de haberse cansado de esperar.

> Querido Larry:
> Últimamente he estado pensando mucho en eso... Y he resuelto que lo mejor para mí habría sido que el último peldaño se hubiera roto antes de que tú pudieses apilar el heno.
>
> Tu
Kitty

Sí, supongo que Kitty debió de cansarse de esperar. Prefiero pensar esto y no que ella llegó a la conclusión de que yo la había olvidado. No me habría gustado que pensara eso, porque tal vez esa sola frase habría sido lo único que me habría hecho acudir corriendo a su lado.

Pero ni siquiera ésta es la razón por la que ahora me cuesta dormirme. Cuando cierro los párpados y empiezo a amodorrarme, la veo caer del tercer henil, con los ojos dilatados y muy azules, el cuerpo arqueado, los brazos doblados hacia atrás.

Ella era la que siempre sabía que el heno estaría allí.

EL HOMBRE QUE AMABA LAS FLORES

A primera hora de una tarde de mayo de 1963, un joven caminaba de prisa por la Tercera Avenida de Nueva York, con la mano en el bolsillo. La atmósfera era apacible y hermosa, y el sol se oscurecía gradualmente pasando del azul al sereno y bello violeta del crepúsculo. Hay personas que aman la ciudad, y ésa era una de las noches que hacían amarla. Todos los que estaban en los portales de las tiendas de comestibles y las tintorerías y los restaurantes parecían sonreír. Una anciana que transportaba dos bolsas de provisiones en un viejo cochecito de niño le sonrió al joven y le gritó: «¡Adiós, guapo!» El joven también le sonrió distraídamente y la saludó con un ademán.

Ella siguió su camino, pensando: Está enamorado.

Eso era lo que reflejaba en su talante. Vestía un traje gris claro, con la angosta corbata un poco ladeada y el botón del cuello de la camisa desabrochado. Su cabello era oscuro y lo llevaba corto. Su tez era blanca, sus ojos de color azul claro. Sus facciones no eran excepcionales, pero en esa plácida noche de primavera, en esa avenida, en mayo de 1963, *era* realmente guapo, y a la anciana se le ocurrió pensar fugazmente, con dulce nostalgia, que en primavera todos pueden parecer guapos..., si marchan apresuradamente al encuentro de la dama de sus sueños para cenar con ella y quizá para ir después a bailar. La primavera es la única estación en la que la nostalgia nunca parece agriarse, y la anciana continuó su marcha satisfecha de haberle hablado y contenta de que él le hubiera devuelto el cumplido con un ademán esbozado.

El joven cruzó Sixty-third Street, caminando con brío y con la misma sonrisa distraída en los labios. En la mitad de la manzana, un anciano montaba guardia junto a una desconchada carretilla verde llena de flores. El color predominante era el amarillo: una fiebre amarilla de junquillos y azafranes tardíos. El anciano también tenía claveles y unas pocas rosas té de invernadero, casi todas amarillas y blancas. Estaba comiendo una rosquilla y escuchaba una voluminosa radio de transistores que descansaba atravesada sobre un ángulo de la carretilla.

La radio difundía malas noticias que nadie escuchaba: un asesino armado con un martillo seguía haciendo de las suyas; JFK había declarado que había que vigilar la situación de un pequeño país asiático llamado Vietnam («Vaitnum», lo llamó el locutor); en las aguas del East River había aparecido el cadáver de una mujer no identificada; un gran jurado no había podido inculpar a un zar del crimen en el contexto de la guerra de la administración local contra la heroína; los rusos habían detonado un artefacto nuclear. Nada de eso parecía real, nada de eso parecía importar. La atmósfera era apacible y dulce. Dos hombres con las barrigas hinchadas por la cerveza lanzaban monedas al aire y bromeaban frente a una pastelería. La primavera vibraba sobre el filo del verano, y en la ciudad, el verano es la estación de los ensueños.

El joven dejó atrás el puesto de flores y la avalancha de malas noticias se acalló. Vaciló, miró por encima del hombro, y reflexionó. Metió la mano en el bolsillo de la americana y volvió a palpar lo que llevaba allí. Por un momento pareció desconcertado, solitario, casi acosado, y después, cuando su mano abandonó el bolsillo, sus facciones recuperaron la expresión anterior de ávida expectación.

Se encaminó de nuevo hacia la carretilla sonriendo.

Le llevaría unas flores: eso la complacería. Le encantaba ver cómo la sorpresa y el regocijo iluminaban sus ojos cuando él le hacía un regalo inesperado. Menudencias, porque distaba mucho de ser rico. Una caja de caramelos. Una pulsera. Una vez una bolsa de naranjas de Valencia, porque sabía que eran sus favoritas.

—Mi joven amigo —dijo el florista, cuando el hombre del traje gris volvió, paseando los ojos sobre la mercancía de la carretilla. El florista tenía quizá sesenta y ocho años, y a pesar del calor de la noche usaba un raído suéter gris de punto y una gorra. Su rostro era un mapa de arrugas, sus ojos estaban profundamente engarzados en la carne fláccida, y un cigarrillo bailoteaba entre sus dedos. Pero él también recordaba lo que significaba ser joven en primavera..., ser joven y estar enamorado hasta el punto de volar prácticamente de un lado a otro. El talante del vendedor era normalmente agrio, mas en ese momento sonrió un poco, como lo había hecho la mujer que empujaba el cochecito con provisiones, porque ese fulano era un candidato obvio. Sacudió las migas de la rosquilla de su holgado suéter y pensó: Si este chico estuviera enfermo deberían internarlo ahora mismo en la unidad de cuidados intensivos.

—¿Cuánto cuestan las flores? —preguntó el joven.

—Le prepararé un lindo ramo por un dólar. Las rosas té son de invernadero. Cuestan un poco más, setenta céntimos cada una. Le venderé media docena por tres dólares y cincuenta céntimos.

—Son caras —comentó el joven.

—Lo bueno siempre es caro, mi joven amigo. ¿Su madre no se lo enseñó?

El muchacho sonrió.

—Es posible que lo haya mencionado.

—Sí, claro que lo mencionó. Le daré media docena, dos rojas, dos amarillas, dos blancas. No podría ofrecerle nada mejor, ¿verdad? Lo completaré con un poco de helecho. Del mejor. A ellas les encanta. ¿O prefiere un ramo de un dólar?

—¿A ellas? —preguntó el joven, sin dejar de sonreír.

—Escuche, amiguito —contestó el florista, arrojando la colilla al arroyo de un papirotazo y devolviendo la sonrisa—, en mayo nadie compra flores para uno mismo. Es una ley nacional, ¿me entiende?

El joven pensó en Norma, en sus ojos dichosos y sorprendidos y en su sonrisa afable, y agachó un poco la cabeza.

—Supongo que sí —asintió.

—Seguro que sí. ¿Qué decide?

—Bien, ¿qué le parece *a usted*?

—Le diré lo que opino. ¡Eh! Los consejos siguen siendo gratuitos, ¿no es verdad?

El joven sonrió y asintió:

—Supongo que es lo único gratuito que queda en el mundo.

—Tiene mucha razón —dijo el florista—. Muy bien, mi joven amigo. Si las flores son para su madre, llévele el ramo. Unos pocos junquillos, unos pocos azafranes, algunos îirios de los valles. Ella no lo estropeará comentando: «Oh hijo me encantan y cuánto te costaron oh eso es demasiado y por qué no has aprendido a no derrochar el dinero.»

El joven echó la cabeza hacia atrás y lanzó una carcajada.

El florista continuó:

—Pero si son para su chica, las cosas cambian, hijo mío, y usted lo sabe. Llévele las rosas té y ella no reaccionará como un contable, ¿me entiende? ¡Eh! Su chica le echará los brazos al cuello y...

—Llevaré las rosas té —lo interrumpió el joven, y esta vez fue al florista a quien le tocó el turno de reír.

Los dos hombres que jugaban con las monedas los miraron, sonriendo.

—¡Eh, chico! —gritó uno de ellos—. ¿Quieres comprar una alianza barata? Te vendo la mía..., a mí ya no me interesa.

El joven sonrió y se ruborizó hasta las raíces de sus oscuros cabellos.

El florista escogió seis rosas té, les recortó un poco los tallos, las roció con agua y las introdujo en un envoltorio cónico.

—Esta noche tenemos un clima ideal —dijo la radio—. Apacible y despejado, con una temperatura próxima a los dieciocho grados, perfecto para que los románticos contemplen las estrellas desde la azotea. ¡A disfrutar del Gran Nueva York, amigos!

El florista aseguró con cinta adhesiva el borde del

envoltorio cónico y aconsejó al joven que su chica agregara un poco de agua al azúcar que debía echarles, para conservarlas durante más tiempo.

—Se lo diré —respondió el joven. Tendió un billete de cinco dólares—. Gracias.

—Cumplo con mi deber, mi joven amigo —exclamó el florista, mientras le devolvía un dólar y dos monedas de veinticinco céntimos. Su sonrisa se entristeció—. Dele un beso de mi parte.

En la radio, los Four Seasons empezaron a cantar *Sherry*. El joven guardó el cambio en el bolsillo y se alejó calle arriba, con los ojos dilatados, alertas y ansiosos, sin mirar tanto la vida que fluía y refluía de un extremo al otro de la Tercera Avenida como hacia dentro y adelante, anticipándose. Pero ciertos detalles lo impresionaron. Una madre que llevaba en un cochecito a un bebé cuyas facciones estaban cómicamente embadurnadas con helado; una niñita que saltaba a la cuerda y canturreaba: «Al pasar por un cuartel se enamoró de un coronel...» Dos mujeres fumaban en la puerta de una lavandería, comparando sus embarazos. Un grupo de hombres miraban un gigantesco aparato de televisión en colores, exhibido en el escaparate de una tienda de artículos para el hogar, con un precio de cuatro dígitos en dólares: transmitía un partido de béisbol y las caras de los jugadores parecían verdes, el campo de juego tenía un vago color fresa, y los «New York Mets» les ganaban a los «Phillies» por seis a uno.

Siguió caminando, con las flores en la mano, ajeno al hecho de que las dos mujeres detenidas frente a la lavandería interrumpían brevemente su conversación y lo miraban pasar pensativamente, con su ramo de rosas té. Hacía mucho tiempo que a ellas nadie les regalaba flores. Tampoco prestó atención al joven policía de tráfico que detuvo los coches en la intersección de la Tercera y Sixty-nineth Street, con un toque de silbato, para permitirle cruzar. El policía también estaba comprometido y reconoció la expresión soñadora del joven porque la había visto a menudo en su propio espejo, al afeitarse. Y no se fijó en las dos adolescentes que se cruzaron con él, en dirección contraria, y que en seguida se cogieron de la mano y soltaron unas risitas.

En Seventy-third Street se detuvo y dobló a la derecha. Esa calle era un poco más oscura, y estaba flanqueada por casas de piedra arenisca y restaurantes con nombres italianos, situados en los subsuelos. Tres manzanas más adelante se desarrollaba un partido de béisbol, en medio de la penumbra creciente. El joven no llegó tan lejos: en la mitad de la manzana se internó por un callejón angosto.

Ya habían salido las estrellas, que titilaban tenuemente, y el callejón era oscuro y sombrío, y estaba bordeado por las vagas siluetas de los cubos de basura. Ahora el joven estaba solo, o mejor dicho no, no totalmente. De la penumbra rosada brotó un maullido ululante y el joven frunció el ceño. Era el canto de amor de un gato macho, y *eso* sí que no tenía nada de bello.

Caminó más lentamente y consultó su reloj. Eran las ocho y cuarto y Norma no tardaría en...

Entonces la vio. Había salido de un patio y marchaba hacia él, vestida con pantalones deportivos de color oscuro y con una blusa marinera que le oprimió el corazón. Siempre era una sorpresa verla por primera vez, siempre era una dulce conmoción..., parecía tan *joven*.

La sonrisa del muchacho se iluminó, se hizo *radiante*, y apresuró el paso.

—¡Norma! —exclamó.

Ella levantó la vista y sonrió..., pero cuando estuvieron más cerca el uno del otro la sonrisa se desdibujó.

La sonrisa de él también se estremeció un poco y experimentó una inquietud pasajera. De pronto el rostro pareció borroso, encima de la blusa marinera. Oscurecía..., ¿acaso se había equivocado? Claro que no. Ésa *era* Norma.

—Te he traído flores —exclamó con una sensación de dichoso alivio, y le tendió el ramo.

Ella lo miró un momento, sonrió... Y se lo devolvió.

—Gracias, pero te equivocas —dijo la chica—. Yo me llamo...

—Norma... —susurró él, y extrajo el martillo de mango corto del bolsillo de la americana, donde había estado oculto hasta ese momento—. Son para ti, Norma... siempre fueron para ti... todas para ti.

Ella retrocedió, con el rostro transformado en una mancha redonda y blanca, con la boca abierta en una

O negra de terror, y dejó de ser Norma. Norma estaba muerta, hacía diez años que estaba muerta, pero no importaba porque iba a gritar y él descargó el martillo para cortar el grito, para matar el grito, y cuando descargó el martillo el ramo de flores se le cayó de la mano, y el envoltorio se rompió y dejó escapar su contenido, esparciendo rosas té rojas y blancas y amarillas junto a los cubos de basura abollados donde los gatos copulaban extravagantemente en la oscuridad, lanzando chillidos de amor, chillidos, chillidos.

Descargó el martillo y ella no chilló, pero podría haber chillado porque no era Norma, ninguna de ellas era Norma, y descargó el martillo, descargó el martillo, descargó el martillo. No era Norma de modo que descargó el martillo, como ya lo había hecho cinco veces anteriormente.

Quién sabe cuánto tiempo después volvió a deslizar el martillo en el bolsillo interior de su americana y retrocedió, alejándose de la sombra oscura tumbada sobre los adoquines de las rosas té desparramadas junto a los cubos de basura. Dio media vuelta y salió del callejón angosto. Ahora la oscuridad era total. Los jugadores de béisbol habían desaparecido en sus casas. Si su traje estaba salpicado de sangre las manchas no se verían, no en la oscuridad, no en la plácida oscuridad primaveral, y el nombre de ella no era Norma pero sí sabía cómo se llamaba él. Se llamaba... se llamaba...

Amor.

Él se llamaba amor, y caminaba por esas calles oscuras porque Norma lo aguardaba. Y la encontraría. Pronto.

Empezó a sonreír. Echó a caminar con brío por Seventy-third Street. Un matrimonio maduro que estaba sentado en la escalinata de su casa lo vio pasar, con la cabeza erguida perdida en lontananza, un atisbo de sonrisa en los labios. Cuando terminó de pasar, la mujer preguntó:

—¿Por qué *tú* ya nunca tienes ese aspecto?

—¿Eh?

—Nada —dijo la mujer, pero miró cómo el joven del traje gris desaparecía en las tinieblas de la noche y pensó que sólo el amor de los jóvenes era más bello que la primavera.

UN TRAGO DE DESPEDIDA

Eran las diez y cuarto y Herb Tooklander ya se disponía a cerrar por esa noche cuando el hombre del abrigo elegante y las facciones blancas, desencajadas, irrumpió en el «Tookey's Bar» que está en la parte norte de Falmouth. Era el 10 de enero, o sea aproximadamente la época en que la mayoría de las personas aprenden a coexistir cómodamente con las resoluciones de Año Nuevo que no han cumplido, y en la calle soplaba un cierzo de mil demonios. Antes de que oscureciera habían caído quince centímetros de nieve, y después la nevada había seguido siendo copiosa y espesa. Habíamos visto pasar dos veces a Billy Larribee montado en lo alto de la cabina del quitanieves del Ayuntamiento, y la segunda vez Tookey le llevó una cerveza. Mi madre habría dicho que ése era un acto de pura misericordia, y Dios sabe que en su tiempo ella trasegó abundantes cervezas de las que vendía Tookey. Billy le informó que conseguían mantener despejada la carretera principal, pero que las comarcales estaban bloqueadas y probablemente seguirían estándolo hasta la mañana siguiente. La radio de Portland pronosticaba otros treinta centímetros y un viento de sesenta kilómetros por hora que levantaría barreras con la nieve.

Tookey y yo estábamos solos en el bar, oyendo cómo el viento aullaba en los aleros y mirando cómo las llamas danzaban en la chimenea.

—Toma un trago de despedida —dijo Tookey—. Voy a cerrar.

Sirvió un vaso para mí y otro para él y fue entonces cuando se abrió la puerta y el desconocido entró tambaleándose, con los hombros y el pelo cubiertos de nieve, como si se hubiera revolcado en azúcar de repostería. El viento lanzó en pos de él una ráfaga de nieve fina como arena.

—¡Cierre la puerta! —le gritó Tookey—. ¿Acaso ha nacido en un establo?

Nunca había visto a un hombre que pareciera tan despavorido. Parecía un caballo que hubiera pasado toda la tarde comiendo ortigas. Sus ojos giraron en las órbitas en dirección a Tookey y exclamó:

—Mi esposa... mi hija... —y se desplomó en el suelo, desmayado.

—Santo cielo —murmuró Tookey—. Cierra la puerta, Booth, ¿quieres?

Fui y la cerré, aunque me resultó bastante difícil empujarla por la fuerza del viento. Tookey estaba apoyado sobre una rodilla y mantenía alzada la cabeza del desconocido y le daba palmadas en las mejillas. Me acerqué a él y en seguida me di cuenta de que era algo grave. Tenía la cara congestionada, pero con algunas manchas grises, y cuando has pasado muchos inviernos en Maine desde que Woodrow Wilson fue presidente, como los he pasado yo, sabes que esas manchas grises son un síntoma de congelación.

—Se ha desmayado —dijo Tookey—. Trae el coñac del estante, ¿quieres?

Fui a buscarlo y lo traje. Tookey le había abierto el abrigo. Éste se había recuperado un poco: tenía los ojos entreabiertos y musitaba algo con voz inaudible.

—Sírvele una medida —ordenó Tookey.

—¿Nada más? —le pregunté.

—Este brebaje es dinamita —respondió Tookey—. No conviene cargarle demasiado el carburador.

Serví la medida y miré a Tookey. Éste hizo un ademán afirmativo.

—Échaselo al buche.

Obedecí. Fue un espectáculo digno de ver. El hombre se estremeció de pies a cabeza y empezó a toser. Su cara se puso más roja. Sus párpados, que habían estado a media asta, se abrieron como los visillos de una ventana. Me alarmé un poco, pero Tookey se limitó a sentarlo como si fuera un bebé crecido y le palmeó la espalda.

El hombre tuvo arcadas y Tookey volvió a palmearlo.

—Aguántelo —dijo—. El coñac es caro.

El hombre tosió otro poco, pero ya se estaba calmando. Pude estudiarlo bien por primera vez. Un petimetre, sin duda, y del sur de Boston, conjeturé. Usaba guantes de cabritilla, caros pero delgados. Probablemente, tenía más manchas grises en las manos, y podría considerarse afortunado si no perdía algún dedo. Su abrigo era elegante, sí señor: por lo menos de trescientos dólares. Usaba unos botines que apenas le llegaban a los tobillos, y empecé a temer por los dedos de sus pies.

—Mejor —dijo.

—Estupendo —asintió Tookey—. ¿Puede acercarse al fuego?

—Mi esposa y mi hija —exclamó—. Están ahí fuera..., en la tormenta.

—Cuando lo vi entrar me di cuenta de que no estaba en su casa, viendo la TV —respondió Tookey—. Podrá contárnoslo junto al fuego mejor que aquí en el suelo. Ayúdalo, Booth.

Se levantó, pero dejó escapar un gemido e hizo una mueca de dolor. Volví a temer por los dedos de sus pies, y me pregunté por qué Dios engendraba neoyorquinos idiotas que se aventuraban a viajar en coche por el sur de Maine en medio de un temporal de nieve. También me pregunté si su esposa y su hijita estaban más abrigadas que él.

Lo guiamos hasta la chimenea y lo hicimos sentar en una mecedora que había sido el asiento favorito de la señora Tookey hasta que falleció en el 74. La señora Tookey era la responsable principal de la decoración de ese local, acerca del cual habían escrito en el *Down East* y en el *Sunday Telegram* y una vez incluso en el suplemento dominical del *Boston Globe*. Es más parecido a un pub inglés que a un bar, con su sólido piso de madera, asegurado con clavijas y no con clavos; la barra de madera de arce; el viejo techo con vigas de granero, y la descomunal chimenea de piedra. A la señora Tookey se le ocurrieron algunas ideas después de que se publicó el artículo del *Down East*, y quiso bautizar el local con el nombre de «Tookey's Inn» o «Tookey's Rest», y confieso que esto le habría dado un aire colonial, pero yo prefiero el viejo y sencillo «Tookey's Bar». Una cosa es presumir en verano, cuando todo se llena de turistas, y otra muy distinta es hacerlo en invierno, cuando debes convivir con tus vecinos. Y había habido muchas noches de invierno, como ésa, que Tookey y yo habíamos pasado solos, bebiendo whisky y agua o sólo unas cervezas. Mi propia Victoria murió en el 73, y el «Tookey's Bar» era un lugar donde podías encontrar suficientes voces para acallar el canto agorero de las chotacabras. Aunque sólo estuviéramos Tookey y yo, me bastaba. No habría sentido lo mismo si eso se hubiera llamado «Tookey's Rest». Es absurdo pero cierto.

Colocamos al hombre frente al fuego y empezó a tiritar con más fuerza que antes. Se abrazó las rodillas y le castañeteaban los dientes y unas gotas de mucosidad transparente chorrearon de la punta de su nariz. Creo que empezaba a darse cuenta de que otros quince minutos ahí fuera podrían haber bastado para matarlo. No se trata de la nieve sino del viento glacial. Te quita el calor.

—¿Dónde se apartó de la carretera? —le preguntó Tookey.

—Nue-nueve ki-kilómetros al s-sur de aquí.

Tookey y yo nos miramos, y de pronto me recorrió un escalofrío. Por todo el cuerpo.

—¿Está seguro? —insistió Tookey—. ¿Caminó nueve kilómetros por la nieve?

Hizo un ademán afirmativo con la cabeza.

—Verifiqué el cuen-cuentakilómetros cuando pasamos por la ciudad. Seguía instrucciones..., íbamos a visitar a la hermana de mi esposa... en Cumberland... nunca habíamos estado allí... Somos de New Jersey.

New Jersey. Si hay alguien más rematadamente tonto que un neoyorquino ése es un habitante de New Jersey.

—¿Nueve kilómetros, está seguro? —se obstinó Tookey.

—Sí, totalmente seguro. Encontré el desvío pero estaba bloqueado por la nieve... estaba...

Tookey lo cogió por los brazos. Bajo el resplandor fluctuante de las llamas su rostro parecía pálido y tenso, diez años mayor que los sesenta y seis que en verdad tenía.

—¿Dobló a la derecha?

—Sí, a la derecha. Mi esposa...

—¿Vio un cartel?

—¿Un cartel? —Miró a Tookey, perplejo, y se limpió la punta de la nariz—. Claro que sí. Seguía las instrucciones. Atraviesa Jerusalem's Lot por Jointner Avenue y sigue hasta la rampa de entrada de la 295. —Nos miró alternativamente a Tookey y a mí. Fuera, el viento silbaba y gemía entre los aleros—. ¿No era ése el camino, señor?

—Jerusalem's Lot —dijo Tookey, en voz tan baja que fue casi inaudible—. Dios mío.

—¿Qué sucede? —preguntó el hombre. Había empezado a levantar el tono—. ¿No era ése el camino? Quiero decir, la carretera parecía bloqueada, pero pensé..., si hay una ciudad allí, los quitanieves saldrán y... y entonces yo...

Sus palabras se acallaron progresivamente.

—Booth —me dijo Tookey, siempre en voz baja—. Coge el teléfono. Llama al sheriff.

—Claro que era el camino —prosiguió el idiota de New Jersey—. ¿Qué les sucede, al fin y al cabo? Cualquiera diría que han visto un fantasma.

—No hay fantasmas en Lot, señor —respondió Tookey—. ¿Les ordenó que se quedaran en el coche?

—Claro que sí —exclamó, como si lo hubieran ofendido—. No estoy loco.

Bien, yo no habría jurado que no lo estaba.

—¿Cómo se llama? —le pregunté—. Para darle su nombre al sheriff.

—Lumley —contestó—. Gerard Lumley.

Empezó a discutir nuevamente con Tookey y yo me encaminé hacia el teléfono. Cogí el auricular y sólo oí un silencio mortal. Pulsé las clavijas un par de veces. Nada.

Volví. Tookey le había servido a Gerard Lumley otra ración de coñac, y que ahora le bajaba mucho más fácilmente.

—¿Había salido? —inquirió Tookey.

—La línea está cortada.

—Maldición —gruñó Tookey, y nos miramos. Fuera arreció el viento, que lanzó torbellino de nieve contra las ventanas.

Lumley volvió a mirarnos, primero a Tookey y luego a mí.

—Bueno, ¿ninguno de ustedes tiene un coche? —preguntó. Su tono era nuevamente ansioso—. Ellas deben mantener el motor en marcha para que funcione la calefacción. Sólo me quedaba un cuarto de depósito de gasolina y tardé una hora y media en... Escuchen, ¿quieren hacer el favor de *contestarme*?

Se levantó y cogió a Tookey por la camisa.

—Señor —dijo Tookey—, creo que a su seso se le ha disparado una mano.

Lumley miró su mano, después miró a Tookey, y a continuación lo soltó.

—Maine —siseó. Fue como si articulara una obscenidad contra la madre de un enemigo—. Está bien —prosiguió—. ¿Dónde está la gasolinera más próxima? Deben de tener un camión grúa...

—La gasolinera más próxima está en Falmouth Center —expliqué—. A casi cinco kilómetros de aquí.

—Gracias —respondió, con acento un poco sarcástico, y se encaminó hacia la puerta, abrochándose el abrigo.

—Pero está cerrada —agregué.

Se volvió lentamente y nos miró.

—¿Qué dice, amigo?

—Intenta hacerle entender que el propietario de la gasolinera de Falmouth Center es Billy Larribee, y que Billy está pilotando el quitanieves, condenado imbécil —explicó Tookey pacientemente—. Ahora, ¿por qué no viene aquí y se sienta, antes de que le reviente el hígado?

Retrocedió, aturdido y asustado.

—¿Quiere decir que no pueden..., que no hay...?

—No quiero decir nada —espetó Tookey—. Aquí el único que habla es usted, y si se callara un momento podríamos buscar una solución.

—¿Qué ciudad es esa, Jerusalem's Lot? —preguntó—. ¿Por qué la carretera estaba bloqueada por la nieve? ¿Por qué no se veían luces?

—Jerusalem's Lot ardió hace dos años —contesté.

—¿Y no la reconstruyeron? —Me miró con expresión incrédula.

—Eso parece —respondí, y miré a Tookey—. ¿Qué haremos?

—No podemos dejarlas allí —dictaminó.

Me acerqué a él. Lumley se había alejado para mirar la noche tormentosa por la ventana.

—¿Y si ya las han pillado? —inquirí.

—No podemos descartar esa posibilidad —murmuró Tookey—. Pero tampoco estamos seguros. Tengo mi Biblia en el estante. ¿Todavía llevas encima tu medallón papal?

Saqué el crucifijo de debajo de la camisa y se lo mostré. Nací y me crié en la religión congregacional, pero la mayoría de las personas que viven cerca de Lot usan algo..., un crucifijo, una medalla de san Cristóbal, un rosario, cualquier cosa. Porque hace dos años, en el transcurso de un oscuro mes de octubre, Lot tuvo un final trágico. A veces, muy tarde, cuando sólo había unos pocos parroquianos habituales reunidos alrededor de la chimenea de Tookey, se hablaba de eso. O mejor dicho, se rozaba el tema. Veréis, los habitantes de Lot empezaron a desaparecer. Primero unos pocos, después unos pocos más, luego muchos. Cerraron las escuelas. La ciudad quedó deshabitada durante casi un año. Oh, alguna gente se mudó allí —sobre todo idiotas de otras comarcas como el magnífico ejemplar que ahora teníamos entre nosotros—, gente atraída por los precios bajos de la propiedad. Pero nadie duraba mucho. Algunos se fueron uno o dos meses después de haber llegado. Los otros... bien, desaparecieron. Hasta que la ciudad fue arrasada por el fuego. Eso sucedió al finalizar un largo otoño muy seco. Se dice que el incendio partió de la Marsten House, edificada sobre la colina que se levanta junto a Jointner Avenue, pero nadie sabe, hasta ahora, cómo se inició. Ardió sin control durante tres días. Después, durante un tiempo, reinó la paz. Y de pronto las cosas volvieron a empeorar.

Sólo una vez oí pronunciar la palabra «vampiros». Aquella noche un camionero loco de los alrededores de Freeport, llamado Richie Messina, estaba en el bar de Tookey, muy borracho.

—Cristo —rugió este gigante que parecía medir tres metros con sus pantalones de lana y su camisa a cuadros y sus botas con ribetes de lana—. ¿Tenéis tanto miedo de decirlo en voz alta? ¡Vampiros! ¿Es en eso en lo que pensáis todos, verdad? ¡Dios y rediós! ¡Como una pandilla de críos asustados por una película! ¿Sabéis qué es lo que hay en Jerusalem's Lot? ¿Queréis que os lo diga? ¿Queréis que os lo diga?

—Sí, dilo, Richie —respondió Tookey. Se había hecho un silencio de tumba en el bar. Se oía crepitar la leña, y la ligera llovizna de noviembre caía fuera en medio de la oscuridad—. Adelante, te escuchamos.

—Lo que hay allí es una jauría de perros sin dueño —nos informó Richie Messina—. Eso es lo que hay. Eso y un montón de viejas a las que les gusta una buena historia de aparecidos. Caray, por ochenta dólares iría allí y dormiría en esa casa embrujada que tanto os preocupa. ¿Qué decís? ¿Alguien quiere apostar?

Pero nadie quiso. Richie era un fanfarrón y un borracho peligroso y nadie lloraría en su entierro, pero tampoco nadie quería verlo entrar en Jerusalem's Lot por la noche.

—Me cago en todos vosotros —prosiguió Richie—. Tengo mi llave inglesa en el camión y eso me bastará para enfrentarme a cualquiera en Falmouth, Cumberland o Jerusalem's Lot. Y allí es adonde iré.

Salió del bar dando un portazo y nadie dijo nada durante un rato. Hasta que Lamont Henry murmuró, en voz muy baja:

—Nadie volverá a ver a Richie Messina. Santo cielo.

Y Lamont, al que le habían inculcado la religión metodista desde la cuna, se persignó.

—Cuando se le pase la mona cambiará de idea —comentó Tookey, pero parecía intranquilo—. Volverá a la hora de cerrar y dirá que todo había sido una broma.

Pero esa vez acertó Lamont, porque nadie volvió a ver a Richie. Su esposa explicó a la Policía que, a su juicio, se había ido a Florida para escapar de unos acreedores, pero la verdad se reflejaba en sus ojos: enfermos, asustados. Antes de que pasara mucho tiempo ella se mudó a Rhode Island. Quizá pensó que Richie volvería a buscarla una noche oscura. Y yo no juraría que no lo habría hecho.

Ahora Tookey me miraba y yo miraba a Tookey mientras volvía a guardar el crucifijo bajo la camisa. Nunca me había sentido tan alterado ni asustado en mi vida.

—No podemos dejarlas allí, Booth —repitió Tookey.

—Sí, lo sé.

Seguimos mirándonos y después Tookey estiró la mano y me cogió por el hombro.

—Eres un buen hombre, Booth —murmuró. Eso bastó para estimularme un poco. Aparentemente, cuando superas los setenta, la gente empieza a olvidar que eres un hombre, o que alguna vez lo has sido.

Tookey se acercó a Lumley y anunció:

—Tengo un «Scout» con tracción en las cuatro ruedas. Lo sacaré.

—Por el amor de Dios, hombre, ¿por qué no lo dijo antes? —Había dado media vuelta junto a la ventana y miraba coléricamente a Tookey—. ¿Por qué perdió diez minutos andando con tantos rodeos?

Tookey respondió con voz muy, muy baja:

—Cierre el pico, señor. Y si siente ganas de volver a abrirlo, recuerde que fue usted quien viró por una carretera bloqueada en medio de una maldita ventisca.

Lumley se disponía a contestar, pero luego optó por callarse. Se le habían congestionado las mejillas. Tookey fue a sacar su «Scout» del garaje. Yo hurgué debajo de la barra en busca de su botellín cromado y lo llené de coñac. Sospechaba que lo necesitaríamos antes de que terminara la noche.

¿Habéis estado alguna vez en medio de una ventisca de Maine?

La nieve que cae es tan espesa y fina que parece arena y suena como arena, al azotar los costados del coche o la camioneta. Nadie usa las luces largas porque se reflejan en la nieve y no te dejan ver a tres metros de distancia. Con las luces cortas puedes quizá ver a cinco metros. Pero yo tolero la nieve. Lo que no soporto es el viento, cuando sopla con fuerza y empieza a aullar, formando cien macabras configuraciones voladoras con los remolinos de nieve y clamando como si confluyeran en él todo el odio y el dolor y el miedo del mundo. En la garganta de la nevisca se agazapa la muerte, la muerte blanca... Y quizás algo que trasciende a la muerte. No es agradable oír ese ruido cuando estás arrebujado y cómodo en tu cama con las persianas trabadas y las puertas cerradas con llave. Y es mucho peor cuando viajas. Y nosotros viajábamos, para colmo, rumbo a Jerusalem's Lot.

—¿No puede acelerar un poco más? —preguntó Lumley.

—Es curioso que alguien que llegó semicongelado

—respondí—, tenga tanta prisa por volver a seguir su camino a pie.

Me echó una mirada rencorosa, perpleja, y no volvió a hablar. Avanzábamos por la carretera a una velocidad estable de treinta y ocho kilómetros por hora. Era difícil admitir que Billy Larribee había despejado ese trecho hacía una hora: lo habían cubierto otros cinco centímetros y el viento levantaba nuevos montículos. Las ráfagas más fuertes zarandeaban al «Scout» sobre los amortiguadores. Los faros iluminaban un vacío blanco arremolinado delante de nosotros. No nos habíamos cruzado con un solo vehículo.

Aproximadamente diez minutos más tarde Lumley resolló:

—Eh, ¿qué es eso?

Señalaba hacia mi lado. Yo había estado mirando fijamente al frente. Me volví, pero fue demasiado tarde. Me pareció ver una figura agazapada que quedaba atrás, en medio de la nieve, pero también podría haber sido el fruto de mi imaginación.

—¿Qué era? —pregunté—. ¿Un ciervo?

—Supongo que sí —respondió, con voz trémula—. Pero sus ojos..., parecían rojos. —Me miró—. ¿Así son los ojos de los ciervos, de noche? —Su tono era casi suplicante.

—Pueden tener cualquier color —contesté, pensando que quizás esto era verdad, pero que yo había visto muchos ciervos de noche desde muchos coches, y nunca había visto que sus pupilas irradiaran un reflejo rojo.

Tookey no dijo nada.

Aproximadamente quince minutos más tarde llegamos a un tramo donde la acumulación de nieve de la derecha de la carretera no era tan alta porque se supone que los quitanieves deben levantar un poco sus rejas cuando pasan por una intersección.

—Creo que éste es el lugar donde viramos —anunció Lumley, que no parecía muy seguro—. No veo el cartel...

—Es aquí —confirmó Tookey. Hablaba con voz muy cambiada—. Se ve apenas el remate del cartel.

—Oh. Claro. —Lumley pareció aliviado—. Escuche, señor Tooklander, lamento haber sido tan grosero hace un rato. Tenía frío y estaba preocupado y furioso conmigo mismo. Sólo quiero agradecerles a ambos...

—No nos agradezca nada a Booth y a mí hasta que las hayamos pasado a este vehículo —lo interrumpió Tookey. Activó la tracción de las cuatro ruedas del «Scout» y arremetió contra la nieve para introducirse en Jointner Avenue, que atraviesa Jerusalem's Lot y desemboca en la 295. Los guardabarros despidieron una tromba de nieve. Las ruedas traseras patinaron un poco, pero Tookey conduce desde que el mundo es mundo. Maniobró, le habló, y seguimos adelante. De vez en cuando los faros iluminaban las huellas borrosas de otros neumáticos. Eran las que había dejado el coche de Lumley, unas huellas que después desaparecían nuevamente. Lumley se inclinaba y escudriñaba la carretera buscando su coche. De pronto, Tookey le dijo:

—Señor Lumley.

—¿Qué? —Se volvió para mirar a Tookey.

—Los lugareños son bastante supersticiosos cuando se trata de Jerusalem's Lot —explicó Tookey, con tono aplomado..., pero vi las profundas arrugas que la tensión formaba alrededor de su boca, y la forma en que sus ojos se desviaban de un lado a otro—. Si su esposa y su hija están en el coche, tanto mejor. Las cargaremos aquí, volveremos a mi casa, y mañana, cuando haya amainado la tormenta, Billy tendrá mucho gusto en remolcar su coche fuera de la nieve. Pero si no estuvieran en el coche...

—¿Si no estuvieran en el coche? —lo interrumpió Lumley bruscamente—. ¿Por qué no habrían de estar en el coche?

—Si no estuvieran en el coche —prosiguió Tookey, sin contestar a su pregunta—, daremos media vuelta e iremos a Falmouth Center y buscaremos al sheriff. No sería prudente chapotear por la nieve en medio de la oscuridad, ¿no le parece?

—Estarán en el coche. ¿En qué otro lugar podrían estar?

—Le diré algo más, señor Lumley —intervine—. Si vemos a alguien, no le hablaremos. Aunque nos hable a nosotros. ¿Me entiende?

—¿Qué supersticiones son éstas? —inquirió Lumley, muy lentamente.

Antes de que yo pudiera decir algo, y sólo Dios sabe lo que habría dicho, Tookey exclamó:

—Hemos llegado.

Nos estábamos acercando a la parte posterior de un

gran «Mercedes». Todo el techo del coche estaba cubierto de nieve, y otro montículo había bloqueado la parte izquierda de la carrocería. Pero las luces traseras estaban encendidas y vimos que salían gases del tubo de escape.

—Por lo menos no se les agotó la gasolina —comentó Lumley.

Tookey detuvo el «Scout» y accionó el freno de mano.

—Recuerde lo que le dijo Booth, Lumley.

—Sí, claro. —Pero sólo pensaba en su esposa y su hija. Lo cual tampoco me parece censurable.

—¿Listo, Booth? —me preguntó Tookey. Sus ojos, lúgubres y grises a la luz del tablero de instrumentos, estaban fijos en los míos.

—Supongo que sí.

Nos apeamos todos y entonces nos azotó el viento, arrojándonos nieve a la cara. Lumley marchó delante, inclinado contra el vendaval, con su abrigo elegante hinchándose detrás de él como una vela. Proyectaba dos sombras una por los faros del «Scout» y otra por las luces traseras de su propio coche. Yo lo seguía, y Tookey iba un paso más atrás. Cuando llegué al maletero del Mercedes, Tookey me detuvo.

—Déjalo solo —espetó.

—¡Janet! ¡Francie! —gritaba Lumley—. ¿Estáis bien? —Abrió la portezuela del lado del conductor y se inclinó hacia adentro—. Estáis...

Se quedó petrificado. El viento le arrancó la pesada puerta de la mano y la abrió totalmente.

—Dios mío, Booth —murmuró Tookey, un poco por debajo del alarido del viento—. Creo que ha vuelto a ocurrir.

Lumley se volvió hacia nosotros. Tenía una expresión asustada y perpleja, con los ojos desorbitados. De pronto arremetió hacia nosotros por la nieve, resbalando y a punto de caer. Me apartó como si yo no fuera nadie y se apoderó de Tookey.

—¿Cómo lo sabía? —bramó—. ¿Dónde están? ¿Qué demonios sucede aquí?

Tookey se zafó y lo empujó a un costado para abrirse paso. Él y yo escudriñamos juntos el interior del «Mercedes». Estaba caliente como una torrija, pero no seguiría así por mucho tiempo. La lucecita ambarina anunciaba que se estaba agotando el combustible. El enorme coche estaba vacío. Sobre la alfombrilla descansaba una muñeca «Barbie». Y un anorak infantil para esquiar estaba arrugado sobre el respaldo del asiento.

Tookey se cubrió el rostro con las manos... y después desapareció. Lumley lo había cogido por atrás y lo había arrojado sobre la acumulación de nieve. El rostro de Lumley estaba pálido y desencajado. Movía las mandíbulas como si hubiera mordido algo amargo que aún no podía despegar y escupir. Metió las manos adentro y cogió el anorak.

—¿El anorak de Francie? —dijo, casi con un susurro. Y después en voz alta, rugiendo—: ¡*El anorak de Francie!* —Se volvió, sosteniéndolo por la capucha ribeteada de piel. Me miró, alelado e incrédulo—. No puede estar a la intemperie sin su abrigo, señor Booth. Se... se... se morirá de frío.

—Señor Lumley...

Pasó trastabillando junto a mí, sin soltar el anorak, al tiempo que gritaba:

—¡Francie! ¡Janet! ¿Dónde estáis? ¿Dónde estáááááis?

Le di la mano a Tookey y lo ayudé a levantarse.

—¿Estás...?

—No te preocupes por mí —respondió—. Tenemos que detenerlo, Booth.

Lo seguimos con la mayor rapidez posible, que no fue mucha porque en algunos lugares nos hundíamos en la nieve hasta las caderas. Pero al fin se detuvo y lo alcanzamos.

—Señor Lumley... —empezó a decir Tookey, colocándole una mano sobre el hombro.

—Por aquí —lo interrumpió Lumley—. Pasaron por aquí. ¡Miren!

Bajamos la vista. Estábamos en una especie de hondonada y el viento pasaba de largo sobre nuestras cabezas sin afectarnos apenas. Y vimos dos series de pisadas, unas grandes y otras pequeñas, que se estaban llenando de nieve. Si nos hubiéramos puesto en marcha cinco minutos más tarde, ya habrían desaparecido.

Echó a andar, con la cabeza gacha, y Tookey lo retuvo.

—¡No! ¡No, Lumley!

Lumley se volvió para enfrentarse a Tookey, con las facciones descompuestas, y alzó un puño. Lo echó hacia atrás..., pero algo en la expresión de Tookey lo hizo vacilar. De nuevo nos miró alternativamente a Tookey y a mí.

—Se congelará —dijo, como si fuéramos un par de niños estólidos—. ¿No se dan cuenta? No lleva su anorak y tiene sólo siete años...

—Podrían estar en cualquier parte —explicó Tookey—. No podrá seguir estas huellas. Desaparecerán bajo la próxima ráfaga.

—¿Qué propone? —rugió Lumley, con voz aflautada e histérica—. ¡Si vamos a buscar a la Policía morirán congeladas! ¡Francie y mi esposa!

—Es posible que ya estén congeladas —respondió Tookey. Sus ojos sostuvieron la mirada de Lumley—. Congeladas, o algo peor.

—¿A qué se refiere? —susurró Lumley—. Hable claro, maldito sea. ¡Dígamelo!

—Señor Lumley —prosiguió Tookey—, hay algo en Jerusalem's Lot...

Pero fui yo quien por fin se lo dijo, quien pronunció la palabra que nunca había pensado que pronunciaría.

—Vampiros, señor Lumley. Jerusalem's Lot está llena de vampiros. Supongo que esto es difícil de aceptar...

Me miraba como si me hubiera puesto verde.

—Lunáticos —murmuró—. Son un par de lunáticos. —Luego se volvió, colocó ambas manos ahuecadas a los costados de su boca y vociferó—: ¡FRANCIE! ¡JANET! —Empezó a alejarse nuevamente. La nieve le llegaba hasta los bajos del elegante abrigo.

Miré a Tookey.

—¿Y ahora qué haremos?

—Seguirlo —contestó Tookey. Tenía el pelo pegoteado por la nieve y parecía *realmente* un poco lunático—. No puedo dejarlo aquí a la intemperie, Booth. ¿Y tú?

—No. Supongo que no.

De modo que empezamos a vadear la nieve detrás de Lumley en la mejor forma posible. Pero él se adelantaba cada vez más. Entended, tenía el vigor de la juventud. Abría camino, arremetía por la nieve como un toro. La artritis empezó a fastidiarme terriblemente y me miré las piernas, diciéndome: Un poco más, un poco más, sigue caminando, maldito seas, sigue caminando...

Tropecé con Tookey, que estaba detenido sobre un montículo de nieve, con las piernas separadas. La cabeza le colgaba y se apretaba el pecho con ambas manos.

—¿Te sientes bien, Tookey? —pregunté.

—Sí —contestó, apartando las manos—. Lo seguiremos, Booth, y cuando se sienta agotado entrará en razón.

Llegamos a la cresta de un montículo y vimos a Lumley abajo, buscando desesperadamente más huellas. Pobre hombre, era imposible que las hallara. El viento soplaba directamente por el lugar donde se había detenido, y cualquier huella habría sido borrada tres minutos después de hecha. Con más razón después de un par de horas.

Alzó la cabeza y aulló en medio de la noche:

—¡FRANCIE! ¡JANET! ¡POR EL AMOR DE DIOS!

Capté la angustia de su voz, el terror, y me apiadé de él. La única respuesta que obtuvo fue el ulular del viento, que sonaba como el silbato de un tren de mercancías. Casi parecía burlarse de él, diciéndole: *Yo me las llevé señor New Jersey el del coche lujoso y el abrigo de pelo de camello. Yo me las llevé y borré sus huellas y por la mañana estarán tan primorosas y heladas como dos fresas guardadas en el congelador de la nevera...*

—¡Lumley! —gritó Tookey contra el viento—. ¡Escuche, no piense en los vampiros ni en los espectros ni en nada por el estilo, pero piense en esto! ¡Está empeorando la situación de las dos! Tenemos que ir a buscar al...

Súbitamente *se oyó* una respuesta, una voz que surgía de la oscuridad como un tintineo de campanillas de plata, y se me heló el corazón.

—*Jerry...*, *¿Jerry, eres tú?*

Lumley giró sobre los talones al oír la voz. Y entonces apareció *ella*, que brotó como un fantasma de las oscuras tinieblas de un bosquecillo. Sí, era una mujer vestida con ropas de ciudad, y en ese momento me pareció la más hermosa que había visto en mi vida. Sentí deseos de correr hacia ella y decirle cuánto me alegraba de que al fin y al cabo estuviera sana y salva. Usaba una pesada prenda verde, que según creo se llama «poncho». Flotaba alrededor de ella y su cabellera oscura tremolaba al viento como si fuera el agua de un arroyuelo de diciembre, un momento antes de que el frío invernal lo congele y lo inmovilice.

Quizá di un paso hacia ella, porque sentí la mano áspera y cálida de Tookey sobre mi hombro. Y sin embargo —¿cómo podría expresarlo?— *anhelaba* ir hacia ella, tan morena y hermosa, con el poncho verde flotando alrededor de su cuello y sus hombros, tan exótica y extraña que hacía pensar en una maravillosa mujer de un poema de Walter de la Mare.

—¡Janet! —exclamó Lumley—. *¡Janet!* —Empezó a avanzar dificultosamente por la nieve hacia ella, con los brazos estirados.

—¡No! —gritó Tookey—. *¡No, Lumley!*

Lumley ni siquiera lo miró..., pero ella sí. Levantó la vista hacia nosotros y sonrió. Y entonces sentí que mi ansia, mi anhelo, se trocaban en un espanto tan gélido como la tumba, tan blanco y silencioso como los huesos envueltos en una mortaja. Incluso desde el montículo vimos el tétrico resplandor rojo de esos ojos. Eran menos humanos que los de un lobo. Y cuando sonrió vimos cómo le habían crecido los colmillos. Ya no era humana. Era una muerta que había resucitado misteriosamente en medio de la negra tormenta ululante.

Tookey hizo la señal de la cruz en dirección a ella. Respingó... y luego volvió a sonreírnos. Estábamos demasiado lejos, y quizá demasiado asustados.

—¡Basta! —susurré—. ¿No podemos impedirlo?

—¡Ya es demasiado tarde, Booth! —contestó Tookey tristemente.

Lumley le había tendido los brazos. Cubierto de nieve, él también parecía un fantasma. Le tendió los brazos... y después empezó a chillar. Oiré esa voz en mis sueños, ese hombre que chillaba como un niño en medio de una pesadilla. Quiso eludirla, pero los brazos de ella, largos y desnudos y tan blancos como la nieve, se estiraron y lo abrazaron. La vi ladear la cabeza, y proyectarla luego hacia delante con fuerza...

—¡Booth! —dijo Tookey roncamente—. Tenemos que salir de aquí.

Y corrimos. Supongo que algunos dirán que corrimos como ratas, pero quienes lo digan no estuvieron aquella noche allí. Huimos volviendo sobre nuestros propios pasos, cayendo, levantándonos nuevamente, resbalando y deslizándonos. Yo miraba constantemente por encima del hombro para comprobar si la mujer nos seguía, luciendo su sonrisa y escudriñándonos con sus ojos rojos.

Llegamos al «Scout» y Tookey se dobló en dos, apretándose el pecho.

—¡Tookey! —exclamé, muy asustado—. ¿Qué...?

—El corazón —respondió—. Hace cinco años, o más, que me martiriza. Llévame hasta el asiento para pasajeros, Booth, y salgamos inmediatamente de aquí.

Pasé un brazo por debajo de su abrigo y lo llevé a rastras alrededor del vehículo y de alguna manera conseguí izarlo adentro. Echó la cabeza hacia atrás y cerró los ojos. Su piel estaba amarilla y parecía de cera.

Rodeé corriendo el motor del «Scout» y casi tropecé con la niñita. Estaba junto a la portezuela del asiento del conductor, con sus trenzas, sin más abrigo que el exiguo vestido amarillo.

—Señor —dijo con voz fuerte, clara, tan dulce como una bruma matinal—, ¿me ayudará a buscar a mi madre? Se ha ido y tengo tanto frío...

—Cariño —respondí—, cariño, será mejor que subas. Tu madre...

Me interrumpí, y si hubo algún momento de mi vida en el que estuve a punto de desmayarme, fue ése. Veréis, ella estaba allí, estaba *arriba* de la nieve, y no se veían pisadas, en ninguna dirección.

Entonces me miró, Francie, la hija de Lumley. No tenía más de siete años y seguiría teniéndolos durante una eternidad de noches. Su carita tenía un lúgubre color blanco cadavérico, y uno podría haberse hundido en el rojo y la plata de sus ojos. Y debajo de su maxilar vi dos puntitos como alfilerazos, con los bordes espantosamente triturados.

Me tendió los brazos y sonrió.

—Álceme, señor —murmuró suavemente—. Quiero darle un beso. Después podrá llevarme a donde está mi mamá.

Yo no quería hacerlo, pero no pude resistirme. Me incliné hacia delante, con los brazos estirados. Vi cómo se abría su boca, vi los pequeños colmillos dentro del círculo rojo de sus labios. Algo resbaló por su barbilla, algo reluciente y plateado, y con un horror brumoso, lejano, remoto, me di cuenta de que le estaba chorreando la baba.

Sus manecitas me rodearon el cuello y pensé: Oh, quizá no será tan desagradable, quizá no será tan desagradable, quizá después de un tiempo no será tan espantoso... Y en ese instante algo negro salió disparado del «Scout» y la golpeó en el pecho. Hubo una vaharada de humo de extraño olor, un fogonazo que se extinguió un momento después, y en seguida ella se apartó, siseando. Su rostro se había crispado en una máscara vulpina de rabia, odio y dolor. Se volvió hacia el costado y... y desapareció. Lo que un segundo antes había estado allí, se trocó en un remolino de nieve con un vago aspecto humano. El viento no tardó en dispersarla por los campos.

—¡Booth! —susurró Tookey—. ¡Date prisa!

Y me di prisa. Pero no tanta como para no tener tiempo de alzar lo que le había arrojado a la niñita del infierno. La Biblia de su madre.

Eso ocurrió hace bastante tiempo. Ahora soy mucho más viejo, y entonces ya no era un jovencito. Herb Tooklander murió hace dos años. Se extinguió apaciblemente, por la noche. El bar continúa allí. Lo compraron un hombre de Waterville y su esposa, buena gente, que lo conservan más o menos como era antes. Pero no voy a menudo. Algo ha cambiado, desde que murió Tookey.

En Jerusalem's Lot todo sigue como antes. Al día siguiente el sheriff encontró el coche de Lumley, sin gasolina, con la batería agotada. Ni Tookey ni yo dijimos nada. ¿Para qué? Y de vez en cuando alguien que anda haciendo auto-stop o que está caminando desaparece en esa comarca, en lo alto de Schoolyard Hill o cerca del cementerio de Harmony Hill. Encuentran una mochila o un libro de bolsillo hinchado y blanqueado por la lluvia o la nieve, o algo por el estilo. Pero nunca a las personas.

Aún tengo pesadillas acerca de aquella noche de tormenta en que fuimos allí. No tanto acerca de la mujer como acerca de la niña, y de la forma en que sonrió cuando me tendió los brazos para que la alzara. Para poder besarme. Pero soy viejo y pronto llegará el momento en que se acabarán los sueños.

Es posible que vosotros mismos tengáis oportunidad de viajar uno de estos días por el sur de Maine. La campiña es hermosa. Incluso es posible que os detengáis en el «Tookey's Bar» para tomar algo. Es un bello lugar. No le cambiaron el nombre. De modo que bebed, y seguid mi consejo: poned directamente rumbo al Norte, sin parar. Podéis hacer cualquier cosa, menos

torcer por la carretera que conduce a Jerusalem's Lot.
Sobre todo no lo hagáis después de que oscurezca.
Por ahí ronda una niñita. Y sospecho que todavía
espera su beso de despedida.

LA MUJER DE LA HABITACIÓN

El interrogante es: ¿Puede hacerlo?

No lo sabe. Sabe que a veces las masca, frunciendo el rostro al sentir el horrible sabor de naranja, y de su boca brota un ruido semejante al que producen las barras de regaliz al romperse. Pero éstas son otras píldoras..., cápsulas de gelatina. El rótulo de la caja dice COMPLEJO DARVON. Las encontró en su botiquín y las hizo girar entre las manos, cavilando. Algo que el médico le recetó antes de que tuviera que volver al hospital. Algo para las noches que pasaban tan lentamente. El botiquín está lleno de medicamentos, pulcramente alineados como las pociones de un hechicero vudú. Filtros mágicos del mundo occidental. SUPOSITORIOS FLEET. Nunca en su vida ha usado un supositorio y la sola idea de introducirse un objeto céreo en el recto para que lo disuelva el calor del cuerpo, lo descompone. Es indecoroso meterse elementos extraños en el culo. LECHE DE MAGNESIA PHILIPS. FÓRMULA ANALGÉSICA ANACIN. PEPTO-BISMOL. Otros. Puede rastrear el curso de la enfermedad a través de los medicamentos.

Pero estas píldoras son distintas. Son iguales a las

Darvon comunes aunque en forma de cápsulas gelatinosas grises. Y son más grandes, como las que su padre acostumbraba a llamar píldoras para caballos. La caja dice Asp. 350 gr., Darvon 100 gr., ¿y ella podría mascarlas si él se las diera? *¿Lo haría?* La casa continúa funcionando: el motor de la nevera marcha y se detiene, la caldera arranca y se apaga, de vez en cuando el cuclillo se asoma quejosamente por la puertecita del reloj para anunciar la hora o la media. Supone que después de que ella muera les tocará a Kevin y a él detener los mecanismos de la casa. Sí, ella se ha ido. Toda la casa lo dice. Ella

está en el Central Maine Hospital, en Lewiston. Habitación 312. Se internó cuando el dolor se hizo tan intenso que ya no podía ir a la cocina y prepararse su propio café. A veces, cuando él la visitaba, ella se quejaba sin darse cuenta.

El ascensor sube chirriando y a él se le ocurre examinar el certificado azul de la cabina. Éste especifica que el ascensor es seguro, con o sin chirridos. Ahora hace casi tres semanas que ella está aquí y hoy le han practicado una operación llamada «cortotomía». No está seguro de que se escriba así, pero así es como suena. El médico le explicó a ella que durante la «cortotomía» se inserta una aguja en el cuello y después en el cerebro. Le explicó también que es como clavar un alfiler en una naranja y pinchar una pepita. Cuando la aguja se ha introducido en el centro del dolor, transmiten una señal de radio a la punta del instrumento y dicho centro se desintegra. Como si desenchufaran un televisor. Así el cáncer que le devora el vientre dejará de fastidiarla.

La imagen de esta operación lo altera más que la de los supositorios que se derriten cálidamente en el ano. Le hace pensar en un libro de Michael Crichton titulado *El hombre terminal*, donde se habla de seres humanos a los que les implantan cables en la cabeza. Según Crichton, ésta puede ser una situación muy chocante. Quién lo duda.

La puerta del ascensor se abre en el tercer piso y sale de la cabina. Ésta es el ala antigua del hospital y huele al serrín dulzón que espolvorean sobre el vómito en los parques de atracciones. Ha dejado las píldoras en la guantera del coche. No ha bebido nada antes de esta visita.

Aquí las paredes están pintadas de dos colores: marrón abajo y blanco arriba. Piensa que en el mundo hay una sola combinación de dos colores que podría ser más deprimente que la del marrón y el blanco: la del rosa y el negro. Corredores de hospitales como gigantescos envoltorios de golosinas. La idea lo hace sonreír y al mismo tiempo le produce náuseas.

Frente al ascensor, dos corredores se cruzan en T, y allí hay una fuente de agua donde siempre se detiene para distraerse un poco. También hay equipos hospitalarios dispersos por todas partes, como extraños juguetes de un parque infantil. Una camilla con bordes cromados y ruedas de goma, como las que utilizan para transportarte al quirófano cuando llega la hora de practicar la «cortotomía». Hay un gran objeto circular cuya función desconoce. Se parece a las ruedas que a veces se ven en las jaulas de las ardillas. Hay una bandeja rodante para alimentación endovenosa, de la que cuelgan dos frascos como tetas oníricas de Salvador Dalí. En el final de uno de los corredores está la sala de enfermeras, y a él le llegan risas estimuladas por el café.

Bebe agua y después se encamina lentamente hacia la habitación. Lo asusta pensar en lo que encontrará allí y desea que esté durmiendo. En ese caso no la despertará.

Sobre la puerta de cada habitación hay una lucecita cuadrangular. Cuando un paciente pulsa su botón de llamada la lucecita se enciende, con un resplandor rojo. Los pacientes se pasean despacio de un extremo al otro del corredor, vestidos con batas económicas que suministra el hospital para cubrir la ropa interior del mismo origen. Las batas son a rayas azules y blancas y tienen cuellos redondos. La ropa interior es tolerable en las mujeres pero tiene un aspecto francamente extraño cuando la usan los hombres, porque se parece a vestidos o enaguas que caen hasta la rodilla. Los hombres siempre parecen calzar pantuflas de imitación cuero. Las mujeres prefieren las pantuflas tejidas con borlas peludas. Su madre tiene un par de éstas.

Los pacientes le hacen evocar una película de terror llamada *La noche de los muertos vivientes*. Caminan lentamente, como si alguien hubiera desatornillado las tapas de sus órganos a la manera de los frascos de mayonesa y los líquidos estuvieran agitándose dentro de ellos y a punto de derramarse. Algunos usan bastones. La parsimonia con que se desplazan a lo largo de los corredores es alarmante pero también majestuosa. Marchan pausadamente, sin rumbo, como cuando los graduados universitarios desfilan con sus birretes y togas hacia la sala de ceremonias.

Las radios de transistores difunden por todas partes una música ectoplásmica. Oye a Black Oak Arkansas cantando *Jim Dandy* (*Go Jim Dandy, go Jim Dandy!* les grita alegremente una voz en falsete a los lerdos caminantes). Oye a un invitado a una mesa redonda que despotrica contra Nixon en un tono tan impregnado de ácido como una pluma humeante. Oye una polca cantada en francés: Lewiston es todavía una ciudad francófona y las polcas y jigas gustan casi tanto como los intercambios de navajazos en los bares de la zona baja de Lisbon Street.

Se detiene frente a la habitación de su madre y

durante un tiempo había estado tan desequilibrado que iba a visitarla borracho. Se avergonzaba de presentarse ebrio delante de su madre a pesar de que ella no se daba cuenta porque estaba completamente drogada y saturada de «Elavil». El «Elavil» es un sedante que les dan a los enfermos de cáncer para que no los angustie demasiado la idea de que están agonizando.

Lo que hacía era comprar dos cajas de seis latas de cerveza «Black Label» en el «Sonny's Market», por la tarde. Se sentaba con los niños y contemplaba los programas infantiles de televisión. Tres cervezas con «Sesame Street», dos durante «Mister Rogers», una durante «Electric Company». Después otra con la cena.

Se llevaba las cinco latas restantes en el coche. El trayecto desde Raymond hasta Lewiston era de treinta y tres kilómetros, por las carreteras 302 y 202, y podía llegar al hospital con una buena curda, y una o dos latas de reserva. Dejaba en el coche lo que le había traído a su madre, y así tenía un pretexto para salir a buscarlo y beber también otra media cerveza, salvaguardando su embriaguez.

Eso también le daba una excusa para orinar fuera, y curiosamente esto era lo mejor de la sórdida empresa. Siempre aparcaba en la explanada lateral, llena de baches, con la tierra congelada por el frío de noviembre, y el aire glacial aseguraba una total contracción de la vejiga. Mear en uno de los servicios interiores se parecía excesivamente a una apoteosis de toda la experiencia hospitalaria: el timbre para llamar a la enfermera instalado junto a la taza, la manija cromada inmovilizada en un ángulo de 45 grados, el frasco de desinfectante rosado sobre el lavabo. Malas noticias. Te aconsejo que lo creas.

Durante el viaje de regreso no experimentaba ningún deseo de volver. De modo que las cervezas sobrantes se acumulaban en la nevera de su casa, y cuando juntaba seis él

no habría ido si hubiera imaginado que sería tan tremendo. Lo primero que se le ocurre pensar es *Ella no es una naranja* y lo segundo es *Ahora sí que se muere a toda velocidad*, como si tuviera que coger un tren allí en la nada. Su madre se tensa en la cama, sin mover nada más que los ojos, pero tensándose en el interior del cuerpo, donde sí se mueve algo. Le han teñido el cuello de anaranjado con una sustancia que parece mercurocromo, y tiene un vendaje debajo de la oreja izquierda donde un médico le hincó la aguja radial, mientras canturreaba, para destruirle el sesenta por ciento de los controles del sistema motor junto con el centro del dolor. Sus ojos lo siguen como los de un Jesús fabricado en serie.

—Creo que será mejor que esta noche no me veas, Johnny. No me encuentro muy bien. Quizá será mejor mañana.

—¿Qué te sucede?

—Es una comezón. Una comezón en todo el cuerpo. ¿Tengo las piernas juntas?

Él no ve si las tiene juntas. No son más que una V alzada bajo la sábana a rayas del hospital. En la habitación hace mucho calor. Ahora la cama vecina está desocupada. Él piensa: Los pacientes vienen y se van, pero mi madre se queda siempre. ¡Jesús!

—Están juntas.

—Estíralas hacia abajo, ¿puedes, Johnny? Y después será mejor que te vayas. Nunca he estado tan mal como ahora. No puedo mover nada. Me pica la nariz. ¿No es una situación deplorable? Que te pique la nariz y no puedas rascártela.

Él le rasca la nariz y después le coge las pantorrillas a través de la sábana y las estira hacia abajo. A pesar de que sus manos no son excesivamente grandes, una sola le basta para rodearle ambas pantorrillas. Ella se queja. Las lágrimas le ruedan por las mejillas hasta las orejas.

—¿Mamá?

—¿Puedes estirarme las piernas hacia abajo?

—Acabo de hacerlo.

—Oh, entonces está bien. Creo que estoy llorando. No quiero hacerlo delante de ti. Me gustaría librarme de esto. Haría cualquier cosa para librarme de esto.

—¿Quieres un cigarrillo?

—¿Puedes traerme un vaso de agua antes, Johnny? Estoy seca como una vieja viruta.

—Claro que sí.

Se lleva su vaso equipado con una pajita flexible y dobla por el recodo del pasillo en dirección a la fuente de agua. Un individuo gordo con la pierna ceñida por un vendaje elástico navega lentamente por el corredor. No usa la bata a rayas y lleva la mano atrás para mantener cerrada su ropa interior.

Llena el vaso en la fuente y vuelve con él a la habitación 312. Ella ha dejado de llorar. Cuando sus labios aprietan la pajita, algo le hace pensar en los camellos que ha visto en películas de viajes. Su cara está demacrada. El recuerdo más nítido que conserva de la vida que ha vivido como hijo suyo se remonta a cuando tenía doce años. Él y su hermano Kevin y esta mujer se habían mudado a Maine para que ella pudiera cuidar a sus padres. Su madre era anciana y estaba postrada en cama. La alta tensión sanguínea la había vuelto senil, y para colmo la había dejado ciega. Feliz cumpleaños, a los ochenta y seis. He aquí algo para pensar. Pasaba todo el día tumbada en la cama, ciega y senil, con grandes pañales y calzones de goma, incapaz de recordar qué había tomado para desayunar, pero en condiciones de recitar de memoria los nombres de todos los presidentes hasta Eisenhower. Y así las tres generaciones habían vivido juntas en esa casa donde él había encontrado las píldoras tan recientemente (aunque ya hacía mucho que sus dos abuelos habían fallecido) y a los doce años él había estado parloteando petulantemente sobre algo, no recuerda qué, pero sobre algo era, y su madre había estado lavando los pañales meados de la abuela y pasándolos después por los rodillos de la antigua lavadora, y había dado media vuelta y lo había azotado con uno de ellos, y el primer restallido del pañal húmedo y pesado había volcado su plato de cereales y lo había disparado girando sobre la mesa como si fuera una gran peonza azul, y el segundo azote había caído sobre su espalda, sin lastimarlo pero cortándole la palabra, y la mujer que ahora yacía consumida en el lecho lo había azotado una y otra vez, mientras le decía: Ahora *cierra* esa bocaza, porque lo único grande que tienes es la *boca*, de modo que ciérrala hasta crecer *todo* tú, y cada palabra en bastardillas era acompañada por un zurriagazo dado con el pañal húmedo de su abuela —¡PLAF!— y todos los otros comentarios ingeniosos que él podría haber hecho se habían esfumado. No le había quedado ni la más remota posibilidad de hacer comentarios ingeniosos. Ese día había descubierto, definitivamente, que el mejor sistema del mundo para hacerle entender correctamente a un muchacho de doce años cuál es el lugar que ocupa en el ordenamiento de las cosas, consiste en azotarle la espalda con el pañal húmedo de su abuela. A partir de ese día había necesitado cuatro años para volver a aprender el arte de la petulancia.

Se atraganta un poco con el agua y esto lo asusta a pesar de que pensaba darle las cápsulas. Vuelve a preguntarle si quiere un cigarrillo y ella responde:

—Si no te incomoda. Y prefiero que después te vayas. Quizá mañana estaré mejor.

Él extrae un «Kool» de uno de los paquetes desparramados sobre la mesita vecina a la cama y lo enciende. Lo sostiene entre el pulgar y el índice de la mano derecha y ella lo chupa, estirando los labios para coger el filtro. Su inhalación es débil. El humo se le escapa de la boca.

—He tenido que vivir sesenta años para que mi hijo tuviera que sostenerme los cigarrillos.

—No me molesta.

Da otra chupada y retiene el filtro contra los labios durante tanto tiempo que él desvía la mirada y ve que tiene los ojos cerrados.

—¿Mamá?

Ella entreabre los ojos, vagamente.

—¿Johnny?

—Sí.

—¿Cuánto hace que estás aquí?

—No mucho. Creo que será mejor que me vaya. Para que puedas dormir.

—Hnnnnn.

Él aplasta la colilla en el cenicero y sale silenciosamente de la habitación, pensando: Quiero hablar con ese médico. Maldición, quiero hablar con el médico que le ha hecho esto.

Al entrar en el ascensor piensa que la palabra «médico» se convierte en sinónimo de «hombre» al alcanzar cierto grado de idoneidad en la profesión, como si estuviera previsto y estipulado que los médicos deben ser crueles y adquirir así un determinado nivel de humanidad. Pero

—No creo que pueda resistir realmente mucho más —le informó esa noche a su hermano. Éste vive en Andover, cien kilómetros al Oeste. Sólo va al hospital una o dos veces por semana.

—¿Pero se le ha aliviado el dolor? —preguntá Kev.

—Dice que siente una comezón. —Tiene las píldoras en el bolsillo de su chaqueta de punto. Su esposa duerme tranquilamente. Las extrae: el botín robado de la casa de su madre, donde antaño todos vivieron con los abuelos. Mientras habla hace girar sin cesar la caja en su mano, como si fuera un amuleto.

—Pues entonces está mejor. —Para Kev todo está siempre mejor, como si la vida marchara hacia un sublime apogeo. Es un criterio que el hermano menor no comparte.

—Está paralítica.

—¿Eso importa, en estas circunstancias?

—¡Claro que *importa*! —estalla, recordando sus piernas ocultas por la sábana blanca a rayas.

—Está agonizando, John.

—Aún no ha muerto. —En verdad esto es lo que lo espanta. A partir de ese momento la conversación entrará en un círculo vicioso, y la que saldrá beneficiada será la compañía telefónica, pero éste es el meollo de la cuestión. Aún no ha muerto. Está sencillamente postrada en esa habitación con la placa de identificación del hospital colgada de la muñeca, escuchando las radios fantasmas que van y vienen por el corredor. Y

tendrá que reacomodar la noción del tiempo, dice el médico. Es un hombre corpulento, de barba roja, arenosa. Mide quizás un metro noventa, y tiene unas espaldas heroicas. El médico lo guió prudentemente hasta el pasillo cuando ella empezó a cabecear.

El médico continúa:

—Verá, en una operación como la «cortotomía» es casi inevitable que se produzca un deterioro del sistema motor. Ahora su madre conserva un poco de movimiento en la mano izquierda. Es razonable suponer que recuperará el uso de la mano derecha en un lapso de dos a cuatro semanas.

—¿Podrá caminar?

El médico mira en forma circunspecta el techo de corcho perforado del corredor. Su barba se arrastra hasta el cuello de la camisa a cuadros y por alguna razón absurda Johnny piensa en Algernon Swinburne. No sabe por qué. Este hombre es la antítesis del pobre Swinburne, desde todos los puntos de vista.

—Yo diría que no. La regresión ha sido demasiado grande.

—Quedará postrada en cama durante el resto de su vida.

—Sí, me parece que ésa es una hipótesis razonable.

Empieza a experimentar un poco de admiración por este hombre al que había supuesto que podría odiar sin problemas. A este sentimiento lo sigue otro de repulsión. ¿Es obligatorio admirar la pura verdad?

—¿Cuánto tiempo podrá vivir así?

—Es difícil preverlo.

(Así está mejor.)

—Ahora el tumor le bloquea uno de los riñones —prosiguió—. El otro funciona bien. Cuando el tumor bloquee también el segundo riñón, se dormirá.

—¿Un coma urémico?

—Sí —responde el médico, pero con más cautela.

«Uremia» es un término técnico-patológico, generalmente de patrimonio exclusivo de los médicos y los forenses. Pero Johnny lo conoce porque su abuela murió del mismo mal, aunque sin la intervención de un cáncer. Sus riñones sencillamente se declararon en huelga y murió flotando en su propia orina hasta la caja torácica. Murió en cama, en su casa, a la hora de la comida. Johnny fue el primero que sospechó que estaba realmente muerta en ese momento, y no sólo durmiendo con la boca abierta, sumida en ese sueño comatoso que es típico de los ancianos. Dos pequeñas lágrimas se habían filtrado entre sus párpados. Su vieja boca desdentada estaba chupada, y le recordó un tomate que ha sido ahuecado, quizá para rellenarlo con huevo, y que ha quedado olvidado durante días sobre el aparador de la cocina. Le acercó un pequeño espejo redondo a la boca durante un minuto, y cuando el cristal no se empañó ni ocultó la imagen de la boca de tomate, llamó a su madre. Todo eso le había parecido tan correcto como errado.

—Dice que aún siente dolores. Y comezón.

El médico se da unos golpecitos solemnes en la cabeza, como Victor DeGroot en las antiguas caricaturas de psiquiatras.

—Se *imagina* el dolor. Pero es igualmente auténtico. Auténtico para ella. Por eso el tiempo es tan importante. Su madre ya no puede encontrar el tiempo en segundos, minutos y horas. Deberá reestructurar esas unidades en días, semanas y meses.

Comprende lo que le dice este coloso barbudo, y se siente alelado. Una campanilla repica suavemente. No puede seguir conversando con este hombre. Es un técnico. Siempre habla plácidamente y parece haber asido el concepto con tanta facilidad como si se tratara de una caña de pescar. Y quizás es en verdad así.

—¿Puede hacer algo más por ella?

—Muy poco.

Pero su tono es sereno, como si eso fuera lo justo. Al fin y al cabo, «no da falsas esperanzas».

—¿Puede ser peor que un coma?

—Claro que *sí*. No podemos prever estas reacciones con mucha precisión. Es como tener un tiburón suelto dentro del cuerpo. Es posible que se hinche.

—¿Que se hinche?

—Es posible que su abdomen se dilate y después se comprima para luego volver a dilatarse. ¿Pero por qué insistir ahora en estos detalles? Creo que podemos decir con bastante certeza que surtirán efecto, ¿pero y si no es así? ¿O supongamos que me pillan? No quiero que me hagan comparecer ante la justicia con una inculpación de eutanasia. Aunque después me absuelvan. No tengo rencores ocultos. Piensa en los titulares de los periódicos proclamando MATRICIDIO y hace una mueca.

Sentado en el aparcamiento, hace girar la caja una y otra vez entre los dedos. COMPLEJO DARVON. El interrogante sigue siendo: *¿Puede hacerlo? ¿Debe hacerlo? Ella ha dicho: *Me gustaría librarme de esto. Haría cualquier cosa para librarme de esto.* Kevin habla de prepararle una habitación en su casa, la de Kevin, para que no muera en el hospital. El hospital quiere librarse de ella. Le dieron unas píldoras nuevas y cayó en una depresión tremenda. Eso fue cuatro días después de la «cortotomía». Preferirían que estuviera en otra parte porque aún nadie ha perfeccionado una «cancerectomía» realmente impecable. Y si en ese momento se lo extirparan por completo sólo le quedarían las piernas y la cabeza.

Ha estado pensando en lo que el tiempo debe ser para ella, como algo que ha escapado a todo control, como un costurero lleno de ovillos que se ha volcado sobre el suelo y ha quedado a merced de los juegos de un gato. Los días en la habitación 312. La noche en la habitación 312. Han tendido un hilo desde el timbre de llamada y se lo han anudado al índice derecho porque ya no puede desplazar la mano para pulsar el botón cuando cree que le hace falta la chata.

Eso no importa demasiado, de todos modos, porque tampoco siente la presión ahí abajo: su abdomen podría ser una pila de serrín. Mueve el vientre y se orina en la cama y sólo se entera cuando lo huele. Ha bajado de setenta y cinco kilos a cuarenta y siete y los músculos de su cuerpo están tan fláccidos que éste no es más que un saco vacío atado a su cerebro como la marioneta de arpillera de un crío. ¿Sería distinto en casa de Kev? ¿Se atrevería a cometer un asesinato? Sabe que sería un asesinato. De la peor índole, un matricidio, como si fuera el feto sensible de uno de los primeros cuentos de terror de Ray Bradbury, resuelto a invertir los términos y a abortar al animal que le ha dado vida. Quizás él tiene la culpa, de todos modos. Es el único hijo que se nutrió en su matriz, un hijo de la nueva vida. A su hermano lo adoptó cuando otro médico sonriente le anunció que nunca tendría hijos propios. Y por supuesto el cáncer que ahora la

402

corroe se gestó en la matriz como un segundo hijo, su propio gemelo aberrante. La vida de él y la muerte de ella germinaron en el mismo lugar. ¿No debería completar él lo que el otro ya está haciendo, con tanta lentitud y torpeza?

Le ha dado aspirinas a hurtadillas para combatir el dolor que ella *imagina* tener. Ella las guarda en una caja de «Sucrets» en el cajón de su mesita de noche, junto con las tarjetas que le desean una pronta mejoría y las gafas ya inservibles. Le han quitado la dentadura postiza porque temen que se la trague, de modo que ahora chupa la aspirina hasta que le queda la lengua blanca.

Seguramente podría darle las cápsulas. Tres o cuatro bastarían. Ochenta y cuatro gramos de aspirina y veinticuatro gramos de Darvon administrados a una mujer que ha perdido el treinta y tres por ciento de su peso en cinco meses.

Nadie sabe que tiene las cápsulas en su poder. Ni siquiera Kevin. Ni siquiera su esposa. Piensa que quizás han puesto a otro paciente en la segunda cama de la habitación 312 y entonces no tendrá que preocuparse. Podrá zafarse sin problemas. Se pregunta si en verdad eso no sería lo mejor. Si hubiera otra mujer en la habitación a él no le quedarían opciones y podría interpretar el hecho como un mensaje de la Providencia. Piensa.

—Esta noche tienes mejor aspecto.

—¿De veras?

—Claro que sí. ¿Cómo te sientes?

—Oh, no muy bien. Esta noche no me siento muy bien.

—Veamos si puedes mover la mano derecha.

Ella la levanta de la colcha. Flota un momento delante de sus ojos, con los dedos separados, y luego cae. Plaf. Él sonríe y ella le devuelve la sonrisa. Le pregunta:

—¿Hoy has visto al médico?

—Sí, ha venido a visitarme. Tiene la gentileza de visitarme todos los días. ¿Quieres darme un poco de agua, John?

Llora nuevamente. La otra cama está vacía, acusadoramente vacía. De vez en cuando una de las batas de rayas azules y blancas se desliza por el corredor, frente a ellos. La puerta está entreabierta. Le retira con delicadeza el vaso de agua, mientras piensa estúpidamente: ¿está semivacío o semilleno?

—¿Cómo funciona tu mano izquierda?

—Oh, muy bien.

—Veamos.

La levanta. Siempre ha sido su mano preferida, y quizá por ello se ha recuperado tan bien de los efectos devastadores de la «cortotomía». La cierra. La flexiona. Hace chasquear débilmente los dedos. Después vuelve a caer sobre la colcha. Plaf. Se queja:

—Pero no tiene sensibilidad.

—Déjame ver algo.

Se acerca al armario, lo abre, y mete la mano detrás del abrigo con el que llegó al hospital, para coger su bolso. Lo guarda allí porque es paranoide respecto de los ladrones: ha oído decir que algunos de los bedeles son artistas del hurto que se apoderan de todo lo que cae en sus manos. Le ha oído decir a una de sus compañeras de habitación, a quien han dado de alta, que a una mujer internada en el ala nueva le desaparecieron quinientos dólares que guardaba en su zapato. Últimamente su madre es paranoide respecto de muchas cosas, a altas horas de la noche. En parte, ése es el efecto de la combinación de drogas que experimentan en ella. Comparados con esas drogas, los estimulantes que él tomaba ocasionalmente en la Universidad son tan inofensivos como el «Excedrin». En el armario que está cerrado con llave en el extremo del corredor, después de la sala de las enfermeras, las hay para todos los gustos: excitantes y depresoras. La muerte, quizá, la muerte misericordiosa como un amoroso manto negro. Las maravillas de la ciencia moderna.

Lleva el bolso hasta la cama y lo abre.

—¿Puedes sacar algo de aquí?

—Oh, Johnny, no sé...

Él insiste con tono persuasivo:

—Inténtalo. Hazlo por mí.

La mano izquierda se levanta de la colcha como un helicóptero averiado. Recorre un tramo. Cae en picado. Sale del bolso con un solo «Kleenex» arrugado. Él aplaude.

—¡Muy bien! ¡Muy bien!

Pero ella vuelve la cara.

—El año pasado podía arrastrar con estas manos dos mesitas rodandes cargadas de platos.

Si hay un momento indicado, es ése. En la habitación hace mucho calor, pero el sudor de su frente está frío. Piensa: Si no me pide aspirina, no lo haré. No esta noche. Y sabe que si no lo hace esa noche no lo hará nunca. De acuerdo.

Ella mira astutamente la puerta entreabierta.

—¿Puedes pasarme un par de píldoras, Johnny?

Siempre las pide así. Teóricamente no debería ingerir más píldoras que las que componen su medicación regular, porque ha perdido demasiado peso y porque ha adquirido lo que sus amigos drogadictos de la Universidad habrían llamado «un hábito duro». La inmunidad del cuerpo se estira hasta un pelo de la dosis letal. Una píldora de más y te pasas al otro lado. Dicen que eso es lo que le ocurrió a Marilyn Monroe.

—Te he traído unas cápsulas de casa.

—¿De veras?

—Son buenas para el dolor.

Le tiende la caja. Ella sólo puede leer desde muy cerca. Frunce el ceño al ver las grandes letras y después dice:

—Ya he tomado Darvon. No me sirvió.

—Éste es más potente.

Ella levanta los ojos de la caja para fijarlos en los de él. Murmura cansadamente:

—¿De veras?

Él sólo atina a sonreír tontamente. No puede hablar. Se siente como después de su primera experiencia sexual. Ocurrió en el asiento posterior del coche de un amigo y cuando volvió a casa su madre le preguntó si se había divertido y él sólo pudo forzar esa misma sonrisa estúpida.

—¿Puedo masticarlas?

—No lo sé. Prueba una, si quieres.

—Muy bien. Cuida que no me vean.

Abre la caja y desprende la tapa de plástico del frasco. Quita el algodón de la boca del frasco. ¿Ella podría hacer todo esto con el helicóptero averiado de su mano izquierda? ¿Lo creerán? No lo sabe. Quizás ellos tampoco. Quizá ni les importará.

Vuelca seis cápsulas sobre su mano. Observa cómo ella lo mira. Incluso ella debe darse cuenta de que son muchas, demasiadas. Si hace algún comentario al respecto, volverá a guardarlas y le ofrecerá un solo comprimido analgésico para la artritis.

Una enfermera pasa por el corredor y su mano respinga, haciendo entrechocar las cápsulas grises, pero la enfermera no mira para controlar cómo está la «cortotomizada».

Su madre no dice nada. Se limita a mirar las cápsulas como si fueran medicamentos perfectamente normales (si es que semejante cosa existe). Pero por otro lado a su madre nunca le han gustado las ceremonias. No estrellaría una botella de champán contra su propio barco.

—Allá va —dice con absoluta naturalidad, y se introduce la primera en la boca.

La mastica pensativamente hasta que se disuelve la gelatina, y entonces hace una mueca de disgusto.

—¿Sabe mal? No te...

—No, no demasiado mal.

Le da otra. Y otra. Las mastica con la misma expresión pensativa. Le da la cuarta. Ella le sonríe y él ve con horror que tiene la lengua amarilla. Quizá si le golpea en el estómago las devolverá. Pero no puede. Jamás podría pegarle a su madre.

—¿Quieres ver si tengo las piernas juntas?

—Antes toma éstas.

Le da la quinta. Y la sexta. Después comprueba si tiene las piernas juntas. Sí, las tiene. Ella dice:

—Creo que ahora voy a dormir un poco.

—Está bien. Iré a beber un poco de agua.

—Siempre has sido un buen hijo, Johnny.

Mete el frasco en la caja y guarda la caja en el bolso, dejando la tapa de plástico sobre la sábana, junto a ella. También deja junto a ella el bolso abierto y piensa: *Me pidió el bolso. Se lo alcancé y lo abrí antes de irme. Dijo que sacaría de adentro lo que necesitaba. Agregó que le pediría a la enfermera que lo guardase en el armario.*

Sale y bebe su trago de agua. Sobre la fuente hay un espejo y saca la lengua y se la mira.

Cuando vuelve a la habitación su madre está durmiendo con las manos juntas. Las venas que las surcan son grandes, sinuosas. La besa y ella vuelve los ojos detrás de los párpados, pero no los abre.

Sí.

Se siente igual, ni bueno ni malo.

Se dispone a salir de la habitación y recuerda algo más. Vuelve junto a ella, saca el frasco de la caja y se lo frota contra la camisa. Después aprieta contra el vidrio las puntas fláccidas de los dedos de la mano izquierda, dormida, de su madre. A continuación guarda nueva-mente el frasco y sale aprisa de la habitación, sin mirar atrás.

Vuelve a su casa y espera que suene el teléfono y lamenta no haberle dado otro beso. Mientras aguarda, mira la televisión y bebe mucha agua.

FIN

ÍNDICE

LOS JET DE PLAZA & JANÉS

Los bestsellers mundiales más vendidos.

ISBN: 84-01-

Biblioteca de autor Alberto Vázquez-Figueroa

Biblioteca de autor Robert Ludlum